John le Carré

The Little Drummer Girl

女鼓手

約翰・勒卡雷

湯新華 譯

目錄

序

冷戰結束時，那些比我聰明的人全趕著興沖沖地宣布，此後我沒有別的東西好寫了：勒卡雷的飯碗破啦。

事實是，我至今出版的第十四本小說，其中五本無論如何與冷戰無關，而身為一個作家，我比我的許多同僚都更樂見柏林圍牆終於倒下，並轉向我這時代的其他激情對象了。與此刻急於另覓新戰場的那些克里姆林宮專家、安樂椅派謀略家和國防新聞特派員不同，我的新領域許久以前就已標定；《女鼓手》便是其中之一，此書在一九八一至八二年間寫成，當時冷戰還在穩當地持續中。書裡的角色沒有喬治·史邁利，之前或後來都沒有出現過。冷戰在其中至多只是遙遠抽象的存在。這部小說的真實劇場，就像我的主角約瑟所說，是一場更為久遠的戰爭，發生在猶太人和阿拉伯人這兩個民族之間。但是等等，停下來！我已經顯露出我的偏心了。那些日子裡，在以色列，一再有人向我重複保證，巴勒斯坦人不是一個民族。他們是鄉下農夫和無業遊民湊出來的烏合之眾，兩千年來的唯一工作是讓猶太人的家園保持原狀，直到此地的合法主人回來！

這是一個難以應付的故事。我起頭的時候腦中沒有固定的情節，這就是我的作法，而且對於哪一邊會占上風也沒有先入之見，只有一件事例外：我在戰後奧地利擔任一個年輕情報官的時候，訊問過無數猶太難民，從那時到現在，他們的苦難將永遠停留在我的記憶中。我像一般英國人一樣熟知中產階級的反猶主義——而天可憐見，這遠遠比不上隨後我在歐洲大陸及東歐所碰到的各種變化型態。

對於巴勒斯坦人，對於所有阿拉伯人，我所知趨近於零。在我服務多年的外交部，阿拉伯專家於我總有種上流社會的感覺。甚至當他們在其他領域裡工作時，似乎也是俱樂部中的俱樂部，局外人鮮少有機會聽到他們的討論。當然，阿拉伯專家也會對那些親以色列遊說團體有相同看法，哪怕這團體小得多。而或許在不真實的外交劇場裡，就像在約瑟的真實劇場中一樣，兩邊可能都對。

不知怎的，有天早上我開始行動了。我的第一個目的地是倫敦西區綠街的阿拉伯國家聯盟代表處辦公室。我納悶著那辦公室是否還在原地、相鄰房屋頂上是否仍有保全攝影機，他們那些百般聊賴的便衣男子是否猶在街上閒逛？我從來沒再去過。沒去中東，也沒去綠街。一旦書寫成了，我絕不回顧。

那些日子裡，巴勒斯坦解放組織在綠街的代表是某位藍拉威先生，我在那天中午與他有約。我寄給他一份《泰晤士報》，上頭是本人風度翩翩的身影。在電話中，我提及我們共同認識的人名：「對，對，好人一個。」一個鬱悶的聲音說道。我在心裡盤算，如果談得愉快，要請藍拉威先生去吃頓午飯。我想要他能給我的一切——引見、嚮導、警告、宣傳、謊言，什麼都好。我想要聽到來自兩邊的聲音。但因為巴勒斯坦解放組織對我來講很陌生，我想先給他們機會。

我按了門鈴，街上一個看起來很無聊的便衣男子面無表情地瞟了我一眼。屋頂上的攝影機亦然。門打開，我走進一個設置在房子末端的裝甲玻璃棺材裡。門喀答一聲在我背後關上。我一身正式服裝站在那裡的時候，透過玻璃窺見漂亮的十八世紀門廳，兩個嚴肅的阿拉伯人帶著不悅的非難之色審視我。棺材打開，我走進大廳，那些人抓住我，一路往下輕拍我的身體：那種冗長、緩慢又有方法的徒手搜查是專家級的。在臺拉維夫的盧德機場，或者在阿拉法特永遠的臨時總部前廳，他們都這樣做。在綠街也是，抑或當時如此。這些阿拉伯和以色列保鑣不只是在搜你的身。在他們慢慢摸遍你全身的時候，他們是用自己的手和眼睛質問你，監視你可疑的肢體語言。時間正是精髓所在。盡可能地慢。讓嫌疑犯感覺到他的生殖器、他的口臭、他的惡劣意圖。寫《女鼓手》時，我像這樣被搜查的次數超過我能記得的。但你絕不會忘記第一次，而我的便是在綠街的那個中午，在我要去拜訪藍拉威先生之前。

而當然了，藍拉威先生沒露面。他讓我站在祭壇前面。他的約會登記簿裡什麼也沒寫。他的祕書從沒聽過我。他出國了。他不在。他很忙。改天吧。所以那又是另一個第一次。在那之後有無數阿拉伯人讓我苦候。我可以在巴勒斯坦解放組織前廳一個人看完整本書。但缺席的藍拉威先生給了我一場火的洗禮——這是個蹩腳的笑話，因為他的前任在倫敦被射殺，而藍拉威本人則在這時候於西班牙遭射殺——也可能是被炸死的，我忘了。而巴勒斯坦解放組織不死。

在綠街我做了首先應該做的，而且約到了派區克．席爾（Patrick Seale），傑出的阿拉伯專家兼作家，請他吃了沒請藍拉威吃的那頓午飯。透過席爾，我開始「交替前進」，如果事情進行順利就該是這樣，你同時展開往內和往外的旅程：一群人引向另一群人，我被傳來傳去，指向彼此衝突的方向；我的電話響個不停，每個人都想說服我接受某些事，要把我從某個致命錯誤之前引開：我的案例最後終於活躍到讓巴勒斯坦人也關心了。

到頭來，最重大的一件事是我與約旦的迪娜王妃，胡笙國王的第一任妻子見面，她那時已經再嫁給阿拉法特在南黎巴嫩的青年鬥士領袖，薩拉·塔阿馬利（Salah Ta'amari）。迪娜經常突然地進出倫敦。薩拉行動甚至更隱密，從不為任何事準時赴約，或許是刻意的。但最後我們三個人想辦法見了面，在一家豪華的西區餐廳吃非常遲的午餐，在那裡我配著鰯魚和沛綠雅礦泉水，第一次領教了薩拉激烈的演講風格。他說得一口美妙、熱情而有教養的英語，生氣勃勃，附近幾桌的人都為之心醉神迷。那次午餐很成功。迪娜和薩拉邀請我到他們在塞達的房子一晤。薩拉承諾要在貝魯特為我引見他人。作為回報，我盡可能清楚地說明，我也有可能拜訪以色列——雖然我很快領悟到應該稱之為巴勒斯坦——所以我希望沒有人要託付我任何祕密，我只希望聽聽論證、見見雙方人馬。儘管如此，認定我在前雇主英國外交部還吃得開的善意假設如影隨形，在這件事上可能對我有所幫助；因為現在我懷疑，某些終於接納我的人如果相信這些事確實屬實（我只是個想聽人講故事的小說家，而外交部如果還有想到我也是帶著真心的厭惡），他們就不會那麼慷慨地付出時間了。

從那時候開始，就像查莉一樣，當我在以色列和散居的巴勒斯坦人之間來來回回——通常取道賽浦路斯——我也乘著情緒的鐘擺，一開始擺向這邊，然後擺向那邊。某個星期，我和黎巴嫩、約旦或突尼西亞的巴勒斯坦人同在；下個星期，我人在耶路撒冷、臺拉維夫、內蓋夫沙漠（或者某個災難性的場合裡）一邊苦於痢疾，一邊從約旦那邊穿越艾倫比大橋。我的朋友大衛·格林威當時服務於《華盛頓郵報》，他那時和我在一起，當我可憐兮兮地蜷縮在我們的車後座，我永遠不會忘記他充滿自信、大步越過整排停在那裡的卡車，走向檢查哨，拋出每個他知道的東方顯貴大名，說服守衛讓我們先通過的景象。在另一個場合，格林威和我一起到達一處位於黎巴嫩極南端邊界上的十字軍舊堡壘。巴勒斯坦人還占領那個地方——恰好那時是這樣。我永遠不知道我比較怕哪一樣：狙擊手從山谷放冷槍，還是我們那位德魯士駕駛的技術，他每次飛速通過一個U型彎道都得咕噥著祈禱。那一陣子格林威派駐在耶路撒冷，而且像我一樣，同時採訪衝突的兩邊。早幾年當我還在寫《榮譽學生》的時候，他曾經派駐東南亞，報導越南和柬埔寨的戰爭，一開始是為《泰晤士報》工作，後來換成《華盛頓郵報》。

這實在是我的運氣絕佳，能在寫這兩本書時沾他的光；因為他有著記者的勇氣和機智，這可遠超越我所擁有的一切。

要見阿拉法特，我等得更是久得可怕。我得在巴解駐貝魯特辦公室邪氣的小小前廳裡浪費一段令人怒火中燒的必要時間，一邊研究那些破爛的以色列集束炸彈展示品和汽油彈，一邊等著他們當時的發言人，一位拉帕迪先生來接見我。阿拉法特手下的案牘英雄數量似乎無窮無盡，他們的辦公室裡瀰漫著汙濁的雪茄煙霧，我吸著它們險些嗆死自己。

那時候，有一種屬於巴勒斯坦人的面孔。所有鬥士似乎都有那張臉，無論胖瘦：那張臉有種緊張的、監獄似的灰暗，帶著一直無家可歸造成的悽惶病態顏色，就靠垃圾食物、香菸和緊繃的神經活下去。喔，革命分子就有錢了。看看他們的新制服、軍靴、新車、新野戰電話和新武器。但剝奪感來自於比錢更深刻的層次；這和失去愛、希望、朋友及家庭有關。對這些苦於分離的孩童來說，再多支金錶也無法補償這種損害。即便是薩拉·塔阿馬利——在他步入一個房間時，他傳奇性的俊美總會引人側目——言詞如此流利又充滿人文修養的薩拉，也不免有那張臉。他也不想如此。以色列人在入侵黎巴嫩期間終於抓到他——他們有史以來軍階最高的巴勒斯坦囚犯——薩拉對於他繼承的悲劇性遺產有所自覺，這讓他在好幾個月的單獨監禁及審訊之後，還能以勝利姿態出現在以色列電視上，做現代化與協調一致立場的代言人。

會有人在你的旅館跟你聯絡，他們這樣告訴我：請待在你的旅館裡，等就是。

寫作就是等待。我蹲在貝魯特的海軍准將旅館，一大筆錢都花在酒吧裡，那裡的鸚鵡已經學會模仿此起彼落的砲擊聲。我傾聽著傍晚的連續砲擊，從我沒開燈的臥室窗戶望著山頂後拖長而緩慢的砲火閃光。我在空曠的中國餐館裡吃著特大號春捲——無論情勢如何，海軍准將旅館不尋常的工作人員還是設法讓那家附設餐館繼續運作。而我也總是豎起耳朵聽櫃檯的動靜。

一個瘸腿的侍者最後終於為我帶來傳喚通知。我想他有條腿不見了大半，但他是如此年輕而敏捷，很難猜測他究竟失去了多少。他從空桌之間搖搖晃晃朝我走來，眼中燃燒著興奮；那個鐵盒子似的春捲我吃了差不多一半。

「我們主席現在要見你。」他以意味深長的共謀語氣悄聲說道。「現在，請您動身。」

不過那天晚上我偏偏腦袋不太靈光。我看出他要我站起來，所以我出於禮貌照做了。我想，他是要帶我去見旅館董事會的主席。我納悶著自己是不是沒付帳又坐太久了。也可能是「我們主席」要我為他手上的書簽個名。又或許他要把我扔出旅館，因為我真的（或出於想像）在旅館裡做了某種有失禮儀的事；在貝魯特，沒有人的行為可以預測，包括我自己的在內。

我跟著這男孩穿越旅館大廳，一直走到前門；我看見一小群戰士穿著他們那種像披肩般蓋著肩膀的外套，雙手隱沒在衣服的折縫裡，兩部沙色的富豪轎車在那裡等候，這才恍然大悟是要去見巴勒斯坦解放組織的主席。

《女鼓手》裡有一段敘述了在夜間穿越貝魯特的類似旅程——車一再地轉向，人得趴低；在九十英里時速下衝刺後，我們猛然逆向跨越雙線道馬路的分隔島，接著閃車燈往對面車道繼續開。這就是我們那天晚上的旅程。我們最後的目的地是個炸爛一半、重建一半的高層公寓建築，在十樓或十二樓。在這裡，由那些鬥士給我搜了第兩百萬次身以後，我終於脾氣失控，粗魯地宣布我厭煩被搜身了。他們很抱歉地笑著退開，躬身請我見阿拉法特本人。他配著銀色手槍，身穿熨得筆挺的制服，身上有嬰兒爽身粉的味道。我們以傳統禮俗擁抱時，他兩頰的鬍渣感覺如絲，不會刺人。

「大衛先生，您為什麼會來這兒？」他開口問，出乎意料地以我的教名相稱，同時把他的手擺在我肩上，像個憂慮的醫師直視我的雙眼。

「主席先生，我來此是為了讓我的手直探巴勒斯坦之心。」

他抓住我的手，壓向他的胸膛。他的手柔軟如女子。

「大衛先生！就在這裡！就在這裡！」

阿拉法特也有一張巴勒斯坦面孔。他可以把那張臉如燈塔般點亮，如小丑般戲謔，也可以讓它帶有政治家的嚴肅；他可以讓他的眼神顯得欣喜歡悅，你得生性極乖僻才能忍住不照樣回應。他說話帶著輕柔迅速的熱情，一段標準談話之間會插入一些鼓舞人心的題外話，以便配合他的聽眾。他可以像個校長似的教訓你，或是在聆聽你的智慧之語時盯著你看，像個著迷的門徒。然而間或閃現的面孔屬於一個過分敏感的小士兵，他失去了他的馬，你會感到一股遏止不住的渴望，想去替他找回來。阿拉法特令我著迷，我也想要如此。我想要像我的查莉一樣易受誘惑。我要她變成一個重複許諾的女人，有著雙重忠誠，因此也注定要背叛雙方。所以我隨波逐流，就像他們這些日子裡的說法：但同時隨著兩股流水，隨著彼此相抗衡的潮流。我人在塞達的時候，住在薩拉和迪娜家裡，那房子美麗然而受到戰火摧殘，養了山羊、檸檬樹和貓狗；我聽著薩拉熱烈但頗有同情心的雄辯滔滔，還有護送我來那些年輕鬥士的故事，那時我的經歷混合了憐憫、意欲訴諸武力的義憤——下筆的此刻我又感覺到了——那也正是查莉的指揮官約瑟非常善於運用的情緒。

那麼恐怖呢？你激憤地問道。暴力呢？猶太人學校巴士上的炸彈呢？我真的這麼不切實際，這麼愚蠢，甚至不瞭解發生在我眼前的事情？

喔，我很瞭解。

那時候，你不必在貝魯特待很久，就可以聞到門外的恐怖氣息。不需要一雙訓練有素的眼睛，就看得到跟你共歡笑、閒談的那些人裡，有一半都該在心理醫生的長椅上躺好；他們的生命從嬰兒時期起就是這樣顛沛流離，這樣暴力，他們已經學會把「正常」社會看成一個敵對目標。受到賤民待遇的人就會變成賤民——如詩人奧登所說，受惡行所害者將作惡以報。

我曾和一個極端派分支團體的發言人談過話，據說他們與巴解決裂，另外推動自己的恐怖活動。他的戰士們，男孩和女孩，在牆邊隨意靠著，全副武裝。我那位東道主腦袋後頭掛著一個裱了框的高解析照片，裡面是一架瑞士航空巨無霸噴射機，停在一處沙漠軍用機場上。炸彈從裡面爆炸時，機身中央被炸開來。那一回他們在炸飛機前疏散了旅客和機組員。房間裡的情緒很是興奮。一個漂亮女孩到處分送小杯阿拉伯咖啡，英俊的年輕戰士們沉著臉自己動手拿。某個人開始認真解釋，深夜裡乘著橡皮小艇橫渡加里利海時景色有多美。那麼殺戮呢？我問道。我的東道主對我的問題顯得困惑。他吸了一口氣，開始發表一篇標準談話：一顆以色列人的炸彈落在南黎巴嫩的一處難民營，在一個下午殺死的巴勒斯坦人，比巴勒斯坦人一年殺的復國主義者還要多……這不是殺戮，這是戰爭……這是自衛……我走出去呼吸新鮮空氣；或者該說，在貝魯特那種交通之下能呼吸的新鮮空氣。

那以色列呢？我為什麼對我在那裡的經驗說得這麼少？呃，因為在某種程度上他們可以預測，架構分明，也因為以色列人是接觸得到的，他們有門鈴和運作正常的電話，還有好房子、學校與護照。如果你想要和某個在以色列的人講話，你也這麼說了，幾乎每次你都能成功。他們的官方說詞聽來熟悉，而且更適合西方人的耳朵。沒有人要我久候。穿著襯衫的將軍跳起來拍拍我的肩，他們總是有大把時間可用；政治家、情報官和報紙編輯一起閒聊、爭論，他們身處於一種確信一切如常的氛圍裡，那是巴勒斯坦人在他們生命中拒絕接受的；這幾乎是一種哲學了。

勝利並未帶來人氣，這不是以色列人的錯；我們心中的浪漫派本能地想支持落水狗。巴勒斯坦人喜歡自命為一群流亡游擊隊員，這是一個民族在世界棋局中成了一枚卒子後，出現的自發性民間運動。但以色列無法再隱藏他們的身分，其實是一支有美國武裝、令人印象相當深刻的軍事力量，有可能是全世界最好的戰鬥部隊。在公關拉鋸戰上，巴勒斯坦扮演大衛的角色，以色列人則是巨人歌利亞。我們很容易看出，為什麼歐洲恐怖組織會把巴勒斯坦的旗幟釘到他們的旗桿上；我們也很容易瞭解，查莉的心怎麼會輪流在兩方搖擺不定。

三年後這本書所收到的迴響，和我寫作此書的經驗一樣詭譎。當時我的期待也是如此。以色列人鬆了一口氣，給這本書好評。在美國，沒有一本暢銷小說膽敢暗示巴勒斯坦人也是有權申辯的人類，因而造成一陣騷動。大半時候，我保持沉默，忍受那種無聊鬼扯：任何批評以色列的人當然就是反猶人士。我接到過某些來自美國猶太人組織的惡毒信件，但也有個別猶太人寄來極端動人的信件。最有影響力的美國書評家，不論猶太裔或非猶太裔，都給此書好評。一位美籍阿拉伯領導者貶抑此書為「把阿拉伯人當恐怖分子的尋常玩意兒」。在阿拉伯媒體上，這本書以同樣隨便的方式被捧上天或貶入地。一位重要的阿拉伯批評家宣稱此書反巴勒斯坦，理由是：巴勒斯坦人在小說中和在真實生活中一樣，都輸掉了。

對我自己來說，十年後第一次回顧它，我發現我對這本書的感覺很自在，這並不尋常；我主要的遺憾，在於開頭處花太多時間和那些德國人攪和了。我的哀傷則在於只需少許改變，這個故事不管在今天、明天或更久以後，都還能上演；這兩個民族都有正義站在他們那邊，而我的女主角查莉從他們之間的戰役中脫身時，就像我自己那樣，依舊會被撕扯成碎片。

勒卡雷，一九九三年四月

I

撒網

1

事情從「貝格斯堡事件」開始有了眉目，儘管西德當局根本還沒搞清楚發生了什麼事。在貝格斯堡爆炸案發生之前，已有許多類似事件啟人疑竇；而這件爆炸案的布局之高明，對照炸彈的品質之低劣，終於使原先的懷疑獲得了證實。俗話說「冤有頭、債有主」，炸彈客的身分曝光只是時間早晚的問題。令人心煩的是，只能耐著性子等狐狸露出尾巴來。

爆炸比原定時間遲了許多，可能遲了十二個鐘頭，直到星期一早上八點廿六分才引爆。許多受害者手上已故障的腕錶，指出了爆炸發生的時間。這與最近數日發生的爆炸案一樣：事前毫無警告，隨後發生的幾樁亦然——以色列軍事採購團於杜塞多夫市訪問途中座車爆炸，無預警；寄給安特衛普市某正統派猶太人議會團體的書本炸彈亦然，炸死了榮譽祕書長，還把她的助理活活燒死。蘇黎世某家以色列人開的銀行，碰上的炸彈案也如出一轍：藏在人行道垃圾箱中的炸彈引爆，炸死了兩名無辜的路人。唯一事先接獲警告的，是斯德哥爾摩的那枚定時炸彈，可惜它是另一個非法組織的傑作，與其他一連串發生於歐洲各大都市的爆炸案毫無關連。

事發那天上午八點廿五分，貝格斯堡的杜瑟街就只是另一個綠意盎然卻沉悶封閉的使館區，與政情紛擾的波昂市有天壤之別，儘管兩地只相距十五分鐘車程。杜瑟街是條新近開闢出來的街道，相當美好完善，兩側全是幽靜隱密的蒼翠花園，傭人房位在車庫附近，還有歌德式鐵欄杆圍繞深綠色的玻璃窗。萊茵地區終年都有叢林般的濕暖天氣，區內的草木就和這裡的使館社群一樣，成長之快幾可比擬德國人蓋公路的效率，他們更新地圖的速度還稍微落後一點呢。某些房舍的正面已經給蒼綠茂密的松柏遮去一半，如果那些樹長到該有的尺寸，總有一天會把這整片地區變成格林童話中的黑暗地帶。結果這許多松柏倒是很有效地擋住了爆炸時產生的震波，而在爆炸案過後沒幾天，一個當地園藝用品店就將這些樹當成招徠客人的新產品。

使館區裡的房子，有幾棟在外觀上頗具母國風格。就拿坐落在杜瑟街轉角上的挪威大使官邸來講，樸素的紅磚農舍與奧斯陸郊區的高級住宅並無二致；街尾的埃及領事館則近似埃及亞歷山卓市內的某些破落別墅，不時有淒涼哀怨、如泣如訴的阿拉伯音樂從（為阻擋北非熱浪而永遠緊閉的）窗口流洩而出。時間是五月中，一大清早天氣顯得晴朗燦爛，好多鮮花和新竄出來的嫩葉，迎著習習晨風款擺送香。木蘭花的花季才剛結束，看來淒涼的白色花瓣大半都謝成了一堆殘骸。在一簇簇濃鬱蒼綠的樹海之外，大街上的交通喧囂幾乎傳不進住宅區。爆炸前最響亮的聲音，不過是林子裡那些鳥的啁啾，其中包括幾隻肥敦敦的鴿子，牠們特別喜愛光顧澳洲使館武官引以為傲的那些紫藤樹。南方一公里之外的萊茵河上，視線以外的駁船發出嗚嗚的汽笛聲，居民們早已習以為常，充耳未聞，所以也只有在它們停了之後，才會顯現出它們有多吵。反正長話短說，不管你從與其說誠實、不如說是歇斯底里的西德報紙上看到多少災難——失業率、通貨膨脹、破產倒閉、經濟蕭條，以及所有繁榮資本主義經濟帶來的不治之症——那天清晨的貝格斯堡，就和往常一樣寧靜安詳，悠閒清雅得有如世外桃源，波昂也只有報上描述的一半糟而已。

依照不同的國籍與官階，有些一家之主早已出門上班，可是那些外交官向來有某些慣常的行為模式。就拿一位心情抑鬱的北歐領事來說，由於他昨晚和太太吵了一架，根本還賴在床上起不來。一位南美大使頭上仍戴著髮網，身披北京之旅賺來的絲睡袍倚在窗口，吩咐菲律賓司機該去買哪些東西。而義大利參事那時猶光著屁股在刮鬍子。他向來喜歡在做晨操之前、淋完熱水浴之後才刮鬍子。他太太卻早就穿戴整齊下了樓，正在大罵徹夜未歸、天亮才回家的寶貝女兒；這是每週常見的晨間例行訓話。來自象牙海岸的特使，當時正用長途電話通知國內的頂頭上司，他最近又如何嘗試從愈來愈不情願的西德財政部門榨出發展援助金。電話線路突然中斷時，他們還以為是他故意摔電話，氣得立刻發出一份尖酸刻薄的電報，問他還想不想幹下去。以色列勞工黨的參事，則早在一小時之前就出門上班了。他對波昂的生活不太習慣，寧可循耶路撒冷的起居時間工作。那天早上的情形大致如此，有一大堆格調不高的種族笑話，倒是從現實與死亡中找到了根據。

每次爆炸案發生時，總有一、兩件奇蹟，可謂不幸中之大幸，而「貝格斯堡爆炸案」也不例外：載了社區中大部分學童的美國學校巴士，在爆炸發生的那刻正好駛離現場：上學的日子裡，孩子們集結等車的地點距離爆炸中心點還不到五十公尺。幸虧那天老天爺慈悲，上了車的學生沒有突然發現忘記帶什麼作業，也沒有人睡過頭，或在星期一早上突然不想上學，所以巴士很準時地開了。接著一聲轟然巨響，巴士後車窗爆裂粉碎，司機嚇得把車猛往路邊開，一個法國小女孩沒了一隻眼睛，其他小孩倒是有驚無險，事後被視為天降神蹟。這也是這種爆炸案的典型特徵，或者該說是立即產生的副作用：一種集體的狂野衝動，想要慶祝生命，而非浪費時間追悼死者。真正的悲傷哀悼，則要等震驚消退之後才會出現，通常得過了好幾個小時，不過有時也不用那麼久。

爆炸的巨響，除了那些靠近炸彈爆炸現場的人，一般人並不會記得多清楚。河對岸的小鎮柯寧斯溫特，鎮民聽到的彷彿是戰爭在外地爆發，眾人被震得半聾，顫抖著四處遊走，見人便互相會心微笑，像是生還下來的陰謀共犯。至於那些可惡的外交官，居民們交頭接耳：還能指望他們什麼嗎？乾脆把他們送到柏林，讓他們悠哉地花我們的稅金養老算了！但那些在爆炸現場附近的人，一開始卻好像什麼也沒聽見。如果他們還說得出話來，唯一能說的也只是馬路裂開了、煙囪靜靜橫倒向屋頂，或者一陣狂風掃過他們的房子，扯緊他們的皮膚、往他們身上猛地一擊、把他們吹倒在地；花瓶裡的花都飛出來，而花瓶砸到牆上，碎了一地。他們記得有聽到玻璃破碎的聲音，還有嫩枝落到馬路上的窸窣聲。還有些驚嚇到喊不出來的人，發出微弱如貓叫的聲響。所以說，他們的感官對於爆炸帶來的噪音並不是毫無知覺。有幾個目擊者指出，當時法國領事館廚房裡的收音機正在大聲播放食譜。一位自認頭腦還很清醒的太太問警方說，會不會是爆炸使得收音機的音量變大了？警察為她覆上毛毯，護送她離開現場，並且溫和地回答她：任何事情都有可能，但這次理由有點不一樣。大概是因為法國領事館的窗玻璃全被震碎、館內又無人能關掉收音機的情況下，收音機的聲音才會直接傳到街上。而她依然搞不清楚到底發生什麼事。

當然，媒體很快就到了，記者全擠在警戒線前。第一次發出去的新聞竟浮報死了八個人，傷了卅幾個，還振振有詞地一口咬定，這次的爆炸案是西德某自稱「尼布龍格五號」的愚蠢右翼組織所為；該組織的主要成員包括了兩名白癡少年和一名瘋狂老人，他們其實連一個氣球都爆不破。近午時分，新聞記者不得不改口：死者減少到五名，其中有一名以色列人，四人重傷、十二人因各種不同狀況的輕傷在醫院急救；現在他們懷疑起義大利的赤軍旅，不過還是一樣，根本沒有一點公認的證據。等第二天新聞發布時，一切又變了調，說是「黑色九月」恐怖組織幹的。第三天，箭頭則指向一個自稱「巴勒斯坦哀兵」的游擊恐怖組織，記者們還武斷地論定，過去所有爆炸案全是該組織的傑作。至於到底有沒有這個叫「巴勒斯坦哀兵」的組織呢？還有他們究竟為何採取這些行動？報上卻沒進一步解釋。反正接下來的那幾天，許多冗長沉悶的社論，非常恰如其分地拿這個當作標題。

非猶太裔的死者中，包括義大利參事家的西西里廚師，以及他的菲律賓司機。四名重傷者中，包括位於爆炸中心點、以色列工黨參事的太太；她被炸斷了一條腿。至於唯一一名喪生的以色列人，則是他們的小兒子加百列。然而根據事後得到的大致結論，炸彈針對的目標並非以色列參事一家人，而是那位參事的妻舅，他剛好從臺拉維夫到此探親：他是一位猶太教律法學者，對巴勒斯坦人在約旦河西岸的權利採取強硬立場，因此小有名氣；一言以蔽之，他認為巴勒斯坦人根本不該有任何權利，他常常如此大聲鼓吹，無視於他姪女的意見；這位參事夫人身為以色列自由派左翼分子，而她在人民公社的成長經驗，可沒讓她準備好面對外交生活中的大量奢華享樂。

假如加百列那天早上也坐了校車去上學的話，或許就不會無辜枉死了，可是他那天和過去許多時候一樣，剛好不舒服。他是一個毛躁不安的孩子，在此之前一直被視為這條街上的搗蛋鬼，尤其是在午睡時間。但就像他母親，他很有音樂天賦。現在嘛，理所當然，整條街的居民都覺得自己一輩子沒看過比他更惹人疼愛的孩子。一個右翼德國小報，現在充滿了支持猶太人的感情，把他說成是「天使加百列」——那位報紙編輯倒是不知道，這個稱呼在兩種宗教裡剛好都有——還整個禮拜刊登歌頌這位聖潔天使的虛構故事。較有格調的報紙也呼應這種情緒。有一位明星評論家宣稱（他未提出處地引用了英國首相迪斯雷利之言），基督教若不是發展完全的猶太教，就什麼也不是。所以，加百列不但是猶太教烈士，也是基督教殉道者；關心此事的德國人知道這點以後，就覺得舒坦許多。讀者們自動自發寄來幾千馬克的錢，多到不得不設法處理；有些人談到要有個加百列紀念活動，但幾乎沒人提到其他死難者。按照猶太人傳統，加百列小得淒涼的棺材將立刻送回以色列準備安葬；他的母親傷勢太重、無法旅行，得留在波昂直到丈夫能伴護她歸國，屆時他們才能在耶路撒冷一起守猶太教的七日喪期。

爆炸發生的當天下午剛過不久，由六名專家組成的以色列調查小組，立即從臺拉維夫趕來。西德方面，則派了內政部的爭議性人物艾里希博士出馬。不太確切地說，他算是負責這項調查工作，而且是由他到機場迎接以色列六人小組。艾里希是個腦筋靈光、機詐狡猾的老狐狸，一輩子苦於自己比多數同儕矮上十公分。或許是為了彌補這種缺憾吧，他同時也相當莽撞躁進，在公私兩方面都很容易招惹是非。他既是一名律師，又是一名主管安全的官吏，而且也是一位喜歡玩弄權術的官僚，這正是近年來德國人所培養出來的產物；執政聯盟並不怎麼欣賞他那難以駕馭的自由派信念，他愛上電視大放厥詞更是個不幸的缺陷。根據模糊的側面瞭解，他父親當年也算是反對希特勒的鬥士，在那些變化迅速的時代裡，他這個脫軌的兒子不怎麼輕鬆愉快地繼承了此傳統。波昂政府的當權派人士裡，確實有人認為他不太稱職；再加上艾里希最近又在鬧婚變，竟然姘上一個年紀小他廿歲的情婦，他們對他的看法益發惡劣。

如果是其他人到波昂來，艾里希根本懶得到機場去迎接——何況還沒有新聞記者——可是由於西德與以色列的關係最近正值低潮，內政部逼他一定要去，他只好從命。令他更不是滋味的，是他的上級主管竟然在最後一分鐘，加派了一位從漢堡調來的西里西亞警官❶，陪著他一道去機場迎接以色列調查小組。此人行事溫吞，素有保守派與慢郎中的名聲，在七〇年代學潮中因鎮暴有功才嶄露頭角，據說對滋事分子和炸彈頗為內行。派他支援的另一個藉口，是說他一向與以色列人關係良好。艾里希私下和別人一樣明白，這個漢堡警官其實是來瓜分他職權的。或許在目前惡劣的氣氛中，更重要的是艾里希和西里西亞警官都屬於「沒有包袱」的一代，也就是說他們太年輕，對於那個「尚未征服的過去」（這是德國人悲傷的說法）無須負起任何道義責任。不管今日的猶太人曾遭遇過什麼，艾里希與他不請自來的西里西亞同僚過去都雙手清白；若他們想再進一步確認，還有老艾里希可以擔保。報界在艾里希的引導下，把這一切都說明得清清楚楚。僅有一家報紙的社論指出，只要以色列繼續無差別地轟炸巴勒斯坦難民營和村莊（一次轟炸殺死的不是一個小孩，而是幾十個），炸彈事件就會層出不窮、變本加厲。社論刊出第二天，以色列大使館新聞參事立刻發表了一篇義正辭嚴、然而稍顯紊亂的強烈聲明。他說，自從一九六一年以來，以色列不斷遭受阿拉伯恐怖主義的攻擊，只要以色列人在任何場所能夠安然不受恐怖威脅的話，他們就連一個巴勒斯坦人也不會殺。加百列之所以被炸死，只有一個原因：他是個猶太人。德國人可能還記得，加百列不是唯一一個為這種理由死去的猶太人。假如他們已經忘了希特勒大屠殺的慘痛教訓，那十年前所發生的「慕尼黑世運會慘劇」，應仍記憶猶新吧？

原先發表諷刺社論的西德報紙編輯，拒絕回應外界，請了一天假沒上班。

祕密由臺拉維夫飛來的以色列軍用噴射機，直接降落在機場邊緣，一切檢查手續全免，雙方立即展開日以繼夜的調查工作。上級一再告誡艾里希，對以色列調查小組必須完全配合，然而這類命令實屬多餘，他可是知名的親猶人士。他自己曾到臺拉維夫做一趟必要的「聯繫」之旅，在大屠殺紀念館前鞠躬的樣子還有照片為證。至於那個乏味的西里西亞人麼——喔，他不厭其煩地提醒每個願意聽他講話的人，他們都在找尋同一個敵人，不是嗎？顯然是赤軍旅嘛。到了第四天，雖然仍有許多搞不清的疑問，聯合調查小組卻已經把「貝格斯堡爆炸案」理出一個起碼的頭緒。

他們弄清楚的第一件事，是爆炸發生的目標房屋並沒有特別的安全監視，當初以色列大使館與波昂安全單位也未協議在此加派警衛人員。至於坐落在三條街之外的以色列大使官邸，則有廿四小時全天候警衛。使館門口有一輛綠色的警車駐留；大使官邸四周加裝了鐵欄杆；花園裡更有兩人一組的哨兵手持輕機槍來回巡邏，他們都年輕到渾然不覺自己在此盡職地守衛，是個多大的歷史諷刺。大使也配備了一輛防彈裝甲轎車，並有警方的摩托車隊護送。到底他身為一國大使，又是「猶太人」，在這個國家理當加倍保護。但區區一名工黨參事，待遇就不同了；他的住宅只配享有使館區巡邏警車的一般保護，而巡警能說的也只是這種以色列人住家確實是特別注意警戒的目標，就像值勤日誌上寫的那樣。為了謹慎起見，凡是以色列使館職員的住所，皆未印在使節團的通訊錄上。這也是為了預防以色列在政治上採取什麼難纏的舉動時，或許會鼓動某些人衝動地做出什麼冒犯之舉。

❶ Silesia，古代波蘭省名，範圍包括現在波蘭的九個省、德國布蘭登堡與薩克森州局部，以及捷克共和國北摩拉維亞州部分。

星期一早晨八點剛過不久，工黨參事在打開車庫門後，就一如往常地檢查車子的輪軸蓋；還有引擎和底盤，用的是大使館特別發放的一根綁了面鏡子的長柄掃帚，徹底檢視過。他的妻舅當時準備同行，確認了這一點。參事在發動車子以前，還特別察看了一下駕駛座底下。自從炸彈事件接連發生，所有以色列的駐外人員，都嚴格規定必須這麼做。他和其他人一樣清楚，裝爆裂物到一個普通的汽車輪軸蓋上，最多只要四十秒鐘，而在油箱上裝一顆炸彈甚至更簡單迅速。他和所有其他人一樣清楚——他加入外交單位稍嫌晚了些，但從此之後這類叮嚀一直在他耳邊嘮叨不休——的確有許多人想炸死他。他看過不少報導和電報。待車子檢查完畢，確認沒有問題之後，他才滿意地與老婆孩子道別，開車去上班。

第二件他們查清楚的，是參事家那位瑞典籍的女傭兼保姆愛兒可小姐。她在事發前一天，與她在聯邦國防軍服役的德國籍男朋友沃爾夫，雙雙到威斯特瓦德山去度一星期長假。這對男女的安全資料都乾淨得無可挑剔。星期天下午，沃爾夫開著他那輛敞篷金龜車來接愛兒可；任何經過屋子或者持續監視的人，都可能看到她穿著外出服走出前門、吻別小加百列；上車前，還開心地向參事揮手道別。參事承認，當時他曾特別站在門階上相送，他太太那時則在後面的菜園裡（她相當熱中於栽植蔬菜）。愛兒可到他們家工作至少有一年了，而且依參事的說法，全家人都喜歡愛兒可，她也算家中一員。

全家人都喜歡的保姆愛兒可出門度假、住宅缺少警方嚴密保護，正是這兩項因素令爆炸案由不可能變為可能。至於爆炸案之所以達成目的，則應歸咎於參事本身的友善天性。

星期天傍晚六點鐘，就是愛兒可離開兩個小時之後，參事和他的妻舅正熱烈地展開宗教辯論，而他太太還在後面執著地耕種著德國人的土地；這時前門的門鈴響了。只響了一下。一如往常，參事在應門之前，先從門上的魚眼窺視孔朝門外望了兩眼。同樣地，他朝外窺視時總不忘帶著他的勤務用槍，雖然理論上當地法律禁止他持有任何武器。可是他從孔裡望出去，只見到門外站了一位年紀大約廿一、二的金髮女郎，看起來既嬌弱又親切，她站的門階上，腳邊有個用舊了的灰色行李箱，提把上拴著「北歐航空」的掛牌。一輛計程車——或是一輛私家車？——等在她身後的街上，而他可以聽見車子的引擎並未熄火。這點他相當肯定。他甚至覺得，他聽得出那輛車子的引擎有雜音，空轉速度好像太高了點，不過這是他後來拚命要多想起點什麼時才補充的。照他所形容，對方是個很好的女孩，兼具輕盈飄渺與健美豐盈，鼻子附近還有太陽曬出來的雀斑。她並不像一般女孩子那樣，穿著單調的襯衫和破牛仔褲，相反的，她穿的是一件釦子扣到領口的藍色洋裝，非常端莊，頭上裹了一條絲巾，好像是白色還是乳白色的吧？正好把她那頭金髮包住。如同他在第一次掏心掏肺的詢問裡就承認的，他一看就欣賞，這才叫體面的打扮。所以他把手槍塞回玄關矮櫃的頂端抽屜、退掉安全鏈門讓她進屋，滿臉堆笑——因為對方是個可愛的女郎，而他是個害羞的大塊頭男人。

這些都是第一次詢問時透露的。至於這開門納客的舉動，那位親家叔叔什麼也沒看到、聽到，所以並不能把他視為目擊者。他一個人留在房間裡，房門又關上了，於是他思索起《米示拿》經文❷的一段解釋——這相當符合所他服膺的一般原則：絕不浪費時間。

---

❷ *Mishna*，《米示拿》是猶太人口傳律法的彙編。

女郎講的是英語，有濃重的北歐腔，絕非法國腔，也非拉丁腔；調查小組用各種音調與參事核對過，絕對是北歐腔的英語。她先打聽愛兒可是否在家：她叫愛兒可「愛姬」，那是密友才會用的暱稱。參事說，她兩小時以前剛出門度假，實在不巧，不知他能否幫上什麼忙？女孩聽了有點失望，就說改天再來好了。她剛從瑞典飛來，還親口答應愛兒可的母親，會替她把裝了一些衣物及幾張唱片的箱子送到愛兒可的住處。那些唱片是特別貼心的禮物，因為愛兒可喜歡聽流行歌曲。這時候參事就堅持邀她到屋裡坐坐，更有甚者，出於他的善意，還替她把皮箱拎進玄關，他一輩子也不會原諒自己竟然這麼做了。對，他是受過警告和訓練，絕不可隨便從陌生人手上接收任何包裹；是，他也明知任何行李箱都可能有危險。可是這只不過是愛兒可的好朋友，來自瑞典老家的凱特琳，不遠千里替她母親送來的一個箱子而已！行李箱遠比他想像的要重些，然而他當時卻只以為是因為那些唱片。是故他拎起箱子走進屋裡時，還開玩笑地說，她搭飛機的時候行李大概超重許多。凱特琳解釋，愛兒可的母親送她到機場，並且親自替行李付了超重費。他也注意到，行李箱是硬殼的那種，不只沉重，還塞得滿滿的。對——他提起來的時候，箱子裡的東西並未滾動，他很肯定。但箱子在爆炸後，只留下一小塊焦黑的碎片，什麼都不剩。

他當時有問過她要不要喝咖啡，但她婉拒了，說她不想讓司機等太久。不是計程車司機。單單這一點，就把調查小組弄得苦不堪言，猛鑽牛角尖。他後來又問她，她打算來德國做些什麼，她回答說，她想進波昂大學讀神學。他聽了便興奮地找來一枝鉛筆和電話本子，請她把芳名及地址留下，然而她笑著把筆和紙還給他，說：「只要告訴她，『凱特琳』來過，她就明白了。」她解釋，目前她暫住在一間路德會女子宿舍裡，等找到房子就會搬走（這種宿舍在波昂相當普遍，他聽了更加深信不疑）。她說等愛兒可回來，還會再來找她，也許會陪她過今年的生日。她好盼望能如此。真的。參事就打趣地說，屆時也許他會替愛兒可開個生日派對，邀請她所有的朋友來玩——他可以親自下廚為她們準備一些乳酪餅。因為拙荊——他事後一再可憐兮兮地向調查小組解釋——出身集體農場，對烹飪沒有興趣。

聊到這裡，大門外的街上就傳來了幾聲喇叭聲，聽起來像是中音C，很短促、輕微，大概有三聲吧。他們握手道別，她順手把行李箱鑰匙交給了他。這時候參事才首次注意到，女子戴了雙雪白的棉質手套，不過還滿符合她的風格，何況大熱天裡拎個那麼重的手提箱，手汗也許會很黏、很滑啊。所以，不要說筆跡了，電話本和手提箱上連個指紋都沒有。包括鑰匙。整個過程，據這個可憐蟲事後估計，差不多只有五分鐘。不可能更久，因為司機在催了。參事目送她出去，踩過前院的步道——姿態美麗而性感，卻不刻意招搖。他小心地又把大門關好、門上安全鍊，才把箱子拎進愛兒可在一樓的房間，平放在床尾；他還很好心地想，這樣放對裡面的衣服和唱片比較好。他把那根鑰匙放到皮箱上。從頭到尾，他太太都在園子裡拚命地鋤著硬梆梆的泥土，什麼也沒聽到。等她在後院忙完進屋，和他們坐下聊天時，他還是忘了告訴她。

到此的敘述，有某種很符合人性的小小掩飾。

忘了？以色列六人調查小組難以置信地追問。你怎麼會忘了這件家務事呢？有個愛兒可的朋友從瑞典跑一趟呢。何況在愛兒可的床上還多了一口箱子？

苦苦追問之下，參事崩潰地承認：沒忘，事實上他並沒有忘記。

那又是怎麼回事？他們問。

是因為——可能是——他當時——自己認定了——呃——他太太一向對這些瑣事沒多大興趣，先生。她一心只想早點回以色列的屯墾區，和她的親友們自由地生活在一起，結束外交官的無聊日子。再說——哦……這名女子又那麼漂亮，先生——所以他想，最好還是把那女人的事放在自己心裡就好。至於那個手提箱，呃……我太太絕不會進愛兒可的房間，您明白嗎——我是說以前的狀況——愛兒可一向都是自己打理房間。

那你有告訴你的親家叔叔嗎？

參事承認他也沒告訴他。雙方都確認毫不知情。

他們不予置評地寫下：把那女人的事放在他自己心裡。

進行到這裡，就好像一列神祕火車突然從軌道上憑空消失，所有細節全部停擺。愛兒可在沃爾夫充滿騎士精神的伴護之下，急忙趕回波昂，她完全不認識什麼凱特琳。於是調查的箭頭指向了愛兒可的社交生活，然而這很曠日廢時。她母親也沒託人送過什麼皮箱，而且根本沒有過這種念頭——她告訴瑞典警方，她最討厭她女兒對音樂的低俗品味，怎麼可能會鼓勵她。沃爾夫悶悶不樂地回部隊銷假，還得接受安全單位沒完沒了又不著邊際的調查。那名司機，以及那輛轎車或計程車，也鴻飛冥冥，根本無跡可尋，哪怕全德國的警察和媒體都在找他，報界甚至重金懸賞徵求他的故事，找不到人也沒關係。別說是科隆機場，全德國的出入境旅客名單、電腦和各種資料儲存系統都找過了，就是沒有類似的旅客從瑞典或其他國家入境；他們翻出所有列管的女性恐怖分子資料，包括那些只是在違法邊緣的女性，卻沒有一張相片符合這位以色列參事的印象。參事身遭切膚之痛，也誠心誠意地願意配合做任何事，多少是想讓自己還能有點用處。可是他卻記不起那名女子穿的是什麼鞋子，到底有否擦口紅、香水、睫毛膏，還是說有戴假髮，或者染過頭髮。參事說，他是個受過嚴格訓練的經濟專家，但除此之外就只是個舉止笨拙、熱心助人的已婚男人，除了熱愛以色列和他的家人之外，他只愛聽布拉姆斯的音樂──他怎麼可能看得出一個女人的頭髮，究竟有沒有染過？

對，他是記得很清楚，她有雙漂亮的小腿，還有一段雪白的頸子。長袖嗎？對，否則他就會注意到她的手臂了。有穿襯裙嗎？有吧，否則他就可以看到她背向室外陽光的身體曲線了。胸罩呢？──也許沒戴，她胸脯很小，根本沒必要戴胸罩。他們找真人模特兒著裝給他看。他至少看了一百多套不同的藍洋裝，從全西德各大小服裝店找來的，但他就是怎麼也想不起洋裝是否有不同顏色的領口、袖口；他所受的精神磨難，也沒辦法加強他的記憶力，問得愈多，他便忘得愈多。某些碰巧經過現場的證人證實了他說的部分故事，但也沒多加上什麼實質訊息。警方的例行巡邏車則完全錯過了這件事，或許遞送炸彈的時間點就是這麼挑的。行李箱的廠牌有二十種可能。那輛轎車或計程車可能是是歐寶或福特；是灰色的外漆，不頂乾淨，既不新也不舊。是波昂市的車牌吧；不，是席格堡市發的車牌。對，那輛車上有計程車牌。不對，是天窗，還有一個目擊者說，他聽到汽車裡有放音樂，是哪個電臺就不清楚了。對，有收音機的天線。不對，根本沒有。司機是個白人，不過也可能是土耳其人。是土耳其人幹的啦。他鬍子刮得很乾淨；蓄鬍，而且是黑頭髮；不對，他是金髮。身材不太壯，是女人改扮成的也說不定！有人說確實看見後車窗平臺上，放了根小雞毛撣子。還是說，根本是個貼紙？對，是張貼紙。有人說司機穿著連帽外套。應該說是套頭衫才對。

案情發展到這種膠著狀態，以色列的六人小組顯得像是集體陷入了昏迷。某種倦怠感征服了他們；然後他們開始遲到早退，把大部分時間花在以色列大使館裡，好像是在那裡接受新的指示似的。這樣過了幾天，艾里希認定他們是在等待什麼。每天算日子，但有種興奮；很急迫，卻又力求鎮定，艾里希對這種感覺再熟悉不過。對於這種蛛絲馬跡，他不尋常的好眼力遠勝他的同僚。如果說到瞭解猶太人的心態，他認為他在這方面絕對遙遙領先。到了第三天，一位方頭大耳、自稱「舒曼」的老傢伙，帶了一名年紀比他輕了一半的瘦跟班加入六人小組。艾里希自己把他們比擬成一位猶太裔的凱撒，身邊帶著暗殺者卡喜阿斯❸。

舒曼和他的助手一到，立刻讓艾里希難得地紓解了一些調查工作中忍住的怒氣，也使他得以擺脫那位漢堡警官跟前跟後的困擾。那個傢伙的態度，已經開始囂張到像要替代他，而非協助他。對舒曼這個人的觀察，他首先注意到的就是他鼓舞了以色列六人小組的士氣。舒曼出現以前，那六個人總像是少了什麼：他們很客氣、滴酒不沾，小心地到處撒網，保持一種東方突擊隊似的團結態度。那份冷漠自持，讓那些與他們不同夥的人頗感不適。即使中午在食堂迅速吃頓便飯的時候，無聊的西里西亞人拿猶太教食物開玩笑、大讚以色列風光想籠絡人心，接著又粗魯地出言侮辱以色列酒的品質，這些人竟然也禮貌十足地接受了他的「敬意」，艾里希看得出這樣做有多費力。西里西亞人甚至還繼續談論猶太文化在德國的復興，以及新興猶太人如何聰明地壟斷了法蘭克福與柏林的房地產市場，他們還是忍住不開口，雖說那些東歐猶太人沒有響應以色列建國的號召，忙於從事各種怪異的金融活動令他們暗中感到不齒，一如今他們感到噁心的笨拙東道主。然後，舒曼出現，每件事突然都變得不一樣了。他正是他們等待的首領：來自耶路撒冷的舒曼，早在他光臨前數小時，就先從科隆總部來了通怪電話。

「他們派了位不簡單的專家過來，到了以後就會去找你。」

「哪方面的專家？」艾里希問，他對徒具資格的人有一種很不德國式的厭惡。

沒人告訴他。但突然間他已經出現了——憑艾里希閱人無數的眼睛看來，根本談不上什麼專家，只是個大寬臉、舉止粗俗，看似從斯巴達對抗波斯時代就參戰的退伍老兵；年紀總在四十歲到九十歲之間吧，高大魁梧，更像歐洲人而非希伯來人。寬闊的胸膛和摔角選手般的大步伐，同時具備讓人人聽命於他的能耐。至於他那個忙進忙出的跟班，事前通知裡根本沒提到有這號人物。或許不該把他比擬成卡喜阿斯，而該說是杜斯妥也夫斯基筆下那個成了典範原型的學生：狀似餓殍，總在對抗心魔❹。微笑時出現在舒曼臉上的皺紋，是由數百年來流過同樣石縫的水所刻劃出來的，而他的笑眼夾緊成一道窄縫，像個中國人那樣。然後，比他慢上好幾拍，那個跟班會跟著微笑，像一個回音，只是箇中含意稍微有點變形。舒曼與人握手時，整條右臂會像蟹螯一樣猛地橫掃過來，如果你不及時伸手格擋，可能當胸挨上一擊。而他的跟班兩條胳臂總是垂下不動，就像他沒辦法放任那兩隻手自行往外伸似的。舒曼講起話來像

❸ Cassius，主謀暗殺凱撒的羅馬軍人、執政官。

❹ 在此似暗指杜斯妥也夫斯基小說《罪與罰》的主角。

開火，把許多互相衝突的想法和觀念當子彈般一股腦兒地往外掃射，然後等著看哪些想法直達目標、哪些反彈回來。接著他的跟班才會接口，就像戰場上的擔架隊，輕手輕腳地抬走屍體。

「我是舒曼，很高興認識你，艾里希博士。」舒曼以口音頗重的英語輕快地寒暄。

他只以姓氏自稱。

沒有名號、沒有官階、沒有學位頭銜，也沒有部門職稱，甚至連那個學生樣的跟班也是——或者只是不告訴德國人，管他的。艾里希對舒曼最初的印象，只覺得他像是人民的最高司令；一個帶來希望與動力的人，一名不凡的監督者；旁人口中的專家——他開口要一間私人辦公室，立刻就由他的副手盯著其他人幫他準備好。很快地，緊閉的房門後就傳出舒曼連珠炮似的話語，口氣儼然外地來的大律師，正在盤問並評估他們目前為止的工作進展。即使艾里希不懂希伯來語，也可以聽出他是在問「為什麼？」「怎麼會這樣？」「什麼時候的事？」「為什麼不行？」一個即興詩人，艾里希想道：搞不好他還是個天生的都市游擊專家哩。舒曼不問話的時候，艾里希連那種沉默都收進耳朵，同時納悶著他突然開始讀的是什麼，竟然有趣到讓他可以暫時不出聲。難道他們是在祈禱？——真有這麼虔誠？還是說，又輪到他的跟班講話了？這樣想就理所當然了，因為那個年輕人在一票德國人之間講話的音量，就和他的身材一樣微弱，艾里希不可能聽到他在說什麼。

不過讓艾里希印象最深刻的，還是舒曼的急性子。他就是最後通牒的化身，把自己感受到的壓力也灌注到他的小組裡，迫使他們個個拚命做到自己的忍耐極限。我們會贏，但我們也可能會輸，大概是對他們在講這個吧，艾里希只能憑想像揣摩。我們已經耽擱太久了。舒曼是他們的監工、經理、將軍——

都是——但他自己也被上級逼得很急。至少艾里希還能看得出這點，而且八九不離十。由舒曼手下全神貫注、隨時聽他發號施令的神態看來，就可略知大概了。他對他們工作的細節不注重，只問進度——這樣做有用嗎？——這樣是不是在往正確的方向前進？他也從舒曼的習慣動作中讀出這一點：他老是抓著自己粗厚的左前臂，把夾克袖口往上擠，然後猛扭自己的手腕，就好像手腕不是他自己的，直到那支老鋼鐵錶數字面朝上，又回到他的凝視之下。原來舒曼也有個最後期限，艾里希想：他也坐在一顆定時炸彈上，就由他那名跟班抱著，放在他的手提箱裡。

這對搭檔的互動讓艾里希看得津津有味——幸虧如此，才使他自己的壓力稍稍減輕了些。當舒曼來到杜瑟街，站在被炸毀的房子前面，攤著手、口中唸唸有詞，又伸手看錶，神態頗為激動，就好像被炸掉的房子是他自己的家。跟班在舒曼的陰影中徘徊，猶如他的良心；跟班那枯骨似的手堅決地撐在腰臀之間，同時似乎正以耳語表達誠摯的信念，安撫克制著他的老闆。不久舒曼親自把那位參事請進房間裡問話，兩人的對話隔著門板不時傳出來，起先是又吼又叫，然後就聽到低沉的告白聲；問完話，那個跟班帶著幾乎崩潰的參事，送他回大使館。由此證實了艾里希從一開始就放在心上的某個理論，儘管科隆總部叫他別再追查。

每件事都指向同一結論。參事那個狂熱而內向的太太，一心只想著她的聖地；參事的嚴重罪惡感；他過分慷慨地接待那名自稱凱特琳的女人，實際上在愛兒可不在的時候，自命為她的義兄；而且還很詭異地供認，雖說他進過愛兒可的房間，他太太卻絕對不會進去。艾里希以前見過這種的局面，現在也沒太大不同；苦於罪惡感的暴露神經，對於每種暗示性慾的微風都很敏感，他在整個檔案裡都看得到這種跡象，而且暗自慶幸舒曼也讀了同樣的資料。但如果說科隆方面對這一點很頑固，波昂方面的反應就幾乎是歇斯底里了。這位參事目前成了一位公眾英雄：死了兒子的父親、老婆殘廢了的丈夫。他乃是在德國土地上、反閃族仇恨下的犧牲者；他是以色列派駐波昂的外交官員，所以絕對是有史以來最可敬體面的猶太人。尤其是我們這些德國人，他們拜託他想一想，我們哪來資格揭穿這人是個通姦者？舒曼問完話的當天晚上，心煩意亂的參事就跟著兒子回以色列去了。電視新聞向全國放送了他登機前的淒涼背影，而一向不放過鏡頭的艾里希，則一臉肅穆地脫帽站在登機門口，目送悲劇英雄離開德國。

舒曼的某些活動，仍然逃過了艾里希的暗中觀察，直到以色列小組飛回家之後，他才有所耳聞。比如說，他幾乎是不小心發現，舒曼和他的跟班不靠德國警方就自行查到了愛兒可，在深夜設法延緩她返回瑞典的時間，好讓他們三個能好好進行一次私下談話，完全自願而且報酬優厚。他們又花了一個下午在某個旅館房間裡詢問她；最後還很乾脆地用計程車送她去機場，這和他們在其他社交場合上表現的簡約形成強烈對比。整個活動——艾里希這麼猜測——目的在於調查清楚，她到底有哪些「真正」的朋友，還有她男朋友乖乖待在軍隊時，她又曾經去哪些地方尋歡作樂。至於從她房間殘骸中找到的一些大麻菸，以及安非他命，又是從哪裡買來的？或者，更有可能是某人給她這些毒品，而且在她真的神遊天外、無比放鬆之際，她還喜歡躺在他臂彎裡暢談她自己和她的雇主。艾里希之所以能如此推斷，部分原因在於他自己的人馬對愛兒可私生活的報告，這時也恰好送到他手上。他認為舒曼會問的問題，就是他自己有機會也會想問的那些，要是波昂方面沒有鉗住他的嘴、猛叫他別插手的話。

別惹火上身，他們總是這麼說。別去亂翻泥巴，先讓野草長出來。而艾里希自己也忙於保住官位，所以很上道地接受了這個暗示，不吭一聲，因為隨著日子一天天過去，那個西里西亞人也正一步步爬到他頭上。

如果比照辦理，他同樣會花一大筆錢錢收買她的情報，就像舒曼以他那種瘋狂又堅定的急迫態度，一邊瞥著他的老手錶一邊對女孩循循善誘。比如說，亮出一張鋼筆畫像，裡面是個強壯的阿拉伯學生，或者一名處於外交圈邊緣的低階外交官員——他是古巴人嗎？——他有的是錢可花、又有些正確的小道具作引子，還有意想不到的聆聽耐性。到很久以後，當一切都已不重要的時刻，透過同樣對愛兒可愛情生活充滿興趣的瑞典安全部門，艾里希也得知舒曼和他的跟班，在其他人睡得正熟的幾個小時裡，實際上已經製作出一批可能嫌犯的照片集。由那些相片裡她找出了一個人，一個塞浦路斯島來的希臘人，她只曉得對方叫馬里厄斯，而對方要她用法式發音喊他。她認出他之後，就簽了一張形式馬虎的指認文件給舒曼，意義大致如下：「是的，這人就是跟我上過床的馬里厄斯。」他們跟她解釋，耶路撒冷規定要有這種文件才算數。為什麼一定要？艾里希也很好奇；舒曼可以據此多掙取一點緩衝時間嗎？或者作為一種保證，可以建立信用？艾里希對這些事情瞭然於胸。他愈想就愈是同情舒曼，愈感到他倆同病相憐。我們其實是同一種人，這句話一直在他腦中迴響。我們掙扎求生，我們感受一切，我們看見一切。

艾里希深深看透了這點，而且非常肯定。

結束調查工作的例行檢討會在演講廳舉行，由那個乏味的西里西亞人主持；三百個座位大部分是空的，只坐了兩群人——一群德國人，一群以色列人——就像婚禮中的雙方親戚，各占據教堂一邊的走道。德國人靠內政部派來的官員，還有幾位聯邦議會的投票機器來壯大陣容；以色列人則有大使館的武官相伴，但六人小組中的幾個，還有舒曼的削瘦跟班，已經提前飛返臺拉維夫了；至少他們的同僚是這樣說的。留下的人在早上十一點集合，等著迎接他們的是一張鋪上白布的自助餐桌，所有從這次爆炸現場收集到的證物都陳列在桌上，有如長期考古的發現，每一樣東西都標了個電腦打字的博物館小標籤。旁邊的簡報板還釘了許多大家見慣了的恐怖畫面——是彩色照，這樣更逼真。在門口有個笑得太過愉快的漂亮女孩，負責分發包含背景資料的塑膠封套夾。如果她發的是糖果或冰淇淋，艾里希也不會覺得驚訝。德國代表們絮語不斷，探頭探腦地打量每樣物品——包括那些以色列人；他們保持一種要命的靜默，彷彿浪費的每一分鐘都是折磨。只有艾里希——他很確定是——能夠洞察並分擔他們的隱密哀傷，無論原因為何。

我們德國人簡直太過分了，他這麼想。我們可真是太行了。直到一小時前，他本來還以為會議將由他來主持；他原本預期——甚至早已擬好腹稿——以他字字珠璣的風格演講，最後用一句輕快的英語「謝謝諸位紳士」做結。結果卻不是這樣。上級自有決定，他們要那個西里西亞人主持，陪他們從早餐、中餐吃到晚餐；他們不要艾里希插手，連主持咖啡時間都不准。所以他就故意擺出一副淡然處之的神態，雙臂交抱胸口，遠遠在那群人身後晃蕩，同時生著悶氣，與猶太人同仇敵愾。等到艾里希之外的每個人都就座了，西里西亞人這才以一種搖臀擺尾的特別步伐進場，根據艾里希的經驗，某些類型的德國人一旦有機會上臺主講，就忍不住會那樣表現。在他之後，一個穿著白色外套、看起來嚇壞了的青年跟著進來，帶著那個如今名聞遐邇的灰色舊手提箱複製品，連「北歐航空」的標籤都有做出來。西里西亞人將複製品像個貢品似的擺在講臺上。艾里希回頭找他心目中的英雄舒曼，發現他獨自坐在後排的一張椅子上。他今天沒穿外套也沒打領帶，換上了一條輕鬆的長褲；因為他寬大的腰圍，這條褲子配上他那雙不怎麼時興的鞋嫌短了些。他的鋼鐵錶在棕色手腕上閃動；白襯衫對比棕黑的皮膚，頗有即將出門度假的味道。

撐下去，等下我會來找你的。艾里希想著這個念頭的同時，也回憶起以前他與這些大爺們一起參加過的無聊會議。

西里西亞人口操英語，「為的是尊重我們的以色列友人」，但艾里希懷疑，這樣做也是為了讓他的支持者們能好好觀察這位明星的表現。西里西亞人曾經上過華盛頓那邊開的反顛覆活動必修課，所以講了一口學自某個太空人的粗俗英語。在引言裡，西里西亞人告訴他們這起暴行是出於「極端左派分子」之手；他又拋出一個暗示，「現代青年對社會主義過分執迷」，說到這裡臺下的議員們發出一陣贊同的窸窣。咱們敬愛的「元首」本人也不會說得更好了，艾里希心中暗想，但表情還是保持漠然。西里西亞人說，因為建築學上的理由，爆炸氣流傾向於朝上衝——助手在背後幫他展開圖表，他站在圖前口沫橫飛——然後呢，把房子中央結構整個截去，順便帶走頂樓，孩子的房間就是這樣飛掉的。簡單講就是個大爆炸，艾里希粗魯地想，所以幹麼不就直說然後閉嘴？可是西里西亞人絕不放棄，絕不停口。最精確的炸藥估計量為五公斤。那個媽媽活下來是因為她人在廚房。廚房是個*Anba*（擴建空間）。這裡忽然冷不防插入一個德文，至少對在場講德語的人來說，造成一種特別的尷尬。

「*Was ist Anbau?*（擴建空間該怎麼講？）」西里西亞人對著助理不高興地咕噥，這讓每個人都坐直了，想找個恰當的英文翻譯。

「*Annexe.*」艾里希在其他人面前喊出他的回答，讓了然於胸的人發出一陣壓抑的笑聲，也讓西里西亞人的支持群眾表現出較不壓抑的惱怒。

「*Annexe.*」西里西亞人用他最完美無瑕的英語發音重複，同時無視於那不受歡迎的消息來源，不顧一切地說下去。

下輩子我要當個猶太人、西班牙人或愛斯基摩人，或者就像其他人一樣完全獻身於無政府主義也好，艾里希在心裡盤算著。不過絕對不做德國人了，這就像修行贖罪一樣，做一次就夠了。只有德國人才能以一個死掉的猶太孩子為題，進行自己的就職演說。

西里西亞人講到那口手提箱。廉價又骯髒，正好是那些被人遺忘的外籍勞工與土耳其人愛用的類型。社會主義分子也愛用，他或許還能再追加這一句。感興趣的人可以查閱他們的資料夾，或者檢視長桌上殘餘的鐵製骨架。或者他們也可以像艾里希老早就認定的那樣，把炸彈或手提箱都視為死胡同。但他們就是不可能逃得過西里西亞人的魔音穿腦，因為這是他的大喜之日，這場演講就是他的慶功特技飛行，慶祝勝過遭到罷黜的敵人，自由派的艾里希。

他從手提箱本身講到箱子的內容了。各位先生，這個設計嵌入了兩種填塞物，他說道。第一種填塞物是舊報紙，根據測試，應該來自過去六個月史普林格報系的波昂版報紙——這倒是很適當，艾里希心想。第二種是切成碎片的軍用毯，我們國立分析實驗室的同事某某先生現在展示的就是同一款式。當那位神聖的助理舉起一塊灰色大毯子供眾人檢閱時，西里西亞人充滿驕傲地繼續滔滔不絕，提出其他了不起的線索。艾里希疲憊地聽著那些熟悉的老調：雷管彎曲的一頭……炸藥未引爆的微量顆粒，被證實是標準的俄式黏土炸彈，美國人稱為Ｃ４，英國人稱為ＰＥ，以色列人又稱為別的什麼……某種平價腕錶的發條……已碳化卻尚可辨認的家用曬衣夾彈簧。艾里希想，用一句話講完就是：直接來自炸藥學校的標準裝配。沒有馬虎湊數的材料，也沒有無謂的浪費、多餘裝飾，只有騙騙小孩的餌雷安置在蓋子內側。不過看看現在這些孩子拼起來的是什麼東西，艾里希想，像這樣的裝置會讓你開始懷念七〇年代老派的「好」恐怖分子。

西里西亞人似乎也有同感，不過他開了個令人髮指的玩笑：「我們叫這玩意兒比基尼炸彈！」他很得意地嚷道，「最省料、沒有多餘的廢物！」

「而且還逮不到人！」艾里希魯莽地脫口而出，舒曼回給他一個微笑，表示欣賞及奇異的理解。

現在西里西亞人硬生生越過他的助理，把手伸向手提箱，略帶炫耀地從中抽出一件按實物大小製成的軟質木製品，很像是玩具賽車，線路是包上絕緣體的銅線，末端是十支灰色的黏土棒。當那些沒經驗的人圍在旁邊想看個仔細時，艾里希很驚訝地看到舒曼手插在口袋裡，也離開座位從容地加入那些人。這是為什麼？艾里希在心中自問，他也不怕難看，直盯著舒曼瞧。怎麼忽然這麼閒了，昨天你不是幾乎連看那只爛錶的時間都沒有嗎？艾里希放下所有擺酷的努力，迅速溜到他身邊去。西里西亞人說的就是這個，如果你是照傳統方法調教出來，而且想炸翻猶太人的話，這就是你做炸彈的方式。你會去買個像這種便宜的錶來——別用偷的，只要在大商店的尖峰營業時間裡，連同旁邊貨架上的東西一起買下，混淆店員的記憶。拿掉時針。在玻璃上鑽個洞，塞個圖釘在洞裡，用大量的膠把你的電路線圈固定到圖釘頭上。接著是電池。現在把指針放得非常靠近圖釘，或者放得盡量遠，看你想怎麼做。不過依照通則，延遲爆炸時間要盡可能留短一點，這樣炸彈才不會被發現、解體。為錶上發條。確定分針還能運作。好，沒問題了。向你想像中任何一種創造了你的造物主祈禱，把雷管插到黏土炸藥裡。等分針碰到圖釘的針腳時，這個接觸就會導通電路，如果你的神確實靈驗，炸彈就會引爆。

為了展示這個奇蹟，西里西亞人移除了解除武裝的雷管和十支展示用黏土炸藥，用適合手電筒的小燈泡替代。

「現在我向各位證明電路如何運作！」西里西亞人嚷嚷。

沒人懷疑電路能運作，多數人都熟知這一點，但還是有那麼一會兒，在燈泡快活地閃動出信號時，艾里希似乎看見旁觀者全都不由自主地打了個哆嗦。只有舒曼顯得不受影響。或許他真的看太多了，艾里希這麼想，所以他心中的憐憫之情終於死滅。因為舒曼完全無視於那些燈泡。他繼續俯視著那個原寸模型，臉上顯然掛著微笑，以一種鑑賞家的挑剔眼光凝視著它。

一個資深議員想表示他的優越，詢問為何炸彈沒有準時引爆。「這個炸彈在屋子裡放了十四個小時，」他用一口柔順滑溜的英語抗議道：「一支分針最多只要一小時就繞完一圈。時針則是十二小時。那請問一下，我們怎麼解釋理論上最多能延遲十二小時的炸彈，竟然等了十四個小時才爆炸？」

對於每個問題，西里西亞人都準備好了一篇講稿。他現在就開始說明，這時臉上還帶著笑意的舒曼，開始用他粗厚的手指輕戳原寸模型的邊緣，像是他把什麼東西掉在填充物下面了。或許錶失靈了，西里西亞人說。或許到杜瑟街的車程讓機械故障了。或許勞工參事把手提箱放到愛兒可床上時震動到電路，西里西亞人補充。或許那支手錶曾經停下來又重新啟動過，便宜貨嘛。或許什麼都有可能，艾里希暗忖，控制不住心中的惱怒。

不過舒曼有個不同的想法，而且更具巧思：「也可能是這位炸彈客沒把指針上的漆刮掉夠多。」他說著，看來有點心不在焉，注意力已經轉向複製手提箱的鉸鏈。他從口袋裡拖出一把老舊的軍用小刀，從它的附件裡挑出一支粗長釘，開始探入鉸鏈栓頭後方，向自己證明要移除鉸鏈有多容易。「你實驗室裡的人馬，他們刮掉了所有的漆。不過也許這個炸彈客不像你們研究室的人那麼科學。」他邊說邊猛然把小刀闔上，發出鏗然一響。「那位先生沒你們那麼行。製作成品也沒那麼精密。」

不過那是個女孩子，艾里希在心裡抗議。為什麼舒曼忽然說那是個男的，這時候我們不是該想著一個穿藍衣的漂亮女孩嗎？舒曼還渾然不覺（至少現在如此），他已經搶走西里西亞人在舞臺上的全部風采。他又轉移焦點到行李箱蓋裡的那個自製餌雷，很輕地拉動那條縫到邊緣、接到曬衣夾口暗榫的導線，試探扯緊的極限。

「有什麼有趣的發現嗎，舒曼先生？」西里西亞人在天使般的自我克制下發問。「或許您發現一條線索了？請告訴我們吧。我們會很感興趣的。」

「模型裡導線用得太少。」他回到長桌前宣布，同時在桌上那些可怕的展覽品之間挑挑撿撿。「在這邊還有七十七公分的殘餘線段。」他揮舞著一束碳化的線。這線團纏在一起，就像個毛線娃娃，在腰部有個圈圈套成一束。「在你的重建裡，最多只放了二十五公分的導線；為什麼在你的複製品裡少掉了幾乎半公尺的導線？」

這時出現一陣困惑的沉默，直到西里西亞人發出一陣放肆的大笑。

「可是，舒曼先生——這是多餘的導線呀。」他這麼解釋，就像在和小孩子講道理。「只是要做出個電路。普通導線。炸彈客做這個裝置時，顯然導線太長了，所以這位先生——或女士——把線丟進了手提箱。一勞永逸，很正常。這是多餘的線。」他重複說明：「*Übrig*（多餘的），沒有什麼技術上的重要意義。*Sag ihm doch übrig*（到頭來是多餘的）。」

「這是多餘的。」某個人毫無必要地居間傳譯。「舒曼先生，這沒有意義，就只是多餘的罷了。」

尷尬時刻終於過去，裂縫也已填平，等艾里希再度回頭望舒曼，竟發現他正小心地倚在出口，打算走了。他半側著那張大寬臉望向艾里希，舉起戴錶的手臂，一副「肚子餓，該吃中飯」的表情。他們的眼光並沒有相遇，然而艾里希卻肯定，舒曼是在等他，要他自動走過去，提出吃中飯的邀請。西里西亞人仍在喋喋不休，聽眾也還是漫無目的地簇擁著聽他嘮叨，像一群被困在機場的旅客。艾里希踮起腳尖，偷偷從那群人的後方抽身，緊跟著舒曼溜了出去。才踏上走廊，舒曼就很親切地抓著他的手臂往外走。步上人行道——又是個陽光普照的天氣——兩人都把外套給脫了，不久舒曼乾脆將外套捲成像個行軍枕頭，後來艾里希一直清楚記得這一幕，那時他則攔了一輛計程車，直驅貝鎮外山丘上的一家義大利餐廳。他以前常帶女人去那裡，但從未邀過男人；對於所有縱慾之事的頭一回，艾里希向來很敏感。

一路上，他們幾乎沒講什麼話。舒曼欣賞著沿途風景，臉上浮現安詳的笑容，宛如沉浸在安息日的平和中，儘管當時是個工作日。艾里希想起，他離開科隆的班機是排在剛入夜時起飛。艾里希像個逃學的小孩般數著他們還剩下多少時間，同時假設舒曼別無其他約會；一個荒謬但絕妙的假設。高踞在賽西利亞山丘上的餐廳裡，義大利老闆一見到艾里希這位常客，免不了奉承一頓，但真正令他眼睛一亮的是舒曼。他稱呼舒曼「博士先生」，並堅持為他們安排可容納六人的靠窗大桌。貝格斯堡的古城就在他們腳下，遠處是曲折蜿蜒的萊茵河、棕色山丘以及雄偉的古堡。艾里希對這片風景早已熟悉，可是今天，透過新朋友舒曼的眼睛，他才真正第一次好好欣賞了一番。艾里希先叫了兩杯威士忌。舒曼沒有反對。

在欣賞風景，等著酒送上來的同時，舒曼終於開口了：「如果華格納能讓齊格飛那傢伙好好過日子的話，或許我們今天會有一個比較美好的世界。」他說。

有那麼一會兒，艾里希沒搞懂他在說什麼。這一天過得相當紊亂，肚子餓，外加心情不佳。老天爺！舒曼竟然是用德語在和他說話！生澀濃厚的德國蘇臺德區土腔從舒曼嘴裡冒出來，就像是啟動了一具長年未使用過的引擎，同時他臉上還帶著某種懺悔似的苦笑，有如悔罪的告白，也像是在共謀中拉近彼此的距離。艾里希輕笑出聲，舒曼也是；威士忌來了，兩個人舉杯互敬，卻完全沒有一般德國人那種儀式化的暴飲德性，艾里希覺得那樣未免太過頭了，特別是對猶太人來說；他們隱約能從德國人的種種慣例裡看出某種威脅。

「他們告訴我說，你快要調新差事了，是在南部的威斯巴登。」舒曼仍然用德語說話，哪怕先前雙方媒合的儀式已經結束。「內勤工作，我聽說是明升暗降。他們說你在這裡太大材小用。現在我親眼看過你，又看過那票人——嗯，你被調職的事情，實在不令人意外。」

艾里希自己也試著不露出吃驚的神態。要被調職的內幕，他根本沒挖到一點——只曉得快了。就連西里西亞人要接他位置這件事，也還被認定為機密；艾里希一直沒空跟任何人洩漏半句，即使是跟他的年輕女友，他們最多每天只通幾次無關痛癢的電話而已。

「反正就是這麼回事，」舒曼很哲學地看著萊茵河說道。「在耶路撒冷也一樣，任何人都是朝不保夕。起起伏伏，無法預測。就是那麼回事。」他自己好像也很低落。「我聽說你的女朋友是個不錯的女士。」他又添了兩句，打斷艾里希紛亂的思緒。「長得漂亮、人又聰明，而且對你死心塌地。也許那群人是羨慕你吧。」

眼看這場合就要變成他的人生問題研討會了，艾里希把話扯到上午的會議上。然而舒曼的反應很含糊，只強調炸彈專家根本沒搞出什麼名堂。那些炸彈的事情令他覺得無聊。他叫了一份餅，而且吃相很難看，像囚犯吃東西似的狼吞虎嚥，刀叉來回揮舞，完全不低頭看餐盤一眼。艾里希唯恐打斷他流暢的節奏，也就沒出聲打擾。

舒曼起初以老頭子話當年的口吻，對以色列這些所謂的「盟友」在反恐工作上的態度，辭令委婉地表達失望。「一月份，我們在另一個不同的調查案，拜訪了我們的義大利反恐盟友，」他回憶道。「把查到的證據給他們看，又給他們幾處可靠的地址。等過了幾天，我們才曉得，他們只隨便逮捕了幾個義大利人，而耶路撒冷真正想追捕的那票人，則舒舒服服地躺在利比亞，全身抹了防曬油在養精蓄銳、修身養性，靜候下一次任務。這根本不是我們所期盼的。」他塞了一嘴的麵食，拿餐巾抹嘴。食物對舒曼只是燃料，艾里希想；他之所以吃，就是為了填飽肚子以便打仗。「三月間，另一件事情爆發之後，故事又重演了，不過這次卻是跟我們巴黎的朋友。好幾名法國人被逮，但根本不是主謀。有幾個人卻因此獲得嘉獎，甚至拜我們之賜升了官。但阿拉伯人——」他用力聳了一下肩膀。「——有石油，誰又願意去得罪。有石油，才有經濟，才有一切。正義和公理卻不是。而正義卻是我們要的。」他笑容加深，與他諷刺的玩笑相互矛盾。「所以我要說，現在我們學乖了，我們懂得選擇了。寧可少講而不多說。我們決定專找對我們好的人，記錄上令人印象深刻的——有良好的家世背景、父親同情猶太人，就像令尊——我們只跟這種人打交道。小心謹慎、非官方管道，以朋友相待。只要他能善加利用我們提供的情報，對自己有所建樹，稍微在自己的工作上加幾把勁兒——如此一來，我們的朋友也會在他那一行裡頭角崢嶸、有影響力。不過我們也並非只是單方面的付出。我們希望對方也能投桃報李，有所貢獻。這就是我們對朋友的期望。」

不論是在那一天或之後，這是舒曼唯一一次把話挑得那麼明，講出他的條件。而艾里希一直到現在為止，卻沒吭過一聲。他讓自己的沉默表達出同情。而舒曼似乎也相當瞭解他，懂得他沉默之中的真誠，因為他講完上面那番話之後，接下來所講的，就完全像是親密戰友談正事的口氣了。

「距今好幾年前，一群巴勒斯坦人，著實把我的國家搞得烏煙瘴氣。」他回憶道。「照正常情況來說，這群人只是些膚淺的烏合之眾。農家出身的孩子想充英雄好漢。他們溜過邊界、混進村莊，丟下炸彈拔腿就跑。他們跑得了第一次，跑不了第二次；如果他們敢做第二次的話。而現在我們所講的這群人不同。他們有人帶頭，知道該怎麼行動，懂得如何避開通風報信的人、不露痕跡，掩藏得天衣無縫。他們自己運籌帷幄，自行下達行動命令。首次發難，是突襲貝桑的一家超級市場。第二次是一間學校，然後是一些屯墾區，再來又攻擊一家商店，一直幹到他們感到乏味為止。然後，攻擊的箭頭轉了方向，他們開始襲擊我們搭車返鄉休假的士兵。惹得全國群情激憤，許多身為母親的，還有報紙，都憤慨地吶喊：『快逮住這群人！』我們順應民意，把話放出去，放給每一個我們知道的場所。我們發現他們利用約旦河谷出沒，晝伏夜出，而非住在平地。然而我們始終找不到他們。替這些人宣傳的人，稱他們是『第八敢死隊』的英雄，我們卻知道第八敢死隊的真相，連他們打算在哪一刻劃根火柴都一清二楚。後來又有風聲，說這群人是親兄弟，完全是個家族企業。有個線民說有三兄弟，另一個卻咬定有四個。兄弟的說法肯定了，而且並非在約旦境內，這我們也搞清楚了。

「我們編組了一支隊伍追獵他們——希伯萊語叫『煞雅雷』（Sayaret），指的就是小編組，出手穩、準、狠的狙擊手。我們聽說，巴勒斯坦人的首領是個獨行俠，除了自己家人，不相信任何外人。他很過度聰明地提防阿拉伯人翻臉背叛。我們無論怎麼找，也沒把他給找出來。而他的兩個弟弟則沒像他那麼滑溜。其中一個的弱點被我們挖到了，他在阿曼有個小女朋友。所以有天早上，他才一離開她家，就被機關槍轟掉腦袋。第二個兄弟所犯的致命錯誤，是自動打電話給黎巴嫩西頓港的一位朋友，要去那裡度週末。以色列空軍在他沿著濱海公路行駛時，轟爛了他的車子。」

聽到這裡，艾里希忍不住露出興奮的微笑。他小聲說：「導線不夠嗎？」可是舒曼裝做沒聽見。

「到那個時候，我們終於曉得他們是何許人——來自約旦河西岸，一個靠近希布隆、以種葡萄維生的村莊，是六七年中東戰爭時逃過去的。還有一個老四，那時他還小，即使以巴勒斯坦游擊組織的標準，也嫌太年輕，不能參加戰鬥。另外，這家人還有兩個姊妹，不過我們的空軍在利塔尼河南岸的報復行動裡炸死了一個。剩下來的那對姊弟，成不了什麼事。可我們還是得繼續去找那名大哥。我們本來以為他會去招兵買馬、捲土重來。他沒有。他退出這行買賣了。六個月過去。然後是一年。我們勸自己說：『算了吧！搞不好他早就被自己人幹掉了，這也很正常。』因為我們聽說，敘利亞人曾給他吃過苦頭，或許他死了也不一定。但幾個月前，我們聽到風聲說他跑來歐洲，就是這裡。而且又編組了一個隊伍，其中有幾個女人；大部分是德國人，都還很年輕。」他又塞了一大口脆餅，嚼了兩下，緊跟著一嚥，同時深思了一會兒。「他隨時隨地操縱他們，盯得很緊，」東西嚥下去，他又繼續講。「扮演『阿拉伯魔鬼』，控制他手下那群不知好歹的小鬼頭。」他說。

在隨後那段漫長的沉默裡，艾里希起先有點看不清楚坐在對面的舒曼。高掛在棕色山丘上方的太陽正好直射進窗口，陽光燦爛到令艾里希無法看清楚對方的表情。於是他微微側著頭，換個角度打量舒曼。為什麼那對深邃的眸子裡，會突然蒙上一層雲霧？他忖度著。是因為陽光的照射，才使舒曼的皮膚顯得蒼白、乾裂，看起來毫無生命？這一天裡充滿了鮮明、有時令人痛苦的景象，這時艾里希辨識出一種他之前從未發現的熱情：就在這間餐廳裡，在這靜謐而欠缺規劃的溫泉小鎮上，如同某些男人完全沉浸於愛河一般，舒曼也被一種深沉而可怕的仇恨所占據。

舒曼當天傍晚就走了。六人小組剩下的幾個，又待了兩天才離開。西里西亞人還打算開個惜別會——表彰兩個合作單位之間長期以來的良好關係——晚上大夥兒聚聚如何？喝幾罐小麥啤酒、切幾條香腸當小菜——可是艾里希的兩句話，當場否決了對方的提議。他說，西德可能銷售大批精密武器給沙烏地阿拉伯的消息傳出後，他們這幾位以色列客人恐怕不會有閒情興致了。或許這也是他任內最後一次下達命令吧。正如舒曼預先告訴他的，一個月後，他果然被調去了威斯巴登。是個研究工作，理論上是升官，卻沒有實權。一家曾經支持他的刻薄報紙，趁機故作悲哀地說，波昂政府從此失去了一位最上鏡頭的公僕。然而，也就在許多朋友棄他如敝屣、讓他飽嘗人情冷暖的當下，他也同時找到了慰藉。一封蓋著耶路撒冷郵戳的親筆短箋，在他上任第一天的早晨，溫馨地放在辦公桌上。寄信人在簡短的恭賀之詞下面簽了一句「直到永遠，舒曼。」同時還附帶了兩句祝他好運、盼望不久又能在公私場合見面的話。此外，在投郵以前，舒曼臨時在信封背面加上的草書，使艾里希瞭解到，舒曼目前的日子也不太好過。「除非我能馬上交差，我有預感，我很快會再見到你。」艾里希看完，微微一笑，然後把信隨便找了個方便的抽屜一放。他相信這封信別人一定會偷看。他對舒曼的這一套也很明白，而且十分欣賞：他是在為彼此未來的關係打下看似單純友誼的基礎。又過了好幾個禮拜，當艾里希博士終於和他的年輕女友爆冷門地步入結婚禮堂，所收到的賀禮中，最讓他快慰又玩味再三的，就是舒曼送來的玫瑰。「我根本沒有告訴他我要結婚啊！」

玫瑰象徵一段新戀情的許諾，正是他所需要的。

2

艾里希博士所結識的這位舒曼，在過了八個星期後重返德國。這段期間，耶路撒冷的各調查小組已經從「貝格斯堡爆炸案」的灰燼中獲得重大突破，然而案情卻無法明朗化。假使這只是個單純的緝兇任務——假設此案只是獨立事件，而非一連串爆炸交響曲中的一節樂章——或許舒曼就不會讓自己陷進去，因為他不僅僅想要報復而已，這案子更與他的飯碗息息相關。經過好幾個月的努力，目前他麾下的那幾個調查小組被他死逼活逼地去尋找他所謂的「窗口」（而非一條「細縫」），這扇窗口至少要大到可以深入敵人巢穴、將歹徒揪出，而不是從前線拉坦克與大砲來把他炸死，哪怕這卻是耶路撒冷當局所打算採取的手段，而且意圖愈來愈強烈。幸虧發生了這樁「貝格斯堡事件」，讓他們終於開了一扇窗。在西德方面還摸不著頭緒的當下，舒曼的助理早已從耶路撒冷悄悄把話放出去，遠跟安卡拉與東柏林方面聯繫上了。許多老手也紛紛談論起歐洲局勢重組的可能，模式與兩年前的中東極為類似。

舒曼這次捲土重來，直奔慕尼黑而非波昂，不但沒讓艾里希還有他那位來自西里西亞地區的接班人曉得，就連名字也換了。這次他改名叫柯茲，但也不常用，假使有一天他完全忘了這名字，似乎也情有可原。柯茲的含義很簡短；某些人說，柯茲就是「捷徑」的意思；而那些被他逼得走投無路的亡命之徒，一聽到柯茲這個名字，只會想到他那暴躁的性子。有些則很牽強地將他比擬成作家康拉德筆下的英雄。這名字是來自捷克摩拉維亞地區、而且原名沒有t字的「Kurz」，直到一名英國警官自作聰明地幫它加了個t，就成了他現在用的這個名字「Kurtz」，如同一把鋒利的小刀插進他的眾多分身之中，留在那裡變成一種驅策力。

他由臺拉維夫取道伊斯坦堡，換了兩本護照和三次飛機才抵達慕尼黑。在這之前，他還跑到倫敦晃了一個星期，假扮一名退休的小角色。每到一處，他仍然不放過刺探消息、收集協助、遊說勸服的工作，偶爾透露一些半真半假的情報給英國人士；即使有時難免一再重複或忘記自己發出的指示，他仍憑著源源不絕的活力克服萬難，達成自己預定的計畫。他會眨著眼告訴你，人生苦短，相形之下，死後安眠的時間實在太長。那幾乎算是一種辯解，而他個人的解決之道則是放棄睡眠。耶路撒冷的人說，柯茲睡覺的速度和他幹活兒一樣快，可以馬上進入情況，說睡就睡。他們這麼形容他：柯茲就是對歐洲採取攻擊性策略的大師。柯茲能找出明路，讓沙漠花朵盛開。柯茲總是馬不停蹄、奔走斡旋，連禱告中都會撒謊，不過他的運氣的確遠比兩千年來的猶太人好多了。

像這些恭維話，並不表示別人愛戴他這個人；因為他太過於複雜、太模稜兩可了，根本就是個由許多靈魂和膚色組合成的人。從某些方面說，的確，他與上級的關係簡直一塌糊塗，尤其是他的直屬長官米夏．加隆。舒茲充其量只能算是被勉強接受的外人，而非親信。他的職位沒有固定任期，奇怪的是，他自己也不戀棧。他的權力基礎總是搖搖欲墜、不斷地變換，得罪一位頂頭上司後，才會想到去投靠另一位。他不是土生土長的以色列人，也不是那種待過合作農場、名門大學畢業、出身一流軍團的精英分子，但令他驚訝的是，愈來愈多這種人成為他的頂頭上司。他對那些人所倚賴的測謊器、電腦，以及日漸側重的美國式權術、應用心理學與危機處理完全一竅不通。他喜歡流亡海外的猶太人，當大多數以色列人熱切而自覺地重建他們屬於東方人的身分認同，舒茲卻把流亡當成自己的專長。他在各種困難險阻中茁壯，別人的排斥令他愈挫愈勇。如有必要，他可以立即上任何前線作戰。如果人家不給他，他就用偷的。為了對以色列的愛，為了和平公義，為了堅持盡自己的一份力，並生存下去。

柯茲自己也說不出他的計畫到底是在追緝過程的哪個階段想出來的。這些妙計來自他的意識深處，就像一股不明所以的衝動，幾乎在他還沒察覺時，便湧上了心頭。他是在辨認出那個炸彈客的特徵時、憑空想到的嗎？還是在俯瞰貝格斯堡的西西里山莊吃麵時，才讓他比艾里希早一步想到這個獵捕巧計？不對。應該比這兩件事更早。還要早以前。是春天，他在加隆所主持的煩人會議結束之後，隨口就跟身邊的人說了。如果我們再不深入虎穴抓人，以色列國會和國防部的大頭們將會不惜任何代價，即使毀天滅地也要把兇手逮捕歸案。柯茲手下的調查員確信是更早之前，因為加隆早在十二個月前就已經把一個類似的計畫壓下。不論如何，柯茲也早就瞞著加隆，在追蹤那個巴勒斯坦小鬼了。他不想讓加隆曉得進度，故意謊報結果。加隆是波蘭裔猶太人，活像隻老烏鴉。他那張皺巴巴的黑臉和沙啞的咆哮聲，絕對是世上所僅見。

「去找那個男孩！」柯茲對他的耶路撒冷工作小組說，自己也展開了匿名旅行。一個男孩和他背後的神祕黑影，只要找到這個男孩，黑影就會跟著現身，絕對沒問題。柯茲每天逼迫他的組員，直到他們痛恨他；他很能經受壓力，也很懂得施加。他從國外隨時隨地、不分晝夜打電話回來查問進度，分分秒秒都讓他們感覺到他的存在；你們找到那男孩沒有？為什麼那男孩還沒出現？可是他問話的技巧又很高明，絕不讓老烏鴉加隆聽出半點蹊蹺；即使加隆聽到些許風聲，也搞不懂箇中玄妙。柯茲打算等到最後一刻，等到最佳時機才出手給加隆致命的一擊。他取消休假，違反教規，安息日外出工作，甚至掏自己的腰包不報公帳。所有組員也跟他一樣，常常被他吆喝來、吆喝去地調查，照樣也免不了要自己墊付公款。找到那個男孩！這樣就可以把元兇揪出來。有一天他心血來潮，替這個關鍵人物取了個代號：小鴨子❺。「給我找出這隻小鴨子，到時候就可以把那幫罪犯全揪出來，給老烏鴉這群人好看！」他說。

可是目前還不准對加隆提半個字。先等等。什麼也不能告訴那隻老烏鴉。

在耶路撒冷之外的猶太社群中，柯茲的支持者可說是一群稀奇古怪的組合。光是在倫敦，他以一成不變的招牌微笑，穿梭在三教九流之間，從地位崇高的藝品經紀人到冒充的影劇界鉅子；從東區的女房東、成衣商、贓車掮客，到大公司的老闆。他幾度出現在戲院裡，有次還出城去，但每次看的都是同一齣戲碼。每次露面，他都帶著一位以色列的文化參事，儘管他們談話的內容根本與文化無關。他去倫敦北郊坎登鎮一家簡陋的印度小餐館吃過兩次飯；又跑到倫敦西北郊數哩外的佛拉格諾，去看一棟名為「亞克」的維多利亞式豪宅，雖說這房子正符合他的需求，但他告訴親切的房東，除非到此出任務，否則他不會租下。對方竟也滿口答應。屋主什麼條件都接受。能有機會為祖國以色列服務，他們感到非常喜悅，即使到時候得騰出屋子、暫時搬到他們在馬洛的房子住上幾個月。柯茲也問屋主夫婦，他們在耶路撒冷有沒有買房子？這樣每年到埃拉特度假兩個禮拜之後，還可以回耶路撒冷和親朋好友一起過逾越節；難道他們不考慮遷回以色列定居嗎？一定要等兒子過了兵役年齡，或者通貨膨脹穩定以後才回去？不過話說回來，他們還是可以待在漢普斯特或是馬洛，這樣的話，還可以隨時提供柯茲慷慨的協助。他們絕不要求任何回報，也不會對別人透露半個字。

這條路上的以色列大使館、領事館、代表團駐在處，也和柯茲在老家的情形一樣，敵友參半。不過他可以從這些地方和駐在其他國家的夥伴聯絡，隨時掌握進度。搭飛機旅行途中，他就趁機閱讀世界各國所出版的左派文學，以及那些新近出版的激進革命刊物；他那位瘦削的小跟班，真名是席蒙·里托瓦克，隨時會撿一些新玩意兒塞進他的破公事包裡，而且淨挑不是時候的時候叫他讀那些東西，強硬派的像法農、格瓦拉、馬里杰拉；溫和派的像是德勃艾、馬科斯、沙特，更不用說那些更溫柔的靈魂，描寫的多是消費主義社會的教育之殘酷、宗教所造成的恐怖，以及資本主義早期的精神桎梏。當他一回到耶路撒冷和臺拉維夫（在這些地方，類似的論戰並非新鮮事），就會盡可能裝作若無其事地向那些承辦官員，也就是他的對手們套消息，以更新擴充舊資料。某天他聽說迪瑟拉里街十一號要低價出租，為了保密起見，他命令所有承辦這件案子的人員，悄悄將陣地轉移到那裡去。

「我聽說你們又搬家了。」老烏鴉加隆第二天在一個不相干的會議上遇到他，以懷疑的口氣套他話。加隆最近好像也察覺到事有蹊蹺，即使他搞不清楚柯茲那批人究竟在搞什麼鬼。

柯茲照樣虛晃一招。還不到時候。他以偵查不公開為由，拒絕露半點口風。

「迪瑟拉里街十一號」是棟很不錯的阿拉伯式別墅，不大，但很陰涼，前院有棵檸檬樹，外加大約兩百隻懶貓；自從他們搬過去，這些貓都被辦案小組裡的女人們莫名其妙地餵得更胖了，難怪會有「貓

❺ Yanuka，在阿拉姆語裡就是指半大不小的小毛頭。阿拉姆語屬閃米特語族，耶穌及其弟子使用的母語。

屋」的代號。此外，也給了小組一種新鮮的凝聚力，讓他們之間感覺更親近，使不同領域的專業人員間沒有隔閡，也不會有消息走漏。想當然爾，這提升了整個調查運作的氣勢，這對柯茲很重要。

才搬過去第二天，另一件他早已預料卻又無力防範的悲劇，狠狠打擊了他；非常可怕，對方的目的也達到了——一位到荷蘭雷登大學去領獎的以色列年輕詩人，被一枚郵包炸彈炸得粉碎。就在他二十五歲生日那天，當時他正在吃早餐。消息傳來，柯茲人在他的辦公桌旁，渾身一顫、眼睛瞇了一下，然後硬著脖子接受了這件悲劇。不到兩個小時，他就抱了一大堆檔案和兩份計畫書（一份給加隆，較籠統的另一份是給加隆主導下那一班緊張兮兮的政客委員會，以及好戰的一般大眾），跨進加隆的辦公室。

這兩個人後來到底是怎麼談的，一時間也沒人弄得透，畢竟兩個口風都很緊。不過第二天早上柯茲出來時，顯然手裡又多了一根令箭，因為他已經公開招兵買馬起來。為此他透過熱心的里托瓦克：土生土長的猶太人、道地的共產黨員，不但瞭解柯茲的好惡，更可以與加隆那群優秀的年輕幹員周旋，正好是柯茲拉不下老臉去幹的一件事。臨時湊起來的人裡，有個叫做歐岱的年輕人，是里托瓦克從集體農場找出來的。二十三歲。與里托瓦克一樣，也是出身自「煞雅雷」（以色列特種部隊）的好手。另外，他還找來一位七十歲的喬治亞人，名叫包格斯史瓦利，簡稱史瓦利。這位老先生禿頭駝背，穿著一條小丑似的怪長褲，褲襠很低、褲腿又短，不管走到哪裡都戴著一頂黑呢帽。史瓦利年輕時幹過走私販也當過騙子（不過在他家鄉這可不是什麼罕見的「事業」），中年改行，成了一位無所不包的偽造專家。他最為人津津樂道的事蹟就是被關在莫斯科「盧比安卡大牢」的時候，利用過期的《真理報》❻幫獄友和他自己偽造證件。出獄後，他也充分利用這項專長，成了一位名畫偽造大師，兼各大藝廊的名畫鑑定人。

據他說，他偶爾也會鑑定到自己偽造的贗品。柯茲和史瓦利很投緣，兩人只要一有空，就到山腳下的冰淇淋店買甜筒大啖一番。柯茲總是買給他兩球焦糖口味的，那是史瓦利的最愛。

柯茲也提供了兩名別人想像不到的助手，專門來幫忙史瓦利。一位是叫里昂的以色列年輕人（里托瓦克找來的），由於他父親是從合作農場苦幹出身的「行動家」❼，後來被派駐到歐洲當採購代表，所以里昂別無選擇地在英國長大。倫敦大學畢業之後，里昂辦了本雜誌，也出版過一本不起眼的小說。他在以色列服完三年兵役（真是讓他悲慘無比），跑到臺拉維夫加入一家高知識性的週刊社，這類週刊社的汰換速度非常快，就像漂亮女孩總是來去匆匆。當那家雜誌社瀕臨倒閉，週刊上的文章幾乎已由里昂一手包辦。然而不知為何，在那群渴求和平、有幽閉恐懼的臺拉維夫年輕人中，他身為猶太人的意識再次覺醒，一股剷除以色列敵人的強烈信念也隨之燃燒。

「從現在起，」柯茲吸收他時告訴他，「你就替我一個人寫文章。讀者雖然不多，但他們懂得欣賞你的作品。」

除了里昂，史瓦利的第二位助手是一名文文靜靜，從美國印第安納州南灣回來的生意人巴哈小姐。她給人的印象是長得不像猶太人，而且智商很高。柯茲吸收她之後，對她多方的訓練充實，結訓後才派她到大馬士革去當電腦程式講師。後來的幾年裡，這位沉默的巴哈小姐摸熟了敘利亞空軍的雷達系統並

❻ *Prvada*，蘇聯共黨機關報。

❼ macher，在意第緒語裡指忙碌的人或是正在行動中的人。

且向上呈報。接著她被召返以色列，上級單位正急切地想把她丟到西岸當屯墾員時，柯茲及時徵召了她，才沒讓她去約旦河西岸受苦。

史瓦利、里昂、巴哈小姐，柯茲稱這看似不協調的三人小組是他的「文書作業委員會」，而在他日益壯大的私人軍隊中，賦予它相當特殊的地位。

在慕尼黑，他的工作主要在行政方面，只是手法刻意委婉低調，不像平常那麼火爆。他在這個城市安置了六名新吸收的成員，分別駐在位於不同區的兩棟房子裡。第一小隊包括兩名外勤人員——本來他應該至少有五名人手，可是加隆不願意讓他過於人多勢眾，免得屆時難以控制，所以只批准了兩個——他們沒去機場接柯茲，等柯茲自己出機場、坐計程車進城後，他們才開了輛破車（當然也是費用考量），把他從史旺賓區一家陰沉的餐館接走，直駛世運村的某座地下停車場。那裡的環境很複雜，是搶劫犯和妓女常出沒之地。當然，世運村根本談不上是個城鎮，只是一群坐落在荒郊野外的灰泥建築，令人聯想到以色列屯墾區，而非巴伐利亞的任何一處。他們領著柯茲由地下停車場爬上一道髒兮兮的樓梯，牆上標示了多國語言；越過幾個屋頂花園，走到一間雙拼式的公寓，那兒是他們的大本營之一，只臨時租幾個月。在外面的時候他們用英語稱呼他「先生」，一進到屋裡，他們就稱他們的長官「馬帝」，並用希伯來語畢恭畢敬地跟他說話。

公寓是在邊間的頂樓，裡面只亮了幾盞暗房用的小燈，還有好幾具固定在三腳架上的相機，以後會派上用場；此外，配備了錄音設備以及投影螢幕。屋裡尚有一道用柚木板釘起來的樓梯，以及會吱嘎作響的簡陋走廊，只要他們腳步踏重了些，就會發出不和諧的刺耳聲響。走廊通到一個備用臥室，約四公尺長、三．五公尺寬，傾斜的屋頂上本有個天窗，而他們租下來之後，用毯子和厚木板把它蓋住，再以木棉填塞，最後拿幾捲黑膠帶在外面貼了好幾層。所有的牆壁、地板、天花板，全部加了夾層，看起來就像一間告解室或囚室。通往臥室的那道門，他們也用上漆的鐵皮加強過，並在齊頭的位置裝上防彈玻璃，有點厚度，上面掛著一塊「**暗房重地／閒人勿入**」的英、德文硬紙板。柯茲叫一個人待在小房間裡、關好門，命他在裡面大叫幾聲。等確定只能聽到隱約模糊的怪聲後，他才說可以了。

公寓其他部分，通風都還不錯，只不過就像世運村，破舊不堪。北面那幾扇窗子正好可以看到通往達豪集中營的公路，當年曾有為數眾多的猶太人在那裡遇害，現址在歷史的對照下充滿諷刺，尤其是巴伐利亞警方居然遲鈍到無視此地的歷史關聯，將他們的飛行大隊安置在前排營房。而最近的例子就是，他們向柯茲指出那個慘劇的發生地點，當初巴勒斯坦的突擊隊在衝入世運村、殺死了大部分以色列運動員之後，挾持人質逃往那個基地，並在該處殺光了剩下的猶太人。

他們告訴柯茲，隔壁那間公寓住的是個學生平民；樓下那一層到現在還未租出去：原來的女房客前一陣子自殺身亡。柯茲踩遍整間屋子勘查後，考慮到入口和逃生路線，決定把下層公寓也租下。所以同一天他就致電給在紐倫堡的律師，要他去重新處理租約內容。這些年輕人裝成一副懶散沒什麼出息的樣子，歐岱甚至還留了一把鬍子。他們目前用的是阿根廷護照，職業欄寫的都是攝影師，比較不引人注意。他們告訴柯茲，為了看起來自然一點，像是生活過得日夜顛倒，所以他們告訴鄰居晚上會開派對，為了掩人耳目，晚上還把音響開得很大，第二天一早丟出許多空瓶空罐，一副煞有其事的樣子。但事實上，除了住另一區的行動小組有時會派信差過來，別的人他們一概拒絕開門：既沒賓客，也無訪客。有沒有帶女孩回來胡搞過？怎麼敢！他們早就把女人置之度外了，等以後回耶路撒冷再說吧。

當他們把事情一一向柯茲報告完畢後，順便也討論了交通工具和行動花費，以及在那間暗房的襯壁裡裝那些鐵環是否妥當。柯茲本身倒是滿贊成這個主意。然後他就叫他們帶他到外面去散散步，因為他想呼吸點新鮮空氣。他們晃過有錢學生住的宿舍，經過一所陶藝學校、一所木工傳授學校，還有那自詡是全世界第一家專教嬰兒游泳的學校，欣賞牆上無政府主義者的塗鴉。然後不可避免地走到當年世運會那間不幸的公寓。公寓前面立的一塊石碑上，用希伯來文和德文刻著「紀念慘遭屠殺的十一位以色列人」。對他們而言，十一位和十一萬人並沒什麼差別，當他們看著石碑的時候，心中的怒火是相同的。

「好好記住就是。」當他們回到車上，柯茲說了這句顯得有點多餘的話。

他們把柯茲從世運村送到市中心，他下車後，先故意漫無目的地亂走一陣，隨興在街上晃了一段路，直到遠遠跟在他後方、替他監視是否有人跟蹤的兩個年輕人打訊號告訴他：街上很「乾淨」，他才開始走向第二個祕密基地。柯茲的目的地是慕尼黑鬧區裡的一家薑餅店，就在三角牆屋的頂樓。坐落在一條鋪著鵝卵石塊的窄街上，可以說非常高級。街上有一家瑞士餐館、一間高級女裝店鋪，看起來沒賣什麼，其實生意好得很。柯茲從一道黑漆漆的樓梯爬到糕餅店二樓，才走到樓梯盡頭的那扇門前，門就自動打開了；樓上的人早從閉路電視裡看見他。他悶不吭聲地跨進去。房裡的人要比剛才送他來的兩個年輕人年長很多，都已經是做父親的人了。他們蒼白的臉色宛如監禁多年的囚犯，能足不出戶地蹲上好幾天；這群人本來的工作就是「職業監視者」——即使在耶路撒冷，這群人也鮮為人知。他們是一個祕密團體，只有幹這行的才知道。蕾絲紗簾垂下，蓋住整個窗戶；窗外夕陽西沉，屋內也幽幽暗暗，瀰漫著一股被人遺忘的悲涼；仿製的畢德麥亞式家具上擺滿了電子和光學設備，各式天線亂七八糟地堆放著。在沉沉暮色中，他們幽靈般的身影只給屋內憑添一股淒涼的氣氛。

柯茲嚴肅地與每個人擁抱完，就坐下來吃了些餅乾、乳酪、熱茶，裡面年紀最長的一位名叫勒尼，開始把「小鴨子」這幾個禮拜來所有的生活細節，從頭到尾、鉅細靡遺地報告了一遍，也不管柯茲原先已經聽過多少、有沒有興趣再聽下去：小鴨子打進打出的電話、最近的訪客、最近交往的女孩子。勒尼本身是個心胸寬大、溫文爾雅的人，但相較於其他人就顯得有些羞怯。他有一對大耳朵和一張醜臉，或許是因為其貌不揚，才會想幹這一行吧。他穿了件灰色針織短大衣，看起來有點像一具鏈甲。在其他狀況下，柯茲或許會對這些雞毛蒜皮的小事感到不耐，然而他尊敬勒尼，所以很專心地聽著對方所說的每句話，點頭、讚美，表現出適當的反應和表情。

「這隻小鴨子，是個正常的年輕人，」勒尼誠摯地說出他的看法。「跟他做生意的都很欣賞他。朋友也喜歡他。那小子相當受歡迎啊，馬帝。平常還會看書進修，也懂得享受，話多，完全是個正經八百、興趣高雅的傢伙——」他說到這裡，正好碰上柯茲的眼光，突然愣了一下，「……有時……我很難相信——呃……他還會有另一面啊，馬帝。你應該信得過我的看法才對。」

柯茲試圖緩和氣氛，說他完全瞭解。他才說沒兩句，對街那層公寓突然亮起了燈光。長方形的窗口一冒出黃光，好像是愛人在打訊號一般，勒尼的一個手下不發一語，立刻踮起腳、閃到窗前一架固定好的望遠鏡旁，湊上眼去觀察。另外一名手下這時也已蹲到一架無線電接收器前，順手抓起耳機監聽。

「想不想看看？」勒尼滿懷期待地問柯茲。「光看約書亞嘴上的笑容，就知道他正把小鴨子看得一清二楚。要看趁早，等下小鴨子就要拉上窗簾了。約書亞，你看到什麼？小鴨子是不是又打扮得光鮮亮麗，準備晚上出去約會啦？誰在跟他講電話？一定是個女的。」

柯茲輕輕推開約書亞，把他的大腦袋瓜湊到望遠鏡上。他窩在那裡好一會兒，連呼吸似乎都停了，像條老海狗般縮著脖子，努力研究他那隻長不大的小鴨子。

「你看見他身後書架上的書沒？」勒尼問道。「那小子跟我老爸一樣愛看書。」

「不錯，對面那孩子是不錯，」柯茲看了半天才附和一句，笑得卻很冷。然後他直起腰。「嗯——的確是英俊小子。」他從椅背上拾起雨衣，拿起一隻袖子緩緩地將手臂穿進去。「可千萬記住，別把你女兒嫁給他。」勒尼一聽，臉色變得更綠了，可是柯茲馬上又安慰他，「真該好好謝謝你才對，勒尼。我不是隨便講的，真的。」突然像想到什麼似的：「繼續拍他的照片，各種角度的。別不好意思，勒尼。底片沒多少錢。」

和每個人一一握別之後，柯茲從雨衣口袋裡掏出藍扁帽戴上，跨出屋子，迎向車水馬龍和人潮，精神抖擻地邁步走進鬧區。

等他們又用那輛破車來接柯茲，天色已經變了，下起了大雨，一老兩少默默坐在車內，由一處開往另一處，把時間慢慢晃掉，免得柯茲太早到機場去等飛機。陰鬱的天候似乎也影響了他們。歐岱駕著車，他那滿臉鬍鬚的年輕臉孔映著街上的燈光，像是惱怒的天使。

「他現在又搞到什麼？」柯茲沒頭沒腦地問了一句，雖然他早已知道答案。

「他最近換了輛BMW，有錢人的玩意兒，」歐岱回答。「油壓方向盤、噴油式引擎，里程表上才只有五千公里。玩車是他的弱點。」

「車子、女人、豪華享受，」第二個青年從後座湊了一句。「我就奇怪，他到底厲害在那裡？」

「都是租的啊？」柯茲又問歐岱。

「租的。」

「盯住那輛車，」柯茲交代兩個年輕人。「當他還車不續租，我們要馬上知道。」關於這點，他們自從在耶路撒冷成軍以來，就一直聽到現在，柯茲不斷重複提醒他們。「最最重要的，就是當小鴨子把租車還回去的時候。」

然而這次，歐岱再也沉不住氣。也許是年輕氣盛，他的長官沒想到他無法承受太多壓力；也許，他是這樣年輕，從來沒接過這種只能枯等的任務。他把車子往路邊一靠，用力一拉手煞車桿，力道大得幾乎要扯掉手煞車的套子。

「為什麼我們要讓他這麼玩下去？」他問。「為什麼要跟他玩？假如他還了車子就回家，然後閉門不出去了呢？那我們怎麼辦？」

「那我們就白忙了。」

「那不如乾脆現在就把他做掉！今晚就動手。只要你一聲令下！」

柯茲讓他發洩。

「我們不是已經守在他的公寓對面了嗎？就從對面發射一枚火箭砲。這我們以前也幹過。用一枚俄製**RPG-7**的火箭砲——阿拉伯人宰阿拉伯人——這不是很好嗎？」

柯茲還是不吭聲。歐岱就像在對一座獅身人面像抱怨。

「為什麼不能這麼做？」歐岱愈吼愈大聲。

柯茲也有點惱怒，但他還有耐性。

「因為這麼做，對事情並沒有任何幫助，歐岱，這就是為什麼我不這麼做的原因。你以前從沒有聽加隆用過『或許』這種字眼吧？難道我就愛用？想逮到獅子，就得釘住誘牠上鉤的羔羊，難道你連這點道理都不懂？你這個人太衝動了！到底是誰教你的？你是否想告訴我，你打算現在就把小鴨子幹掉？在只差一步就能逮到他們訓練多年的最佳行動者的時候？」

「可是明明就是他幹的！貝格斯堡、維也納，甚至是荷蘭雷登大學的那件事，都是他幹的！猶太人一直被殺，馬帝，難道耶路撒冷撒手不管啦？我們這樣玩下去，還要死多少猶太人？」

柯茲伸手扯住歐岱的夾克領子，狠狠搖了他兩下。儘管頭撞到車窗，歐岱沒吭聲，柯茲也沒道歉。

「是他們，歐岱，不是他——是他們。」這次柯茲語帶威脅地說，「這些事是他們幹的！貝格斯堡、雷登、維也納！我們打算撲殺的是他們，而不是六名無辜的德國住戶，和一個傻小子！」

「好吧，」歐岱被他罵得面紅耳赤。「放開我。」

「還沒完！歐岱。小鴨子還有許多朋友，歐岱，許多我們尚未摸清底細的親朋好友；你到底還要不要幹？」

「我說了——好啦！」

柯茲這才放開他，讓歐岱重新發動引擎。柯茲催他們，繼續帶他走訪小鴨子的生活圈。兩個年輕人開著車，重新帶柯茲上路，介紹小鴨子出沒過的其他地點。他們開到一條石磚鋪成的街道，那兒有家小鴨子最喜歡去的夜總會，另外還有他喜歡買襯衫領帶的店、理髮廳、一家專賣左派刊物，小鴨子常去流連買書的店。柯茲一路上神采奕奕，每到一處就露出笑容、頻頻點頭，似乎在看一齣永遠看不膩的電影。車子最後開到離機場不遠的廣場上，才把他放下，準備離去。柯茲站在人行道上，漫不在意地拍了拍歐岱，又搓搓他的頭髮。「你們兩個聽清楚了，別盯得太緊，搞得自己茶飯不思；去找個好地方吃一頓，帳算我的。」

他的口氣完全就像個上戰場前的指揮官在對自己的愛人說話。這就是他的風格，也是加隆一直以來在容忍的事情。

對那些少數搭夜班飛機由慕尼黑到柏林的人而言，這段航程可以說是整個歐洲之旅最勾人鄉愁之處。「東方快車」、「金矢」及「藍色列車」等豪華的陸上交通工具不是已經停駛、逐漸凋零，就是經由人工重新修復，但對那些滿懷回憶的乘客而言，搭乘座位空了將近四分之三的泛美客機、飛越東德空中走廊的這六十分鐘夜航，就像一個老常客自我沉醉的遊獵之旅。德國漢莎航空被禁止飛行這段航線。只有勝利者、那些占領德國前首都的國家才准飛往柏林；那些歷史學家、想要到這鐵幕中孤島的觀光客，以及那個經歷戰爭的老美國人，他幾乎每天都搭乘這航班，帶著一種氣定神閒的專業，挑選自己愛坐的位子，甚至知道用占領區的德語叫出那個空中小姐的芳名。你想，他會用一包美國香菸和她換兩枚別針、背著軍需官與她幽會。機身呼嚕呼嚕地升起，燈光隨之搖曳，你無法相信這飛機沒有螺旋槳。眺望一片昏暗未點燈的敵區——要炸還是要跳機？——搜索記憶，搞不清楚自己是參與了哪場戰爭。然而至少，當你眼睛往下望時，仍會很不自在地感受到，這個世界一如往昔。

柯茲也不例外。

他坐在靠窗的椅子上，望著自己映在窗上的倒影；每次飛這段航線，他總會變成一名凝視自己人生的觀眾。在下面黑暗中的某條鐵路，曾經緩緩駛過自東邊來的載貨車廂；在一個死寂的寒冬，某地的鐵路支線僅僅為了讓路給更重要的軍火先行，一輛敞篷貨車在那兒停了長達六天五夜，上頭載了他和他母親，以及其他一百一十八位猶太人；這些人又餓又凍，只能靠著吃落在身上的雪花撐下去，大部分的人後來都死了。「下一座集中營會比較好。」他母親試著哄他，叫他堅強，要他撐下去。在這片黑暗中的某一處，他母親順從地列隊等候死亡；然後，他曾在這片黑暗的大地和田野上逃亡、挨餓、偷東西吃，甚至殺過人，茫然等待著另一個殘忍的世界來迎接他。等他終於望見盟軍的接待站，看那些人身上穿的制服與原來那些屠夫不同，瞧見所有的孩子全和他一樣，臉孔如老人般憔悴、空洞。新外套、新靴子、新的鐵絲刺網，然後是新的逃亡，這次是逃離這個避難所。他看見自己又在田野間，從農場偷溜往南走，連續好幾個星期穿過荒野，一直逃到夜色中有了暖意和花香的地方，生平第一次聽到棕梠樹在海風中款擺、窸窣作響。「聽我們說，凍僵的小鬼頭，」他們低聲告訴他。「以色列的海潮聲就跟這兒一樣。海也是這麼藍，完全和這兒一樣。」然後，他看到一艘破舊的蒸氣船靠在防波堤邊（多壯觀、高尚的船啊），擠了一大群黑髮的猶太人，他自己非得偷了一頂絨線帽戴著才上得了船，那些人搜遍整個碼頭把他揪出來。不過他們需要他，不管你髮色是金的還是連一根也沒有。他們在甲板上分成許多小組，開始用偷來的李—菲爾德步槍訓練，學習射擊和戰鬥。船還要兩天才會開到海法，而柯茲的戰爭卻已經開始了……

飛機盤旋預備降落。他可以感覺到它正在傾斜，同時望著它越過柏林圍牆。他只有手提行李，可是為了防範恐怖分子，形式上的安全檢查仍非常耗時。

席蒙．里托瓦克坐在停車場的一輛破「福特」裡等他。他事先花了兩天時間，到荷蘭看過雷登市的爆炸現場之後，才飛往柏林。和柯茲一樣，他也認為自己沒有權利睡覺。

「書本炸彈是由一個女孩子送到旅館的。」柯茲一爬進車裡，里托瓦克就開口。「淺褐髮、咖啡色皮膚，穿著牛仔褲。旅館門房以為她是大學生，而且說她案發前後，都是騎腳踏車來去。不確定是真是假，但我倒是有點相信。有人說，她是由一輛摩托車送來的。炸彈用包裝紙和緞帶包得很漂亮，卡片上寫了『生日快樂，莫迪卡』。還是老套：有計畫、有人接送、一枚炸彈、一個女孩；你說呢？」

「炸藥呢？」

「俄製塑膠炸彈，包裝材料都粉碎了，沒一樣查得出名堂。」

「有留下任何特殊的標記嗎？」

「只找到一小段捲得很漂亮的紅色電線，接在一個詭雷上。」

柯茲瞪了里托瓦克一眼。

「並沒有多餘的電線。」里托瓦克承認。「還有一些被燒得碳化的殘渣。毫無可供指認的電線。」

「也沒用曬衣夾嗎？」

「這次沒用。那混帳這次用了個捕鼠器來引爆炸彈。就是一般廚房裡那種抓老鼠的。」他一邊發動引擎一邊說。

「他以前用過捕鼠器，」柯茲說。

「他用過捕鼠器、曬衣夾、貝都因的舊毛毯、無法追查的炸藥、只有分針的便宜錶和女人。老實講，這傢伙是所有玩炸彈的人裡面最最差勁的一個，連阿拉伯人都比不上。」里托瓦克說。他痛恨無能，就跟痛恨始作俑者一樣。「他給你多少時間破案？」

柯茲有點聽不懂。「給我？誰給我？」

「你的牌照還有多久吊銷？一個月？兩個月？到底怎麼樣？交易是怎麼談的？」

但柯茲卻打出一記太極拳。「這交易嘛——是說耶路撒冷有一些人，寧可用飛機坦克去轟爛黎巴嫩的直升機，而不願用自己的腦袋來制敵。」

「那老烏鴉能擋住他們嗎？你能嗎？」

柯茲突然間陷入了不太尋常的沉默，好久都沒作聲，里托瓦克也不想逼他。他們往燈火通明的鬧區駛去。柏林是個怪異的城市，一進入市區，燈光亮如白晝，城郊邊緣又毫無燈火可言。

「你到柏林來找加油，挺抬舉他的。」里托瓦克突然又斜眼瞟他的老闆。「你千里迢迢、親自來這裡看他，像在對他致敬。」

「這並不是他的老家，」柯茲反駁。「只是他暫時的棲身之所。他事前有獲得默許，要他到這裡來發展，建立他的第二人生。這才是加迪在柏林的唯一理由。」

「難道他能忍受在這垃圾堆裡生活下去？即使是為了另起爐灶、重新闖出一番事業？好不容易逃到耶路撒冷，難道他還真的願意回這兒過日子？」

柯茲並沒有直接回答這個問題，里托瓦克也沒指望他會。「加迪已經頗有貢獻了，席蒙。按照他的能力，其他人也不可能比他做得更好。他在困境中表現得很賣力，其他人則都躲在後面，這就很夠了。為什麼他不能重起爐灶？他配過這種平靜的日子。」

然而里托瓦克也不是那麼好打發，在沒問出結果以前，他從不輕言放棄。「那你為何再來打擾他的平靜？為什麼還要挖出過去的一切？既然你說他是在重建他的新生活，那為什麼不讓他去呢？」

「因為他剛好在中間位置。」里托瓦克猛然回頭，希望柯茲能說得更明白一點。而柯茲的臉被陰影擋住。「我們正好可以利用他的不甘願做橋樑。因為他會仔細斟酌。」

車子駛過紀念教堂、穿越選帝侯大街上冰冷的燈火，再次鑽入城郊的黑暗之中。

「這段日子裡，他用的是什麼姓？」柯茲語帶笑意地問。「他自稱姓什麼？」

「貝克。」里托瓦克俐落地回答。

柯茲顯然很失望。「貝克？這該死的算什麼姓？加迪．貝克？——一個以色列人？」

「這本來就是從他的德文姓氏直譯過來。」里托瓦克不覺得有什麼好笑。「這是他老闆要他改的，他只有照辦。他現在已經不是以色列人了，只是猶太人。」

柯茲笑意仍然未減。「席蒙，他現在身邊有女人嗎？這段日子，他跟女人的交往情形如何？」

「東睡睡、西睡睡而已。沒一個固定的。」

柯茲聽完，換了個舒服的姿勢。「喔？那麼說來，他只是想跟女人睡睡覺而已囉？他大概還是想回耶路撒冷找他老婆吧？依我想，他從一開始就沒打算跟她分手。」

他們駛入一條骯髒的側街，停在一棟粗製濫造的石造三層樓房前面。那道門不知為何竟能在戰火中逃過一劫。旁邊緊鄰的屋子是間不起眼的店舖，專賣女人衣料，門和櫥窗上方亮著一塊「專營批發」的霓虹燈招牌。

「按上面那個門鈴，」里托瓦克告訴他。「先按兩下，停，再按一次，他就會來開門。他們在店舖上面給他安排了住處。」柯茲打開車門下車。「祝你好運，總可以吧？看你的運氣了。」

里托瓦克望著柯茲閃過街，看他腳步飛快地走過去，等竄到那個破門前面時，又突然停住腳步，遲疑了一下才湊上前。他看到柯茲按鈴，過了一會兒門就開了，好像開門的人早已躲在門後等他來似的。他看著他的上司兩腿一跨、肩膀一低，張臂去摟一個瘦小的人影；望見那兩隻粗手臂，以十足軍人的姿態，爽朗地環抱住對方。門隨後一關，柯茲進去了。

里托瓦克慢慢把車開進城，對著燈紅酒綠的柏林夜景，他感到痛恨，也很嫉妒：柏林對他而言，的確只充滿了恨，一個永遠的宿敵；不論過去或現在，柏林永遠是恐怖的發祥地。他現在要去的地方是個破旅館，那裡的人似乎整夜都不睡覺，包括他自己在內。

六點五十五分，他又回到原先放下柯茲的地方。按完門鈴，等了一下，聽到緩緩走近的腳步聲：就一個人。門打開，柯茲跨出屋子，迎著晨光伸了個懶腰。他鬍子沒刮，只是把領帶拿掉。

「怎麼樣？」兩人一坐進車子，里托瓦克就問。

「什麼怎麼樣？」

「他怎麼說？幹不幹？還是說他寧願在柏林安靜過活兒，替那些波蘭來的露營客做衣服？」

柯茲聽他這麼問，倒真有點吃驚。他正一邊將左袖拉回原處，一邊看著他的舊錶，然而一聽到這問題他停住了。「幹不幹？席蒙，他可是個以色列軍官。」他滿臉堆笑地看著里托瓦克，里托瓦克很驚訝，但也回以笑容。「不過首先我得承認，加迪是不想再重操舊業，寧可在柏林好好過他裁縫師的生活。所以我就把話題引到六三年，他在蘇伊士運河對岸幹過的那件漂亮任務。然後他改口，說我這個計畫行不通。於是我又把話題扯到他當年另一件豐功偉業：他在的黎波里那個到處都是利比亞間諜的艱難環境裡，竟然能漂亮地維持一個情報通訊網長達三年——這給我的印象非常深刻。然後他就說，『還是去找個年輕人吧。』這話沒有人當真。我們把回憶轉到當年他數度夜襲約旦，還有那幾次反擊游擊隊的困難軍事行動，他完全同意我說的。等談完這些之後，他就開始問我想怎麼做了。還想問什麼？」

「但是像嗎？夠嗎？他的身高……他的長相？」

「夠像了，」柯茲老臉一皺。「到時候我們再想辦法，絕對夠的。不過現在，席蒙，先別去惹他！不然你會讓我更愛他的！」

柯茲臉上的凝重一掃而空，突然仰天狂笑，笑得連眼淚都流了出來，融化了臉上嚴峻的線條。里托瓦克跟著他哈哈大笑，先前的妒忌也消失無蹤。里托瓦克的脾氣就是來得快去得也快，個性裡滿是各行其是的矛盾因子。他的名字原意就是「來自立陶宛的猶太人」，而且曾有點貶抑的意味。但他又如何看待自己呢？有時扮演二十四歲在合作農場長大的孤兒，沒有一絲顯赫的關係存在；有時又是個美國東正教基金會及以色列特種部隊領養的孩童；有時則是上帝派來清理世界的警察。

他還彈得一手漂亮的鋼琴。

至於「綁票」的事，實在沒什麼好多說的。只要派出一隊經驗豐富的人馬，辦起這種事來快得很，如同家常便飯。真正談得上費工夫的地方，只有拐人的那一刻。那次綁票行動，完全沒動刀槍，也沒搞出任何不愉快的場面，只不過是在距離土耳其與希臘邊界三十公里、屬於希臘境內的一個地方，把一輛酒紅色的朋馳轎車，連同它的駕駛一起綁走。

里托瓦克負責指揮綁票小組，而且果然不負眾望，他總是可以臨場將任務處理得很漂亮。柯茲當時沒有親臨指揮，他事先趕回倫敦，從那裡遙控處理在史瓦利文書作業委員會的一件突發危機，整天就呆在使館電話旁邊枯等。

慕尼黑那兩名行動員，適時報告了小鴨子突然歸還BMW的消息，也沒看到他再續租另一輛車。他們一路跟著小鴨子到了機場，確定三天之後小鴨子會出現在貝魯特；而巴勒斯坦地區的一名監聽人員，從耳機上接收到小鴨子和他姊姊法達米哈的談話；她在一個巴勒斯坦解放組織中工作。他告訴姊姊，他是來貝魯特看朋友的，要停留好幾個星期；「姊姊哪天晚上有空？」據監聽小組報告，他好像非常愉快：感情流露、興奮、熱情得很。但法達米哈的反應卻很冷淡。反正不是她不喜歡她弟弟，就是可能已經知道電話被竊聽了，才故意裝得很生疏吧。或許兩種因素都有。總之姊弟倆最後還是沒見面。

他之後搭機飛到伊斯坦堡，有人把他從機場送到希爾頓，用的是一本塞浦路斯的外交護照。頭兩天完全花在清真寺，還有燈紅酒綠的刺激上。跟蹤者形容他那種回教狂熱如同某種補償作用，因為不久他又得飛回歐洲，去過那種基督教的生活。他一連去蘇萊曼大帝（Mosque of Suleiman）的清真寺祈禱了三次，接著又轉去南牆附近雜草叢生的步道，找了鞋童把他腳上那雙義大利名牌皮鞋擦得雪亮。他也去某家茶館喝了幾道茶；有兩個陪伴他的人，雖然也被暗中拍了照，可是一直沒查出他們的身分。據推測，這兩個人可能只是幌子，並非真正的接頭人。後來，小鴨子對附近一群玩氣槍打靶的老人很感興趣，他們要拿羽毛鏢射中畫在硬紙盒上的靶子。他想加入比賽，對方卻不答應。

在阿曼蘇丹廣場的花園裡，小鴨子在種著橘紅與淡紫色花兒的花圃中找了張長凳坐了一會兒，溫和地凝視四周圍環繞的圓頂及尖塔建築，也看那些咯咯傻笑的美國觀光客，對一群穿短袖短褲的女孩尤其感興趣。可是這次他沒像以往一樣湊上去，找機會跟她們搭訕——好像有什麼阻止了他上前找樂子。他買了幻燈底片和一些土耳其風景明信片，也沒和那些亂哄抬的小販們討價還價。他繞著聖索菲亞大教堂閒逛，欣賞了查士丁尼一世時拜占庭的榮耀，和奧圖曼帝國征服時所遺留下來的雄偉古蹟；據說，他看到從羅馬庭院一路排開的柱廊時，還不時發出驚歎，儘管他離開祖國並沒有多久。

不過，最吸引他注意的，還是那些奧古斯丁和康士坦丁向聖母瑪莉亞獻出他們城邦的馬賽克貼畫，因為那裡才是他與人的祕密接頭處：是一名身穿風衣，不疾不徐的高大男子。那個人莫名其妙地冒出來，突然就成了他的導遊；在這之前，雖然有許多其他導遊上前兜生意，都被他拒絕了。那人對小鴨子講了些話之後（肯定是在交代聯繫的時間地點），小鴨子立刻就被說服了。兩個人又走進大教堂去走馬看花，盡責地對古早沒有支架的圓頂讚嘆一番，之後雙雙坐進一輛美國老轎車，沿著博斯普魯斯海峽，開進安卡拉市附近公路旁的一座停車場；等美國車一離開，小鴨子就找一輛酒紅色的朋馳轎車，獨自駛回希爾頓。他告訴旅館門房，那輛朋馳是他本人的。

小鴨子當天晚上沒去鬧區玩——連他前一天夜裡看得津津有味的肚皮舞都放棄了。等到第二天一早，就看他駕著朋馳車，開上那條筆直的公路，橫越大平原，直奔土耳其西北部與希臘交界的大城艾得尼與伊士巴拉。他出發時，霧氣籠罩，遮蔽了地平線，但天氣很涼爽。「小鴨子」一路上只在一個小鎮喝了杯咖啡，順便照了幾張在清真寺圓頂上築巢的鸛鳥相片。他還爬上一座土丘稍作休息，欣賞了會兒海景。天氣逐漸變得燠熱難當，遠山轉成紅色與黃色，而他左側的海洋，就橫亙在山與他站的地方之間。在這段路上，跟蹤的人只好分坐兩輛車，一前一後地遙遙包夾住他，只盼望他別突發奇想，莫名其妙地來個轉彎，駛到另一條側路上。然而像這種荒涼的公路，也只有這一種跟蹤法。幾哩之內，只見稀落的吉普賽人帳篷，一、兩個牧羊人，以及一個看起來偶爾會發脾氣的黑衣男子，他活著似乎是為了研究天體運行現象。駛抵邊界城鎮伊士巴拉後，他沒有直接開往邊境，而是閃進右邊岔路，去了小城鬧區。難道他是想還車嗎？老天不許！那他為什麼又該死的鑽進土耳其邊境的臭城裡去呢？

原來小鴨子又去清真寺膜拜了。小清真寺坐落在一個荒涼無人的廣場邊上。等他向阿拉參拜出來（里托瓦克陰森地說，這招真聰明），才走到清真寺門口，就被一條小黃狗咬了一口；他還來不及反擊，野狗已經跑了。這不是個好兆頭。

他終於駛回公路上。這邊界可不是什麼好地方，到處充滿敵意。土耳其和希臘一向關係惡劣，而這塊區域哪一邊也不傾向，恐怖分子和走私客又經常在此出沒；開槍打死人是常見且不值一提的小事；再往北過去幾哩，便是土耳其與保加利亞的邊界。在土國境內，有塊用英文寫的「祝旅途愉快」看板，但對那些離境的希臘人卻不見希臘文這麼標示。先遇上的，是一塊印有土耳其國徽的軍用告示板，牌子過去，就是一道橫跨大河的橋，再過去，則是一大排令人看了心驚肉跳的土國移民局檢查哨；小鴨子憑手上拿的外交護照，輕輕鬆鬆地過了關卡。再下去是一道寬有二十餘碼的中立區，兩邊有土國的警察哨和希臘的哨兵。小鴨子在關卡的餐廳買了瓶免稅的伏特加酒，吃了一客冰淇淋；有個名叫魯汶的長髮青年，長相迷人，已經在那兒等了三個鐘頭，正在暗中監視他。最後來到土耳其民族救星阿塔土克（Atatük）的青銅半身像，這位夢幻頹廢的英雄正怒視著希臘平原；一等小鴨子通過這裡，那個叫魯汶的青年就跨到他的摩托車上，對里托瓦克發出五聲摩斯密碼訊號。里托瓦克那時正等在離希臘邊境大約三十公里處——不在軍事區之內——那附近剛好在修路，所有汽車必須減速慢行。因此里托瓦克很快就與他們會合了。

針對小鴨子喜歡泡妞的惡習，這次綁票行動中，也就考慮到用一名美女當誘餌，他們還給她帶了把吉他；這招很畫龍點睛，因為這年頭無論會不會彈，每個女孩都習慣帶支吉他在身上。吉他代表了某種情感上的和易性，他們想到前不久在另一區觀察到的現象。至於這次該選金髮或棕髮的美女出馬，倒實在有點傷腦筋，照小鴨子平常的喜好，他應該比較偏愛金髮美女，可是誰又敢說，這次他口味不會變呢？所以最後他們還是選了個褐髮的，至少她的背影誘人，而且走起路來搖曳生姿。他們把她放在修路工程剛完成的地方。這段路簡直也是老天爺賞賜的（當然這位老天爺，必定是猶太人相信的那位猶太上帝），他們深信這般運氣不是柯茲或里托瓦克帶來的，而是上帝。

那條公路起先還有柏油碎石路面，然後突然間毫無預警的，就變成一段瀝青碎石路，每顆石頭都有高爾夫球那麼大，顛簸得很。然後又是一段鋪了木板的斜坡路面，兩邊還有閃爍不定的警示燈，最多開到時速十公里左右，只有瘋子才敢開得更快。而那名超級褐髮美女，就緩緩地走在木板鋪的車道旁邊，沿著人行道款擺前行。就這麼走下去，他們事先告訴過她：別太刻意，不過隨時得舉起左手大拇指，做出搭便車的手勢。他們唯一真正擔憂的，是這女孩實在太引人注意，搞不好在小鴨子還未趕到之前，就遇上別的車子自告奮勇停下來糾纏。這附近最有利的一點，就是車道是臨時劃分的，而且幾乎沒多少車輛經過；在東西向車道中間，將近有五十碼長的荒地，原有業主搭建的工寮停著牽引機，還有雜七雜八的垃圾放在這裡，正好可以用來藏他們這群兵團，不必擔心被發現。其實稱不上「團」，他們總共只有七名，包括了里托瓦克和美女誘餌，而除了女子必須走在馬路上，其餘六名男子全躲在這堆破銅爛鐵和工寮裡。老烏鴉加隆只批准這麼多人，多一毛錢也不給。另外的五名男行動員，都是身穿夏天工作服、跑鞋，可以站上一整天看著自己的手指甲不發一語的類型，但動起來可是敏銳迅捷，不一會兒工夫又會回到死氣沉沉的冥想狀態。

時間已近晌午；烈陽高掛，空氣悶熱，漫天灰塵。整條公路上，只看見一輛輛載滿石灰或泥巴的大卡車，夾在其中的就是那輛不新不舊，卻擦得雪亮的酒紅色朋馳轎車——像擠在破卡車中間的結婚禮車一樣醒目。轎車以每小時卅公里的速度輾過噴滿瀝青的碎石路面，引得大石頭開始彈迸、猛撞汽車底盤，他才稍稍慢下來。它以時速廿公里的高速開上木板斜坡，再減至十五公里，最後才煞車減到時速十公里左右。當車子經過徒步的妙齡女郎時，躲在旁邊的人全看到小鴨子端詳了女子誘人的背影，再回頭盯著女孩的正面，看她的臉是否與背影一樣吸引人。有過之而無不及。但行動小組發現他沒慢下來，車子仍向前一直開了五十幾碼，幾乎又快駛上柏油路面了；此時，里托瓦克以為這計不成，差點就想進行下一個綁票計畫；這個備用行動就麻煩了點，要另一批小組配合，然後在一百公里外的圍捕地點布置成出了車禍的樣子，好及時擋下朋馳轎車和它的乘客。但不曉得是老天有眼，還是小鴨子好色成性，或是其他不可知的原因，總之結果非常順利。只見他把車子往旁邊一靠，打開電動車窗，將他那年輕漂亮的腦袋探出車外，轉向後面踏著陽光、姿態華麗走上前來的佳人。等她走近，他就打趣地問她，是否打算一直走到美國加州去？她回答——也是用英語——她反正走得「迷迷糊糊」，只想往帖薩羅尼加走。他呢？據女孩後來講，他也套用她的話回答，說他和她一樣「迷迷糊糊」。然而後來小鴨子卻告訴里托瓦克，他根本一句話也沒說。也許吧，也許是女孩加油添醋。總而言之，單憑她那對水汪汪的大眼睛、漂亮的五官和身材，已經夠迷人了，何況她那嬌弱、慵懶的舉止，怎會不激起小鴨子的紳士風範呢。對一名才在黎巴嫩南部山區重新接受嚴峻政治訓練的阿拉伯男孩來講，能在路上看到一個像是從後宮出來、穿著牛仔褲的漂亮女孩，就已經很足夠了，他還能祈求什麼？

其實小鴨子也是個長相英俊的瘦高男孩，有著閃族典型的好看模樣，而且神采飛揚。因此，兩個人第一眼便互有好感，強烈地被對方吸引，彼此眼中彷彿已映出兩人上床的景象。女孩把吉他輕輕一放，兩腿夾著它，然後按照里托瓦克等人事先吩咐的，慢慢扭動著身子把背包脫下來，嬌喘吁吁地放到地上，才扭肩轉臀地活動了一下筋骨。當初里托瓦克說，這些動作如同女人脫衣服的媚態，可以激發小鴨子的慾念，同時讓他全神貫注、看得兩眼發直；接著，他只會做兩件事的其中之一：按電動搖控開關，把後車門打開；或是親自下車打開後車廂，故作瀟灑獻殷勤。以朋馳轎車而言，當然後車廂也可以用遙控打開，不過據里托瓦克推測，這輛車子也許沒有這種裝置。一定沒有。里托瓦克打包票說沒有；這就跟他確定後車廂是鎖著的一樣；跟他堅持等小鴨子安然通過邊境之後，才使出美女誘餌一樣。雖然他的外交護照可能看起來很完美，但以阿拉伯的標準來看，也未免太完美了。所以他不可能會在土耳其境內，先替自己添個身分未明的累贅。

在這件事上，所有行動人員的看法一致：小鴨子不會伸出手臂去開門，為了讓女孩子更佩服，他也許會選擇啟動中央控鎖裝置，同時把四個車門的內鎖一起打開。女孩子打開靠近她的後車門，依然嬌柔地站在車外，把帆布背包和吉他往轎車後座上放。在她把後座車門一關、轉身款擺向前，佯裝要去坐前排座位時，一個人已用槍管抵住了「小鴨子」的太陽穴，而里托瓦克本人則溜進後座、跪在椅子上，非常殘忍、靈敏地從後面緊抓住小鴨子的頭，另一隻手塞了顆麻醉藥丸到他的喉嚨裡。這是最適合小鴨子的方式，因為據他們調查小鴨子的醫院病歷，發現他自青少年時期就患有氣喘。

這件事最值得稱道的一點，就是從頭到尾一點聲音也沒有，即使在等藥效發作之際，里托瓦克可以清楚地聽到太陽眼鏡啪的一聲掉在喧鬧的來往車流中；有那麼驚恐的一刻，他以為是小鴨子的脖子斷了，如果是這樣，那一切就完了。起先他們以為，小鴨子打算用某種方式遺忘、或者去除他後續旅程需要用到的假名牌與證明文件，直到他們驚喜地發現那些名牌與文件十分契合他的黑色手提包，就在數件手工絲襯衫與嗆俗的領帶底下，所有偽造的文件都恰如其分地，另外與他精緻的金錶、金手鐲以及他喜歡戴在胸前的金牌護身符放在一起的，那是他摯愛的姊姊法達米哈給他的禮物。此外，這任務圓滿達成，應該要歸功於他那噴霧處理過的車窗（不是別人設計的，就是小鴨子本人），一般人無法看到裡面發生何事。小鴨子喜愛過豪華生活的這種虛榮習性屢屢讓他變成受害者，這只是第一例罷了。至於那輛醒目的酒紅色轎車呢？怎麼處置？太簡單啦！本來可以就這麼一路往西開下去，然後再轉往南方。可是基於安全顧慮，他們把轎車開到早已在前面等著的大貨車，而大貨車運的貨正好是一車蜜蜂；這一帶很流行養蜂，卡車把蜜蜂箱運來運去也是常事。據里托瓦克設計時說，運蜜蜂窩最好，即使再難纏、疑心病再重的警察，在打算攔車檢查前也要三思。

真正令行動組擔憂的，是曾經在清真寺門口咬過小鴨子的那條野黃狗：有狂犬病怎麼辦？所以在塞了麻醉丸後，又順便替小鴨子打一針防疫血清。

小鴨子暫時與社會隔離，最重要的，就是絕不能讓貝魯特或其他地方的任何人，注意到他失蹤。幸好他們早摸清了小鴨子一向喜歡東飄西蕩找樂子的毛病。他常常喜歡做一些不合邏輯的事，行蹤很不定，部分原因也許是隨興的個性，不過最主要的，還是他自己以為，如此一來，就可以掩飾他的行蹤。在旅途中這小子又迷上了希臘古董，前一次就未經任何人的許可，跑到南部的埃皮達魯斯，為了不明原因完全偏離路線。這樣的飄忽不定在過去經常上演，讓人難以聯繫得到他。現在剛好能利用這點。據里托瓦克冷靜的判斷，目前是不會有人來救「小鴨子」的，因為他的那一方，還沒法像他們這樣有效地掌握小鴨子的行蹤。行動小組等了好幾天，放出耳目到各個場所去探風聲，結果什麼也沒聽見，連該死的見不得人的咬耳朵聲都沒聽到。所以里托瓦克做出結論，小鴨子的那些頭目，一定以為這個小傢伙又犯了老毛病——血氣方剛去找女人，打算好好地放縱幾天——誰知道呢？年輕一代戰士固有的通病。

所以，照柯茲和他行動小組所戲稱「小說情節」的玩意兒，也就可以開始了。至於是否能準時收場——究竟搭不搭得上柯茲那支老錶的期限？——那是另外一回事。柯茲目前的壓力來源只有兩處：第一，也夠明白的，就是拿出點成績，不然加隆那隻老烏鴉就會叫他罷手。第二呢，加隆威脅說要再沒有一點進展，他恐怕也擋不住以色列那邊的怒吼，必須尋求武力解決。柯茲別的不怕，只怕這個。

「你少拿英國人那套來跟我傳道！」老烏鴉加隆嘶啞著嗓子對他大呼小叫，「看看他們對我們犯下的滔天大罪！」

「那也許我們應該連英國人也一起轟。」柯茲氣得只有冷笑建議。

而事實上，談起英國人，也並非巧合；因為諷刺的是，柯茲這時正想找英國人幫忙。

3

約瑟和查莉是在希臘的米柯諾島上，經由正式介紹認識的。那兒的海灘有兩家酒館，在八月下旬某個午餐聚會中，也就是希臘的陽光最熱、最毒的時候，他們結識了對方。以歷史的觀點說，他們是在以色列噴射轟炸機大舉轟炸貝魯特巴勒斯坦人住區之後的四星期認識的。那次轟炸行動，據以色列事後宣稱，是為了摧毀巴解的領導階層，儘管被炸死的數百名死者中，並沒有一個領導者——除非是指未來的主人翁，因為裡面有許多兒童。

「查莉，和約瑟打聲招呼吧？」有人很興奮地說。查莉也照辦了。

但是這次見面等於沒見：她這個革命分子皺著眉，像個英國女學生那樣地伸出手來，不懷好意，假裝自己一本正經地要握手；而他也只用冷靜打量的眼光隨便瞄了她一眼，很奇怪地，毫無一點想進一步認識的企圖。

「查莉，妳好。」他應了一聲，盡可能不失禮地笑了笑。而事實上，也只有他一個人出聲，查莉嘴閉得很緊。

她注意到對方在開口之前，嘴唇會先噘一下才說話，像軍人那樣。他的口音帶點外國腔，而且十分壓抑，這讓他聽起來柔和中帶點氣餒——問題在於，她也把人家沒講出來的話摸得很清楚；對方根本沒把她放在眼裡。

她名字實際上應該叫查莉安，可是大家卻只叫她查莉，常常還喊她「紅查莉」。一方面是因為她的髮色，一方面也因為她瘋狂的激進；這是她關心世界的方式，也是她認真對待這世界不公平的方式。她和一群英國演員同住在島上的一棟距海半哩、沿著海濱而建的破農舍，在這個亂糟糟、彼此絕不翻臉的緊密大家庭裡，她像個局外人。一開始這群男女是如何來到這農舍的（或到底他們是怎麼到島上來的），老實講，他們也認為是個奇蹟，只不過身為演員，沒露出多少驚訝罷了。贊助他們來這島上的是一家有錢的都會公司，最近把扮演天使的興趣轉移到贊助巡迴劇團上。他們到鄉間的巡迴演出結束後，劇團六名核心幹部發現公司居然出錢招待他們到此休養。一架包機將他們載到島上，一棟農舍早在那裡等著歡迎他們，稍微透支一點，也算是公司給他們的加薪。真是仁慈慷慨，太意外了，不過也太久了吧。當他們接獲宴會的邀請函時，總是異口同聲這麼認為：只有那群法西斯的渾球，才會如此不設防地做這種慈善事業。接著，他們根本不會記得是怎麼來的，直到隨便哪個人嘴裡不甚熱心地嘟囔著公司大名、醉眼惺忪地舉杯敬酒。

查莉其實算不上是這批人的核心人物，她並非女孩們中最漂亮的一個，然而她性感外露，一如她無可救藥的好心腸，再怎麼擺姿態也難以掩藏。露西儘管不聰明，卻豔光照人，就接受標準而言，查莉便顯得相當普通：她不好看，鼻子太挺了些，那張臉有時看起來童稚，有時又似乎歷盡滄桑，這過於早熟的陰鬱會讓你擔心她到目前為止的生命經歷過什麼，又好奇她接下來還會變成什麼樣。她有時候像他們的棄嬰，有時又像他們的老母親，既懂得用錢之道，又知道上哪兒找治疼痛和砍傷的敷藥。只要她一進入這種角色（就像她進入其他角色一樣），便心胸寬大、能幹非凡，沒人比得過她。偶爾呢，她還會扮演他們的良知，為真實發生或出於她想像的臭沙文主義、性別歧視、西方世界的不聞不問而痛罵他們一頓。她之所以有權這麼做，乃是因為她是他們僅有的一點階級，就像其他人說的：讀過私校，又是股票經紀人的女兒，即使——她不厭其煩地重申——那個可憐人後來因侵吞公款而鋃鐺入獄，最後還死在監獄裡。反正階級總要消失的。

總之，她是他們一致同意的女主角。夜晚降臨之際，當這群人想小試身手、表演一場，身上只穿海灘裝、戴草帽，只要查莉願意參與，總是演得最出色的。如果他們打算唱歌給對方聽，也是查莉彈奏的吉他比他們的歌聲略勝一籌；查莉知道那些具抗議精神的民謠，並用一種憤怒、男性化的嗓音唱它們。然而，每當這群人懶洋洋地窩在一起，抽抽大麻、喝喝半公升三十塊錢的劣酒、小聲交談的當兒，查莉卻總一個人躺得遠遠的，不屑與他們為伍，好像在很久以前便已享用完畢。「等我革命的曙光綻露，你們再瞧好了，」她會用昏沉沉的口氣警告他們。「我會要你們這群大小姐、大少爺，一早起來先去種甘藍菜，才准回來吃早餐。」每次一聽她這麼說，他們就會故作害怕地問：同志，妳想先從哪兒開始？妳要先砍誰的腦袋？「先去該死的里克曼斯沃鎮，」她總會想到那處令她童年悲慘不堪的高級住宅區。「我要把他們那些高級轎車，統統推進他們的狗屎游泳池裡去。」然後他們就會發出陣陣哀號哭喊，求她手下留情；即使他們曉得，查莉自己最喜歡名牌跑車。

他們也都很愛她。這點大家相當一致。查莉儘管嘴硬不承認，心裡也一樣愛他們。

至於約瑟這個人，雖然大夥兒都這麼叫他，卻不屬於他們這個大家庭。甚至也不是查莉這種異議分子。他本身的自滿自負，在某些優柔寡斷的人看來，恐怕可以稱得上是勇氣。他沒有朋友，卻從不抱怨，這個陌生人誰也不需要，即使是這群可愛的人。他只有一條毛巾、一本書、一瓶水，以及他在沙灘上挖的狐穴。而查莉一直知道他是個幽靈。

她第一次在島上看見約瑟，是在某天清早她和艾爾斯特吵了一架，而且吵輸了。查莉溫順的本質不知怎的似乎總會不幸地吸引來一些惡霸，而那天她的惡霸是個身高六呎的蘇格蘭佬，那群人都管他叫「長腿艾爾」，總是滿口威脅，不怎麼精確地引用無政府主義者巴枯寧的言論。這大塊頭也和查莉一樣，紅髮、白皮膚，有一雙嚴峻的藍眼睛。每當他們雙雙從海裡冒出來，宛如一對異族男女，在周遭人群中顯得與眾不同，而他們狂野的舉止讓人覺得他們對此頗有自知之明。當他倆手牽手，偷偷跑到農舍外頭去幽會時，那急切的慾望讓人想起一種熟悉而不足為外人道的痛苦。可是當他們吵起架來——前一天晚上就是——又能把人嚇得退避三舍，於是他們會躲起來，直到煙消雲散。這種時刻，查莉照例溜進頂樓的角落療傷。然而她六點整就醒了，孤零零洗了個澡，進城吃早餐、看英文報。就是她買《先鋒論壇報》的時候，那個幽靈出現了：簡直就是活生生的靈異現象。

他不正是上次那個穿紅色運動衣的男人嗎？他站在她身後挑選平裝本小說——完全無視她的存在。這次穿的不是紅色運動衣，而是短褲、汗衫加拖鞋，但確實是這個人沒錯。頂著一頭短短的黑色捲髮，前額正中央還有個美人尖；同樣的棕褐色眼珠，目光彬彬有禮，似乎在回應著別人的熱情，直盯著她的兩隻眼睛就像貝利戲院前排觀眾席上的兩盞舞臺燈，日場與夜場都緊跟著她的每個動作，眼裡只有她一個。那時他的表情既不柔和，也不強硬，卻像清晰的照片。在查莉看來，那是一張映著強烈又恆久之真實、有別於演員千變萬化的虛偽面具。

查莉想起那次在諾丁罕郡的貝利戲院，她扮演聖女貞德，當時她因為不斷被那位「王儲」搶戲而怒火中燒；戲還沒演完她就發現這人坐在前排觀眾席，擠在一群學童之間，當時戲院有一半座位是空的。如果燈光沒那麼昏暗，或許她那時也不會注意到他。可惜他們的照明器材都滯留在德貝，等著運來，因此她根本就看不清楚。她起先以為對方是個老師，可是等戲演完、學生走光之後，他仍然一個人坐在椅子上，好像在讀這齣戲的對白還是戲碼簡介。等夜場戲一開始、布幕升起，他依然坐在原來的椅子上——正中央——用他那對平和、毫無反應的雙眼，跟早上一樣猛盯著她；等最後一場戲演完、落幕之後，她簡直恨透了那塊幕，因為它把她和他隔開來了。

幾天後，劇團到約克郡演出，她幾乎已經忘了這個人。那天舞臺燈光太亮，雖然她發誓有看到他，但刺眼的燈光又令她不太有把握。而且那個男人在換場休息時，並沒有老老實實坐在位子上。還是一樣啊，她可以發誓那是同一張臉，就在前排正中間的位子，仰頭癡迷地看著她，穿著同樣那件紅色運動衣。難道他是個劇評家？製作人？星探？電影導演？或是支持他們的都會公司（剛從藝術委員會接手、贊助他們巡迴演出的那家公司）派來的？可是他未免太瘦、太專注不移，不像個專業的有錢人來檢視公司的投資是否值得。至於影評家、星探什麼的，如果他們能來一場就已經是奇蹟，更不用說還連續來看兩場。等她第三次看到他——或以為她看到了——也就是他們巡迴的最後一夜，事實上隔天就要出發度假去，他佇立在小小的東區戲院舞臺門邊，她差一點就忍不住上前問他究竟打算做什麼？是剛入門的開膛手、收集簽名的影迷，還是跟我們其餘的人一樣，只是尋常的色情狂？但他那副凜然的模樣又叫她退縮了。

因此，現在他出現在這兒——站在她身後不到一碼，似乎沒意識到她的存在，以前幾天看她那樣慎重的專注研究架上的書——令她不尋常地騷動起來。她轉向他，迎向他毫不動搖的凝視；有一刻她以更加狂野的眼神回望他。而且她有優勢：臉上有為了遮住瘀青而戴上的太陽眼鏡。這麼近距離地看，她訝異地發現他比她想像的還要老、瘦，卻也更顯眼。她覺得他應該好好睡個覺，因為他眼袋很腫，不曉得是不是時差的關係。然而他的回望沒有一絲認出她或欣喜的一瞬。查莉把報紙往原本的報架上一丟，轉頭快步走向臨海的那家酒館去。

我瘋了，她顫抖著舉起咖啡杯湊到嘴上，心裡這麼想道。都是我憑空捏造的，只是個酷似他的人罷了。我不應該吃露西給我的那顆該死的快樂丸，雖然她是好意，希望在艾爾揍了我一頓之後能提供我安慰。但她也曉得（不知從哪兒讀到的），這種似曾相識的感覺，不過是大腦和眼睛在訊息傳達上出現時間差罷了。然而等她轉頭順著她剛才來的方向望去，他不是就坐在隔壁那家酒館裡嗎？頭上還戴了一頂高爾夫帽，帽簷正好遮住眼睛，在讀他剛才買的那本英文平裝書，即迪布雷寫的《與阿言德對話》[8]；她昨天還想過要買的。

他是來搜集我魂魄的，她想。她得意地經過他身邊，證明她根本就不在乎。我有答應要把靈魂交給他嗎？

同一天下午，一如預料他又出現在海灘上，只離他們這堆人的遮陽篷六十呎。穿的是件平口游泳褲，帶了一馬口鐵罐子的水，卻喝得很節省，只偶爾才吮兩口，好像下一站綠洲還在一日行軍的距離外。他也不東張西望，一點都不在意四周，戴著那頂白高爾夫帽，低頭在讀早上買來的書。卻注意著她的一舉一動——單憑他那好看的頭左右搖晃又靜止的動作，她能感覺到，他對她每一個動作都一清二楚，明明是在暗中盯梢她。米柯諾島四周這麼多海灘，他偏偏選中他們來的這一處；整條海灘他哪裡不去，偏偏選了最高的那座沙丘，居高臨下地把每個人的一舉一動盡收眼底；不管她下去游泳，或是去幫艾爾從酒館拿酒來，全在他的眼皮底下。從他那個隱身處，他可以毫不費神地研究她，她則毫無驅走他的辦法；告訴艾爾也只會落得被嘲笑，把事情弄得更糟，她可不想讓艾爾有這絕妙的好機會來奚落她的幻想；告訴其他人也是差不多意思，反正在一天內就會有人轉告他。算了，她情願自己把這個祕密藏在心頭，反正她本來就有點想。

因此她就什麼也沒做，而他也一樣，但她明白他依舊在等；她能感覺他那度過分分秒秒的耐性紀律。即使他像死人一樣躺著不動，他棕褐色的身軀仍散發出某種神祕的警惕，藉由太陽傳達給她。有時候，那種緊張感好像突然反咬了他一口，令他突然跳起來、脫下帽子，像個沒帶矛的部落戰士般表情嚴

---

❽ *Conversations with Allende*：此書全名為《智利革命：與阿言德對話》（*The Chilean Revolution: Conversations with Allende*），作者迪布雷（Regis Debray）是著名的法國左派知識分子，阿言德（Salvador Allende, 1908-1973）則是智利第一位信奉社會主義的總統，在一九七三年政變中被殺。

肅地踱下沙丘、走到水邊，無聲地潛入海中，幾乎沒激起一點水花。她就坐在沙灘上等，還是只有等待。他應該淹死了吧，鐵定的。到最後，在她認為還是放棄為妙的時候，他又突然遠遠地從海灣對面冒出來，慢條斯理游著自由式，好像前面還有好幾哩要游似的，露出水面的捲曲黑髮亮得像隻海豹。附近有許多快艇飆過，而他完全無視它們。而女孩們，他連頭也沒轉向過她們——她都看到了。等他游完泳、回到沙灘上，總會先做一連串內行的體操動作，才重新把帽子戴上，躺下來繼續看他的書。

他是誰的人馬？她無助地想著。到底誰在替他寫劇本、導他的戲？他在舞臺上演一齣專為她上演的戲碼，就像她為了他在英國登臺；他也是巡迴演出的演員，就跟她一樣。從天空與沙灘之間閃耀的驕陽，她可以盯著他慓悍的棕黑肌膚連續好幾分鐘，並以此做為她興奮揣測的目標。你就是我，她想；我也正是你；這些孩子是不會明白的。然而當午餐時間到來，他們經過他的沙丘往酒館走去，查莉看到露西竟放開摟住羅勃的手，朝他揮舞，還故意把屁股翹得老高地對他拋媚眼。

「他不是很可愛嗎？」露西故意大聲說道。「我願意讓他陪我吃飯。」

「我也是，」威利更大聲地說。「對吧，波利？」

但他根本沒理睬她們。等到下午他們吃過飯，艾爾又帶她回農舍去，野蠻粗魯地和她做愛。辦完事以後，他們再回到海灘，已是傍晚時分，而他早就走了。查莉不開心地想，她竟然對她的神祕戀人不忠。她有點遲疑，不曉得晚上應不應該搜遍各夜間場所去找他。既然白天無法和他說上話，她想他應該是夜行性動物吧。

明天早上她不會再下去海灘了。那天晚上，她對自己堅決的強度一開始感到有趣，接著卻嚇到她了，於是醒來決定不再想下去。躺在艾爾熟睡的巨大身軀旁，她想像自己狂野地愛上一個從未和他講過話的男人，以各種充滿創造力的方式對他說話，甩掉艾爾並從此跟他奔向天涯海角。十六歲的時候，這種顛狂的念頭還說得過去；到了二十六歲可就不適合了。甩掉艾爾是一件事，遲早總會發生；追一頂夢中的白高爾夫帽卻是另一回事，哪怕是在米柯諾島上度假的時候。所以她重複昨天的路線，不過這次——很令她失望——書店裡沒有人從她身後冒出來，她常去的酒館隔壁也沒有人在喝咖啡；他的紅夾克身影也沒出現在她逛街時的玻璃櫥窗上，就在她一心盼望它出現的時候。直到中午她加入那群演員、在酒館吃中飯，才聽說他們已經給他施洗命名為約瑟。

這群人喜歡為引起他們注意的陌生人取名字，通常是戲劇或電影裡的角色；而他們那群人的倫理標準是，一經同意，大家就會採用。以《馬爾菲公爵夫人》的波索拉為例，對方是個脾氣暴躁、溜轉著一對眼睛到處尋找青春肉體的瑞典船運鉅子；而他們口中的奧菲莉亞則是位身形龐大的法蘭克福婦人，戴著一頂誇張的粉紅色花浴帽，幾乎衣不蔽體。至於約瑟，他們解釋，由於他具有閃米族的外貌，而且每次來他們的海灘時總是穿著黑色泳褲，上面套件彩色條紋外套，來去都是這副模樣。約瑟也很符合他對一般人的冷漠，以及那副傷害了其他未被青睞之人、自以為上帝選民的嘴臉。遭弟兄鄙視的約瑟，只能疏離地與他的水及書本為伴。

餐桌的位子上，查莉冷酷地任這些人加速吞併她的祕密財產。艾爾正從羅勃的大啤酒杯裡幫自己倒酒；他備感威脅，討厭有人未經他同意便得到讚美。

「約瑟個屁！」他大吼。「他就跟威利和波利一樣，是個臭玻璃！他是在獵豔，他跟他那雙色瞇瞇的眼睛，讓人真想給他那張臉一拳！我發誓我會！」

查莉那天早就受夠艾爾了，厭惡她得同時身為他的法西斯性奴與他的大地之母。她平常不會像這樣出口傷人的，但她對艾爾滋長的厭惡，在對抗她對約瑟的罪惡感。

「假如他是同性戀，何必要獵豔，你這白癡？」她惡毒地質問，轉向他扭動她盛怒的嘴。「這兩處該死的海灘上，他可以在希臘幫自己挑到半群後宮佳麗。你也行。」

對於這輕率的建議，艾爾的反應是甩她一記大耳光；她的臉先是一片慘白，接著轉成紫紅。

這些人的捕風捉影一直持續到那天下午。約瑟是偷窺狂；他是小偷、攝影師、兇手、呼吸大師、男扮女裝的藝術家、保守主義者。但一如往常，還是由艾爾來做最後論斷。「他是個該死的人渣！」他冷笑著從嘴角噴出一句，接著從前齒吸了一口氣以強調他的先見之明。

而約瑟本人則如查莉所希望的那樣，表現得對這些侮辱毫不知情；聊了這麼多這麼久，直到午後都過了一半，陽光與大麻都令他們的腦袋昏昏沉沉的——再一次只有查莉一個不算——他們決定他很酷，算是他們對他最高的恭維。至於這般戲劇化的轉變，再一次也是因為這群人的意見領袖，艾爾。約瑟不是他們趕得走或是釣得來的——無論是派露西，還是那些漂亮的男孩。所以他就跟艾爾一樣酷。他有他的領域，而他整個人也在表現這件事：沒人能指使我，我就是要在這裡紮營。還是酷。像巴枯寧這種無政府主義者都會給約瑟高分。

「他很冷靜，所以我喜歡他。」艾爾下結論時，若有所思地撫摸露西光滑的背，一直往下摸到比基尼泳褲的細帶子，又回到上頭再往下摸。「假如他是個女人，我可清楚怎麼對付他了。對嗎，小露？」

下一刻，露西站起來，成了高溫下唯一站在亮晃晃沙灘上的人。「誰說我釣不到他？」她說，並脫下她的浴袍。

現在的露西金髮豐臀，跟蘋果一樣誘人。她演酒吧女侍、娼妓，甚至話劇的男主角，但她最擅長的其實是演個著迷於性愛的少女，眨個眼就能釣上任何男人？拿條浴巾鬆鬆地繫在胸部底下，她拿起一壺酒和一個玻璃大杯往沙丘底下走去；酒壺用頭頂著，擺動著臀部，大腿若隱若現，可笑地演出她專屬的好萊塢式希臘女神。攀上小沙丘，她單膝跪在他身邊，高高地從上往下倒酒，同時讓身上的毛巾敞開。把酒杯遞給他時，她決定用自己唯一會的幾句法語跟他說話。

「您喜歡嗎？」露西說。

約瑟似乎根本沒注意到她存在。他翻了一頁手中的書，接著注意到她落下的影子，於是他微微側過身子，在高爾夫球帽簷下用他那對黑眼睛挑剔地看一下她，才接過酒杯，嚴肅地敬了對方一口，而二十碼外她的粉絲團或鼓掌，或像下議院通過愚昧決議似的高聲歡呼。

「妳一定是赫拉❾。」約瑟用一種彷彿他在研究地圖似的感覺這麼對露西說。就是此時她有了戲劇性的發現：他身上好多疤！

露西幾乎也顧不了克制自己。當中最搶眼的，莫過於一個大小有五便士的圓洞，就像威利與波利那

❾ Hera，希臘神話中宙斯（Zeus）之妻。

輛「迷你」車上的彈孔貼紙其中一個，只是這個在他胃的左側上！從遠處不容易看出來，當她伸出手去碰它，感覺是光滑而且硬硬的。

「而你是約瑟。」露西含混地回應，根本不認識赫拉。

沙灘那頭又傳來一陣新的掌聲，是艾爾高舉他的杯子祝酒：「約瑟！約瑟先生，老兄！認真點！來操這些嫉妒的弟兄啊！」

「過來跟我們一起坐嘛，約瑟先生！」羅勃也在大喊，伴隨著查莉叫他閉嘴的喝斥。

但約瑟沒過來。他只是又舉起酒杯，對查莉過度的想像力而言，他只對著她一人祝酒；但相距二十碼、一個男人對著一群人舉杯，她憑什麼這樣相信？然後他又回去看書了。他沒拒絕他們；露西覺得，他沒顯得更怎麼樣或更不怎麼樣。他轉回去趴著看書時——天啊那裡真的有一個彈孔，因為背上赫然呈現另一個子彈穿出的疤痕，大得像被漆彈槍射中似的！當露西繼續盯著瞧，她發現自己並不只是在看一處傷口，而是一整片：他的手臂，沿著手肘以下的累累傷疤；背上二頭肌處那一塊光禿不自然的皮膚；白晃晃的脊椎，她形容——「像有人拿一塊燒紅的鋼絲絨對付他」——或是有人替他動過脊椎手術？露西在他身邊待了一會兒，在他翻頁的時候假裝從他肩後研究他在讀什麼書，其實她是想撫摸約瑟的脊背；除了那些疤，那毛茸茸又如山壑凹陷的肌肉，正是她喜歡的那種背。但她沒那麼做，後來她告訴查莉，儘管曾摸過他，她不確定可以再摸他一遍，她覺得——露西以少見的一股謙遜說——至少應該先徵求他的同意才對。這句話後來印入查莉的腦海。露西本想倒光他的水壺再倒入酒，不過看他似乎沒喝幾口酒，或許比較喜歡水吧？最後她把酒壺重新頂在頭上，感到沒趣地腳尖一轉，回到他們這個大家族裡，接著便毫不稍停地報告起來，直到她倒在某人的膝上睡著。約瑟顯然又更酷了。

令兩人正式接觸的意外事件發生在隔天下午，而艾爾則是它的源頭。艾爾老大要走了。他的經紀人拍來一封越洋電報，就連這件事也算得上一個奇蹟。當時，咸公平地認為，他的經紀人沒意識到這是所費不貲的溝通方式。電報在那天早上十點送到了山坡上的農舍；之前威利和波利（平常這時都還在睡懶覺）就把電報帶下了沙灘一趟。電文簡要寫著「可能擔任大片要角」，在這個大家庭可是不得了的消息，因為艾爾只有一樣野心，就是在大成本影片中擔綱演出，或者就像他們說的，打進電影圈。「我對他們來說太厲害了，」每當業界拒絕他時，他都這麼解釋：「你們都是我選角的；這就是問題，而他們那些豬玀很清楚這點。」所以這電報下來，大家全替艾爾高興，但私底下他們更為自己開心，因為都受夠了他的暴力。為查莉不捨，她每天被他打得鼻青臉腫，也令他們在島上成了受人畏懼的一群。惟獨查莉一人對艾爾的離開感到感傷，儘管她主要是為了自己難過。跟其他人一樣，她老早就希望艾爾永遠離開她的生活。然而現在，這封電報回應了她的禱告，她又因罪惡感以及自己另一段生涯的即將結束而感到不舒服。

午睡時間結束後，大夥兒陪著艾爾去了希臘航空公司，確定他能搭上明早直飛雅典的班機。查莉也去了，可一路上她都一臉蒼白、搖搖晃晃，雙臂抱在胸前，好像她冷極了似的。

「該死的班機早就客滿了，」她警告他們，「我們就得再跟這渾球困上好幾個禮拜。」

但她猜錯了。不只是有位子給艾爾，還是用他的全名訂好的，三天前從倫敦用電報訂的位，昨天還確認了一次。此番發現令眾人最後一點疑慮也煙消雲散。艾爾老大就要迎接光明的未來了。這樣的事從未發生在他們任何人身上，就連他們贊助者的善行都相形失色。像這樣的經紀人——也是他們全部的經紀人，是整個牲口市場普遍公認最懶散的傢伙——竟然會打電報替他訂機票！

「我要扣他的佣金，」大夥兒等巴士回海灘時，喝了幾杯茴香酒的艾爾告訴他們。「我這輩子再也不會讓任何該死的寄生蟲從我身上抽百分之十的佣金，這件事我可以無償告訴你們！」

留著亞麻色頭髮的嬉皮男孩，一個有時會纏著他們的怪傢伙，提醒他任何財產都是贓物。

跟艾爾完全相反，查莉愁容滿面，對行將別離感到心痛，滴酒未沾。「艾爾，」她一度喃喃喊著，想牽他的手。不過感到勝利的艾爾也沒比他失敗或戀愛時溫柔多少，那天早上查莉被打裂的嘴唇就是證明，而她仍不斷用手指摸著。海灘上，艾爾的獨白一如太陽不曾間斷。他說他要知道導演是誰才決定是否簽約。

「別給我南邊的英國同性戀，謝謝妳，小妞。至於劇本，我可不是那種溫馴的奶油小生，光坐在那裡讓光打著像隻鸚鵡在唸臺詞。妳知道我的，查莉。如果他們想認識我，真正的我，他們最好現在就搞清楚這點，查莉小妞，不然他們跟我，我們就會有一場皇家對無囚犯的一級戰爭，噢我們會的！」

酒館裡，為了讓大夥兒聽他說話，艾爾坐在長桌的首位，直到那一刻他們才知道他丟了他的護照和皮夾，他的金融卡和機票，所有幾乎被無政府主義者視為用來這奴役社會、可拋棄的垃圾物品。

其他人起初還一頭霧水，一如往常，以為又是艾爾和查莉之間掀起的另一場黑暗爭執；只見艾爾鉗住查莉的手壓在她肩膀上，查莉在艾爾貼著她的臉辱罵時痛得面容扭曲。查莉發出一聲壓抑的哭喊，接著突然間大家都安靜下來，這才聽到艾爾這段時間究竟在對她說什麼。

「我告訴妳把它們放在這該死的袋子裡，不是嗎！妳這隻小蠢牛！它們就放在那裡、在開票公司的櫃檯上，而且我告訴過妳，我跟妳說：『把它們拿起來然後放到妳的肩包裡，查莉。』因為男人，除非像威利和波利他們這樣從南方來的死玻璃，男人是不帶袋子的，親愛的，妳看他們帶過嗎，親愛的？所以妳把東西放到哪兒去了，小妞，哪裡？沒有任何方法可以阻擋一個男人走向他的命運，妳最好相信我！沒有辦法可以阻止男性沙文主義，但我們可會嫉妒我們小傢伙的成功。我在那裡有工作要做，小妞，有間該死的城堡等著我攻占，以及一切！」

大概就在這時候，在衝突的最高潮，約瑟進來了。沒人知道他是從哪兒冒出來的——就像波利說的，某人顯然摩擦了阿拉丁神燈。根據事後回顧，他是從左邊進來的——或者，換句話說，從海灘的方向過來。反正他突然之間就站在那兒，還是穿著他那件花條紋、五顏六色的海灘裝，大帽簷的高爾夫帽，手上拿著艾爾的護照、皮夾、全新的機票，顯然是剛剛在酒館階梯下方撿到的。當大家還有點搞不清楚狀況的時候，他面無表情地看著那對開戰中的冤家，像個值得敬重的信差站在一旁等他們注意到他。然後他把找到的東西放到桌上。一件接著一件。酒館裡突然鴉雀無聲，除了一件件東西被放下、在桌上發出輕輕的一聲。他終於開口。

「抱歉，我只是認為有人很快就會思念起這些東西。有人或許一輩子沒它們也能過得好好的，我猜想，但恐怕那樣活著相對比較辛苦。」

除了露西，這是大家首次聽到他的聲音，而露西則震驚得沒注意到它的變調或其他任何事。因此他們不瞭解他那平板、有條理的英語可是熨平了每一條外國口音的皺褶。要是他們知道，肯定會模仿他一輪。大夥兒先是吃驚，繼而大笑，然後才變成感激。他們求他一起坐下來。約瑟抗拒著，於是大家愈來愈吵。他就像在喧鬧群眾面前慷慨就義的大將安東尼：他們硬拉著他坐下。他打量眾人；他的眼睛看進查莉，移開，然後又回到查莉身上。終於，帶著認命的笑容，他投降了：「好吧，如果你們堅持的話。」他說；而他們當然堅持。露西像個老友般抱住他。波利與威利有榮幸各坐在他的一邊。每個人都輪流迎接他直率的目光，直到突然間查莉嚴酷的藍眼對上約瑟的棕眼，查莉狂放的迷惘對上約瑟完美的冷靜，所有勝利是如此謹慎地消失其中——而她知道那只是隱藏住思想與動機的面具。

「那麼，查莉，沒錯，嗨，妳好嗎？」他冷靜地說，兩人握手。

一陣舞臺式的靜默，接著——就像是剛失去重力，第一次能自由自在地飛翔一般——大大的笑，青春的有如學生，而且有雙倍的感染力。「怎麼會取個這麼像男孩的名字？」他抗議似的說。

「反正，我是個女孩，」查莉說時，每個人都哈哈大笑，查莉也是，在他明亮的笑容像突然被收押禁見那樣被收回之前。

剩下來的那幾天，約瑟就成了他們的吉祥物。終於送走艾爾之後，他們全心全意接納了他。露西主動投懷送抱；他不失遺憾但禮貌地拒絕了。她把這可悲的消息告訴了遭遇更堅定拒絕的波利：顯然這更證明了他決定守身如玉。直到艾爾離開，大夥兒才開始認真看待維繫他們共同生活的凝聚力有多薄弱。

他們的小姻緣正在破裂，新鮮的組合也救不了他們；露西以為她懷孕了，不過露西時常這麼想，也其來有自。激烈的政治辯論因為想喘口氣而無人再提，既然他們大多數只知道「制度」反他們，所以他們也反「制度」；然而在米柯諾島上有點難看到「制度」，特別是它還花了的錢送你來這兒。在農舍的夜晚，飽嚐了麵包、番茄、橄欖油和松脂酒，話題就懷鄉地進入了倫敦的冬季和多雨，以及那些星期天早上瀰漫早餐煎培根味道的街巷。如今艾爾突然走了，來了個約瑟，喚醒了這一切，也給這夥人一個新的觀點。他們熱烈地接受他。不僅在海灘和酒館中強拉他加入，在農舍還為他舉行了一次歡迎會，向約瑟致敬，他們這麼稱呼它，而露西以她準媽媽的角色，張羅了紙盤、鮭魚慕斯抹醬、起司和水果。自覺艾爾離開之後在他面前無所遁形，又害怕自己失控的情緒，查莉一個人避得遠遠的。

「他是個四十歲的騙子，你們這群白癡。難道你們看不出來嗎？看不出來，對吧？你們自己也是一群發神經的騙子，你們這些睜眼瞎子！」

他們被她搞糊塗了。她以往的寬大為懷哪兒去了？他怎麼會是個騙子？他們爭辯，他一開始就沒要求任何東西不是？得了，查莉，妳就饒了他吧！但她不肯。在酒館，大家自然而然就這麼圍著長桌落坐：約瑟被大家簇擁著坐在中央，眼神專注地同情著、聆聽著，話卻說得很少。而查莉，只要她有現身，就坐得盡量遠離他，不齒他的好脾氣。她告訴波利，約瑟讓她想起她父親，這似乎是個很戲劇性的洞見。他有著同樣讓人毛骨悚然的吸引力：但是古怪，波利，整個就是怪；她第一眼就看出來了，只是沒說而已。

波利發誓他不會說出去。

只是查莉自己跟男人有些過不去罷了。波利那天晚上就解釋給約瑟聽了；不是查莉這個人的問題，是政治性的——她那可惡的母親是個愚笨的老古板，而她父親更是離譜的騙子，他說。

「父親是騙子？」約瑟說，露出他很清楚這種類型的微笑。「真有趣。請務必告訴我關於他的事。」波利也這麼做了，樂於把祕密託付給約瑟。但他不是唯一一個。每天吃完午餐，或晚餐，總有兩、三個人晃過來，跟他們的新朋友討論他們的演戲天分、他們的情史，或身為藝術家是多麼令人心痛。如果他們的告解恐怕缺乏趣味，就會運用想像力加油添醋一番，好讓他不致乏味。約瑟嚴肅地聽他們說，嚴肅地點頭，偶爾嚴肅地微笑；但他從不提建議，也從未——他們很快就又驚喜又欽佩地發現——把聽來的這些轉播出去：聽進去的，就會留在那兒。更好的是，他從未附和他們的獨白，更偏愛圓滑地用有關他們或——既然他們時常想著查莉——有關查莉的問題，從旁引導。

哪怕沒人知道他是哪國人。羅勃卻不知為何宣稱他是葡萄牙人。有人堅持他是亞美尼亞人，土耳其種族屠殺行動中的倖存者——他看過有關的紀錄片。身為猶太人，波利說他是「我們之一」，但波利任誰都這麼說，所以有一陣子大夥兒純粹為了激怒波利，說約瑟是個阿拉伯人。

但他們沒問他是打哪兒來的，而等他們追問他的工作時，他卻只回答自己過去常到處跑，不過最近定下來了。聽起來好像他退休了似的。

「那你原來在哪家公司，約瑟？」膽子比所有人都大的波利問他。「譬如說——你替誰工作？」

這個嘛，他不認為他真有什麼公司，他謹慎地回答，還有意無意碰了一下白色的帽簷。再也不幹了。他現在只看看書、做點小生意，最近繼承了一小筆錢，所以他想，在技術上而言，他是替自己做事。對，就是替自己做事。就說他是自營業吧。

只有查莉不買帳。「那我們就是寄生蟲囉，約瑟？」她臉有點紅地質問。「我們看書，做小買賣，花自己的錢，而且定期在風光明媚的希臘小島上廝混享樂，對不對？」

帶著一個鎮定的笑，約瑟只是默認這個說法。但查莉可不，她失去冷靜自持，繼續進攻。

「那我們讀什麼，老天爺？我只想問這個。我們又在買賣什麼？我能問吧，嗯？」他那怡人的沉默只是更激怒她。相較於她的嘲諷，他只是更深藏不露。「你是出版商嗎？你袋子裡到底都裝了什麼？」

他好整以暇。他辦得到。每次講話至少要考慮三分鐘的習慣，大家早就習以為常了。

「袋子？」他故作迷糊狀地強調。「袋子？查莉，或許我什麼都是，但我可不是小偷！」

不准笑！查莉絕望地拜託其他人。「他不可能光是坐在那兒就能做買賣吧，你們這群笨蛋。他是做什麼的？他的勾當是什麼？」她往椅背上一靠。「天啊！」她說，「一群白癡。」接著便放棄了，看來筋疲力盡，而且像她立刻就可以演出來的五十歲年紀。

「難道妳真的不覺得，談這些太無聊了？」還是沒人幫她說話時，約瑟才用十分愉悅的口氣反問她。「我會說，來米柯諾島的人，最想逃避的兩樣東西就是錢和工作，真的。妳不也是嗎，查莉？」

「真的，我覺得好像在跟一隻該死的赤郡貓[10]說話，」查莉粗魯地反擊。

突然間，好像有什麼在她裡面爆炸了一樣，查莉猛然起身，嘴裡嘶了一聲，像是為了驅散猶豫而格

---

[10]《愛麗斯夢遊仙境》裡有一隻赤郡貓（Cheshire cat），臉上始終帶著神祕的微笑。

外使力地搥了一下桌子；當時約瑟就是在這張桌上奇蹟似的變出艾爾的護照；查莉把桌上的塑膠桌布和一個本來裝檸檬水的空瓶子（他們設來誘捕黃蜂的）全掃掉了，直接飛向波利的膝頭。然後她就開始指著約瑟大罵不休，搞得其他人都很尷尬，因為他們要是跟約瑟在一起就不會爆那些粗口；她罵約瑟是個只配躲在衣櫃裡的怪人，竟然跑到海灘上、唬弄那些年紀比他小了一半的小鬼頭，玩起這種權力遊戲。她本想把當初在諾丁罕、約克跟倫敦看到他神祕出沒的事也一起說出來，但時間過去愈久她愈沒有把握，也由於這些事聽起來太荒謬了，所以她忍住沒說。沒人確定這第一次萬箭齊發，約瑟到底聽懂了多少，她聽上去又氣又急，用的還是她粗俗的口音。要說他們從約瑟臉上看到什麼，大概只有一臉認真地研究查莉。

「所以妳究竟想知道什麼，查莉？」他照樣思考了一下子才問道。

「就從名字開始吧，難道你沒有名字嗎？」

「你們幫我取了。約瑟。」

「那你真正叫什麼？」

整個餐廳一片死寂，就算是查莉那些死忠的擁護者，諸如波利和威利，對她的脾氣也不禁感到動搖。

「雷多文，」他終於開口，好像挑了半天才撿出一個姓。「跟那個飛行員一樣，但多了一個v字，」

雷多文，」他又完整地唸了一遍，像是想多熟悉一下這個想法。「這會突然會讓我變了一個人嗎？假如我是妳認為的那種壞人，妳又何必相信我？」

「雷多文什麼？你的教名是什麼？」

決定說出來之前，他又停頓了一會兒。

「彼得。不過我比較喜歡約瑟。而我住在哪兒？維也納。但我到處旅行。妳要我的地址嗎？我可以給妳。可惜維也納電話簿上找不到我的姓名。」

「所以你是奧地利人。」

「查莉。算了吧！好不好？就算我是個歐亞混血兒好啦！妳總該滿意了吧？」

這時大夥兒乘機出來打圓場，替約瑟抱不平。「哎呀，查莉，好啦——得啦——查莉；妳這又何必呢？查莉，妳現在又不是在特拉法爾加廣場做事——查莉，說真的，算了吧！」

查莉卻已無路可退。她的手臂越過桌面，在約瑟鼻子底下打了一個非常大聲的響指。一聲，緊接著第二聲，弄得整個店裡的服務生和客人全轉過頭來看熱鬧。

「護照，拜託！來嘛，該讓我看看。艾爾的護照被你翻了一通，現在該讓我們看看你的。出生年月日、眼珠顏色、國籍。拿啊！」

他先低頭瞟了一眼伸到他下巴的那隻手掌，才抬眼看那張漲紅的臉，像是想弄清她的意圖。過了一會兒，他才笑起來，對查莉而言那笑容就像在祕密的深淵上跳一支輕快、不疾不徐的舞，也像帶著它的假設與不經意在嘲弄她。

「抱歉，查莉，我想我們這種渾球有種根本上的抗拒——我會說是其來有自的——憑一張紙約束我們的身分。像妳這麼進步的人，應該可以理解這種想法吧？」

他握住她那隻攤開的手，緩緩地把她的手指一隻隻摺攏回去，推回她身邊。

一星期後，查莉和約瑟就展開他們的希臘之旅了。嚴格來說，這件事就跟其他成功的計畫一樣，從不是講好的。把自己跟其他人完全隔絕開來，她每天一早趁天氣還涼爽時就出門步行到鎮上，在兩、三家酒館消磨時光，喝杯希臘咖啡、背她秋天將在英國西部演出《皆大歡喜》這齣戲的臺詞。意識到有人在看，她抬眼發現約瑟就在對街：他正從他分租的房子裡走出來，她之前就知道他住這兒：雷多文，彼得，十八號房，一個人住。這純粹是巧合，之後她這樣告訴自己：她剛好在他出門去海灘的時候、在這間餐館喝咖啡。見到她，他便過來坐在她旁邊。

「走開，」她說。

他笑著要了杯咖啡。「我想妳的朋友有時還滿令人無福消受的。」他承認道。「人總是本能想去找團體中那個默默無名的人。」

「想必是。」查莉搭腔。

他先看她在讀什麼書，接著她才意識到他們正在討論「蘿莎琳」這個角色，一幕接一幕；除了對話的雙方都是約瑟。「可以說，在那頂帽子底下她擁有那麼多性格。她在整齣戲裡展現出來的，彷彿她有一大群彼此衝突的人格。她聰明、善良，但有點迷失；她看得太多，甚至自認對社會有某種責任感。我認為妳非常適合扮演她，查莉。」

她實在忍不住了。「你到過諾丁罕郡嗎，約瑟？」她質問，直盯著他甚至懶得露出笑容。

「諾丁罕？恐怕沒有。我該去過嗎？諾丁罕有什麼特別？妳為什麼這麼問？」

她又尖牙利齒起來。「只是因為上個月我在那裡演出。我以為你見過我。」

「真是有趣極了。我該在那兒見過妳？戲碼是什麼？」

「《聖女貞德》。蕭伯納的《聖女貞德》。我演貞德。」

「那可是我最喜歡的幾齣戲之一。我至少有一年沒看過這齣戲，只能看劇本過癮。妳還會再演一次嗎？也許我有另一次機會？」

「我們也在約克郡演出過，」她死盯住他的眼睛。

「真的？所以那是你們巡迴演出的戲碼。真好。」

「可不是。旅行的時候到過約克郡嗎？」

「唉，我沒去過漢普郡、倫敦以北的地方。不過我聽說約克郡很美。」

「啊，那裡很棒。特別是西敏寺大教堂。」

她繼續勇敢地瞪著他，那張坐在前排的臉。她搜尋他的黑眼睛和眼週繃緊的皮膚，想從它們找出一絲笑意或微微顫動，卻沒有任何讓步或坦承。

他有失憶症，她想。或是我有。天啊！

他也沒說要請她吃早餐，哪怕無論如何她都會拒絕。他只是喊來侍者，用希臘語問他今天哪種魚比較新鮮。知道她喜歡魚，他像個指揮家似的在空氣中揮舞他充滿權威的手臂好攔下他。把服務生打發走後，他繼續跟她聊戲劇，像是在夏日早晨九點吃魚喝酒乃是最自然不過的事——儘管他自己只點了可樂。他言談有據。也許他從未去過英國北部，卻對倫敦的舞臺劇有種特殊的、他未曾對那夥人提過的親暱感。在他侃侃而談之際，她對他感到一種一開始就有過的、令她心神不寧的感覺，就是他那外向的天性，和他出現在這裡一樣，不過是個藉口，他只是想強行打開一道縫，好偷渡其他——而且完全是竊取來的——天性。她問他：常去倫敦嗎？他否認，最常去的地方還是維也納，世界上唯一算得上是城市的地方。

「只要有一點機會，我都絕不會放過，」他宣稱。有時候，就連他的英語或許也有點誇張不實。她想像這也許是他夜間偷空自修而來，每週要背好多成語。

「只是我們到倫敦演出過——就在幾星期之前——你知道的。」

「在西區劇場？但是，查莉，這真是太不幸了。我怎麼沒看到消息呢？我怎麼沒立刻去看呢？」

「是東區。」她陰鬱地糾正他。

第二天，他們又在另一家餐廳相遇——是不是意外，她說不上來，不過她本能地覺得不是——而這次，他又很若無其事地提起，她有否在排練莎翁的《皆大歡喜》，她也就隨便說說，大概要到十月之後吧，那夥人大概到時也還不想開始排練，反正頂多三個星期就夠了。藝術委員會已經用光了預算，好像有意抽回他們巡迴演出的經費。為了讓他印象深刻，她自己又稍稍裝飾了一番。

「我是說，你知道的，他們說我們的演出是不可能了，我們又有倫敦《衛報》的金援。何況整件事要花納稅人大概一百三十分之一造坦克的錢，你還能怎麼辦？」

所以，這段空檔，她要怎麼打發時間呢？約瑟完全是一副隨口問問的語氣。事後回想起來，這實在是件詭異的事：他既對於錯過《聖女貞德》感到遺憾，又弄得像是他們欠對方一次彌補的機會。

查莉也不在意地回答了。最有可能就是在劇場附近的酒吧當女侍，她說。端盤子的工作。重新油漆她的公寓。為什麼問？

約瑟非常難過。「可是查莉，這太糟了。以妳的才華，值得一個比酒吧女侍更好的工作吧？去教書或從事政治相關行業呢？這對妳來說不是比較有趣嗎？」

她神經質地笑了，粗魯回應他的不諳世事。「在英國？失業人口這麼厲害的地方？得了吧，誰願意一年付我五千鎊去毀掉現存的社會秩序？老天，我可是個顛覆分子。」

他笑了。似乎有點吃驚和不信。笑得很委婉。「哎呀查莉，別這麼說。妳到底是什麼意思？」做好被惹惱的心理準備，她再次迎視他，像在針對什麼阻礙。

「我就是這個意思。我是個壞消息。」

「但妳在顛覆誰，查莉？」他熱切地反駁她。「事實上，妳對我是再正經的規矩人不過。」

無論她那天的信念是什麼，她不舒服地意識到他會辯贏她。因此，為了保護自己，她決定佯裝突然很疲憊。

「閃遠點吧，好嗎，約瑟？」她沮喪地建議他。「我們不是在個希臘小島上嗎？不是在度假嗎？你少管我的政治觀，我就不問你的護照。」

這個暗示已經夠了。她沒想到自己居然可以制住他，當下她還以為自己沒這本事。飲料送上來，他啜了兩口檸檬汁，問查莉這段時間是否參觀過許多希臘古蹟。只是出於一般興趣的問題，查莉也用不甚在意的口氣回答。她和艾爾去迪洛的阿波羅神廟參觀過，她說；也就去過這一處了。她沒說艾爾那天在船上喝醉酒打了她、取消那天的行程；沒說後來她就在小鎮的文具店裡看旅遊書，讀著她看到的那一小部分介紹。不過儘管沒說，她卻覺得對方一定也清楚。她怎麼知道？只是感覺罷了。等他又提出她回英國的機票問題，她才開始懷疑在這個好奇心背後，隱藏了一個詭祕的意圖。約瑟問他能否看她的機票。她聳聳肩，大方地從皮包裡掏出機票來丟給他。他拿過來，很專心地翻看了半天，研究她的航班。

「唔，妳大可從希臘北部的大城帖薩羅尼加起飛，」他終於開口。「我乾脆請個旅行社的朋友替妳重開一張，如何？那我們就可以一道旅行了。」他解釋，一副這是兩人共同想出的解決之道。

她一句話也沒說。內心彷彿她的所有人格都在彼此交戰：童稚與世故，蕩婦與修女。她感到皮膚上的衣服太粗糙，而她的背好燙，但她還是無話可說。

「再過一星期，我就得到帖薩羅尼加去，」他解釋。「我們可以在雅典租輛車，取道德爾菲，再往北開，玩它個一、兩天如何？這不是很棒嗎？」即使她沉默不語，他也無所謂。「稍微計畫一下，我們就可以擺脫那群人，如果妳是在擔心這件事的話。等我們到了帖薩羅尼加，妳就搭飛機回倫敦。我們可以輪流開車，假如妳想要的話。聽說妳開車技術一流。一切費用我負責，當然。」

「當然，」她說。

「那麼，何樂而不為？」

她想著面對這種場合，或其他類似場合，她早已排練過的每一種說法，以及當老男人對她說借過時令她想轉過身的所有那些簡潔、平淡的字句。她想著艾爾，想到跟他在一起到哪兒都乏味（除了上床，不過最近也覺無趣）。想要就此寫下她生命中新的一章。她想到回到英國，錢花得精光，又要過著勒緊腰帶、刷刷洗洗的枯燥生活，想到約瑟（不知是無意還是有意）一步步把話題引到她所要面對的現實。她又瞥了他一眼，也沒見到祈求的意思：何樂而不為？就只有這樣。她記起他柔韌又慓悍的身體，劃過水面、躍入海中的英姿。何樂而不為？她記起當初邂逅時，他的手輕觸著她，打招呼的神祕語氣——「嗨，查莉。」——而那副可愛的笑容，卻再也未曾顯露。她記得，她想了好幾次，如果那個笑容再度出現，她會受不了，那個令她神魂顛倒、魂牽夢縈的笑容。

「我不能讓那群人知道，」她低頭看著杯子呢喃。「你得編一個出來。否則他們會笑掉大牙的。」

他聽了就很愉快地說，他會把事情都安排好，而且明天一早就出發。「當然，只要妳真的想瞞著妳的朋友——」

是，她本來就這麼想，她說。

那麼他建議如下，約瑟說，一樣實際的口吻。究竟是他早就準備好的計畫，還是臨時想出來的，她實在無法分辨。總之她對他的周到體貼覺得很感激，儘管事後想起她才領悟到那根本就是依賴。

「妳和妳的朋友坐船去比雷埃斯城。船傍晚進港，但會被這個星期有貨要裝卸的船給耽擱。就在船要進港之前，妳告訴他們打算一個人去其他地方逛幾天。臨時起意，妳最擅長的把戲。別太早就告訴他們，否則他們會寧可不坐船去玩，只為勸妳打消念頭。別跟他們多說，表示妳自己也有點良心不安，」他補上一句，帶著下慣命令的人才會有的語氣。

「要是我破產了呢，」她連想都來不及，便脫口而出了，因為艾爾就像花光自己的錢那樣花光了她的。照例，她想咬掉自己的舌頭，而如果他真的當場給她錢，她絕對會把鈔票朝他臉上丟回去。但他好像早就察覺到了。

「他們曉得妳沒錢了嗎？」

「當然不曉得。」

「那我擔保妳編的故事天衣無縫了。」彷彿想敲定這事似的，他順手把她那張機票塞進自己上衣的內袋。

喂，把它還給我！她突然吃驚地喊起來。但她沒有——儘管這其中只是毫釐之差——聲音沒有很大。

「等擺脫妳那群朋友，就叫車到克羅托尼廣場。」他繼續說下去。「車費大概要兩百塊希臘幣。」他稍微停了一下，想知道有沒有問題。沒有；她還有八百塊，雖然沒告訴他。他把那個廣場的名稱又重複了一遍，要她跟著唸兩次，直到確定她有記下來。查莉還滿樂意服從他軍事般的紀律。離開那個廣場，人行道上有家餐廳，他告訴她餐廳名字——戴奧基尼（犬儒學派學者）——並容許自己展現一點幽默；他說，這名字很美，史上最美的之一，這世界上需要多一點戴奧基尼，少一點亞歷山大大帝。他會在戴奧基尼餐廳等她。不是在門口人行道上的露天座，而是在裡面，那裡比較涼快，也比較隱密。重複一遍，查莉：戴奧基尼。不可思議的，她照做了，儘管很勉強。

「那家酒店旁邊就是巴黎大飯店。假如我臨時被其他事情耽誤了，一時沒趕到，我會留話給巴黎大飯店的門房。妳可以直接找一個拉柯司。他是我的好友。如果妳需要任何東西，錢或是任何一切，儘管告訴他，他會馬上替妳安排。」他遞給她一張名片。「都記住了嗎？當然，妳是個演員嘛！什麼話、動作、號碼、顏色——每一件事，妳一聽就不會忘。」

雷多文關係企業，她看了看名片，外銷，下面是維也納一個郵政信箱號碼。

在一家報攤前，感到美好又危險地充滿生氣，她大方地替她母親買了一塊手織桌布，又故意替討厭的姪子凱文買了頂有流蘇的希臘帽子。等辦完這兩件事，她又買了一打風景明信片，大部分都寄給了她倫敦的那位無用經紀人，老奈德。為了讓他辦公室裡一本正經的女職員糗他，她故意寫些玩笑話。「奈德！奈德！」其中一張寫著「把所有角色都留給我吧！」另一張則寫著「奈德！奈德！墮落的女孩會沉到底嗎？」然而，她選了其中一張，在上面認真地寫著，說她正考慮在希臘本土停留幾天，參觀一下。「也是我們的小查提升一下文化水準的時候了。」完全忘了約瑟要她守密的叮嚀。

就在她準備過街去投遞明信片時，查莉突然感到似乎有人在暗中尾隨她；她猛一回頭，以為會看見約瑟，卻再次發現那個一頭亞麻色長髮的嬉皮青年，那個喜歡跟蹤他們這夥人、在艾爾離開那天露過臉的男孩。他這會兒正在人行道上閒晃，跟在她身後，兩條胳臂像隻大猩猩那樣晃來晃去。一看她回過頭來瞪他，他便舉起右手，做了個像耶穌基督布道的手勢。她朝他揮了揮手，輕笑一下。瘋狂的魔鬼旅途不愉快，不會下凡來了，她一面把明信片一張接一張地投進郵筒，一面這樣放縱地想著。也許我該對他做點什麼。

最後那張明信片，是寄給艾爾的，上頭淨是些傷春悲秋，她也沒全看完。有時候，尤其是在遇到突發情況或變動，或當她想做件大膽的事，她好像也只能相信，她的經紀人——既可愛，又沒藥救、嗜好杯中物的奈德·奎利，明年大概就要滿一百四十歲——是她唯一真心愛過的男人。

4

他們一聽說約瑟／查莉的雙人戲碼已經順利進行之後，柯茲和里托瓦克就在一個又濕又潮、霧濛濛的星期五中午，跑到奈德．奎利的蘇活區辦公室拜訪他——商業性質的社交拜會。他們幾乎已經絕望了：在雷登旅館爆炸案後，加隆粗嘎的氣息時時刻刻都噴在他們頸背後；而除了柯茲手上那只老錶的無情滴答聲，他們也什麼都聽不見。然而表面上，他們只是一對值得尊敬、對比強烈的中歐裔美國人，一身滴著水的名牌風衣，壯的那個踏著有力快速的步子，帶點船長的氣派，另一個修長、毋寧說看起來陰沉的年輕人，掛著私校出身的微笑。他們自稱是「GK創意公司」的古德與卡爾門，而他們匆忙寄到的信紙也炫耀地印著彷彿三〇年代領帶夾般的藍金花樣，以資證明。這次約會其實是大使館安排的，表面上卻是透過紐約、私下與奎利公司的一位女職員敲定的，兩人直到最後一刻才裝出一副熱切演藝圈人士的模樣。

「我們是古德和卡爾門，」柯茲對奎利年長的接待員龍摩女士打招呼，就在十一點五十八分的時候從街上直接走向她。「我們和奎利先生約好十二點見面。不——謝謝妳，我們還是站著好了。接我們電話是您嗎，親愛的？」

不是，龍摩太太回答，口氣像在還就兩個瘋子。奎利先生的會議安排由艾理斯太太負責，完全是不同人。

「當然了，親愛的，」柯茲毫不退縮地說。

在這種情況下，他們往往是這麼運作的：基本上由魁梧的柯茲負責敲出主旋律，瘦小的里托瓦克在他身後，帶著一臉悶悶的私人微笑柔聲伴奏。

通往奎利辦公室的樓梯既陡又沒鋪地毯，而根據龍摩太太五十年來的接待經驗，大部分的美國人來總會苦著臉抱怨，並在轉角時停下來喘口氣。但古德沒有；卡爾門也是。她透過窗子望著他們，兩人一路跳著上樓梯，一下就看不見了，好像從不知道有電梯這玩意兒。也許是常慢跑的關係，她想，回去打她一小時四磅的毛線。這年頭紐約不就流行這個？繞著中央公園跑，可憐的東西，還得避開神經病和咬人的狗？她聽過好些人就是這麼愛窮跑。

「先生，我們是古德和卡爾門。」當矮小的奈德·奎利雀躍地替兩人打開大門時，柯茲自我介紹了第二遍。「我是古德。」他巨大的右手迅速逮住奈德的右手，對方根本還來不及伸出手來。「奎利先生——奈德——我們實在很榮幸能見到您。您在這一行裡真是卓有名聲。」

「我是卡爾門，先生。」里托瓦克從柯茲肩後恭敬地吐出一句。他的身分尚輪不到跟人握手；柯茲全權負責。

「不不，兩位，」奎利用他愛德華時代式的不苟同辯解道：「我的天，該感到榮幸的人是我才對！」說著就帶兩位客人往靠著高窗框的椅子坐下，這就是有名的奎利老爹窗，從他父親那一代傳下來的；從這扇窗可以俯瞰蘇活市場，一面品嘗老奎利招待的雪利酒，談生意之餘，也可以順便感嘆一下世態炎涼。這也是奎利的老爹所留下的傳統，儘管奈德·奎利如今已六十有二，可他仍是個兒子，所要求的不過是延續他父親舒適的生活方式。這個溫順的小個頭，白髮蒼蒼，有點像是一心想上臺表演卻只能在劇場裡負責服裝，他眼神古怪，雙頰通紅，同時帶有容易激動和個性溫吞的氣質。

「恐怕這種天氣對那些小妞是太濕了點，」他表示，勇敢地對著窗外舉起他的小手。人生，依奎利之見，應該就要無憂無慮。「通常，每年的這個時候，不錯的應該都出現了才對。豐滿的、黑的、黃的，各種你想像得到的身材尺寸。這兒有隻老母雞待得比我還久。我父親每年耶誕都會賞她一鎊。這些日子恐怕連一磅都拿不到了。噢不！是真的！」

趁兩位訪客盡責地陪笑，奎利從珍藏的書櫃旁拿出一瓶雪利酒，先拔開玻璃塞，裝模作樣地嗅了嗅瓶塞，當著兩位客人把三個水晶酒杯斟得半滿。他立刻就感覺到他們的警覺。他覺得他們好像在衡量他、為這間辦公室和他的家具估價。一個可怕的念頭攫住他——從接到他們的信之後就隱隱隱在他心底作祟的念頭。

「我說，兩位不是想來收購我的公司，或是為其他更可怕的事情吧，是嗎？」他緊張地問。

柯茲發出令人放心的大笑。「奈德，我們肯定不是想來收購貴公司的。」里托瓦克也跟著笑了。

「喔，那我要感謝老天，」奈德熱切地說，把酒杯遞給他們。「你們可知道，這年頭幾乎每個人都可以被收購？我什麼人都碰過，聽都沒聽過，打來就說要買我的公司。全是歷史悠久的小公司——正規經營——急得跟什麼似的。我很震驚。太好了。祝好運。歡迎歡迎，」他表示，仍不贊同地搖著腦袋。

奈德繼續行禮如儀地客套著。他問他們住哪兒，柯茲回答住康諾飯店。而奈德啊，他們真的很喜歡那個地方，第一秒就感到賓至如歸。這句是真話；他們特別訂了那兒，等米夏．加隆看到帳單，大概會直接從他的枝頭掉下來。奈德又問他們，是否有時間到處看看，而柯茲真誠地回答他們每一分鐘都過得很開心。他們明天就得出發去慕尼黑了。

「慕尼黑？我的老天，你們去那兒做什麼？」奈德問道，為他們扮演他這年紀的老人，扮演一個不合時宜又不諳世事的老公子。「我說，你們倆不是就這樣飛來飛去吧！」

「共同製片出錢，」柯茲好像認定這就可以回答一切疑問。

「很大一筆錢。」里托瓦克輕聲說，和臉上的笑一樣溫和。「德國那邊現在都搞得很大。興旺得不得了，奎利先生。」

「啊，我肯定是。噢，所以我聽說，」奈德憤憤不平地說。「他們現在是主力了，這點誰都得承認。各個方面都是。戰爭已經沒人記得了，全掃進地毯底下去了。」

不知為何，奈德突然徒勞地又往訪客的酒杯裡斟酒，假裝沒發現對方根本一口也沒喝。然後他乾笑一聲，把瓶子放下來。這本來是船上用的醒酒器，十八世紀的產物，寬底座確保它在搖晃的海上保持穩定不動。奈德通常會向外國人解釋這件事好緩和氣氛，但他們急切的態度裡有一些什麼令他開不了口，因此出現了一小段沉默，只聽見椅子吱嘎作響的聲音。窗外一片模糊，雨大得像場濃霧。

「奈德，」柯茲說，切入的時間點恰到好處。「奈德，我想向您透露一點我們的真實身分，告訴您為什麼會寫信給您，以及為什麼要來打擾您寶貴的時間。」

「親愛的兩位，請說吧，我洗耳恭聽，」奈德回答，感覺自己像變了一個人，雙腿交疊、換上一副迷人的微笑，柯茲也流暢地進入他的說服模式。

從他寬大、後斜的額頭，奈德猜他是匈牙利人，但也可能是捷克人，或那一帶的其他地方。他聲音渾厚、宏亮，一股尚未被大西洋沖刷掉的中歐口音。他說起話來有如電臺廣告般迅速流利，明亮窄細的雙眼似乎在聆聽他所說的每件事，右前臂則以想把一切敲碎那樣做出小幅、堅決的搥打。他，古德，乃是這個團隊的律師，柯茲解釋道；卡爾門才比較接近創意那邊的人，寫過劇本、當過經紀人和製片，主要在加拿大和中東地區。他們最近才在紐約成立新的辦公室，目前的興趣是獨立製作帶狀電視節目。

「我們的創意角色，奈德，是去找出一個能讓電視網和財團百分之九十都可以接受的新點子。這個點子——我們把它賣給出資者。出品的事則留給製片。就這樣。」

他講完了，並用一種引人分心的怪姿勢看了手錶一眼，所以現在輪到奈德講些聽明話了，而他可是出了名的擅長此道。他皺眉，酒杯跟著整隻手臂幾乎伸到最前方，雙腳腳尖如芭蕾舞者般微微旋轉，本能地回應柯茲的怪動作。「但是，老兄，假如你們是節目企製，老兄，那你們找我們這些經紀人做什麼？」他反問。「我的意思是，為什麼我值得一頓午餐時間？怎麼回事？明白我的意思嗎？既然你們是節目企製，何必跟我約午餐？」

奈德沒料到，柯茲的反應竟然是爆出一串充滿感染力的愉快笑聲。奈德自認他也相當詼諧機智，老實說也對腳移動的方式相當滿意；但對柯茲在想的事情都無關緊要。他細細的眼睛猛地閉上，厚實的寬肩拱起，接著奈德就只聽見整個房間裡迴盪著他斯拉夫式的隆隆笑聲。同時，那張臉上各式各樣令人不安的皺紋也裂了開來。奈德原本還推估，柯茲頂多只有四十五歲。突然間他變得跟奈德一樣老；他的眉頭、臉頰、脖子全是裂隙，彷彿拿刀在脆脆的紙張上割出來似的。這種轉變令奈德感到困擾。他甚至覺得自己被騙了。「有點像人體特洛伊木馬，」他事後向妻子瑪佳麗抱怨道。「你以為放進的是一個蹦蹦跳跳、四十來歲的演藝圈生意人，沒想到突然蹦出一個六十歲的老滑稽。真是怪透了。」

不過這次是由里托瓦克用事先套好的關鍵句來解答奈德的疑惑；成敗就靠這一句了。他瘦長的上身向前、靠在膝蓋上，他打開右手、展開手指，然後握住其中一隻，對著它吐出一口拖長的波士頓腔，是他拜師美國猶太裔教師刻苦學習的成果。

「奎利先生，」他開口，認真的像是要跟奎利分享個祕密。「我們目前有個完全原創的企劃，可說是空前絕後。我們包下十六小時的黃金檔播出時間——大概是在秋、冬兩季，由在戲院日場演出的藝人組成一個巡迴劇團。團員都是英美兩國具有才華、專門演出舞臺劇的演員——不分種族、巡迴演出，讓每一名演員自由嘗試各種角色，有時當主角，有時當配角；他們自己現實生活中的故事與人際關係也將提供一個美好的面向，多少也投觀眾所好。會在每一座城市上演的實境節目。」

他疑惑地抬起頭，以為奎利說了什麼，但奎利顯然什麼也沒說。

「奎利先生，我們會跟這個團體一道旅行，」里托瓦克重又開口，慢的幾乎要停住，試圖控制激昂的情緒。「我們一塊兒坐上大巴士，我們幫著大夥兒一道更換場景。我們這些觀眾和他們一起疑惑、一起住破旅館，直觀他們的爭執與戀情。我們觀眾與他們一起排演。一起體會首演之夜的緊張，隔天一起看劇評，為他們的成功高興、為他們的失敗難過，給他們的影迷回信。我們把冒險刺激、先趨精神，以及它與觀眾的互動還給劇場。」

奎利以為里托瓦克講完了。然而他只是換到另一隻手指，繼續往下說。

「我們選擇經典劇本，奎利先生，沒有版權問題，也降低成本。我們作巡迴演出。我們要新的、未成名的男女演員，只偶爾請明星客串，但基本上，我們想要挖掘新血，並邀請這些新血在至少四個月的時間內展示他們的才華——希望時間有可能更長。甚至延長一倍。對演員來說，高曝光率、高知名度，優質而單純的演出，不玩花招，看是否有機會成功。這就是我們的企劃，奎利先生，而我們的贊助人似乎都非常喜歡。」

就在奎利打算恭喜對方之際——他總是在對方告訴他一個點子後這麼做——柯茲突然重新上場了。

「奈德，我們想簽下您的查莉，」他宣布；像莎士比亞筆下帶著勝利消息的傳令兵般，他熱誠地在空中揮動他的右手並停在那兒。

興奮莫名的奈德正要開口，卻發現柯茲再一次阻止了他。

「奈德，我們相信您的查莉極為聰慧、有才華，而且戲路寬廣。只要您能回答我們的幾個小疑點——我想，我們就可以給她一片戲劇天空，令你或她都絕不會後悔。」

奎利再次想要開口，這次卻被里托瓦克捷足先登。「我們準備好要爭取她了，奎利先生。只要幾個小小的疑問能得到澄清，查莉就可以加入那些大明星了。」

突然就這麼安靜下來，奈德只聽見自己的心在歡唱。他呼出一口氣，試著擺出生意人的樣子，輪流拉了一下兩邊袖口。他調整了一下瑪佳麗今早替他別在西裝扣眼上的小紅玫瑰，想起她慣常的叮囑：中午別喝太多。但要是瑪佳麗曉得會發生這些事，肯定就不會這麼想了：才不是什麼蒐購奈德的公司，他們是真的要提供他們心愛的查莉她期待已久的機會。要是她知道，瑪佳麗一定會解除所有禁令，她肯定會。

柯茲和里托瓦克喝茶，但在常春藤酒店這麼做並不引人起疑。至於奎利，他勉強徵得他們的同意後，就叫了半瓶好酒，而且，既然柯茲他們似乎堅持要請客，他又點了一大杯夏布利酒來配他之前叫的煙燻鮭魚。在計程車上——因為不想淋雨——奈德開始告訴他們當初當上查莉經紀人的奇妙經過。進了常春藤，他繼續往下說。

「我對她可說是一見傾心。這輩子從沒這樣做過。當時我就是個老笨蛋——儘管不像現在這麼老，還是笨蛋一個。戲本身沒什麼。過時的滑稽劇，真的，只是打扮得現代些。但查莉不得了。剛中帶柔，正是我在找的女演員。」表情與他父親如出一轍。「幕剛落下，我就衝進她的化妝室——如果那能叫化妝室的話——就像《賣花女》⓫中的皮葛馬利翁一樣使出渾身解數，當場就簽下了她。她起初並不相信我，以為我只是想占她便宜的色老頭。還得回去請瑪佳麗親自說服她。哈！」

⓫蕭伯納（G. B. Shaw）所著喜劇，語音學教師希金斯教授把賣花女伊萊莎培養成上流社會淑女，最後愛上了她，音樂喜劇《窈窕淑女》（My Fair Lady）即以此為藍本。

「後來發生什麼事？」柯茲很愉快地問，同時遞了些麵包和奶油給他。「從此前程似錦，嗯？」

「噢，差多了！」奎利老實地否認。「她就跟其他那些同年紀的人一樣。剛從戲劇學院畢業，全都睜著一對明亮的大眼睛、不切實際，接過一、兩個小角色，就開始買公寓、亂花錢，然後才突然發現只能原地踏步。我們都稱這叫『曙光期』。有些人能撐過去，有些人就沒辦法。乾杯。」

「而查莉撐過去了，」里托瓦克輕輕說了一句，啜了口茶。

「她撐住了。艱苦地熬過來。這很不容易，向來都不容易。她熬了好幾年。太多年了。」他沒想到自己會如此感慨。另外兩個人的表情也是。「好啦，現在不是有轉機了嗎？噢，我真替她高興。真的。」

奈德後來告訴瑪佳麗，那又是另一件怪事，或同樣的事又上演了一遍。他是指那兩人那天角色變換的方式。想到在辦公室時，比方說，他難得可以插進一句話。但在常春藤，他們只是任由他說，一聲不吭地點著頭。接著——唔，接著又是該死的另一回事了。

「糟透的童年，自是當然，」奎利得意地說。「我注意到，許多小女孩都是，才令她們一開始就想得太美。掩飾自己的情緒；模仿那些看起來比較快樂的人。或是比較不快樂的那些。從他們身上偷學一點——多少就像演戲。悲慘。竊取。我講得太多了。再乾一杯吧。」

「怎樣的糟透法，奎利先生？」里托瓦克充滿敬佩地問，彷彿想要瞭解所謂糟透的全貌。「查莉的童年。怎麼個糟法，先生？」

忽視里托瓦克愈來愈嚴肅的態度（柯茲凝視的眼光亦然），奈德開始把某次他在一頓簡單、告解般的中飯時聽到的消息都交待給他們——他偶爾會帶查莉（其實是每個人）去樓上的比昂奇餐廳吃飯。母親很不聽明，他說。父親則是某種可惡的垃圾騙子、墮落的股票經紀人，好在已經蒙主寵召了，是那種貌似誠懇的騙子，相信上帝會把第五張A放在他們袖子裡。最後被逮進牢裡，也死在裡頭。真嚇人。

再一次，里托瓦克不著痕跡地打了個岔：「你是說死在獄裡嗎，先生？」

「也埋在那兒。她母親不肯花錢移葬。」

「這是查莉親口告訴您的，先生？」

奎利弄糊塗了。「這個麼，還會有誰？」

「不是聽別人講的？」里托瓦克說。

「不是什麼？」奈德說，那擔心被收購的恐懼又捲土重來。

「證據，先生。從其他不相干的人口中獲得證實。女演員有時候——」

但柯茲用慈愛的笑打斷他：「奈德，你可以別理這個年輕人，」他建議。「麥克這小子向來疑心病很重。是不是啊，麥克？」

「也許在這件事上，我確實如此。」里托瓦克承認，聲音比喟嘆大不了多少。

直到現在，奈德才想到要問他們看過她的哪些作品，結果很高興地發現，他們的確相當認真地研究過。不僅知道查莉難得在電視上露臉的那幾次，最近為了看她演貞德，還長途跋涉跑去環境惡劣的諾丁罕。

「唔，我的天，你們兩位還真是深藏不露！」在侍者換過盤子、上烤鴨時，奈德高呼。「要是你們有先打給我，我很樂意親自開車送兩位過去，不然瑪佳麗也行。你們有進後臺、帶她去吃頓飯嗎？沒有？哎呀，我真該死！」

柯茲刻意遲疑了一下，並壓低了嗓音。他先是向自己的夥伴里托瓦克拋出詢問的眼神，得到一個鼓勵的微微點頭。「奈德，」他說，「老實告訴您，我們當時覺得不太妥當。」

「怎麼不妥當了？」奈德反問，自認該提供經紀人的職業倫理意見。「老天爺，我們這兒可跟你們那兒不一樣啊！你想給她一份工作，就直說。別想從我這兒得到什麼借條了。別擔心，總有天我會來收佣金的！」

接著奈德就不吭聲了。事後他告訴瑪佳麗，因為兩人看上去都該死的嚴肅。就像他們吞了一整粒不新鮮的牡蠣。

里托瓦克拘謹地舔了舔嘴唇。「介意我問您一些事嗎，先生？」

「請說吧，」奎利非常迷惑地回答。

「能否請您告訴我們——依照您的判斷——查莉在接受訪問時，表現如何？」

奈德放下他的紅酒杯。「訪問？這個啊，假如你是在擔心這點，那我可以打包票，她絕對是天生好手。第一流的。本能地知道新聞記者想要什麼，視機會還懂得製造話題給他們。變色龍，就是她這個人。最近是比較疏於練習，我承認，但你會發現，她能像拍戲一樣立刻進入狀況。這方面無須太多心。」他慢條斯理地喝起酒以表保證。「絕對不必。」

然而里托瓦克卻好像未如奈德希望的那般被說動。他擔憂、不認同地噘起嘴唇，開始用細長的手指捏起桌布上的麵包屑。因此奈德真的低下了頭、抬起臉，想把對方從消沉中拉出來。「可是，我親愛的夥伴！」他有點拿不準地說。「別露出這種表情！她很會受訪，哪可能是什麼問題呢？到處是會把事情弄得一團糟的小姑娘。如果那是你要的，我手邊有一大堆！」

但里托瓦克不吃他這套。他唯一的反應，是抬起眼皮瞟了柯茲一下，像在說：「這是你的證人，」然後又低頭瞧著桌布。「真正的一人分飾兩角，」奈德後來悔恨地對瑪佳麗說。「你會覺得，兩個人瞬間就交換了角色。」

「奈德，」柯茲說道，「我們如果把你的查莉簽進這個計畫，她就有許多機會曝光，而且是很多。就在她加入的當下，這孩子就得當著自己的面攤開所有的私事。不僅是她的愛情生活、她的家庭、她喜歡的熱門歌手還是詩。不光是她父親的事。也包括她的信仰，她的態度，她的觀點。」

「以及她的政治傾向。」里托瓦克邊捏著最後那幾粒麵包屑，邊喃喃低語。這話令奈德感到一陣輕微、但絕對無誤的胃口盡失，於是放下刀叉，而柯茲還沒停下。「奈德，我們這計畫裡的金主是美國中西部的一群好人。他們品德高尚。鈔票太多，兒女不知感恩，在佛羅里達有避寒別墅。健康的價值觀。尤其是這些健康的價值觀。而他們希望在這齣製作裡反映他們的價值觀——貫徹始終。我們可以稍微嘲笑它，或稍微哀悼它，不過它就是現實，它就是電視螢光幕，它也是鈔票——」

「而它也是美國，」里托瓦克對著他那一小堆麵包屑愛國地開口。

「奈德，我們願意對你坦誠以告。我們會實話實說。當我們決定寫信給你，就已經準備好了：一路披荊斬棘、取得所有同意，替你的查莉贖身並送上康莊大道。但我也不會瞞你：過去這幾天我和卡爾門在市場上聽到的事情，都讓我們開始正襟危坐，並有點遲疑。她無疑有才華——查莉是個很棒、非常棒的天生演員，訓練完整、勤奮，一切都準備就緒。但她在這件計畫的情境底下有沒有號召力？有多少曝光度？奈德，我們需要您保證，這件事情並不嚴重。」

這時又輪到里托瓦克提供決定性的一擊了。他終於撇開收集來的麵包屑，右手食指屈著擱在下唇上，透過他的黑框眼鏡，以極悲愴的眼神望著奈德。

「我們聽說她目前很激進，」他說。「聽說她的政治立場非常傾斜。好戰分子。我們聽說，她目前和一名古怪、瘋瘋癲癲的無政府主義者在一起。我們不願單靠一些空穴來風就評斷任何人，但它們都傳到我們耳朵裡了，奎利先生，就像一個融卡斯楚的母親和阿拉法特的姊妹於一身的妓女。」

奈德輪流瞪著他倆，有那麼一會兒，他甚至有種那四隻眼睛皆受同一個眼球肌肉控制的幻覺。他想說些什麼，卻又感到很不真實。他在想自己是否不合宜地灌下了太多夏布利白酒。他只能想到瑪佳麗最喜歡的警語：天下沒有白吃的午餐。

奈德感到這突如其來的沮喪，就像老年人與無法自理之人的焦慮。他感到體能與這項任務之間的不對等，覺得太虛弱、太疲倦。所有的美國佬都讓他心神不寧；而最讓他害怕的，不是他們的淵博，就是他們的無知，或兩者皆然。而這兩個人，在他掙扎著想找出個答案時只是漠然地盯著他，也引發了他未曾預期到的大型精神警報。他也（以一種無能為力的方式）感到惱火。他恨閒言閒語。任何形式的閒話。視之為他這一行的禍害。他看過它怎麼毀掉大好前程；他嫌惡它，對那些不知道他有這種感受、敢據此冒犯他的人，他可以變得臉紅脖子粗，甚至非常粗魯無理。當奈德談起其他人，他總是如此坦誠開朗、充滿了親切感，就像他十分鐘前談到查莉那樣。該死的，他很愛這女孩！他甚至想對柯茲指出這點，這對奈德來說這的確會是很大膽的一步，而他臉上一定也表現出來了，因為里托瓦克好像開始擔憂、打算縮回去一點，而且柯茲異常多變的臉孔又擠出「奈德多說一點吧」的那種微笑。但令他壓抑下來的，還是那種不可救藥的禮儀顧慮。人家請他吃飯呢。何況，對方又是外國人，具有截然不同的標準。再說他也得承認——儘管不情願——他們也有工作要做，有金主要取悅；站在他們的立場，這麼做甚至是理所當然。所以奈德非得迎合他們的觀點，否則就得冒著搞砸這次交易的風險，以及他對查莉所有的冀望。此外還有另外一個因素：理性判斷的奈德也不得不承認——說真的，即使依他猜想，他們這個點子到頭來會落得很糟；即使查莉得拋開她拿到的每一句台詞、醉醺醺地走上舞台，並在導演的浴缸裡放碎玻璃，這一切也不會令她的職業道德猶豫一秒鐘——更別說她的事業、她的狀態、她平凡無奇的商業價值，都能從真的不需要再後退一步的狀態下，至少向前躍進一大步。

而柯茲呢，還是在滔滔不絕。「您的指點，奈德，」他熱切地說。「幫個忙。我們想知道，這件事不會在拍攝的第二天就弄得我們灰頭土臉。因為我會告訴你這點。」粗短的指頭像根槍管比著他。「在明尼蘇達州，沒有任何人願意付二十五萬美金給一個滿嘴紅牙的共產黨員，如果她真的是的話，而我們GK公司也沒有人會建議財團投資一分錢去做這種事。」

剛開始，奈德終究是振作了起來。他覺得沒有什麼可道歉的。他絲毫沒有讓步地提醒他們，根據他所描述的查莉童年，以任何正常標準而言，她都應該變成一個太妹，或者跟她老爸一樣，身陷囹圄。至於她那些所謂的政治觀點，他說，這九年來依據他和瑪佳麗對她的瞭解，查莉只是個狂熱的反種族隔離分子——「呃，誰能批評這點呢？誰可以？」（儘管他們似乎覺得可以）——好戰的和平主義者、神祕教派信徒、反核示威遊行者、反活體解剖者，而且，直到她又開始抽菸以前，也是個熱烈反對在公共場所，尤其是劇院，抽菸的人。他絕對深信，在她蒙主寵召之前，還會有一大堆——所謂迫切的理由吧——會吸引她那浪漫的（簡言之）保護。

「您一直都那麼支持她，奈德，」柯茲很佩服地讚歎。「我認為這很好，奈德。」

「就像我會支持其他這種人一樣！」奎利精神一振地補上一句。「老天啊，她是個演員！別對她那麼嚴厲。演員沒有觀點，老兄，女演員更少。他們有情緒。時尚。姿態。二十四小時的激情。這世界毛病太多，真該死！演員都是些對戲劇化情況無法招架的傻子。我只知道，一等你們帶她離開這兒，她就會再重生了！」

「政治方面不行，她辦不到。」里托瓦克只故作不屑地喃喃低語。

又隔了一會兒工夫，在葡萄酒的幫助下，奈德繼續這英勇的話題。一股暈眩攫住了他。他聽見腦中的字句；他重複說出它們，感到自己又年輕起來，完全與他原本的表現分道揚鑣。他概要地談著演員，以及他們如何被所謂的「某種非現實的恐懼」驅使。他們是如何在舞臺上演盡人世的悲歡離合，舞臺下又是如何空虛、等著被填滿。他談到他們的害羞，他們的渺小，他們的易受傷害，還有他們以粗狠的聲音與從成人世界借來的極端理由掩飾這些弱點的習慣。他談到他們的自戀，以及他們如何看待一天二十四小時站在舞臺上的自己——分娩、刀口上舔血、墜入情網。然後他枯竭了，最近愈來愈常發生在他身上的一件小事。他斷了線，失去了他的活力。侍酒師推來小酒車。在客人們冷然注視的目光下，奎利急急挑了一瓶法國香檳，並讓侍者倒了一大杯才作勢要他停下。里托瓦克此時也帶著一個好點子回過神來。將修長的手指伸進外套，他抽出一本仿鱷魚皮鑲鍍銅角的小筆記簿，翻到空白的頁面。

「我說不如先從第一項原則開始，」他輕聲提議，比較像是對著柯茲，而非奈德。「時間、地點、對象、期間。」他畫出一個範圍，大概是用來寫日期的。「她參加過的運動。示威。請願，遊行。任何可能引起公眾注目的事件。等我們全列成一張表單，就可以做出一份有所本的評估，看是要冒個險或是從後門溜走。奈德，就你所知，她第一次參與這種事是在什麼時候？」

「我喜歡這個主意。」柯茲說。「我喜歡這個方法。我想這對查莉也有好處。」並試著解釋這真的是里托瓦克無中生有的辦法，不是他們討論好幾個鐘頭才得出的結論。

於是奈德也告訴他們那些了。只要他能，就盡量打混過去；有一、兩次他撒了無傷大雅的小謊，但主要是告訴他們他所知道的事。他當然有疑慮，但那是之後的事了。就像他後來告訴瑪佳麗的，那段時間簡直是他們拖著他走。其實他知道的並不太多。反種族隔離跟反核一類的事，當然——唔，還不就是一般人知道的那樣？然後她偶爾會和「劇場激進改革派」那夥人走在一起，專門在國家劇院外做些要命的麻煩事，打斷演出。還有在伊斯林頓一群自稱「抉擇行動」的人，瘋狂的托洛斯基主義分支團體，一共十五個人。以及一些可怕的女性團體，她拉著瑪佳麗一起去聖潘克雷市政廳，想與她分享光明的遠景。此外就是兩、三年前，她因為參加什麼反納粹的大型集會，被杜漢警察局逮捕，半夜從拘留所打電話來拜託奈德保釋她。

「這件事鬧得沸沸揚揚；她的相片有上報嗎，奎利先生？」

「沒有，那在雷丁，」奎利說：「那是之後的事了。」

「那杜漢那件事呢？」

「呃，我不太清楚。老實說，我也不准別人在辦公室提起這件事。那根本是以訛傳訛。杜漢那邊不是有個核能電廠工程嗎？根本沒人會記得。大家一下就忘得乾乾淨淨了。她後來變得溫和許多，你知道。我敢保證，比她原本裝出來的火爆脾氣至少減了一半，變得成熟多了。沒錯！」

「裝出來的，奈德？」柯茲狐疑地應了一句。

「說說雷丁的事，奎利先生，」里托瓦克說：「那兒發生了什麼事？」

「哎呀，還不就是那回事。有人放火燒了輛巴士，於是所有人都被起訴。我相信他們是藉著焚燒公共汽車，抗議對老年人的服務班次減少吧。要不就是抗議黑人不能當車掌吧？當然，公車裡沒人，」他趕緊補上一句，「沒有人受傷。」

「老天，」里托瓦克說，瞟了一眼柯茲，他的詢問如今得到法庭肥皂劇的共鳴。

「奈德，您剛剛才說，查莉的信念可能比以前軟化了？你剛剛是那樣說的嗎？」

「是啊，我想是吧。如果她的信念曾經十分嚴厲的話，那就是了。那只是一個印象，不過老瑪佳麗也這麼認為，當然——」

「查莉連心境上的變化，也會向您傾訴嗎，奈德？」柯茲突然尖刻地打斷他。

「我只是想到，有一次她確實是有這樣的機會——」

柯茲又打岔：「或許也會告訴奎利夫人？」

「呃，不，不盡然。」

「她還有其他可以傾訴的對象嗎？比方她那位無政府主義朋友？」

「噢，他肯定會是最後一個知道的。」

「奈德，除了您，是否還有任何人——請仔細想想，拜託：女朋友、男朋友、也許是長輩或世交——是查莉可以傾訴立場變化的對象？在她遠離激進主義之後，奈德？」

「據我所知是沒有。沒有。不，我一個也想不出來。她某種程度上很封閉。比你所能想見的還封閉。」

接著一件最不尋常的事就發生了。奈德稍後也向瑪佳麗一字不漏地報告。巴不得想躲開那兩人間令人不舒服的、做作的輪流凝視，奎利一直在把玩手中的大酒杯，故意盯著杯裡面，並輕輕搖晃香檳。感覺柯茲有點偃旗息鼓了，他才抬起眼睛，竟然攔截到在柯茲臉上相當明顯的輕鬆表情，同時他也傳遞給里托瓦克：他真正高興的是，查莉畢竟並沒有完全軟化她的信念。或者，最起碼並未向任何人承認。他打算再看一遍，它已經不見了。即使瑪佳麗事後想說服他那從未出現過。

里托瓦克，大律師的後代，就接下去詢問：以較快的口吻打算結束這件案子。

「奎利先生，您的事務所裡，是否存有每一位您經紀對象的個人文件？或是檔案？」

「呃，我很確定艾理斯太太那兒有，」奈德說。「就放在某處。」

「艾理斯太太已經為您工作很久了吧，先生？」

「啊呀老天，那還用講！我父親那時就在了。」

「那她都保管哪方面的資料？費用——開銷——抽成，諸如此類的？都是些枯燥乏味的商務往來文件嗎，這些檔案？」

「老天爺，才不，她什麼都留。出生年月日、喜歡什麼花、餐廳。我們甚至在裡頭發現一雙老舞鞋。他們孩子的名字、狗的名字。剪報。所有五花八門的玩意兒。」

「私人信函？」

「有的，當然。」

「她親手寫的信？她自己的信，過幾年會回到她身邊？」

柯茲感到很尷尬。由他的斯拉夫眉毛就可看出；它們緊緊糾在鼻梁上方，擠出了好些皺紋。

「卡爾門，我想，奎利先生今天已經給了我們足夠的時間與人生閱歷，」他非常嚴肅地告訴里托瓦克。「倘若我們還需要進一步資訊，奎利先生日後一定會很樂意提供給我們。如果查莉本人準備好對我們和盤托出，那就更好了。奈德，這是一次十分寶貴、又值得紀念的交談。非常感謝您，先生。」

但里托瓦克沒那麼容易放手。他有年輕人的固執。「奎利先生沒有任何祕密要隱瞞我們，」他聲稱。「哎呀，古德先生，我只是問他一些別人早就知道的事情，而我們簽證組的人只需要花五秒鐘的時間就能從電腦上查出來。我們得趕緊辦完這件事，你也知道。如果有什麼文件，她自己的信，用她自己的字句，能解除這個狀況，也許是心態變化的證據，那我們何不乾脆請奎利先生出示給我們看？只要他願意。如果他不願——那麼，就是另一回事了。」他語氣譏諷地補上一句。

「卡爾門，我相當確定奈德很願意。」柯茲嚴厲地說，彷彿這根本不是重點。他搖著頭，像在說自己永遠無法適應這年頭年輕人那種毛毛躁躁的態度。

雨停了。兩人把矮小的奎利夾在當中走著，小心翼翼地調整腳步，好配合奎利蹣跚的步伐。他醉了，感到委屈，內心為這種酒精作用的預感所苦，連這濕搭搭的汽車煙霧都無法驅散。他們到底想要什麼？他想個不停。一下說要給查莉月亮，一下又不滿起她愚蠢的政治立場？而現在，也記不起是怎麼搞的，他們提議要去參考一下檔案；那根本算不上檔案，不過是一些收集來的、亂七八糟的紀念品，一位退不了休的老職員所謂的工作。接待員龍摩太太看著他們走進來，一臉上不以為然，奈德馬上就明白他中飯用得太好了。去她的。柯茲堅持上樓梯的時候應該由奈德先行。在他的辦公室，當他們活像用槍管抵住他的頭似的，他打給艾理斯太太，請她把有關查莉的一切文件存檔都搬進會客室去。

「等我們看完一遍，是不是該知會你一聲，奎利先生？」里托瓦克問，活像是要送個小孩給他一樣。

他最後一次見到這兩人一起，是他們坐在會客室玫瑰木製的咖啡桌旁，四周環繞著六個艾理斯太太的大紙箱，看上去就像他們剛從災難現場搶救出來似的。他們像一對查稅員，默默凝視著同一組可疑的數字，肘邊擺著紙筆，而那個叫古德的大塊頭，他脫下了外套，手上那只破錶也拿下來豎在桌上，就像在計算他花多少時間在計算上。在這之後，奎利一定是打了個瞌睡。他五點鐘全身一震地醒來，發現會客室已經空了。而當他呼叫龍摩太太，她簡要地回答，客人不希望驚動他。

奈德沒立刻告訴瑪佳麗。「哎呀，他們啊，」當天晚上她問起，他說，「不過是一對乏味的企製罷了，我想，目的地是慕尼黑。沒什麼好擔心的。」

「兩個猶太人？」

「是啊——唔，對，我想是猶太人。事實上，很有可能是。」瑪佳麗好像很知道來龍去脈地點點頭。

「不過是兩個很好、快活的猶太人。」奎利有點絕望地講。

瑪佳麗下班時就會去監獄做探訪，而奈德受騙對她而言從來就不是新鮮事。但她等候時機。比爾．若罕是奈德在紐約的通訊記者，他唯一的美國好友。隔天下午奈德打給他。老若罕沒聽過他們，但很適當地回報些他早就知道的事：GK是新成立的公司，有些後臺，不過這些日子以來獨立製作公司可是市場毒藥。奎利不太喜歡老若罕的口氣，聽起來像是他被擺了一道——不是奎利，他這輩子從沒被誰擺過道，但應該是某人，某個他曾諮詢過的第三方。奎利有點感覺，他跟老若罕是在同艘船上。大著膽子，奈德找了個藉口打去紐約的GK公司。結果那裡是保留給外商公司的住址：客戶的資料恕難外洩。這下奈德滿腦子只剩那兩位訪客，以及他們共進的那頓中飯。他希望他當時就將他們趕出門去！他打去兩人提過的慕尼黑飯店，並碰上一個混帳櫃檯經理。古德先生和卡爾門先生只住了一晚，第二天一早就因為突如其來的公事結帳離開，他酸溜溜地說——他為什麼要那樣說呢？總是太多資訊，奎利想，要不就是太少。同樣的跡象顯示，兩個小夥子做了違反他們最佳判斷力的事。柯茲提過的那位德國製片商說他們「人不錯，非常令人尊敬，一流的好人。」可是當奈德追問，他們最近可曾到過慕尼黑，以及他們目前是否有合作任何計畫時，製片竟然變得很不客氣，並掛他電話。

奈德的經紀工作圈裡，還有許多傑出的同僚可以問。奈德極不願意地、以格外隨意的口吻諮詢了他們，到處打聽了一遍。什麼也沒問到。

「前幾天遇到了兩個很不錯的老美，」他最後才趁著去鄂伯・諾蘭（「洛麥明星」的老闆）在加里克的辦公室時，向他打聽。「來這兒打算為他們籌備的什麼了不得電視連續劇找人。古德和什麼的。有來過你這兒嗎？」

諾蘭哈哈大笑。「是我叫他們去找你的啊，老兄。一來就問了我一大堆討厭的事，然後又想打聽你旗下查莉的底細。問我她是不是可造之材。我全講給他們聽了，奎利。我全講啦！」

「你講了什麼？」

「『比較像是她會把我們炸得半天高，』我說！怎麼樣？」

鄂伯・諾蘭低下的幽默感，令奈德沮喪得打消了追查的念頭。不過那天晚上，在瑪佳麗設法讓他說出實情後，他還是忍不住繼續把焦慮分擔給她。

「這兩個人急得跟什麼似的，」他說。「即便對美國人來說，他們也太精力旺盛。像一對該死的警察那樣走向我。一搭一唱。兩隻該死的獵犬。」他補上一句，口氣跟著一變。「我一直在想，我該去找當局報案，」他說。

「可是，親愛的，」瑪佳麗終於開口。「聽起來，恐怕他們就是當局呢。」

「我得寫封信給她，」奎利毅然決然地說。「我還是先寫封信警告她，以防萬一。她搞不好會碰上麻煩。」

然而即使他真這麼做，也嫌晚了一點。就在四十八小時之後，查莉已經搭船奔往雅典，去赴情人約瑟的幽會了。

所以再一次漂亮地完成任務；從表面上判斷，比起整個任務，這只是個餘興節目；然而這也是相當冒險的行動，當晚柯茲將這次的漂亮出擊適當地報告給加隆知道時，自己就首先同意這一點。不然我們還能做什麼，加隆——告訴我，哪裡還找得到這麼珍貴、時間又可以追溯這麼久遠的通訊資料？他們也已經在搜尋查莉信函的收件人了——男朋友、女朋友、她的親生母親，以及一位以前教過她的女老師。他們裝作是（在好些地方）家商號，專門收購明日之星的手稿還有親筆簽名。直到加隆勉強同意了，柯茲才住嘴不提。一次大攻擊總比許多小小危險性大的攻擊還好，柯茲這樣判斷。

此外，柯茲需要無形的東西。他得感受到溫暖熱情，及獵物的肌理紋路。所以，有誰能比奎利更適合？他可以提供對查莉長期以來純真的經驗談，來滿足科茲這方面的需求。所以，柯茲才使勁地探他的底。完工之後，他隔天早上就飛到慕尼黑，一如他對奎利所說的，即使他所關切的節目製作不是奎利猜想的那種。他去視察他的兩處安全祕密的公寓：對手下流露出未曾有過的鼓勵。此外，他也安排和老好人艾里希博士來一次意氣相投的聚會：另一個午餐會，其實幾乎也沒談什麼重要事情——除了彼此，老朋友還需要什麼呢？

餐後，柯茲就從慕尼黑飛往雅典，繼續進行他的南方計畫。

5

船足足晚了兩小時才抵達比雷埃夫斯，假如約瑟沒先把她的機票帶走的話，查莉可能會讓他在那裡空等。但這也很難說，因為在她散漫的外表下，她的性格要命的穩健可靠（只是通常都浪費在她那群同伴身上）。舉個例來說，既然時間很多，她幾乎已經說服自己，她以為曾在諾丁罕、約克、東倫敦見過的那個人，要不是她認錯了，就是根本不存在，但她內心還是有個聲音無法說服。還有另一件事，就是脫隊，這遠比約瑟想的要難得多。露西一聽說她要走，馬上流下淚來，還硬塞錢給她當路費——「我最後五百希幣都給妳了！小查，都給妳。」都醉了的波利跟威利也不管碼頭上現成的幾千人觀眾，當場跪下來——「小查，妳怎麼能這樣對我們！」——為了逃走，她只得抱頭鑽過一大堆咧嘴看熱鬧的人，然後又跑了一大段路，揹袋的帶子都跑斷了一條，吉他在她另一條手臂底下拍打著，悔恨的淚水潺潺流下。在這麼多人中，就恰巧是那個亞麻色頭髮的嬉皮青年救了她，這個在米柯諾島黏著她的小夥子，一定也是搭同一條船過海的，雖然當時上船時她沒看見。那時候，他正巧坐了輛計程車經過，把她從人群中挖了出來，又讓她搭便車，送她到距離目的地五十呎前方才放她下車。他自我介紹是個瑞典人，名叫洛爾。他老頭正在雅典談生意；洛爾想去逮他老頭要錢花。查莉這時才發現小夥子腦子清楚得很，一路上也沒喊過耶穌基督保佑。

戴奧基尼餐廳有個藍色遮陽篷。店門口的人形立牌好像在招呼她進去。

抱歉，約瑟，時機和地點都不對。對不起，約瑟，跟你一起旅行的想法是很棒，小查也很想去，可是假期已經結束了，我是來跟你拿回機票閃人的。

或者她可以選擇比較簡單的方式，說她最近得到一個角色？

只穿著磨損的牛仔褲跟破舊的靴子，她感覺很邋遢。渾身不自在地穿過人行道上的桌椅，一直走到餐廳門口。他一定早就離開了，她自言自語——這年頭誰還會癡等兩個鐘頭？——機票在隔壁櫃檯手上。也許這件事在告訴我，要如何連夜穿過雅典去追一個中歐海灘男孩，她心想。為了讓她的問題更複雜化，露西昨天遞給她一些可恥的藥丸，那一開始讓她的人生像顆燈泡陡地光明起來，後來就把她吸入一個黑洞中，現在她還掙扎著想爬出來。查莉通常不會借助藥物，不過搖擺在兩個情人之間，只要一想到這個，她就無力。

她正打算進去，餐廳大門突然被兩個由裡奔出的希臘人堵住；兩個男的一看見查莉手上拎的破揹袋，就爆出笑聲。她大步邁過他們身邊，暴怒地咒罵他們是性別歧視的沙豬。她用仍氣得發抖的腳踹開門板，跨了進去。裡面的空氣變涼，人行道上的吵雜聲聽不見了，她站在幽暗、夾板裝潢的餐廳裡，舉目四望，發現這個攪亂她一池春水、害她滿腹罪惡感的始作俑者、大名鼎鼎的聖約瑟，就坐在一方幽暗的小角落裡，手肘邊擱了杯希臘咖啡，面前是一本攤開的平裝小說。

千萬別碰我！她心裡暗自對他發出警告，眼看著朝她迎上來的男人。連根手指頭都別想動。我又累又餓，直想咬人，而且，今後至少兩百年不跟任何人上床了。

然而他只是接過她的吉他和破揹袋。他最多只是以美式的實際作風，很快地握了一下她的手。查莉只能吐出一句：「你穿了件絲質襯衫。」乳白色絲襯衫的袖口上，還套了兩枚金色的大袖釦。「老天，約瑟，瞧瞧你！」等她打量清楚對方全身上下的昂貴行頭之後，她又大喊了一句。「金鍊、金錶——我都動都不能動了，你找到一個富婆包養你了，是嗎？」她的語氣半歇斯底里半挑釁，故意糗他，好讓他也對自己的穿著感到不安，一如她對自己的外觀。所以我以為他會穿什麼？她惱火地自問——他那件平口泳褲，和他的水瓶嗎？

而約瑟只是當作沒聽見。

「查莉，妳好。船到晚了。可憐妳了。沒關係，反正妳來了。」至少這種口氣很約瑟——既不得意，也不驚訝，嚴肅得像從《聖經》借來的問候語，然後就朝侍者點了點頭。「要先去梳洗一下，還是先來杯威士忌？化妝室在那兒。」

「威士忌吧，」她說，往他對面的椅子上一癱。

地方不錯，她一進來就發覺了。是個希臘人喜歡自己獨享的地方。

「哦，趁還沒忘掉以前——」他轉身摸了一下。

忘掉什麼？她想，手掌捧著臉，瞪著他看。得了吧，約瑟。你這輩子哪有忘掉過任何一件事？約瑟亮出一個羊毛編的希臘皮包，火紅似的顏色好漂亮；他把皮包遞給她時，刻意地避免太過鄭重其事。

「既然妳我準備一起進入真實世界，這就是妳的逃生包。裡面有從帖薩羅尼加飛倫敦的機票——還是可以改回來，只要妳想的話；另外還有供妳購物、逃走、隨時改變主意時的必需品。擺脫妳那群朋友有碰上困難嗎？我很肯定有。沒人喜歡騙人，尤其是騙一群喜歡的朋友。」

他說得好像他精通一切騙術，每天都帶著歉意在練習。

「沒看到降落傘，」她瞄了皮包裡一眼。「謝了，約瑟。」她再謝了一次。「真漂亮。非常感謝。」但她卻有一種感覺：她不再相信自己說的話了。一定是因為露西那些迷幻藥，她想。渡輪時差。

「那麼，來份龍蝦如何？在米柯諾，妳說妳最愛吃龍蝦。那是真話嗎？大廚為妳保留了一隻，只等妳一聲令下。怎麼樣？」

她一手支著下巴，讓自己的幽默感作主。帶著疲倦的微笑，她另一隻手握拳、比出凱薩大帝拇指朝下的手勢，判了龍蝦死刑。

「吩咐他們，我要牠死得痛快一些。」她說，然後伸出雙手緊握住他的一隻手、捏了一下，為自己剛才的憂鬱表示歉意。他微笑，任她把玩他的手。那是隻很美的手，手指修長有力，肌肉強壯。

「還有妳喜歡的酒，」約瑟說。「波苔綠：白酒，冰過的。妳不是常這麼說？」

對，她想，望著他那隻手孤獨地縮回桌面。我是常常提起。十年前我們在那古怪的希臘小島上邂逅的時候。

「等吃完晚餐，我就當妳的私人嚮導，帶妳到一座高山上，讓妳看看世界上第二棒的地方。想不想來個神祕之旅？」

「我只想到第一棒的地方去。」她喝了口威士忌才說。

「但本人向來不賞頭獎的。」他平和地答道。

快讓我離開這鬼地方！她想著。開除那個作者，換個新劇本吧！她嘗試從里克曼斯沃⓬派對裡學來的招數。

「這幾天你是怎麼過的，約瑟？在想念我以外的時間。」

他沒有真的回答，反倒問起她如何打發等待的時間，她的航行，以及她那夥朋友。她提起自己幸運遇到那個沒呼天喊地的嬉皮男孩用計程車載她一程時，約瑟笑了；他問她有沒有艾爾的消息，聽她說沒有，很有禮貌地表示失望。「噢，他從不寫信的。」她不在乎地哈哈笑著說。他問她，艾爾會去拍什麼樣的片子；她猜大概又是通心麵西部片⓭。他覺得很有趣，這種措辭聞所未聞，堅持要她解釋一番。她這時喝完一大杯威士忌，開始認為自己對他還是頗具吸引力。跟他聊起艾爾時，她發現自己已在心中空出位置來給這個新男人了。

「反正，我只希望他真的成功，就這樣。」她說，暗指成功或許可以彌補他其他方面的缺陷。

然而在她與他的關係邁進一大步的當下，她還是覺得有些不對勁。哪一幕沒演好的時候，她有時也會出現這種感覺：每個事件好像都各自獨立而互不相關，只是按照某種僵硬的次序發生；對話的臺詞太單薄、太直接。現在吧，她想。伸手往揹袋裡一陣摸索，她拿出一個橄欖木做的盒子，遞過桌面給他。

⓬ Rickmansworth，位於倫敦西北方城市。

⓭ spaghetti Western，通常意譯為義大利式西部片。義大利導演瑟吉歐．李昂尼（Sergio Leone）在六〇年代後半拍攝了以《荒野大鏢客》（A Fistful of Dollars）為首的一系列西部片，雖然故事背景是美國西部拓荒時代，主要演員克林．伊斯威特（Clint Eastwood）也來自美國，但全片都是在義大利拍攝，然而極受歡迎，成為一種特殊次類型。

他只是自然地接過，起初還沒想到是個禮物，而查莉有點得意地發現，他臉上竟然也會出現忐忑不安、甚至一絲懷疑的神情，好似某個意料之外的因素會搗亂他的計畫那樣。

「或許你該打開來看看，」她說明。

「但這是什麼？」約瑟逗她開心地輕輕搖了搖它，然後放到耳邊聽。「我該先叫桶水來放著嗎？」他問。嘆了口氣，好像裡面絕對不會是什麼好東西，他掀開蓋子，凝神注視裡面塞成一團的衛生紙。

「查莉。這到底是什麼？我完全搞糊塗了。我認為妳最好把它們原封不動地退回原處。」

「繼續啊。打開看看。」

他舉起手；她看著那手好像是要放在她身上那樣猶豫了一下，然後往下打開了第一層，那是他那天遺落在海島沙灘上，她撿起來的一枚大粉紅色海螺。他很慎重地把它擱到桌上，接著打開第二層——一隻臺灣製的木雕希臘驢子，她在禮品店買的，還親自在驢子屁股漆上「約瑟」。他兩手抓著木頭驢子，翻來覆去地看了半天。

「是公驢。」她說。儘管這並沒有改變對方臉上熱切的神情。「那是我生氣的樣子。」她看他拿出一張她的拍立得相片，就解釋給他聽。那是用羅勃的即可拍拍的，相片中的查莉穿著土耳其式長袍，頭戴草帽。「我正在氣頭上，而且沒擺姿勢。我想你大概會欣賞它。」

他的謝意帶點酒醒後的感覺，令她不寒而慄。謝謝妳，但是不必了，他好像是這個意思；謝謝妳不過下次吧。不是波利，不是露西，也不會是妳。她遲疑著，然後才溫和、柔順地直視他的臉說：「約瑟，我們實在不必玩這套把戲，你知道。我可以直接上飛機一走了之，假如你比較喜歡這樣的話。我不想要你——」

「怎麼樣？」

「我不想要你倉促地許下承諾。就這樣。」

「一點也不倉促。這承諾再嚴肅不過。」

現在輪到他了。他拿出一疊旅遊指南。她主動移到他旁邊的椅子上，左臂不經意地搭上他的肩，好讓兩人能一起閱讀。他的肩膀如峭壁般堅硬，更別提有什麼親密感了，不過她的手還是搭在上面。瞧，德爾菲城：嘖嘖，太美了。她的髮絲與他耳鬢廝磨。她昨晚為了他洗的。奧林帕斯：棒透了。米多拉：沒聽過。他們的前額也彼此碰觸。帖薩羅尼加：哇！他們要住的旅館：都計畫好了，也預訂好了。她親吻他的頰骨，就在他的眼睛旁邊，像是往靶面不經意地一啄。他笑了笑，像長輩似的輕捏一下她的手，令她幾乎不再懷疑他到底是什麼人，或她自己是什麼人，讓他毫不費力便俘虜了她，連投降都不需要；或是那種熟悉感是從何而來——「查莉，嗨，妳好嗎？」——把他們的第一次邂逅變成故舊重逢，把這次見面變成商議蜜月旅行。

算了吧，她想。「你從沒穿過一件紅色運動夾克吧？有嗎，約瑟？」她連想都沒想便脫口而出。「酒紅色、開襟上有亮黃銅釦，剪裁有點像二〇年代復古風？」

他緩緩抬起頭來；轉過頭回應她的凝視。「這是在開玩笑嗎？」

「不是。是個單純的問句。」

「紅色運動夾克？為什麼我該穿一件？妳想要我支持妳的足球隊之類的？」

「只是想你穿起來一定很好看。」他顯然在等進一步的解釋。「有時候我喜歡這樣看人，」她說，開始幫自己找臺階下。「舞臺效果。心裡的小劇場。你不瞭解女演員，對吧？我會幫人創造出——鬍子——之類各式各樣的東西。你想都想不到。我也會替他們打扮。高爾夫球褲。制服。全憑我的想像。養成習慣了。」

「妳是說，要我為妳留鬍子嗎？」

「如果我想，我會告訴你。」

他笑了，而她報以微笑——另一段對手戲——他的凝視令她放鬆下來，於是她告退去了化妝室，在她試圖搞清楚他這個人時，便對著鏡中的自己發火。難怪他身上有那麼多彈孔了，她想。都是女人幹的。

他們又吃又喝，像兩個初逢乍會的陌生人般熱情聊天，然後他用一個鱷魚皮夾裡的鈔票付了帳；大概是哪個國家欠他一大筆錢吧，他至少拿了半數的還款去買那只皮夾。

「你想靠錢收買我嗎，約瑟？」看著他把帳單摺好收進口袋時，她忍不住問道。

約瑟沒答腔，因為突然之間，感謝上帝，他熟悉的管理本能告訴他時間不夠了。

「幫我找部車門凹下去的綠色老歐寶車，駕駛十歲。」他雙手抱起她的行李，一路推著她走過狹窄的廚房通道。

「在那兒噢，」她說。

車子就等在側門外，像他說的車門凹陷。司機飛速從他手上接過行李，放進行李箱。他一臉雀斑、金髮，長得很健康，笑得很樂，而且他說的沒錯，看起來就算不是十歲，也只有十五歲。悶熱的夜晚慣常地下起雨來。

「查莉，見過迪米區。」約瑟帶她坐進後座時說。「他母親已經同意他今天可以晚點回家。迪米區，請帶我們到世界第二棒的地方去吧。」他坐到她身邊。車子立刻發動往前，然後他就開始用導遊的口氣，玩笑似的一路介紹風光。「妳看，查莉，這裡是現代希臘民主的發祥地，憲法廣場；注意看那些自在享用餐廳露天座位的民主人士。現在看左邊，是奧林匹亞宙斯神殿和哈德里安大門。但我得提醒妳，這個哈德里安和建造你們英格蘭北部那個著名長城的哈德里安並不是同一個人，雅典的這個比較有想像力，妳不覺得嗎？應該說更有藝術上的美感。」

「嗯，美多了。」她說。

有點活力啊，她火大地勸自己。快看一下窗外。有免費的兜風，有全新的帥哥，還有古希臘，這就叫樂趣。他們慢了下來。查莉瞟著她右邊的古蹟，卻被樹叢遮住了視線。他們駛過一座圓環，緩緩開上一條鋪了柏油的山路，然後停下。約瑟跳出去，為她開門，抓著她的手往樹林夾道的窄石階道走去，快得幾乎像預謀好了。

「我們只用耳語交談，用的還是複雜的暗號。」他用一種演戲般的低語提醒她，而她也報以同樣無意義的回答。

他的緊握宛如一道電流般通過她的手，令她的手指在他掌心中燃燒。他們順著那條林蔭夾道走著，時而柏油路面，時而泥土地，但一路是上坡。月亮已經不見了，四周很黑，但約瑟準確地領著她向前，彷彿還是白天。他們經過一道石階，經過寬一點的路，但好走的路都不是給他的。樹林露出破綻，從右邊她可以看見城市燈火已遠遠地被拋在底下。在她左邊還很高的地方，像峭壁的陰影映著橘紅色的夜空。她聽見後方有腳步聲和笑聲，但不過是幾個孩子在打鬧。

「妳不介意走路吧？」他問，速度絲毫未減。

「很介意。」她回答。

一陣約瑟式的沉默。

「要我背妳嗎？」

「對。」

「真糟糕，我的背剛好扭到。」

「我看出來了。」她說，更用力抓緊他的手。

她又往右邊看，分辨出那座廢墟好像是英國式的磨坊，拱窗一個接一個地互疊著，而城市閃爍的燈光就在他們身後。她朝左望，原來看似峭壁的陰影，已經變成一座又黑又長的建築，有個大煙囪聳立在建築的一端。然後他們又走進了樹林，聽到震耳欲聾的蟬聲響個不停，強烈的松香害她眼眶泛淚。

「是帳篷對吧？」她突然想通了似的拉住他，小聲地問。「對嗎？在睡袋上做。你怎麼猜得到我有這種癖好？」

但他依然只是向前疾走。她喘不過氣來，哪怕只要她高興，她可以走上一整天，所以她的無法呼吸是為了別的事情。他們又走上一條寬闊的小路了。在他們前方，兩個穿制服的灰色人影站著，看守一幢門上有鐵絲網燈泡在發亮的石頭小屋。約瑟放開她，叫她站在原地，獨自走向他們，她聽到對方跟他打招呼的低喃。那棟石頭牆、茅草屋頂的屋子夾在兩扇鐵門中間，從其中一扇鐵條間望去，可以看見閃爍的城市燈光，只是看起來更遙遠了；但另一扇鐵門後面，卻只有黑幢幢的一片陰影，而他們大概就要取得走進那片漆黑的許可；她聽見鑰匙與鐵門相觸的匡噹輕響，還有鐵門打開時緩慢的絞鏈嘰軋聲。有那麼一剎那，她突然有點驚恐。我在這裡做什麼？這到底是什麼地方？跑呀！傻瓜，快跑！那兩個顯然是什麼官方的人，要不就是警察，看他們溫順有禮的態度，大概已經被約瑟買通了。三個男人同時看自己的錶，而約瑟抬起手腕時，她看見他乳白色的衣袖和他的金袖釦一閃。約瑟招呼她過去，她回頭偷瞄了一眼，發現身後的路上站了兩個女孩正在往上看。他在喊她了。她朝打開的門走去。她覺得那兩個警察的眼光已經把她剝光了，才想起約瑟還沒像這樣看過她；他殘忍地沒給出一點想要她的證據。而她儘管雖不確定，卻渴望他有。

鐵門在她身後關上。先是石階，接著是條很滑的岩石道。她聽見他警提醒小心腳步。她本想摟著他走，他卻把她推到他前面，說這樣他才不會擋住她的視線。所以這就是風景了，她想。世界第二棒的風景——夜景。岩石必定是大理石吧？因為在黑暗中還會反光，而且滑得要命；她穿的又是皮鞋。有次她差點摔倒，但他的手迅速有力地抓住她，馬上就把艾爾比了下去。有一次她把手臂往自己身上擠，讓他的指關節壓在她胸部上。感覺一下，她在心中渴望地告訴他。這是我的，兩個當中的第一個；和右邊的相比，左邊的不那麼性感撩人，但誰會在意？石道曲曲折折，愈走天色愈亮，也愈走愈熱，像這裡保留了白天的陽光。在她的下方，透過樹林，城市的燈火早已像個遠去的行星般幾乎看不到；上面卻只見鋸齒狀陰影似的高塔以及支撐鷹架。本來還可以微微聽到的城市喧囂，此時早已杳然若失，把夜晚留給了蟬鳴。

「現在要走慢點了，小心。」

從他語氣她知道，不管目的地為何，都快到了。路又開始曲折；他們來到了一個木板搭的階梯。階梯，一段平坦的路面，然後又是階梯。約瑟腳步放得很輕，她學著他，這暗中行動重又令兩人合為一體。他們一起穿過一道巨大的門，門楣高得令她忍不住抬起頭來；與此同時，她看到了半輪昏黃的月滑進群星之間，然後安頓在帕德嫩神廟的柱廊間。

她喃喃了句「天啊。」她覺得空虛，剎時感到全然的孤獨。她緩緩向前走去，有如某個朝著一片海市蜃樓前進的人，等著它變成一片虛無，它卻沒有。她走到盡頭，想找個地方往外爬，只在梯階口看到一塊「嚴禁攀登」的告示。突然之間，不明所以的，她開始在這彎下腰的天堂邊界內奔跑，想跑到這片幻境的黑色邊緣去，只模糊感覺到約瑟依舊輕鬆地跟在她旁邊。她同時大笑、說話；說那些她聽說在床上應該說的話——想到什麼就說什麼。她覺得自己好像可以擺脫肉體，奔進天空而不跌落。放緩腳步之後，她終於走到城垛邊緣，上身趴在石頭上，俯瞰著「雅典平原」有如一片黑暗海洋似的廣袤，以及其中燈火明滅的小島、城市。她回過頭，發現他在幾步之外看著她。

「謝謝你。」她最後開口。

朝他走去，她雙手抓住他的頭，吻在嘴唇上，先是像五歲小孩的吻那樣單純，接著才用上舌頭，一下讓他的頭側這邊，一下側另一邊，還趁隙研究他的臉，彷彿在驗收自己的工作成效，而這次他們擁抱的時間之長足以讓她明白：肯定沒錯，效果很明顯。

「謝謝，約瑟。」她重複著，卻只感到對方正在把自己扯開。他的頭掙脫她的挾持，用手扳開她的手臂，硬壓回到她身邊——他竟然毫不留情地擺脫了她。

她帶著幾近迷惘和惱怒的眼神，藉著月光凝瞪對面那張動也不動、哨兵似的臉孔。忽然間她都知道了。像那些仍未出櫃的同性戀欺瞞世人，直到他們悲泣出來；像那些老處男被無能陰霾籠罩著；像那些想要當情聖、滿嘴吹噓「性」能絕佳的種馬們，卻在緊要關頭因良心發現或膽怯而懸崖勒馬。在她內心總蟄伏著真正的溫柔，足以讓她成為一個母親或姊妹去包容他們，跟他們打成一片。但約瑟（當她直視他那兩泓深潭般的雙眸時就知道了），卻讓她感受到從未遇過的勉強，並非他缺少慾念，並非他性無能。她在那方面太老練了，不可能誤解他胸懷中的緊張和信心。然而，好像他的目標不在她身上，而是試圖用退縮來讓她明白這點。

「要我再謝你一遍嗎？」她問。

他只是靜靜地站在那兒看著她，然後抬起手腕，藉著月光看他那只金錶。

「我看時間也差不多了，還有好幾座神殿沒帶妳看呢。可以讓我為妳介紹嗎？」

在兩人沉默無語的空檔中，他希望她能支持他堅守禁慾的誓言。

「約瑟，我想參觀很多神廟。」她急切地伸出手勾住他的手腕，像是想留住戰利品。「誰建的？花多少錢建的？用來拜誰？靈驗嗎？你可以盡量在我們的餘生用這些把我煩死。」

她根本沒想過他可能不知道答案，而她這樣想是對的。他帶著她走過一座又一座神殿；他演講，她就傾聽；他向前走，她就跟隨；摟著他的手臂，想著自己的心事：我可以當你的姊妹、你的任何東西。我會一直跟著你、順從你，但當我勾引你的時候，就換我主宰你了。要是惹火我，我會讓你笑都笑不出來！

「喔不，查莉。」他一臉嚴肅地回答：「『山門』（Propylaea）不是某位女神，而是通往神殿的通道，這名字源自希臘文『入口』（propylon）；希臘人喜歡用複數形來特別區分這些神聖的地方。」

「你是為我們特別背下來的，對吧？約瑟。」

「當然，都是為了妳，何不？」

「我也會。我的腦袋就像海綿一樣很會吸收知識喔，你會很驚訝的。一目十行，立刻就變專家？」

他停了下來，她也跟著停。

「那重複一遍給我聽。」他說道。

起先她不覺得他是認真的，想他是在逗弄她。然後她猛然抓住他的手臂，硬生生扯著他轉身，一面往後走，一面重複給他聽。

「怎麼樣？」他們又回到盡頭：「我可以得亞軍嗎？」

她又等了他那著名的三分鐘預警。「不是『阿格里帕』⓮的神龕，是紀念碑。除此之外，妳可以說是一字不差，恭喜囉！」

就在這時候，遠從他們下方，傳來三響喇叭聲，她知道是在跟他遞信號，因為約瑟馬上抬頭傾聽，就像一隻野獸在嗅聞風向，然後又看錶。好啦，仙履奇緣的故事又要重演了，她想；時間一到，馬車眼看著要重新變回南瓜。小孩子也該睡了，改天再告訴其他人，這到底是該死的怎麼一回事。

當他們往山下走，約瑟偶爾會停下來，看著那座蒼涼的酒神劇場廢墟，藉著月光和遙遠的燈光迴映，它只不過是一個空洞的大碗。大概是臨別想再看最後一眼吧，她看著他背對城市絢爛燈光一動也不動的黑影，胡亂想著。

「我在什麼地方讀到過，真正的戲劇不會只是單純的描述。」他說：「小說或詩可以，但戲劇不行；戲劇必須是可以應用在現實中，它一定要有作用；妳相信這種說法嗎？」

「就像特倫特河畔的伯頓女子學院？她們在周六日場演特洛伊的海倫給領退休金的老人看。」她笑著回答。

「我是認真的。告訴我妳的想法。」

「有關戲劇嗎？」

「有關它的用途。」

他太過於熱切想知道她的答案，這讓她覺得困擾。

「是啊，我贊成。」她有點不好意思地回答：「戲劇應該有所作用，它應該可以讓眾人共享與感受它，應該——呃，喚醒眾人的意識。」

⓮ Marcus Vipsanius Agrippa（63?-12B. C.），羅馬帝國第一位皇帝奧古斯都的左右手，在羅馬建立澡堂、萬神廟、公共排水與供水系統，建樹良多。

「所以應該要真實？妳確定？」

「當然確定。」

「呃，那就好。」他似乎在說，在那種情形下她不應該責怪他。

「呃，是啊。」她興高采烈地附和。

我們倆真是瘋狂。我們倆是唁唁咆哮、徹頭徹尾的瘋子！當他們再度步入凡塵時，門口的警察向他們敬禮道別。

起初，她以為他是在開她個爛玩笑。整條路上，除了一輛賓士名牌轎車之外，什麼也沒有。離車子不遠的一條長板凳上，有一對男女正在卿卿我我；除了這對戀人，附近別無其他人影。車子的顏色很深，卻不是黑色的。它就停在路旁的草叢邊，車頭掛的牌照看不清楚。她一直都很迷賓士，而且由它的外觀看，可以判斷出這輛是手工打造；而從它的內裝跟天線來看，根本就是某人專屬的玩具，漂亮到毫無瑕疵。他一直抓著她的臂膀向前走，一直走到這輛車的駕駛座門邊，她才領悟到原來約瑟正打算去開車門。她眼看著他插進鑰匙，輕輕一轉，轎車四個門的按鎖「啪！」的一聲同時往上跳，下一刻她注意到的，就是他正牽著她朝乘客座走，繞過車頭。她問他在搞什麼鬼？

「妳不喜歡？」他問，語氣輕得令她猛然生出疑心。「要我再換別輛車嗎？我本來以為妳很喜歡名車的。」

「你是說，是你租來的？」

「倒也不完全對。只是借來讓我們旅行的。」

他打開車門等著。她沒坐進去。

「向誰借的？」

「朋友。」

「什麼名字？」

「查莉，別大驚小怪。赫伯。卡爾。叫什麼名字又有多大關係？妳總不至於喜歡擠在一輛希臘產的義大利飛雅特吧？」

「我的行李呢？」

「在行李箱。迪米區已經照我吩咐的放好了。要不要開箱檢查一下，好讓妳放心？」

「我不想坐進去，太瘋狂了。」

再怎麼說，她當然還是坐進去了，而且約瑟也立刻坐到駕駛座，發動引擎。他戴了賽車手套。黑色真皮，手背上還有透氣孔的那種。一定是早就放在口袋裡，而且一上車就戴上了。金腕鍊襯著黑色的皮，看起來好亮。他車子開得又快又穩，她看了也不喜歡——朋友的車，你不應該這麼開。她那邊的車門都鎖好了，是他用中央控鎖重新將四個門都鎖上。收音機也打開了，播的是淡淡輕愁的希臘音樂。

「這個鬼窗子怎麼開？」她問。

他按了個鈕，暖暖的夜風就吹到她臉上，帶來幾許松脂的清香。然而他僅僅讓車窗玻璃放下來幾吋。

「你常幹這種事，對吧？」她大聲問他。「只是小事一樁，呃？搞輛氣派十足的名牌車，用兩倍音速的速度載著女人兜風？」

沒有回答。他只是專心地看著前方。他到底是誰？哎呀老天（就像她老媽的口頭禪）——他究竟是何許人？車子裡突然變得很亮。她轉頭向後望，由後車窗看出去，只見到大約一百碼的後方有兩盞車頭的大燈照過來，既不超車，也不減速。

「他們是不是在跟蹤我們？」她問。

等她發現後座上放了一件紅色的夾克時，她才突然有點放心。紅色的。銅釦。就跟那件在諾丁罕和約克郡看到的一模一樣。她果然沒看走眼；她敢打賭就是那件，同樣是二〇年代復古剪裁。

她問他有沒有香菸。

「看看妳前面的櫃子。」他頭都不撇一下。她打開小櫃子，看到裡面有條「萬寶路」，還有一條絲巾，和一副寶麗來太陽眼鏡。她拿出絲圍巾嗅了嗅，只聞到有男人的香水味。拿出根菸來叼到嘴上，戴黑皮手套的那隻手就從儀表板遞過來一個亮晶晶的打火機。

「你的朋友打扮很時髦吧？」

「非常，是啊，他的確是！為什麼問？」

「後座上那件紅夾克是他的，還是你的？」

他瞥了她一眼，有點欽佩的意味，然後又看著前方。

「可以說是他的，但我已經把它借來穿了。」車速加快，他的回答照樣冷靜不變。

「你連他的太陽眼鏡也借了？我也認為你是真有需要：坐在前排正中央，舞臺燈光太刺眼了。幾乎跟在臺上演戲差不多。你叫雷多文，對吧？」

「對。」

「你真名叫彼得，不過你比較喜歡叫約瑟。住在維也納，做點小生意，喜歡看書。」她故意停了一下，但他仍然一句不吭。「有個郵政信箱，」她繼續講下去。「信箱號碼七──六──二，郵政總局的。對吧？」

她看見他很佩服地微微點了下頭；是佩服她記性不錯。車速指針已經爬升到時速一百三十公里。

「國籍不明，歐亞混血，」她輕輕唸出來。「你有三個孩子和兩個太太。全都放在一個郵政信箱裡。」

「沒有太太，沒有孩子。」

「從來沒有？還是說現在沒有？」

「從來沒有。」

「別以為我會介意，約瑟。我還求之不得呢，真的。現在我只想搞清楚你是誰而已，任何可以證明你是誰的事情都好。我們女孩子嘛──總是好奇心重。」

她注意到自己還抓著那條絲巾。她把它往小櫃裡一丟，砰的一聲將蓋子闔上。路很直，卻很窄，指針已經到時速一百四十了，她可以感到，自己無法再像表面上裝的那樣冷靜。

「介意告訴我一些好消息嗎？某些可以令我這個女人聽了比較心安的事？」

「好消息就是，我已經盡可能的少騙妳了，而且再過不久，妳就能瞭解到，妳之所以會跟我們在一起的許多好理由。」

「什麼我們？」她猛然爆出一句。

因為至少到目前為止，他一直都只是個獨行俠。她一點都不喜歡這個變化。他們正朝著一條主幹公路開上去，但他並未減速。突然有兩輛車子的大燈向他們迎面衝過來時，查莉屏息不敢稍動，同時只看到他踩了煞車板又把油門催到底，以千鈞一髮之勢，俐落地由那兩輛車子旁邊擦過去，正好把位置擠出來，讓後面那輛車子也閃過了。

「總不至於是走私槍械吧？」她問這句話時，腦海中浮現他身上的槍傷疤痕。「不是要鼓動某個地方發生小戰爭吧？我最怕聽槍聲了，你知道。我的耳膜很脆弱。」她聲音裡有幾許裝出來的瀟灑，幾乎連自己都有點陌生。

「不是的，查莉，不是走私槍械。」

「『不是的，查莉，不是走私槍械。』所以是買賣白人奴隸了？」

「不，也不是買賣白人奴隸。」

她照樣學了一遍。

「那只剩販毒了，不是嗎？因為你做某種生意，不是嗎？只是販毒我也不太行，坦白告訴你。艾爾那傢伙，有次叫我替他夾帶一些大麻過海關，結果事後我緊張得失魂落魄了好幾天。」沒作聲。「所以是更高檔囉？更高尚？完全不同一個檔次？」她伸手關掉收音機。「說真的，要不要乾脆就在這兒停車？怎麼樣？你不必帶我去任何地方。明天你喜歡的話可以再回米柯諾，找一個來替代我。」

「就把妳在路上隨便一丟嗎？別胡扯了。」

「停車！」她狂叫。「把這輛該死的車子給我停下來！」

他們接連閃過一長排迎面而來的車輛，然後突然間向左方急轉，猛地令安全帶差點沒勒光她的空氣。她側過去抓方向盤，可是手還沒伸直，他的臂膀早就把她給架開了。然後他猛然又來個左急轉彎，就從一道白色的大門閃進了一條私人車道，兩旁開滿杜鵑與木菫。車道轉了個大彎，他們順著彎道駛上一片外圍繞著漆白石頭的碎石彎路。第二輛車也跟上來煞住，剛好擋住了出口。她聽見碎石彎路上有腳步聲。那棟房子是棟蓋在紅花中的舊別墅。藉著頭燈投射的光，那花看起來就像是一灘一灘的鮮血。陽臺裡面點了盞昏黃的燈。約瑟熄掉引擎，拔出鑰匙塞進口袋，側過身去替查莉開了車門，一股難聞的繡球花臭味，夾在晚蟬狂鳴聲中流了進來。他跨出車子，查莉卻坐在椅上沒動。一點風也沒有。也沒有其他像那種新鮮空氣所帶來的振奮。沒有任何聲音，只有蟬聲，還有圍上來的輕盈腳步，碎石子被鞋子踩得窸窣作響。迪米區，看起來像只有十歲的計程車司機，那個笑得燦爛的小夥子；洛爾，長髮、滿臉鬍鬚，那個跟耶穌長相沒兩樣的嬉皮，說他有個有錢的瑞典老頭，還用計程車送了她一段路的小夥子。兩個女孩，穿著夾克、牛仔褲，就是那對在衛城跟著她的女孩——現在她才看得比較清楚了——原來她們也曾到過米柯諾島上，偶爾在她逛街時出現，在她旁邊沒精打采地閒晃。聽到有人在後面開車箱卸她的行李時，她氣得鑽出車子。「我的吉他！」她大吼。「別亂丟我的吉他，不准碰！你——」

可是洛爾早替她把吉他夾在手上了，迪米區則替她抓著背袋。她正打算跳上去搶過來，兩個女孩早就從兩邊逮住她手腕和手肘，毫不費力地拖著她朝陽臺走去。

「約瑟那個渾蛋死哪兒去了？」她狂叫。

可是渾蛋約瑟的任務已經達成，而且早就頭也不回地跨上石階，快得就像個逃離意外發生現場的肇事者。經過那輛賓士後面時，查莉藉著陽臺的那盞燈，看到了車尾的牌子。那根本不是一輛希臘牌照的車。那上面是阿拉伯字，數字旁邊繞著好萊塢式的書寫體，還有一塊寫了花體字「CD」、代表「外交使節團」的塑膠板，就黏在後車箱蓋、賓士標誌的旁邊。

6

兩個女孩帶她去上洗手間，而且在她上廁所時，一點也不覺得尷尬地盯著她看。一個金髮，一個褐髮，看起來髒兮兮，都奉命要對這個新來的英國女孩客氣一點。兩個人都穿軟底鞋、鬆垮的襯衫和牛仔褲。等她受不了而向她們撲上去時，兩個女孩輕輕鬆鬆就把她制服了，她滿嘴粗話罵她們，兩個女孩只裝聾作啞地用笑容回應她。

「我叫瑞秋。」褐髮女郎趁某次休戰，喘著氣對查莉說：「她叫蘿絲——蘿絲，聽清楚了嗎？頭音相同。」

瑞秋人長得比較漂亮，她有北國口音，還有對水汪汪的大眼睛，就是她在希臘邊境勾了「小鴨子」的魂。蘿絲則長得精瘦、高大，頭髮又捲又蓬，像運動員一樣俐落，兩手一張開落在查莉手腕上時，痛得她就像被斧頭砍到似的。

「妳會沒事的，查莉，別擔心。」蘿絲向她一再保證。她講起話來有南非口音，嘶啞嘶啞的。

「我本來是沒事！」查莉一邊掙扎，一邊反駁。

她們把她帶到一間臥室，給了她一把梳子和髮刷，還有一杯沒加牛奶的淡茶，她坐到床上，邊喝邊罵，氣得全身顫抖，試著讓自己的呼吸平緩下來。「小牌演員遭綁架。」她咕噥。於是她就問那兩個女孩：「贖金多少啊，小姐？用我銀行存款透支的錢來支付嗎？」可是她們卻依然溫柔地看著她，站在她兩旁，雙手放開，只等著陪她上樓。才走到樓梯前面，查莉突然又朝她們撲過去；這次她改變戰術，用牢牢握緊的拳頭猛地一揮，想一拳把她倆打倒，可是才一眨眼工夫，她卻發覺自己躺在地上，兩眼望著樓梯井上的彩繪玻璃天花板發呆；月光透過稜鏡般的玻璃頂篷灑落下來，地板像是鑲了一地淡金與粉紅的馬賽克貼畫。「我只是想替妳把鼻子打塌些。」她對瑞秋解釋，對方還是和顏悅色地凝視著她。

房子很古老，聞起來還有一絲貓與查莉母親的味道。法蘭西第一帝國式裝潢，裡面擺滿了破爛的希臘家具，褪了色的絨布窗簾，還有銅製吊燈。不過這房子要是像瑞士旅館或船上甲板那樣刷洗乾淨，那會是另一種令人癡狂的景象，不僅僅是變得較乾淨或骯髒而已。在二樓平臺上豎著破爛的花架，也讓她想到自己的母親，她似乎又是個小女孩，穿著燈芯絨褲子，在溫室裡偎著母親剝豆子，智利南洋杉往下懸吊著。然而她卻不記得當時或自那以後可曾住過有溫室的屋子，一定是她們的第一間屋子，在布來肯桑，靠近波茅斯，當時她才三歲。

她們走到一扇雙併門口，瑞秋把門一推，人就往旁一站：一間像山洞似的房間。中間有張桌子，旁邊坐了兩個人，一個又寬又魁，另一個則又瘦又駝，兩個人都穿著灰灰的棕黃衣服，遠遠看上去像幽靈似的。桌子上擺滿了雜七雜八的玩意兒，由於天花板那盞吊燈不成比例地突出，從她那裡望去，桌上那堆似乎是些剪報。蘿絲和瑞秋站在門外，好像利用價值到此已經結束。瑞秋拍了下她的屁股，順手一推，說：「進去吧。」查莉發現要獨自一人往裡面走這最後的二十呎，覺得自己好像一隻發條老鼠，只會傻兮兮地往裡一直走去。到時候突然捧住肚子，倒在地上大喊大叫，唬他們一下，她想道。她才一跨進房間，兩個男人就同時站了起來。瘦子仍站在桌邊沒動，大個子呢，卻三步兩步地向她迎上來，右手像個螃蟹鉗那樣往前一伸，跟著橫掃過來，抓住她的手就一陣猛搖，害得她想躲都來不及。

「查莉，真高興妳能平安地來跟我們相聚！」柯茲講的話，就好像她曾經赴湯蹈火、歷盡萬險才到了這兒似的。「查莉，我叫——」她的手仍被他緊緊握著，那種親切根本是她無法想像的。「——我比較好聽的名字是馬帝，而在神創造完我這個人以後，四周還剩下一些碎片，所以祂就把這位麥克做出來，當成一種事後聰明的產物——跟他打聲招呼吧！還有雷多文先生，呃，妳是叫慣他約瑟的——呃，不過現在大概妳對他又有新的稱呼了吧？」

他一定是趁她不注意時進來的。她側頭瞟了一眼，看到他正在整理另一張小桌上的文件。那張遠離眾人的小桌上，還有盞閱讀燈，當他身體掠過那盞燈時，蠟燭般的光輝就點亮了他的臉龐。

「我現在可以替這個渾蛋取個新名字了。」她說。

她想衝上去給他一個巴掌，像她對付瑞秋那樣，很快踏出三步、趁他們來得及阻止她之前狠狠一揮，可是她也曉得自己絕對辦不到，只好拚命口出惡言，但約瑟只是像在回憶往事似的聽著。他已經換了一件輕薄的棕色套頭衫；樂團領隊的絲襯衫和每一個都扣上的金袖釦彷彿從未存在過。

「我勸妳最好還是聽完這兩位先生講的話之後，再對我下斷語。別先罵髒話。」他連頭都沒抬地說，手裡仍然忙著文件。「妳現在是和一群好人在一起。比妳平常混在一起的那些人好多了。妳有太多東西得學，而且，如果妳運氣還不錯的話，也有許多事得做。省點力氣吧！」他勸她的口氣，就像在勸自己也省點力氣，只管忙他正在忙的東西。

他一點也不在乎，她苦澀地想道。他丟下了負擔，而負擔就是我。兩個站在桌旁的男人仍舊站著，只等她先坐下；這簡直有點瘋狂。對一名你綁架來的女孩彬彬有禮，這不是瘋狂嗎？跟她大談好人，豈不瘋狂？喝完一杯好茶、補完妝以後，和綁架妳的人坐下開會討論，也是瘋狂！不過想歸想，她還是坐下了。柯茲和里托瓦克也跟著落坐。

「誰先發牌？」她一面用指甲撕掉手臂上因打架刮裂的一張皮，一面諷刺道。她也注意到地板上放了個咖啡色的皮箱，箱口朝上打開，不過裡面放什麼卻看不清楚。嗯，桌上擺的是一些剪報，果然沒看錯，雖然那個叫麥克的瘦子正把它們收進一個卷宗夾，可是她仍然看見了，那些全是有關於她的報導：英國地方版的新聞。

「你們逮對人了，你們很有把握，對嗎？」她咬牙切齒地說。諷刺的對象選中了里托瓦克，因為瘦子到現在為止，除了站起來，一句話也沒吭過，她以為瘦子階級比較高。但是目前，她並不在乎對誰講，反正都一樣。「如果你們找的是紐約五十二街銀行搶案的那三個蒙面大盜，那可就搞錯人了。他們跑的是另一個方向。而我只是個生錯了時辰，恰好站在附近看熱鬧的人。」

「查莉，我們當然肯定是找對了人啊！」柯茲兩手舉過桌面，愉悅地大喊。他望了一眼里托瓦克，然後眼光一轉，掠過房間去望約瑟，緊接著，他就大嘴一張，以他那口歐美腔的英語，與把西德的艾里希和倫敦的奎利唬得一愣一愣的生花妙舌，發表一番演說。當然，他的右手還是跟往常一樣，忙著絞動左手的腕錶。

但查莉到底是個女演員，而且她職業上的直覺也從來沒這樣敏銳過。就算這一路被人神祕拐來這裡，受了點驚嚇；就算柯茲再怎麼唱作俱佳，她還是很清楚這房間裡發生什麼事。當這些年輕的步哨自己分站在房間周邊的陰暗角落上，她幾乎可以聽到在布簾的另一端有人踮腳走進走出的輕響，還有坐進椅子的聲音。至於布景，她環顧四周，像個失勢暴君的臥房；捕捉她的獵人，那個自由鬥士已經攆走他了。柯茲坐在她對面，在柯茲像父親一樣的寬額頭後面，她看出碎石膏上本來該有個帝國式床頭，現在不翼而飛；在瘦巴巴的里托瓦克後面，掛著一面可以捲起來的鍍金鏡子，似乎僅僅為了讓現已離開的愛人高興才放在那裡。光禿禿、沒鋪地毯的樓地板誇張地響起像打酒嗝般做作的回音；頭頂上的下照燈更加凸顯這兩人臉上空洞的表情，還有身上單調的游擊隊員裝束；在麥狄遜大道上穿的閃亮西裝不見了（雖然查莉也無從比較），柯茲現在穿著鬆垮不成型的叢林裝，腋下汗濕一片，看起來黑壓壓的，一排暗灰色的筆亂七八糟地塞在口袋裡。至於里托瓦克，這黨內的智囊，偏好短袖卡其上衣；伸出來的兩支白皙胳臂，像是被削皮的嫩枝條。光是看這兩人的穿著，查莉就知道他們跟約瑟是同一夥人。他們受過同樣的訓練，她想著：他們有共同的理念跟做法。柯茲脫下來放在桌上的那只破錶，不禁令她想起約瑟帶到海灘上的水壺。

透過兩扇法式遮陽窗看出去是房子的前院，另外有兩扇俯瞰著後院。通往兩側廂房的雙併門現在關著，如果她曾想到要衝過去開門逃走，想必也是徒勞無功的；因為雖然這些步哨裝作沒精打采的樣子，她看得出來（而她也可以推測得知），他們其實是在準備狀態中的專家。然後在這陣式最遠的角落，擺著四個點燃的蚊香，就像緩緩燒著的引信，發散出一股麝香味；在她身後，是約瑟的小小讀書燈，那是唯一比較柔和的燈光——或許就因為其他的一切都不那麼柔和。

就在柯茲的渾厚嗓音開始拐彎抹角、慷慨激昂地填滿房間前，她幾乎已經把剛才她發覺和看到的細節都存入了腦海。倘若查莉還想不到漫漫長夜正等著她，那麼這個殘酷的聲音便鏗鏘有力地在提醒她。

「查莉，我們希望能澄清自己的身分，我們想要介紹自己，雖然這兒的人並不想為這件做得很過分的事道歉，但我們仍希望能對妳表示——我們很抱歉。這些事我們必須做，而且已經做了好幾件，就這麼回事。對不起，問候妳，歡迎妳。嗨。」

柯茲停下來，讓她用各種髒話罵了個痛快之後，又繼續堆著笑臉講下去。

「查莉，我相信妳必定有許多疑問，而我們也會盡可能解答妳的疑問。同時，也請妳讓我們先提供妳幾點基本概念。妳問我們是何許人——」他講到這裡並沒有停頓，因為他並不想吊她胃口。「查莉，正如約瑟所說的，我們都是一群好人，善良的人。也就是說，我們與世界上所有其他的好人一樣，我猜妳可以很合理地稱我們是一群不講求派系、不與人結盟，而又跟妳一樣，對世界上許多胡作非為之事深表關切的人。假如我再加上一句，說我們是以色列公民的話，我相信妳還不至於會馬上口吐白沫、嘔吐，或者跳窗自殺，除非妳本人早認為以色列不配生存在這個世界上，早就應該被掃到海裡去、毀於一片火海之中，或者應該像個禮品似的包裝好，拱手把它交給那些一直想毀滅我們的阿拉伯組織。也除非妳有這種看法，妳才會認為我們不是好人！」柯茲突然察覺她微微瑟縮了一下，趕緊乘勝追擊。「難道這真是妳的看法嗎，查莉？」他把聲音放低。「或許是吧。那為何妳又不明講呢？說出來聽聽？妳想馬上跳起來回家？機票在妳身上，我相信。我們還會給妳錢。想不想拿？」

查莉臉上一片冰冷，掩飾她內在的混亂與恐懼。那個叫約瑟的是個猶太人，自從她上次在海灘旁的酒吧裡逼問過他之後，她早就毫不懷疑了。然而，「以色列」對她而言，卻是個極端抽象而且矛盾的概念，既對它滿懷敵意，又對它頗為關切。可是這輩子她卻從未想過，這個問題竟然會當著她的面，要她講個明白。

「到底是怎麼回事？」她只有趁對方尚未繼續逼問她之前，反問一句。「你們難道是個戰鬥團體？一個格殺突擊隊？難道我不合作，你們就打算用電流來逼我就範？你們到底有什麼了不得的點子？」

「以前遇到過以色列人嗎？」柯茲問。

「好像還沒有過。」

「妳對猶太人具有種族上的偏見或排斥嗎？告訴我們。對這些事我們一向很諒解的。」

「少該死的耍笨了！」她聲音有點走調，還是說，她的耳朵出了毛病？

「妳覺得妳現在被敵人包圍了嗎？」

「哎呀老天，你怎麼會有這種想法？我的意思是說，任何綁架我的人，都是一輩子的朋友呀。」她反擊回去時，卻同時聽到一串長笑爆發出來，好像屋子裡的每個人都在笑，只除了正忙著看東西的約瑟；她可以聽到他翻頁時的窸窣輕響。

柯茲又加強攻勢。「那就先讓我們安心吧！」他催促著，笑臉仍舊溫暖宜人。「妳先把那種遭人劫持的想法忘掉。告訴我們，妳認為以色列可以存在，或者應該叫所有猶太人捲舖蓋，重新一個個被趕回其他寄居的國家？也許妳寧願我們到非洲中央去找塊地方蹲著？還是乾脆全滾去烏拉圭？埃及？不必了，謝謝妳，當年早就領教過，受不了壓迫才跟著摩西逃出來。或者妳的意思是，要我們這些人分散到所有歐亞兩洲的貧民區去，等著下一次大屠殺、大毀滅？嗯？妳怎麼說，查莉？」

「我只希望你們別再去整那群鬼阿拉伯人。」她避重就輕地說。

「好極了。那我們應該怎麼做呢？」

「別再去轟炸他們住的難民營。別再把他們趕出自己的土地。別再派出大批推土機，去摧毀他們的村莊。別再整他們了。」

「曾經看過中東的地圖嗎？」

「當然看過。」

「那當妳看那張地圖時，妳有沒有希望過，阿拉伯人也別來整我們？」柯茲問她，態度仍是一片愉快和藹，頗有笑裡藏刀的危險意味。

查莉一聽到這句反問，馬上又在她的混亂和害怕中加進了赤裸裸的尷尬，這也正是柯茲的意圖。面對厚彼薄此的真實面，她突然發現自己無法再開口。她只覺得自己太蠢了，竟敢對一個智者說教。

「我只希望大家和平共存。」她愈說愈心虛；儘管這句話並沒有什麼不對。在她可以發表意見時，她有個得體的想法：如果當年被那些強勢歐洲監管人趕走的人，能神奇地重回巴勒斯坦，就不會產生這麼多問題了。

「既然如此，為何妳不再把地圖看一遍，問清楚妳自己，以色列想要什麼呢？」

查莉沉默了。幾分鐘以前，她曾經大吼大叫，連對方祖宗八代都罵過了，可是現在，她卻找不出一句話、一個字來了。最後還是柯茲，不是查莉，開口打破了僵局，他發表了一篇聽來像是準備好對媒體發布的演說。

「查莉，我們並不是專程來攻擊妳的政治觀點的。要妳相信我，目前尚言之過早——為什麼妳該相信？——但我們喜歡妳的政治觀點。它們的每一面。所有的悖論及善意。我們尊敬它們，同時需要它們；我們一點也不想嘲笑它們，所以同樣的，我也非常希望，我們能夠開誠布公、充滿創意地回到它們身上並討論它們。我們主要針對的是妳的善良、關懷與人道之心。妳的感覺，跟妳的正義感。我們沒有要問妳任何違背妳那些良好倫理觀念的問題。至於妳一向深信的辯證政治觀，我們暫且擱到一旁。妳的信念本身——無論它們再怎麼令人困惑、怎麼不合理，怎麼令人沮喪——查莉，我們全都尊重。所以基於這個前提，妳必定很願意再跟我們坐一會兒，聽聽我們的看法。」

查莉又聽到自己發出新攻勢了。「假如約瑟是個以色列人，」她問道：「那他為什麼會開一輛鬼阿拉伯車？」

柯茲突然笑了，臉上浮現阡陌縱橫的皺紋，就是如此戲劇化的面容，對奎利背叛了他的年紀。「我們偷來的，查莉。」他快活地回答，而他的坦白立即從那些孩子身上引來另一波笑聲，而查莉大概只有一半的興趣想跟著笑。「妳下一件想知道的事，查莉，」他說——因此意外透露了所謂的巴勒斯坦人議題，至少目前為止，仍安全地存放在他剛才說過的一旁——「就是妳和我們這群人又有什麼關係，以及為何妳會被以如此煞費周章的失禮手段拖到這兒來。我願意告訴妳。這其中的理由——查莉——就是我們想給妳工作，一件表演工作。」

他已經來到靜水區了；柯茲的笑臉顯示他早知道會如此。他的聲音已經變得非常從容，就好像他在宣布幸運中獎的號碼。「這是妳有生以來所飾演過最偉大的角色，妳會很希望得到演出機會，它不僅困難，也很危險，將是妳所演過的角色中最重要的一個。妳可以拿到很多錢，絕沒問題，講個數目就成。」他手一揮，表示錢的問題乃小事一樁。「我們替妳安排的這個角色，正好跟妳所有的才華相契合，查莉，既人性又專業化。妳的機智、妳過人的記憶力、妳的聰明、勇氣，都必須用到。不過同樣的，還必須要用上妳那種我剛才講過的悲天憫人胸懷、妳的熱情。我們選擇妳，查莉。我們塑造妳。我們是在各國找了許多候選人之後才決定用妳的。我們找遍了所有的演藝圈，才決定用妳。我們都是妳的戲迷。這房間裡所有的人，都看了妳過去演的戲，每個人都讚美妳。所以，先讓我們彼此把氣氛弄對再說。我們對妳沒有任何敵意。只有親切感、讚美與崇拜，只有希望。請平心靜氣地聽我們說。就跟妳朋友約瑟所說的一樣，我們都是善良的人，和妳一樣的人。我們需要妳。而且外面還有更多的人，甚至比我們更需要妳。」

他的聲音帶著一絲悲愴的空洞感。她瞭解男演員，而只有少數的幾個人，才會有這種空洞的聲音，它可以讓人傾聽，而且在它停下來之後，令聽眾吊在半空中下不來。真見鬼了，起先是艾爾那混帳搞到個大角色，她想到時，有股掩不住的狂喜湧上心頭，而現在竟輪到我了。她知道目前的局面仍然很瘋狂，可是擺在眼前的機會，卻使她不由得冒出了興奮的笑聲。

「原來你們找角色是這樣找的啊？」她讓自己的口氣聽上去有點懷疑。「先打昏她們，再用手銬拖進來。我想這大概是你們慣用的伎倆吧。」

「查莉，我們只能說，平常我們並不會用這種手段，」柯茲平靜地回答，再次把主導權交給她。

「在哪裡演這個角色呢？」她忍住不笑。

「就當它是在劇場吧。」

「這麼說應該是齣話劇囉，」她說。「幹麼又不明講？」

「從某種角度來說，它應該是齣話劇。」柯茲同意。

「誰是編劇？」

「情節由我們處理，對話交給約瑟。另外還必須借重妳的指點幫忙。」

「那誰又是觀眾？」她指指簾幕。「那些小可愛嗎？」

柯茲的嚴厲和他的善意一樣，可以來得突然又可怕。他工人的雙手在桌上找到彼此，頭往前移到它們上方，哪怕是最堅定的懷疑論者也無法拒絕他態度中散發出的說服力。「查莉，外面會有許多人將無緣看到這齣戲，永遠也無法知道這齣戲演出的情形，但是那許許多多的人，都會在有生之年虧欠妳。無辜的百姓。就是那些妳一向關心的人，妳一直企圖挺身為他們說話、為他們遊行請願，就是那些妳想幫助的人。從現在起，妳必須隨時隨地把這個信念留在腦海，讓它來提醒妳、鼓勵妳，否則妳就會失去我們，而且也失去妳自己；這點毫無疑問。」

她想撇開目光不去看他。他的措詞意境太崇高了，令她吃不消。她希望他是在對別人講這些話，而不是她。

「你算老幾，憑什麼敢說誰是無辜的？」她想用粗魯不堪的狠話，來抵擋對方的說服力。

「妳是說我們以色列人沒這種權利嗎，查莉？」

「我是指你，」她反擊，走在危險邊緣。

「我願意試著從不同的角度來看妳的問題，查莉。就以我們的觀點來看，一個該死之人，必須犯下很重的罪。」

「就像誰？誰該死？那群在約旦河西岸，被你們逼得走投無路的可憐蟲嗎？還是那些在黎巴嫩，被你們炸得焦頭爛額的人？」

搞什麼鬼？竟然會莫名其妙扯到生死問題上來了？怎麼回事？她奇怪，怎麼會扯到誰該死的問題上去呢？是她開始的，還是他？反正也沒多大區別了。他已經丟出他的答案。

「只有那些徹底打破人性約束的人，查莉，」柯茲很慎重地強調。「他們才該死。」

她仍舊頑固地反擊。「難道其中就沒有以色列人嗎？」

「以色列人，是的，的確也有以色列人在內，但我們並不包括在那些人裡面，而且幸好他們並不是今晚我們在此探討的對象。」他反過來警告她，語氣很凶狠、也很沉重。

柯茲具有講這番話的權威，他知道孩子們渴望知道的答案。他有那個背景，而整間屋子裡的人都知道，包括查莉在內：他是一個憑經歷說話的人。當他發問時，你知道他已經先問過他自己。當他下命令時，你明白他也曾遵從過其他人的命令。當他談到死亡，他必定已有數度與死神擦身而過的經驗，而且隨時可能再遇到。而當他這樣警告查莉，他一定也對其中的危險了然於胸。「查莉，」他很熱切地告訴她：「請不要把我們這齣戲當成是娛樂。我們並不是在講那種燈光一暗，就可以登臺上演的舞臺劇，而是指在大街上、黑夜裡所演出的真實戲劇。當演員大笑時，他們必須真的快樂，而當他們哭泣時，他們就必須真的像死了親戚朋友，傷心欲絕、心碎不已地痛苦哀傷。假如他們受到傷害——受了傷——他們必定會受傷的，查莉——他們也不能像在舞臺上那樣，馬上把幕一降，趕搭最後一班巴士回家。有火爆或意外場面發生時，他們不能說撤就撤，拒絕演下去，生了病，也不能請病假躺在家裡休息，等病好了再出來演。這乃是一齣一登臺，就必須從頭演到尾的戲。假如這正是妳所喜歡的，假如這正是妳能應付的——而他們認為妳可以——那麼，就請聽我們講完。否則的話，我們不如就省掉試演這個步驟！」

里托瓦克這時突然用他那口歐洲—波士頓腔，模糊得有如橫跨大西洋的收音機的遙遠訊號，首度發出異議：「查莉這輩子還沒有主動逃離過戰場，馬帝！」他抗議道，口氣就像門徒向師傅拍胸脯保證那樣。「我們並不只是相信她有這種長處，我們確實知道！看她過去的記錄——全寫得一清二楚！」

他們已經到中點了，柯茲後來描述給老烏鴉加隆聽；那次他們難得休兵停火，所以柯茲一樂，就把這段經過告訴他的頂頭上司。他特別強調了一點：一位答應洗耳恭聽的女人，也就是一位心甘情願就範的女人，而加隆聽了差點沒笑出來。

事情已經進行到一半——當然，以整齣戲來講，根本連開始都還談不上。就算被上級逼得火急，柯茲至少還懂得堅持立場，曉得這種事根本就急不來。他苦口婆心、好言相勸，不斷令查莉遭受挫折，讓她自己的不耐煩變成脫韁野馬，趕到他們前面。沒有人比柯茲更瞭解這套軟硬兼施、以退為進，而又收放自如的功夫。查莉才進門幾分鐘，尚在驚惶未定的狀態，他就跟她套交情建立友誼：演的是情人約瑟的父親角色。再過幾分鐘，他又讓她這個混亂的心靈找到了解決之途。他激起她內在演員的天性，不但鼓勵她當偉大的女演員，還鼓勵她當個烈士、冒險家；他投其所好地逢迎她，激起她好勝的雄心和慾望；他開誠布公地把自己組成的這個小家庭介紹給她，看她是否願意加入；因為他瞭解，在她內心深處，她也在找尋一個較好的立足點，一種較佳的認同。而最主要的，就是給她這些好處，讓她能夠滿足：只要能讓查莉有機會發表高論，而又有人願意聽她的話，一切就好辦了。

「所以，查莉，我們是這麼打算的，」柯茲用更慢更柔的口氣說下去，「我們打算進行一個開放的試演會，我們懇求妳能很坦誠地回答一連串的問題，即使妳還搞不清問題的目的何在。」

他停頓了一下，她卻沒講話，而且她的沉默之中，已顯出某種樂於聽命的屈服感。

「我們請妳不要評價，不必認同我們所持的立場，不必為了我們任何人而有所顧忌，妳什麼都不必去管，只要回答就行了。許多事也許在妳生命之中，有消極或否定的看法，我們會瞭解。不必為我們著想。」他手略微向外一擺。「首先要弄清的問題就是：妳這方和我這方，到時候該由哪一方決定撤退？查莉，這個問題由我來回答好了。」

「你說吧，老馬，」她答應洗耳恭聽之後，就兩手一撐，手心支著下巴，笑盈盈地看他，一副不信邪的樣子。

「謝謝妳，查莉，那麼就請仔細聽好了：誰先撤退，就看妳想撤或者我們想撤的那一刻；就看那時妳瞭解的程度，還有我們對妳評定的程度如何而定；我們會遵循兩條路中的一條來選擇。第一條，妳走以前，我們讓妳發個毒誓，我們給妳一筆錢，然後送妳回英國。只需彼此握個手，彼此信任，還是好朋友，同時我們這邊還會稍微盯妳一下，看妳是否言而有信。妳懂我的意思嗎？」

她垂眼看著桌面，一方面是想躲開他炯炯目光的盯視，一方面是想隱藏自己內心的興奮。這點也正是柯茲所依賴的。對那些剛剛才沾上一點邊的門外漢，祕密情報的世界自有其吸引人之處。只要稍微把這個世界的軸心轉一轉，就可以令「新鮮人」愈陷愈深，終而不能自拔。

「第二條撤退的路，稍微有點艱難，可是並不太可怕。我們把妳隔離消毒。我們雖然喜歡妳，可是卻怕妳承受不了整個計畫，而有可能自我妥協；當妳到了無法承受的那個極限點時，妳所扮演的那個角色又不能馬上說不演就不演，放妳滿街亂跑。所以必須把妳隔離一段時間。」

她不看也知道，對方這時一定是張大笑臉，暗示著查莉如果一時軟弱，也很符合人性。

「所以如果我們決定走第二條路的話，查莉，」他繼續說道，「我們會在某個地方，找一棟好房子——像在海灘啦，或風景迷人的地方，這絕對沒問題。我們會找些人陪妳。我們會替妳捏造一些失蹤的理由，大概會利用妳不可捉摸的天性，諸如妳突然間跑到神祕的東方旅行去了。」

他粗粗的手指找到了桌上放在他前方的那支舊腕錶。看也沒看一眼，他就拿起錶來移到離他十五公分的地方。也需要做些什麼的查莉抓來一枝筆，開始在面前的簿子上亂畫一通。

「一旦隔離消毒完畢，我們也不會就此拋棄妳——絕對不會。我們會彌補妳這段時間的損失和貢獻，給妳一大袋鈔票，時常跟妳聯絡，以保證妳不會因疏忽而漏了口風；一等風聲平靜，我們就會幫妳重振事業和朋友圈。這是最後的打算、最差勁的情況，查莉，而我之所以預先把這些告訴妳，是不希望妳胡思亂想，以為妳如果拒絕我們，就會被套上水泥做的大靴子丟進河裡。我們不會這樣對待妳。對朋友，我們是幹不出這種下流勾當的。」

她仍在紙上亂畫。先畫了一個圓圈，又在它上面加了一個箭頭，表示男性。這種沉默似乎觸怒了約瑟，使他忍不住開口了；雖然他的聲音很嚴厲，卻對她有一種刺激和溫暖的效果。

「查莉，悶聲不響是不行的。他們現在所談的，是妳自己的未來。難道妳只想乾坐在那兒，任憑他們不跟妳先商量一下就付諸實行嗎？妳要參與、要介入、投入，妳懂嗎？查莉，說話啊！」

她又畫了個圓圈。又加了個箭頭，讓它變成男孩。柯茲講的話她全聽見了，也聽懂了每個暗示。她甚至可以一字不漏地背給他聽，就跟她唸過的劇本一樣熟悉。她很機靈，一輩子到現在都相當機警。然而目前，直覺告訴她，不必了，免了，她鬥不過這些人。

「那麼這場戲要演多久呢，老馬？」她問道，口氣仍然不慍不火，就好像約瑟並沒有講過話一樣。

柯茲又把她的話改了一下。「好，現在我猜妳真正的意思是指，等這種工作完成之後，會有什麼結果。對不對？」

她實在不可思議。是個潑婦。她把鉛筆一丟，手掌往桌子一拍：「不對，根本他媽的不是這個意思！我是指要演多久，還有我秋天要演的那場莎翁喜劇，是否會給耽誤掉！」

柯茲聽了很樂。講話和反問是好現象，表示她的確有在考慮了。「查莉，」他很熱情地說，「妳預定要演的那場莎翁劇，絕對不會耽誤的。我們有把握可以讓妳履約演出。至於妳參與這個計畫的時間長短，可能只要六個星期，也可能長達兩年，雖然我們並不希望拖這麼久。我現在想知道的，就是妳究竟有沒有意願參與『試鏡』，還是說，妳只想跟我們說聲晚安，趕快回家去過一個既安全、又乏味的生活。妳的決定是什麼？」

這是他為她創造出來的一個虛構高潮。他希望給她一種征服感，而非屈從。能夠選擇她自己的俘虜者。她穿著一件單寧布夾克，其中一個錫鈕釦鬆垂著；今天早上她穿上時，原本打算要在坐船時縫好，接著就在等著見約瑟的興奮中忘了這回事。現在她抓著那個鈕釦，開始測試縫線的強度。她站在舞臺正中央。她可以感覺到他們全部的目光，從桌子背後、從陰影之中、從她背後而來，集中在她身上；她可以感覺到他們的身體在觀望中顯得緊繃，約瑟的身體亦然，也聽得到觀眾們在等待中發出的不自然吱嘎聲響。她可以感覺到他們的目的多麼有力，她自己的力量有多強大：她會答應，還是說不？

「約瑟，」她頭也不回的問。

「怎麼樣，查莉？」

她依然沒正眼看他，也還不清楚他在那燭光孤島上，比其他所有人都更急切想知道她的答案。

「這就是你的目的？我們在希臘的浪漫之旅，就是為了這個？德爾菲，還有那些世界第二棒的地方？」

「我們一路開車北上的計畫，並不受影響。」約瑟答道。

「也不延期？」

「隨時都可以出發。」

線斷了，鈕釦躺在她手心。她把釦子丟到桌上，看著它旋轉、倒下。正面還是反面，她想著，玩弄他們吧。讓他們冒點冷汗。她呼出一口氣，就像要吹開前額的頭髮。「我看我還是聽一聽吧，可以嗎？」她漫不經心地告訴柯茲，眼睛還是望著桌上。「反正我並沒有什麼損失。」她加上這句話以後，馬上希望事情果真如此。有時候，她會為了有句比較好的退場臺詞而表現過頭，這點她自己都很苦惱。「不管怎麼說，沒有什麼我還沒失去的了。」

落幕吧，她想；歡呼啊、鼓掌啊、叫好啊，求求你，約瑟，我們等著明天報上的劇評呢。然而她什麼聲音也沒聽見，只好又畫了個女人的符號——就在那個男人符號的旁邊；而柯茲這時心不在焉地把那只破錶換了個位置。

審問大會，在查莉的慷慨允許之下，馬上就可以開始了。

慢是一回事，專心又是另一回事。柯茲沒放鬆過一秒；在他敦促她、勸誘她、引導她、猛然給她當頭棒喝時，他甚至不允許他自己或查莉有一星半點的喘息空間，他那旺盛精力下的每一分努力，都在於鞏固他和她之間迅速茁壯的戲劇同伴情誼。在他麾下的人傳說，只有神和耶路撒冷的一小撮人才知道柯茲的全套演出本領哪裡學來的——那種催眠式的專注，拖得動馬的美式散文句子、敏銳的嗅覺，還有律師的那套伎倆。他刀刻過一般的臉，一會兒歡呼、一會兒帶著沮喪的懷疑，一會兒又散發出她所需要的那種安心確定感；那張臉漸漸地變成唯一的觀眾，所以她所有的表演都導向贏得他令人無比渴望的肯定，而不是別人的。甚至約瑟也被拋到腦後；下輩子再說吧。

柯茲的第一組問題，透過匠心獨具的設計，問得很輕鬆溫和。查莉在回答這些問題時，覺得她好像是在填一張柯茲設計出來的空白護照申請表，看不見，但她卻按著空格填寫。「妳母親的全名。」「妳父親的生日和出生地，假如妳知道的話。」「妳祖父的職業。不，查莉，妳父親那邊的。」然後是完全令人摸不著頭緒的：「妳姨媽最近的地址。」接著卻是有關她父親求學過程的一些私密問題。起頭的幾個，沒一項直接涉及查莉本人，柯茲也不打算這麼做。查莉本身就像是個禁忌的問題，他很費神地規避著。無關緊要的問題，一個接一個像連珠炮般的射向她，並非真的想套取任何情報，而是要慢慢地使她順從，就像課堂上的問堂模式：對不對？對；錯了嗎？錯了；有沒有？有；是不是？是。用這種一問一答，造成查莉心理上的不設防與服從，使她能更加合作。難道查莉以前沒跟導演或製片玩過這套把戲？而柯茲現在扮演的角色，就是以催眠般的鼓勵，讓查莉逐漸入港，有問必答，由外圍向核心進逼。

「海蒂？」柯茲有點愣住地唸了一遍。「海蒂？妳姊姊怎麼取這種古怪的名字？很少英國人會給女孩取這種名字。」

「可是海蒂她自己並不覺得啊，」她很俏皮地回了一句，立刻讓燈光範圍之外的小鬼們笑了出來。她解釋道，這是因為她父母到瑞士度蜜月時，懷了海蒂。「在小白花之間，」她加上這句話，一邊嘆了口氣：「以傳教士姿勢。」

「那為什麼妳叫查蜜安？」柯茲等四周的笑聲一停，馬上就又接下去問。

查莉抬高了聲音，以便模仿她那混帳母親冷到結冰的語調。「查蜜安這個名字，是為了巴結一位有錢的遠房親戚查蜜安。」

「有得到回報嗎？」柯茲問，同時偏著頭聽里托瓦克想跟他說什麼。

「還沒，」查莉還在模仿她媽媽那種過分講究的語調，口氣輕佻地回答。「我老頭嘛，你知道，早已歸天了，可是查蜜安表親呢——真不巧，還沒趕去跟他相聚。」

就藉著這些東拉西扯、不痛不癢的問題，主題慢慢地繞到了查莉的身上。

「天秤座。」柯茲很滿意地寫下了她的生辰年月日。

很仔細而又迅速地，他把她童年的那些瑣事，也一一問了個明白——寄宿學校，住的房子，小時候的鄰居和朋友，騎過的小馬——查莉答得很自然、很愉快，甚至還偶爾幽默兩句，總是非常主動。她一流的記憶力，在對方專注的凝視傾聽下，變得更加活躍明晰，令她想儘量多告訴他一些。從學校和童年著手，是很不著痕跡的一步棋——雖然柯茲跨出這一步時可是戰戰兢兢——可以由此轉而跳向她父親毀滅的傷心史，查莉談到這些往事時，聲音就變得低沉了，她情感豐富地描述起動人的細節；從東窗事發，到公堂會審、判決、入獄。她的聲音，偶爾能聽得出仍然掩飾了一些羞於出口的話；有時候，她邊講邊打量自己的那雙手，望著它們也在跟她的故事表達情緒；然後，一句自我解嘲的諷刺話就會跟著脫口而出，企圖揮掉感傷與悲憤。

「假如我們這一家，當初只是個靠薪水過活的藍領階級就好了。」她曾講過這麼一段話，而且還帶著睿智與無望的微笑。「你做一天活，賺一天的錢，在收入有限的情形之下，你就得量入為出，有時免不了還會捉襟見肘——可那才是生活，才是現實，你很清楚自己的處境。然而我們這一家，並非勞工階級。我們只是我們。一直都是贏家，花慣用慣了。然後突然之間，我們成了輸家，永遠翻不了身。」

「那可真不好受。」柯茲聽完，也肅然搖著大腦袋瓜感歎。

他往回問了一些單純的事實：審判地點和時間、審判期有多長、是否還記得那些律師的名字？她有許多地方都不記得了，可是只要想得起來的，她知無不言，里托瓦克就按她講的記下來，讓柯茲專心一致地發揮善心。問到這個階段，所有的笑聲完全停止了，好像只剩下查莉和馬帝的對白。再也聽不見椅子的吱軋響、咳嗽聲、或外邊哪裡傳來的腳步聲了。對查莉而言，那就好像她一個人正在演出她人生的故事，世界上再也找不到一群觀眾，像這群人聽得、看得如此專心和癡迷，對她的戲如此欣賞與投入。他們是瞭解的，她心想。他們知道漂泊流浪的游牧生活是什麼滋味；當你手上拿的全是耍老千發到的爛牌時，只得自己靠自己。有一度，約瑟發出無言的命令：熄燈，在空襲似的緊張中，他們一起沉默地度過這段凝重的黑暗。查莉警覺地住口，直到約瑟說警報解除，柯茲才又繼續他的問題。約瑟是真的有聽到什麼警報嗎？還是他們一向如此提醒查莉，她現在是屬於他們這一群的？無論哪個用意，對查莉來說效果都一樣。在那凝重的短短數秒間，她跟他們是一夥的，根本沒想到要獲救這檔事。

另外一些時候，她短暫從柯茲身上移開視線，可以看見那些男孩在自己的位子上打瞌睡：瑞典人洛爾，亞麻色的頭垂到胸前，厚底的跑鞋一隻腳抵著牆；南非人蘿絲，抵著雙開門，在身前伸直了她跑者的腿，雙臂抱胸；北國來的瑞秋，兩側的黑髮圍住了她的臉，雙眼半閉，臉上依然是回味床事的那種溫柔笑容。但哪怕是外部最微小的低語都會讓他們警醒過來。

「那麼，妳怎麼為這段時期下結論呢，查莉？」柯茲很溫和地問道。「有關於妳早年的那段生活，直到妳開始……或許我們可以稱之為『墮落』為止？」

「你是說那段『天真歲月』嗎，老馬？」她幫他找了個詞。

「很貼切。就是妳天真無邪的童年。替我把它界定一下。」

「那簡直是地獄。」

「可以說明理由嗎？」

「就是住在郊區。難道這還不夠嗎？」

「不夠，並不太夠。」

「哎呀，老馬——你呀真是太——」她露出詞窮的樣子。她的聲調顯得極為絕望。手勢顯得精疲力竭。要她如何解釋呢？「對你來講這沒什麼，因為你是個以色列人；難道你還不明白？你擁有那些美好的傳統，擁有安全感。即使在你被拉出去槍斃時，你也知道你是誰，和為什麼被槍斃。」

柯茲很不是滋味地吞下這些話。

「而我們——這群不知從何處而來，從小就住在英國有錢人社區的小孩——唉，不提也罷。我們沒有傳統，沒有信仰，沒有自我意識，什麼也沒有。」

「可是妳告訴過我，妳母親是個天主教徒。」

「只有在聖誕節和復活節時才是。百分之百的裝腔作勢。我們身在一個後基督教時代了，老馬，難道沒人告訴過你這種事嗎？失去信仰之後留下的只有一片真空，我們就在這片真空之中。」

「從不找神父告解？」柯茲又問。

「得了吧。我老媽有什麼好告解的！她這個人的問題也就在此。沒樂趣，沒罪過，什麼都沒有。除了冷漠和恐懼。恐懼生活，恐懼死亡，恐懼鄰居——恐懼。在某些地方有真正的人過著真正的生活，可是我們不是這樣。在瑞克曼沃斯沒這回事。門都沒有。老天爺，我的意思是，對小孩子來說，這根本就是閹割！」

「而妳——不怕？」

「只怕自己有一天會變成我老媽那種樣子。」

「這種想法我們全都有——她被英國的傳統壓得透不過氣來？」

「算了吧。」

柯茲笑著搖了搖頭，意思就像是說人永遠可以學到些新鮮事。

「所以一旦妳有能力，妳就脫離了家庭，把自己寄身於舞臺和偏激思想中。」他滿意地說道。「妳就變成了託身於舞臺的一名流亡政客。我從某些妳接受訪問的報導中，看過這些講法。我滿喜歡的。就從那方面說起好了。」

她又開始在紙上亂塗，畫出了許多潛意識的象徵圖案。「哦，在逃到舞臺以前，還有別的方法可以擺脫失意和苦悶。」她說。

「諸如？」

「哦，性啊，你知道的，」查莉隨意講道。「我們尚未談過性方面的問題，對不對？也沒談到迷幻藥、注射、吸毒之類的事。」

「那是因為我們尚未談到妳的反抗行為。」

「那你就聽我說吧，老馬——」

真是怪事：一名完美的聽眾和觀眾，竟然可以激勵一名演員自動自發、自然而然地使出渾身解數。她本來打算告訴他們的，是未解放保守派的那一套：自我的發現正是通向激進行為的前奏，而嶄新的革命行動寫下新頁時，真正的根源其實是在中產階級的客廳裡，那裡正是壓制性容忍的天然寄居場所。但是與此相反，查莉自己後來很吃驚地發現，她正在大聲地為柯茲敘述——還是為了約瑟？——那一大堆過去的愛人，還有她發明了多少荒誕的理由讓自己跟他們上床。「我無法控制，老馬。」她如此堅稱，兩手一攤作無可奈何狀。她是不是比了太多手勢？她擔心她確實是用過頭了，所以把手乖乖放回腿上。「即使到今天，我還是如此。我並不想要他們，也不喜歡他們，我只是讓他們搞。」那些男人只是用來打發無聊的工具，老馬，我會用盡辦法擺脫瑞克曼沃斯的陳腐空氣。還有出於好奇心。用男人能證明她的魅力，用男人去報復男人，或者報復女人，報復，對，報復她姊姊和她可惡的母親，老馬。有時候她接受男人是出於禮貌，有時候則是因為他們太鍥而不捨，我已經懶得一再拒絕了，老馬。有時候則是為那些選秀場合做準備——老馬，老天，你怎麼可能想得透呢！有些男人可以消除緊張感，另一些男人則是用來製造緊張感。有些男人在床上可以教育她，告訴她許多書本上得不到的政治觀念。然而短短的五分鐘做愛就像瓷器，在她手上摔個粉碎，只能留給她更多的寂寞。失敗，失敗——每次做愛都一樣，老馬——或許她只是想叫他相信。「但他們解放了我，你看不出來嗎？我是用我的方式利用我自己的肉體！即使方法錯誤也沒關係，因為那才是我主演的戲！」

柯茲點頭表示理解，里托瓦克則在他旁邊猛寫著。然而在她內心之中，卻只想著身後的約瑟。她想像他從正在看的東西上抬起頭來，右手食指摸著光滑的臉頰，聽她把所有的隱私抖露出來；為了他。汲取我吧，挖掘我吧，她對他吶喊，對他呼喚；給我一些別人無法給我的東西吧。

然後，她跌入了沉默，而且被自己的默然嚇得全身冰涼。她怎麼會這樣子呢？這種角色她過去從未扮演過，甚至也不曾私下演給自己看。超越時空限制的夜晚時刻影響了她的表現。燈光，樓上的房間，旅行的感覺，還有在一列火車上與陌生人交談的感覺。她想睡了。她已經做得夠多了。他們必須給她這個角色，要不就送她回家，或者給她這個角色並讓她回家。

然而柯茲一樣也沒給她。還早。他決定暫停一會兒，把桌上那只老錶重新戴回腕上，卡其色錶帶扣好。跟著，他站起來，帶里托瓦克出去。她坐在椅子上乾等，等著約瑟走出去的腳步聲，可是卻一點也沒聽見。什麼也沒有。她很想轉頭去望，可是又不太敢。蘿絲端給她一杯甜甜的茶，還是沒加奶。瑞秋拿過來一些甜餅乾，像是英式鬆脆餅。查莉拿了一塊。

「妳實在講得太棒了，」瑞秋低聲告訴她。「把英國的生活講得活靈活現。我簡直都聽傻了，對不對，蘿絲？」

「真的。」蘿絲說。

「我只是想到什麼就說什麼，把感覺講出來而已。」查莉解釋。

「妳想上一號嗎，親愛的？」瑞秋問。

「不了，謝謝。中場休息時，我從不上一號。」

「好吧，隨便妳。」瑞秋朝她眨眨眼。

啜了口茶之後，查莉將一隻手肘掛到椅背上，這樣她就可以自然地轉頭瞥向後方。約瑟早就不見了，桌上也一乾二淨。

他們轉進一間休息室，跟原先那間差不多大小，而且也很空曠。整個房間只有兩張行軍床和一臺電傳打字機，雙扇門通往一間浴室。里托瓦克和貝克各據一張行軍床面對面地坐著，各自研究他們的檔案；有個叫大衛的青年坐得筆直，正在那臺電傳打字機旁工作，密碼紙帶愈吐愈長，落到他大腿上。另外唯一的聲音，是從浴室傳出來的，柯茲背對著房裡三個人，光著上身，彎腰洗臉。

「她的確很乾淨俐落。」柯茲潑了一把涼水，朝正在翻頁並以簽字筆畫線的里托瓦克說。「果然不出所料。又聰明，又有創意，而且還很嫩，可塑性很高。」

「她扯起謊來面不改色。」里托瓦克說著，一邊還在閱讀。從他身體傾斜的角度和他粗魯的語氣來判斷，很顯然他這句話不是對柯茲講的。

「這又有什麼好抱怨的？」柯茲又潑涼水到臉上提神。「今晚她為自己撒謊，明天她就為我們撒謊。我們什麼時候想過要找個天使了？」

密碼機突然聲音一變。貝克和里托瓦克同時抬頭瞄了一眼，但柯茲卻裝著沒聽見。也許他耳朵裡真有水。

「對一個女人來講，撒謊就是一種自我保護。她保護真理，所以她也會保護她的貞操。對一個女人來講，撒謊乃是一種美德的明證。」柯茲邊洗臉邊大發謬論。

坐在密碼機前的大衛，這時突然舉起手，示意大夥兒注意。「是駐雅典大使館發來的，馬帝。」他說。「他們想把耶路撒冷的密電轉插進來。」

柯茲遲疑了一下。「叫他們發過來吧。」他說。

「是專門發給你一個人的。」大衛收完電報，就把打出來的玩意兒撕下，走向浴室。

電碼令柯茲打了個冷顫。他把毛巾往脖子上一披，坐到大衛的椅子上，將密碼紙帶放進翻譯機裡，看著紙帶吐出來的翻譯。印字過程結束，柯茲讀完，紙帶撕斷，再讀了一遍；接著發出一串悲憤的大笑。「老烏鴉發來的。」他很不是滋味地說：「這隻偉大的烏鴉說，我們必須以美國人的身分演到底。豈不妙哉？『在任何情況下，你不得向她承認你們是以色列公民，而且並未從事任何官方或半官方的行動。』太好了。這玩意兒來得正是時候，真有幫助，老烏鴉就是這點好，時間掐得恰到好處。我這輩子從來沒有碰過這麼可靠的工作夥伴。發電報回去——『是，重複，辦不到』。」柯茲朝著吃驚的小夥子吼道，把電文遞給他，三人又魚貫重登舞臺。

7

柯茲選擇以一種事情即將結束的和藹語氣，重新展開跟查莉的談話，就好像在進入其他話題之前，他想要先把一些麻煩的小細節弄清楚。

「查莉，我們再來看看妳父母方面的歷史。」柯茲說著，里托瓦克從公事包裡拿出一個卷宗遞給他，並且避開查莉的視線。

「他們啊，」她一面說，一面俐落地點了根菸。

柯茲稍微歇了一下，看著那些資料。「妳父親最後這段遭遇——詐欺案發，死亡，以及後來的林林總總，這些事件的順序有點亂，能否請妳確定一下？惡耗傳來時，妳還就讀於寄宿學校。嗯，就請妳從那兒講起好了。」

她有點搞不懂。「從哪兒？」

「惡耗傳來時。就從那兒講起。」

她聳肩。「學校就把我踢出來了，我回家，看到滿屋子全是法院派來查封財產的人，多得跟老鼠一樣。我們剛才就講到那兒，老馬，還有哪裡？」

「妳說：女校長叫妳去。」柯茲愣了愣，告訴她。「她對妳怎麼說的？請講清楚。」

「『抱歉，我已叫舍監替妳打包好行李了。再見，祝好運。』我記得她是這麼說的。」

「喔，妳記得這個。」柯茲的興致來了，探過身子去看一眼里托瓦克的資料。「難道她就沒有一絲憐憫嗎？」他邊看邊問。「就這麼狠心趕妳走？沒說些『別輕易放棄自己』之類的好聽話嗎？也不解釋為什麼要妳離開？」

「我已經有兩學期沒繳學費了——這還不夠嗎？他們開學校，也是做生意呀，老馬。他們也得考慮銀行進帳的問題。那是間私校。」她擺出很累的樣子。「你不覺得今天很夠了嗎？我現在頭昏眼花，也想不出所以然來了。」

「我可不這麼認為。妳已經休息過了，而且腦筋還清楚得很。所以妳後來退學回家了。搭火車嗎？」

「一路都搭火車。就我一個人。還有我的小行李箱。回老家去。」她伸了個懶腰，朝屋子四周笑了笑，可是約瑟卻把頭撇開沒看她，一個人不知道在想什麼。

「妳回家之後到底是怎麼個情形？」

「一團亂。我說過了。」

「稍微敘述一下所謂的『一團亂』，好嗎？」

「搬家公司的卡車在門口。一大堆穿工作服的人正忙著搬東西。老媽在哭。我房間也搬得差不多了。」

「妳姊姊海蒂呢？」

「不在。沒看到。那些人裡面沒她的影子。」

「沒人去找她嗎？妳的大姊，父親的掌上明珠，就住在離家不到十哩的地方，已經結婚有了歸宿，為什麼海蒂不過來幫忙呢？」

「大肚子了吧，我想，」查莉隨便應了一句。「她常懷孕。」

柯茲瞪著查莉看，好久沒說話。「妳剛才說誰大肚子啦？」他有點明知故問地重提了一遍。

「海蒂。」

「查莉，海蒂那時並沒有懷孕。她是隔年才懷第一胎的。」

「好吧，就算她那時沒懷孕好了。」

「那為什麼她沒趕過來幫忙？」

「也許她裝作不知道。閃得遠遠的，我記得是這樣。老馬，拜託吧，那是十年前的事了。我還是個小孩，一個截然不同於現在的小鬼啊！」

「是怕丟臉嗎？嗯？海蒂受不了這種丟臉事。我是指妳父親的破產倒閉。」

「難道還有別的丟臉事嗎？」她狠狠地反擊道。

柯茲把她的話當成只是修辭而非實質問題，仍然低頭看里托瓦克用修長手指翻給他瞧的檔案。「反正，海蒂躲開了，而整個家庭危機就落到了妳的小肩膀上，對嗎?查莉，才十六歲，就開始承擔這一切。她『在資本主義的矛盾中走向崩潰』，而妳卻安然度過這段歷程，並且『對這堂課終生難忘』。所有消費主義的玩具——漂亮家具、漂亮衣服、所有中產階級用來充門面的玩意兒——妳就眼睜睜看著它們拆的拆、綁的綁，全給抬走了。妳一個人應付這種場面，跑進跑出的想辦法。妳可憐的父母徹底被擊垮，他們要是勞工階級就好了，可惜並不是。妳安慰他們，讓他們從羞辱中抬起頭來。我想，妳給他們的幾乎可說是一種『赦免』。真的很不容易。」他搖搖頭哀嘆。「非常、非常不容易。」他等她接口講話。

可是她沒有張嘴。只盯著他看。她不得不這麼做。那時他的老臉突然有某種神祕的冷硬感，尤其是在眼眶四周。然而她仍直挺挺地盯著他；這套功夫打從小時候就練得出神入化了，只需把她的臉凝成一張冰凍的畫，腦子裡卻想著別的事。然後她就贏了，她曉得她勝利了，因為柯茲先開口。

「查莉，我們知道這讓妳很不好受，但我們要求妳繼續用自己的話講出來。我們已經聽過搬家公司的卡車，我們看見妳的一切都被搬光了。還有呢？」

「我的小馬。」

「他們連那玩意兒都拿走啦？」

「我告訴過你了。」

「跟家具一起搬走的嗎？同一輛卡車？」

「不對，別傻了，當然是另一輛。」

「那麼，就有兩輛卡車囉？一起來的嗎？還是後來才開過來的？」

「我不記得了。」

「當時妳父親身在何處？是不是在書房裡？從窗口望著人家搬東西？一個像他這樣的人，如何能夠忍受這種羞辱呢？」

「他在花園。」

「幹麼？」

「看玫瑰花。盯著它們。嘴裡一直嘀咕，說他們絕不能把玫瑰花也搬走。反正從頭到尾一直重複唸著──『假如他們搬走我的玫瑰，我就自殺。』」

「那妳母親呢？」

「老媽在廚房燒菜。當時她只能想出這件事來做。」

「用瓦斯還是電？」

「電。」

「可是我剛才明明聽妳說電力公司早把電切斷了？」

「他們又接上了。」

「煮菜煮飯的鍋子沒被拿走？」

「他們不能搬鍋子，法律有規定。鍋子、飯桌，有幾個家人，就得留下幾張椅子。」

「那麼吃飯用的刀叉呢？」

「每人一套。」

「為什麼他們不查封房子？為何不把你們掃地出門呢？」

「因為房子是掛在母親名下的財產。她早在幾年前就堅持要這麼做。」

「聰明女人。不過，事實上它還是妳父親的。對了，妳說過，妳校長是從哪兒聽說妳父親破產的？」

她幾乎已經忘了。短短一秒間，她腦海中的影像突然模糊了一下，好不容易才又穩定清晰起來，使她找到了需要的句子：她看到母親戴著淡紫色的頭巾朝著鍋子俯身，半瘋狂地煮著麵包加白脫油的布丁，全家人都喜歡的一種食物。她父親鐵青著臉，身穿藍色的雙排釦外套，站在花園裡盯著玫瑰。女校長雙手背在身後，站在氣派的校長室裡未點燃的火爐前面，想讓她穿著粗呢衣服的肥臀溫暖一點。

「從倫敦《公報》上看到的，」她僵硬地回答。「任何人破產的消息都會登在上面。」

「校長也訂了這份報紙嗎？」

「應該有吧。」

柯茲想了一下，才在簿子上寫下「有可能」三個字，還故意讓查莉也看見他在寫什麼。「那麼。破產宣布之後，接著而來的，就是詐欺罪的起訴，對吧？願意描述一下審判經過嗎？」

「我告訴過你了。父親不准我們到庭旁聽。起先他想抗辯——想當個力挽狂瀾的英雄。我們應該要坐在第一排，隨時替他歡呼鼓掌打氣。可是一等他們把證據亮給他看，他馬上改口了。」

「起訴的罪名是什麼？」

「偷客戶的錢。」

「判坐多久的牢？」

「十八個月，不得保釋。這些我都說過，老馬。你這樣問個沒完是什麼意思？」

「去監獄探過他嗎？」

「他不准我們去。他不想讓我們看到他丟臉的樣子，他的恥辱。」

「他的恥辱，」柯茲應了一句。「丟臉、墮落。妳真的如此認為，對不對？」

「難道你認為我應該往好的方面想？當它沒發生過？」

「那倒不是，查莉，我怎麼會這麼想。」他又頓了一下。「哦，好吧，我們已經講到這裡了。所以妳就待在家裡。輟學，放棄發展妳的優異資賦，照顧妳母親，等妳父親出獄。對不對？」

「對。」

「一次也沒去監獄看過他？」

「老天爺，」她絕望地仰天而嘆：「為什麼你用刀子捅了不算，還要把刀子絞來絞去沒個完啊？」

「連監獄附近都沒去過？」

「沒有！」

他們必定很欽佩她忍住不哭的勇氣。她怎麼受得了啊？他們一定很疑惑，柯茲為何如此冷酷而堅持在她的傷口上灑鹽？死寂就像尖叫之間的暫停休止符。唯一的聲音，是里托瓦克原子筆劃過筆記紙的沙沙輕響。

「對你有用嗎，麥克？」他問里托瓦克，同時繼續凝視她。

「非常有用。」里托瓦克振筆疾書，輕吐了幾句，「東拼西湊，勉強湊合可以用了。我只是想，不知她是否能再多說點監獄方面的事。或者是描述一下她父親出獄的情形——那最後幾個月的細節——有何不可？」

「查莉？」柯茲把里托瓦克的要求丟過去。

查莉一副絞盡腦汁的神情，突然靈光一閃。「嗯，有件關於門的事。」她有點不太肯定地說。

「門？」里托瓦克說。「什麼門？」

「告訴我們。」柯茲建議。

查莉舉起一隻手，用大拇指和食指捏了捏鼻梁，顯得很難過和略感頭痛的樣子。這個故事她雖然常講，可是效果沒這麼好過。「本來，我們以為他還要過一個月才出獄——他沒有事先打電話回來，其實他也沒辦法打，我們早搬了家，住到國家補助的貧民住宅去了。突然間他出現在我們面前，看起來清瘦了些，年輕了些。頭髮也剪了。『喂，查莉，我出來了。』他一把抱住我，哭了出來。老媽在樓上，嚇得不敢下來見他。他一點也沒變。只除了那些門。他已經不會開門了。他走到那些門的前面，一停，兩腿一併，立正，頭一低，等獄卒來開鎖。」

「而獄卒就是她。」里托瓦克在柯茲身旁輕輕地說。「他自己的女兒。哇！」

「第一次發生時，我簡直無法相信。我對他大叫：『開門啊！』他的手就是不聽使喚。」

里托瓦克在一旁拚命地寫。但柯茲卻好像不怎麼熱中。他再看一眼卷宗，表情顯得有些嚴肅保守。

「查莉，這裡有一則妳接受過的訪問，易普威治市的公報，對吧？——妳曾說過，妳和妳母親，常常爬到監獄附近的小山丘上，朝著監獄揮手，以便讓妳父親能夠從他的囚室窗口看到妳們。然而，照妳剛才所講的，妳卻從未到監獄附近去過。」

查莉忍不住仰起頭，爆出一串笑聲——意味深長且具壓倒性的笑聲，儘管坐在幕後的那些人並沒有予以回應。「唉，老馬，那是因為報紙要採訪啊！」她故意對他的嚴肅幽了一默。

「怎麼說？」

「怎麼說？接受訪問當然要多多少少對自己的過去加油添醋，才會引起讀者的興趣呀！」

「那妳現在也是如此囉？」

「當然沒有。」

「妳的經紀人奎利，最近告訴一位我們認識的人說，妳父親是死在監獄裡，根本不是死在家裡。這也算加油添醋嗎？」

「那是奎利說的，不是我說的。」

「這倒也是。就算如此好了。同意。」

他闔起卷宗夾，可是仍然有點不太相信。

查莉實在忍不住了。在椅子上往右一轉，朝約瑟說話，間接想求他讓她脫困。

「演得如何，約瑟——可以嗎？」

「很不錯。」他回答，然後繼續做他的事。

「比『聖女貞德』還好嗎？」

「親愛的查莉，妳的臺詞比蕭伯納的劇本好太多了！」

他並不是在恭維我，而是在安慰我，她很難過地想。可是為什麼他對她這樣無情呢？這樣容易生氣呢？自從他把她拐到這裡來以後，怎麼就變得如此冷漠？

南非女孩蘿絲又端上一盤三明治。瑞秋跟著她，送上一些糕點和一壺加糖咖啡。

「難道你們這裡的人都不睡覺的啊？」查莉拿起東西來吃，忍不住抱怨道。卻沒有人聽見她的問題。又或者，他們全都聽見了，但沒人開口回答。

溫馨時間結束，等候已久的危險時刻就要登場，在黎明前最黑暗的一刻，也是她腦筋最清醒、憤怒最尖銳的一刻。換句話說，現在要做的是扭轉她的政治思想，把她的信念從文火轉變成更顯著的熱能。柯茲再次施展他的本領，在他的掌握下，所有事件的時間順序、前因後果都整理得清清楚楚、分毫不差。查莉，妳早期曾受到哪些事影響：時間、地點，和哪些人？查莉，舉出五個對妳思想最具影響的人。查莉，舉出妳最早遇上的十位激進分子。然而查莉一等瞌睡過去，頭腦恢復清醒之後，她卑下謙順的臣服態度消失了，取而代之的是從她內心深處冒出的一股反抗意識；她的語調變得清脆鏗鏘，眼神也轉為機敏、懷疑。她已經受夠他們了，對他們這種用霰彈槍逼人合作的手段不齒；她不滿自己莫名其妙被蒙著眼，由一間房帶到另一間房；厭惡那些暗中操縱她一舉一動的手，還有他們在她耳邊喁喁不休的聲音。她的受害情緒已經沸騰，準備不惜代價放手一搏。

「查莉，親愛的，這完完全全只是為了記錄之用。」柯茲指天畫地地告訴她。「一等我們把記錄做完，就會讓妳明白我們為何這麼做。」他不斷保證。可是他雖然這麼講，卻仍堅持逼問她曾參加過的遊行示威、靜坐抗議、請願、暴動、星期六下午的革命，非要她把這些行動背後的理念交代清楚。

「哎呀，看在老天爺的分上，你就別再批判我們了，好不好？」她甩都不甩，把話丟回去。「我們的行動並不合邏輯，我們的情報不夠，也沒有什麼組織……」

「那我們又是指誰，親愛的？」柯茲仍然和顏悅色地追問。

「我們也不是親愛的，我們只是一群人！成年的人類，懂了嗎？別再逼我了！」

「查莉，我們絕對沒逼妳，誰都沒逼妳。」

「噢，去你們的！」

在這種情緒下她連自己也恨。每當她被人逼到走投無路、進退兩難時，所表現出的野蠻粗魯，令她恨透了。她還記得自己小時候，一雙瘦弱的拳頭拚命搥著又厚又重的木門，口不擇言地嘶喊尖叫的畫面。但另一方面，她卻又喜歡憤怒所帶來的明亮色彩，一種如釋重負的解放。

「為什麼在你拒絕之前，你就得先相信？」她順口講出艾爾以前灌輸給她的觀念——還是其他人告訴她的？「或許拒絕就是相信。你有沒想到過這點？我們是在打一場截然不同的戰爭啊，老馬——一場真正的戰爭。它並非強權與強權、東方與西方的戰爭。它是一場飢餓對抗豬玀、奴隸對抗壓迫者的戰爭。你認為你很自由是吧？那是因為有人在替你受到囚困。你吃，有人就會挨餓。你跑，有人就得站著不動。我們必須改變所有這些不平之事。」

她過去的確相信這些；真的。或許她現在依然相信。她過去看得很清楚，而且從未有一絲懷疑。她曾經抱持這種信仰去敲陌生人的大門，宣揚她的思想與信念，看見敵意從他們臉上漸漸消失。她曾經虔心信奉這些理念，並且為它們走上街頭；為人權而奮鬥，解放人民的思想與心靈，擺脫資本主義與種族主義的禁錮，彼此放下武器和平共處。在某處，某個晴朗燦爛的日子，那種景象甚至到現在都能讓她為之激昂，抵禦足以讓她畏縮的寒冷。然而，在這四面牆包圍之下，面對這些精明的臉孔，她找不到空間去展翅飛翔。

她又以更尖刻的話反擊對方：「你知道，老馬，你的年紀和我這年紀的差異之一，就是我們對於究竟要為誰而賣命這件事非常挑剔！我們根本不想為那些跨國企業和銀行家拋頭顱、灑熱血！」這些話顯然是艾爾灌輸給她的。「我們認為任由那些我們從未見過、聽過或投票支持過的人毀滅這個世界，是很不智的。我們不愛獨裁者，無論他們是一群人或國家或者機構；我們痛恨武器競賽或化學戰，或者任何災難遊戲。我們不認為以色列必須成為美國帝國主義的附庸，也不認為阿拉伯人不是滿身跳蚤的窮光蛋，就是腦滿腸肥的石油大亨。所以，我們一概拒絕。這是為了不造成某些問題——承襲某些偏見或淪為同路人。所以，拒絕接受也具有建設性，對吧？因為不同流合汙就是一種積極進取，懂嗎？」

「那應該如何去毀滅這世界呢，查莉？」柯茲問道，里托瓦克仍在一旁耐心地速記。

「荼毒它。燒毀它。用垃圾和殖民主義弄臭它，為工人洗腦，還有——」有什麼？快想出來啊，她催自己。「別逼我講出我那五大精神領袖的名字和地址——好嗎，老馬？——因為他們全在這裡——」她指指自己的胸脯，「——而且即使我今晚背不出切格瓦拉語錄，你們也不必嘲笑我；你們只要問我，希不希望這個世界和我的小孩能生存下去——」

「妳真能背誦切格瓦拉語錄嗎？」柯茲很感興趣地問道。

「等一下！」里托瓦克的瘦手一揚，右手仍在狂寫。「這太棒了！等我一分鐘，查莉，好不好？」

「好個屁！你們不會去買一臺錄音機嗎？」查莉憤怒地答道。她只覺得自己臉頰發燙。「要不就去偷一臺，反正你們本來就是賊！」

「因為我們沒那麼多時間可以讀完一字不漏的記錄。」柯茲告訴她，里托瓦克的手仍沒停過。「耳朵可以選擇聽到的東西，但是機器不會。妳明白嗎，查莉。用機器並不實惠。妳真能背誦格瓦拉嗎？查莉？」

「不能，我會背個屁！」

從她身後——似乎在一哩之外——約瑟飄忽的聲音，溫柔地改變了她的答案。

「可是只要她讀過，她就可以記得一清二楚。她的記憶力非常好。」他向其他人保證，語氣帶有那麼一點造物者的驕傲。「她只要聽過一遍，那些東西就屬於她的了。格瓦拉的全部文集，她只需一星期就能背得滾瓜爛熟，只要她願意用心的話。」

他幹麼說話？難道他是想緩和氣氛嗎？警告？還是在替查莉說情？可是查莉已經沒心情再去探討這些了，柯茲和里托瓦克又在商量，這次用的是希伯來語。

「你們兩個在我面前可不可以只講英語？」

「馬上，親愛的。」柯茲很愉快地應了她一句，還是照講不誤。

透過這種有如臨床診療的方式——完完全全只是為了記錄之用，查莉——柯茲煞費苦心地帶領查莉檢視那些形形色色、連她自己也不確定的信念。查莉掙扎、反擊、然後又掙扎，對於自己的一知半解愈來愈感絕望；而柯茲卻很少對她加以批判，總是彬彬有禮，匆匆瞥一眼資料，偶爾停下來和里托瓦克說說話，或是想到什麼，就自己動手在面前的記事本上寫下來。查莉覺得，當自己激烈地掙扎時，彷彿置身在戲劇學校的即興演出中；愈努力要進入一個角色，愈發現這個角色對她沒有意義。她注視著自己的一舉一動，覺得它們與自己講的話背道而馳。她在反抗，所以她是自由的。她在咆哮，所以她是反抗的。她聽著自己的聲音，卻覺得那聲音不屬於任何人。從與某個遺忘愛人的枕邊細語中，她記下了盧梭的一句話。不知道從什麼地方，她學到馬庫色[15]的一個句子。她看到柯茲往椅背一靠，垂下眼皮，自己點了點頭，跟著又把鉛筆一丟。顯然她已經交待完了，要不就是他認為結束了。雖然觀眾水準極高，她的臺詞又很蹩腳，但她自認表現得還算可以。柯茲似乎也這麼認為。她感覺好多了，而且也安全多了。柯茲顯然也是。

「查莉，我實在應當恭賀妳，」他說。「妳口齒清晰，忠實坦誠，我們感謝妳。」

「是該謝的。」里托瓦克也喃喃自語著。

「不必客氣了。」她頂回去，感到醜陋又過於火爆。

「介意我幫妳把妳剛才的話整理一下嗎？」柯茲問。

「當然介意！」

「為什麼？」柯茲毫不意外。

「因為我們是另類的，這就是為什麼！我們並不是一個黨，也不是一個組織，更不是一篇宣言！我們不是被人拿來整理的。」

她只希望早點脫離這些狗屁倒灶的玩意兒，否則在這種沉悶的氣氛下，她怕自己就要開始罵人了。

然而柯茲還是逕自做了整理，而且還是連串生硬的長篇大論。

---

⑮ Herbert Marcuse（1898-1979），德裔美籍政治哲學家，他的馬克思主義批判哲學，還有對二十世紀西方社會所做的佛洛伊德式精神分析，對於六、七〇年代的左派學生運動有很大的影響，著有《愛欲與文明》與《單面向的人》等書。

「從某方面而論，查莉，妳的思想中似乎具有從十八世紀到今天，所有古典的、無政府主義的基本前提。」

「去你的！」

「也就是說，有一種對制度的厭惡，認為政府是邪惡的，所以國家是邪惡的，而國家與政府的結合，牴觸了個人的自由與自然發展。當然，在妳的理論中，也加入了一些較為現代的心態，諸如某種反抗無聊、反抗繁榮、反抗那種我認為所謂的『西方資本主義』的空調式悲劇。而妳常常提醒自己，全世界有四分之三的人都生活在這種悲慘境地中。對嗎，查莉？妳想爭論這點嗎？還是乾脆再用『去你的！』一句話，來個不了了之？」

她不理他，低頭玩著自己的指甲。得了吧——理論又有什麼用？她實在很想說出來。整艘船都已被老鼠霸占了；全世界都被狐群狗黨霸占了，就這麼簡單，剩下來的全是一些自戀狂。絕對是。

「在今天的世界，」柯茲仍舊講下去，「我要說，妳應該比那些先人，更有資格和理由相信這些看法，因為在今天，國家機器已經變得前所未見的強大；政府和企業也是，因此而產生組織化的嚴格控制也遠比往日厲害。」

她這時才領悟到，他正在牽著她的鼻子往前走，而她卻無法阻止他。他故意停頓了一下，好讓她表示意見，可是她唯一能做的，就是把頭撇開不去看他，將她愈來愈高漲的不安藏在一張憤怒否定的面具之後。

「妳反對科技，認為它已走向瘋狂，」他講下去。「這點嘛，事實上赫胥黎早就替妳提出來過了。

妳的目標，就是想解放人類的生存動機，恢復到既不競爭、也不侵略的本質。然而為了做到這點，妳首先必須剷除剝削。可是憑什麼呢？」

他又頓了一下，而他的停頓已經變得比他的話語更具有威脅性；這些停頓只是在走向斷頭臺的階梯上暫時歇腳而已。

「少假惺惺擺出一副慈父姿態好不好，老馬？早點結束吧！」

「真正的問題是剝削，就目前我從妳身上看到的，查莉，」柯茲興致高昂地繼續說下去。「從旁觀的無政府主義轉向實踐的無政府主義。」他轉向里托瓦克：「你認為呢，麥克？」

「我認為剝削正是主要關鍵，馬帝，」里托瓦克細聲細氣地說道。「因為剝削解釋了財產，你可以從中看到財產所有的特點。首先，剝削者用他的優越財勢壓迫工資奴隸；然後又替他洗腦，要奴隸相信，追求財富乃是使他脫離被壓榨的不二法門。這等於是為他上了兩道枷鎖。」

「好極了，」柯茲舒服地說道：「追求財富既然是邪惡的，因此，財產本身也是邪惡的，所以，那些保護財產的人是邪惡的，所以，結論就是毀滅財產和謀殺有錢人——既然妳沒耐性等待進化論式的民主演進過程。妳同意嗎，查莉？」

「少耍笨了！我可沒搞這些鬼玩意兒！」

柯茲好像很失望。「妳是說，妳拒絕去推翻這種強盜政權嗎，查莉？妳是怎麼了？突然不好意思起來？」又轉向里托瓦克：「嗯，麥克？」

「國家是專制的，」里托瓦克加進來幫腔。「這正是查莉講過的話。她同時也強調國家的暴力、恐怖、專制──國家的種種可惡之處！」里托瓦克的語氣有些驚愕。

「可是這也不表示我就到處殺人和搶劫銀行啊！老天爺！你憑什麼可以這樣講？」

柯茲對她的反應一點也不驚訝。「查莉，妳對我們說過，法律與秩序只不過是暴君的手段。」

里托瓦克加上一句註腳：「而且真正的正義並不能透過法庭而實現。」他提醒柯茲。

「本來就不能！整個制度根本就是狗屁！它是僵化、腐敗、世襲的，它……」

「那妳為何不毀滅它呢？」柯茲和顏悅色地質問。「為何妳不去摧毀它，把每個想阻止妳的警察打死呢？而為什麼警察不該死呢？為什麼妳不去把那些妳找到的殖民主義者、帝國主義者，一個個幹掉呢？妳向來引以為傲的誠實正直到哪兒去了呢？到底怎麼回事？」

「我並不想摧毀任何東西！我只要和平！我只要讓人民自由！」她堅持，慌亂堅持著她唯一安全可靠的教條。

然而柯茲卻好像沒聽見她在說什麼。「妳真令我失望，查莉。突然間，妳竟然失去了貫徹性。妳只會空談，光說不練。為什麼妳不到外面去大幹一場呢？為什麼妳前一分鐘還像個知識分子，有眼睛、有腦袋，可以洞悉矇蔽一般大眾的事物，而下一刻妳卻沒有勇氣走出去，做出一點小小的貢獻──諸如偷竊、謀殺、或炸掉一個警察局之類的──為那些被資本家奴役的心靈做些有益的事？查莉，怎麼不見妳行動呢，嗯？妳不是個自由解放的靈魂嗎？別只給我們空話，給我們行動。」

柯茲正說到興頭上，他的眼角滿是皺紋，一道道彎曲的黑色線條嵌入他蒼老的臉皮。查莉也直截了當地反駁回去，以其人之道還治其人之身，套用對方的話反擊對方，企圖打開那道最後的門，通過他，奔向自由。

「看清楚，我就是一個虛有其表的人而已，懂嗎，老馬？我是個不學無術的文盲，我不會推理或分析，雖然我進過貴族學校唸書，但我卻希望——比世界上任何人都希望——我寧願我生在貧民區，而我父親是個靠雙手吃飯的工人，而非絞盡腦汁榨光老太婆一生積蓄的罪犯！我討厭別人整天給我洗腦，告訴我應當愛人如己之類的屁話，我只想上床去睡我的大頭覺！」

「妳是在告訴我說，妳打算撤銷妳原有的立場？嗯，查莉？」

「我根本就沒有任何立場！」

「妳沒有。」

「本來就沒有！」

「沒有立場，不承諾參與任何行動，除了不與任何人結盟。」

「對！」

「和平的非結盟者，」柯茲滿意地加上一句。「妳屬於極端核心。」

他緩緩解開夾克的口袋，用粗厚的手指從一堆雜物中摸出一張相當長的剪報；從它存放的位置看來，重要性必定有別於資料夾裡的其他剪報。

「查莉，妳不久之前提過，妳跟艾爾曾到杜瑟郡參加過講習會，」柯茲一面講，一面很小心地把那張大剪報翻開。「照妳的講法，那個講習會是『每個週末都有，專門討論激進思想』，對吧？當時我們並未深入探討這件事，妳介意再多談一些嗎？」

就像一個試圖回溯記憶的人，柯茲默默地讀著那份剪報，偶爾搖頭晃腦，發出嘖嘖聲。

「那地方好像很不簡單，」他邊讀邊說。「用假槍進行武器訓練。爆破技術——當然啦，用黏土代替真的炸彈。如何藏身、求生。都市游擊戰術。甚至還有綁票課程訓練。我明白了，這上面美其名曰：『克制國內情勢中的不穩定因子。』這話我喜歡，非常委婉動聽。」他抬起頭來，由剪報上方望過去。「這篇報導對嗎？或多或少有些真實性？或者只是典型的資本主義加猶太復國主義媒體的誇大其辭？」

她再也不相信他的善意了，而且顯然他也不要她再有這種想法。柯茲現在的目標之一，就是想讓她對自己的極端見解有所警覺，強迫她從連她自己也搞不清楚的原有立場跳脫。有些審問是為了揭發真相，有些則是為了揭穿謊言。柯茲要的是謊言。他刺耳的聲音變得森冷嚴厲，臉上那種有趣的表情也迅速消失。

「可以給我們一些更客觀的描述嗎，查莉，試試看？」柯茲問。

「那是艾爾的主意，不是我。」她開始閃躲，第一次露出退縮的姿態。

「可是妳也跟去了。」

「那是因為我們兩個人身上一毛錢也沒有，才跑去鄉下隨便混個週末。如此而已。」

「就這樣。」柯茲嘟噥一句就不再吭聲，留下一段漫長而令她感到罪惡的沉默，逼得她透不過氣來。

「並不只有我跟他，」她抗辯道。「我們總共有——老天——二十個人。小孩、演員。有些還在戲劇學校唸書。他們租了輛巴士，哈了些草，一路唱歌到天亮。有什麼不對嗎？」

柯茲不置可否。「那是他們，」他說。「妳呢？又在幹什麼？開巴士嗎？聽說妳開車技術很棒？」

「我是跟著艾爾的。我告訴過你。那是他要去的，不是我。」

她覺得自己失去支撐，正在往下墜落。她根本不知道自己是怎麼失足的，或者是誰在她手指上蓋了印。還是因為她太累了，乾脆放手任它去？也許是吧。

「那麼妳多久會放縱自己一次去趕這個流行，查莉？高談闊論、哈草。在別人接受恐怖訓練時，妳去參加天真的自由性愛遊戲？瞧妳說得像家常便飯一樣！是這樣嗎？習慣性的例行活動？」

「不，才不是習慣！那早就過去了，而且我並沒有放縱自己！」

「多久去一次？」

「根本也不常去！」

「那到底有多常？」

「只去過一、兩次。就這麼多。然後我就沒興趣了。」

她在墜落、打轉，眼前愈來愈黑暗。四周空氣仍在，她卻一點也觸摸不到。約瑟，快救我出去！可是約瑟卻是害她跌進去的人。她暗中向他吶喊，用她的後腦勺對他發送訊號，然而背後的約瑟卻毫無回應。

柯茲直視她，她也不甘示弱。如果可以，她的視線早就穿透了他；她會用憤怒的凝視把他給瞪瞎。

「就一、兩次而已。」他若有所思地重複。「對嗎，麥克？」

里托瓦克從筆記前抬起頭來。「就幾次。」他應了一句。

「想講講妳為什麼會失去興趣嗎？」柯茲又問。

他的視線並未從她臉上移開，只把手伸向里托瓦克的檔案夾。

「那裡很亂。」她刻意壓低聲音以製造效果。

「那倒是。」柯茲打開檔案夾。

「我並不是指講習會很亂。我指的是性方面，過分得令我吃不消。別那麼遲鈍好嗎？」

柯茲大拇指一沾舌頭，翻了一頁，又沾，再翻過一頁；他跟里托瓦克兩個私下咬耳朵，講的都是希伯來語。接著他闔上檔案夾，塞進公文箱。「『只去過一、兩次。就這麼多。然後我就沒興趣了。』」他重複查莉所講的話。「有沒有什麼地方要修改？」

「為什麼我要修改？」

「『只去過一、兩次』這句話對嗎？」

「有什麼不對？」

「所謂一、兩次，就是指兩次。對吧？」

她覺得頭上的電燈在晃，還是她的幻覺？她很小心地在椅子上移了一下，轉頭看。約瑟還在他桌上忙，根本連頭都沒抬起。她把頭轉回來，看到柯茲還在等她。

「兩、三次吧，」她說。「又怎麼樣？」

「四次？也算是只有幾次嗎？」

「少煩了！」

「我想這是語意學的問題。『去年我去看了我姑媽一、兩次。』這也可能是指三次，對不對？四次也可能。五次，我猜五次才算極限。因為過了五次，才算『半打』。」他還是在翻他那張大剪報。「怎麼樣？要不要把『一、兩次』改成『六次』呀，查莉？」

「我說一、兩次就是一、兩次。」

「兩次？」

「對，就是兩次！」

「那就兩次。『是的，我只去過那個講習會兩次。別人都去學打仗的玩意兒，而我的興趣只在性、娛樂、社交方面。』查莉謹誌並簽名。可以打上這兩次參加的日期嗎？」

她講了一個去年的時間，那時她剛跟艾爾在一起不久。

「還有另外一次呢？」

「我忘了。這有什麼關係？」

「她忘了……」柯茲的語調慢到幾乎靜止，可是其中的力道卻絲毫沒有稍減。查莉感到有隻可怕的野獸正緩緩朝她逼進。「那第二次是緊接在第一次之後呢，還是中間隔了一段時間？」

「我不知道。」

「她不知道。那妳第一次去，只是去見識囉？對不對？」

「對。」

「見識了些什麼？」

「我告訴過你了──性遊戲。」

「沒討論，沒開課，沒指導？」

「有討論會。」

「哪些主題？」

「基本原則。」

「什麼基本原則？」

「激進主義的原則，你以為是什麼？」

「還記得是誰講的嗎？」

「一個滿臉痘疤的女同性戀講婦女解放運動。一個蘇格蘭人講古巴問題，艾爾很佩服那傢伙。」

「第二次呢──時間忘掉了，第二次也是最後那次──誰對你們演講呢？」

沒回答。

「也忘了嗎？」

「對！」

「這就奇怪了，第一次，妳記得清清楚楚──性遊戲、討論主題、主講人。而第二次卻毫無印象？」

「答你這些瘋狂問題答了一個晚上──對，毫無印象！」

「妳上哪兒去？」柯茲問。「上洗手間嗎？瑞秋，帶查莉去洗手間。蘿絲。」

她站著沒動。陰影中傳來向她逼近的腳步聲。

「我要走了。執行我的自由權。現在。」

「妳的選擇自由只能用在特殊舞臺上，而且還得經過我們的邀請。如果妳忘了第二次誰向你們上課，那或許妳可以告訴我們，那次課程的性質是什麼。」

她還是站在原地，可是很奇怪，站直了反倒覺得自己變渺小了。她環視室內，發現約瑟用手支著頭，臉朝向背光處。她恐懼地看著他，只覺得他與她之間，隔了千山萬水。無論她往任何地方看，柯茲的聲音都充塞在她的腦海，震耳欲聾。她把手按在桌上，上身前傾；只覺得自己好像站在一個陌生的教堂裡，沒一個朋友在身邊，不知道自己現在該站起來還是跪下。然而柯茲的聲音卻無處不在，就算她跪到地上，或者飛出窗外，逃到幾百哩之外，它還是照樣包圍著她。她把手從桌上移開，藏到身後，握得死緊，因為她已經無法控制自己的手勢。手很重要，手會講話，手勢會表演。她覺得自己的雙手就像一對驚慌的孩童緊緊地抱在一起。柯茲問她關於決議書的問題。

「難道妳去了沒簽名嗎，查莉？」

「我不知道！」

「可是，查莉，每次這種課程在結束時，必定會有個決議書。既然有討論，那就一定也會有決議。什麼是決議？妳該不會告訴我妳不知道那是什麼東西，連妳自己有沒有簽過名都記不得？或者是妳當時拒絕簽名？」

「我一概不知。」

「查莉，明理一點。長達三天之久的研討會，有沒有決議案，和決議案的內容是什麼，像妳如此聰明的女性，怎麼可能毫無印象？那個決議案是妳起草的，擬了好幾遍才定案——表決通過或不通過——簽署或不簽署，怎麼可能會忘記？一個決議案可是一件麻煩的大工程。為什麼妳突然變得如此迷糊？妳明明對其他事情都精明得不得了？」

她什麼都不在乎了。她這麼地不在意，甚至懶得讓他知道她根本不在乎了。她好累。她很想坐回椅子上，卻還是站著不動。她想歇會兒，上個洗手間，補補妝，睡他個五年長覺。但是她所受過的戲劇訓練告訴她，她必須站著把戲演完。

在她下方，柯茲從桌下的公文箱裡抽出一張紙。端詳半天之後，他問里托瓦克：「她說只去了兩次，對吧？」

「最多兩次，」里托瓦克說：「你給過她機會增加次數，但她無論如何都堅持說只去了兩次。」

「而我們卻認為她去了幾次？」

「五次。」

「那她講的兩次又是哪兒來的？」

「她少說了，」里托瓦克一臉失望地告訴他的上司：「她少說差不多百分之兩百。」

「那就是她在撒謊。」柯茲說著，慢慢地接受這個推論。

「她當然是在撒謊。」里托瓦克肯定。

「我沒撒謊！我忘了！我只是陪艾爾去而已，就這樣！」

柯茲那件野戰上衣口袋裡，除了砲銅色的鋼筆以外，還有一塊卡其布手帕。他把手帕拿出來，以擝灰塵似的怪動作抹過整張臉，在嘴唇邊結束。然後他重新把手帕放回口袋。接著他又拿起那只破錶，在桌面上從左移到右，彷彿一種私人儀式。

「妳想坐下嗎？」

「不想。」

他聽了有點難過。「查莉，我開始搞不懂妳了。我對妳的信心愈來愈少了。」

「最好！你再去找別人來好啦！我幹麼要跟你們這群以色列老粗蹚渾水！多花點功夫去炸阿拉伯人吧！少來整我！我恨你！我恨你們所有人！」

在她這麼說的時候，查莉得到一個最怪異的暗示。她認定那些人只是用一半精神聽她講話，另一半精神用在研究她的演技。如果這時候有人喊出「這裡再來一次，查莉！速度可以再慢一點。」她也不會感到驚訝。但柯茲還是堅持要得到他想要的答案，而她知道，沒有任何事可以阻攔他。

「查莉，我不懂妳為什麼要規避？」他繼續。他的聲音恢復原來的速度，力道絲毫未減。「我不瞭解妳所告訴我們的查莉，和記錄上的查莉，怎麼差別會這麼大。妳第一次參加那個講習班，是在去年七月十五日，長達兩天的新生訓練講座，是討論殖民主義和革命理論。對，你們全是坐巴士去的，一群演藝人員，其中包括了艾爾。妳第二次去，是在一個月之後，也是跟艾爾一起，那次對你們上課的，是一名拒絕透露姓名的玻利維亞流亡分子，還有另一個匿名為北愛蘭共和軍宣傳的男士。妳很大方地為這兩個組織各簽了一張金額五英鎊的私人支票做為捐款，這兩張支票我們都有影本。」

「那是替艾爾捐的！他破產了！」

「第三次是一個月之後，妳那次參加了一場討論美國思想家梭羅作品的研討會。那次研討會的結論就是展開戰鬥。梭羅是一個與時代脫節的理想主義者，缺乏對行動主義的實際理解。簡而言之，廢物一個！妳不但支持這項結論，還發起一項附議案，號召所有同志採取更激進的行動。」

「那是為了艾爾！我希望他們能接受我！我希望能取悅艾爾！可是第二天我就忘光了！」

「十月份，妳跟艾爾又去了，這次討論的主題是有關西方資本主義社會的布爾喬亞法西斯主義，那次妳扮演的角色是小組長，為了鼓動妳那個小組的討論氣氛，妳首先發難，大談妳父親的犯法行徑，妳母親的瘋狂，妳悲慘的童年。」

她閉嘴不再抗議了。她不再思考，也看不見任何東西，她只能用牙齒咬住一小塊頰肉，輕輕咬著，把這當成是一種懲罰。可是她卻不能不聽，因為馬帝的聲音根本不允許她逃避。

「最後一次，如同麥克在這裡提醒我們的，是在今年二月，妳和艾爾參加了一場研討會，而妳堅決把那場研討會的主題從記憶中抹去，除了剛才在我們這群以色列人的逼迫下不得不想起以外。這次討論的議題集中在猶太建國主義的擴張，以及它與美國帝國主義的關聯。主講人是一位來自巴勒斯坦解放組織的代表，雖然他拒絕透露自己在偉大的巴勒斯坦解放運動中扮演何種角色。他也拒絕以真面目示人，始終戴著罩住半個頭的黑色頭套，讓他看起來更加陰森。怎麼？還想不起這個演講者嗎？」不等她回答，他又說下去：「他演講的主題，就是他作為一個偉大戰士和劊子手，殺害以色列人的英雄事蹟。他說：『槍枝就是我返鄉的護照！』『我們再也不是難民！我們是革命軍！』這些話引起周圍一陣騷動，有人認為他的發言超過了一點。」柯茲停頓了一下，查莉仍然保持沉默。他把錶移向自己，有氣無力地對查莉微微一笑。「為什麼妳不把這些事告訴我們，查莉？為什麼妳要顧左右而言他，連謊言都來不及編？難道我沒告訴過妳，我們很需要也很喜歡妳的過去嗎？」

他再次停下來等待她回答，可是查莉依然不發一語。「我們知道，妳父親根本沒進過監獄，你們家裡也沒有被查封過，更沒有人拿走妳那匹小馬。妳那位可憐的父親，只是經歷過一次小小的破產，除了當地銀行的幾位經理吃了幾筆妳父親的呆帳之外，誰也沒受到傷害。起訴根本不成立。他是光榮退休的，而且過了好多年才壽終正寢；還有一群好朋友籌了一筆安家費給你們，而妳的母親一直是他驕傲而忠誠的妻子。妳退學的事，並不是妳父親害的，而是妳自己搞出來的，就這麼說吧：對於當地的好幾個男孩子來說，妳太容易到手了點，這種名聲及時傳回學校。學校因此匆匆忙忙地讓妳退學，因為妳可能帶壞他人、引起醜聞，而回到過分疼愛妳的父母身邊，他們對妳的放蕩和失敗總是能原諒，而且盡最大的努力相信妳告訴他們的所有鬼話。多少年來，妳一直自編自導自演，捏造出一個故事來騙別人、騙自己，好讓妳自己稍微可以忍受一點，甚至讓自己相信是這麼一回事，自欺欺人，無所不用其極，雖然內心的祕密依舊煎熬著妳，令妳茫然失去方向，才會表現出這麼多古怪的行為。」柯茲再度把錶移到桌上一個較安全的位置。「我們是妳的朋友，查莉。妳認為我們會因為這種事而責怪妳嗎？妳以為我們不瞭解妳的政治思想，其實是內心尋找方向與渴求回應的外在表現嗎？我們是妳的朋友，查莉。我們並不是那種平庸無趣、冷酷古板、不知變通的死腦筋。我們想要與妳分享，讓妳發揮價值。為什麼當我們想傾聽妳的心聲時，妳卻只是坐在那兒，一味地欺騙我們，從頭到尾幾乎沒講過一句真話？為什麼妳要排斥妳的朋友？為什麼妳不給我們完全的信任呢？」

憤怒有如一片紅熱的潮水向她襲來。將她高高舉起、沖洗；她感到它的澎湃洶湧，她擁抱它，把它當成真正的盟友。憤怒遏止了她的驚慌失措，減輕了羞慚所帶來的痛苦；憤怒也令她的心靈為之一清，讓她的視野變得明亮。她向前跨出一步，揮拳朝柯茲打過去，可是他實在太年長、太威嚴了，他所經歷過的打擊不知凡幾。何況，她跟身後那個人還沒了結。

不錯，揭了她底牌的，是柯茲，是他把火柴點燃，讓她爆炸的。然而如果不是約瑟的狡詐，約瑟的挑逗，還有約瑟的沉默，她也不會遭到如此難堪的羞辱。她猛然轉身，朝他跨上兩步，以為別人會過來阻止她，可是沒有。她腳一抬，踢翻了約瑟的桌子，看著檯燈優雅地彎曲到極限後，發出驚人的「啵」一聲熄滅。她舉起拳頭，等對方採取防衛動作。但他動也不動，她只好撲上去，死命在他臉頰上揮了一拳。她用最卑鄙下流的話尖聲叫罵，那是她用來吼艾爾的，也是她用來詛咒她那空虛到令人痛心的渺小人生的；她只希望對方能舉臂格擋或者還手。她另一隻手又打中了他，一心只想打得他鼻青臉腫，傷痕累累。他仍然動也不動，只用那雙棕黑色的眼睛望著她，眨也不眨，就像暴風雨夜的海岸明燈。她又揮出半握著的拳頭打到他臉上，同時覺得自己的關節扭到了，但她看見血痕直淌到他下巴上。她不斷咆哮咒罵「法西斯雜種！」直到聲嘶力竭。她看到洛爾那個嬉皮擋在門口；南非女孩蘿絲護住了窗子，以防她衝上陽臺。她多希望能就此發瘋，這樣大家還會對她寄予同情。她寧願自己是個胡言亂語的神經病，而不是愚蠢可笑的激進女演員，編造出這一串漏洞百出的身世，把自己的父母貶得一文不值；滿懷熱情理想卻有一半是胡謅，甚至連公開承認的勇氣都沒有。總之，現在該怎麼辦？她聽見柯茲用英語命令大家站在原地別動。她看見約瑟轉過身去，從口袋裡拿出手帕擦拭嘴唇上的血。那種不在乎的表情，簡直就把她當作一個五歲的淘氣小孩。她又氣得開口大罵「混蛋！」揮拳掃中他的腦側；拳頭沒握緊，骨頭碰骨頭，撞得她那整隻手都麻了。這時她已感到筋疲力盡，又勢窮力孤，而她想要的只不過是逼約瑟反擊。

「儘管打，查莉，」柯茲坐在椅子上，語氣平靜地給她建議。「妳讀過法農⑯的著作。暴力乃是一種洗滌力量，還記得嗎？它令我們掙脫屈居人下的卑劣情結，透過暴力的運用與發揮，令我們無憂無懼，並且恢復了自尊。」

眼前她只剩一條路可走，所以她別無選擇地接受了。她拱起肩膀、兩手捂住臉，開始號啕大哭。一直哭，直到柯茲看差不多該結束了，他下巴一點，瑞秋就從另一扇窗口走過來，摟住查莉的肩膀；查莉起先反抗了一下，才安靜下來。

「只給她三分鐘，不能再多。」柯茲朝走到門口的兩個女孩子吩咐道。「衣服不必換，也不必再化什麼妝，梳洗完畢就回來這兒。我可不想讓熱起來的引擎冷掉。查莉，先別走，站著聽我講一分鐘。等等。我說站住！」

查莉站住了，但沒把身子轉過來。她動也不動地站著，用她的背部做表情，心中卻很可悲地關切著約瑟有沒有照料他臉上的傷勢。

---

⑯ Frantz Omar Fanon（1925-1961），在法屬西印度群島出生、受教育的黑人精神分析學家與社會哲學家，著名的後殖民主義批判先驅，幫助阿爾及利亞獨立運動，著有《黑皮膚，白面具》等書。

「妳表現得不錯，很好，查莉，」柯茲說著，朝她走過去。「恭喜妳了。妳剛才雖然失去控制，可是妳還能恢復過來。妳說謊，迷失了方向，而妳懸在那兒，當支撐妳的線『啪』地斷裂，妳就把所有的罪過、煩惱和羞辱，歸咎於全世界。好，好極了。我們為妳驕傲。下次，我們會為妳編個好一點的故事。快點回來，好嗎？時間已經愈來愈不夠了。」

進了浴室，查莉頭靠著牆飲泣，瑞秋替她把盥洗盆的水放滿，蘿絲守在門口以防萬一。

「我真不知道妳怎麼能忍受英國那麼久。」瑞秋一面替她準備肥皂和洗臉毛巾，一面說道。「我在英國待了十五年才離開。本來我以為會死在那兒的。麥克斯菲郡妳知道嗎？那簡直是個死城，如果妳是猶太人的話，那裡無異人間地獄。只有階級概念、冷漠和虛偽。我認為對猶太人而言，麥克斯菲郡是世界上最不愉快的地方，真的。我以前會在洗澡時用檸檬汁來刷皮膚，因為他們說我的皮膚太油了。沒陪千萬不要靠近門口，好嗎，親愛的，否則我就會阻止妳了。」

天亮了，也正是好睡的時刻，她回來跟他們坐在一起，目前她最想待在這裡。他們跟她說了些話，把整個故事整理一遍，就像汽車大燈掃過黑暗的車道那樣，只隱約看出大概的輪廓。他們叫她運用想像力，並向她描述一個她從未遇過的理想愛人。

她不怎麼在乎。她曉得他們需要她。他們解剖過她，一遍又一遍；曉得她的脆弱和她的複雜。但他們仍然需要她。他們之所以把她拐來，就是為了想拯救她。等她漂遠了，他們就把繩子扯直，拉她回來。她信口雌黃地欺騙隱瞞，他們還是接受她。用他們的執著、他們充滿洞察力的熱情、他們的誠意、他們真正的忠貞，去填塞她內在的虛空；從她有記憶以來，那種空虛感就像個煩躁的惡魔在她體內打哈欠，或是尖聲嘶叫。本來，她簡直輕如鴻毛，被一場旋風暴雨摧殘著，可是現在她突然感到輕鬆了，因為他們又變成了帶動她方向的強風。

她往後靠，任由他們帶領她、控制她、擁有她。感謝上帝，她心想：終於找到家了。他們說，妳將扮演妳自己，但更淋漓盡致些，——而且她哪個時候不是在扮演自己？他們說，演妳自己，包括所有的虛張聲勢——就這樣演吧。用任何妳喜歡的方式去演，她想。

是，我在聽。是，我聽得懂。

他們讓約瑟坐在桌子中央的首位。里托瓦克與柯茲兩人分坐他兩側。約瑟臉上血印斑斑，都是她剛才抓出來的傷痕。透過百葉窗，一道道晨光像階梯般灑在地板上和桌面上。他們停止講話。

「要我做決定了嗎？」她問約瑟。

約瑟搖搖頭，表示並非這個意思。深色髮鬚使他的臉頰更形凹陷，眼睛周圍的小細紋在燈光照射下清楚顯現。

「再把這件事要我參加的用意跟我講一遍。」她提議。

她可以感到這些人的興趣非常之濃，就像一條繃緊的繩索。里托瓦克手臂交抱，臉上有著很奇怪的憤怒，一語不發地打量她；柯茲則像個長生不死的先知，皺著他那張老臉寂然不動地坐著，臉上似乎還敷上了一層銀灰。靠牆而坐的那些小夥子和女孩，則一個個動也不動地僵坐在椅上。

「他們說，妳會拯救許多生命，查莉。」約瑟向她解釋。她是否有聽出他聲音裡有那麼一絲勉強？如果有的話，也只是更突顯這些話的重要性。「會讓許多孩子回到他們的母親身邊，把和平帶給愛好和平的人。他們說，只要妳幫忙，那麼，許許多多無辜的男女，就可以平安地活下去。只因為妳。」

「那你怎麼說？」

他語氣聽起來有點故作平淡。「我來到這裡還有別的原因嗎？」約瑟說道。「對我們之中任何人而言，這份工作就是一種犧牲，償還一些人生的債。對妳來講——或許也沒多大差別。」

「那你到時候會在哪裡？」

「我們會盡可能地靠近妳，暗中保護妳。」

「我是問『你』，就你一個人。約瑟。」

「我當然也會跟在妳身邊，那是我的工作。」

那只是我的工作，就算查莉再笨，也揣摩得出這句話的涵義。

「約瑟會陪妳走完全程，查莉，」柯茲和顏悅色地插了句話。「約瑟是個專業高手。約瑟，請你告訴她時間有限。」

「我們的時間很少，」約瑟說。「每個小時都要把握。分秒不能浪費。」

柯茲還是滿臉堆笑，似乎在等他繼續講下去。然而約瑟卻講完了。

她已經答應了。她必定已下定決心。或至少答應參與下一階段的行動，因為她覺得周圍那群人似乎稍稍解除了戒備。但令她失望的是，他們也僅止於此而已。在她的幻想中，全場觀眾應該爆出如雷的掌聲：累斃的麥克一聽她答應了，當場把頭埋在蜘蛛般的白細手指裡喜極而泣；馬帝老淚縱橫地走上來抱住她——我的孩子，我的乖女兒——摟住她，親她；四周那些年輕孩子圍上來，觸摸她，讚美她。約瑟會把她摟到他胸前。可是在現實劇場中，大家似乎不作興如此。柯茲和里托瓦克開始忙著收拾桌上的紙張文件，塞進手提箱。約瑟在跟迪米區和南非姑娘蘿絲商量。洛爾則清理桌上地上的茶杯餅乾。好像這些人之中，唯有瑞秋真正關心這位新吸收的隊員。她碰碰查莉的手臂，帶著她朝樓梯口走，要她去好好躺一下。還未走到門口，約瑟在後面叫住了她。她轉頭望，發現他看她的眼光在憂慮中帶著好奇。

「那麼好好睡一覺吧。」他重複這句話，就好像這些話令他困惑似的。

「你也好好睡一覺。」她回了他一句，臉上帶著憔悴而憤怒的笑，這應該表示幕落了。然而並非如此。她跟著瑞秋正要走下樓梯，踱過那道走廊時，她很驚訝地發現自己彷彿又回到了她父親的倫敦俱樂部，正要走向女性使用的別館用午餐。她忍不住停下來環視四周，然後才找到那種令她產生幻覺的聲音：不斷滴答作響的電傳打字機聲，正在報著最新的市場價格。她猜那聲音大概是從一扇半掩的門後傳出來的。她想探頭進去看個明白，瑞秋卻催她快走。

三個男人聽到收報的滴答聲，就趕忙走回隔壁的房間。貝克與里托瓦克站在旁邊看，柯茲湊到機器上，讀著剛從耶路撒冷傳來的最新密電，看起來是出乎意料的緊急事件。從背後看過去，他襯衫上整片的深色汗漬就像一道裂開的傷口。耶路撒冷的密電一傳過來，柯茲就把原本負責收發電報的小夥子打發走了。整個屋子現在變得非常安靜，也沒聽見鳥叫和車聲，只剩電傳機的滴答聲。

「我從沒看過你表現這麼好，加迪．貝克。」柯茲嘴上說著，對他而言，一次只做一件事永遠不夠。他唸著英文，因為加隆的電報是用英文寫的。「表現出色、熱忱、敏銳。」柯茲撕下紙帶，等待下一段電文開始。「對一個迷失方向的女孩而言，你正是她夢寐以求的拯救者。對嗎，里托瓦克？」機器又開始傳送。

「我們在耶路撒冷的那些同事——單拿老烏鴉加隆來說吧——他們對我選擇你出馬充滿疑慮。另一個不放心的人，就是里托瓦克。但是我很有信心。」他嘴裡咕噥著，扯下第二段紙帶。「我告訴他們，那個叫貝克的，是我手下的最佳人選，」他講下去。「我說：他有獅子般勇敢的心、詩人般感性的頭腦。大半生在刀槍下打滾，卻沒把他磨成個老粗，我對他們這麼說。你認為她怎麼樣，貝克？」

他真的轉過頭來，微微側著腦袋，等貝克的答案。

「你沒注意到啊？」貝克反問他。

就算柯茲注意到了，他也沒有現在就這麼說。電文一收完，柯茲立刻轉身回到他的旋轉椅上，抓緊那張紙拉直，以便捕捉從他肩頭照去的桌燈燈光。但奇怪的是，先開口講話的卻是里托瓦克，他以緊繃而刺耳的口氣發洩他的不耐煩，把他的兩位同僚嚇了一跳。「他們又栽了另一顆炸彈！」他脫口而出。「快告訴我們！這次是在哪裡？我們這次又被炸死了多少人？」

柯茲緩緩搖頭，而且在這個訊息傳來以後第一次露出笑容。

「或許有炸彈，里托瓦克。可是目前還沒人死。還不到時候。」

「里托瓦克，你就讓他唸出來吧，」貝克說。「別讓他吊你胃口。」

柯茲見好就收。「老烏鴉加隆問候我們，而且送了三件消息過來。」他說：「第一件，明天黎巴嫩的某些據點會被我們轟炸，不過已經嚴格交代過戰鬥轟炸機群，絕不能炸到我們那幾棟目標屋。這第二件嘛──」他順手把紙帶往桌旁一扔。「第二件是個命令。跟我們今晚稍早所接到的有點相關。不准再跟西德的那位艾里希博士搭線了。加隆把這位仁兄的檔案給一些高明的心理學家看過，他們一致認為他是個瘋子。」

里托瓦克想抗議。這小子變得如此火爆不耐，或許是累過頭的緣故，要不就是屋裡太熱了，因為這一夜變得相當溫暖。柯茲笑著制止他，勸他先別激動。

「冷靜點，里托瓦克。這也怪不了咱們的老闆，他一向都是很政客的，這有什麼了不得？假如艾里希洩底的話，這個醜聞案勢必會影響西德和我國之間的友好關係，而我呢──馬帝・柯茲──就會首當其衝被抓出來頂罪。假如艾里希始終站在我們這邊，嘴巴閉得緊緊的，又照著我們告訴他的去做，那麼，到頭來，光環還是屬於老烏鴉的。你們知道加隆一向如何對待我；我是他的眼中釘。」

「第三件消息呢？」貝克問。

「老大通知我們時間不多了。那群獵犬已經對著他的腳跟猛吠，他說。當然，他指的是我們的腳跟。」

里托瓦克接受柯茲的勸告，回房間收他的牙刷去了。只剩貝克一個人留下來，柯茲吐了一口大氣，神態輕鬆地走到他的行軍床邊，拿起一本法國護照，翻開，把上面的個人資料背熟。「你是我們成功的關鍵，貝克，」他邊看護照邊說：「有任何漏洞，特別需要等等，儘管讓我知道。聽見了嗎？」

貝克當然聽見了。

「幾個掩護的孩子告訴我說，你跟她上山去看神廟古跡時，就像一對電影明星。」

「替我謝謝他們。」

柯茲抓起一個舊髮刷，站到鏡子前面去分髮線。

「像這種行動案，又牽涉了個女孩在內，這個概念嘛，我最好還是把它交給主辦官去操心吧。」他的手一邊忙著，一邊提出深思熟慮後的評論。「有時候，保持距離有它的好處，有時候呢──」他把梳子丟到一個空箱子裡。

「這個案子的距離呢……」貝克說。

門一開，里托瓦克已經穿戴整齊，手裡拎著一只皮箱，等不及要催他的主管上路。

「我們已經遲了。」他說，對貝克遞了個很不友善的白眼。

被這群人耍得團團轉的查莉，她的答應加入，以柯茲的標準來看，是出於自願而非強迫。當然從一開始對她施加壓力，乃是勢在必行的一種手腕，再加上道德意識，這兩樣法寶，正是他贏得查莉合作的基本手段。在初步計畫中，他們和某個不如貝克細心的美男子談過以暴力、脅迫，甚至性奴役的方式綁架查莉；先將查莉囚禁幾個晚上，再對她伸出友誼之手。老烏鴉加隆手下那批心理學家研究過查莉的檔案，提議的淨是些荒謬的作法，包括野蠻的手段。最後仍是心思縝密的柯茲戰勝了耶路撒冷那批自大的專家軍團。他力排眾議，堅持唯有出於自願的戰鬥才會更拚命、更持久。志願者會為他自己找到奮鬥的理由，此外，如果你打算向一個女人求婚，明智的作法絕不會是先強暴她。

其他人，包括里托瓦克在內，始終認為應該選一位以色列女郎出馬，而不該把重任託付給一個像查莉這種背景的英國女孩。里托瓦克和其他人一樣，打從心底無法信任一個異教徒的忠誠，而且還是個英國人。但柯茲同樣激烈地反對他們的看法。他喜歡查莉的自然獨特而不造作。他一點也不在乎她的意識形態；他說，她沉溺愈深，上岸的喜悅就愈強烈。

還有另一派意見是——這個團隊向來標榜民主，如果略過柯茲天生的專制性格不談的話——主張在小鴨子的綁架行動之前，進行長時間且漸進式的吸收工作，最後直接向查莉表明，要求她加入情報網。但是柯茲仍然從一開始便否決了這個提案。像查莉那種性情的女孩，不會花時間深思熟慮之後才下決定，柯茲大聲說——而事實上，柯茲顯然也不會。最好的方式是快、狠、準！研究和準備工作做得愈仔細愈好，然後冷不防發動突襲把她抓來！當貝克親眼見到查莉的時候，他也同意了柯茲的說法：突襲是最適合的。

可是假如她到時候說個「不」，那怎麼辦？加隆和里托瓦克都站在反對陣營那一邊。為山九仞，功虧一簣——豈不白忙一場？

假如是這種結果，加隆吾友，柯茲說，那我們也只不過花了一點錢，一點時間——沒什麼了不起的。雖然講是這麼講，私底下柯茲卻跟他老婆，還有偶爾跟貝克碰面的時候，坦承他也沒多大把握。然而自從行動方案挑出了查莉這個女演員之後，他愈研究查莉，就愈覺得他挑對了人。

可是把她拉去希臘，柯茲？而且還附帶把其他那群男女人渣，也一起請去逍遙？難道我們突然間辦起慈善事業來了嗎？竟然會把寶貴的經費，大把大把地花在這群浮游無根的左派男女演員身上？

但柯茲是不會改變意見的。他的計畫從一開始就規模龐大，他也知道以後一定會被裁減。查莉的冒險之旅一定要從希臘開始，柯茲堅持，早點讓她去希臘，異國情調會使她更容易從英國的舊關係脫離。就讓希臘的豔陽將她融化。而既然她的情人艾爾不可能讓她一個人去，那就把他一併帶去——然後到了某個心理上的適當時機，就把這個男的騙回英國，進一步讓查莉孤立無援。而既然這群演員總是喜歡成群結隊才有安全感，那當然也得照請不誤。既然單單把查莉和艾爾拐到希臘，恐怕找不到比較合理的藉口，何不乾脆就以請這些人到希臘巡迴表演當幌子，不著痕跡地把他們全部一起騙去再說？合約中途取消？那有什麼關係？乘機度假逍遙，何樂而不為？整件行動方案，就這樣吵吵鬧鬧地擬定了。整本小說的架構、情節、角色——所有應該考慮到的細節，也就在柯茲的堅持和督導之下，順利安排好了。

至於被他們騙回倫敦去的艾爾呢，倒是為他們的計畫增添了有趣的附筆。這幕好戲發生在可憐的老經紀人奎利的辦公室，當時查莉還熟睡著呢；奎利那時候正在他破敗的蘇活區小辦公室裡，喜孜孜地吃著午前點心，好補充一下上午快消化掉的早餐。正要把那個古董盛酒器瓶塞打開時，樓下龍摩太太的接待處裡突然傳來一陣塞爾特口音的男人咒罵，把他給嚇了一大跳。那串粗話的最後一句，是叫她「趕快把躲在樓上的那匹老山羊給叫出來，否則老子就要親自上樓去把他揪下來！」沒搞錯吧？奎利暗忖他那些脾氣古怪的客戶之中，有誰會在午餐之前跑來這裡，用蘇格蘭語大發神經？他踮著腳尖，輕聲走到門邊，把耳朵湊到門板上去聽。可是怎麼聽，也認不出這人究竟是誰。過了一會兒，只聽到樓梯上一陣像打雷般的腳步聲，然後門就「啪」地被人推開，站在他面前搖搖晃晃的大個子，正是查莉常提起的大老粗艾爾。奎利曾經在查莉的更衣室門口遇過他幾次，當時艾爾習慣在查莉上戲的時候，拿著酒瓶坐在查莉的更衣室外邊喝邊等她出來。眼前的艾爾渾身髒汙，至少三天沒刮過鬍子，而且是爛碎如泥。奎利試圖猜測艾爾的來意，但他最好是省點力氣；而且，他也不是沒有碰過這種狀況。經驗告訴他，現在最好少開口為妙。

「你這卑鄙的老王八！」艾爾借酒裝瘋地指著奎利鼻子大罵。「你這下賤、陰險的老變態！老子要把你的脖子扭斷！」

「我的小老弟，」奎利說：「你這是幹麼呀？」

「我馬上打電話通知警察，奎利先生！」龍摩太太從樓下大叫。「我正在撥一一九！」

「你要就坐下來好好道明來意，」奎利板著臉孔說道：「不然我就叫龍摩太太喊警察來！」

「我打啦！」龍摩太太又嚷了一句；她以前也處理過這種狀況。

艾爾找椅子坐下了。

「好，那麼，」奎利森嚴的語氣並未稍減。「先喝點黑咖啡醒醒酒，然後再告訴我，究竟我哪裡得罪了你？」

得罪的地方可多了：奎利竟然把他當成猴子耍。就為了查莉，竟然捏造了個根本不存在的電影公司，說服他的經紀人拍電報到米柯諾島去，把他給騙了回來。奎利竟敢跟好萊塢的朋友串通起來整他，連回英國的機票都預付了，一切只為了讓他在朋友面前丟人現眼，把他從查莉身邊騙走。

奎利花了好一陣工夫，才逐漸把這件事的來龍去脈給兜攏了些。一個好萊塢的電影製片公司，從加州打電話給艾爾的經紀人，說他們的男主角臨時生病，需要艾爾馬上趕回倫敦試鏡，以便戲能接下去拍。只要艾爾能出席，他們願意負擔一切開銷。當他們聽說艾爾人在希臘，就馬上電匯了一張千元美金的支票，送到經紀人的辦公室。艾爾立刻風塵僕僕趕回來，坐立不安地等了一星期之久，卻連個鏡頭也沒瞧見。「靜候通知」，電報是這麼說的，而且還不止一封。每件事是用電報通知他，講得明明白白。「正在安排中」。熬到第九天，艾爾那時已經茶飯不思，幾近癡呆，卻又接到通知，叫他去「薛柏登製片廠」報到。上D攝影棚去找一位彼得．維辛斯基。

維辛斯基？哪有這個人！彼得？沒聽過。

艾爾的經紀人撥電話到好萊塢去找那家電影公司，接電話的總機小姐卻說：「牧羊神影藝公司」早已結帳他遷。經紀人又打電話去問其他經紀人；根本沒人聽過「牧羊神影藝公司」。完了。艾爾這才曉得自己被人擺了一道，悲憤之餘，就用那張一千元美金花剩的餘錢，整整買醉了兩天。他苦思之後得到結論：唯有一個人——奎利——才有能力和動機設這個局來整他。在影藝圈裡，這老小子一向有「難纏奎利」的稱號，而且他擺明了不喜歡艾爾，認為他只會帶壞他的查莉，灌輸她一些古怪的政治思想。所以，今天艾爾才決定來扭斷奎利的脖子。可是幾杯又黑又濃的咖啡下肚之後，他卻改口大大稱讚奎利，說他一直很佩服這位老闆。奎利還能怎麼辦？只好吩咐龍摩太太，替這個大老粗叫來一輛計程車送他回去。

當天傍晚，奎利和他太太兩個人坐在花園裡，享受兩杯日暮前的餐前小酌，一邊閒話家常。瑪佳麗坐在鑄鐵製的維多利亞式戶外椅上，認真地聽奎利敘述整件事，然後，很令他不悅的，瑪佳麗竟然哈哈大笑起來。

「這女孩可真頑皮！」她說：「一定是她找到了個有錢的情夫，對方肯花大錢把這個叫艾爾的傻孩子支開啊！」

然後她才看到奎利那張鐵青的怒臉。毫無根據的美國影片公司、已經註銷的電話號碼、連個人影都沒有的製片家。而所有的事情，全繞著查莉一個人打轉。當然，還有她的丈夫奎利。

「還有更糟糕的。」奎利的語氣悲慘。

「怎麼說呢，親愛的？」

「他們連她放在我公司裡的那些信也偷光了。」

「他們什麼？」

所有她親筆寫來的信，奎利說。至少有五、六年之久的存檔。所有她到各地公演、巡迴演出時，因為旅途無聊而寫給他的短信和明信片；一些用鉛筆素描的監製人、出品人、好多角色的造型；那些她心血來潮時，隨手畫下寄給他看的那些小塗鴉。全不見了。被那個兩個美國人——不愛喝酒的——卡爾門和古德，從查莉的檔案裡撈得一乾二淨。龍摩太太差點沒氣昏過去。艾理斯太太還因此病倒了。

寫封信去臭罵他們，瑪佳麗建議。

有什麼用？奎利絕望地想。要寄到哪裡去？

去找布萊恩談談，她建議。

好吧，至少布萊恩是他的法律顧問；可是布萊恩又能幫上什麼忙？

踱進屋裡，奎利替自己倒了一杯烈酒，然後把電視打開來看。晚間新聞報導了某地的炸彈事件，還有爆炸現場的畫面。然而奎利沒心情注意這些新聞。「他們搜刮了查莉的檔案！」他反覆想著這件事。這可是一個客戶的檔案啊！媽的。而老奎利那不成材的兒子居然就在旁邊睡午覺，任由這兩個人胡作非為，堂而皇之地搬走！奎利已經有好多好多年沒感到這麼窩囊過了。

8

假如她有作夢，醒過來時也不記得了。還是說，就像創世紀的亞當那樣，她醒過來時，才發現美夢已經實現，因為她第一眼就看到放在她床邊的柳丁汁，第二眼則是看到約瑟正堅定地走過房間，打開百葉隔板，拉開簾幔，讓陽光進來。查莉假裝還沒睡醒，半閉著眼睛瞧他，就像當初在沙灘上那樣，望著他滿是疤痕的背。雖然仍是一頭黑髮，兩鬢卻已見斑白的歲月痕跡，他還是穿著那件絲襯衫，配上那些晶亮的袖釦、金錶、金鍊。

「幾點了？」她問。

「三點。」他又扯了一下窗簾。「下午。妳應該睡夠了。我們該上路了。」

加上一條金項鍊，她想。還有個徽章藏在襯衫裡。

「嘴還痛不痛？」她問。

「唉，看樣子以後不能唱歌了。」他走到一個舊漆櫃子前面，由裡面拿出一件藍色的土耳其長袍，把它披在椅背上。她看不見他的臉上有任何痕跡，只有疲倦的黑眼圈。他根本沒睡，她心想，腦海中浮現約瑟埋首案前研究那堆文件資料的畫面，他才剛做完他的功課吧。

「還記得今早睡前我跟妳講過的話嗎，查莉？等妳起來後，我要請妳穿這件衣服，還有放在盒子裡的新內衣。我喜歡妳今天穿藍色的，而且把頭髮梳得又長又直，不要打結。」

「是辮子。」

他裝作沒聽到。「這些衣服是我送給妳的，我很樂意給妳穿著打扮上的建議。拜託坐起來，好好看看這個房間。」

她一絲不掛。把被單拉到脖子上，才敢小心翼翼地坐起上半身。如果是一星期以前，在海灘上的話，他可以隨心所欲欣賞她的胴體，任由他看個過癮。但那是一星期以前的事了。

「把妳四周的東西全記下來。我們扮演的是一對偷情的戀人，而這個房間，正是我們過夜的地方。就跟往常一樣。我們在雅典碰頭，然後跑到這屋子來，發現它是空的。既沒見過馬帝，也沒見過麥克，什麼人也沒有，只有我們倆。」

「那你又是誰？」

「我們把車子停在老地方。陽臺燈在我們來時是亮著的。我打開前門的鎖之後，我們手牽手爬上那道寬敞的階梯。」

「那行李呢？」

「就兩件。我的手提箱，妳的皮包。兩樣都由我拿著。」

「那你怎麼牽我的手？」

她以為自己猜透了他的心思，可是他卻很高興，因為她很仔細。

「我把妳斷了背帶的皮包夾在我的右腋下。右手上抓著我的皮箱。我爬樓梯時，是在妳右邊，左手是空的。我們發現這房間的時候，它就跟現在完全一樣，每樣東西都擺得好好的。才一進門，我們就迫不及待地彼此擁抱，因為我們慾火中燒，連一秒鐘都無法忍耐。」

兩步一跨他就閃到床邊，伸手到地板上的床單裡亂摸一陣，找到了她原來穿的那件洋裝，拿起來給她看。每個鈕釦孔都被扯破了，還少了兩顆鈕釦。

「慾火中燒，」他單調地解釋，彷彿慾火中燒只是一個星期裡的某一天。「這句話用得對嗎？」

「還可以。」

「那就用慾火中燒來形容好了。」

他把衣服一丟，擠出一個笑容。「要咖啡嗎？」

「太好了。」

「麵包？優酪？橄欖？」

「咖啡就好。」等他走到門口，她才大聲叫道：「對不起我打了你，約瑟。你應該用以色列那些反擊功夫，狠狠打昏我才對。」

門關上，她聽見他逐漸走遠的聲音，卻沒把握他還會不會回來。茫然的她翻身躍下床。簡直就像在演啞劇一樣，她想。她看到一瓶三分之二滿的伏特加浮在冰桶裡面、兩只用過的玻璃杯、一盤水果，另外還有兩個盤子，堆滿了削掉的蘋果皮和葡萄渣。那件紅色的運動上衣掛在椅背上。漂亮的男用手提皮箱，還附有側袋，看起來就像新進主管常用的拉風配件。門上掛著一件空手道服樣式的睡袍，巴黎的愛瑪仕名牌貨——也是他的，全黑的絲織品。晃進浴室一看，她那個女學生用的化妝袋，跟他那個小牛皮的浴用包放在一起。有兩塊毛巾；她用的是乾的那塊。為她準備的那件土耳其式長袍，仔細一看還真是漂亮，是用精梳的粗棉布料製成，領子縫得很高，商標還在領口裡：哲麗達，羅馬／倫敦專賣店。內衣也是高級的質料，黑色，正好是她的尺碼。地板上有一個全新的高級真皮女用皮包，和一雙瀟灑的平底涼鞋。她試穿了一腳，尺寸剛剛好。當約瑟端著咖啡回到房裡，她已經把衣服穿好了，正在梳頭髮。這個人的腳步可輕可重，走路聲音完全控制自如。鬼祟起來，耳朵再尖也聽不見他的動靜。

「我說，妳看起來棒透了。」他把咖啡托盤放到桌上。

「棒透了？」

「美麗、迷人、光芒四射……妳看到那些蘭花了嗎？」

蘭花？她現在才注意到，突然她的胃又像在雅典衛城時那樣翻攪起來：花瓶上有一束金色與褐色的蘭花，其中夾著一個白色小信封。她從容地梳好頭髮，輕輕解下那個信封，拿到躺椅前面坐下。約瑟站著沒動。掀開信扉，拿出一張素白的卡片。上面寫著「我愛妳」三個字，看得出不是英國人的筆跡，還有一個眼熟的署名：M。

「怎麼樣？這讓妳想起了什麼嗎？」

「你他媽的明明知道這讓我想到什麼！」她氣沖沖地脫口而出，腦子裡馬上連結起那時的記憶。

「說說看。」

「諾丁罕，貝里劇院。約克，鳳凰劇院。史特拉福東區，座艙劇院。就是你，每次坐在前排正中央，猛盯著我看的人。」

「筆跡一樣？」

「一樣，留言一樣，花也一樣。」

「妳知道我叫麥寇。M就是麥寇的縮寫。」他打開黑皮箱，很快把自己的衣服疊好放進去。「我正是妳的夢中情人。」他說這話時，看都沒看她一眼。「要幹這件工作，妳不但要牢記它，還得相信它、感覺它、夢想它。我們正在建立一個新現實，一個更好的關係。」

她放下卡片，倒了點咖啡，故意慢吞吞地喝著，與他的匆促恰成對比。

「誰說這種關係比較好？」她說。

「妳雖然在米柯諾島上跟艾爾度假，可是心裡卻瘋狂地在等待我——麥寇。」他衝進浴室，把自己的盥洗用具包拿出來。「不是約瑟——而是麥寇。假期一結束，妳就匆匆趕往雅典。當初在船上，妳對朋友說，妳想一個人獨處兩天的講法是騙人的。因為妳跟麥寇有約。記住，麥寇——不是約瑟。」他把包包丟進手提箱。「妳叫了計程車去那家餐廳，跟我——麥寇——碰了面。我穿絲襯衫，戴金錶，點了龍蝦大餐。每件事妳都看見了。我們吃吃喝喝，不時說些甜蜜情話，十足祕密戀人的模樣。」他把掛在門上的黑睡袍取下。「我付帳時大方給了小費，還留下帳單，這妳也看到了；然後我帶妳去雅典衛城上那個禁止參觀的神廟區。還有專屬的計程車等候我。我告訴計程車司機迪米區——」

查莉打斷他。「這難道是你帶我上山的唯一理由嗎？」

「不是我帶妳去的，是麥寇。麥寇對他的語文能力很自傲，對他所有的安排都很自信。他喜歡排場，喜歡搞浪漫，喜歡製造意外驚喜。他——麥寇，正是妳的魔術師。」

「我不喜歡魔術師。」

「他也稍具一些淺薄的考古知識，這妳也領教過。」

「那麼又是誰親吻過我呢？」

約瑟仔細把睡袍摺好，放進皮箱裡；他是她見過唯一會摺衣服的男人，箱裡的東西擺得整整齊齊。

「他之所以帶妳去山上參觀神廟的另一個原因，是為了要讓那輛賓士轎車安全抵達，因為他不喜歡在尖峰時刻把車子開進市中心。妳對那輛名車沒過問；妳把它當成是我的魔法變出來的，無論我們做什麼，妳總是享受其中的神祕感；我做的任何事情妳都接受。現在請妳動作快，我們還要很多路要趕，很多話得說呢。」

「那你呢？」她問。「你也愛我嗎？還是一切都是逢場作戲？」

等著他回答時，查莉似乎看見約瑟正忙著披起麥寇的外衣做擋箭牌，迴避她的質問。

「妳愛麥寇，妳相信麥寇也愛妳。」

「那到底我這種相信對不對？」

「他說他很愛妳，他也證明給妳看了。要一個男人怎麼讓妳真正相信呢？妳又不能鑽進他的腦子裡去？」

他又開始在屋子裡晃，東摸西摸。現在，他停在那張隨蘭花送來的小卡片前面。

「這房子是誰的？」她問。

「我從不回答這類問題。我的生活對妳是個謎。自從我們相遇之後到現在，一直都是如此，而且我也想保持下去。」他拿起小卡片遞給她。「把這玩意兒放進妳的新皮包裡。由現在起，我希望妳珍惜這些我給妳的小玩意兒、小驚喜。明白嗎？」

他把那瓶伏特加酒拎起來，瓶身還有一半浸在冰桶裡。

「因為我是男人，自然酒喝得比妳多。我不太會喝；酒精害我頭痛，偶爾還會令我嘔上半天。但我卻很喜歡伏特加。」他把酒瓶放回冰桶。「至於妳，妳可以淺嘗一小杯，因為我觀念比以前開放了；不過基本上，我不太喜歡女人喝酒。」他又端起一個堆了果皮的盤子。「我愛吃甜食，喜歡巧克力、蛋糕、水果，尤其是水果。例如葡萄，不過我只吃綠色的，像我家鄉產的那種。那麼昨晚妳吃了什麼？」

「我什麼都沒吃。在那種情況下我不吃東西，我只有在我們上床後抽了幾根菸。」

「別搞錯了，我向來是不准在臥室抽菸的。在雅典餐廳裡，我之所以讓妳抽菸，是因為我在度假。即使一路上我讓妳在轎車裡抽菸，也是為了妳才特別通融。可是在臥室裡就絕不行。就算晚上妳口渴，也只能到浴室開水龍頭喝水。」他開始套上那件紅上衣。「妳有注意到水龍頭的流水聲嗎？」

「沒有。」

「那表示它沒響。有時會，有時不會。」

「他是阿拉伯人，對不對？」她盯住他問。「他就是你眼中典型的阿拉伯愛國沙文主義者。你偷的是他的車子。」

他把箱子闔上，站直身子，注視了她一會兒，那樣子像是在斟酌考慮，同時她也感覺到，他根本不想告訴她。

「哦，在我看來，他不只是阿拉伯人，也不只是愛國沙文主義者。他根本不是普通人，至少在妳眼裡是如此。回床上去吧，請。」他等著她聽他話走回床邊。「摸摸我枕頭下面。慢一點——小心！我睡右邊。怎麼樣？」

她照他講的伸手探到陰涼的枕頭下，腦子裡卻想像著約瑟頭擱在枕上的重量。

「找到沒有？我說要小心。」

有了，約瑟，她找到了。

「小心把它拿起來。保險是打開的。麥寇不是一個慣於先警告再開槍的人。手槍就像我們的小孩，分享我們所睡的每一張床。我們稱它為『我們的孩子』。即使當我們與人瘋狂做愛時，我們也從不去碰枕頭，而且從不忘記那下面放了什麼。這就是我們的生存之道。現在，妳看得出我並非普通人了吧？」

她打量那把手槍，看著它光溜溜地躺在她的掌心。好小巧，棕褐色，而且比例均勻。

「妳拿過這種槍嗎？」約瑟問。

「時常。」

「在哪裡？對付誰？」

「在舞臺上。一連好幾個晚上。」

她把槍遞給他，看他像塞皮夾般輕鬆將它塞進上衣口袋。她隨著他下樓。房子很空曠，而且顯得出奇陰涼。賓士停在前院。剛開始她一心想離開：隨便到哪兒，出去就好，開上大路，就你跟我。我們。那把槍令她害怕，她需要活動一下。然而當他駕車順著車道開出去，某些東西又令她猛然回首，望著那片黃泥牆、紅花、百葉窗，還有老舊的紅磚。她現在才發現那裡有多美好，多麼令她留戀。她決定把這裡當成她的青春之屋，她這麼想道：我從未擁有過的青春之一。我永遠不會從這裡嫁出去；查莉，穿的不是藍色而是白色，我老媽含淚相送，再見了，這一切一切。

「到底我們存不存在？」她問他這句話時，轎車已經駛入傍晚的車潮中。「還是說，只有另外兩個人才存在？」

隔了三分鐘之久，她才聽到答案。「我們當然存在。怎麼會不存在？」然後笑得好可愛，正是那個她願為之春蠶自縛的笑容。「我們是巴克萊信徒[17]，妳明白嗎？假如我們不存在，他們怎能存在？」巴克萊信徒又是什麼玩意兒？她有點好奇，可是又拉不下臉虛心求教。

整整二十分鐘，約瑟一句話也沒說；看儀表板上的石英鐘就知道。可是卻令她有種山雨欲來的緊張感；像是在發動攻擊之前，按部就班地準備著。

「查莉，」他突然說，「準備好了嗎？」

約瑟，我準備好了。

---

[17] Berkeleyan是指支持愛爾蘭哲學家兼主教巴克萊（George Berkeley, 1685-1753，其姓發音為barkley）學說者。巴克萊的著名主張為：客體的存在即是被感知（to be perceived），主體的存在即是感知（to perceive）。約瑟暗示，既有他和查莉的模擬，「麥寇」和查莉同遊希臘的經驗就算是「存在」了。

「在六月二十六號那天，星期五，妳在諾丁罕的貝里劇院，演出『聖女貞德』。妳那天並未跟老搭檔一起演出；妳是因為另一名女演員臨時缺席，才在最後一分鐘代人上場。布景到得很晚，燈光還在半路上，妳排練了一整天，有兩名女演員得了重感冒。還記得嗎？」

「一清二楚。」

他有點懷疑地瞟了她一眼，可是顯然沒找到任何好挑剔的地方。那時黃昏初臨，暮色急降，然而約瑟的注意力，卻仍追尋著遠方的那點陽光。這正是他的性格，她想道：這是他一生中做得最好的地方；這種永不休止的衝勁，解釋了到目前為止所欠缺的部分。

「幕啟前幾分鐘，有一小束金褐色的蘭花附了張便箋，送到舞臺門口交給妳，便箋上寫著『貞德，我愛妳永無止境』」。」

「舞臺沒有門。」

「有個專送道具的後門。妳的仰慕者——不管他是誰——按鈴，然後把蘭花交給那位叫李蒙先生的門房，同時還給了他五英鎊小費。李蒙拿到這麼多小費樂不可支，保證立刻把蘭花送去給妳——他有馬上送去嗎？」

「李蒙向來喜歡不敲門就闖進女演員化妝室。」

「那妳是拿到了。告訴我，一拿到這束蘭花時，妳的第一個反應是什麼？」

她遲疑了一下下。「署名是M。」

「不錯，是M。然後呢？」

「什麼也沒做。」

「胡說。」

她有點慌。「我該怎麼樣？我當時最多只剩十秒鐘就要上臺了。」

一輛很髒的貨運卡車，由對面車道切入他們的車道。約瑟隨意將車子往路肩一打，從卡車旁邊閃過。

「所以妳就把價值三十英鎊的蘭花，順手往垃圾筒裡一丟，肩膀聳聳，上臺了。好極了。恭喜妳。」

「我把那束花放在水裡了。」

「那妳又用什麼來裝水？」

這個出乎意料的問題令她的記憶頓時清晰起來。「一個油漆罐。貝里劇院早上兼營一所藝術學校，所以有很多油漆罐。」

「妳找到一個罐子，放滿水，將蘭花放進去。好，當時妳的感覺如何？妳有點受寵若驚？很興奮？」

他的問題似乎沒有切中要害。「我就上舞臺去啦，」她說，還沒來由地笑了。「等著看到底是誰那麼殷勤。」

車子停下來等紅綠燈。靜止使他們產生了一種新的親密感。

「那句『我愛妳』呢？」他問。

「那是戲，不是嗎？一時之間，每個人愛來愛去。不過我很喜歡那句『永無止境』。那句話用得很高級。」

紅燈一變，他們繼續開下去。

「妳沒想到偷偷去看觀眾席，也許會看到認識的人？」

「哪有時間。」

「中場休息時間呢？」

「那時我有往觀眾席偷看過，可是沒看到任何認識的人。」

「戲演完之後呢？妳做了什麼？」

「回我的化妝室換下戲服，又晃了一會兒才走。有點失望；回家去了。」

「妳所謂的家，是指雅仕都商務旅館；靠近鐵路車站。」

她已經不會對他的神通廣大感到驚訝了。「沒錯。雅仕都商務與私人旅館，」她同意。「靠近鐵路車站。」

「那蘭花呢？」

「帶回旅館了。」

「難道妳沒把李蒙叫來打聽送花者的長相嗎？」

「第二天才問。當天晚上沒有。」

「那妳從李蒙嘴裡得到什麼訊息？」

「他說是個體面的外國紳士送的。我問他年紀呢，他卻耍嘴皮，說什麼剛剛好。我後來就想我認識的外國人裡面，有沒有名字中帶M的，可是卻想不起來。」

「妳那麼多朋友裡面，竟然找不出一個外國人叫M的嗎？太讓我失望了。」

「沒有就是沒有嘛。」

兩個人不期然的都笑了一下，雖然不是對著彼此。

「好，查莉。我們現在談第二次，那個晚場演出的隔天，星期六早場，就跟平常——」

「你也去了，對不對？坐在前排中央，穿著你這件紅外套，被一群煩人的小學生包圍著，他們不是在咳嗽、就是吵著要上廁所。」

他對她的輕浮態度有點惱火，暫時把注意力移到路上，等他重新發問時，態度明顯地嚴肅起來，眉頭皺緊就跟小學校長一樣。「我希望妳能確實描述妳的感覺，查莉。那時候是中午兩、三點，那間廳室的窗簾太差，只能遮住一半陽光，感覺不像個劇院，反而像是一間大教室。我坐在前排；一臉外國相，外國人的穿著打扮；身穿紅外衣，坐在大群孩子中間，很顯眼。妳聽李蒙對妳形容過我的模樣，而且，我的視線從頭到尾沒有離開過妳。難道妳絲毫沒有懷疑我就是那個送蘭花的人嗎？那個宣稱愛妳永無止境的M先生？」

「當然有。我知道就是你。」

「憑什麼？妳找李蒙核對過嗎？」

「不需要。反正我知道就是了。我看見你坐在那兒，死盯著我，然後我就想，嗨！就是你，無論你是誰。然後，早場落幕了，你卻仍坐在位子上，而且還拿出了下一場的入場券——」

「妳怎麼知道的？誰告訴妳的？」

原來你也是那種人，她心想，好不容易又對他多了一點認識：當你想要的東西到手後，你就變得那麼男人而且多疑。

「是你自己講出來的。再說，這種小劇場能吸引多少人？我們哪會有那麼多觀眾送蘭花？大概十年才會收到一束吧。而且也沒有那麼多死忠戲迷，還會同一齣戲連看兩場。」她忍不住提出她真正想問的問題：「很無聊吧，約瑟？那齣戲到底怎麼樣？連看兩場的感覺如何？你真的喜歡嗎？」

「那是我畢生中最最乏味的一天，」他毫不遲疑地回答。然後他臉上嚴酷的表情不見了，取而代之的是前所未見的燦爛笑容，那一瞬間他彷彿掙脫了身上所背負的無形枷鎖。「說實話，我認為妳演得很棒！」他說。

這次她可沒再挑剔他用的形容詞。「約瑟，把車子撞爛算了，好不好，就現在？我願意死在這裡。」他還來不及阻止她，查莉已經抓起他的一隻手，使勁吻了他的大拇指一下。

這條路筆直但是坑洞很多，月光籠罩道路兩旁的山丘和樹林，看起來就像敷上了一層銀灰。他們坐在自己的小天地裡，其他車輛的接近使他們的世界更加隱密。她又對他好生神往，不管是在內心，還是在他講的故事裡。她是一名戰士的女友，也正學著去當一名戰士。

「請妳告訴我，當妳在貝里劇院演出時，除了蘭花之外，還有收到過其他禮物嗎？」

「一個盒子。」她想也沒想地就聳聳肩說。

「什麼盒子？」

她已料到他會這麼問，臉上不禁流露出對他的厭惡，她知道那就是他要的。「反正是個惡作劇。某個混混用掛號包裹送了個盒子到劇場來。」

「什麼時候？」

「星期六啊。就是你連看兩場的那天。」

「盒子裡有什麼？」

「什麼也沒有。那只是個空的珠寶盒。寄掛號來，卻空空如也。」

「奇怪。那麼上面的郵遞標籤呢？妳有沒有檢查過？」

「是用藍色原子筆寫的。全是大寫。」

「可是既然它是掛號信，那麼一定有投遞人的姓名啊？」

「看不清楚。好像叫什麼馬登，M開頭的。不過也可能是荷頓，H開頭的。地址是當地的某個旅館。」

「妳在哪兒打開盒子的？」

「在我的化妝室，趁換場時間。」

「一個人？」

「對。」

「妳認為那是怎麼回事？」

「我以為那是某個對我的政治立場不滿的人寄來的。這種事以前發生過。下流信、黑鬼愛人、反戰共產黨。有次還從我化妝室窗口丟進一枚臭氣彈。我想是他們幹的。」

「難道妳沒把這個空盒子跟蘭花聯想在一起過嗎？」

「約瑟，我喜歡蘭花！我喜歡你。」

他已把車子停下來了。剛好停在某個工業區的臨時路邊休息區上，貨車不斷從旁邊轟然駛過。有那麼一刻，她以為對方把車子停下來的用意，是想摟她過來溫存一番。矛盾而捉摸不定的想法令她心裡緊張得要命。可是他並沒有這麼做。他只是伸手到車門懸袋裡，拿出一個雙掛號的信封，信封口還有封蠟，裡面有個硬硬的方塊玩意兒，跟她上次收到的很類似。郵戳顯示諾丁罕，六月二十五日寄出的，信封正面有藍色原子筆寫的她的姓名，還有貝里劇院的地址。背面，則是寄信人的潦草字跡。

「現在我們來編故事。」約瑟平靜地宣布，而查莉緩緩地將信封翻過來。「我們在原來的故事上加一些新的情節。」

她靠他靠得那麼近，只覺心裡頭小鹿亂撞，根本答不出話來。

「那天也是鬧哄哄的，就跟平常一樣。中場休息時間，妳回到自己的化妝室裡。包裹原封不動地放在那裡，等著妳來打開。妳的休息時間有多長？」

「十分鐘。可能還更短。」

「很好。現在妳把那個包裹打開。」

她偷瞄了他一眼，只見他目不斜視地盯著前方的地平線。她低頭看信封，再瞄他一眼，用力把封蠟扯開。同樣的紅色珠寶盒，但是重了一點。還有一個白色小信封，沒封口，放了一張小卡片。給貞德，我自由的靈魂。她讀著上面的字，妳太不可思議了。我愛妳！筆跡一看就曉得是誰寫的，可是署名不是原先的M，而是「麥寇」。簽得大大的，最後一個字母小寫L還拖出長長的尾巴反撇回來，強調這個簽名的重要性。她搖搖盒子，裡面傳出一種柔軟而奇特的擦撞聲。

「我的牙齒。」她故意打趣道，可是這並沒有消除她心裡的緊張。「要我打開嗎？裡面是什麼？」

「我怎麼會知道？隨妳便。」

她掀開盒蓋。一只很粗的金鐲子，上面還鑲了好多藍寶石，漂亮得不得了。

「老天……」她輕喊了一聲，「嗒」的一下把盒子扣攏。「我憑什麼擁有這種東西？」

「很好，這就是妳最初的反應。」約瑟立刻回應。「妳看了一眼，嘀咕了一句，蓋上盒子。記清楚。這就是妳的反應，由現在起，以後都要這樣子表現。」

查莉又把盒蓋打開，小心地把金鐲拿出來在手心掂了掂。可是她對珠寶一竅不通，平常只有在舞臺上戴過一些假貨。

「這是真的嗎？」她問。

「可惜沒有珠寶鑑定師幫妳忙。真假由妳自己決定。」

「古色古香。」她最後判斷說。

「好，妳認為它很古老。」

「而且很重。」

「又古又重。並非一般聖誕拉炮，也不是小孩子的玩具，而是一件貨真價實的珠寶。那妳怎麼辦？」

他的不耐令兩人之間的距離又拉遠了；她思緒起伏，腦子裡一陣亂，他卻很實際。她捧著鐲子研究上面的鑲工，還有內側的標記，問題是她連標記的意義也搞不太清楚。她用指甲輕輕摳了一下金屬的地方，感覺油滑柔軟。

「查莉，妳時間很有限。還有一分半鐘妳就得上臺了，妳到底要怎麼樣？就把它放在化妝室嗎？」

「天，才不呢！」

「他們已經在喊妳了。妳非得上臺了，查莉。妳必須做決定。」

「別催我！我把它暫時交給蜜莉保管。蜜莉是我的替補。她會幫我忙。」

他完全不同意這種安排。

「可是妳並不信任她。」

她幾乎絕望。「我把它藏到廁所去，」她說。「放到水槽後面——」

「太明顯了，一下就會被人看到。」

「那就藏在字紙簍裡面。用垃圾蓋住它。」

「也許有人會把它拿去倒掉。不妥。再想。」

「約瑟，別再逼我——我把它藏到油漆罐後面去！對了！放到其中的一個架子上。那裡已經好幾年沒人清理過了。」

「太好了。妳把手鐲藏到架子後面，然後連忙就定位。遲到了一點。查莉啊查莉，妳跑到哪去啦？幕已經升起了，對嗎？」

「沒錯——！」她吐出悶了半天的那口氣。

「那現在妳有什麼感想呢？說吧。關於手鐲——關於那個送的人？」

「呃，我——我又驚又怕，對不對？」

「為什麼？」

「呃……呃，我不能收下這種東西——我是說它太值錢了——太……太貴重了。」

「可是妳明明已經收下了。妳已經簽收了，而且妳把它藏起來了。」

「只是先等我把戲演完。」

「然後呢？」

「呃……我會把它退回去。難道我不應該嗎？」

終於，他是真的鬆了一口氣，就好像她沒有辜負他的看法。「話雖如此，妳真正的感覺又如何？」

「受寵若驚。六神無主。你要我有什麼樣的感覺？」

「他就坐在前排正中央，距妳只有幾呎遠，查莉。他灼熱的視線一直追隨著妳，已經連續看了三場妳演的戲。他送妳蘭花，送妳金手鐲，而且兩度向妳傾訴愛意。一次是平常老套的告白，一次很有格調。他太棒了。遠比實際的我還要完美。」

惱怒之中，她暫且忽略了他對這個追求者的描述，已經逐步增強了他的權威。

「所以我那時卯足了勁演出，」她說，覺得自己像個傻瓜一樣落入了他的圈套。「但那並不表示他贏了整場比賽！」她厲聲表示。

他輕輕地重新發動車子，像不願擾亂她的情緒一樣。光線消失了，路上的車子也變得比較稀落。他們正沿著柯林斯海灣開下去。墨黑色的海上，幾艘髒兮兮的油輪像在追逐消逝的落日般往西航行。遠在他們上方，山脊的陰影在微光中逐漸成形。公路開始分岔，他們也開始了一段很長的上坡路，九彎十八拐的直朝天空奔馳而上。

「妳記得我是怎麼為妳鼓掌的嗎？」約瑟說道。「妳記得我一直起立鼓掌叫好，不停地喊安可嗎？」

是的，約瑟，我記得。可是她缺乏大聲說出來的自信。

「好——那麼把手鐲的事也牢牢記住吧。」

再來呢？他繼續要用想像力來演出下一幕——把那件貴重的禮物，還給那位陌生的賞賜者。謝完幕，她就匆忙趕回化妝室，找到藏好的手鐲，卸掉臉上的粧，換回便服，打算去追那個人。

查莉到目前為止對約瑟編造的劇情都默許著，但此刻她突然對他的說法感到質疑：「慢著——等一下！為什麼他不跑來找我？既然是他在追求我，為什麼我不坐在化妝室，等他自己來找我？幹麼我要追出去亂找他？」她實在受不了一直被對方編派下去。

「或許他沒這種勇氣。他太崇拜妳了。他已經拜倒在妳的石榴裙下。」

「哼，我為何不坐著等看他到底想做什麼？就觀望那麼一下下。」

「查莉，妳的企圖是什麼？究竟妳心裡想跟他說什麼呢？」

「我打算說：『把這個拿回去——我不能接受。』」她給了一個合情合理的回答。

「很好。那妳就冒了讓他走掉的危險了——再也不出現了——只留下一樣妳不敢收的禮物，就不見了。妳願意這樣嗎？」

好吧，既然如此，那還是去追他好了。

「可是怎麼去——妳打算到哪裡找他？妳準備先上哪兒去找？」約瑟問。

路很空曠，但他開得很慢，以確保現狀不會干擾到他們正在重建的過去。

「我會先從後門出去，」查莉未多加思索就脫口而出：「繞過劇院，奔到前面出口的人行道上，剛好逮住他。」

「為什麼不直接穿過劇院？」

「那我就必須一路穿過人潮。等我追出去，搞不好他已經離開了。」

他思考了一下這個說法。「如果從後面繞過去追，妳就得穿上風衣擋雨。」他提醒她。

又被他說對了。她果然已經忘了諾丁罕那天晚上的大雨。沒錯。她只好從頭來過。以最快速度換好衣服之後，她穿上那件大拍賣時買的新風衣，扣上皮帶，就衝出後門，奔進大雨之中，繞過劇院，向前面出口跑——

「結果卻發現有一半的觀眾擠在天篷下躲雨。」約瑟打岔。「妳笑什麼？」

「沒什麼，我忘記戴上我的黃色頭巾了。你還記得我在電視廣告上戴的那條毛織圍巾嗎？」

「那我們也把這記下來，即使急著去追他，妳仍不忘妳的黃色頭巾。然後呢？穿著新風衣、黃頭巾，查莉衝進雨裡尋找她熱情如火的仰慕者。她奔到前面，對著人潮大喊『麥寇！麥寇！』對嗎？太美了。但她還是白忙了一場——因為麥寇不在那裡。那妳怎麼辦？」

「這幕戲是你寫的嗎，約瑟？」

「不必管這些。」

「那我只好再鑽回化妝室囉？」

「難道妳沒想到再去觀眾席找找嗎？」

「哎呀——對！該死——應該先去那裡找一下才對。」

「妳從哪個入口進去？」

「由通往前排的側門進去。你坐的位子在那裡。」

「不是我——是麥寇。妳從側門鑽進去，推門把。萬歲！門還沒被李蒙鎖上！妳走進了空蕩蕩的觀眾席，慢慢地走在通道上。」

「而他就坐在原來的位子上，」她輕聲說。「老天，太老套了！」

「可是這樣演才像。」

「是啊，這樣演。」

「因為他還坐在原來的位子上，盯著舞臺布幕看，好像這樣布幕就會再度升起，他心目中的自由女神、愛無止境的『貞德』就會出現在舞臺上。」

「我覺得噁心透了。」查莉咕噥了一句。可是他沒理她。

「他一直在同一個座位上坐了七個鐘頭。」

我只想回家。獨自在旅館睡個長覺。一個女孩子一天中能有多少天命安排的奇遇？她實在受不了他一直描寫她的崇拜者了。

「妳猶豫了一下，然後就叫他的名字。『麥寇！』——妳唯一知道的那個名字。他轉頭望妳，卻沒動。也沒笑，沒站起來迎接妳，沒有用任何方式展現他的魅力。」

「那他在幹麼？」

「沒幹麼。他只是深情地注視著妳，試圖引妳開口說話。妳或許會覺得他太傲慢，或許會覺得他很浪漫，然而他並不是一個普通的人，也不可能向妳道歉，或是畏縮。他只是來得到妳的。他年輕、世故、穿著體面。一個有錢有行動力的男人，而且沒有任何自我意識。所以呢，」他改用第一人稱敘述：「妳朝我走過來，同時發現這場面並不如妳原先所想像的那樣。是妳——而非我——主動提出解釋。妳把鐲子從口袋裡拿出來，手伸向我，可是我動也沒動一下。妳身上一直滴水。」

路開始轉向另一座曲折的山路。他命令式的語調，隨著山路的蜿蜒產生催眠般的效用，迫使查莉漸漸陷入他錯綜複雜的故事中。

「妳講了一些話。妳說了什麼？」沒聽見查莉回答，他就自己補上。「『我不認識你。謝謝你，麥寇，我受寵若驚，但是我不認識你，我不能收下這份禮物。』妳會這麼說嗎？嗯，妳會。但也許會說得更漂亮。」

她幾乎聽不見他在講什麼。她想像自己站在觀眾席的走道上，就在他面前，伸手把珠寶盒遞給他，凝視著他那對深邃的黑眼睛。還有我的新馬靴，她心想；我為耶誕節新買的那雙棕色長靴，被雨淋濕了，但誰在乎？

約瑟仍在編他的神話。「我還是一句話也沒說。此時無聲勝有聲——依妳豐富的舞臺經驗，妳應該知道，沉默是建立溝通的最佳方式。如果這傢伙就是不說話，妳怎麼辦？這時候妳不得不再度開口。妳會說些什麼呢？」

她感到一種少有的羞赧，與她的資產階級想像力糾纏著。「我問他到底是誰。」

「我叫麥寇。」

「這我早就知道了。姓什麼？」

「沒回答。」

「我就問你到諾丁罕來做什麼？」

「跟妳來場戀愛。說下去。」

「老天——約瑟——」

「說下去！」

「他怎麼可以對我那麼說？」

「那妳就告訴他啊！」

「我跟他講道理。求他別這樣。」

「那就把話講明白啊——他正等著妳呢，查莉！告訴他啊！」

「我說……」

「什麼？」

「『聽我說，麥寇……你對我實在很好……我不敢當……我受寵若驚。可是抱歉——這太誇張了。』」

他很失望。「查莉，妳應該講得更好，」他責備她。「他是個阿拉伯人——即使妳不肯定，也有三分懷疑——妳是在退還他送的禮物，不是假惺惺的半推半拒！妳必須講得更堅決！」

「『這對你不公平，麥寇。許多人都會迷上女演員……或者是男演員……這種事天天都有。你不能因為某種幻象……就毀了自己。』」

「很好。繼續。」

她愈來愈進入情況了。她恨他對她步步進逼，就像那些討厭的導演一樣，但她也承認，這一招的確非常管用。「『演戲就是這麼回事，麥寇。幻覺。要觀眾看得入迷，戲才算成功。演員在舞臺上賣力演出，就是為了要讓你們著迷。我們成功了。可是我不能接受這個。它很美，太美了，我說什麼也不能接受。你只是被我們迷惑了。就是這麼回事。戲劇都是騙人的，麥寇。你懂我意思嗎？騙人的把戲，你被騙了。』」

「我還是不吭聲。」

「你不會叫他講啊？」

「怎麼？妳已經辭窮了？妳不覺得對我有責任嗎？一個英俊的年輕人，為妳花了大把的錢去買蘭花和昂貴的珠寶，妳不內疚嗎？」

「我當然會！我早告訴過你了！」

「那就保護我啊！別讓我愈陷愈深，不能自拔！」他的語調流露出不耐煩。

「我不是正在試嗎？」

「那鐲子花了我幾百英鎊——就連妳也猜得出來。依妳的估計，說不定是好幾千鎊！搞不好是我為了妳去偷來的！甚至殺了人！或是變賣我全部的家當！一切都是為了妳！我已經走火入魔，查莉，仁慈一點吧！發揮妳的影響力！」

在查莉的想像中，她看到自己坐到麥寇旁邊的椅子上。兩手抓著膝蓋，彎過身去誠懇地和他溝通。對他而言，她像個護士，又像個母親。一個朋友。

「我告訴他，如果他認識真正的我，他一定會失望。」

「請妳說清楚一點。」

她做了個深呼吸，開始說道：「『聽著，麥寇，我只是個普通女孩。我窮到穿破絲襪、銀行帳戶透支，當然我不是什麼聖女貞德，相信我。我不是處女，也不是戰士，自從我被學校退學之後，我也不再跟上帝打交道了。——雖然我很不願說出這句話——我只是查莉，一個墮落的西方蕩婦。』」

「好極了。說下去。」

「『麥寇，你必須擺脫對我的幻想才行。我只能做到我能做的，你懂嗎？所以，把這個拿回去，保留你的錢和幻覺——謝了。衷心感謝。但真的別這樣。』」

「妳的意思不是叫他『保留』對妳的幻覺，對不對？還是說，妳想？」

「好吧，去他的幻覺！」

「那最後呢？」

「還不簡單。我把手鐲往椅子上一丟，站起來轉身走出去。謝了，全世界，再見！如果我趕上巴士回旅館，還可以買兩根炸雞腿！」

約瑟對如此絕情的安排露出吃驚的表情。他忍不住從方向盤上舉起一隻手，很節制地揮舞著。

「可是，查莉，妳怎麼狠得下心？難道不怕我自殺嗎？在諾丁罕的大雨中走上一夜？一個人？而妳卻睡在溫暖豪華的旅館房間，伴著我的蘭花和卡片。」

「豪華？老天爺——得了吧！連床上的跳蚤腳都是濕的！」

「難道妳一點責任感也沒有？那個男孩對妳如此癡情，妳竟然狠得下心，理都不理他嗎？」

她想要發脾氣，但他根本不給她機會。

「妳有一顆善良的心，查莉。別人也許會認為麥寇是個膚淺的追求者，妳卻不會這麼想。妳對人一向很信任，那正是今晚妳對麥寇的態度。妳完全沒有顧慮到自己，妳真的被他感動了。」

前方，一個荒涼的村莊坐落在上坡處，她看見路旁一家小餐廳的燈光。

「不管怎麼樣，反正就在妳打算走開以前，麥寇終於決定開口了，」約瑟很快地說下去，而且還打量了她一眼。「他的口音是一種軟軟的、溫柔的外國腔，有點法國腔調，另外又帶點其他口音；他表現得毫不羞澀或退縮。他對爭辯不感興趣，他說，妳是他夢寐以求的女人，他想要當妳的愛人，尤其是在今晚，雖然妳告訴過他妳叫查莉，他仍然喊妳貞德。他問妳是否願陪他去吃晚飯，而如果吃完晚飯之後，妳仍然拒絕他的話，他才會考慮收回那隻手鐲。不行，妳說，他現在就得拿回去；妳已經有愛人了，而且，在諾丁罕這種鄉下地方，過了晚上十點半、又下著大雨，哪還有地方可以吃晚餐？別傻了！……妳會這麼講？對不對？」

「還用說。」查莉承認，連看也不看他一眼。

「尤其是那頓晚餐的邀請——妳會說想都別想，對吧？」

「而且他還說想請我去吃中國菜或炸魚薯條呢。」

「不管怎麼講，妳還是對他做了一個危險的讓步。」

「怎麼說？」她搞不懂。

「妳基於實際的理由拒絕了他：『對不起，我們沒法一起吃飯，因為這附近沒有餐館。』妳可能還會說，妳不能跟他過夜，因為妳沒有床。而麥寇好像早就知道妳會這麼說，他馬上把妳的猶豫打發掉了。他知道一個地方，他全都安排好了。所以，我們可以一起用餐。為什麼不呢？」

他將車子開上路邊的碎石地，停在公路餐廳前面。約瑟在虛構的往事情節與現實間任意穿梭，把查莉弄得暈頭轉向，麥寇的苦苦糾纏令她感到有些得意，而她也鬆了一口氣，因為麥寇終究沒有放她走，她還是留在她的座位上。約瑟也是。她轉頭望他，窗外燈光如夢似幻，她發現他正凝視著她放在膝蓋上的手，特別是右手。藉著外面的燈光，她只能看到他臉上線條嚴峻而且毫無表情可言。說時遲那時快，他突然伸手攫住她的右腕，大膽而自信地將它舉起，她的衣袖順勢滑落露出了手腕，而那隻金鐲正套在上頭，在黑暗中閃閃發光。

「很好，很好，我真該恭喜妳，」他不帶任何感情地說道。「妳們英國女孩可真是一分一秒都不浪費！」

她氣憤地掙脫他的手：「怎麼樣？」她吼他。「嫉妒嗎？」

可是她傷不了他。他有張不流露感情的臉。你到底是誰？她心中絕望地吶喊著，一路跟著他走進餐廳。是他？還是你？抑或誰也不是？

9

查莉絕不會想到，那天晚上她並非約瑟內在宇宙的唯一中心，也不是柯茲的宇宙中心；當然，她也絕非麥寇的思想中心。

早在查莉跟她的想像戀人，離開那棟雅典的別墅之前——照著故事裡的說法，在他們雙雙躺在對方的臂彎裡，宣洩他們狂亂的慾念時——柯茲與里托瓦克兩個人，卻規規矩矩地搭乘同一架德航班機直飛慕尼黑，座位劃在不同排。他們分別置身於不同國籍的保護下：柯茲是法國人，里托瓦克則是加拿大人。飛機一落地，柯茲馬上被接到世運村，那裡有些對外號稱來自阿根廷的攝影師，等不及要跟他碰面；而里托瓦克則直奔慕尼黑的貝雪霍夫旅館，和一位只知名叫約伯的軍火專家碰頭。這位老在嘆氣、沉溺於空想的傢伙穿著緊繃的麂皮夾克，隨身攜帶一疊裝在塑膠風琴夾裡的大比例尺地圖。他偽裝成一位測量專家，過去三天，把從慕尼黑到薩爾斯堡的高速公路，分別做了無數次的行軍測量。他對里托瓦克所進行的簡報，就是計算如果在一個尋常工作日的清晨，這條路線的某處在不同氣溫、不同交通情況下發生了一次非常大的爆炸，可能會有什麼樣的效果。兩個人在咖啡廳享受了好幾壺芳香的咖啡，討論了約伯提出的試探性建議之後，兩人就坐進一輛租來的汽車，慢吞吞地把長達一百四十公里的整段公路實地勘察了一遍，惹惱了趕時間的車輛，幾乎在每個允許停車的地方都停下來，甚至是那些不准停車的地方。

里托瓦克由薩爾斯堡獨自轉往維也納，與另一批有著新面孔、新交通工具的先驅部隊相會。里托瓦克在以色列大使館中那間隔音室裡，對這個特別行動隊進行簡報，同時又辦了些小事——比如說把慕尼黑發過來的最新密電全部看完，然後就帶著這票人，坐上好幾輛破車，直奔南斯拉夫邊境地區，帶著避暑觀光客似的光明磊落之貌，他們就先開車逛遍了當地的公共停車場、火車站、美得像畫的市集廣場，然後才分別住進菲拉赫市⓲內幾棟臨時分租的破公寓裡。等里托瓦克把網撒好之後，他又匆匆奔回慕尼黑，以便籌畫重要的釣餌準備工作。

柯茲趕回慕尼黑坐鎮收韁、總攬大局之際，對「小鴨子」的審訊工作已進行到第四天，一切尚稱順利。

「你們最多有六天時限，」柯茲警告過他兩位耶路撒冷的審訊專家。「過六天之後，你們犯的過錯，就跟小鴨子一樣，沒救了。」

這種工作對柯茲來講最稱心，他只恨自己不能同時在三個地方出現（兩個地方是他的極限），否則他會親自上陣，但他沒辦法，所以才會找到這兩名大塊頭的溫言哄騙專家當他的代理人，他們出名的是刻意保持沉默的演技，還有串通好故作悲傷的好性情。這兩個人不是親戚，而據大家所知也不是戀人，

⓲ Villach，奧地利南部城市，位於德拉瓦河河岸。

但他們已經一起工作了這麼多年，彼此心靈相通的緣故，甚至連長相都有點相似。柯茲第一次把這兩位仁兄請到迪瑟拉里街十一號時，兩個人四隻手擱在桌邊聽他講話的模樣，就像兩隻大狼狗把前爪搭在桌上那樣。起初他對他們兩個很不客氣，因為嫉妒，也覺得找代理人就是一種失敗。他只給他們整個行動的大概，就把「小鴨子」的檔案丟給他們研究，強調在把「小鴨子」整個人弄得一清二楚之前先別急著來找他。他們太快回應了，這對他來說頗不討喜，便親自口試，問了許多有關「小鴨子」童年、生活方式、行為模式等等雜七雜八的問題，只想惹毛他們。竟然沒問倒兩人。柯茲這才滿懷怨恨地把自己的文書小組——史瓦利、巴哈小姐、作家里昂——喚進來，他們在中間的幾星期裡已經把彼此的怪癖摸熟了，變成一個彼此密不可分的小組。柯茲當時的簡報堪稱語焉不詳的經典。

「這裡的巴哈小姐負責管理，主控每件事。」他這樣開始，算是把這些新人介紹給大家。雖然已經講了三十五年，他的希伯來語還是爛到出名。「巴哈小姐控管呈報給她的所有原始資料。她製作報告以便傳送到前線。她支援這位里昂，給他一些指導原則。她檢查他的作品，確定這些文章能夠配合信件往來的通盤作戰計畫。」如果這些審問專家先前算是略知一二，現在他們則更摸不清楚狀況了。但他們還是保持沉默。「一旦巴哈小姐批准了一篇文章，她會找來這位里昂，還有史瓦利先生，一起開個會。」上次有人稱呼史瓦利「先生」，大概是一百年前的事了。「在這場會議裡，會對使用的文具、墨水、筆，以及寫作者在故事進行中的身心狀態做決議。他或者她是高興或難過？憤怒嗎？對於計畫中用到的每樣東西，小組都會通盤考量到整個故事的每個面向。」雖然他們的新老闆決定以暗示而非明講的方式透露所有訊息，這些審問員還是逐漸看出，他們現在加入的計畫大致上是什麼樣子。「也許巴哈小姐會有一份手寫真跡列在檔案裡——信件、明信片、日記——這些可做為範本。她也可能沒有。」柯茲的右前臂盡可能跨越桌子伸向他們。「只有在所有這些程序都觀察過以後，史瓦利先生才會偽造。做得漂亮。史瓦利先生不只是個偽造家，他是個藝術家。」他警告過了——他們最好記住這點。「他的工作完成後，會直接呈報給巴哈小姐。為了做進一步檢查、注意指紋、上郵戳標籤、儲存。還有問題嗎？」

兩個人露出羔羊般的微笑，說他們沒有問題。

「從枝微末節開始。」在他們一同離開時，柯茲對他們吠道。「如果以後有時間，你們再從頭問也不遲。」

其他的會議處理的是比較麻煩的議題：如何讓小鴨子盡量在短時間內採取合作態度，配合他們的計畫。老烏鴉加隆最心愛的那群心理專家再度被找來，勉強聽了他們的意見，然後送客。製造幻覺和瓦解心智的藥物技巧講座比較有收穫，他們匆忙向其他逼供專家收集這方面的成功經驗。所以，這個經過長期計畫的行動方針加上了一絲最後一分鐘即興演出的味道，柯茲與所有相關人等都挺喜歡的。他們的命令獲得同意後，兩名逼供專家即首途前往慕尼黑，趕在「小鴨子」押來之前，先去把各種聲光和音響效果，一一事先安排妥當並演練。他們抵達時看來就像個雙人樂團，行李箱全是金屬製的大箱子，斑痕凹洞累累，穿著則像爵士樂手路易斯．阿姆斯壯。史瓦利的三人文書小組，於兩天後也趕到了世運村，一到就大剌剌地住進了樓下那層公寓，自稱郵票交易商，趕來慕尼黑參加名郵拍賣大會。附近其他鄰居對他們故事也沒疑心什麼。猶太人啊，他們彼此知會，可是這年頭猶太人又有什麼好稀奇的？猶太人早就正常化了。當然是交易商囉，你還希望猶太人幹哪一行？三個人的行李中，除了巴哈小姐的電腦記憶儲存系統之外，還包括有錄音設備、耳機、大箱罐頭食品。另外一個瘦巴巴的小夥子叫「鋼琴家山姆」，其實是柯茲派到德國的電傳打字員，山姆在他穿的短棉襖大衣裡，還插了一管大型柯爾特左輪槍，在他發報時不停敲在桌子邊上，可是這小子絕不拿掉。他跟雅典那邊的大衛一樣，屬於悶聲不響型的人物，就行事風格而言，他們可能是孿生兄弟。

房間分配是巴哈小姐的職責。考慮到需要保持安靜，她把里昂安頓到本來的兒童房，牆上有眼睛晶亮的鹿平靜地啃著超級大的雛菊。山姆則安頓到連接後院的廚房，讓他豎天線和晾白球襪。可是當史瓦利看到那間讓他睡覺兼工作的臥房時，卻發出了一聲哀號。

「光線呀，老天爺！這種光線能做什麼？這種光線就連偽造一封我祖母級的信都別想！」

周身充滿緊張創作靈感的里昂被這一陣不期而至的風暴搞得頭暈目眩，講求實際的巴哈小姐倒是立刻看出問題所在：史瓦利不但需要充足的光線來偽造他那些文書，一方面也是因為以前蹲怕了暗無天日的苦牢。想通以後，她馬上撥內線電話上去，找樓上的阿根廷老鄉幫忙，不久就下來了幾個年輕人，家具在她的指示之下像積木似的挪來移去，然後史瓦利的大工作桌就重新安置到客廳的大窗口，還可以看見窗外的綠樹和藍天。巴哈小姐自己釘了一張特別厚的網眼簾以保護他的隱私，並且吩咐里昂為史瓦利的時髦義大利檯燈裝上延長線。看看差不多了，巴哈小姐把頭輕輕一點，幾個小夥子才靜靜地從史瓦利身邊走開，雖然里昂還偷偷地從自己房間門裡偷看著他。

史瓦利稱心滿意地迎著晚霞坐在桌前，把他那些當寶一樣的特殊墨水、筆、文具，一一放到桌上的固定順手位置，就好像明天要參加大考似的。然後他把袖釦解下，合掌緩緩把手搓熱——雖然對一名老囚犯而言，他的手現在早已夠溫暖的了。接著他才把頭上的帽子摘掉。再來，就是把手指頭一根根拉鬆，關節嘎嘎作響。最後他安坐在椅子上等，像他從成年以後就一直在做的那樣。

大群人恭候的超級巨星也準時在當天傍晚假道塞浦路斯，安然飛抵慕尼黑。他抵達時並沒有任何記者捧著相機猛拍，因為他躺在一付擔架上，在一名醫護員和一名私人醫生的隨同下抵達。醫生倒是貨真價實，只是護照不是真的；至於小鴨子，他的身分則是一位從尼柯西亞⑲來的英國商人，臨時生病，被送到慕尼黑動心臟手術。陪著病人一起來的，還有一大疊病歷檔案，不過西德機場的驗關人員連瞧都懶得瞧一眼。單憑病人那張毫無生氣的病臉，就曉得個大概了。一輛救護車把病人、醫護員、醫生三個人，直送市中心的大醫院，可是等開到一條側街時，卻突然轉了彎，似乎最糟的事情已經發生——他們開到某家相識的葬儀社，溜進他們有屋頂的院子裡。後來又有人看見，住在世運村的兩個阿根廷攝影師和他們的朋友，從他們那輛破小巴士上抬下來一個柳條編的大洗衣籃，方方長長，外面還貼了「易碎玻璃品／小心輕放」的標籤，那些鄰居說，錯不了，這群阿根廷人又添了一樣昂貴的攝影器材，他們的設備早就已經多到滿出來了。他們興致勃勃地猜測，住在這群阿根廷人樓下的郵票交易商不知道會不會抱怨樓上的音樂品味：猶太人向來會抱怨所有大小事。這時候，樓上的那群人打開他們的獎品，醫生在旁邊幫忙，確定這一路上貨品毫髮無傷。數分鐘之後，他們就把小鴨子抬進了囚房，放到墊了厚厚防撞填

---

⑲ Nicosia，塞浦路斯首都。

料的地板上；據估計，最多再過半小時他就會醒來；由於頭上還綁了個遮光罩，也許還會遲一點。護送他來的醫生馬上就告辭走人。他是個心腸軟的男人，由於擔心小鴨子的未來命運，他特別請柯茲保證，他不必在自己的醫學原則上做任何妥協。

果然沒料錯，四十分鐘不到，他們就看見小鴨子在拉他身上的鐵鍊了，先是扯動手腕上的，然後是膝腿上的，愈動愈厲害，四肢開始猛扭猛扯，就像隻蛹想蛻皮似的，直到發覺是面朝下趴著、被人五花大綁的，才突然一滯，似乎在檢查自己的狀態，跟著才發出試探性的呻吟。毫無警告的，小鴨子猛然間開始發出一連串、一聲接一聲的絕望狂叫，而且又扭、又縮、又彈、又砸，力氣大到讓他們覺得幸虧事先有用鍊子把他綑住。看了一會兒掙扎表演之後，兩位逼供專家就暫時告退，只留下警衛看守，先讓囚犯把火氣發洩完。可能小鴨子腦袋裡早已經裝滿了以色列人各種殘忍刑求的故事吧。可能在他的困惑中，他的確很希望他們不負這種名聲，讓他夢魘成真。但警衛卻不肯幫他這個忙。他們接到的命令是扮演冷面獄卒，保持距離、不要造成任何傷害，他們對命令字字遵從，就算這樣會讓他們付出重大代價——歐岱「寶寶」尤其如此。自從小鴨子一送到公寓，歐岱年輕的兩眼中馬上冒出恨意。日復一日，他看起來愈來愈病容滿面，忍到第六天時，他自己的肩膀也僵了，完全就是因為跟小鴨子同處在一個屋簷下的壓力。

好不容易小鴨子才累得睡著，這時候，逼供專家決定應該開始了。他們先放出早晨那種車水馬龍的交通喧囂聲，打開很明亮的日光燈，同時替他端來早點——雖然那時還不到午夜——大聲吆喝守衛把他身上的鐵鍊解開，讓他像個人，而非像條狗似的進食。然後他們親自替他將頭罩拿掉，希望給小鴨子的第一印象是兩張和善而不像猶太人的臉龐；他們看著他的目光，就像慈父對兒子一般溫馨。

「你們以後不准再把這些玩意兒套到他身上！」其中一個用英語低聲吩咐那幾名守衛，而且很惱火地將鐵鍊和面罩往牆角一丟。

守衛退了出去——歐岱還故意表現出很不樂意的樣子——小鴨子同意先喝點咖啡，兩位新交上的朋友就在旁邊望著他喝。他們曉得這兔崽子必定很口渴，因為是他們特別交待過醫生的，所以這咖啡喝起來一定好得不得了，不管裡面還摻了些什麼其他玩意兒。他們也知道，目前的他心靈正支離破碎。有如夢幻般的狀態，在某些重要的心靈領域中，可說毫無設防——比方說，無法拒絕賜予他的憐憫和同情。等他們連續故技重施——偶爾進去看看他是否安好，有時中間只間隔幾分鐘——數次之後，逼供專家就決定採取行動，對他表明自己的身分。這套把戲雖然古老，其中卻包含了許多新鮮的變化。

他們是紅十字會的觀察員，這話是用英語說的。他們是瑞士公民，目前專門駐留在這所監獄。什麼監獄，在哪裡，很抱歉，他們不能隨便透露，不過語氣中流露出強烈的暗示，讓對方猜到是在以色列。他們把監獄通行證拿給他看，包裹在用舊了的塑膠套裡，上面還有印了關防的相片以及紅十字徽章，整塊通行證上面，有許多細緻綿密的流紋，跟鈔票支票上印的那種防偽流紋一模一樣。他們解釋，自己的工作是保證以色列人在處理戰犯時，不會違反日內瓦公約的協定——雖然，唉，這只有天曉得，他們說，真的很不容易——同時要提供小鴨子和外界接觸的管道，監獄規定至少該容許這一點。他們兩個正在想辦法把他弄出隔離囚禁室，轉移到專門關阿拉伯囚犯的區域，他們這麼告訴小鴨子；不過呢，據他們瞭解，「嚴厲的審訊」隨時就會展開，所以目前以色列人仍然堅持將他單獨囚禁。有時候，他們兩個解釋給小鴨子聽，以色列人一旦固執起來根本不顧形象。他們故意把「審訊」這兩個字講得很不齒，就好像他們很希望有別的字代替。這時牢門突然打開，歐岱遵照指示進來，假裝忙著牢房的清潔事務——兩個瑞士人趕緊閉嘴，不再吭聲，一直等他離開，才繼續演出。

下一步，他們就拿出一張大表格，幫著小鴨子親手填寫：這兒寫上姓名，老弟，住址，出生年月日，近親有哪些人，對了，就這樣填，職業——應該是學生吧，對嗎？——資歷，宗教信仰，很抱歉要你填這個，可是規定就是規定。小鴨子很合作，不管他起先有一點不願意，這張顯示合作態度的第一次證據，令樓下的文書小組暗地裡相當滿意——雖然因為受到藥物影響的緣故，小夥子的筆跡有點歪斜。

離開囚室前，套供專家就遞給小鴨子一本英文小冊，上面列出了他的權利；朝他眨眨眼，拍拍肩膀，還塞給他幾塊瑞士巧克力。同時很親切地叫他的名字沙林姆。在隔壁那間觀察室裡，他們藉著紅外線盯了他一小時，看著他躺在黑漆的房間地板上，哭得很淒慘，而且拚命搖頭。接著他們又把燈光逐漸打亮，興高采烈地跑進牢房，大喊：「看我們替你拿到什麼！喂，起來啦！醒醒——沙林姆，已經早上啦！」是一封信，收信人寫的是他的名字。發信地址的郵戳是貝魯特，由紅十字代轉，上面還蓋了個「已通過牢獄安全檢查手續」的戳記。是他姊姊法達米哈寫給他的信，他脖子上戴的金項鍊就是她給的。這封信是史瓦利偽造，經過巴哈小姐的編纂，以及里昂的生花妙筆，把法達米哈的溫情發揮得恰到好處。至於臨摹的範本，則是利用當初監視他時所偷到的法達米哈來函。法達米哈在信中表達了她的關愛，並且鼓勵他到時候一定要堅強。所謂「到時候」，她似乎是暗示可怕的逼供刑求。她已經決定跟現在的男朋友分手，而且辭掉目前的工作，她在信上說，打算重新回到黎巴嫩南方塞達港去做事，因為她實在忍受不了距離她巴勒斯坦老家這麼遠，而且此刻小鴨子又面對如此嚴苛的考驗。她敬佩他，讚美他；她永遠都會的；里昂發誓她絕對會一直如此。即使進了墳墓，下輩子，法達米哈也會生生世世愛著她勇敢、英勇的弟弟；里昂絕對會見證這一點。小鴨子裝出冷淡的神情收下這封信，可是等瑞士人一離開，他立刻虔誠地跪在地上，仰起頭，擺出一副慷慨就義的神聖姿態，同時把他姊姊寄來的信捧貼在臉頰上。

「我要信紙！」他趁著守衛進來打掃清潔時，很莊嚴地告訴以色列人；那是給他信後的一小時。

好像根本沒人聽見他說話。歐岱甚至打了個哈欠。

「我要信紙！我要見紅十字的人！根據日內瓦公約，我要求寫封信給我姊姊法達米哈！聽到沒有？」

這些話讓樓下的文書小組又是一陣大樂，足以證明他們偽造的信函天衣無縫，小鴨子已經接受了。特急戰況報告立刻拍往雅典。守衛鬼鬼祟祟地晃出牢房，裝成是要聽取指示，才拿了一小疊紅十字專用信紙進來。他們同時也丟給小鴨子一本印刷小冊《囚犯須知》，裡面明文規定，只有英文信才可寄送，「而且唯有未暗藏密語的信件」才會被轉寄出去。信紙是有了，可是沒筆。小鴨子又要求一枝筆，哀求給他一枝筆，大吼大叫向他們討，痛哭流涕，每一種要求過程，都是以慢動作進行，可是獄卒卻大聲吼回去，告訴他日內瓦協定裡可沒規定必須提供戰犯任何筆。半個鐘頭後，兩個審問員火冒三丈地衝進牢房，親自帶了枝原子筆給犯人，上面刻著「為了人道」。

一幕接一幕的假戲就這麼演下去，好幾小時下來，神智不清的「小鴨子」已將這兩名瑞士人伸出的友誼之手握得更緊。他寫給法達米哈的回信相當經典：足足寫了三大張自憐自艾、叮嚀有加、勇敢面對現實的感情話，也終於讓偽造大王史瓦利，獲得了小鴨子在感情激動之餘，所提供他的第一件筆跡樣本，也讓里昂更能掌握他的英語書信風格。

「親愛的姊姊，一星期以來，我都在妳精神的鼓勵下，面對我生命的試煉，」他寫道。這件新聞當然也值得特地拍發密電出去：「把每件事都送過來給我，」柯茲事先告訴過巴哈小姐。「不要沒聲沒息的。就算沒發生任何事，也要把沒發生任何事的消息遞過來。」他也嚴格要求過里昂，「釘著她，至少每兩小時發一次訊號給我。最好每小時都向我報告一次。」

小鴨子寫給法達米哈的信，是後來連續好幾封信的第一封。有時候他們姊弟兩個人的信件來往，會彼此錯過；有時候法達米哈會在他才寫出信後不久，就會有信回覆他的問題；同時也會反問他許多問題。

從枝微末節開始去抽絲剝繭，柯茲告訴他們。這件案子的頭緒，似乎又臭又長，都是些無關緊要的閒聊。一小時接一小時的，兩位套供專家都會很和氣又有耐性地找小鴨子聊天，鼓勵他，要他堅強，用他們瑞士人的冷靜誠懇，讓他在以色列人把他拖出去逼供時，能夠建立起足夠的反抗力量。首先，他們專找那些他願意談的話題跟他聊，用他們尊敬的好奇心和反應去捧他的場。有關政治方面的問題，他們很不好意思地說，並非他們的專門：他們一向傾向重視人多於觀點立場。其中一位瑞士人偶爾談起英國詩人彭斯的詩句，引用了一段，巧得很，小鴨子正好也非常欣賞他的詩。有時候，他們似乎希望他能改變他們的想法，對於他提出的論證接受度很高。他們問他對西方世界的看法，他不是已經到西方住了一年多了嗎？先是整體概論，然後又一個國家、一個國家的跟他聊，入迷地聽他講那些老掉牙的想法：法國人的自私自利、德國人的貪婪野心、義大利人的頹廢毀敗。

那英國呢？他們隨口問道。

啊，英國是最差勁的！他斬釘截鐵地說。英國已經沒落、破產、毫無方向感了；英國只是美帝的走狗；英國代表了每一件壞的事情，而英國最大的滔天之罪，就是他們竟然把他的祖國和故鄉送給了那些猶太復國主義者。講到這裡他又離題了，開始痛罵以色列，他們就由他罵個痛快。目前他們還不想引起他的絲毫懷疑，讓他觀察出他們對他的英國之行特別感興趣。他們反而主動問起他的童年——他的父母，巴勒斯坦的老家——彼此心照不宣地感到滿意，他竟然絕口不提他那位長兄；直到目前為止，那位老大哥完全不在小鴨子的人生中。他們注意到，做了這麼多以後，小鴨子還是只講些他認為不影響他正義目的的事情。

他們以堅定的同情心聽著他描述以色列的暴行，還有他當年在塞達港難民營常勝的足球隊當守門員的回憶。「告訴我們你打過的最好一場球賽，」他們敦促著。「快告訴我們，哪一場比賽你救的球最險？告訴我們，你上臺從偉大的阿布阿瑪[20]手中領到冠軍盃時，還有哪些人在場觀禮？」小鴨子停下來，很不好意思地聽從他們。樓下錄音機上的磁帶盤，換了一捲又一捲，巴哈小姐忙得不亦樂乎，隨時把得到的情報和進度，寫好交給鋼琴家山姆，要他拍發給雅典的收報員大衛。而里昂呢，他也埋頭在他

---

[20] Abu Ammar，阿拉法特剛開始巴勒斯坦民族解放運動時用的化名，後來成為巴勒斯坦人對他的敬稱。

的小天地裡，半閉著眼研究小鴨子獨特的英語：他時而衝動急促的講話風格、偶爾突然冒出的華麗辭藻、他的抑揚頓挫和字彙、他突如其來的轉移話題——實際上常常句子才說到一半，就講起別的事來。史瓦利則手握那枝神采之筆鬼畫符，嘴巴裡喃喃自語，還得意地笑著；但有時候，里昂注意到，他崩潰了，陷入絕望。幾秒鐘之後，里昂會看到史瓦利在他的小天地裡來回踱步，計算起房間大小，對樓上的倒楣男孩有著一種老囚犯的同情心。

要把話題扯到那本日記上，他們有新花招來套他上鉤，這招有點險。他們兩個一直拖到第三天，用一般談話技巧能跟小鴨子套的話，已經全套完了。就算到了這個節骨眼，他們還堅持要得到柯茲的同意，才冒著讓小鴨子起疑心的危險進行此事；這時已經沒有時間採取其他辦法了。在小鴨子被綁後的第二天，監視他的人就已經把那個小日記本弄到手。他們派出三個人，穿著某清潔公司的淡黃色工作制服，胸口還別了識別證，跨進小鴨子的公寓。鑰匙和一封幾可亂真的房東授權書，給予他們為所欲為的權力。由淡黃色工作車上，他們搬下來吸塵器、拖把、爬梯，一進去之後將房門反鎖，窗簾拉上，像蝗蟲似的在裡面連啃了八小時，到處拍照、翻搜，凡是動過的地方，事後再照樣擺回去，還用撲灰器噴上灰塵，看起來根本就像沒人碰過似的。找到的東西裡面，包括一本棕褐色皮面小日記本，它藏在書櫃後面原本該擺電話的小洞裡，這是中東某家航空公司送的紀念品，小鴨子不知何時弄到手的。他們知道他有本日記，只是沒在他身上搜到。現在被他們給挖出來，好極了。小日記本裡的記錄有些是阿拉伯文，有些是法文，還有些是英文。有些則根本看不出是哪國的文字，也有些很容易解碼。不過大部分的字句都跟約會的時間有關，也有些還特別加了諸如：「遇見J，已電P」的備註。除去這本日記之外，還搜到另一樣不賴的玩意兒：一個裝了許多帳單收據的厚牛皮紙信封，全是小鴨子行動時的花費存底，用來報帳的。這太好了，憑著這些帳單收據，他們就可以摸清他跑過哪些地方。三人行動小組當然也順手把信封袋給拿走了。

可是要如何弄懂日記本裡的事情呢？少了小鴨子的協助，該怎麼解開裡面那些密語呢？

所以，該如何才能獲得小鴨子的協助呢？

本來他們考慮加重小鴨子的用藥量，最後還是打消了念頭，免得他神智完全喪失。用刑的話，不就等於把原來花的軟功夫全白費了嗎？何況，他們這些內行人，也的確比較愛用文的手段。他們寧願利用藉恐懼與依賴建立起來的關係去著手，反正小鴨子一直畏懼著行將到臨的以色列逼供手段——幹麼不從這方面下工夫呢。所以首先，他們就帶來一封法達米哈寫給他的緊急信件，里昂最簡短也最棒的一篇力作：「我聽說時間已經逼近。我求你，我替你祈禱，一定要有勇氣。」信一送到他手上，他們就把光線調亮，好讓他仔細讀清楚，然後又將燈光關掉，隔了很長一段時間都沒去打擾他。在一片漆黑裡，他們播放那些聽起來很遙遠的悶悶慘叫聲，還有那些牢房鐵門開開關關的聲響，以及囚犯被人在地上拖來拖去、撞在地上的聲音、腳鐐鐵鍊在石砌走廊上擦碰拖磨的聲音。然後他們又把巴勒斯坦軍樂隊演奏的出殯送葬曲放給他欣賞，讓他在藥物的作祟下，產生自己已經可能死亡的幻覺。從紅外線觀測鏡看進去，「小鴨子」真有點像死了一般，躺在地上動也不動。看看差不多了，他們就派守衛進去，把他的衣服剝光，用鐵鍊倒綁在他雙手，外加上腳鐐。讓他一個人趴臥在地上，就好像再也對他不聞不問了。他們從播音器上一直聽到他在呻吟「啊……不要……不要……」大概魂都嚇光了。

他們把鋼琴家山姆打扮成一名身穿白袍的醫生，戴了聽診器進牢房，一臉沒趣地把小鴨子翻過來，用聽筒測他的心跳頻率。雖然裡面仍舊一片漆黑，可是白長外衣在他身邊翻飛的時候，他或許看得見。然後他們又把他一個人丟在裡面，用紅外線望著他全身冒著冷汗，而且還不斷打顫；有一陣子，他似乎想撞牆自殺，在他那種五花大綁的狀態下，這大概是唯一能做的了。但是牆壁有厚厚的防撞材料，就算他往牆上撞個一整年，恐怕也難以如願。他們隨後又放了更多可怕的慘叫聲給他聽，然後是一片沉寂。在黑暗中他們開了一槍，聲音又大、又突然，把他嚇得全身都弓起來。然後就開始哀號，聲音很小，好像沒辦法大聲似的。

這個時候，他們決定採取行動了。

他們先叫守衛開門走進小房間，很技巧地從兩邊抓住他兩隻手臂，逼他直起身子。兩個人穿得都很輕鬆，上身只有汗衫，看上去就像是要動手的樣子。等他們把小鴨子拖到牢房門口，兩個瑞士來的救世主就突然擋在門口，原來和氣的臉孔看起來關切又悲憤。然後一場拖延良久的爭吵就爆發了。爭執以希伯來語進行，所以小鴨子只聽得懂一部分，不過其中有最後通牒的味道。兩個瑞士人說，小鴨子的審訊還必須經過典獄長的批准，根據日內瓦公約，第六項規定中的第六節，審訊必須事先經過典獄長的批准，還得有醫生在場。但守衛們直言不諱，他們根本不在乎什麼公約。兩方鬧僵了，差點沒打起來，幸虧瑞士人較沉得住氣。最後四個人決定，暫時丟下小鴨子，現在就去找典獄官評理，由他來決定到底應該怎麼辦。四個人說完就怒氣沖沖地走了，留下小鴨子一個人獨自躺在黑暗裡。沒一會兒，就看他爬到牆角，開始祈禱，雖然他搞不清麥加的方向到底應該在哪裡。

不一會兒，兩個瑞士人單獨回來，以色列守衛雖然沒再跟來，臉色卻很嚴肅，而且還帶來了那本小鴨子的日記本，就像是這本小書讓局面完全改觀似的。他們也同時帶來了小鴨子兩本多餘的護照，一本法國的，另一本是黎巴嫩的，藏在他公寓的地板下面，還有那本塞浦路斯護照，即他被綁架時身上帶的那本。

然後他們把問題解釋給他聽。講得很仔細，不過帶有一種令人毛骨悚然的新態度——不是威脅，而是警告。透過以色列政府的請求，西德官方已經派人到他慕尼黑市中心的那棟公寓去搜查過，他們說。結果西德警方發現了這兩本護照，以及這本日記本，外加其他一些他過去數月以來的行蹤線索，因此才逼得以色列人決定採「全力」逼迫他吐實。在跟典獄長陳情時，瑞士人堅持這種作法既不合法也不必要。他們建議，乾脆讓他們紅十字會的人出面，把這些證據拿給囚犯看，讓他把事情解釋清楚。讓紅十字會以善意的溫和態度邀請他，而非強迫他，首先提出一份聲明——如果典獄長願意接受的，立一張囚犯親筆寫的聲明——將他過去六個月來的行蹤，包括日期、地點、遇到過的人、住過哪些地方、用過哪些護照和文件旅行等等，一一詳細列出。如果軍人的榮譽感讓囚犯想保持沉默，那就讓他在某些適當之處誠實地指出來。當然，如果對方抱定不合作的話——哦，至少可以爭取點時間讓他們繼續陳情。

至此，他們冒險對小鴨子說——現在他們叫他的名字，沙林姆——他們想私下表示一點他們的看法。首先呢，還是精確點好，他們一邊這麼懇求他，一邊替他架起一張折疊桌，給他一條毛毯，又解開他的手銬。你想保密的就別告訴他們，但是要確定你真正告訴他們的事情符合實情。請記得，我們也有我們的名聲要顧慮。可能會有人將來步上你的後塵，替那些人想想吧。就算不是為我們，也要為他們想想，盡量做到你能做的。他們講起這種話的樣子，暗示小鴨子他距離烈士身分不遠了。到底是為什麼，似乎也不怎麼重要；他唯一知道的事實，就是他靈魂深處的恐懼。

真夠險的了，他們早就知道會這樣。有這麼一陣子——好長一陣子——他們甚至已經感覺到，他們失去小鴨子的信任了。他狠狠地直瞪著他們兩人，似乎甩脫了欺騙的蒙蔽，清楚看透他的壓迫者。但他們的關係從來不是建立在神智清醒的基礎上，現在亦然。等小鴨子伸手接過他們遞給他的筆，他們也終於從他眼中發現，還可以繼續欺騙對方下去。

在這些好戲上演後的第二天——大約午餐時刻——柯茲終於直接從雅典趕來了，想檢查一下史瓦利的手藝，同時親自看看那本日記、兩本假護照和帳單收據，加上一些巧妙的潤飾之後，這些東西就要放回原來應該在的地方了。

對柯茲自己而言，他的工作也是回歸原點。不過首先等他舒舒服服地坐到樓下公寓的椅子上之後，他才把守衛以外的每個人一一叫進來，以各自的風格和步調向他作簡報，說明至今的進度。審問了查莉一夜的柯茲看起來仍然一如往常，兩手戴了雙白棉布手套坐在椅子上，他先看他們呈給他過目的文件資料，欣賞了幾段重頭戲的關鍵錄音，頗為讚佩地望著巴哈小姐用她的桌上型電腦，把小鴨子最近的動態報告按照順序亮到螢幕上，以綠色字體顯示：日期、班機號碼、抵達時間、旅館。然後，等螢幕上的字一刷掉，巴哈小姐又敲了幾個鍵，讓電腦在小鴨子的行蹤上，添加新編的虛構情節：「由蘇黎世的都城旅館寫信給查莉，於晚間六點二十分抵達巴黎戴高樂機場時寄出……在倫敦希斯洛機場超群旅館與查莉見面……從慕尼黑火車站打電話給查莉……」每一項插進去的行為，都有附屬證明，能跟那本小日記本以及那一堆帳單若合符節；中間有著必要的空隙與曖昧不明之處，因為這種重建的行蹤既不能列得太清楚，也不能顯得太容易。

等柯茲把這些全看完——已經是晚上了——他才把手套脫掉，換上一套以色列上校穿的軍常服，左胸口袋上方，還別了好幾條戰功勳章彩徽，收斂起他的外在自我，搖身一變成了軍人退休轉職典獄長的典型代表。然後他就上樓，踮起腳尖，溜到觀察窗前，望了小鴨子好一會兒。他命令歐岱跟他另一位同伴下樓去，他要跟小鴨子私下談話。操著一口陰森、官僚十足的阿拉伯語，柯茲開始問了小鴨子幾個簡單、乏味的問題，都是些芝麻小事：某段導火引線是從哪兒來的？某個炸藥呢？那輛做案的車子是從哪兒弄來的？還有某些地點的確切位置，比方說小鴨子叫那個女孩子去貝格斯堡送炸彈以前，跟她預先碰面的地點在哪兒？柯茲隨隨便便提出來的問題，都有清清楚楚的細節，這把小鴨子嚇壞了，反應卻是對柯茲一陣大吼，命令他以保密為由，不准大聲問這些事情。柯茲對小鴨子的反應感到好奇。

「為什麼我要小聲點？」他抗議，帶著一種獄卒或囚犯久居監獄後都會染上的呆滯遲鈍之氣。「假如你大哥都沉不住氣的話，那我何必要保密？」

他反問對方的這個問題，並沒揭露多少底牌，可是這種話裡面所夾帶的暗示性，卻與一般人的推理常識不謀而合。趁小鴨子還惡狠狠瞪著他瞧時，柯茲又抖出幾件絕對只有他大哥才知道的私事。這也沒什麼好奇怪的。既然早已經盯了這個小夥子好幾星期，又監聽他的電話和郵件——再加上耶路撒冷他那份長達兩年之久的調查檔案——也難怪柯茲和他的行動小組對某些內幕幾乎和小鴨子本人一樣清楚，像是那些他遞送祕密信件的安全地址；小鴨子接收命令的神奇單向傳遞系統；還有指揮結構的某些安全節點，再往上的層級小鴨子自己也跟他們一樣不得其門而入。柯茲跟他前面的那兩位套供專家不同，在跟小鴨子提起這些事情時，帶著明顯的漠不關心，也不在意小鴨子的任何反應。

「他在哪裡？」小鴨子開始沉不住氣。「你到底把他怎麼樣了？我哥哥怎麼會講出來？他永遠也不會講的！你是怎麼逮到他的？」

勝負已定。柯茲抵達慕尼黑才三小時，就把小鴨子最後的心防一舉粉碎。圍在樓下擴音器前面聽的人，全都佩服得啞口無言。身為典獄長，我的工作只限於行政管理方面的事務，柯茲解釋道。你哥哥目前在樓下的一間病房裡面，他有點累；自然我們還是希望他能夠活下去，不過這要等幾個月後，看他能否起來走路了再說。等你回答了下面的問題，我會簽一道命令，准許你下樓去，跟他住一個病房，照顧他復元。如果你拒絕，那你就蹲在這裡。柯茲突然掏出一張拍立得給小鴨子看：小鴨子的哥哥，滿頭鮮血地躺在一塊軍用毛毯裡面，被兩個獄卒拖出審訊室；他哥哥的那張臉，已經被打得血肉模糊，幾乎認不出來了。

柯茲的天才之處，還不僅止於此。等小鴨子真正開始講話時，柯茲立刻變得有心配合那可憐孩子的熱情；突然間，這個老獄卒就想聽那位偉大戰士對他的學徒所說過的任何事情了。所以，到柯茲下樓以前，行動小組已經把小鴨子能講的一切，全部錄妥了——然而可說是一無所獲，如同柯茲所指出的，他那位哥哥的下落依舊毫無頭緒。這個註腳說明了老一輩套供專家的原則還是對的：加諸肉體的暴力，違反了這一行的倫理與精神。柯茲尤其熱烈地對歐岱強調這一點，幾乎是小題大作了。他說，假如你想訴諸暴力，甚至非得訴諸暴力的話，永遠要把握住，將暴力施諸於心靈之上，而非單純的肉體。柯茲相信，只要年輕人肯把眼睛放亮點，到處都有學不完的教訓。

柯茲免不了要把這一點看法告訴老烏鴉加隆，不過效果不彰。

柯茲仍然不能就此好好休息一下，或許他根本不肯。第二天一早，除了小鴨子的最後結局，一切都已經安排妥當，柯茲回到慕尼黑市中心，去安撫從小鴨子失蹤後就士氣低迷的公寓監視小組。「小鴨子究竟怎麼樣了？」老勒尼一看見柯茲就大喊——這個男孩的前途無量，他在這麼多領域裡都充滿希望啊！等柯茲的宣慰工作告一段落，他就北上跟艾里希博士見面，無懼於這位好博士據說天性狂亂，加隆因此下令不得讓艾里希參與此事。

「我會跟他說我在美國。」他帶著大大的笑容答應里托瓦克，一邊想起加隆拍到雅典去的那封蠢電報。

然而，他的心情是稍有提防的樂觀態度。他告訴里托瓦克，我們有進展了；只有在我坐著不動的時候，老烏鴉才能打中我。

10

這家公路餐廳遠比米柯諾島上的還糟些，裡面有一架黑白電視機，畫面抖得像一幅沒人理睬的旗子，還有一群懶得理睬觀光客的山地居民，哪怕對方有著一頭火紅秀髮、身穿藍色土耳其長袍，手上金鐲閃亮的漂亮英國女郎。不過，按照約瑟現在編的故事，查莉和麥寇兩人卻是在諾丁罕某家路邊的烤肉店裡，這家店早已被麥寇買通，特別開著門等貴客上門。查莉的那輛老爺車，照慣例還在她新換的一家坎頓區修車廠。但麥寇開了一輛朋馳轎車，認為它無與倫比；他把車停在劇院後門，趕著她上車之後花了十分鐘穿過沒完沒了的諾丁罕大雨。不管查莉在這裡或那裡發了幾次脾氣，也不管中間她是不是間歇地感到懷疑，約瑟的敘述還是有著難以遏止的吸引力。

「他戴了雙賽車手套，」約瑟說。「他對皮賽車手套有種狂熱。妳當時也注意到了，不過沒說什麼。」

大概就是那種手背上面有許多洞的吧，她想道。「他開車技術如何？」

「他並不是一個天生的開車好手，不過這也無可厚非。妳問他住在哪裡，他卻只告訴妳，他是專程由倫敦來看妳的。妳問他在哪兒高就，他說他是個『學生』。妳就問他在哪兒讀書，他說『歐洲』，而且從口氣裡聽得出他對歐洲的厭惡。妳後來就逼他講清楚一些，他便說，他在歐洲的許多城市中旁聽選讀，完全看他的興趣和教授高明與否。至於英國人，他說，卻不懂這種學制的好處。當他提起英國或英國人時，妳覺得他的語氣充滿敵意，不知原因何在。然後下一個問題妳會問他什麼？」

「他現在住在哪裡？」

「他回答得十分閃爍。就像我。有時候住在羅馬，有時住慕尼黑，或是巴黎，隨便他自己決定。維也納。他也沒說他的地址只是一個郵政信箱號碼，卻表明他尚未結婚，這點妳倒沒覺得失望。」他笑了笑，就把手臂抽回去。「妳問他，哪個城市他最喜歡，他覺得這個問題根本沒有意義；妳又問他現在修哪些門課，他回答說目前專攻『自由學』；妳問他的老家在哪裡，他回答，他老家目前被敵人占領著。妳聽了反應如何？」

「困惑。」

「不過妳以習慣性的堅持不懈，硬逼他吐出了老家的名稱——巴勒斯坦。他的口氣帶著激烈的感情。妳立刻聽出這像是挑戰、像是陣前衝鋒的大喊——巴勒斯坦！」他的眼睛緊盯著她，她只好緊張地微笑，然後轉頭他顧。「我還必須提醒妳，雖然妳那時跟艾爾交往，可是那時他不在，人在阿蓋爾為某些不值錢的產品拍廣告，而且妳也不巧聽說，他跟廣告女主角勾三搭四。對不對？」

「對。」她竟然發現自己臉紅了。

「所以現在妳必須告訴我，當這名年輕小夥子，用那種慷慨激昂的口氣告訴妳巴勒斯坦時——在英國諾丁罕的那家烤肉店裡——妳的感受是什麼？現在讓我們假設他也這樣問過妳。對。他問妳。妳怎麼回答？」

老天爺，她想著，一個三便士銅板能有幾個面呀？「我佩服他們。」她說。

「請叫我麥寇。」

「我佩服他們，麥寇。」

「為什麼？」

「為了他們的苦難。」她覺得自己有點蠢。「為了他們的堅持。」

「胡扯。我們巴勒斯坦人，只不過是一群沒受過教育的恐怖分子，其實早就應該對失去的故土認命才對。我們只是一群手持機槍的擦鞋童、小販、不良少年而已，再好也只不過是一群食古不化、冥頑不靈的老傢伙。所以我們算什麼？請把妳的看法講出來。我會很慎重地聆聽。請記得，我還一直稱妳叫貞德。」

她深吸了一口氣。到頭來，這只是我那些週末論壇的內容罷了。「好吧。我的看法是這樣的。巴勒斯坦人——你們——是一群溫順善良的守舊農民，自從一九四八年就被很不公平地趕離開故鄉，為了安撫那些猶太復國主義者，也為了西方國家自己想立足於阿拉伯，就把你們犧牲掉了。」

「妳講的話本人尚聽得進。請繼續。」

在他一再的慫恿鼓勵之下，她發現自己的記憶力又變得活躍起來。過去所看過的小冊子、從愛人口中聽來的談話、某些自由鬥士的謾罵、讀來半生不熟的東西，全都像是忠實的盟友，又浮上腦海幫她立論了。「你們是被歐洲人對猶太人的罪惡感心結所創造出來的……你們被他們拿來為自己並不曾參與的大屠殺贖罪……你們乃是種族主義者、反阿拉伯帝國主義政策下的犧牲品，被迫離鄉背井，傾家蕩產——」

「還有被謀殺，」約瑟輕聲湊上一句。

「和被謀殺。」講完這句話以後，她的眼光又跟對面的陌生人相遇，就如同在米柯諾島上那樣，她實在無法看出那對眸子裡的真正想法。「無論如何，巴勒斯坦人的確正是如此，」她小聲做結論。「既然你問了。你真的問了。」她看對方沒吭聲，就又補了一句。

她凝視他，等他把劇情發展下去。自從他出現之後，她已經不斷被迫去面對她的過去，而她自己卻實在並不樂意。

「妳注意到對方不愛閒聊，」約瑟不苟言笑地說：「他很快就訴諸妳嚴肅的一面。他在某些方面，也是個很注重小節的人。就拿今晚來講，他每件事都準備得很仔細，面面俱到——吃的、喝的、燭光等等，一應俱全，甚至連他的交談。我們可以用所謂的『以色列式效率』來涵蓋他企圖一舉攻下貞德芳心的打算。」

「好陰險。」她嚴肅地回答，一邊看著手上的金鐲子。

「同時他又告訴妳，妳是全世界最棒的女演員，當然，這種讚美之詞，妳相當聽得進去。他還是一直喊妳聖女貞德，而目前妳已經對他的這種戲劇與人生無法劃分的現象，不再感到那麼難堪了。他告訴妳，聖女貞德乃是他始終愛慕崇拜的女英雄。她雖然是個女人，卻能鼓動法國農民，起而對抗英國帝國主義者的民族意識。她才是真正的革命家，為世界上被奴役的人民點燃自由的火把。她將奴隸變成英雄。這是他批判分析之下的總結。來自上帝的呼喚，遠不如她自己內心的那種革命良知，促使她去對抗殖民主義者。那種聲音絕非來自上帝，因為麥寇早就認為上帝已死。關於這些，或許妳在扮演聖女貞德這個角色時，還不一定有體會到吧？」

她仍在摸那只手鐲。「哦，我可能忽略了某些部分……」她漫不經心地承認，抬眼只見對方一臉不以為然。「哎呀，老天爺──」她說。

「查莉，我必須警告妳，少用那套西方的油腔滑調去逗麥寇。他的幽默感是善變的，各種玩笑話都得適可而止，尤其是當對方又是個女人時，他的耐性特別有限。」他故意停頓一下，好讓查莉消化這些話。「嗯，東西雖然很難吃，妳卻毫不在意。他替妳點了牛排，但不知道妳最近正學著吃素。妳裝模作樣的切了一點來嚼，免得失禮。可是在後來妳與他通信時，卻提到那次的牛排，是妳吃過最難吃、不過也是最棒的一塊。妳當時對食物之所以不在意，因為妳早已為對方慷慨激昂的熱情，以及在閃亮燭光下那張英俊美好的阿拉伯臉孔，弄得神魂顛倒了，對嗎？」

她猶豫了一下，才笑著說：「對。」

「他愛妳，他愛妳的才華，愛聖女貞德。『因為對英國殖民主義者而言，她是個不折不扣的罪犯。』他告訴妳。『所以在英國人眼中，所有的自由鬥士也都是罪犯。華盛頓是，甘地是，羅賓漢也是。北愛爾蘭那些為自由奮戰的勇士們也是。』這些立論並不算新穎，可是被他那種夾帶了東方腔調的聲音──如此的充滿了──怎麼講？──充滿了動物般的自然野性──這些話卻對妳有某種催眠效果；它們賦予老套觀念新生命，就像重新發現到久已失去的愛情。『對英國，』他告訴妳，『凡是對抗殖民主義者之恐怖的人，就是一名恐怖分子。除了妳，所有英國人都是我的敵人。英國人把我的老家割讓給以色列人，用船把以色列人一批批由歐洲運到中東，就是想把東方也變成西方。去替我們馴服東方，他們告訴以色列人。巴勒斯坦人是堆垃圾殘渣，可是他們卻可以為你們的奴僕，一群還算不錯的苦力！老一輩的英國殖民者飽嘗敗績，於是把我們轉手給新的一代殖民者，才有能力冷酷無情地繼續發揚殖民主義。不必擔憂那些阿拉伯鬼，他們告訴以色列人。你們在對付這些人時，我們會在後面替你們撐腰。聽見我說的了嗎？』」

約瑟，我幾時沒聽你說呢？

「麥寇今晚對妳而言，就像個先知。他遠比任何其他人還要令妳著魔；他所講的一切，他的信念、他的執著、他的奉獻——在他發言時，都讓他全身充滿理想的光芒。當然，理論上，他是在向已經皈依的信徒傳道；但事實上，他讓妳那個充滿含混左派原則的破布袋裡長出了人心。妳在後來的信中，也跟他談到過這種感想，不管一個破布袋長出個人心是不是合乎邏輯的說法。妳希望他能替妳上個課：而他也答應這麼做。妳要他攻訐妳心中存有的英國人罪惡感：他也照辦了。妳原來具有的保護性犬儒主義被掃得一乾二淨。妳煥然一新。他與妳那種根深蒂固的中產階級偏見，是多麼的不同！和妳那些懶洋洋形成的西方溫情主義也大相逕庭！是這樣吧？」他輕聲問她，就好像她有問了什麼問題一樣。她搖頭，但他又自顧自地講下去，心裡充滿從他那位阿拉伯替身身上借來的熱情。

「他完全忽略妳在理論上早就跟他站在同一邊；他只要妳去完全接受他的觀念，一個全然新穎的轉變。他扔給妳許多統計數字，就好像它們是妳造成的：自從一九四八年以來，有超過兩百萬信奉回教與基督教的阿拉伯人被迫流離失所、剝奪了應有的生存權；他們的房舍和村莊被推土機剷平——他告訴妳有多少家園、多少村莊——他們的土地，被自己從未參與立法的法律所併吞——他也告訴妳到底有多少『杜拿畝』的土地面積——一千平方米等於一個杜拿畝。妳問他，他就告訴妳。而當這群不幸的巴勒斯坦難民開始四處流亡，他們那些阿拉伯兄弟卻落井下石，一路屠殺他們，把他們看得豬狗不如，而以色列也仍然不斷轟炸他們的難民營，因為他們始終抱持反抗態度。以色列人為了保住搶來的那片土地，他們也成了恐怖分子，為了想殖民、想擴張領土，他們就必須轟炸難民，減少一些人口——很不幸，這些乃是政治上的必須。因為一千名死阿拉伯人，比不上一名活以色列人。聽清楚。」他伸手抓住她手腕。「所有西方自由派，都會毫不猶豫地站起來，大聲譴責發生於智利、南非、波蘭、阿根廷、高棉、伊朗、北愛爾蘭，以及其他那些時髦地點中所發生的一切不公與壓迫。」他抓得更用力了。「然而卻沒有一個人有勇氣敢站起來，駁斥歷史上最最殘酷的一件荒唐事實：三十年下來，以色列人已將巴勒斯坦人迫害成為世界上新的猶太人了！有誰敢站起來大聲疾呼？妳知道猶太復國主義者在搶走我們那塊土地之前，是如何形容我們故鄉的嗎？『一塊可以拿來賜予無地之民的無人之地。』我們竟然是不存在的！在他們心中，這群閃米種族主義者，早已犯下了湮滅種族的大罪；他們只等著落實而已。而你們，你們這些英國人，卻正是造成他們這個大遠景的始作俑者！妳知道以色列是怎麼誕生的嗎？一個歐洲強權，拿了一塊阿拉伯領土當禮物，送給了一名猶太販子——竟然毫不跟這塊土地上的居民先商量一下。那個強權，正是英國。還要我為妳描述一下，以色列是如何誕生的嗎？……時間太晚了嗎？妳累了嗎？想回旅館休息嗎？」

她把對方所希望的答案告訴了他，同時還找到空檔在心中暗自驚嘆，這個男人竟然可以和許多彼此衝突的陰影共舞，至今仍不曾倒下，這真是個謎。他們之間有根點燃的蠟燭。蠟燭塞在一個油膩膩的黑瓶子裡，一隻迷醉的老飛蛾總向著燭光飛撲，查莉時時用手背去揮開牠，金手鐲閃個不停。燭光閃耀中，約瑟用他的故事緊緊圍住查莉，她看著他強健、嚴守紀律的面孔和麥寇的臉彼此交替，就像一張相片上的雙重疊影。

「聽好。妳在聽嗎？」

約瑟，我在聽。麥寇，我在聽。

「我出生於一個距離卡里鎮不遠的小村族長家中，卡里鎮，猶太人稱之為希布隆鎮。」他停頓了一下，用他的黑睛睛熱烈地注視她。「卡里。」他重複了一遍。「記住這個名字，因為許多理由，它對我來講非常重要。妳記住卡里了嗎？唸一遍！」

她唸了一遍。卡里。

「卡里是伊斯蘭教的一處信仰重鎮。在阿拉伯語裡，它具有上帝之友的意思。卡里的居民乃是巴勒斯坦的中堅分子。我還可以告訴妳一個笑話，會讓妳笑得非常開心。據說，也唯有在希布隆以南的山區，猶太人才沒有流亡過。這也表示，在我血管裡流的血，也可能具有猶太血緣。對於這點，我並不感到羞恥，因為我並不反閃米族，只是反對猶太擴張主義。妳相信我嗎？」

他沒有停下來等答案；他不需要。

「我是全家四兄弟和兩姊妹中的老么。每個人都在旱田裡工作，我父親是長老——族長——由上一代的智者選出來。我們的村莊以出產無花果和葡萄著名，還有英勇的戰士和像妳一樣溫順美麗的女人。大部分其他村莊，最多只有一樣特色，而我們的村莊卻因這許多特色而聞名。」

「那當然。」她呢喃了一句。不過他是絕對、絕對不容人嘲弄的。

「而其中最著名的，就是我父親名滿天下的睿智，他深信回教徒應該與基督徒，以及猶太人，建立一個共同的社會，正如同這三個教的那些先知們一樣，大家和平愉快地住在天國，而且都臣服信仰著唯一的上帝。我會不時跟妳談論許多有關於我父親、我家庭，和我村子的事。我父親很佩服猶太人。他研究過猶太人復國主義，為什麼一定要返回巴勒斯坦的那種狂熱主義。他很喜歡請猶太人來我們村裡聊天。他強迫我的大哥們學希伯來語。從小，我就在夜晚聆聽那些古往今來的戰爭和傳奇。白天，我會牽著我祖父的馬，到溪邊去聽旅人與小販的故事。當我談起這個人間天堂時，我就好像在向妳朗誦詩歌那樣。我確實有這種天分。我講到村中廣場上的舞會和音樂，而那群長者，卻在玩九柱戲，抽著他們的水菸袋。」

這些話其實對她毫無意義，不過她至少還曉得閉嘴不去打擾他。

「然而事實上，我向妳坦白過，這些事情我其實記得並不太多，我只是從難民營中的那些長者口中聽來的。經過世代相傳，我們必須藉著那些長者的描述，才能體會出故土之美。猶太敗類只會告訴妳，我們是沒有文化的，我們根本不存在。他們會告訴妳，我們是低等民族，生活在爛泥堆砌的茅屋中，披著破麻布到處流浪。他們會告訴妳的，跟當年歐洲反猶人士拿來形容猶太人的話如出一轍。然而真理不管在哪種狀況下都相同：我們其實是高貴的民族。」

黑色的腦袋輕輕一點，顯示他的兩個身分都同意這件事。

「我對妳描述了我們農夫的生活，以及維繫我們村莊凝聚力的許多複雜系統。收穫季節來臨時，我們全村的人，是怎麼在我父親——族長的一聲令下，全體出動到葡萄園裡採收。我講到我三個哥哥的求學經過，他們唸的是英國人在託管區裡辦的學校。妳聽了或許會覺得好笑，不過我父親也很相信英國人。我們村裡招待處的咖啡成天都熱著，這樣才沒人能說『這個村子太窮了，他們不歡迎陌生人。』妳想知道我祖父的馬後來怎麼樣了嗎？我告訴妳，他後來把牠賣了，換了一枝槍來打猶太人，不讓他們攻進我們的村莊。猶太人後來開槍打死了我祖父。他們做出這種事的時候，還騙得我父親站在他們那邊。我父親，這個對他們深信不疑的人！」

「這都是真的嗎？」

「當然是真的。」

她雖然聽到回答，卻不知到底是出於約瑟還是麥寇，而且她也曉得，他並不希望她能分辨。

「我把一九四八年的戰爭稱之為『大災難』。我們從不說那是戰爭，那是『大災難』。在四八年的大災難中，我告訴妳，一個和平安詳的社會，終於暴露出致命的弱點。我們毫無組織，無法迎擊有組織的侵略者，我們只是一盤散沙。我們的文化傾向於小社區制，每一個社區自給自足，連我們的經濟也一樣。就跟歐洲的猶太人在遭到大屠殺㉑之前的情況一樣，我們缺乏政治團結，這正是我們的致命傷。而且我們的社區之間，又彼此對立仇視，常常械鬥，這正是阿拉伯天賦的詛咒，或許也正是猶太人當年的詛咒。妳可知道那些猶太復國主義者怎麼對待我的村莊嗎？就因為我們沒像別的村莊那樣，一看他們打

㉑ Holocaust，指第二次世界大戰中納粹分子對歐洲猶太人的大屠殺。

過來就逃之夭夭？」

她曉得自己應該回答不知道。不過沒關係，他根本沒在注意她。

「他們用汽油桶裝了汽油和炸藥，從山坡上滾下來，活活燒死了我們的女人和小孩。單單談那些對我們所施展的酷刑，就可以談上一星期之久。把手全砍掉。女人被強姦之後，再放火燒死。小孩全被戳成瞎子。」

她再一次想測試他，想知道他到底相不相信自己說的話；但他除了極端嚴肅的表情以外，根本不給她任何線索，這種表現符合他的任何一面特性。

「我對妳稍微提一提『戴爾雅辛』——妳聽過嗎？妳可知道它所代表的意義？」

沒有，麥寇，我以前沒聽說過。

他似乎很高興。「那妳就問我啊，『請問什麼是戴爾雅辛？』」

她照辦了。麥寇，先生，請問「戴爾雅辛」是指什麼？

「我回答妳的時候，再度顯得像是昨天才親眼看見過一樣。在一九四八年的四月九日那天，一個叫戴爾雅辛的阿拉伯小村莊，總共有兩百五十四名村人——老人、婦女，以及小孩——遭猶太人的突擊隊屠殺一空。那時候，村裡的男人們都正在田裡工作。孕婦懷著她們的孩子被殺死。大部分的屍體都被丟進一個井裡。幾天之內，將近有五十萬的巴勒斯坦人，被恐怖的屠殺手段逼著逃離了故鄉。只有我們的村子例外。『我們要留下來！』我父親告訴村民說。『假如我們也被迫流亡的話，猶太人就永遠不會再讓我們回來了。』他甚至還天真地希望英國人會來救我們呢。他並不知道你們這些帝國主義者的野心，你們得把一個恭順的西方同盟栽植在中東的核心。」

她看到他的眼神，納悶他是否察覺到她的內心在退縮，或者他是不是決定選擇忽略。後來她才想到，他是刻意要鼓勵她與他保持距離，加入敵對陣營。

「大災難過後的二十年中，我父親始終死抓住他村中剩下的一切，說什麼也不搬走。有些人罵他頑固，有些人罵他傻瓜。在巴勒斯坦之外的其他地方，他的同胞卻罵他是個通敵者。他們什麼也不知道。他們並沒有嘗過被以色列大皮靴踩住脖子的滋味。在他們村莊的其他附近地區，巴勒斯坦人被毒打、逮捕、驅趕。猶太復國分子沒收了他們的土地，用推土機夷平他們的住屋，在瓦礫堆上重建了他們的屯墾區，不讓一個阿拉伯人住進去。然而我父親卻是個天性愛好和平又有智慧的人，他把猶太屠夫擋在門外好長一段時間。」

她忍不住又想問他，這到底是真是假？可是又晚了一步。

「然而到了六七年中東大戰爆發，坦克逼近我們村莊時，我們也得逃到約旦河對岸去了。我父親含淚叫我們收拾細軟。『屠殺就要開始了。』他說。我因為年幼不懂事，就問他，『爸爸，什麼叫屠殺？』他回答，『當初西方人對猶太人所做的，現在猶太人也要用來對付我們。他們大獲全勝，原本可以大方一點，但他們的政治裡並沒有這種寬恕的美德。』我就算死了，也沒辦法忘記當初如何看著我那驕傲的父親鑽進後來我們住的那棟破茅屋。他在門口站了好久，等自己能鼓起勇氣進去。他並沒有哭泣，不過有好幾天，他坐在裝滿了書的破木箱上，不吃不喝。短短幾天裡，他好像老了二十歲。『我已經進了我的墳墓，』他說：『這棟茅屋就是我的墓穴。』從我們抵達約旦的那一刻，我們就成為無國無家的流亡難民了，沒有身分證、權利、未來，也沒有工作。我的學校？只不過是幾片破鋁皮搭起來的鬼地方，有無數肥得嚇人的紅頭蒼蠅，和一大堆營養不良的小鬼。只有巴勒斯坦解放組織的那些人教育我們。有太多太多的東西要學。學習射擊。如何去跟以色列擴張主義者戰鬥。」

他停頓了一下，起初她還以為他正在朝她笑，可是他表情並沒有一絲愉快的跡象。

「我戰鬥，所以我才能生存，」他宣布他的生存哲學，語調悲沉哀傷。「妳可知道這是誰講的金玉良言，查莉？哼，一名猶太擴張分子。一名愛好和平，忠勇愛國又充滿理想的復國主義分子，他以恐怖分子的手段宰過無數英國人、無數巴勒斯坦人，可是由於他是一位猶太人，所以他不但不是一名恐怖分子，反而還是一名愛國者。妳可知道在說這些話時的他——這位愛好和平又文雅的猶太復國主義分子——又是誰嗎？哼，他就是那個自稱為以色列國的首相。妳可知道他是從哪兒來的嗎，這位猶太好戰主義的恐怖分子兼首相，是從何處來的嗎？——波蘭。妳能否告訴我——妳是受過高等教育的英國女孩，而我只是個沒有國籍的莊稼漢——請妳告訴我，一個波蘭人怎麼會統治我的國家巴勒斯坦——一個只因為戰鬥才存在的波蘭人？能不能請妳告訴我，是根據哪門子的英國式正義原則、英國式正直無私、英國式公平遊戲規則，這個人竟然在統治我的國家？而且叫我們恐怖分子？」

她還來不及考慮，那句反問便脫口而出。她並不是有意挑釁，只是因為腦子裡一陣亂，那句話就溜出了嘴。「這個嘛，你能告訴我嗎？」

他沒有回答，然而也並未規避。他聽進去了。有這麼一剎那，她甚至覺得他好像早就料到她會反問。然後他不怎麼友善地笑出來，朝她端起酒杯。

「敬我一杯，」他逼她：「來。舉起妳的酒杯。歷史屬於勝利的一方。妳連這麼簡單的道理都忘了嗎？陪我喝！」

她有點懷疑地朝他舉起酒杯。

「敬渺小而又勇不可當的以色列！」他說。「敬她居然能夠存在，感謝美國人，一天支援她七百萬美金，還有國防部五角大廈的唯命是從！」他放下根本沒喝的酒杯。她也照樣。擺出這個姿態之後，這場鬧劇似乎暫時結束了，她也鬆了口氣。「而妳，查莉，妳只是聽著。充滿了崇敬、訝異。被他的浪漫、他的美、他的狂熱主義給弄得神魂顛倒。他，並不如妳所想像的那麼沉默，也毫無西方人的那種節制。這樣演可以嗎——還是說，妳的想像力根本排斥這種令人困擾的移植？」

抓住他的手，她開始仔細用她的指尖探索起來。「他的英語真有這麼流暢嗎？能嗎？」她用一句反問爭取時間。

「他有一大籮筐的術語和辭彙，而且還有大堆修辭學片語，很多可疑的統計數據，以及讓人受不了的摘錄。除開這些，他具有一個年輕人在表達時那種狂放的激情與興奮。」

「那麼查莉呢？難道我就卡在椅子裡，滿面羞慚地恭聽他每一個字嗎？我有沒有鼓勵他呢？我到底要做什麼？」

「按照劇本，妳的表演實際上無關緊要。麥寇透過燭光，已經讓妳陷入半催眠狀態了。這也正是妳在後來的幾封信裡，向他承認過的一件事。『只要我還活著，就永遠無法忘懷第一天晚上我們相對而坐時，你在燭光後面的那張可愛臉孔。』這種詞句，對妳來講是否過於露骨，或者，肉麻？」

她把手還給他。「什麼信？我們什麼時候通過信了？」

「先不必問，反正目前讓我們先暫時同意一點：妳以後會寫給他。讓我再問妳一遍，剛才那一幕是否還可以？或是說，我們最好把編劇一槍打死，回家睡覺？」

她喝了口酒。然後又喝了一口。「還不錯。到目前為止都還不錯。」

「至於信件方面——並沒有多少——妳可以忍受嗎？」

「如果你不能用情書表達的話，那還能藉由什麼？」

「好極了。那麼就當妳是藉情書向他表達情衷囉，這部虛構的浪漫史就這麼演下去。只除了一個小地方必須說明。今晚並非你們初次相聚；妳與麥寇。」

她砰地把酒杯一放，不全然是裝腔作勢。

他身上湧出一股新的興奮。「聽我說，」他上身向前傾，燭光照在他古銅色的前額上，就像鋼盔上的陽光：「聽我說，」他又重複了一遍：「妳在聽嗎？」

跟先前一樣，他並不想等她的回答。

「來一句名言摘錄。法國哲學家。『最大的罪惡，乃是我們因為害怕自己只能做到一點點，而乾脆一點都不做了。』這是不是讓妳想起什麼？」

「哎呀老天。」查莉輕嘆，防備地雙手抱胸。

「要我繼續嗎？」他無論如何還是往下說了。「難道妳想不起來是誰嗎？『僅有一種階級戰爭，而且只存在於殖民者與被殖民者、資本家與被剝削者之間。我們的工作就是要把這種戰爭，帶回去給那些製造戰爭的人。把戰爭帶回給那些家財萬貫的種族主義者，這群人把第三世界視為自家的農場。把戰爭帶回給那些腦滿腸肥的石油酋長們，這些人已經把阿拉伯的天賦權利給出賣一空了。』」他頓了頓，望著她低頭掩面。

「約瑟，別再講了。」她哀求道。「太過分了。我們回家吧。」

「『把戰爭帶回給那些帝國主義者的戰爭販子，就是他們把猶太狂徒武裝起來。把戰爭帶回給那些愚蠢的西方中產階級，在他們自己的系統裡，他們乃是無意識的奴隸和永遠的推動者。』」他聲音愈來愈小，卻聲聲入耳。「『這個世界告訴我們，不應該攻擊無辜的婦孺。但我卻要告訴你，無辜一詞早已不復存在。因為只要第三世界中，有一名兒童活活餓死，那就表示，在西方世界中，有一名兒童剝奪了他的食物——』」

「別再說了！」她透過指間向他哀求，太明白自己的立場是什麼。「我受夠了。我投降。」

然而他還是照樣朗誦下去。「『六歲時，我被人趕出我的故鄉。八歲時，我參加了阿虛巴。』『請問什麼是阿虛巴？』嘿，查莉。這是妳的提問。難道不是妳嗎？妳舉手發問，『請問什麼是阿虛巴？』我是怎麼回答的呢？」

「兒童敢死隊，」她捂住臉。「我快吐了，約瑟。真的，現在就想吐。」

「『十歲時，我蹲在一個臨時搭建的防空掩體中，忍受著敘利亞人發射到難民營來的火箭。十五歲時，我的母親和一個姊姊，死在猶太鬼的一次空襲中。』查莉，由妳來繼續補充我的生平。」

她又抓住他的手，這次是用雙手，譴責地在桌面上輕敲它。

「『假如巴勒斯坦的兒童經得起轟炸，也就能夠戰鬥。』」他提醒她。「那麼，假如他們來殖民了呢？快說！」

「他們就應該被殺光。」她不情願地說。

「而假如他們的母親餵養他們，卻叫他們去偷我們的家，還叫他們用炸彈來炸我們，讓我們飽嘗流亡之苦的話呢？」

「那麼他們的母親將與她們的丈夫毫無二致。約瑟——」

「那我們就該把她們怎麼樣？」

「把她們殺光！可是，我那時候並不吃他那一套。現在也不。」

他忽略她的抗辯。「聽清楚了。我站在杜瑟郡的那個講壇上，透過面罩，把這些激烈的思想灌輸給妳，鼓舞妳。我看見妳著迷地看著我。妳的紅髮。妳那張充滿革命精神、堅強剛毅的臉孔。這實在也夠諷刺了，妳我第一次的相逢，竟然是倒過來——我在臺上，而妳在臺下；我在演戲，妳則坐在觀眾席上。這不是很諷刺嗎？」

「我才沒有著迷呢！我當時只以為你講得太過火了，我只想站起來告訴你，少這麼誇張！」

他毫不在意。「不管妳那時候怎麼想，可是在諾丁罕的汽車旅館，在我的催眠影響下，妳馬上修正了妳的記憶。妳告訴我，儘管看不見我的臉，我的話還是從那時候就烙印在妳心裡。怎麼不是？得了吧，查莉！明明妳在信裡是這麼告訴我的！」

她還不太想就這麼被扯進去。還不到時候。可是突然間，從約瑟開始說故事以來，她第一次能將麥寇視為截然不同的另一人。她領悟到，本來她一直在不知不覺中借用約瑟的容貌去揣測她想像中的戀人，以約瑟的聲音來把麥寇的宣言具體化；現在，像一顆分裂的細胞，他們突然變為兩個獨立而彼此衝突的個體，麥寇在現實中也占據他自己的一席之地了。她眼中再度看見那個沒打掃過的教室，牆上掛著一張邊緣捲起的毛主席照片，教室裡的長椅刮痕累累；她看見成排參差不齊的腦袋，從爆炸頭到嬉皮長髮再回到爆炸頭，艾爾攤在她旁邊，正處於酒醉後的無聊狀態。她看到講臺上有個孤伶伶、面目難辨的人，他是我們來自巴勒斯坦的勇敢代表——比約瑟矮些，或許也更粗壯，雖然這很難確定，因為他裹在黑面罩和鬆垮垮的卡其罩衫裡，又戴著他的黑白相間阿拉伯頭巾。但他肯定更年輕，也更狂熱。她記得他像魚一樣的嘴唇，在破爛的層層遮掩下顯得毫無表情，她記得他傲然綁在脖子上的紅手帕，罩著手套的手以手勢強調他的發言。最重要的是，她記得他的聲音：不像她原本想像的那麼粗，而是文雅體貼，與他那種嗜血的信息相較之下對比驚人。但也跟約瑟的聲音不像。她記得那聲音如何中斷，以和約瑟不同的方式，重述了一遍那個笨拙的句子，掙扎著要符合文法：「槍與回歸對我們來講是同一回事……帝國主義者就是那些沒援助我們革命的人……無所作為就是支持不正義……」

「我立刻就愛上妳了。」約瑟照舊以假裝出來的回顧語氣解釋道。「或至少我是這樣告訴妳的。一等講座結束，我便打聽妳是誰，儘管不覺得能在那麼多人面前接近妳。我也察覺到，無法對妳露出自己的臉——這卻是我最有利的條件。所以我決定從戲院把妳找出來。我到處詢問，追妳追到諾丁罕。現在我就在這裡。我無止境地愛妳，署名麥寇！」

彷彿出於補償心態，約瑟小題大作地關心她的舒適，在她杯子裡倒滿酒，叫咖啡——甜度適中，妳就喜歡這樣——她想去洗個澡嗎？不，謝謝，我很好。電視上播放著新聞片段，一個獰笑著的政客從飛機的舷梯走下來。他好端端地來到最後一階，沒發生任何不幸。

約瑟服侍完畢後，意味深長地打量這個小餐館一圈，再望向查莉，聲音變得非常實事求是。

「所以，查莉，妳搞懂了吧。妳是他的聖女貞德。他的愛人。他迷戀的女人。店員走光了，餐廳裡只剩下我們兩個：妳再也不戴面罩的愛人，和妳。午夜已過，而我也講得太久了，雖然直到目前為止，我尚未開始吐露內心真正想對妳說的話，也還沒問妳關於妳的事情；愛一個人愛到超越一切，這種經驗對我來說也相當新鮮，等等等等。而明天正好是星期天，妳沒有任何約會，我也在汽車旅館預訂了房間。我並不想勸妳留下來。這不是我對女人慣用的姿態。或許我太尊重妳的尊嚴。或許，我太驕傲而不認為妳還需要說服。反正，妳要不就像是我的親密戰友、真摯而自由的情人、戰士對戰士那般地投入我的懷抱，要不就是我看走眼了。妳會是那種反應？還是說，妳突然覺得不耐煩，想趕緊逃回靠近火車站的旅館躲起來？」

她瞪他，又將目光撇開。她有半打半開玩笑的答案堵在嘴裡，最後卻決定一個字也不說。那個站在講臺上戴著面罩、遺世獨立的人，現在又變得很抽象了。目前發出這個問題的是約瑟，而非那位陌生人。在她的想像中，還有什麼好說的？他們早就一起躺在床上，約瑟蓄短髮的頭枕在她肩上，他強健而傷痕累累的身體在她旁邊舒展開來，而她也引出了他的真性情，不是嗎？

「總而言之，查莉——正如妳曾經告訴我們的——妳跟數不清的男人上過床，不是嗎？」

「這倒是實話。」她嘴上同意著，突然打量起桌上的塑膠鹽瓶。

「妳身上全是他送的昂貴珠寶。妳一個人在一個黯淡無趣的小城裡。又在下雨。他嘴很甜——哄得女演員心花怒放，又激起了她內心的革命熱情。妳怎能拒絕他？」

「而且還把我餵得飽飽的，」她提醒他。「即使我早就不吃葷了。」

「他正是無聊西方女子夢寐以求的男人，我會這麼說。」

「約瑟，求求你。」她呢喃著，簡直不敢看他。

「那麼，就這樣囉。」他簡潔地說，一面示意要帳單。「恭喜妳。終於遇上妳的靈魂伴侶了。」

他神態中突然浮現出一絲神祕的殘酷。她甚至很荒唐地感覺到，她的默認令約瑟冒火。她望著他付帳，望著他把帳單摺起來收好。她跟在他身後走出去，步入夜色中。我只是個有著雙重諾言的女孩，她想道。假如妳愛約瑟，就得接受麥寇。為了麥寇的幽靈，他在現實劇院裡把我吃得死死的。

「上床之後，他終於告訴妳，他的真名叫沙林姆，不過那是天大的機密。」

約瑟跟她坐進車裡。「目前他還是寧願用麥寇稱呼自己。一方面是為了安全，一方面是因為他實在有點喜歡歐洲人的頹廢風格。」

「我倒比較喜歡沙林姆。」

「可是妳只能用麥寇。」

隨便你說，她想道。不過她這種被動只是個假象，甚至騙到她自己。她可以感覺到自己的怒氣有變本加厲的趨勢。

汽車旅館就像一棟低矮的工廠廠房，起初連個停車的位置都找不著；然後就看見一輛白色的福斯小巴士往前開了一段，替他們讓出了一個空位；她看出駕駛正是迪米區。查莉照著約瑟的吩咐，捧著那束蘭花，等他把紅外套穿上，才隨他走過柏油停車場，朝旅館前門踱去；她故意很不情願地跟他保持一段距離。約瑟替她拿著皮包，另一隻手拎著自己的黑色旅行包。把皮包還給我，那是我的東西。走進玄關後，她用眼角瞟到洛爾和瑞秋，他們正在微弱的燈光下看著明天的旅遊行程公告。她怒視他們。約瑟走到櫃檯前面，她也湊上去看他填寫住宿登記簿，雖然他早先特別告訴她別這樣做。阿拉伯姓名，國籍黎巴嫩，住址是在貝魯特的公寓門牌號碼。他姿態擺得很高：一位有身分地位的人，隨時準備找碴。你真厲害，她怨恨地想著，企圖多恨他一點。沒有多餘的動作，但很有格調；你把自己的角色發揮得淋漓盡致。一臉無聊的夜班櫃檯經理朝她遞出色瞇瞇的一瞥，卻不帶她以前慣常領教到的鄙夷。行李小弟正把他們兩個人的行李，裝上一輛大得不得了的醫院式推車。我現在穿著一件藍色長袍，戴著金鐲子，慕尼黑的名牌內衣，哪個鄉下人敢叫我賤貨，我就給他好看。約瑟抓住她的手臂，他的手灼燙著她的肌膚。她趕緊退開。伴著果戈里聖歌風格的罐頭音樂，他們跟著行李車經過許多淡色調房門構成的灰色通道。他們的睡房裡有張豪華的加大雙人床，乾淨得幾乎可以躺上去動手術。

「天啊！」她爆出這句話，帶著重重敵意瞪著她周遭的一切。

行李小弟被她嚇了一跳，轉頭看她，她卻沒理他。她看到一籃水果、一桶冰塊、兩個杯子和一瓶伏特加，全等在床邊。有一個花瓶可以插上蘭花。她把手上的那束蘭花往裡頭一塞。約瑟付過小費，行李車就嘰嘰軋軋的退了出去，突然間只剩他們兩個，一張大得有如足球場的雙人床，兩隻牆上畫框裡的炭筆畫希臘牛頭製造出還算高雅的情慾氣氛，還有個可以看到整個停車場的小陽臺。查莉拿起那瓶伏特加，倒了大半杯之後，就往床邊一坐。

「乾杯吧，老傢伙。」她說。

約瑟仍站著沒動，毫無表情地看她。「乾杯，查莉，」他回答，雖說手上沒有酒杯。

「現在要做什麼？演獨角戲？或者這正是值回票價的重頭戲？」她聲音一揚。「我是指，我們在這一景裡，究竟是哪種角色？我只是問一問。誰？好嗎？告訴我是誰就好？」

「妳應該很清楚我們是誰，查莉。我們是兩個正在希臘度蜜月的情侶。」

「我還以為我們在諾丁罕的汽車旅館裡呢。」

「我們兩幕戲一起演。我本來還以為妳明白。我們正在建立過去與現在。」

「因為時間有限？」

「我們就說是因為人命關天吧；許多人的性命都岌岌可危。」

她又灌了一口伏特加，手穩穩地端著杯子，她心情惡劣至極時就是這樣。「猶太人的性命。」她修正他。

「難道他們跟其他人的生命有所不同嗎？」

「本來就不同！天曉得！我是說，季辛吉派飛機去轟炸高棉，屍橫遍野也沒人伸出一根手指罵他。以色列也大可隨時派飛機去把巴勒斯坦人全炸成碎片，可是一、兩個猶太長老在法蘭克福或哪裡被做掉，就成了驚天動地的國際新聞，是不是？」

她瞪著他後方的某個假想敵，眼角卻瞧見他朝自己穩穩地跨出一步。有這麼一剎那，她以為他會從此把她踢出局，卻只見他越過她，走到窗口，把窗門打開來，或許是想藉公路上的交通噪音壓過她的聲浪。

「這些都是災難，」他毫無一點火氣地說，眼睛望著窗外。「妳也可以問我，以色列邊境城鎮的居民被巴勒斯坦人轟炸時是何種感受。問問那些集體農場的農民，一波四十發的蘇聯製火箭攻擊時發出什麼樣的呼嘯，他們還得騙小孩躲轟炸只是躲貓貓而已。」他講到這裡，不由得厭倦地嘆了口氣，似乎他已經聽自己講過太多次同樣的道理。「不過，」他語氣突然又轉為實際：「等下次妳再用這套辯證哲學時，我勸妳最好記住，季辛吉也是個猶太人。麥寇那套初級政治字彙裡，對他也有一套講法。」

她將手指塞進嘴裡咬住，才發現自己正在啜泣。他走過來坐到她旁邊，她等著他用手臂摟住她，或講出更棒的道理，要不就占有她，那是她能想像最好的狀況了，可是他什麼也沒做。他只是讓她哭下去，直到她漸漸產生一種幻覺：他不知怎麼地懂了，他們就一起沉溺於哀傷中。他的沉默比任何言語做到的更多，似乎讓他們得做的事情變得和緩而容易接受了。好長一段時間裡，他們兩個肩並肩坐在床邊，直到她的哽咽終於以一聲長歎做為結束。而他仍然沒動——既不湊上來，也不遠離她。

「約瑟，」她絕望地呢喃，再度抓住他的手：「你到底是誰？在這些要命的糾葛裡，你到底有什麼感覺？」

她抬起頭，開始注意到隔壁其他房間裡發出的人聲。有個睡不著的小孩正在哭鬧。刺耳的夫妻吵嘴。她聽見陽臺上有細碎的腳步聲傳來時，回頭及時瞥見穿了一身毛巾布運動裝的瑞秋，兩手分別抓了個盥洗包和熱水瓶，從打開了的落地窗口跨了進來。

她醒著躺在床上，累得睡不著。諾丁罕的旅館絕不會是這種局面。隔壁那間房裡，傳過來電話的鈴聲，她似乎聽出是他在講電話。她躺在麥寇的臂彎裡。她躺在約瑟懷裡。她渴望著艾爾。她跟她的畢生摯愛一起在諾丁罕；她好端端地在坎登區自己家裡的床上；她在她該死的母親家裡，她居然還叫那個房間「兒童房」。她躺在那裡，就像兒時她的馬兒拋下她以後那樣，看著她的人生幻燈片，並且就像探索自己的身體那樣探索自己的心靈，一次感覺一點，測試毀壞的程度。大床遙遠的另一邊，瑞秋藉著一盞小檯燈的光線，躺著看一本平裝的哈代小說。

「他的女人是誰，瑞秋？」她說。「誰替他洗襪子，清菸灰缸？」

「最好問他，妳還沒問過他嗎，親愛的？」

「是妳嗎？」

「不行啦，妳想呢？能處得久嗎？」

查莉有點睏了，可是仍想多打聽他一點。「他曾是一名戰士。」她說。

「最棒的，」瑞秋心悅誠服地說。「現在依然是。」

「他是怎麼找到他的戰場的？」

「他們替他挑的，不是嗎？」瑞秋說，一邊還很沉迷於她的書。

查莉又大膽刺探：「他以前有過妻子。後來她怎麼了？」

「抱歉，親愛的，我實在不清楚。」

「『她是自己跳下去，還是被人家推下去？』一個人得這麼自問。」查莉打趣地說，完全無視於瑞秋拒絕回答的反應。「我會說這是自作自受。可憐的女人，她大概得有六種不同外表才能跟他搭同一班巴士。」

她安靜了一會兒。

「妳又怎麼會扯進這回事的，瑞秋？」她再次發問，而出乎她意料之外，瑞秋把書放到肚子上，告訴她答案。她父母是波蘭西北省分波密拉尼亞的正統派猶太人，她說。戰後舉家遷到英國，從紡織業中發了財。「歐洲各地都有分廠，耶路撒冷還有一棟豪華的頂樓公寓。」她說得很不經意。她父母希望她進牛津讀書，然後繼承家業，她卻寧可去希伯來大學研究《聖經》和猶太史。

「後來就這麼回事。」查莉問她後來呢，她就這麼回答。

可是怎麼辦到的？查莉不死心。為什麼呢？「誰吸收妳的，瑞秋？他們是怎麼告訴妳的？」

瑞秋沒告訴她是誰或者她怎麼入行的，卻把為什麼說了出來。因為她瞭解歐洲，也知道反猶太主義是什麼，她說。她也想證明給大學裡那些自以為了不起的以色列當地戰爭英雄看看，她和男孩子一樣，可以為以色列而戰。

「那蘿絲又是怎麼回事？」查莉再度試試她的運氣。

蘿絲可就比較複雜了，瑞秋回答道，聽上去好像她自己的故事比較單純。蘿絲早在南非時，就已經加入了猶太青年團，後來跑到以色列，因為她不知道要不要繼續待在南非反對種族隔離政策。

「她不清楚自己應該如何是好，只是想試一段時間再說。」瑞秋解釋到此，帶著堅定的決心不再進行下一步討論，又拾起那本哈代的《嘉德橋市長》。

理想過量，查莉想著。兩天前我什麼理想都沒有。她納悶著，不知道自己現在算不算有。明天早上再問我吧。她墜入沉睡以前，彷彿看見報紙上有個大標題。〈**著名女狂想家終於面對現實。**〉〈**聖女貞德火燒巴勒斯坦行動員。**〉嗯，查莉，還不賴。晚安。

貝克住在走廊下去幾碼外的房間，有兩張單人床。旅館方面大概也只能藉此猜測房裡有單身人士。他躺在其中一張單人床上，瞪著另一張，電話在兩張床中間。十分鐘內就要一點半了，一點半正是時候。夜班門房已經收了他的小費，而且答應會替他接通電話。他非常清醒，平常這時候他都是這樣。腦筋轉得太快，停止得太慢。把每樣東西拿到眼前，忘卻所有留在背後的。沒留在背後的也一併忘記。電話準時響起，柯茲的聲音立刻傳過來跟他打招呼。他現在在哪兒啊？貝克猜了一下。耳朵裡聽到模糊的罐頭音樂，猜中是一間旅館。德國，他記得應該是那裡。由德國某旅館打到希臘特爾菲某旅館。柯茲用英語講電話，這樣比較不會引起別人注意，而且講的話乍聽不痛不癢，即使有人偷聽，也聽不出個所以然。對，一切都很順利，貝克告訴他；交易進行得非常順利，據他預測，應該在短時間內不會有麻煩。怎麼樣，最新的產品如何？他問。

「我們已經獲得了許多一流的合作，」柯茲叫他放心，帶著重振大批部下士氣時的那種過火態度：「你隨時可以直接去倉庫提貨，保證你對這項產品非常滿意。還有另一件事。」

貝克很少在電話對談裡好好聽完柯茲的每句話，這是慣例，柯茲對他也一樣。這是他們之間的一個怪現象，他們競爭著要先甩開對方。然而這一次，柯茲從頭到尾聽完了，貝克也是。但當貝克放下話筒時，他瞄到自己在鏡中吸引人的五官，帶著一種強烈的憎惡瞪著它們。有一刻，它們對他來說就像是毀滅之光，他有種病態的、巨大的欲望想永遠毀了它們；你到底是誰？……你到底有什麼感覺？他更靠近鏡子一些。我覺得我好像在看一個已經死去的朋友，希望他活過來。我覺得我在別人身上尋找我過去的希望，但是不成功。我覺得自己好像是一個演員，就像妳一樣，我身邊包圍著各種版本的分身，因為原版的我不知怎麼的掉在半路上了。但說真的，我什麼感覺也沒有，因為真正的感覺是顛覆性的，與軍事紀律格格不入。所以我不去感覺，不過我戰鬥，所以我存在。

在城裡他不耐煩地走著，步幅極寬，急急地望著前方，就好像走路讓他覺得很無聊似的，而距離呢，一如往常，太短了。這是一個等著挨打的城鎮，超過二十年或者更久以來，他看過無數處於這種狀態的城鎮。人群逃離街頭，沒有小孩的聲音。房子被打爛。會動的東西都得挨槍子。停著的大遊覽車和轎車被車主扔下了，只有老天知道他們什麼時候才會再見到這些車。偶爾他會快速地瞄一眼敞開的門口或者一條沒點燈的車道，但觀察是他的習慣，他跨著的大步並沒有減慢。到達一條次要道路，他抬起頭看街道名稱，不過再度一掠而過，輕快地轉身到一個建築工地去。一個俗麗的小巴士停在幾疊高高堆起的磚頭間。一條洗衣繩頹然掛在幾根柱子旁，為一條三十呎的天線提供偽裝。微弱的音樂聲從裡面飄出來。門打開了，有支槍管比著他的臉，就像一隻打量他的眼睛，然後又消失了。一個恭敬的聲音說道：「平安。」他走進去，把身後的門關上。音樂聲並沒有完全掩蓋掉電傳打字機三不五時傳出的響聲。大衛，雅典的那個操作員蹲在機器前；里托瓦克的兩個手下陪在一旁。光是點個頭，貝克就坐在有襯墊的長椅上，開始讀一大疊撕下來等他看的報表紙。

那些男孩充滿敬意地看著他。他感覺到他們在自己飢渴的心中數著他有多少獎章勛帶，或許他們比他本人還清楚他的英雄事蹟。

「她看起來很不錯，加油。」兩個人裡膽子比較大的那個說。

貝克沒理他。有時候他在一個段落裡畫線，有時候他標出一個日期。看完之後，他把那些文件交給男孩們，叫他們測試他，直到他很滿意地發現自己已經熟悉臺詞。

再度離開小巴士，他在窗邊止步，怨恨著自己，同時聽見他們開心地談論他。

「先前老烏鴉給他完整的管理權，讓他經營某個靠近海法的全新紡織工廠。」

「棒透了，」另一個人說道：「所以咱們退休吧，叫加隆把我們變成百萬富翁。」

11

柯茲於同一天晚上罔顧禁令、與艾里希博士見上重要的一面時，採取了介乎老友與同行之間的友善態度。由於柯茲的建議，他們沒在威斯巴登見面，反而跑到法蘭克福鬧區，因為那裡來往的人多，他們在一家填充玩具商聚集的熱鬧旅館碰頭。艾里希曾經建議到他家，但柯茲語帶諷刺地拒絕了，艾里希倒沒有遲鈍到聽不懂。他們見面的時間是晚上十點，多數採購商全到外頭去找其他「玩具」了。酒吧空出四分之三。表面看來，他們不過是另外兩個商人，在一缽塑膠花前面解決全世界的問題。從某種角度來說，他們確實表裡如一。酒吧裡還放著輕音樂，酒保卻開著他自己的收音機在聽巴哈。

自從上次見面，艾里希內心的那個小惡魔似乎已陷入沉睡。失敗的第一抹暗影降臨在他身上，就像是某種疾病的惡兆，他那張電視笑臉現在新添了一種不得體的謙卑。柯茲準備好要來大開殺戒，第一眼就愉快地看穿了這些變化——沒那麼愉快的艾里希，每天早上在自己的盥洗室裡推平他眼眶周圍的皮膚，短暫地恢復他已經走下坡的最後一點青春外貌。柯茲帶來「來自耶路撒冷」的問候，同時還送了他一瓶正牌的約旦礦泉水當禮物。他聽說新艾里希夫人已經要準備迎接新生命了，表示這瓶水可能會派得上用場。這套溫情攻勢頓時令艾里希感動不已，甚至還難得的幽默了一下，雖然有點過火。

「但你比我還早知道！」他以一種出於禮貌的好奇態度瞪著那瓶礦泉水，一邊說道。「我連辦公室的同事都還沒講呢！」確實如此：他把沉默視為對懷孕事實的最後抵抗。

「等孩子生下來再告訴他們算了。」柯茲這麼建議，不無見地。他們就像那些不太慶祝的人一樣，靜靜地舉杯恭賀新生命，預祝博士還未出生的孩子有更美好的前途。

「我聽說你這段日子，都在擔任協調官。」柯茲翻了一下白眼。

「敬所有協調官。」艾里希嚴肅地回答，兩個人又舉杯各啜了一口酒。他們同意互相直呼名字，但是柯茲還是用「您」這個有距離的稱呼，而不是「你」。他不願意損害到自己面對艾里希的優勢。

「我能否請問您在協調些什麼呢，保羅？」柯茲緊迫釘人。

「舒曼兄，我必須告訴你，與友善的情報單位保持聯繫已經不是我的職務範圍了。」艾里希故意模仿波昂中央的官腔句法，等著柯茲追問他。

可是柯茲自己先冒險猜了一下。其實他根本不是猜的。「一名協調官嘛，對於運輸、訓練、吸收，以及行動單位的財經支出費用等等要務上，得負行政責任。同時也負責貴國聯邦政府與各邦之間的情報交換工作。」

「你漏掉了，我們還管請假、休假、出差呢！」艾里希抗議，對於柯茲的情報品質之高，覺得既有趣又可怕。「你如果想多放點假，儘管到威斯巴登來找我，絕對有求必應。我們有個權力相當大的委員會，專管出缺席。」

柯茲答應以後一定會來拜託他——他坦承，事實上他也該請個長假了。工作過度的暗示讓艾里希想起他還在第一線的時代，他離題扯到過去他處理某案時根本沒睡——字字屬實，馬帝，我甚至連躺一下都沒有——一連三個晚上呢。柯茲聽他說完，帶著恭敬的同情。柯茲是個優秀的聽眾，艾里希在威斯巴登很少遇到這種人。

「你知道嗎，保羅，」他們來來回回、輕鬆愉快地閒聊好一會兒之後，柯茲這麼說：「當初我也做過協調官。那是因為我的上司認為我太調皮了，」他擠出一個假笑：「所以他就把我變成協調官。我無聊得要命，一個月後就上了一張簽呈給加隆將軍，說他是個敗類。『報告將軍，職謹上此簽呈，馬帝·舒曼說你是個敗類。』他接到這張東西後，馬上派人叫我向他報到。你見過這位加隆大將軍嗎？沒有？他又小又瘦，頭髮卻又多又黑。平常一向不好相處，而且煩躁不安。『舒曼！』他對我大吼。『你怎麼回事？才一個月就罵我是個敗類？你如何挖到我這個祕密的？』聲音又尖又噪，聽起來就像小時候被誰捧過似的。『報告將軍，』我說。『假如你還有一分自尊心的話，早該把我降級，叫我滾回原來的老單位去，至少到那種地方，我就不能當面侮辱你了。』你曉得老烏鴉加隆後來怎麼對付我嗎？他把我踢出去，馬上又升了我一級，讓我管原來的行動單位。」

這個故事讓艾里希想起他在波昂顯要階層裡，曝光率高又身分特殊的那段過往歲月，因此格外有趣。很自然地，下面的話題就轉入貝格斯堡事件調查的進展，畢竟那是他們彼此相識的契機。

「我聽說德國方面終於有了點小小的進展。」柯茲說。「追查那名送炸彈的女孩，一直追到巴黎機場，這實在是個突破，雖然到現在他們還不清楚她的身分。」

聽到他如此敬佩的人竟然隨口讚美他們，艾里希頓時有點光火。「你說這叫突破？昨天我才收到他們最新的研判報告；有個女孩在爆炸當天曾飛過巴黎—科隆這段航線。他們認為如此。穿的是牛仔褲。

他們認為如此。戴了頭巾，身材不錯，可能是金髮，這又怎麼樣？法國人甚至還不能查出她到底有沒有登機，或者只是宣稱查不到。」

「也許她根本沒登機去科隆，保羅。」柯茲猜測。

「如果她沒有，那又怎能說她飛去科隆了呢？」艾里希的反駁有點錯失重點。「那些白癡根本連穿過可可樹叢的大象都追蹤不到。」

隔壁桌還是空的，加上收音機裡的巴哈和喇叭裡放出的歌舞劇《奧克拉荷馬》，有夠多的樂音可以遮掩這裡的種種異端邪說。

「假定她買了一張到其他地方的機票呢。」柯茲耐著性子說。「比方說馬德里好了。她在巴黎機場登機，拿的卻是飛馬德里的機票。」

艾里希頗能接受這種假設。

「她買了張巴黎—馬德里的機票，而等她到巴黎奧雷機場，就到飛往馬德里的櫃檯辦完登機手續。拿了她的登機證走到出境室，找了個地點等候登機。就說那個地方距某個登機門很近好了，難道不行嗎？就比方是十八號登機門附近好了，她就走到那裡去等。某個女孩朝她走來，遞出暗語，兩個人就到洗手間去，交換機票。安排得天衣無縫。連護照也換過。對女孩來講，這的確沒多大問題。化妝——假髮，保羅，只要深入挖掘，就會發現所有漂亮女孩其實都一樣。」

這句格言的真實性讓艾里希大樂，因為最近他對於自己的二度婚姻才剛剛得到同樣的晦暗結論。但他沒沉迷於那個念頭，並感到這個重大情報的急迫性；他心中那種老警犬的天性又復活了。「那麼等她到波昂時呢？」他說著，替自己點起一支菸。

「她用一本比利時護照入境。逼真的偽造品，東德特製的外銷貨。她一出機場，就有個留了滿嘴鬍子的男孩，騎了輛偷來後換過假牌照的摩托車，在機場外頭等她。高大，年輕，蓄鬍；這女孩只看到這些，誰都只能看到這些，因為做這一行的人出於安全理由都這樣打扮。留鬍子？鬍子是什麼樣的東西，你想想？他連安全帽都沒摘掉過。為了安全，這些人一向很乾淨俐落。甚至可以說出色。我會說他們很出色。」

艾里希說這些他也已經注意到了。

「這個小夥子在這件行動裡，是做切線人的工作。」柯茲繼續講下去。「他只負責這個。他專門負責切斷線路。他到機場接女孩，先確認對方有無被人跟蹤，然後帶著她騎摩托車繞一陣子，再次確認後才把她戴到安全處去作簡報。」他停頓了一下。「波昂城郊，靠近梅漢姆鎮的地方，有個股票經紀人買下的私人農莊，叫什麼『夏屋』的吧。南側車道的盡頭有座改裝過的穀倉。車道直通往高速公路的迴車道。臥房下方的車庫中，停放了一輛歐寶轎車，掛的是席柏格市的車牌，駕駛早就坐在車裡等了。」

這回艾里希很興奮地發現他有話可說了：「艾克曼！」他低聲說。「那個社交名人，由杜塞多夫來的艾克曼！老天爺，我們沒搞錯吧？難道瘋啦？怎麼竟然沒人想到是他呢？」

「正是艾克曼，」柯茲對他學生能舉一反三，感到很愉快。「夏屋農莊，正是杜塞多夫市名人艾克曼博士名下的財產，這家名門望族在德國擁有發達的木材事業、好幾家雜誌，以及眾多情趣商店。另外，作為副業，此人每年尚印行漂亮的德國風景月曆。不過那棟穀倉卻是他獨生女兒茵姬的，也用來召開許多祕密會議，出席的多半是一些富有但幻滅的人類靈魂探索者。在貝格斯堡事件那段時間，茵姬正好把那棟屋子借給了一個有急用的朋友，這位男士恰巧有個女友……」

「朋友的朋友，」艾里希長嘆一聲。

「想把煙霧清掉，卻得到更多的煙霧。至於真正的火災現場呢，卻還有一段距離。這些人就是這樣辦事的。永遠都是如此深藏不露。」

他們來自約旦河谷的某個山洞裡，艾里希興奮地想。會把一束多餘的線纏成一個娃娃。使用你能在自家後院製造的土製炸彈。

在柯茲說話時，艾里希的臉與身體經歷了一次神祕的鬆弛變化，這沒有逃過他的注意。壓迫他的憂慮與人性弱點在他臉上刻畫的線條，已經一掃而空。他靠在椅背上，小小的兩臂舒適地環抱著胸膛，恢復青春的笑容回到他臉上，他沙色的頭微向前傾，正好配合他那位導師的絕妙演出。

「我是否可以請問，您是如何建立起這麼有趣的理論的？」艾里希詢問時，勉強帶點沒有說服力的疑心。

柯茲假裝思考，雖然小鴨子所坦白的情報，在他腦海裡根本一清二楚，就好像他還在慕尼黑四處鋪了泡棉的小囚室裡、坐在小鴨子旁邊，在他咳嗽啜泣時抱著他的頭。「這個嘛，保羅，我們已經查到兩輛歐寶轎車的牌照號碼，連租車契約的影本也弄到手了，甚至還找到其中一位租車人親筆簽名的證據。」他承認了這些，暗自希望這點薄弱的線索可以暫時充當理論基礎，然後繼續他的故事。

「那名蓄鬍的青年把她送到穀倉後就下落不明。女孩在那裡換上那套藍洋裝，戴上假髮，打扮一番，正好對了我們那位大好人勞工參事的胃口。她坐上歐寶，由第二名小夥子送她駛往目標屋。在路上，他們停過一會兒，好把炸彈時間設定好。有什麼問題嗎？」

「這個男孩，」艾里希很興奮地問：「她認識他嗎？還是說照樣對她是個謎？」

柯茲不想再多透露小鴨子的身分，他滿臉堆笑沒答話，很客氣地規避問題；因為艾里希現在對於每個細節都緊追不放，不能讓他要什麼就有什麼。他也不該有這種期待。

「任務一完成，同樣的司機就把車牌和行車執照換過，將女孩送到貝紐漢的小萊茵，放她下車。」柯茲說。

「後來呢？」

柯茲開始支吾其詞，好像會危及他複雜的計畫似的；事實上也的確如此。「到了那裡之後——據猜測——我要說，這個女孩就被介紹給某位一向很欣賞她的人——某個可以教她一些新招術的人。像怎麼裝炸彈、怎麼設定時器、怎麼放詭雷等等。據我猜測，這位欣賞她的男人，也早在某家旅館訂好了房間，在他們分享了共同成就的刺激下，兩人共享熱情的一夜。第二天早上，他們累得還在沉睡之際，炸彈就爆炸了——比預訂時間要晚了好多，可是那又如何？反正炸了就行。」

艾里希輕輕轉向前，興奮得近乎指責。「還有那個大哥呢，馬帝？那位宰了你們一大票以色列人的偉大戰士呢？他那時又在哪裡？我想是在貝紐漢的小萊茵，跟那位送炸彈的小姐在一起，對吧？」

然而柯茲不動聲色，這位好博士的熱情似乎更加深了他的無動於衷。

「不管他在哪裡，反正他每件行動都幹得很漂亮，每件行動都研究得很透澈。」柯茲好像也很佩服對方似的說。「就拿那個蓄鬍的小夥子來說吧，他只知道他去接的女孩長什麼樣，別的一概不知。連目標是哪裡都不清楚。而女的呢，也只知道對方那輛摩托車的車牌號碼。開車送她去放炸彈的，只知道目標在哪裡，卻不認識留鬍子的傢伙。這種行動安排的確是相當有智慧。」

講完這些之後，柯茲似乎就變得又聾又啞了；無論艾里希再怎麼挖也挖不出什麼，突然覺得有必要叫幾杯威士忌。事實是好博士覺得有點缺氧。就好像他早先的人生全耗在一種比較低等的生命型態上，後來又淪落到更低處——突然間這位偉大的舒曼先生，一口氣把他提到先前不敢夢想的高度。

「而你到德國來，就是想把這些情報透露給敝國當局的同事吧？」艾里希刻意問道。

而柯茲只回以一陣漫長而別有心思的沉默，一邊似乎在用他的眼睛和思緒測試艾里希；又過了好一會兒，艾里希才看見柯茲擺出令他欣賞的架勢：捲起袖管，抬手看他的錶。這再度提醒艾里希，他自己的時間正在眼前耗損著，因為柯茲永遠嫌不夠。

「科隆當局一定會對你非常感激，這點可以確定。」艾里希再度施壓。「就是我那位優秀的接班人——你還記得他嗎，馬帝？他到時候又可以居功了。加上新聞媒體，他馬上就會變成西德警界中最受矚目與尊敬的警察頭子了，對吧？這都得好好謝謝你。」

柯茲大大的笑容表示讓步，贊同他的說法。他喝了一小口威士忌，用粗布手帕抹了抹，然後手掌撐住下巴，靠到桌上，長嘆了口氣，好像他本來沒這個意思，可是被艾里希一提，也只有講出來了。

「唉，現在嘛，耶路撒冷對這檔事也煞費思量，保羅。」他承認。「問題在於你那位繼任者，似乎不是我們心目中的那種紳士，我們不想再幫他往高處爬了。」他皺起的眉頭似乎在問：那麼，又該如何是好呢？「後來我們就想到還有一個選擇，或許我們應該問問您，看看您反應如何。我們想，或許好心的艾里希博士可以幫我們把消息傳遞給科隆當局？私下進行，非正式的，然而透過官方管道，你或許瞭解我的意思。以博士的個人事業和他的明智管理為基礎。這是我們自己考慮過的問題。也許我們應該去見見保羅，跟他這麼講：『保羅，你是我們以色列的朋友。請接受這個吧。利用它。利用它來讓你揚眉吐氣。就當作我們的禮物，讓我們不必出面。』在這種狀況下，為什麼要晉用錯誤的人選呢？為什麼不照著我們的原則，跟朋友交易呢？何不幫助他們更進一步，報答他們的赤忱？」

艾里希假裝聽不懂。他面紅耳赤，氣急敗壞地喊道：「可是馬帝，聽我說，我現在已經沒有門路了！我已經不是行動主管了，只是個官僚！你要我怎麼做？難道要我抓起電話說，『科隆嗎？我是艾里希，我現在通知你們，立刻到夏屋去，把艾克曼的女兒抓起來，同時再把她所有來往的朋友一網打盡，一個個逼供！』難道我是魔術師，能點石成金，憑空變出這些情報？耶路撒冷那邊的人是怎麼想的？——一個協調官，突然成了大法師？」他的自貶變得有點囉唆，愈來愈不像真的。「是否我還要下令，立刻逮捕所有蓄鬍的年輕騎摩托車騎士，特別是義大利裔的？他們會把大牙都笑掉的！」

他把自己逼進死胡同之後，就孩子氣地等著柯茲拉他一把：反抗權威，只為了得到權威更加確定的擁抱。

「沒人想叫你去逮什麼人，保羅。還不到時候。至少在我們這邊，還不想這麼做。還沒有人想公開搜查，耶路撒冷方面尤其不想這麼做。」

「那你們到底想要什麼？」艾里希突然暴躁起來，這麼問道。

「正義，」柯茲和顏悅色地說。但他直率、堅定的笑容裡傳達出另一種訊息。「正義，一點點耐性，一點點勇氣，大量的創意，一大堆集思廣益之下的新發明。讓我問你，保羅，」他忽然把大腦袋向前湊，大手按住博士的手臂。「假定現在，只是假定，突然冒出來一名祕密線民——一位在貴國的高級阿拉伯人，一位對德國非常友好的阿拉伯朋友，他手上抓了一堆最近他同胞所幹過的恐怖內幕與證據，而他對這些恐怖行動非常不贊同——假定他不久以前，在電視上看到過那位叫艾里希博士的西德警察頭子；假定他某天正好坐在波昂某家旅館裡看電視——要不，正好他坐在杜塞多夫的某家旅館——隨便哪裡好了——他剛巧從電視上看到了你這麼一個人，艾里希博士，一名律師，也是警察；而且還具有幽默感、生性實際，又有慈悲心腸——一言以蔽之，集許多善良優點的人物——怎麼樣？」

「假定而已。」艾里希頭有點暈了，耳中只聽得到柯茲的話。

「而這名阿拉伯人，保羅，他主動找上了你，」柯茲講下去：「不願意再去找別的人。他出於衝動決定只信任你一個，除了你不要別的代表。他沒跟西德各部門、警方、情報機構聯絡。他從電話簿裡查到你的電話，直接打到你家，或打到你辦公室找你，故事隨便你喜歡怎麼編。約你到這家旅館密談。而且就是今晚。跟你喝了幾杯威士忌，讓你請客付帳。酒過三巡後，就提供了你一些可靠的證據。除了偉大的艾里希——誰也別想得到他幫忙。對於一個光榮讓他人巧取豪奪的人來說，你是不是看出其中的有利之處了？」

後來艾里希在許多互相衝突的心情下——驚訝、驕傲，或者完全失序的恐懼中重溫這個場面時，他認為接下來的談話是柯茲事先為自己內心的盤算做辯護。

「這陣子，恐怖分子是愈來愈高明了，」柯茲陰鬱地抱怨：「『放個內奸到這群恐怖分子中間去，舒曼！』老烏鴉加隆隔著辦公桌對我嘎嘎叫。『是，將軍。』我告訴他。『我會替你安個死間進去。我會親自訓練他，幫他把外衣染上迷彩，替他找個缺口，讓他混進對方去。我會盡一切努力，辦到您所交辦的工作。但是您可知道，他們會怎麼做？』我問老烏鴉。『他們會要他證明是玩真的。要他去開槍打死個銀行警衛，或者射殺一個美國兵。或者命他去炸毀一家餐廳。或是叫他去送個漂亮的手提箱給某人，炸得他灰飛煙滅。這是您要的嗎？將軍，您要我這樣做嗎？——放個特務進去，然後蹺腳看他為敵人來殺害我們的同胞？』」他朝艾里希丟了個淒涼的微笑，他也要仰不講理上司的鼻息度日。「恐怖組織向來不搭載乘客的，保羅，我告訴加隆。他們可沒有祕書、打字員、密碼員，或者任何雜七雜八的職員。要想滲透進去，可沒那麼容易。『這年頭要粉碎恐怖組織，』我告訴他，『首先就得建立起自己的恐怖組織。』你想他聽進我的話了嗎？」

艾里希聽得出神。他忍不住上身也向前傾，兩眼發亮地問對方：「你真的這麼做了？」他啞聲說。「在德國境內？」

柯茲照例不直接回答他的疑問，他只是用他那對斯拉夫人的眼睛，視而不見地望著艾里希身後，似乎已經看到他那條蜿蜒寂寞之路的下個目標。

「假定我要向你報告一樁意外事件，保羅，」他語帶暗示，聽起來似乎從他那足智多謀的腦袋裡挑了一個比較繞路的選項：「一樁——哦……大概再過四天就要發生的意外事件。」

吧檯調酒師的巴哈演奏會已經結束，他這時正吵吵鬧鬧地忙著收拾桌椅，準備打烊了。柯茲提議他們移到旅館大廳的沙發上去，擠在一起交頭接耳，就像狂風中站在碼頭的旅客。柯茲在這段時間裡，兩次在瞟過手錶後，暫時告退去打電話；據艾里希後來出於好奇所做的調查，才曉得他曾經打一通電話到希臘特爾菲古城的一家旅館，講了十二分鐘，付現；另一通則打去耶路撒冷，號碼不詳。聊到凌晨三點左右，幾個東方面孔的外籍工人穿著磨爛的工作裝出現，用大砲似的吸塵器打掃大廳。可是柯茲和艾里希在一片嘈雜中，仍照聊不誤。的確，他們到天色大亮之後才走出旅館，彼此握手表示成交。然而柯茲很小心地不過度感激這位新的生力軍，因為他很清楚，艾里希這個人是捧不得的。

重生的艾里希一路趕回家中，刮完鬍鬚、換上乾淨衣褲，刻意多拖一陣，好讓新婚妻子對他的任務機密性印象深刻，才帶著一臉躊躇滿志的久違神祕表情，直奔他那棟有玻璃帷幕的水泥大廈辦公室。那天早上，他那些同事們發覺他開了一大堆玩笑，還大著膽子對同僚提出一些不入流的批評。老艾里希就是這樣，他們說，他甚至表現出幽默感了，儘管那從來就不是他的強項。他叫下面送來一大疊公文用信紙，甚至把他的私人祕書也趕出去，辦公室一關、反鎖好之後，就著手寫了一份精心擬好的曖昧報告，呈給他的上級各單位主管，說他透過「某位在過去職位上所結識的中東線民，相當可靠」，得到了有關於貝格斯堡事件的突破性驚人情報——雖然這些情報除了證明線民的可靠守信以外，還無法多做利用，而且他堅持以艾里希博士作為他的中間人。所以，艾里希要求上級給他某種程度的權力，還要在瑞士銀行開一個祕密帳戶，存入行動基金，財務分配由他一個人決定。他並不是貪財之輩，雖說他的再婚確實花錢，先前的離婚簡直就是毀滅性的。但他的確看得出來，在這個拜金時代，人把耗費最多個人財富的事情看得最重。

最後，他加上一段吊人胃口的預測——每個字都是柯茲告訴他的，柯茲還叫他複誦一遍。那段話沒有精確到能實際派上用場，卻又精確到能嚇人一跳。據尚未證實的可靠消息來源透露，有一批由土耳其伊斯蘭教極端派提供的炸藥，正企圖於未來數天內，從伊斯坦堡運進西歐，支援反猶太活動。接下來幾天內應該會有新的暴行傳出。根據謠傳，目標在德國南部。因此，所有邊界崗哨與相關地區的警方，都應立刻加強戒備。進一步消息尚無法獲悉。當天下午，艾里希就被他的那些頂頭上司火速召見，當天晚上，他就藉保防電話，與他偉大朋友舒曼講了許久，以便接受嘉獎鼓勵，同時接收新的指示。

「他們上鉤了，馬帝！」他用英語興奮地大叫。「他們溫順得像綿羊一樣，完全被我們掌握了！」

艾里希也上鉤了，柯茲回到慕尼黑告訴里托瓦克，可是這個德國佬還得好好加以控制才行。「為什麼加迪還不快把那個女孩送上來？」柯茲咕噥道，悶悶不樂地看了看手錶。

「因為他已經不喜歡再宰人了！」里托瓦克帶著一種他克制不住的歡欣情緒大喊。「你以為我還感覺不到嗎？你以為你自己不清楚嗎？」

柯茲叫他少囉唆。

12

山頂上瀰漫著一股百里香的氣息，對約瑟來說是個特別的地點。他特別從地圖上挑出這個地方，然後帶著查莉過來，乍看似乎只要一會兒就到；他們先開了一段路，然後才下車步行，刻意爬過一排排蜂箱、鑽過柏樹林，和長滿野黃花的碎石谷地。太陽還沒爬到最高點。層巒疊嶂之間，有著平廣的鄉野。站在山頂上朝東望，她可以看到愛琴海邊銀色的平原，直到霧氣把它們變成天空的顏色。空氣中時而傳來樹脂與花蜜的香氣，伴和著山羊頸間傳來的叮噹鈴響。清風溫暖了她一側的臉頰，把她那件輕飄飄的洋裝吹得貼住身體。她摟住他的臂膀，可是約瑟專注於思考中，似乎沒發現。有一剎那，她好像看見迪米區坐在一道大門下，可是一等她出聲，他立刻警告她別打招呼。後來又有一次，她似乎看到更高的山脊上出現過蘿絲的身形，可是她再看一次時，卻毫無人跡可尋了。

他們的一天直到那時為止，都有個時刻表；她溫順地被他牽著到處跑，他習慣性地馬不停蹄。她曾經一覺醒來發現瑞秋俯身看著她，告訴她最好穿另外那件藍洋裝，親愛的，那件長袖的。她快速地淋浴，光著身子大步走回房內，但瑞秋已經不在那裡，是約瑟坐在兩人用的早餐盤前，聽收音機播報希臘語新聞；對全世界來說，他就是她昨夜的伴侶。她快速躲回浴室，他從門邊塞給她那件洋裝；他們早餐吃得很快，幾乎沒交談。在櫃檯他付了現鈔，把收據收好。在賓士車旁，他們把行李放進去的時候，她看見嬉皮小子洛爾躺在距離後保險桿不到六呎處，在那裡研究他負擔過重的摩托車引擎。蘿絲則斜倚在車窗邊，正在嚼一個麵包捲。查莉納悶他們在那裡多久了，還有為什麼他們得看著車子。約瑟沿路開了好幾哩去參觀古蹟，再度停車，而早在其他人開始排隊、熱出一身汗以前，他就偷偷領著她穿過一道邊門，走上另一個私人安排的宇宙中心之旅。他帶她去參觀阿波羅神殿，上面刻著頌歌的杜力克石牆，附近還有塊石頭，據說正是「世界之臍」。他也帶她去古物館繞了一圈，看過那些寶物，評論當年為搶奪神諭之地而爆發的許多戰爭。但他的神態一點都不輕鬆，跟當初他們參觀衛城時截然不同。在她想像中，約瑟心裡有個地點一覽表，催著她每經過一處就打個勾。

等回到車上，他把鑰匙遞給她。

「我嗎？」她問。

「有何不可？妳不是最愛開名車的嗎？」

他們駛過曲折空曠的公路，朝北直駛，起初他沒做別的事，只管指點她的駕駛技術，讓她覺得似乎再考了一次駕照，不過他並沒讓她緊張，顯然反之亦然，因為沒多久後他就專心研究起攤在膝上的地圖，沒再理她。轎車開得之順，簡直就跟作夢一樣，公路由柏油路面變成了碎石子路面。每一個急轉彎都會濺起漫天的塵埃，被陽光照得好亮好亮，愈飄愈遠，融入一片驚人美景之中。然後突然的，他把地圖摺好，塞到車門上的側袋中。

「怎麼樣，查莉？妳準備好了嗎？」他簡單輕率的口氣，聽起來就好像查莉真讓他等了很久。他又重新開始了他的故事。

最初的場景還是在諾丁罕，他們倆纏綿悱惻，足足在汽車旅館中待了兩夜一天，他告訴她，而且旅館中房客登記簿上，也是這麼記載的。

「如果對旅館職員施加點壓力，他就會記起來有過這麼一對恩愛的情侶，跟我們的描述很符合。我們住在西側最後那間房，恰好可以看見一部分花園。之後妳會到現場親眼看一下。」

她與麥寇大部分的時間都消磨在床上，他說，談論政治，交換彼此生平，做愛，中間唯一下床的時間，是到諾丁罕鄉間去散步，然而每次才出去一會兒，兩個人就等不及要回旅館。

「為什麼我們不在汽車裡做？」她這麼問，企圖把他從陰鬱的心情中引開。「我喜歡偶爾不按照規矩來。」

「我很尊敬妳的胃口，不過麥寇在這方面比較害羞，他寧願到床上，那樣比較隱密。」

她再試了一次。「那他的技巧可以排第幾名？」

連這方面他都有答案。「根據可靠資料，他稍嫌單調，想像力較差，不過熱情無限，體力令人印象深刻。」

「謝謝你。」她很莊重地道謝。

他又繼續講下去。星期一大清早，麥寇就返回倫敦去了，而查莉到下午以前都不必排練，一個人留在旅館裡，心碎了。他用輕快的語調描述她的悲傷。

「天黑得就跟出殯一樣。雨仍然下個不停。把天氣記清楚。起初妳哭得太厲害，連站都站不起來。妳躺在床上，他的餘溫猶在，妳難過得快死了。他雖然告訴妳，下星期會想辦法去約克郡看妳，妳卻認為一輩子都不可能再見到他了。妳該怎麼辦？」他沒給她機會回答。「妳坐在狹窄的化妝臺前，面對鏡子，看著他在身上留下的抓痕，看著自己眼淚一直流。妳打開抽屜，拿出旅館的信紙、信封、原子筆，坐在那裡寫信給他，描述妳自己，妳最深沉的思緒。一共五頁。這是許多信中的第一封，妳寄給他許多信。妳會這樣做嗎？在妳傷心欲絕時？妳很愛寫信，對吧？」

「只要我有他的地址，我會寫。」

「他給了妳一個巴黎的地址。他親自給妳的，由一位蒙巴納的菸草商代轉，信封上只需寫『請轉交麥寇』就行，連姓氏都不必寫。

「同一天晚上，等妳回到自己住的旅館之後，妳又寫了封信給他。第二天一早才醒，就又寫一封。妳用各式各樣的文具，排演休息時、中場休息時、所有的空閒時間，妳都在寫，狂熱地寫給他，毫不思考，也毫不掩飾。」他瞪她。「妳會這麼做嗎？真會寫得如此之勤嗎？」

到底一個男人要得到多少保證才肯相信？她覺得很奇怪。可是他已經又繼續下去了。結果大大出人意料之外，跟她悲觀的預測不同，麥寇不但後來去了約克郡，他也去了布利斯托，而且更棒的是，他還去了倫敦，甚至在查莉位於坎登的公寓住了一夜，狂喜的一夜。接下來，就在那天晚上——約瑟的口氣好像解開一道複雜數學公式那樣地如釋重負——「在妳的公寓，睡在妳的床上，在永恆愛情的誓言之間，我們兩個計畫好要到希臘來玩；我們現在就在享受旅程。」

她有好長一段時間沒搭腔，默默開著車，想著。我們終於到這裡了。只花了一個鐘頭，就從英國的諾丁罕到了希臘。

「在米柯諾島假期之後跟麥寇會面？」她有點懷疑地問。

「有何不可？」

「跟艾爾還有那一大夥人去米柯諾，然後跳船偷溜，在雅典酒神餐廳與麥寇會合，就一起走了？」

「沒錯。」

「不該有艾爾的。」她提出修改意見。「既然有了你，我就不會把艾爾帶去米柯諾。我早把他一腳踢開了。贊助人沒邀他，他是跟著來的。我一次只能容納一個男人，這才像我。」

他完全不考慮她的提案。「麥寇並不要求女人如此忠心；他本人既然不是這種人，當然也不會要求別人如此。他是一名鬥士，又是你們英國的敵人，隨時有可能會被拘捕。也許妳隔上一星期就能見到他，但也可能要隔上六個月。妳以為他會突然要妳貞潔得跟修女一樣嗎？要妳獨守空閨，悶得發火了，就跟手帕交吐露祕密嗎？別鬧了。如果他要妳去跟一個軍團的男人睡覺，妳也做得到！」他們這時正好經過路邊的一座教堂。「慢下來，」他命令，而且又開始研究起地圖。

慢下來。停在這裡。前進。

他加快腳步向前走。他們的小徑通往一堆廢棄工寮，而後再經過一片廢棄了的採石場，被開採得像是山頂的火山口。石堆底部有個舊油桶。約瑟二話不說走上去，在油桶上堆起一些小碎圓石，查莉迷惑地看著他的動作。他將紅外套脫掉摺好，放到地上。槍就插在他皮腰帶裡，槍托微微上翹，正好觸到他右腋下方。他的左肩還有個皮槍套，不過是空的。伸手一撈她的手腕，他就把她一起按著往地上蹲下，阿拉伯式的蹲踞法，要她坐在他旁邊。

「好了。諾丁罕、約克、布利斯托、倫敦，全成為過去。今天就是今天，正是我們在希臘度蜜月的第三天；我們就在目前的這個地方，在特爾菲時，我們在旅館裡徹夜做愛，一早就爬起來；對於妳的文化發源地，麥寇又告訴妳一些值得銘記的洞見。由妳開車，我則印證先前妳說過的話：妳喜歡開車，而且就一個女人來說，妳開得很好。現在我帶妳到了這裡，到這座山巔上，妳並不知道為什麼要來。妳發覺我的情緒很低落，一直在盤算思考，好像在下某個大決定。妳想知道我在想什麼，反倒惹我發火。怎麼啦？妳很納悶。是我們的愛更進一步了，還是妳做了什麼讓我不高興的事？如果關係更進一步了，又是怎麼回事？我要妳坐在這兒——在我旁邊——然後——我拔出手槍。」

她驚嘆地看著他靈活地讓那把槍從槍套中滑出來，就像是他那隻手的一個自然延伸。

「我第一次將這把槍的歷史告訴妳，這是妳獨享的特權。」他強調般壓低了聲音，「我要將我大哥的祕密告訴妳，他的存在乃是一則軍事機密，只有最忠貞的少數幾個人才可能分享。我之所以告訴妳，是因為我愛妳，因為——」他遲疑一下。

因為麥寇喜歡講祕密，她想道；但她怎麼樣都不會開口打斷他。

「因為今天，我打算吸收妳成為我們祕密軍團的一員同志。在過去妳寫給我的信中，甚至在做愛時，妳時常懇求我，要我給妳一個證明妳忠貞可靠的機會；今天，我們終於要踏出第一步了。」

他似乎輕而易舉就能變成一個道地的阿拉伯人。就像昨天晚上在小餐館裡，有時候她幾乎不知道在他那些衝突的靈魂中，到底是哪一個在發言，所以現在她入迷地聽著他採用辭藻華麗的阿拉伯敘事風格。

「雖然我成了猶太割據者的犧牲品而浪跡天涯，但我偉大的長兄卻像天上的一顆明星，在前面帶領著我，照亮了我的方向。在約旦，我們待的第一個難民營，學校是個爬滿跳蚤的鐵皮屋。在敘利亞，我們被約旦軍隊的坦克追殺驅逐。在黎巴嫩，猶太復國主義者又從海空兩路用艦炮和炸彈來轟炸我們，而且黎巴嫩長槍黨人還幫他們打擊我們。然而在這段艱苦的亡命生涯裡，我始終提醒自己記得那位缺席的偉大英雄，我的大哥，我親愛的姊姊法達米哈小聲地告訴我他的豐功偉業；我渴望有一天能比得上他。」

他不再問她是否在聽了。

「我很少見到他，而且每一次見面都極端祕密。一下在大馬士革，一下在阿曼。只有一句召喚——來！然後整夜，我坐在他身邊，領受著他的話語，他高貴的心靈，他明智的指揮，他的勇氣。有一晚他命我前往貝魯特。那時他剛回來，任務是什麼我不知道，只聽說是對法西斯黨徒的一次成功出擊。他要我一起去聆聽一位偉大的利比亞政治演說家講演，他有驚人的口才跟說服力。他講得太好了，直到今天，我都還能把他講的背出來。全世界受壓迫的人民都該聽聽這個偉大的利比亞人說的。」槍平躺在他掌心。他向她遞出槍，想勾起她的興趣。「後來我們帶著激動的心情離開祕密演講會場，踏著黎明曙光走上貝魯特街頭，兄弟倆以阿拉伯人的方式手挽手走回去，一路上我眼睛裡還滿是熱淚。在人行道上，我哥哥衝動地摟住我，我現在還感覺得到他的臉緊緊貼著我的。然後他把手槍拔出來要我收下。就像這樣。」他抓住查莉的手，把槍塞給她，然後用自己的手包裹著她的，讓槍口對著石牆。「『一件禮物，』

他說：『用來復仇；用來解放我們的同胞。由一名戰士送給另一名戰士的禮物。謹用此槍，我以我父親的墳墓發誓！』我當時激動得一句話也說不出來。」

他冷冷的手還覆蓋在她手上，把手槍壓到她手上，她可以感覺到自己的手在那裡顫抖著，好像那是個與她無關的小動物。

「查莉，這把槍對我很神聖。我之所以告訴妳這些，是因為我愛我兄長、我父親，還有妳。馬上我就要教妳用它來射擊，可是妳先得做一件事——吻這把槍。」

她瞪著他，又看著手槍。但他興奮的表情顯示不容延遲。他摟住她臂膀，把她扶了起來。

「妳記得嗎？我們是情侶，是同志，是革命的僕人。我們身心合一、水乳交融。而且我還是一名狂熱激情的阿拉伯人，我喜歡激烈的言詞與姿態。親吻這把槍。」

「約瑟，我辦不到。」

既然叫他約瑟，他就以約瑟的身分答她。

「難道妳以為這是英國人的茶會嗎，查莉？妳以為麥寇只是個漂亮的小夥子，只會玩樂嗎？如果只有這把槍才讓他覺得自己是個男子漢，他怎麼會去玩別的？」他問得很合理。

她猛搖頭，眼睛仍盯著手槍。她的反抗並沒有惹惱他。「聽著，查莉。昨晚我們做愛時，妳問過我：『麥寇，戰場到底在哪裡？』妳知道我怎麼回答妳的嗎？我把手掌按在妳心房，告訴妳：『我們正在打一場聖戰，而戰場就在這裡。』妳是我的門徒。妳的使命感從來沒有這麼強烈過。妳知道什麼叫聖戰嗎？」

她搖頭。

「聖戰就是妳在遇到我之前一直在尋覓的。聖戰就是神聖的戰爭。妳就快要在我們的聖戰中射出第一顆子彈了。吻這把槍。」

她猶豫了一下，然後低下頭，將嘴唇按在藍汪汪的槍管金屬上。

「好，」他很愉快地跨開一步：「從現在起，這把槍就是妳我兩人的一部分了。這把槍是我們的榮譽和旗幟。妳相信這一點嗎？」

是的，約瑟，我相信。是的，麥寇，我相信。可是別再逼我做這種事。她忍不住用手背抹了抹嘴唇，就好像她剛才舐了滿嘴唇的鮮血。她好恨自己和他，覺得自己好像有點瘋了。

「這是一把德國製的華瑟**PPK**，」她再度聽到他的聲音時，他在解說這把槍。「不怎麼重，可是得記住，每一把手槍都絕不是完美的，它是介乎稱手、好藏、準確之間的折衷，不能每樣都兼顧。這就是麥寇對妳上的第一堂槍械課。嚴格說來，這是他那位大哥教給他的。」

他站在她後面，調整她的臀部直到她正對目標，她兩腿岔開。然後他伸手捧住她右手，他們手指交錯著，要她握槍的手臂自然下垂著對準地面。

「左手自然下垂。好。」他把手鬆掉。「兩眼睜開，慢慢把手槍順著勢抬起來，對準目標。手打平——好。我說射擊時，連開兩槍，手才放下，等我發第二次口令。」

她順從地把槍再度指向地面。他發出命令；她就把手臂抬起來，死板地照著他的吩咐做；她扣扳機，卻毫無反應。

「忘了這個，」他替她打開保險。

她重新舉臂，再扣扳機，手槍在她手中狂跳，就好像它自己挨了顆子彈那樣。她又開了第二槍，發現自己心中的興奮感就跟第一次騎馬飛奔、首次嘗到裸泳的快感那樣。她垂下槍，約瑟又發出命令。這次她可快得多，抬手往上、扣扳機，連續扣了兩次，然後再補了三槍以求好運。在完全沒有命令的狀況下，查莉重複動作，隨心所欲地射擊，直到槍聲連續在她耳邊爆發，破彈片呼嘯著彈進山谷、越過海洋。她繼續射擊，一直把槍膛打空了才垂下手，心怦怦跳動，鼻子裡只聞到一股煙硝味。

「我表現如何？」她轉頭問他。

「自己去看。」

她離開他身旁，跑到油桶前面。她難以置信地瞪著油桶，因為上面一個彈痕都沒有。

「怎麼回事？」她悲憤地大叫。

「沒打中。」約瑟一邊回答，一邊接過手槍。

「是空包彈！」

「絕對沒這回事。」

「我不是照著你的指示做了嗎？」

「先告訴妳一件事：妳不該只用一隻手射擊。像妳這樣體重只有一百一十磅的女孩，手腕細得就跟蘆筍差不多，一隻手開槍？——別鬧了。」

「那你剛才為什麼要這麼教我？」

他朝車子走回去，一手拉著她。「假如是麥寇教妳，妳就得學得像他教的一樣。問題在於，他根本不懂得用雙手握槍射擊。因為他是學他哥哥的開槍姿勢。難道妳希望人家一看就知道，妳是跟以色列人學的？」

「為什麼他不懂用雙手開槍？」她氣極敗壞地追問，抓住他的手臂。「為什麼他不知道如何射擊？為什麼沒人好好教他？」

「我告訴妳了。他哥哥教他的。」

「那為什麼他哥哥不好好教他？」

她實在很想知道原因。她受到羞辱，準備大吵大鬧，而他似乎也看出來了，因為他露出笑容，而且以他的方式讓步了。

「出於上帝的意思，卡里只用一隻手開槍，」他說道。

「為什麼？」

他只是搖頭，沒再回答她，逕自走回車子前面。

「卡里就是他大哥的名字嗎？」

「對。」

「你不是說過，卡里是希布隆鎮的阿拉伯名稱？」

他很高興，然而怪的是也顯得心神渙散。「不錯。」他發動車子。「卡里是我們城鎮的名稱。卡里也是我哥哥的名字。卡里是上帝之友，希伯來人的先知亞伯拉罕也就是指他。他受到回教世界的崇敬，而且就埋在我們的古清真寺裡。」

「那他哥哥就叫卡里了，」她說。

「對，卡里。」他簡短地附和道。「記住它，還有他所告訴妳的情況。因為他愛妳。因為他愛他哥哥。因為妳吻過他哥哥的手槍，變成了他的血液。」

他們往山下出發，由約瑟開車。就算查莉曾經知道自己是什麼樣的人，現在她也已經完全不認識自己了。剛才她開槍的聲音仍縈繞在她耳際。槍管的味道黏在她唇上久久不褪，當他叫她看車窗外那座奧林帕斯山時，她卻只能望見一片黑白相間的雨雲堆，有如原子彈爆炸後的蕈狀雲。約瑟的心事幾乎跟她一樣多，但他再度把目標放在他們眼前遠處，在他開車的時候，他繼續他的故事，堆砌一樣又一樣的細節。他又談到卡里。在他去打仗之前他們相處的歲月。諾丁罕，他們靈魂的偉大交會；他姊姊法達米哈，還有他對法達米哈的強烈親情。他的另一個哥哥已經死了。他們抵達海岸公路。交通噪音震耳欲聾，車速都太快了；髒兮兮的海灘上，只點綴了一些破茅草屋，許多工廠的大煙囪就像監獄一樣俯視著她。

她很想為了他保持清醒，最後還是惘然。她把頭靠到他肩上，暫時逃離了一切。

帖薩羅尼加的旅館，是一棟愛德華時代的古董建築，有著打上泛光燈的圓頂，頗有情調。他們的房間在頂樓，附有兒童睡的小間，二十呎寬的浴室和一些斑駁的二〇年代家具，就像一般住家用的。她把燈打開，他卻命令她關掉。他叫人送餐上來，可是兩個人一口也沒吃。那裡有個角窗，他背對她站在那裡，望著下方的草坪方場，還有月色下的碼頭。查莉坐在床上。街上流洩進來的古怪希臘音樂填滿了整個房間。

「所以，查莉。」

「所以，查莉，」她靜靜地應了一句，等他接下去解釋。

「妳已經矢志投入我的戰鬥。是什麼樣的戰鬥？如何打法？在何處打？我談過理由，談過行動：我們相信，所以我們才行動。我已經告訴過妳，恐怖就是劇場，有時候只有用恐怖的手段，才能拎起世人的耳朵，要他們傾聽正義與公理。」

她很不安地挪動了一下。

「在我們漫長的討論中，我在信件裡反覆說到我已經答應妳，要帶妳投入行動。然而我一直拖延。直到今夜。或許是因為我還不太信任妳。或許是因為我太愛妳，不忍心叫妳站在最前線。妳並不知道到底是出於哪個原因，可是有時候，妳卻被我心中隱藏的祕密所傷害。正如妳在信裡所揭露的。」

又是信，她想道；怎麼老是信。

「所以，用實際的詞句來說，到底要怎麼樣妳才能當我的小兵呢？這正是今夜我們要談的主題。在這兒。在妳坐的床上。在我們蜜月之旅的最後一晚。或許也可能是畢生相聚的最後一夜，因為妳沒有把握還能否見到我。」

他從窗口轉身望她，很悠閒的樣子。「妳痛哭了好久，」他又說。「我想妳今晚應該會哭得很厲害。同時妳死命摟住我，對我許下許多誓言。沒問題吧？妳哭著，而我就在妳哭的時候說道：『時候到了。』明天給妳個機會。明天早上，妳就要以行動來證明妳對卡里那把槍所立下的生死盟誓。我命令妳——請求妳……」他小心翼翼、幾乎是很莊重地重新走回窗臺。「明天早上，把賓士轎車開過南斯拉夫邊境，北上，駛入奧地利。到那邊之後，自然會有人來接車。妳一個人開完這段旅程。行不行？」

表面上，她除了從他口中聽出一些緊張外，什麼也沒感覺到。沒有恐懼感、危險感、驚訝感：她把這些七情六慾一概擋在門口。就是現在，她想著。查莉，妳終於要正式登臺演出了。一項駕駛工作。妳要出發了。她直勾勾地瞪他，一臉堅毅，她撒謊的時候就是這樣瞪人。

「怎麼樣——妳的反應是什麼？」他詢問她，有點像在逗她。「獨自一個人，」他提醒她。「頗有一段距離喔，查莉，妳知道。穿過南斯拉夫，足足有八百哩——對第一次任務而言，責任可不算輕喔。妳說呢？」

「這裡面有什麼？」她問。

他不曉得是不是裝著沒聽懂。「錢啊。妳在現實劇場裡的首度登臺。柯茲早已樣樣都答應過妳了。少不了妳的。」他的心似乎對她封閉起來，或許對他自己也是。他的語氣簡短而不以為然。

「我是說車子裡面有什麼？」

三分鐘的沉默警告後，他才虛張聲勢地回答：「管他車裡有什麼？也許是藏了份軍事情報吧。有可能。難道妳第一次出任務，就想挖清楚我們行動的大祕密嗎？」一陣靜默，但她沒答話。「這趟車妳到底開不開？重點在這裡。」

她並不想聽麥寇的回答。她想聽他的。

「為什麼他不自己去？」

「查莉，以一名新吸收進來的行動員而論，妳不該質疑命令。當然，假如妳是因為吃驚——」他究竟是誰？她感到他的面具在滑落，卻搞不清面具本身是什麼。「——假如妳是因為突然感到懷疑——在我們的劇本中不無可能——認為妳原來一直被這個男人耍了——他的殷勤、愛意、山盟海誓——」他似乎再度失去平衡。這是不是她一廂情願，或者是她的大膽猜測？在一片幽暗之中，他是否不知不覺地湧起某種情緒，某種他寧願拒之於千里之外的情緒？

「我是指，假定，在這個階段，」他重拾有自信的語氣：「假如妳的天平一下子失去了平衡，或者猛然間失去了勇氣，那麼，照理講，妳必定會說不。」

「我只問你一個問題。為什麼你不自己去——你，麥寇？」

他倏然轉身面對窗口，就查莉看來，他開口回答之前似乎有很多感受得先壓制一番：「麥寇只告訴了妳這件事，就再也沒多說別的。」他語氣中充滿了勉強和克制。「無論那輛車裡裝了什麼——」他從窗口望下去，可以看見那輛酒紅色的賓士，停在一輛福斯汽車製造的巴士旁邊。「對於我們的奮鬥與掙扎，全都非常重要，同時也十分危險。在這八百哩的車程中，不管誰駕著這輛車被逮到，不管藏的東西是反動文章、某種物質或者某些訊息，只要一被逮到，就會被判重刑。不管有多大的影響力——外交壓力，或有一流辯護律師，也不可能對駕駛者有多大幫助的。假如妳是因為愛惜生命，非要問個清楚，這些就是妳得考慮的了。」他用非常不像麥寇的聲音，加上兩句話：「總之，命是妳自己的。妳並非我們之中的一員。」

但他的躊躇遲疑，不管多細微，都給她一種信心，過去在他的陪伴下從來沒有的信心。「我只問他為什麼不自己去開。我還在等他的答案。」

他再度語帶挖苦，口氣稍嫌過度強烈。「查莉！我是巴勒斯坦活躍的行動派。我是個為了偉大理想奮鬥的戰士。我一路上用的都是隨時可能會穿幫的假護照。但妳，妳卻是一位誘人的英國女郎，外表迷人，沒有任何非法紀錄，反應又快，又可愛，自然妳就不會有危險。現在這種解釋夠了吧！」

「你剛剛卻說過有危險。」

「胡說。麥寇保證妳沒危險。對他可能有。可是對妳——絕對沒有。『為我做這件事。』我說。『做這件事，而且要感到驕傲。為我們的愛、為我們的革命而做。為了我們的誓言，也為了我的大哥而做。難道妳的誓言都毫無意義嗎？難道妳滿嘴的革命，全是西方人的虛晃一招？』」他微微停了一下：「做吧，因為假如妳不幹的話，妳的生命將比我在海灘上拾起妳時更加空虛。」

「你應該是指在劇院裡才對。」她糾正他。

他懶得反駁。只是背對著她，俯望著那輛賓士。他又是約瑟了——那個說話時母音發得急促、字斟句酌，想用有限的時光，去拯救一大堆人命的好漢。

「現在妳到了臨界點。妳知道臨界點是什麼意思吧？現在一刀兩斷，回家去，妳會拿到一點錢的，忘掉什麼革命、巴勒斯坦、麥寇，每一件事。」

「或者呢？」

「開這輛車。妳為理想所擊出的第一炮。獨自擔當。八百哩。到底選哪一個？」

「你會在哪裡？」

他再度顯得冷靜而不可動搖，再度躲入麥寇的陰影之中：「在精神上，我會很靠近妳，但我卻不能幫妳。任何人都不能。妳只能靠自己，為了世人所謂的恐怖分子去執行一件罪行。」他又開口了，這次他是約瑟：「我手下有些個年輕人會護送妳，可是如果出了差錯，他們無法幫妳，只能把情況轉告我和馬帝。南斯拉夫跟以色列並非好朋友。」

查莉還在不置可否。她的每一分生存本能都叫她這麼做。她注意到他又一次轉身過來望她，當她看著他黑色的凝視時，她也明白他可以把她看得一清二楚，而她卻無法看透他。到底你是在為誰而戰？她想；為你自己還是為我？為什麼你在兩個陣營之中都是我的敵人呢？

「我們的戲尚未結束，」她提醒他：「我只問你，約瑟和麥寇，車裡到底有什麼玩意兒？你想叫我去開這趟車——不管是叫誰——不管這裡面牽涉到多少人——我只想知道車裡藏了什麼東西。現在就必須知道。」

她原本以為她得等待。她原本期待又得等上三分鐘，這時候他會在心裡迅速盤算各種選擇，最後吐出刻意輕描淡寫的答案。她錯了。

「炸藥，」他用最冷靜疏離的聲音說道。「兩百磅俄製黏土炸藥，分批改裝成半磅一條。新到的改良品，容易照料，耐熱耐寒，在各種溫度下都能保持合理的可塑性。」

「喔太好了，多容易照料的東西。」查莉口氣很愉快，努力抵抗全身的顫抖。「藏在哪裡？」

「車窗框、車門、車頂襯墊還有座椅。這種舊型號的車子就有這種好處，可以利用車體零件跟主要骨架。」

「這些炸藥會用在哪兒？」

「我們的抗爭。」

「為什麼要千里迢迢的從希臘運去？為什麼不直接從歐洲本土運送？」

「我哥哥有某些祕密安排的準則，他要我一絲不苟地遵辦。他信任的圈子非常之小，而且他也不願意再擴大。基本上，他既不信任阿拉伯人、也不信任歐洲人。只有我們獨自行動的話，也只有我們自己能背叛自己。」

「到底確切來說，我們的抗爭會採取什麼形式呢——你說？」查莉追問，帶著同樣無憂無慮、過度輕鬆的口氣。

他再次毫不猶豫地回答。「除掉那些散居在世界各地的猶太人。既然他們把巴勒斯坦人打散，我們就專宰他們分散在各地的人，讓全世界聽到、看到我們的痛苦。透過這種手段來喚醒世人沉睡的良心。」

「嗯，這倒很合理。」

「謝謝妳。」

「而你跟馬帝兩個——你們認為由我來替他們把這玩意兒送到奧地利，就等於幫了他們大忙。」她輕輕吸了一口氣，起身故意走向窗口。「可不可以請你抱抱我，約瑟？我不是在挑逗你，只是希望你能抱我一分鐘，因為我覺得有點孤單。」

他張臂摟住她時，令她不由得打了個冷顫。她的身體靠向他，依偎他，也用雙臂環繞他，把他摟向自己，她很高興地發現他在軟化，回應她緊緊的擁抱。她腦子裡同時冒出千百個念頭，像是眼睛突然轉向一片廣大而未曾預料到的全景。但最清楚的是，在這趟車程的立即危險之外，她終於開始看出眼前要展開的是更大的旅程，而且一路上她還等著要加入另一方的無名同志陣營。他是打算把我扔出去，還是拉回來？她很納悶。他也不知道。他就像是一邊把自己弄醒、一邊又讓自己昏睡。他的手臂現在還牢牢地摟住她，這給她一種新的勇氣。直到目前，他一直守身如玉的態度，讓她開始覺得自己那副放蕩的肉身配不上他。現在出於她還不瞭解的理由，那種自慚形穢的感覺消失了。

「繼續說服我，」她摟著他說：「盡你的努力呀。」

「難道麥寇又想叫妳去、又不想叫妳去的矛盾想法，還不夠令妳感動嗎？」

她沒搭腔。

「難道我要引用雪萊的詩句嗎？『恐怖的狂暴之美』？我必須提醒妳我們之間的許多承諾嗎？像是這個，我們已經準備好開殺戒，因為我們已經準備好赴死了？」

「我不認為語言還有什麼用。我想我已經聽夠了。」她把臉埋到他胸前。「你答應會離我很近。」她提醒他，感覺到他的擁抱鬆懈下來，聲音也變得嚴厲。

「我會在奧地利等妳，」他的語氣經過算計，目的不在於說服她，而是要打發她。「這是麥寇的承諾——也是我的。」

她從他身旁退開，雙手捧住他的臉，就像在雅典衛城時一樣的動作，藉著廣場上的燈光打量他。她感覺到那張臉把她封鎖在外，像是一道不讓她進也不讓她出的門。她同時感到寒冷與心神蕩漾，走回床邊再度坐下。她的聲音裡有著令她自己都感到印象深刻的自信。她望著手腕上的金鐲子，在半明半暗中心事重重地轉動它。

「那麼你希望我選哪條路？」她問道。「我是指你，約瑟？查莉應該留下來做這件事，還是拿錢走人？以你個人的看法？」

「會有哪些危險妳也都瞭解了。做決定吧。」

「還是你來決定吧。至少由你來決定比較好。因為劇情從頭到尾都是你編的。」

「妳也從頭聽過我和馬帝講過了。」

她讓鐲子滑退到手心裡。「為了要挽救許多無辜的生命。好。假定我會送炸藥過去。還是有些傻瓜，當然啦，可能會認為不把炸藥送去，才能拯救更多的人。但他們錯了，我可以這樣說嗎？」

「從長遠的眼光去看，只要不出差錯的話，送炸藥過去並沒有什麼不對。」

他又背向她，看上去，他完全只是繼續審視著窗外的景象。

「假如你是以麥寇的立場跟我講這些，當然比較容易。」她很合理地繼續推論下去，同時把手鐲套到另一隻手上。「你已經把我捧得暈陶陶的了，又叫我吻過那管槍，我只想為你衝鋒陷陣。如果我們不信這一套，你在過去幾天裡盡的最大努力就全部報廢了。但努力並沒有白費。這就是你讓我擔綱演出的原因，也是你掌握住我的原因。論證完畢。我會去。」

她看見他輕輕點頭同意。「而假定你只是約瑟，那又有何區別？如果我不答應，我就一輩子再也見不到你。握個手，然後我又變得什麼也不是。」

令她驚訝的是，她注意到他對她失去興趣了。他抬起肩膀，長長地舒了口氣；他的頭繼續轉向窗口，眼神凝聚在地平線上。他重新開始說話，而她起初覺得，他又在逃避她話語中的衝擊力。但她繼續聆聽下去，理解他是在解釋為什麼在這兩者之間沒得選——這是他唯一關心的。

「我想麥寇會很滿意這個城鎮。直到德國人占領此地前，有六萬猶太人在這個山腳下住得快快樂樂的。股票交易員、商人、銀行家。都是西班牙裔猶太人。他們從西班牙穿過巴爾幹半島遷來這裡。到德國人撤退的時候，已經一個都不剩了。那些沒被殺掉的都去了以色列。」

她躺在床上。約瑟卻依然站在窗口，望著逐漸減少的燈光。她納悶地想著他會不會來到她身邊，卻又明白他不會這麼做。他在沒有靠背的長沙發上舒展身體時，她聽到嘎吱一響，他的身體和她並列著，只是中間隔了一道像南斯拉夫這麼寬的鴻溝。她對他的渴望，超越她對任何人曾有過的感受。因為面對了明天的恐懼，使她的慾念更為熾烈。

「有兄弟姊妹嗎，約瑟？」她問。

「一個哥哥。」

「他怎麼樣了？」

「死在六七年的中東大戰。」

「也正是把麥寇趕進約旦的那場戰爭。」她說道。她從未期待他會給個認真的答案，不過她知道這次是實話。「那次你也參戰了？」

「有吧。」

「以前呢？不是還有一場戰事嗎？我記不得年代。」

「五六年。」

「有參加嗎？」

「有。」

「後來七三年那場呢？」

「可能有吧。」

「你為了什麼參戰？」

又得等了。

「我參加五六年那場戰爭，是因為我想當個英雄，而六七年那次，是為了和平。至於七三年——」

他好像有點記不起來了。「——則是為了以色列。」他說。

「而現在呢？你現在又為了什麼而戰？」

還用說嗎？她想道。要拯救人命。因為他們求我參戰。這樣的話，我的同鄉就可以放心去跳土風舞，到井邊聽旅人講故事了。

「約瑟？」

「怎麼樣？」

「你身上這些疤是怎麼來的？」

在黑暗中，似乎需要一堆營火振奮一下他冗長的沉默。「這些燒傷疤痕，我會說，是因為我剛好坐在一輛坦克車裡。而肚子上的彈孔，則是因為我從坦克中逃出來。」

「那時你多大？」

「二十、二十一吧。」

八歲就加入了巴游，她想。十五歲——

「你父親呢？」她想一鼓作氣問個清楚。

「他是創建以色列國的先民之一。一名早期的屯墾者。」

「從哪兒來的？」

「波蘭。」

「什麼時候？」

「二〇年代。在第三次阿里雅㉒的時候——如果妳知道那個字是什麼意思。」

「做什麼的？」

「建築工人。靠雙手吃飯的。把一個沙漠化為都市，取名叫特拉維夫的那些人之一。一名社會主義者——實際的那種。不太甩上帝。不喝酒。身上除了幾張鈔票，別無長物的那種人。」

「你是否也正想成為這樣的一個人？」

㉒ Aliyah，這個字意譯為「大遷徙」，指的是猶太人大規模移民至以色列。

他不會回答她的，她想。他已經睡著了。別再追問不休了。

「我選擇接受比較高的召喚。」他還是吐出一句。

誰知道，或許是那些高位者選擇你吧，她想，這其實早就命中注定了吧。不知怎麼的，她很快地睡著了。

但是加迪．貝克，歷盡風霜的戰士，很有耐性地醒著躺在床上，瞪著一片黑暗，聽著他新吸收的年輕女孩發出不均勻的呼吸聲。為什麼他要跟她講這些？為什麼在派她出第一個任務前的晚上，他要把自己的身世告訴她？他有時連自己都不太信任了。他縮起肌肉，只發現紀律的肌腱沒有像過去一樣好好地約束他。他會訂出一條筆直的路線，回頭才發現他究竟偏離了幾度。到底我在夢想什麼呢，他納悶得很，戰爭還是和平？唉，年紀大了，兩樣都不適合。老到維持不下去，老到想停也停不下來。老到難以奉獻自己，卻也無法有所保留。老到在殺人之前，都嗅不出血腥的死亡氣息。

他聽著她的鼻息逐漸變得深沉。他不知不覺學著柯茲的樣子，抬起手來看了看他的夜光錶，然後才悄悄地爬下床；就算她很清醒，也得很努力才聽得到；他把那件紅外套穿上，溜了出去。

樓下夜班櫃檯領班很警醒，一向認為自己很機靈，看到那位體面的紳士走來，就知道大筆小費快要從天而降了。

「有電報稿紙嗎？」貝克口氣傲慢地問。

夜班領班一頭鑽進他的櫃檯深處。

貝克開始寫。用黑筆把一個個字都寫得又大又清楚。他腦袋裡有那個地址——由日內瓦某位律師代轉的地址；柯茲在跟小鴨子證實這個地址仍在使用之後，才拍密電給他，基於安全考量。至於電文他也早就刻在腦海裡：「煩請通知貴方客戶某某」，根據我們的標準合約，時機已經成熟。四十五個字。寫完之後，貝克又照著史瓦利很有耐心教過他的簽名式，過分自覺地簽了名，才遞給櫃檯去發，稿紙下面還附了一張五百卓克馬的希臘大鈔。

「我想請你發兩次，你懂嗎?同樣這封電報，替我發兩次。一次是現在，一次是明天一早。現在你用電話通知電信局，明早再替我親自跑一趟。電報費算在帳上。這五百塊是專門給你的。別把這種事交給別人，要你親自辦。事後把電文副本送到我房間來。」

領班絕對願意照辦這位紳士的任何要求。他對阿拉伯人給小費的事早有耳聞，也夢想過它們。今晚，無須再憂愁，夢想終於成真。他多願意為這位先生提供其他服務，但是這位紳士，唉，對他的好意不領情。被撇到一邊的領班目送他的大魚走上大街，然後朝碼頭邊上踱去。通訊聯絡車停在停車場。偉大的加迪·貝克這時也該提出報告，確認明天正式行動前，跑道皆已清空。

13

破修道院坐落在一片滿是亂石和黃色莎草的窪地裡，距離南斯拉夫邊界只有兩公里。這個淒涼之地早已失去原有的神聖性，屋頂塌了，院子裡只剩下殘破的房間，斷垣殘壁畫著一群令人神魂顛倒的跳舞女孩。某些後來者在此開了間舞廳，不過也跟那些修士一樣，全跑得一乾二淨。原來該是舞池的水泥地上停著那輛酒紅色的朋馳轎車，就像一匹等著奔赴戰場的戰馬，而冠軍騎師查莉就站在轎車附近，訓練師約瑟則在她身邊督導著。記住了，這裡正是麥寇帶妳來換車牌的地方，也正是他目送妳出發的地點；他在這兒，把假證件和車鑰匙交給了妳。蘿絲，再把車門框擦乾淨點。瑞秋，車裡踏腳板上的那張碎紙是什麼？他又變成了完美主義者約瑟，指揮著每個小細節。那輛無線電通訊小巴士則停在修道院牆外，天線迎著炙熱的風搖曳。

慕尼黑市車牌已經鎖到定位。代表著德意志聯邦、滿是灰塵的縮寫「D」，取代了原先那塊阿拉伯外交使節團的專用黏標。不需要的垃圾和雜物已經清除。貝克現在正非常仔細地把旅途中應該會留下來的玩意兒，一樣樣放進車裡：一本翻得很皺的希臘古蹟導遊指南，塞在車門的側袋中忘了丟掉；菸灰缸裡全是葡萄籽；車底板地毯上，東一塊、西一塊的橘子皮；還有好幾根希臘特有的冰棒棍；好些被扯得破破爛爛的巧克力包裝紙；兩張撕過的特爾菲古蹟區入場券；一張加油站奉送的希臘地圖，特爾菲到帖薩羅尼加的路線用粗簽字筆做了記號；那上面還有麥寇帶查莉去練過單手射擊的採石場位置，被圈出來之後，又在旁邊加上了幾個阿拉伯字；一把夾了好幾根黑頭髮的梳子，上面可聞到一股麥寇專用的西德製髮油味；一雙皮製開車專用手套，上面還噴了麥寇專用的男用香水；麥寇的眼鏡盒，裡面原來裝的是瑞秋在希土邊境引誘麥寇時，被踩碎了的那副太陽眼鏡；廠牌是慕尼黑的「弗雷名店」。

最後，他還替查莉徹底檢查了一下：從她身上的衣著、鞋子到髮型，然後是她的手鐲，隨後才轉向旁邊小高腳桌（查莉覺得他似乎有些不太情願），上面擺著她手提包裡該有的東西。

「現在請妳把這些東西擺進去。」在做完另一次檢查後，他終於這麼說，然後看著她照自己的方式把每樣東西裝進去：手帕、口紅、駕照、零錢、小錢包、小紀念品、鑰匙，還有其他經過精心算計才放入的雜物，在檢視之下也足以為她那多重身分的複雜情節作證。

「他寫給我的信呢？」她說。約瑟沒回答。「既然他有寫給我這麼多熱情的信，我總該當寶貝似的隨身攜帶吧？」

「麥寇絕不會允許妳這麼做。妳遵照他的吩咐，把那些信全藏在妳公寓的一個安全地方，而且無論如何絕不可以自己帶著那些信越過邊界。不過——」他從外套口袋裡拿出一個用玻璃紙包好的小日記本。封皮是布面紙襯的硬殼，還附帶有一枝小鉛筆插在裝訂背脊上。「——既然妳不寫日記，我們就替妳準備一本。」他解釋道。她很勉強地把它接過來，撕去玻璃紙，將那枝小鉛筆抽出來研究，發現鉛筆頂端有好些牙齒印，正是她寫東西時的老習慣：咬鉛筆頭。她往後翻了五、六頁。偽照大王史瓦利寫的並不多，但是靠著里昂的文采和巴哈小姐驚人的記性，看起來就像是她的日記。諾丁罕那幾天，沒寫什麼。麥寇那些天才突然開始出現。約克郡那幾天，就出現了個大大的「M」，後面打了個的大問號，還特別用圓圈框出來。而且在當天那頁的邊角上，還有一些鬼畫符，正是她胡思亂想時的特徵。提到她車的時候：早上九點，把車子送去修。還有她母親：下星期就是媽媽生日了。今天就要買禮物。還有艾爾：A去了威特島——家樂氏玉米片廣告？她記得艾爾後來沒去成，被刷掉了，家樂氏找到了更好也更少醉酒的明星。然後是她的月經，幾條波浪線，偶爾還有一、兩篇日記戲謔地寫著沒戲唱。再翻下去，翻到米柯諾度假的那段日子。她發現「米柯諾」三個字被她用很仔細的寫法一個字、一個字的刻在上面，旁邊還有包機起飛和到達的時間。然而等她翻到雅典那天，卻看到整整兩頁上面畫了一群飛鳥，全用紅藍色原子筆塗出來，看起來就像水手身上的刺青。她把日記往皮包裡一丟，喀答一聲關上皮包。這太過分了。她自覺齷齪、隱私受人侵犯。她希望能遇到一些陌生人，還會對她感到驚訝的陌生人——他們不能捏造她的感受和她的筆跡，不會做到讓她自己都分不出真假。或許約瑟都知道。或許他就是用她那種生硬粗魯的方式唸出那些信。她希望如此。約瑟伸出戴了皮手套的手，替她打開車門。她鑽進駕駛座坐好。

「再把所有證照看一遍！」他命令她。

「不必了。」她直瞪前方。

「車牌幾號？」

她背給他聽。

「行照簽發日期呢？」

她背給他聽。

她把所有的一切都背給他聽：故事一層又一層地套在一起。車子是慕尼黑一位花花名醫的動產，有名有姓，她目前搭上的男人就是他。車子登記跟保險都在他名下，請看假證件。

「為什麼這位活力十足的醫生沒跟妳一道呢？現在是麥寇在問妳問題，妳懂吧？」

她懂。「他一早就從帖薩羅尼加搭機，趕回慕尼黑去動緊急手術了。我答應替他把車子開回去。他本來是去雅典講課。我們一直在一起旅行。」

「妳怎麼遇上他的？」

「在英國啊。他是我父母的好友——因為他治好了我父母的宿疾。我父母很有錢……你懂我意思嗎？」

「以防緊急情況，麥寇放了一千塊美金在妳的大皮包裡，專為這趟旅行借你的。可以想像的是，為了超出的天數，或是妳可能碰上的麻煩，所以他們也許很慷慨地考慮給點小額補助。對了，那位醫生的太太叫什麼？」

「瑞娜，而且我恨透這個母老虎。」

「他們的小孩呢？」

「一男一女，克利斯和陶樂珊。只要瑞娜能閃遠點，我就可以做個好繼母。我要出發了。還有別的事嗎？」

「有。」

「有什麼？想告訴我你愛我嗎？」她在心裡給他暗示。「想告訴我你感到很抱歉嗎？要我獨自開這輛塞滿炸藥的車子，駛過半個歐洲嗎？說呀？」

「別太自信了。」他警告她，話語中帶有的感情不比檢查她的駕照時還多。

「並不是所有邊界的崗哨，都是笨蛋或色情狂。」

她決定不必道別了，或許約瑟也這麼想。

「好，查莉上路了，」她說道，同時發動車子。

他既沒揮手道別，也沒笑。或許他照樣也來了句「好，查莉上路了……」，但是她可沒聽見。她開上大路，修道院和那群不速之客的影子已經消失在後視鏡中。她很快開了一、兩公里，就看見路邊出現了一個有著大箭頭的牌子，箭尖前面有個字——「南斯拉夫」。她把車速慢下來，跟在其他車子後面往前開。然後路漸漸變寬，變成了個停車場。她看見好多大型遊覽車，還有一大排小轎車，來自各國的旗幟都在陽光下煮成粉蠟筆似的粉白顏色。我？我是英國人、德國人、以色列人，或是阿拉伯人。她把車開到一輛老跑車後面排好。那輛跑車前座上有兩個年輕小夥子，後座上還有兩個女孩。她有點懷疑他們是不是約瑟派來的，或是麥寇的人？還是某國警方的便衣？現在她已經學會這樣看全世界：反正每個人都屬於某一方。一名灰制服官員很煩躁地叫她往前開上去。她都準備好了。假證件，假理由。誰愛聽？沒幾秒鐘她就過關了。

在希臘這邊，修道院的那座山頂上，約瑟把望遠鏡放下，朝那輛小巴士走去。「平安過關，」他朝大衛拋出一句，這小夥子就在密碼發報機上照敲了幾下。他會為貝克發任何訊息——冒任何危險，或者射殺任何人。約瑟．貝克對他來說是活生生的傳奇，每一方面的能力都出類拔萃，是他永不停止效法的榜樣。

「柯茲回電說恭喜。」小夥子畢恭畢敬地說。

可是偉大的貝克卻好像根本沒聽見。

她一直開下去。用力抓著方向盤讓她手臂疼得要命，脖子也因為兩腿過於僵硬而又痠又麻。一邊開車，無力感令她反胃噁心，過度恐懼則繼續害她不舒服。她的不適感再度加重，因為引擎忽然熄火，她當時想著：這下可好，故障啦。如果妳確定，就把車扔了，約瑟說過：停在一個岔路上，搭一程便車，扔掉證件，去坐火車。最高原則是離那輛車愈遠愈好。但現在她既然已經粉墨登場了，她不認為可以半途而廢。那就像在表演時臨陣脫逃一樣。音樂太大聲幾乎把她震聾，所以她關掉收音機，但又再度被卡車經過的巨響嚇傻。她熱得像洗三溫暖，又冷得快要凍僵，還唱著歌。沒有進展，只有不斷地行動。她輕快活潑地和她死去的父親與要命的母親閒聊：「嗯，我遇到這個好有魅力的阿拉伯人，有學問地驚人，有錢又有修養到嚇人的地步，我們每天從早搞到晚……」

她心頭一片茫然地開下去，逼著自己不去想任何事。她強迫自己把注意力停留在表面的經驗上：喔，看啊，一個村落；看啊，一面湖泊；她會這麼想著，而且絕對不讓自己打破表面，直探底下的混亂。我很自在、放鬆，而且正在享受著一段好時光。她從一個停車場的販賣部買來水果和麵包當午餐。還有冰淇淋；她忽然迷上這玩意兒，就像懷孕婦女那種奇怪的胃口。一個大胸脯的女生負責賣黃澄澄、水分過多的南斯拉夫冰淇淋。有一回她看到一個登山男孩，幾乎按耐不住衝動要違背約瑟的耳提面命，載他一程。她的孤寂忽然間變得這麼駭人，她願意做一切讓那男孩留在她身邊：在這個光禿山丘上多的是小教堂，她可以隨便找一間在裡面跟他結婚，或者就在路邊的枯黃草叢間強暴他。但她從沒有對自己承認，在漫長如年、一哩又一哩的車程裡，她正在運送著兩百磅頂級俄國製黏土炸彈，分裝成半磅的棒狀物，蓋在布幔下，分布在車體、車頂輪廓線和座椅間。較老舊車款的好處在於有箱型結構與大樑；這種炸藥是優異的新產品，小心照料下可以耐冷、耐熱，在任何溫度下都保持應有的黏土狀態——這些她都不去想。

開下去，查莉，她一直不斷敦促自己，有時候還大聲提醒著。天氣這麼好，而妳又是個有錢的女人，開著妳情人的高級轎車。她無聊之下，背起莎翁《皆大歡喜》的對白，把自己的那部分一句句背出來。然後又背《聖女貞德》的臺詞。她完全不去想約瑟；她這輩子從沒遇過任何以色列人，從來沒有渴望得到他，從來沒有為他改變自己的性情與宗教傾向，也從沒有假裝是他死敵的寵兒，以便成為他的寵兒；從來沒有因為他心中進行的祕密戰爭而驚訝、苦惱。

晚上六點了，雖然她很想連夜開下去，但她看到路旁有個沒人叫她特別留意的招牌，她自言自語：「好吧，那裡看起來不錯，試試看吧。」就是這樣。她聲若洪鐘，或許是要講給她那要命的媽媽聽的。她又往山裡開了一哩左右，就抵達了那家旅館，跟她那不存在的戀人形容的一樣，這個建立在廢墟中的旅館有著游泳池和迷你高爾夫球道。而且在她走進大廳時，理所當然地碰到了她的老友蘿絲和迪米區，他們在米柯諾島見過的。哎呀，妳瞧，那不是查莉嗎？多麼巧呀，一起吃個飯吧，怎麼樣？他們在泳池邊吃烤肉，又游泳，一直游到泳池關閉為止。查莉睡不著，他們就在房間裡陪她玩拼字遊戲，像行刑前夜的守衛，她便是要處死的人。她淺睡了幾個小時，但第二天一早六點，她又開上大路，到下午三、四點，就排隊等著通過奧地利邊境。一抵達這裡，她突然重視起自己的外觀來，幾乎覺得攸關生死。

她穿著一件麥寇送給她的無袖襯衫；她梳齊了頭髮，從她有的三面鏡子裡看起來都很完美。她望見大部分的車輛，根本就是揮揮手就直接放行了，她卻不敢這麼有把握；不會再這麼好運了。沒直接放行的車出示了證件，少數幾輛還被挑出來做徹底的搜查。她納悶著，到底他們只是隨便挑車子檢查，還是早就接到情報，專門要注意哪些車，或者他們自有一套曖昧的原則？兩個穿制服的人，順著通關的車隊走過來，低頭朝每輛車窗裡看。一個穿著綠制服，另一個則身著藍制服。藍制服的傢伙稍稍彎折了他的有舌帽，好讓自己看起來像個空軍英雄。兩個人瞟了她兩眼，然後慢慢繞到她車子後面。她聽到其中一個人抬腳猛踢了她車子後輪胎一下，她心情輕快得很想跟著叫一聲「唉唷，很痛吧？」可是她忍住了，因為她不敢想起的約瑟早就警告過她，別太過熱情，就跟他們保持距離，想好妳該怎麼適當地舉止，然後再更壓抑一些。穿綠色制服的人朝她講了句德語。「對不起？」她用英語回答。她把英國護照亮給對方看，職業女演員。他拿起護照，比對她的照片和她本人，再交給他的同僚。這兩個小夥子滿英俊的嘛！她剛才沒發現他們竟然這麼年輕。金髮，充滿活力，視力正常，有那種山居人士偏棕的膚色。這可是最高級的唷，在一陣嚇人的自毀衝動之下，她想告訴他們，我是查莉，別小看我。

他們的四隻眼睛直盯著她，同時提出他們的問題——你先問，再換我。她說，沒什麼，就是一百支希臘香菸和一瓶茴香酒而已。什麼也沒有，沒有多帶什麼小禮物。她不看他們，壓下跟他們調情的誘惑。嗯，只帶了個小東西給她母親，不值什麼錢，差不多十塊美金吧。這是基本訓練裡的東西：給他們一點事情想想。他們把車門打開，想看看那瓶酒，不過她有種狡詐的疑慮，既然剛才他們已經好好看遍了她的襯衫領口，現在應該很想瞧瞧她的大腿，好把所有美景湊成一體吧。酒放在旁邊座椅的地板上，她彎身到乘客座去拿時，裙子打開了，雖然有百分之九十是出於意外，但正好讓她的左大腿一路露到臀邊。她把酒瓶拎起來給他們看時，突然發覺有什麼東西濕濕冷冷地碰觸到她裸露的肌膚上。天啊，他們戳了我一刀！她喊了一聲，手蓋住那個濕掉的地方，同時驚奇地發現，就在她大腿上有個墨水戳記，這個入境章表示她已進入奧地利聯邦共和國。她憤怒至極，幾乎對他們發起脾氣；她同時也覺得那麼地感激，幾乎要爆出一陣控制不住的大笑。如果不是約瑟的警告制止了她，她會當場擁抱這兩個人，感謝他們難以置信、惹人憐愛又純真的慷慨行為。她，過關了，她真是了不起。她看著照後鏡，眼中那一對可人兒羞怯地向她揮手告別了大約三十五分鐘，完全忘了其他後來者。

她從未對官方如此有好感過。

早在報告指出查莉安然通過邊境的八小時前，里托瓦克一早就展開守望了；兩天一夜前，約瑟假借麥寇之名拍出一封給日內瓦某律師的電報副本，讓他再傳遞給他的客戶。現在下午過了一半，而里托瓦克已經換過三班守望者，沒有人覺得無聊，每個人都處於高度戒備狀態；他的問題不在於得隨時讓手下保持警覺，而是說服他們下哨以後還是得休息一下。

從他布置在某老旅館蜜月套房的指揮所的窗口那兒，里托瓦克可以看見下方美麗的卡林西亞市集廣場㉓，有幾家附帶露天雅座的傳統餐館，一個小停車場，還有古色古香的火車站，旁邊圓頂的房子是站長辦公室。離他較近的那家餐廳叫「黑天鵝」，他們有個引以為傲的手風琴演奏家，一個面色蒼白的內向年輕人，他的演奏能力遠超過足以輕鬆糊口的標準，每當有汽車經過時他便一臉不快，偏偏這一帶老是有車經過。第二家餐廳叫「木匠之臂」，有著手工製的精巧金色招牌。木匠之臂布置得比較高級：有白色桌布和活鱒魚，你可以從外面的水槽裡選一隻。現在這個時候沒有多少行人；瀰漫著灰塵的炙熱空氣讓眼前的景象蒙上一層宜人的慵懶氣氛。黑天鵝外面的露天座上，兩個女孩子一邊喝茶、一邊又吵又鬧地合寫一封信，她們的工作其實是把那些出入廣場的汽車牌照號碼全記下來。木匠之臂的露天雅座上，一位滿臉正氣的年輕牧師一邊啜飲著酒，一邊讀祈禱書。在奧地利南部，沒人會去趕開一個牧師。這位牧師的真名叫尤弟，是以色列有名的左撇子殺手，為了防備突發的火拚場面，這時他滿身都是殺人武器。另外在小停車場上，還有一對中年的英國夫婦在掩護尤弟，他們坐在一輛路寶車中，看外表誰都會以為他們正在假寐，消化中午一頓大餐帶來的困倦。照慣例他們腳邊塞滿槍枝，還有各色武器放在伸手可及之處。他們的無線電對講機，全部轉到兩百公尺外那輛無線電聯絡車的頻道，車子就停在通往薩爾斯堡的主公路旁。

里托瓦克手下總共只有九男四女。他原本可以調來十六個人，不過他對目前的狀況並無怨言。他喜歡安排良好的盯梢行動，那種緊張感總是令他覺得幸福無邊。他想，我就是為此而生的啊，在等待行動

㉓ Carinthia，卡林西亞是奧地利南部的一個州，有許多觀光與療養地點。

開始前他總是這麼想。他很平靜，他的體力與神智都處於一種深層睡眠狀態，他的人馬倚著桌子神遊天外，想著男朋友、女朋友、夏天在加里利散步。然而只要一絲清風造成最微不足道的擾動，還不等船帆捕捉到第一陣風，大家就馬上各就各位了。

里托瓦克對著耳機麥克風嘟噥了一句例行問話，有一個人回答。所有人都用德語聯絡，這樣比較不會引人注意。他們現在的掩護是一家格拉茲無線電計程車行，過一會兒又成了茵斯布魯克的直升機救援服務。他們經常改變波段，而且使用的呼叫信號種類之多，令人暈頭轉向。

下午四點鐘，查莉終於開著那輛朋馳駛入小停車場，一個盯梢人開心地吹了三聲口哨，傳進了里托瓦克的耳機裡。她開進停車場後，一時間找不著車位，可是里托瓦克早交代過，不准特別幫她忙。由她自己去想辦法，不必保護得鉅細靡遺。終於有輛車開走；她馬上占進去停好，出來，伸了個懶腰，用手揉了下背，然後才重新彎進車裡，去撈她的皮包和吉他。這女人不錯，里托瓦克想，他用望遠鏡盯著她。她是天生好手。該鎖上車門了，她鎖車門，把行李箱留在最後上鎖；應該把車鑰匙塞進排氣管裡，而她也照做了；動作很漂亮，只是彎個腰、提起手上的行李，鑰匙就進了排氣管。然後她就疲累地朝車站拖過去，全沒東張西望。里托瓦克看完，又重新坐下開始等。好，羊已經放出籠，他想起柯茲最愛引用的一句話，現在就等獅子出現了。他朝耳機麥克風口說了一個字，馬上聽到確認的聲音傳來。在他想像中，慕尼黑公寓裡的柯茲這會兒一定湊在密碼機前看聯絡車發過去的密電；他想像柯茲那雙粗短的手指苦惱而不自覺地抹著臉，緊張地扯著他臉上那個永遠掛著的微笑；他舉起壯碩的前臂確認手錶上的時間，卻沒有真正看進眼裡。里托瓦克望著暮色開始逐漸落下，心裡想著，我們終於踏入黑暗中了。這幾個月以來所等待的黑夜終於來臨。

過了一小時，牧師尤弟付完了他那微不足道的帳單，踏著虔誠的步伐閃進側街裡的一棟安全公寓，稍事休息換上另一身衣服以新面目出現。兩個寫信的女孩子，這時也把信寫完了，現在只少了張郵票。基於和牧師相同的理由，她們在弄到郵票之後也離開了。里托瓦克滿意地看著他們的後繼者來換班：一輛洗衣店的破爛送貨車；兩個想吃頓遲來午餐的登山客；一個義大利外籍勞工想來喝杯咖啡、看看米蘭發行的報紙。一輛警車又開過來，駛進廣場繞了三圈，但不論是開車的那個還是他的同僚，都對那輛鑰匙藏在排氣管裡的酒紅色朋馳不感興趣。七點四十分，所有瞭望和暗中盯梢的人突然來了精神，因為他們望見一個胖女人筆直地走近朋馳轎車的駕駛座車門，拿出車門鑰匙猛朝匙孔裡窮塞了半天才恍然大悟，轉頭開走一輛紅色奧迪車。她搞錯了。八點鐘，一部重型摩托車呼嘯而過，沒人來得及看清車牌號碼，那輛車就從另一個出入口離開了，後座乘客留著長髮，有可能是個女孩；他們看起來就像是兩個在找樂子的年輕人。

「接頭人嗎？」里托瓦克對耳機麥克風問道。

傳回來的看法很分歧。「太大意了」，有個聲音說。「未免太快了點」，另外一個說——難道不怕被奧地利警察逮到嗎？然而里托瓦克的看法又不同。這只是先來查看狀況，他有把握是如此，但沒吭聲，免得影響其他人的判斷。他重新坐下來等。嗯，獅子已經伸出鼻子嗅了一下。牠會再回來嗎？

已經十點了。兩家餐廳這時開始變得冷清。鄉下小鎮特有的寧靜也開始籠罩下來。但那輛紅色朋馳轎車卻依然無人問津，摩托車也沒再來過。

如果你有過這種守望經驗，就會知道瞪著一輛空車實在是很傻，而里托瓦克知之甚詳，他看得夠多了。隨著時間流逝，光是牢牢盯住那輛車，你就會發現自己想起這個：如果沒有人賦予它意義，車子其實是很愚蠢的玩意兒。而人本身又是多麼愚昧，竟然會發明汽車！監視幾個小時以後，那輛車就會變成你生平所見最糟糕的東西。你開始夢想一個只有馬匹或行人的世界，開始幻想遠離充滿破銅爛鐵的生活、回歸原始。開始幻想著你的公社生活和橘子園。開始幻想有一天整個世界終於瞭解到讓猶太人流血有多危險。

你想把世界上所有屬於敵人的車都炸成碎片，讓以色列永遠自由。

或者你會記起這是安息日，猶太人的律法說，藉由工作拯救靈魂比起守安息日卻不顧靈魂來得好。

或者你會希望自己娶了一個平凡但很虔誠的女孩，雖然你沒有特別在乎她，然後雙雙定居在赫茲利亞，擁有一棟房子，毫無怨言地開始養孩子。

或者你思索著猶太人的神，還有某些來自《聖經》的典故，可以對照你的處境。

但不管你有沒有想這些，也不管你做了什麼，如果你像里托瓦克一樣訓練有素，如果你正在指揮行動，如果對你來說，以行動對抗猶太人壓迫者的期盼就像是一種擺脫不掉的藥癮，你的眼睛一秒鐘都不會離開那輛車。

摩托車又回來了。

那輛車進入車站廣場時，以里托瓦克的腕錶為準，離十點已經過了彷彿永恆的五分半。從旅館漆黑的窗口位置，里托瓦克望著摩托車像子彈一樣衝進停車場，距離他不到二十碼。這輛摩托車是高級品，日本製，掛了維也納車牌，把手很高，顯然改裝過。它先熄了火，靠慣性滑進停車場，就像個逃犯；摩托車駕駛全身皮衣打扮，安全帽遮頭，看不太出性別，後座乘客是個寬肩膀的男人，大家馬上決定叫他「長髮」，他穿著牛仔褲和牛仔夾克，脖子上還綁了塊領巾。摩托車一直滑到離朋馳車不遠處才停下，卻沒有近到讓人覺得是刻意為之。里托瓦克認為，如果是他也會這麼做。

「來收貨了。」他輕聲對麥克風遞出話之後，立即收到四個人回應。里托瓦克很清楚自己的立場，如果這兩個人臨時發現不對想逃的話，他會馬上發出格殺令，就算把整個行動弄砸鍋也在所不惜。躲在洗衣店貨車上的阿隆會突然間站起來，直接在廣場上射殺他們；然後里托瓦克還會趕下來再補上一排子彈，以防萬一。然而那兩個人卻沒開溜，好極了，實在太好了。他們只坐在摩托車上，煩躁地摸著安全帽鉚帶和鉚環，似乎呆坐了好幾個鐘頭，就跟所有摩托車騎士一樣——雖然實際上只過了兩分鐘而已。他們只是繼續把四周的情況摸熟，審視旁邊的彎道和停泊的車輛，審視四周樓房的窗口，包括里托瓦克的那扇；然而很久以前監視小組就已經確定過，什麼都看不到。

沉思的時期終於過去，長髮懶洋洋地跨下摩托車，慢慢走過朋馳車尾時，假裝很不經意地轉了下頭，看到排氣管口上像魚尾巴般垂出來的鑰匙鍊頭。然而他並沒有衝上去拿，這點作為表演業同行的里托瓦克也十分欣賞。只見他經過轎車，朝火車站大廳的公共廁所走去。他進去了一下，馬上又冒出來，大概是想用這種突然轉身的方法，去碰迎面而來的盯梢者吧。沒碰上這種人。當然碰不上，盯他的女孩當然不可能跟進男廁，另外那幾個男孩也沒這麼傻。長髮第二次走過轎車，里托瓦克簡直想哀求他快點彎腰去拿那把車鑰匙，因為他希望看到事情快點塵埃落定。然而長髮不吃這套。他反而回到一直堅守摩托車駕駛座的同伴旁邊，顯然還是準備必要的話隨時逃離現場。只見他對前面那個人咬了幾句耳朵，然後就把安全帽脫掉，脖子一扭，就這麼輕易地把他那張臉迎著燈光了。

「雷基。」里托瓦克對耳機麥克風說出那人的化名，大家一致同意無誤。他這麼說出口時，感覺到一股罕見但總是很受用的純粹滿足。原來是你，他冷靜地想。雷基．羅西諾，「和平解決方案」的使徒。里托瓦克對他太清楚了，連他那些男女朋友的姓名住址都一清二楚；也知道他在羅馬有一對極端右派的父母，在米蘭有個大左派的音樂學院老師。里托瓦克熟知有些頗具水準的那不勒斯雜誌還在登他的說教文章，堅持非暴力才是唯一的可行途徑。他也知道，以色列長期以來都在懷疑羅西諾，只是一直沒抓到他的把柄。他甚至熟悉他的體臭和鞋碼。里托瓦克開始猜測，羅西諾在貝格斯堡和其他地方的幾個案子裡到底扮演過什麼角色；他現在跟其他人一樣有很清楚的概念，知道最好怎麼對付他。不過還不到逮他歸案的時機，雖然也不遠了。非得等幕後主使抓到之後，才會對這些小嘍囉下手。

查莉真是值回票價，他開心地想。光是讓他們指認出這個男人，她這一趟就值得了。她是個正直的異教徒，而且就里托瓦克的看法，是萬中選一的難得人物。

現在那個駕摩托車的人自己也跨下車了。才一下來，就看到他猛伸懶腰，扯開安全帽的釦帶，羅西諾這時也已經由後座移往前座，雙手抓住了龍頭。

原來駕駛是個女孩。

一個身材苗條的金髮女郎，里托瓦克那副特別加強光影對比的望遠鏡裡看得一清二楚，有著細緻骨感的外表和出塵的氣質，看不出她摩托車騎得這麼好。處於這個關鍵時刻的里托瓦克，不去直接推想那女孩先前的旅程——是不是從巴黎奧利機場直達馬德里，是不是她把那些唱片帶給來自瑞典的手帕交。這是因為如果他容許自己推想下去，小組成員長期累積起來的怒氣可能會破壞他們的紀律；他們之中多數都碰過非得射殺別人的時機，在眼前這種狀況下大概沒人會後悔開槍。所以他對著麥克風什麼也沒說，讓他們自己去猜對方是誰，就夠了。

現在輪到這個女孩去上廁所了。她將安全帽脫下來交給羅西諾，又從後面行李架上解下一個小袋子，然後毫不扭捏地越過廣場，走向車站大廳，一進去之後，卻不像她夥伴；她一直待在裡面。里托瓦克也希望她能探個身去拿那串車鑰匙，但她也沒這麼做。她走路的方式跟羅西諾一樣，輕鬆有韻律，步履堅定。她確實是有絕頂魅力的女孩，難怪那個倒楣的參事會那麼熱心了。他把望遠鏡又轉向羅西諾，只見他身體稍稍從前座提起一點，脖子也伸長了，好像在聽什麼。里托瓦克自己也豎起耳朵去聽那一陣微弱的隆隆響聲，然後想著，難怪啦，十點廿四分從克拉金弗來的班車很快就要進站了；接著在一陣緩慢悠長的抖動聲後，火車就停在月臺邊。第一批湧出車站的旅客，每個人都是兩眼浮腫，紛紛走進站前廣場。幾輛計程車竄上去兜生意。有幾輛私家車開走了。再來，大概足以塞滿整車廂的疲乏觀光客冒了出來，每個人的行李上都有相同的標籤。

現在就下手，里托瓦克祈求著。現在上車，趁人多的時候混出去。這樣你們在這裡才有意義。

他完全沒猜到他們實際上是怎麼做的。有對老夫婦站在等計程車的地方，他們後面還站了個端莊的女孩，不曉得是管家還是朋友。年輕女子穿了件開襟的咖啡色套裝，一頂同色的寬邊帽壓得很低。里托瓦克也注意到她，就跟他注意所有其他車站前面的人一樣——仔細用他久經訓練、因為緊張而更加銳利的眼睛去盯她。這位漂亮的姑娘帶了個小旅行袋。老夫婦同時揮手叫一輛計程車，女孩在身後貼得很近，望著車子開上來。老夫婦爬上車，女孩扶他們坐進去，又將他們兩個的行李搬上去——顯然是他們的女兒吧，里托瓦克又轉頭去望朋馳轎車，再回去盯那輛摩托車。即使他有想到那個穿咖啡色套裝的女孩，也會假設她坐進了計程車，跟她父母一起離開了。這是很自然的假設。可是等他把望遠鏡掠過人行道上那群陸續登上兩部大型遊覽車的觀光客時，他突然領悟到，剛才他所看到的那名女孩，正是他要找的人——那個摩托騎士——那女孩溜進女廁所變了裝才出來，擺了他一道；接下來，她跟著那排等著上車的觀光客穿過廣場。他欣然看著她用自己的鑰匙開了車門，順手把小旅行袋往裡面一丟，坐進去發動，純真的模樣彷彿正要去教堂，根本沒去管那串仍然垂在排氣口的鑰匙，就揚長而去。這一招也讓他很樂。這真是太明白了，方法再合理不過。所有的玩意兒都有兩套：電報要發兩次，鑰匙也有兩串。我們要的那位首腦人物，幹任何事情都有兩套，以保障他的安全。

他吐出一個單字命令，看著他的跟監人員謹慎地出動：兩個女孩坐在一輛保時捷跑車裡；尤弟開著他那輛大型的歐寶，自己在上面插了一根歐洲巡迴賽旗幟；而尤弟的搭檔也騎了一輛比羅西諾樸素得多的摩托車飆走了。里托瓦克繼續站在窗口，望著下方的廣場逐漸清空，愈變愈冷清，就像曲終人散了那樣。車子一輛輛開走，大巴士離開，行人也走光了，車站前面廣場的燈光黯淡下來，似乎還聽到一聲鎖上鐵門打烊的響聲。現在，就只剩那兩家餐廳還開著了。

好不容易他才終於從耳機上聽到暗語：「奧湘，」朋馳朝北開。

「那麼羅西諾又朝哪兒走？」他問。

「朝維也納。」

「等一下。」里托瓦克說，摘下耳機，以便更能仔細盤算一下。

他得馬上下決定，迅速地決斷正是訓練的重點。要想一箭雙雕，同時跟蹤羅西諾和女孩是絕對不可能的事。他手頭上人不夠。按理講，他應該緊緊盯牢那批炸藥，也就是跟那個女孩——然而他卻依舊相當猶豫，因為羅西諾的行蹤飄忽不定，顯然是條大魚，而且朋馳轎車本來就顯眼，目的地比較清楚。有好一會兒工夫，里托瓦克都很遲疑。他聽見耳機裡又有雜音傳來，卻沒去睬它，繼續推理下去。讓羅西諾就此逃出他掌握的想法，簡直令他無法忍受。然而羅西諾卻是對手那條鐵鍊中一個重要的套環：正如柯茲一再強調的，如果這條鍊子不扣緊的話，就無法讓查莉混進去，湊上一環。所以，該讓羅西諾安安穩穩地返回維也納，證明一切都照計畫進行：他雖然是個很重要的環結，但也同樣是個非常重要的證人。然而這個女孩——這個具有外圍功用的女孩，一位駕駛員，一個送炸彈幫手，正是他們偉大行動中，隨時可以報銷掉的小兵。何況，柯茲對她的未來也有一套重要計畫，羅西諾的將來還可以等。

里托瓦克重新戴上耳機。「盯住那輛轎車。讓羅西諾離開。」

下定決心，里托瓦克忍不住笑了。他對跟蹤的隊形很清楚。尤弟的摩托車搭檔會趕到遠遠的前方去領先開道，再來就是金髮女郎開的那輛朋馳，再後面，就是那輛尤弟開的歐寶。至於那兩個女孩開的超級跑車，則會暫時落在這群人的後方，隨時看情況遞補前方任何隊友的位置。他在心中演練這列車隊監視朋馳車的情形，直到德奧邊境。他想像著艾里希博士會用什麼樣的鬼扯故事，讓那輛酒紅色朋馳車不受騷擾地安然過關。

「速度？」里托瓦克瞟了一眼手錶才問。

尤弟報告說，她的行車速度很緩和。這位小姐不想破壞奧地利的交通法規。她對那一車子的貨物也覺得緊張。

她理應如此，里托瓦克很贊同地想道，同時把耳機摘掉；假如我是那女孩，那一車貨物照樣會嚇得我全身發麻。

他拎著手提箱往樓下走。房間錢早就預付過了，不過假如樓下櫃檯還打算找他要房錢的話，再付一次他都願意，因為他現在心情非常愉快。他的指揮車正停在旅館停車場等他。以長期經驗造就的自我控制能力，里托瓦克在護衛車冷靜的尾隨之下出發了。她知道多少？他們有多少時間能發現真相？放鬆點，他想，先拴住羊再說。他的心思回到柯茲身上，帶著喜悅的渴望想著他那粗魯、精力無窮的聲音，柯茲會用那一口可怕的希伯來語沒完沒了地讚美他。一想到他帶給柯茲的祭品會有多肥美，里托瓦克就開心極了。

薩爾斯堡的初夏尚未來臨。群山之間尚有一股清新的春之氣息，而薩爾查克河竟然還有股海洋的味道。他們是怎麼抵達薩市的，她實在不太清楚，因為一路上她都在打瞌睡。從格拉茲他們搭機飛到維也納，可是似乎旅途短到只有五秒鐘的樣子，她一定是在飛機上睡著了，才會一睜眼就發覺已經到達。在維也納，有輛帥氣的BMW停在機場外面等著他們。上車後她又呼呼大睡；進入薩市市區時她還以為車子著火了——但其實只是她一睜開眼就看到反射在紅色烤漆上的晚霞。

「總之，為什麼是薩爾斯堡？」她問他。

因為這裡也是麥寇常來的城市之一，他回答。因為正好順路。

「順路去哪裡？」她問了，但約瑟根本沒搭腔。

他們住的旅館有個帶屋頂的室內庭園，老舊的走廊圍欄都塗了金漆，大理石花盆裡有些盆栽。套房正好俯望著洶湧奔騰的泥黃色河水，對岸還有比天國更多的圓頂建築。那些圓頂之後可以看到一棟古堡，還有纜車順著山坡上下。

「我想走走。」她說。

她洗了個盆浴，卻在澡盆中睡著了，害得他只好猛敲浴室門才把她吵起來。等她把衣服穿好，這回他還是知道該帶她去哪些地方、哪些事情最能取悅她。

「顯然這又是我們最後的一晚，對不對？」她說道。這次他沒躲到麥寇面具的後面。

「不錯，的確是我們最後相聚的一晚，查莉；明天我們還要去一個地方，然後妳就要回倫敦了。」

她雙手摟著他的一隻臂膀，跟他漫步在那些窄窄的街道上，還有那些彼此交錯、小如客廳的小廣場中。他們站在莫札特出生的房子外面，其他的觀光客對她來說就像是早場表演的觀眾，興高采烈但不知不覺。

「我表現得不錯吧，約瑟？告訴我。」

「妳表現得好極了。」他是說了——但不知怎麼搞的，對查莉來說，他沒說出口的話比他的稱讚更重要。

那些玩具屋似的教堂，美麗的程度超越她的想像，有著渦卷紋飾的金色聖餐臺和肉感的天使，連墳墓都讓人覺得其中的死者似乎還夢想著各種逸樂。她想著，一個假扮成穆斯林的猶太人讓我欣賞到基督徒的珍貴遺產。不過當她想向他多問點訊息時，他頂多就是買下一本紙張光滑油亮的導覽手冊，然後把收據收到皮夾裡。

「我擔心麥寇還沒有機會去瞭解巴洛克時期。」他這麼解釋，口氣還是一板一眼；然而她再次感覺到他心中有某些不好解釋的難言之隱。

「該回去了吧？」約瑟問。

她搖頭不答應。別急著回去嘛。傍晚的暮色漸濃，滿街的遊客又不見了，有些房子裡竟傳出少年唱詩班的歌聲。他們坐到河邊，傾聽那些又聾又老的鐘固執地彼此競爭，發出單調的鐘聲。可是等他們站起身，打算繼續走回去時，查莉卻突然覺得全身發軟，得靠約瑟扶住她的腰，才能勉強站著。

「食物，」當他扶著她坐進電梯上樓去時，她告訴約瑟。「香檳、音樂。」

可是等他打電話叫餐飲部送東西上來，查莉卻早就睡得人事不省，任誰來都叫不醒她，就算是約瑟也一樣。

她躺在那裡，就像是當初躺在米柯諾島上，左臂蜷曲著，臉也壓在上面；約瑟・貝克坐在扶手椅上看著她。第一道早晨的微光已經穿透了窗簾。他可以聞到新鮮樹葉與樹幹的氣味。夜裡有過一陣暴雨，如此聲勢驚人、突如其來，就像一列特快車撞進了山谷。從窗口他望見城裡的岩石承受著閃電悠長緩慢的襲擊，雨水打在閃閃發光的圓頂上。但查莉還是毫不動彈地躺在那裡；實際上他還俯下身子，把耳朵湊近她的唇邊，好確定她還在呼吸。

他看了手錶一眼。計畫為重，他想著。行動。就靠行動來消除疑慮吧。窗邊的晚餐桌上都是沒吃掉的食物，冰桶裡有一瓶沒開的香檳。輪流拿起每一支叉子，他開始把龍蝦肉從殼中挖出，把盤子弄髒，攪一攪沙拉盆，糟蹋那些草莓，在他們已製造出的虛構人生中再添一筆。這是他們在薩爾斯堡的狂歡宴；查莉和麥寇在慶祝她第一次圓滿成功地為革命做出貢獻。他把香檳酒瓶拿進浴室，關上門以免拔出瓶塞的砰然一響會吵醒她。他把香檳倒進洗臉臺，打開水龍頭沖掉酒液。他把龍蝦肉、草莓和沙拉都沖進馬桶裡。他得等一下再沖一次，因為那些食物第一次不肯消失。他留下夠多的香檳，可以往自己杯子裡倒一點點；至於查莉的杯子，他從她的皮包裡拿出口紅，在杯緣留下些痕跡，也在瓶子上抹上一些。然後他再次走向窗口——那一夜大半時候他就在這裡度過——凝視著吸飽了雨水的藍色山巒。我是個厭倦山岳的登山家，他這麼想。

他刮完臉，把那件紅外套穿上。走近床邊伸手想去搖醒她，可是又馬上抽回手。他突然覺得非常不情願，就像一股嚴重倦怠感襲來。他又坐回扶手椅閉上眼睛，然後強迫自己把眼皮撐開；他猛然驚醒，感覺到沙漠中露珠的重量掛在他的野戰服上，還沒被太陽曬乾的潮濕沙土氣味也鑽進了他的鼻孔。

「查莉？」他再度伸手，這次拍她的臉、搖晃她手臂。查莉，太棒了；馬帝說妳演得太好了，妳讓他有機會見到一大票新角色。今晚馬帝打過電話來恭喜過妳，可是妳沒醒，他讚美妳比嘉寶還行。只要我們兩個人在一起，他說，就不愁任何事辦不成。查莉，醒醒吧。我們還有工作要做呢。查莉。

但他真正說出口時，只是又叫了一遍她的名字，然後下樓付帳，拿到最後一張收據。他從旅館後門走出去，坐上那輛租來的BMW；這時黎明的朝霞正如前一天的晚霞一般，清新宜人，卻還沒有夏日氣息。

「妳跟我揮手道別，然後再出去散步，」他告訴她，「迪米區會用另一輛車載妳去慕尼黑。」

14

她一語不發地走進電梯。電梯裡有消毒水的味道，塗鴉刻進灰色的樹脂中。她設法撐起自己最強悍的一面，就像她在無數次試唱、演講示威和其他類似場合的表現。她有點興奮，有點一切行將完成的感覺。迪米區伸手按了門鈴，柯茲親自開的門。約瑟在他身後，約瑟背後還有一面銅盾，上面是聖克里斯多福抱著孩子的俗氣畫面。

「查莉，妳實在太棒了，真的太棒了！」柯茲的口氣帶點迫切，非常誠摯，同時把她拉過來摟到胸前。「查莉，妳真不可思議！」

「他在哪兒？」她問。她的目光穿過約瑟，直達那扇關上的門。迪米區沒進來，他送她過來以後就直接坐電梯下樓了。

柯茲講話的方式，就像他們都還在教堂裡一樣。他輕描淡寫地帶過她的問題。「查莉，他很好，」柯茲這才放開她。「他這趟旅行有點累，這很正常，不過還算好。墨鏡，約瑟，」他又說。「把墨鏡給她。妳有墨鏡嗎？嗯，親愛的？喏——這兒有塊頭巾，把妳的頭髮遮起來。留著用吧。」是塊綠的純絲巾，相當好看。柯茲早就放在口袋裡等著要給她了。兩個男人擠在一起，看著她對鏡子包頭巾。

「這只是以防萬一，」柯茲解釋。「在這行裡面，小心可駛萬年船。對吧，約瑟？」

查莉又從皮包裡拿出粉盒補妝。

「查莉，等下妳也許會有點情緒上的波動。」柯茲警告她。

她放回粉盒，又拿出口紅。

「假如妳看了有點不忍的話，只要想想他害死了多少無辜的人就夠了，」柯茲把話先挑明。「每個人都有張人模人樣的臉，這個人也不例外。而且還長得很漂亮，很有才氣，很有些潛能尚未發揮出來──不過全浪費掉了。那些場面實在不怎麼好看。等下我們進去以後，我不希望妳講任何話。記住這點。由我來講。」他為他們開門。「妳會發現他相當溫順。我們把他一路送到這兒來，為了減少麻煩，就必須把他弄得很溫順，而且跟我們相處的這段期間，也必須使他保持溫順。至於其他方面，他都很好。沒什麼問題。就是別跟他說話。」

這是一棟頗為新潮的錯層式建築，她自動把這件事記下來，同時注意到樓梯間雅致的開放式踏板、中世紀鄉村風格的陽臺走廊，還有手工打造的鋼鐵扶手。在英國式的火爐裡，有畫在帆布上的假木炭。攝影用的照明燈具旁，還有三腳架上的名貴照相機壯聲勢。一具家庭用錄音機站在那裡；一套美麗的L型沙發，又硬又舊，是泡棉塞的。她坐上去，約瑟就坐到她旁邊。我們該牽彼此的手才對，她心想。柯茲拿起一具灰色電話筒，撥了內線，用希伯來語吐了幾個字，說話時眼睛盯著那條長廊。他放下電話，帶點鼓勵性質地朝她笑了笑。她坐在沙發上，鼻子裡聞到一股由男人體臭、灰塵、咖啡、德國香腸，外加一百萬根菸屁股混合起來的惡劣怪味。她甚至還能聞到另一股味道，不過沒辦法確定到底是什麼，有太多種可能性了──是她第一匹馬的馬具味道？還是她第一個愛人身上的那種汗臭味？

她心裡一陣迷惘，差點沒睡著。我病了，她想。我正在等醫院的病情報告。直說吧，醫生！她這時也注意到附近放了一堆打發時間的書報雜誌，真想能拿一本過來放在膝上當幌子。這時約瑟也轉頭去望著長廊了。查莉追隨他的目光，但有意地慢了一步，因為她想製造出一種印象：她看多了，幾乎懶得再看，她就像是一場服裝秀上的買家。陽臺的門忽然打開，一名滿臉鬍子的年輕人倒退進房間裡，步伐猶如舞臺工作人員那樣歪斜蹣跚；就算他背對著大家，也試著用背影傳達出心中的憤怒。

有好一陣子，什麼也沒出現，然後才冒出了一個矮一截的紅色包裹，再來才是個臉刮得很乾淨的年輕人；他的表情沒那麼憤怒，比較接近於絕對的恭敬順從。

然後她才把情況弄明白：並不是只有兩個人，而是有三個男孩，但中間那個穿紅外套的人，卻是被旁邊那兩個夾住的；那個年輕人是個斯斯文文的阿拉伯青年，她的愛人，她在現實舞臺上摔倒的那個傀儡演員。

果然，她想，透過她深黑的太陽眼鏡，這很合理。果然——嗯，除了年紀上有幾年差異外，約瑟可以說跟他長得完全一模一樣，只不過約瑟比較成熟罷了。原先在她的幻想中，她就曾用約瑟的外貌去界定過那位夢中情人的長相。有時候她會從殘缺不全的記憶中，找出那個戴了面罩的巴勒斯坦演講者，加上一點不同的特徵。她現在發現，他竟然這麼貼近真實。妳不覺得那嘴角有點做過頭了嗎？她自問。是不是塑造得稍微太性感了？鼻孔會不會太外擴了？腰部肉多了些？她突然間也湧上一股衝動，很想奔上去保護他，可是如果劇本裡沒這一段，她就不能加上去。而且她也絕不會掙脫約瑟。

然而還是有這麼一剎那，她差點失去控制。就在那一秒鐘，她彷彿真的覺得自己就是約瑟形容中的那個女人：她是麥寇唯一的救主與解放者，他的聖女貞德，他的肉體奴隸，他的明星。她為他使盡渾身解數地演出，跟他在某家爛汽車旅館的燭光下共度晚餐，跟他睡在一張床上，參加他的革命，戴他的金手鐲，喝他的伏特加，撕扯需索著彼此的身軀，她替他開過那輛朋馳，吻過他那把槍，替他運過俄製黏土炸藥，送給那些四面受敵的解放軍；跟他在薩爾斯堡某家河邊的旅館中慶祝過勝利；與他在希臘古蹟的月色下共舞過，整個世界彷彿為了她而復活；而且她還因為自己的不貞感到羞愧。

他好漂亮——美得像約瑟保證過的那樣。遠比約瑟所形容的還要漂亮。那種男性的美，正是查莉這種人所無法抗拒的，而且他自己也有那種自信。他身材纖弱，卻完美至極，有著很漂亮的肩膀和窄小的雙臀。他有拳擊家似的額頭，而臉蛋猶如牧神之子，直順的黑髮貼在腦殼上面。即使他們再怎麼馴服他，她也可以看出他所具有的豐富激情；他炭黑眼眸中的反抗之光，仍未泯滅掉一分一毫。

他看上去好小——只不過是個從橄欖樹上跌下來的農家小男孩罷了，雖然有整套跟別人學來的空話，還有一雙喜歡收集漂亮玩具、漂亮女人、漂亮車子的眼睛。對那些把他從自家農莊上趕走的人，有著一股農夫般的悲憤。到我床上來，小乖乖，讓媽媽教給你一些人生中更長更長的句子吧。

他們架著他走下木製樓梯時，他腳上穿的那雙名牌皮鞋常常踩空，似乎令他自己也感到很丟人地浮出一絲揶揄淺笑，不好意思地盯著自己不聽話的腳。

他們直接把他架到她面前，她簡直有點受不了，就轉身對約瑟說了，他轉頭看她，也張嘴說話，聲音卻突然被一陣由錄音機裡播放出來的人聲給淹沒；她轉身，正好看見穿著開襟毛衣的柯茲，他彎下腰調整喇叭的音量。

那個聲音聽起來很輕柔、口音很重，就像她記憶中那個巴勒斯坦講者。那些抗議口號在一陣不太肯定的狂熱中被唸出來。

「我們是被殖民的一群！我們代表土生土長的一群，對那些殖民的屯墾者說話！……我們為啞巴說話，餵盲者食物，鼓勵聾子！……我們，這群有著耐性蹄子的野獸，終於失去了耐性！……我們每天都生活在水深火熱之中！……全世界的人裡，只有我們一無所有！……我們將跟所有那些為虎作倀、霸占了我們領土的人戰鬥下去！」

架住他的兩名青年，把他安頓到沙發的另一邊。他連坐都坐不穩，身體嚴重地前傾，只能用自己的前臂勉強撐住。他的手交疊在一起，就像被銬住了一樣，不過他們只在他身上扣了個金鐲子，好讓他的外表看起來符合這幕好戲。蓄鬍的男孩不悅地站在他背後，他刮了鬍子的同伴盡責地坐在旁邊。麥寇被錄下來的聲音還繼續在屋子裡迴盪時，查莉看見他嘴唇正在開合，企圖趕上演講的句子。然而錄音帶上講話的那個人，速度太快、太有力，他追不上。他漸漸放棄嘗試，以傻笑自我解嘲，讓查莉想起她父親中風後的樣子。

「暴力行為並非罪行……假如說這種暴力是用在對抗國家力量……恐怖分子認為他們才是有罪的。」有翻演講稿紙的聲音。然後聲音變得有點困惑和不情願了。「我愛妳……妳乃是我的自由……現在妳也是我們之中的一分子了……我們肉體和血液是交纏混雜在一起的……妳是我的……我的戰士……求求你們，為什麼要我唸這個？……我們在一起就能用火柴點燃引線。」一陣困惑的沉默。「求求你，先生。

這到底是什麼？求求你告訴我。」

「把他的雙手給她看。」柯茲關掉錄音機後，下令道。

沒留鬍子的那名青年就把麥寇的一隻手往上提，扯開他的手掌給她看，態度猶如展示商品。

「如果他一直都在難民營的話，他的雙手將因做苦工而變得粗糙，」柯茲走進房間來解釋。「現在，他卻是個偉大的智者了。有一大堆錢，一大堆女人，吃得好，日子過得悠閒的；對吧，小夥子？」他走近沙發，站在麥寇背後，用他那兩隻大蒲扇般的巨手一夾，把麥寇的臉往他一轉。「你現在是個偉大的智者了吧，麥寇？」他的聲音既不殘酷，也不揶揄。甚至有點像在對自己的孽子講話——臉上有股難言的痛惜。「你騙那些女孩子來替你工作，對不對，小夥子？其中有個女孩，他竟然真的拿她來當定時炸彈，」柯茲對查莉解釋。「把她跟一些漂亮的行李放上飛機，然後把飛機炸掉。我想，她大概一輩子也想不到是自己幹的。這實在太沒禮貌了吧，嗯，麥寇，你說呢？你怎麼對一位小姐如此失禮呢？」

現在她才認出剛才那股難以辨認的味道：那是刮鬍後乳液的香味，在他們到過的每個房間裡，約瑟一定會在浴室裡灑這種鬍後乳。為了這個場合，剛才大概有人替麥寇噴了這種鬍後乳吧。

「你難道不想跟這位小姐講講話嗎？」柯茲問他。「難道你不想請她到我們這裡的別墅來嗎？怎麼搞的？我開始覺得你有點不太合作了！」在他的堅持之下，麥寇的眼睛漸漸恢復一點生氣，順從地稍微挺起他的身體。「嗯？想跟這位小姐打聲招呼嗎？想跟她請安嗎？妳好嗎？嗯？你想跟她問個好嗎，年輕人？」

當然他願意。「妳好，」麥寇說著，聽起來比錄音帶裡來得勉強冷淡些。

「不要回答，」約瑟在旁邊低聲警告她。

「妳好，小姐。」柯茲逼他這麼講，語氣還是絲毫不帶一絲怨恨。

「小姐。」麥寇說。

「要他寫些東西。」柯茲看他聽話了，就不再逼他。

他們把他架到一張小桌旁，放了張紙和一枝筆在他面前，可是他根本沒辦法提筆寫字。柯茲完全不在意這個。看到沒有？他就是這樣拿筆的，他告訴查莉：妳看，阿拉伯人的字是由右寫到左的。

「這也許跟妳有時半夜起來，發現他正在算帳的樣子很像吧？看清了嗎？他寫字時就是這個德行。」

她在心裡拚命喊約瑟。救我出去。我想我快死了。她聽見麥寇被架上樓梯的聲音漸漸消失，但柯茲沒給她一點喘息的時間，他對自己也一樣，從不留下任何餘裕。「查莉，關於這件事，我們還有下一步的劇情發展。我想我們現在必須做完，即使稍微有點困難。某些事情我們必須完成。」

起居室安靜極了，完全跟任何地方的公寓客廳一樣。她扯住約瑟的手，跟在柯茲身後上樓。她也搞不清為什麼，拖著腳跛行似乎比較走得動，就像麥寇。

木製樓梯扶手上沾著手汗，還有點黏答答的。梯級上有些一條條的東西，像沙紙，但她踩上去時並沒聽到預期中的摩擦聲響。她確切牢記著這些細節，因為有時候只有細節能提供一點與現實尚有聯繫的感覺。廁所門似乎洞開著，但她再看一眼就領悟到其實從來沒有門，只有個門框，水槽邊也沒有掛著鎖鍊；她想著，如果你每天都得拖著一個囚犯來來去去，他甚至被下藥弄得神智昏沉，你就得考慮這些事，設法讓屋子裡井然有序。直到她開始老實地思考這些重大問題，她才終於承認，她踏進的是一個鋪了軟墊、防止自殘的囚室，一張單人床塞在遠處的牆角。床上的人還是麥寇，全身赤裸，只剩下一條金鍊子。他用手遮住自己的私處。他肚子上幾乎連條皺紋都沒有；肩膀肌肉渾圓發達，胸肌平滑寬闊，其間的縐摺就像是用墨汁畫出的線。柯茲一聲令下，兩個年輕人就把他架起來，扯住他的手腕往兩旁一拉。行過割禮，發育得很好，很完美。留著鬍子的青年保持沉默，一臉不情願地指著他左邊腿側的白色乳漬狀胎記給她看，然後又指給她看右肩上的一條刀疤；還有從肚臍處往下延伸的可愛黑色毛髮。沉默中，他們又把他的身體翻過來，這時她忽然想起露西，她最喜歡的就是這種背形：脊椎陷在發達的背肌之中。但是他的背上沒有彈孔疤痕，不致破壞他的無瑕之美。

他們又把他扶直站起來面對她，可是約瑟這時顯然認為查莉已經看夠了，就扶著她朝樓梯下走，一手摟住她的腰，向下飛奔，另一隻緊扣住她一隻手腕，抓得她痛苦不堪。在前廳的廁所裡，她在裡面嘔吐了一段相當長的時間才出來，但她真正所想要的還是逃出去。逃出這棟公寓，逃離這群人，逃離她自己。

她拚命跑著。今天正是大好的運動天。她盡其所能地向前奔跑，周遭天際線的水泥利齒飛快地朝後退。為了她，整齊的鋪磚小徑連起那些屋頂花園，玩具城鎮的路標指引著她到不知名的所在，一條條藍色或黃色的塑膠管子在她頭上交錯而過。她盡快地向前奔，上樓、下樓，對一路上看得到的各種植物保持園藝上的興趣；她看得到風雅的天竺葵、矮株花卉灌木、菸頭，還有幾道濕冷的泥土，就像沒有標記的新墳。約瑟就在她旁邊，她吼著要他滾一邊去，一對坐在長椅上的老夫婦竊笑著，無比懷念地看著這對情侶的小口角。她整整跑了兩個月臺長的距離，直到碰上一堵牆，還有通往停車場的一段陡坡；她沒去自殺，因為她早就認清自己不是那種類型的人，而且她想跟約瑟一起活下去，不想和麥寇一道死。她停下腳步，發現自己並不太喘。這段狂奔令她覺得好舒服；她應該常常跑步的。她問他要香菸，他說沒有。他把她拉到一張長椅上去坐；她坐下之後不久又站起來，想堅定自己的立場。她知道情緒化的爭吵對於走動中的人來說，並不是那麼的有效，所以她保持站姿。

「我勸妳還是把妳的同情憐憫心，留給那些無辜的人吧。」約瑟冷靜地打斷她的惡毒咒罵，開口警告她。

「在你們造就他之前，他本來是無辜的！」

她把他的沉默誤判為心思大亂，又把他的心思大亂視為軟弱，她停下來裝腔作勢地凝望那怪異的天際線。「這是必要的，」她刻薄地說，「『如果不是出於必要，我就不會出現在這裡。』這是某人說的話。『世界上沒有一個清醒正常的法庭，會譴責我們要妳做的事情。』再引用一句，我想這是你說的。你介意把這些話吞回去嗎？」

「不，我想不用了。」

「我想不用了。你最好更確定一點，你確定嗎？如果這裡有人還心存疑慮，我希望只有我。」

她繼續站著，注意力很快移到她眼前的某一點，那是在對面建築中間的某處，她現在很認真地盯著那兒，好像打算買那房子似的。但約瑟還是坐在那裡，就讓整個場景看起來都不對了。他們應該在特寫鏡頭中盯著對方的臉才是。或者讓他站在她背後，兩人一起望著遠處場記做的粉筆記號。

「我可以再加幾句話嗎？」她問。

「請說。」

「他殺猶太人。」

「他不但殺猶太人，也害死無辜的旁觀者，他們既非猶太人，對於這些衝突也不曾採取任何立場。」

「說真的，我想寫一本書，講講你口中那些無辜旁觀者的罪孽。我會先從你們在黎巴嫩的轟炸和搜查講起。」

不論是不是站著，他回話的速度和勁道都比她期待的更猛。「妳說的書早就寫好了，查莉，書名叫納粹大屠殺。」

她用拇指和食指做出一個小窺視孔，透過它瞇著眼看遠處的陽臺。「另一方面，我認為你自己就殺過阿拉伯人。」

「當然有。」

「多嗎？」

「夠多了。」

「當然都是出於你的自衛囉。以色列人向來只是出於自衛才殺人。」沒聽見回答聲。「本人已宰了夠多的阿拉伯人了。謹此聲明。約瑟字。」他還是什麼都沒說。「好吧，這是書中的一個意外轉折，我會這麼說。一個殺過夠多阿拉伯人的以色列子民。」

她的格子呢裙也是麥寇的餽贈。裙子兩側都有口袋，她不久前才發現。她把手塞進口袋裡，然後甩一甩裙子，假裝自己正在研究這種設計效果如何。

「你們才是渾蛋，不是嗎？」她粗率地問道。「你們絕對是貨真價實的渾蛋。你不這麼認為嗎？」她繼續看著自己的裙子，對裙襬灌飽風、旋轉起來的樣子充滿興趣。「而且，你其實是所有人之中最該死的渾蛋，對吧？因為你左右逢源。一分鐘前你的心還在淌血，一分鐘後就變成我們張牙舞爪的浴血戰士。不過呢，你說到底只是個嗜血、霸占別人土地的猶太小人。」

他不但站了起來，而且還揍了她。總共兩拳。第一拳就掃掉了她的太陽眼鏡。這兩拳比她曾經捱過的任何拳頭都更快、更重，而且都打在同一邊臉上。第一拳下手極重，她卻起了一種倔強的快意情緒，硬是要把臉湊向拳頭來的方向。扯平了，她這麼想，一邊憶起在雅典房子裡發生的事。第二記是對這同一個彈坑再來一擊，打完以後他就把她推倒在長椅上，讓她可以順勢大哭一場，但她太驕傲了，不會掉下一滴淚。他打我是為他自己，還是為了我？她猜想著。她拚命地希望這是為了他自己；在這個瘋狂姻緣進入第十二個小時的時候，她終於打破了他的矜持保留。但只要瞥一眼他那張不露心事的臉，冷淡而毫無不安的目光，她就知道這裡的病人是她，而非約瑟。他拿出手帕遞給她，可是她茫然地推開了。

「算了。」她低喃。

她摟住他的手臂，他就陪她慢慢沿著水泥人行道走回去。先前那對老夫婦在他們經過時，對著他們微笑。小孩子嘛，那對夫婦彼此說著，就像我們以前那樣。一分鐘前兩個人還吵得像要出人命，不過床頭吵床尾合，還更勝從前。

公寓下層跟上層差不多，只差沒有陽臺和囚犯，偶爾她在閱讀或聽到某些聲響時，她還會設法說服自己，她從來沒上樓去過。樓上是她內心那個黑暗閣樓裡的恐怖室。然後，在樓上的年輕人清理他們的攝影設備、並逐漸準備結束一回合盤問時，她會透過天花板聽到貨箱從上面拖過去的碰撞聲；她終究還是得承認，樓上就跟樓下一樣真實，甚至更真實：因為樓下的信件是偽造的，然而樓上的麥寇卻是血肉之軀。

他們三個人圍坐成一圈，柯茲先起頭做了一段開場白。不過跟平常比起來，這回他的風格更簡單俐落、也較不圓滑迂迴，或許這是因為她現在是獲得肯定的戰士，是一個老兵，「有一大籮筐令人興奮的新情報得歸功於她」，就像他說的。這些信都放在桌上的公事包裡，在她打開以前，他又再次提醒她注意這些「故事」，他和約瑟不約而同地選擇這個字眼。在這個故事裡，她不只是熱情洋溢的戀人，還是個熱情洋溢的通信者，因為麥寇長期在外奔走，她別無其他宣洩管道。在解釋這一點時，他戴上一雙廉價的棉質手套。這些信件因此不只是這段關係中微不足道的插曲，還是「妳能夠大鳴大放的唯一場所，親愛的。」信件中記錄了她對麥寇愈來愈執迷的愛，通常出之以無可懷疑的坦誠，同時也記錄了她的政治覺醒、她如何變成一個「世界性的行動派」，和全世界其他的反壓迫抗爭有著無庸置疑的「聯繫」。合而觀之，這些信件構成了一部日記，出於「一個情緒與慾望都處於激動狀態的人」，而她在這過程中，從焦點模糊的抗議行動進步到完全的行動主義，並且暗地裡接受訴諸暴力的作法。

「既然在眼前的狀況下，我們不能全都靠妳提供全部的文風變化，」他打開公事包，正好以這些話做個結論：「所以我們決定為妳寫下這些信。」

當然了，她想。她瞥約瑟一眼，他坐得筆直，看起來極為無辜，雙手虔敬地擺在膝間，就像一輩子沒打過人。

桌上有兩包棕色的包裹，一大、一小。柯茲先選了那個小的，用還戴手套的手指笨拙地打開，把信紙攤平。她認出麥寇幼稚的黑色筆跡。他又打開第二包大的，就像夢境成真，那正是她自己的筆跡。麥寇寫給妳的信全是影印本，親愛的，柯茲這麼對她說道。我們已經把他的正本送到英國給妳了。至於妳寫的這些信呢，卻是正本，這些信是屬於麥寇的，對吧，親愛的？

「當然了。」她這次大聲說出口，然後本能地先往約瑟的方向望去，但這回刻意專注於看著他那雙扣在一起的手，他正在撇清責任。

她先去讀麥寇寫給她的那些信，因為她自覺欠他一筆人情。總共有十二封之多，由坦率熱情的宣洩慾念，到簡明扼要的命令指示：「妳寫的信請務必加上號碼。如果妳的信沒有號碼順序，就不要寫來。如果我不能確定收到了妳的每一封信，我就無法放心地享受讀信的樂趣。這也是為了我個人的安全著想。」除了熱烈讚美她的作為，信中也夾雜著告誡，要她只扮演「對社會有意義、能讓人覺醒的角色」。同時，她要「避開會揭露妳真正政治傾向的公開活動」。她不能再參加激進派講座，不可再出席示威遊行或集會活動。她應該讓自己表現出「一副資產階級的派頭」，表面上接受資本主義價值。她應該讓人認為她已經「棄絕革命」，然而私底下「以各種方式，繼續充實激進派的理論」。信中有許多邏輯前後矛盾、句法和拼字的錯誤，還講到「我們即將來臨的重聚」，暗示雅典的重逢，而且還提到白葡萄、伏特加，與「多睡覺，在我們相聚前先養足精神」的含混暗示。

她讀著，心中開始出現一個新的、低下些的麥寇，突然間相當接近樓上那個青年囚犯的形象。「他還是個嬰孩。」她呢喃道。她地責備瞄了約瑟一眼。「你們把他塑造得太過分了。他根本是個小鬼。」

沒有任何回答。她開始去看自己寫給麥寇的信，小心翼翼地展讀，就好像信中會解開一個大謎題。「教科書嘛。」在她第一次緊張兮兮打開信件時，大聲地說出這句話，臉上帶著傻氣的笑容；因為多虧有她可憐的英國經紀人奎利「提供」了她的檔案，老喬治亞人史瓦利不只是準確複製查莉對文具的奇特品味——菜單背面；帳單空白處；來自飯店、戲院或一路上暫時寄宿處的信紙——還捕捉到她書寫方式中的自然變化；從最初孩子氣的感傷塗鴉，到熱戀中女子的語氣，到累壞了的女演員臨睡前隨手寫上幾句，期待能輕鬆一下，再變成自認為博學的革命分子，以工整的筆跡長篇大論引用托洛斯基，卻在拼字時漏掉一個R。

這都得感謝里昂，她的語句就是這樣沒錯。實際上查莉看得滿臉通紅，他們完美地模仿她聳動誇張的口氣、她那些一知半解的笨拙哲學，和她對當前英國保守派政府狂暴的憤怒之情。她與麥寇不同，當她描寫彼此親熱的感受時，比較寫實坦率；描述自己的父母時滿口謾罵；講到童年時則滿腔憤恨。她眼前見到的是浪漫派查莉，悔罪者查莉，頑固的婊子查莉；她看見了約瑟口中所說的，藏在她內心深處的阿拉伯人；這個查莉正在和自己的花言巧語戀愛，她對真理的看法與其說是受到既有事實的啟發，不如說是受到「應有」事實的啟發。當她把這些信讀完一遍之後，她把兩堆信放在一起，手抱著頭再讀一遍，這次當成完整的信件往來全集來讀：她每寫五封信才得到他一封回信，她回答他的問題，他則搪塞她的問題。

「謝了，約瑟，」她最後終於低頭說道。「真是太感謝了。假如你能好心的把槍借給我的話，我寧可舉槍自殺算了！」

柯茲哈哈笑起來，儘管好像只有他一個人很樂。「哎，查莉，我覺得怪約瑟一個人不太公平啊。這整件事是出於一個文書小組的集體創作！我們這兒的智囊可多著呢！」

柯茲有個最後的要求。親愛的，這些是妳寄給麥寇的信封。他隨身帶著，看，就在這裡，並不是免費寄送，郵票也並未作廢，他也還沒把信放進去，好讓麥寇再次正式地打開信封。查莉願意幫個忙嗎？這主要是考慮到指紋的問題，柯茲說。親愛的，要先有妳的指印，然後是郵差的，最後才是麥寇的指紋。另外還有個小地方得注意，就是信封口上和郵票背面要有她的口水；那才符合她的血型，以防有任何聰明人想到查個徹底，因為我們絕對不能忘記，對方也有一票聰明的高手，就像妳一樣；妳昨天晚上的表現已經證明妳是高手，妳太棒了。

她記得臨走前享受過柯茲慈父般的擁抱，因為在這種時候來點家長式的關愛，似乎在所難免。然而她與約瑟的道別——這真的是最後一次了——不怎麼樣，事後她幾乎毫無印象。不是因為道別的方式，也與地點無關。然後又是簡報，祕密回到薩爾斯堡，躲在迪米區那輛老舊的小巴士裡一個半小時，等車門關上，燈熄滅，就別再說話。她也記得飛機終於降落到倫敦，遠比以往每一次回來都更令她感到孤獨；還在跑道上，英國人特有的陰鬱哀傷氣氛就迎面而來，提醒她一開始到底是什麼讓她想採取激烈的解決方式：官方帶著惡意的慵懶態度，一群失敗者困獸般的絕望感。提行李工人集體怠工，鐵路方面乾脆罷工；女用洗手間味道像監獄。她臉色發青地通過海關，這時一如往常，無聊的海關人員截住她問話。唯一的差別是，這一次她懷疑他是不是真有個理由，而不只是想跟她閒聊。

回家就跟到國外一樣，當她排隊上巴士時，忍不住這麼想道。炸光算了，然後再從頭來過。

15

那間汽車旅館叫做羅曼史，位於高速公路邊土坡上的松林裡，才蓋好一年左右，專供具備中世紀浪漫情懷的情侶幽會過夜之用，有著斑駁的水泥迴廊、塑膠老鷹和昏暗的霓虹燈照明。柯茲住進最後的那間套房，從鉛框百葉窗口正好可以看見高速公路西向的車道。那時已是凌晨兩點，正是他精神最好的時刻。他淋過浴，刮過臉，用那臺頂級咖啡機煮了一壺咖啡，另外從柚木紋鑲邊的冰箱裡拿了瓶可樂灌進喉嚨，剩下的時間就做他現在在做的事：他只穿著一件襯衫，坐在小寫字檯旁邊，把燈全部關掉，用肘邊的望遠鏡監視樹林裡每一對轉向慕尼黑的車頭燈。這個時刻交通十分稀落，平均每分鐘只有五輛車；在雨中，車子總是成群地通過。

這是漫長的一天——還有漫長的一夜——如果你把晚上也算進去，不過柯茲認為倦怠會讓人頭腦不清。五小時對人體足夠了，至於他自己，五小時又未免嫌多了點。反正，這是漫長的一天，直到查莉離開此地才算正式開始。他們得把世運村那兩棟公寓搬乾淨，柯茲親自督導此事，因為這樣可以讓這群年輕人更警醒些，讓他們重溫一下他做事向來不馬虎的脾氣。還有，得把查莉寫的那些信藏進小鴨子在慕尼黑的公寓，柯茲當然仍舊親自督陣，把這件事辦妥。從對街的瞭望監視站，他可以看見那些監視者進入崗位，他則留在那裡等著要給他們打氣，告訴他們，再過不久這次漫長大膽的守望行動就會得到回報。

「小鴨子怎麼樣了？」勒尼有點狐疑地問柯茲。「柯茲，那孩子還有前途啊！你可得記清楚了。」

柯茲給了個謎樣的回答：「勒尼，那孩子的確是有個大好的前程，問題是跟我們走不在一起。」

里托瓦克坐在柯茲身後的一張雙人床邊。他已經把濕漉漉的雨衣脫掉，丟在腳邊。他看起來就像被人耍了一樣，火氣很大。貝克則坐在一張化妝椅上，離另外兩個人遠遠的，身邊像是有一圈光環，就像在雅典時。他還是有那種孤獨的樣子，卻一樣分享了戰鬥前夕那種親密而緊張的氣氛。

「那女孩什麼也不知道！」里托瓦克朝著柯茲的背影憤恨不平地說。「她是個白癡！」聲音忍不住更提高了些，甚至氣得有點發抖。「她是荷蘭人，名叫拉森，她說好像是在法蘭克福的一個公社裡被小鴨子釣上的，可是由於她跟太多的男孩睡過，她根本記不清了。小鴨子帶她出去玩過幾趟，還教她胡亂開了幾槍，什麼也沒打中，後來還把她借給他老哥玩了幾次，讓他老哥娛樂娛樂。這一部分她倒是記得滿清楚的。卡里就算過性生活也不會忘了玩捉迷藏，從來不在同一地點睡兩次。她覺得很過癮。這中間，她曾替他們開過車，為他們送過幾顆炸彈，替他們偷過幾本護照。因為交情夠，因為她是個無政府主義者，因為她是個白癡！」

「一個洩慾工具。」柯茲沉吟道。他好像是對著窗面的倒影說話，而不是里托瓦克。

「她承認貝格斯堡那件爆炸案是她幹的，蘇黎世那件只承認了一半。如果時間夠的話，我們會逼出蘇黎世的爆炸案也與她有關。安特威普與她無關。」

「雷登旅館呢？」柯茲問。現在連他的聲音也收緊了，從貝克落坐處聽來，這兩個人的喉嚨就像是有相同的小毛病，繃緊了弦。

「她矢口否認，」里托瓦克說道。「以後就開始拚命說不不不了。她說那時候正跟父母到西爾特去度假。西爾特在哪裡？」

「德國北部海岸附近。」貝克說，可是里托瓦克卻瞪著他，好像察覺受到侮辱似的。

「她慢得要死，」里托瓦克再次對柯茲抱怨起來。「一直到中午才開始講話，下午過了一半就又縮回去，直說『不，我才沒講過，你們說謊。』我們把她講過的錄音帶放給她聽，可是她一口咬定是我們偽造的，開始朝我們吐口水。這個荷蘭女人不只頑固，還是個瘋子。」

「我瞭解。」柯茲說。

但是里托瓦克想要的不只是柯茲的理解。「我們要是傷害她，就會令她大為光火，也更加頑固。要是不傷害她，就是給了她反擊的力量，她就更冥頑不靈，甚至開始破口大罵我們。」

柯茲轉了半個身，沒看里托瓦克，如果他有在看哪個人，他看著的對象會是貝克。

「她接著討價還價。」里托瓦克繼續用刺耳的腔調抱怨著。「因為我們是猶太人，所以她才要談條件。『我告訴你們這麼多，你們會讓我活嗎？會吧？我告訴你們這麼多，你們會讓我走嗎？會吧？』」他突然轉頭瞪著貝克。「請問英雄式的做法又是如何？」他追問。「我該讓她著迷嗎？嗯？讓她來愛上我嗎？」

柯茲看著錶，還有錶以外更深層的東西。「不管她知道些什麼，那都也已經成為歷史了。」他說道。「重要的是我們要拿她怎麼辦。還有何時去辦。」但他的口氣就像已經胸有成竹。他問貝克：「那麼劇本該如何編呢，貝克？」

「很合。」貝克吐了兩個字，就讓兩個人等了一會兒。「羅西諾在維也納玩了她幾天，就把她往南方送，送她去開車。全是真的。然後她把車開到慕尼黑，遇上了小鴨子。這段是假的，不過也只有兩個人知道。」

里托瓦克迫不及待地追加後續情節。「他們就在奧托布朗鎮相遇好了。那是慕尼黑東南方的一個村莊。從那裡，他們又雙雙奔往某處，然後找了個地方親熱。誰在乎是哪裡？並不需要每件細節都必須重建。也許就在車子裡瞎搞。反正她自己說她也喜歡這樣。或許他們在某個地方租了間套房，房東太害怕他們，甚至不敢走上前去。偶爾有接不上的縫也是很正常的。敵方也希望如此。」

「那今晚呢？」柯茲一邊問一邊朝著窗口瞄。「現在呢？」

里托瓦克很討厭被逼問得這麼緊。「現在他們正在開車進城，要去親熱啊。另外還得分工合作，把剩下的炸藥藏妥。誰會曉得是怎麼回事？幹麼我們要解釋得這麼清楚？」

「那麼目前她又在什麼地方？」柯茲問，一面推敲細節，一邊繼續思索。「我是指『事實上』她人在哪兒？」

「在小巴士裡。」里托瓦克回答。

「而那部小巴士又在哪裡？」

「在那輛朋馳轎車旁邊。就停在公路旁的臨時休息區上。你下令，我們就把她帶走。」

「小鴨子呢？」

「也在小巴士裡。這是他們最後的纏綿夜。我們把兩個人都麻醉過，當初我們同意這樣處理。」

柯茲暫時沒搭腔，又把望遠鏡拿起來想湊到眼前，但才舉起一半就又放回桌上。接著他合起雙手，對著它們皺眉。

「告訴我個不同的辦法。」他這麼指示，把頭撇向貝克。「我們把她空運回家，讓她蹲在奈及夫沙漠，把她關起來。然後呢？然後她怎麼樣了？他們會問。在她失蹤的那一刻，他們就會設想最糟的狀況。他們也許會認為她已經叛變了，被艾里希逮住了，或者被我們這群猶太鬼釣上了。不管是何種情況，都表示他們的行動網有了危險。然後他們就會毫不考慮地說：『解散行動小組，把每個人都趕回去。』」講到這裡，他就點出了結論：「所以，我們必須讓他們抓到證據，讓他認為小鴨子和這個女孩，乃是被上帝奪去了生命，而不是別人。必須讓他們知道，她跟小鴨子都死了才行。你不同意我的辦法嗎，貝克？還是說，由你的表情看來，我以為你有更好的點子？」

柯茲只是靜待回答，但里托瓦克卻直勾勾地盯著貝克，依舊充滿敵意。或許里托瓦克懷疑的是，在需要貝克來共同分擔罪責的時候，他竟然還想保持清白。

「沒有。」貝克過了一世紀才吐了一句。但柯茲注意到，他臉上有種竭力保持忠誠的堅忍表情。

接著里托瓦克突然展開攻勢，他的聲音聽起來這麼激烈暴躁，每個字都像是從他的座位蹦出去的。

「沒有？」他學道。「什麼沒有？沒有行動嗎？什麼叫做沒有？」

「沒有就是指我們別無選擇。」貝克慢條斯理地回答。「饒了荷蘭女孩的話，他們就永不可能接受查莉。讓她活著，拉森小姐就跟小鴨子一樣危險。假如我們想把戲唱下去，就得狠下心幹這件事。」

「假如我們想。」里托瓦克輕蔑地複述一遍。

柯茲又拉回正題，問起另一件事。

「她沒吐出任何有用的名字嗎？」他問里托瓦克，好像希望答案是肯定的。「沒有什麼可以透過她追查的姓名嗎？還是說，她不敢講？」

里托瓦克只好聳了聳肩。「她只知道一個叫做艾達的大塊頭女人，來自德國北部。她只見過她一次。除了這個女人，她還在電話上聽過一名巴黎女孩的聲音。再來就是卡里的聲音，而卡里卻沒丟過名片給她。她是個白癡！」他又說了一遍。「嗑藥嗑得太兇，光是盯著她都會讓你覺得跟她一樣麻木。」

「這麼說，她是條死巷子了。」柯茲說。

里托瓦克已經套上了他的雨衣，在扣釦子。「她本來就是死巷一條。」他冷笑了一下，卻沒直接朝門口走。他在等柯茲下令。

柯茲問出最後一個問題。「她多大？」

「下個禮拜滿二十一。這也算是個饒命的理由嗎？」

柯茲刻意慢慢站起來，很正經地面對房間另一頭的里托瓦克。這個小房間亂糟糟的，裡面塞著狩獵小屋風格的木雕家具，還附有鍛鐵做的配件。

「里托瓦克，私下問問每個孩子，」他命令道。「問問他們贊不贊成這麼做？不必提出解釋，用無記名方式問問他們，殺還是不殺？」

「我問過他們了。」里托瓦克說。

「再問一遍。」柯茲抬起左腕看了看錶。「一個鐘頭後，用電話告訴我。不必提早。報告我之前，不准先動手。」

這句話也就是說，一個鐘頭之後，才是公路上交通流量最稀疏的時刻；那時候，我才會下達決定。里托瓦克跨出去。貝克坐著沒動。

柯茲先打了長途電話給他以色列的太太艾莉，而且讓對方付費，因為他對報公帳這種事情相當一板一眼。

「拜託別走，貝克，坐著。」他在貝克起身告退時輕輕地制住對方，因為柯茲相當自豪於生活上事事光明坦蕩，所以貝克聽了十分鐘「重要」的瑣事流水帳，比方說艾莉跟她的讀經班成員處得如何、或者她怎麼解決她的購物問題，就在她把車子駛離路面的同時。他不必問柯茲為什麼要挑這個節骨眼討論這些無聊事。在他主持任務時期，他也會做類似的事情。柯茲希望在殺戮之前先聯絡一番，聽聽以色列的聲音。

「艾莉很好。」掛電話後，柯茲熱切地向貝克再肯定了一遍。「她也愛你，還說『貝克趕快回家吧』。她前幾天遇到法蘭奇，法蘭奇也很好，雖然因為你而有點寂寞，不過人沒事。」

柯茲的第二通電話是打給艾里希的。若非因為他熟識柯茲，貝克剛開始可能會以為這是好朋友之間的親切交談。柯茲仔細聽著對方的家中喜事，問起快要誕生的小寶貝怎麼樣？喔，母子均安啊。不過等寒暄一完，柯茲就打起精神，實實在在直指核心，因為在前幾次與艾里希博士的交談中，他感覺到博士的熱切程度顯著出現了鬆懈。

「保羅，我們最近談過的某件事，顯然馬上就要發生了，這件事你我都無法阻止，所以請你拿張紙跟筆記下來吧！」他的口氣輕鬆愉快。然後語氣一變，用德語交代對方，速度飛快：「在你接到官方通知之後廿四小時，就把盤問範圍鎖定在法蘭克福和慕尼黑兩地的學生住區。讓大家都聽說這次意外事件的主要嫌犯，是一群與巴黎某共黨支部有關的左翼行動派分子。記下了嗎？」他停下來讓艾里希有時間筆記。

「第二天中午過後，你就到慕尼黑郵政總局，去拿一封待領郵件，是用你自己的名字寄給你的。」在對方明確表示瞭解以後，柯茲繼續說下去。「裡面會有你抓到第一個罪犯的身分資料，一個荷蘭女孩的背景資料，都是跟過去幾件爆炸案有關的玩意兒。」

柯茲用適合聽寫的速度，下達斬釘截鐵的命令：到第十四天屆滿之前，不得對慕尼黑市中心展開搜索。在初審時交給艾里希的所有鑑識結果，未經柯茲同意，不得對外發布。與其他類似事件的公開比較，都得經過柯茲同意。聽見他的內應大肆抗議，柯茲把電話筒稍微移開耳朵一點，讓貝克也能聽到。

「可是，聽我說！老朋友！我非得問清楚一件事！真的——」

「問啊。」

「現在我們眼前的是什麼？要讓一件意外發生，無論如何跟去野餐不一樣啊，馬帝。我們是個文明的民主國家，你懂我意思嗎？」

就算懂，柯茲還是裝聾作啞。

「聽清楚。老兄，我得有些要求。馬帝，我有要求，我得堅持，不能造成任何損害，不可以出人命！這是我的條件。我們是朋友，你懂嗎？」

柯茲當然懂，他簡潔的回答證實了這一點。「放心吧，保羅。絕對不會損壞任何德國財產的。最多只會有一點擦傷。毫無損害。」

「人命呢？老天爺，馬帝，我們這兒可不是原始部落啊！」艾里希叫道。他心中又警鈴大作了。

柯茲語調變得相當莊重冷靜。「我們不會讓任何無辜者流一滴血的，保羅。我向你保證。任何德國人都不會擦破一塊皮。」

「我可以相信你嗎？」

「你得相信我。」柯茲說完就把電話掛斷，連自己的號碼都沒告訴對方。

如果在平常，柯茲不可能這麼隨性地使用電話，不過現在反正是艾里希要負責監聽他們，他覺得應該冒這個險。

十分鐘後，里托瓦克打電話來了。幹吧，柯茲說；綠燈亮了，幹吧。

他們就開始等，柯茲坐在窗口，貝克則坐回椅子，從柯茲背後望向不平靜的夜空。柯茲握住窗子中間的閂子，把兩扇玻璃窗盡量朝外推開，讓高速公路上的汽車奔馳聲傳進來。

「幹麼要去冒不必要的險？」他自言自語，就像正好抓到自己粗心疏忽了什麼。

貝克開始計算那些戰士的工作速度。得花多少時間安排那兩個人就位。得花多少時間做最後確定。得花多少時間清場。得花多少時間才能確定等到一個空檔，公路兩邊雙向都沒有來車。得花多少時間去想人命的價值，就算是對那些完全不顧他人性命者亦然。還得考慮那些無辜的人。

又跟往常一樣，任何人都會說，這是他一輩子以來所聽過的最大巨響。比貝格斯堡那次爆炸還要響，比廣島那次爆炸還要可怕，比所有他曾參與過的一切戰爭中的炮聲還要響。貝克坐在椅子裡，從柯茲的剪影之後望出去；他看見地面冒起一團橘紅色的大火球，然後上升、消失、融進即將消逝夜色和剛出現的朝霞之中。再來，就是一股帶著汽油味的黑煙，隨著膨脹的空氣向四周擴散開來。他望見一大堆殘渣射向半空，一陣黑色碎片往後噴灑出去——一只輪子、柏油塊、人肉？誰曉得？他看到窗簾往屋內倒掠、拂過柯茲露出的手臂，送進來一股熱風。他聽到許多硬物彼此被震得格格作聲，就像一陣蟲鳴，而早在這一陣亂響停止之前，就聽得到第一陣驚叫、狗叫聲、眾人穿著拖鞋在小屋連結通道上驚慌失措的腳步聲，而且大家彼此說著一些沒有意義的傻話，像電影裡船要沉了的場景：「媽媽！媽——妳在哪裡？我的珠寶不見了！」他聽見一個歇斯底里的女人堅持是俄國人打過來了，還有另一個同樣害怕的聲音在對她保證，根本只是一輛油罐車爆炸了。有人說這是軍事行動：夜間偷襲真是太無恥！床邊有個收音機。柯茲還站在窗前的時候，貝克打開它，轉到一個專供夜貓子收聽的地方性談話節目，等著聽有沒有插播新聞。有輛警車亮著車頂的藍色警示燈，在公路上鳴著警笛飛馳而過。接著平靜了一陣，然後才冒出來一輛消防車，後面跟著救護車。收音機裡音樂停止，開始插播最新消息。慕尼黑市西側發生原因不明的爆炸，目前情況不明。現該條高速公路兩側均暫時封閉，所有車輛請即改道行駛。

貝克關掉收音機，把燈撳亮。柯茲關上窗戶，拉好窗簾，然後坐到床上，連鞋帶都沒鬆開就把鞋子踢掉了。

「呃——我前兩天跟我們波昂大使館的人提過了，貝克，」柯茲說話時，一副好像突然才想到的樣子。「我請他們打聽一下跟你在柏林合作的那幾個波蘭人。查一下他們的財務狀況。」

貝克一語不發。

「傳回的消息聽來不妙。看起來我們得給你更多錢，或者給你更多別的波蘭人。」

貝克還是沒作聲，柯茲慢慢抬起頭，望向站在門口瞪著他的貝克，這個高個兒顯然正在冒火，姿態擺得很明。

「你有話要說嗎，貝克先生？想慷慨陳詞一番，好讓自己心安嗎？」

貝克顯然沒這種打算。他把門輕輕在身後關上，無聲無息地走了。

柯茲還有最後一通電話要打；打給加隆，直接打到他家裡去。他伸出手，猶豫了一下，又縮了回來。讓那隻小烏鴉乾等一下，在火又冒上來的時候他這麼想。當然，最後他還是打了。開始時相當客氣，每件事都在控制中，表現合情合理。這就是他們開始交談的一貫方式。用的是英語，而且以每個星期指定的化名稱呼對方。「拿杉兄，我是哈利啊。嗨！夫人還好嗎？真的啊？也替我問候她。拿杉，咱們有兩條小羊剛才著了涼，重感冒。這件事給那些不懷好意的人曉得了，一定會很高興的。」

聽著加隆在另一端粗礪、含糊的回答，令他開始感到渾身顫抖，不過他還是努力勒緊他的聲音。「拿杉兄，我想你的時機來了。你理應替我再擋一擋那些壓力，讓這件事有機會成熟。諾言已經許下，我也信守了，現在就只需要一點信任，還有耐心。」在他認識的所有男人女人之中，就只有加隆會激得他講出事後會後悔的話來。他繼續控制自己。「沒有人會期待吃完早餐以前就贏得一局棋，拿杉。我需要喘口氣，你聽到了嗎？喘口氣，給我點自由，給我一點空間。」他的怒氣開始冒出來了。「把那些瘋子捆起來，行嗎？出門去市場幫我採購點補給，改變一下！」

電話斷了。是因為爆炸，還是因為加隆，柯茲永遠不會知道，因為他沒試著再打回去。

II 收網

16

在倫敦由夏末溜入初秋的那三個星期裡，查莉處於半脫離現實的狀態，在難以置信與滿心不耐煩之間擺盪，一會兒興奮，一會兒又恐懼得心跳氣喘。

遲早他們會來找妳的，他不停地這麼說。他們一定會來。而且他始終在加強她心理的準備。為什麼他們會來？她並不清楚箇中的奧妙，而他也並未告訴她，只用他若即若離的淡漠神態，拒她於千里之外。難道說，馬帝和那個瘦子麥克，會把麥寇變成他們的人？就像他們對查莉那樣？她有時會幻想，麥寇有一天會變得符合他們虛構出來的形象，然後出現在她眼前，順應她的期望。而約瑟也一直鼓勵她去迷戀那個假想中的愛人。麥寇，親愛的麥寇，唯一屬於我的麥寇啊；快來找我吧。愛約瑟，可是卻只夢到麥寇。起初，她幾乎不敢看鏡子，她確信自己的臉會洩漏內心的祕密。她的臉因為隱藏著可恥的訊息而繃緊；她的聲音與行動都有著深藏不露的造作，把她和世界上其他人類都隔開來：我是個全天候演出的單人秀，我在一邊，全世界在另一邊。

然後慢慢的，隨著時日的推演，她原先害怕暴露自己心頭祕密的恐懼，逐漸被她對四周無知之人的鄙視所取代；他們竟然看不出每天在眼前發生的事。她想著，他們在我過去的世界裡。他們就是我，穿過鏡子、走進顛倒世界以前的我。

回到約瑟這個人，她用的是當初駕車穿過南斯拉夫時精進的那套辦法。他是她的好友，每次行動或做決定時必定求教於他；他是她的愛人，她說笑話逗他開心、為他梳妝打扮；她讓他成為她的船錨、她最好的朋友，她生命中一切美好事物的集合。他是在各種意想不到之處迸出來的小精靈，總能神奇地未卜先知她的行蹤——他一會兒在巴士站，一會兒在圖書館，然後出現在自助洗衣店，霓虹燈下的他坐在一群邋遢的主婦之間，看著他的衣服在機器裡旋轉。但她卻永不承認他的存在。他乃是完全在她生命之外的一個人，遙不可及，而且難以捉摸——除非涉及他們的祕密任務（這讓她繼續撐下去），或者把他當作麥寇的化身。

為了要排演那齣《皆大歡喜》，劇團在維多利亞車站附近租下了一棟本土防衛義勇軍的舊操練場排演，她每天早上到那裡去，到了每天傍晚都得將頭髮上那股發酵的啤酒味洗掉。

老經紀人奎利請她到比安齊去吃了一頓午飯，發現他變得有點古怪；他似乎想警告她些什麼，可是等她主動問起，他卻又三緘其口，只是扯些什麼政治傾向是人民自己的事，他會穿上綠夾克為之奮戰。他喝得酩酊大醉。她幫著他簽完帳單後，沒入街上的人群，又開始覺得自己魂不守舍起來，跟滿街的人完全不同調。我已經跟生命割離了。我永遠也回不去了。就在她這麼想的時候，裝成行人走過她身邊的約瑟碰了一下她的手肘，再迅速地消失在商店裡。他們讓她永遠保持警覺；如果她敢對自己老實承認的話，他們也讓她一直處於欲求不滿的狀態：一天沒見到他的面，她就渾身不自在，而只要他輕輕對她瞥上一眼，她的心跳就會加速，身體戰慄著，就像個十六歲的小女孩。

她閱讀週日版的報紙，細讀關於薩克維爾—威斯特[24]（還是西特維爾？）的驚人新發現，對於英國上流階級對外界毫不關心的封閉心態感到驚異。看著她遺忘久矣的倫敦，她發現處處都更堅定她當個走暴力路線的激進派的決心。她所知道的社會已成了一棵死植物，而她的工作就是要拔掉它，重新栽植一批更好的。她所見的一切都肯定她的看法：超級市場的霓虹燈下，那些無可救藥的顧客拖著腳步走過，就像一群上了鐐銬的奴隸；還有那些絕望的老人、眼神兇惡的警察；閒蕩的黑人小孩看著勞斯萊斯呼嘯而過，門面光鮮的銀行裡充滿一股虔誠拜金的氣氛，經理們如同嚴守紀律的軍官。建屋互助會[25]引誘那些容易上當的人一腳踏入房地產陷阱；酒店、彩券行、路邊的嘔吐物……查莉毫不費力地看出來，整個倫敦就是個塞滿東西的垃圾箱，裝著已然放棄的希望和受挫的靈魂。還真的得感謝麥寇，讓她領悟了這些，使她能把資本主義者在第三世界的剝削，與眼前這個都市之間建立起一條精神橋梁。

活得如此光輝燦爛，生命甚至將象徵人類漂泊命運的沉重意象送到她眼前來。她在星期天清早沿著攝政運河散步——現實生活中，難得排定在此跟約瑟碰個頭——此時她聽到一陣低沉的弦樂聲，撥彈著一曲黑人靈歌。運河打開時，她看見廢棄倉庫旁的碼頭中央，有個像是從《湯姆叔叔的小屋》裡走出的老黑人，他坐在一艘繫在岸邊的小木筏上，對著一群入迷的孩子演奏大提琴。這一幕彷彿出自費里尼的電影；或許有點做作；或許是海市蜃樓。或許這是從她潛意識中冒出的幻象？

不管這是什麼，有好幾天這一幕成為她個人的暗語，用來指涉她周遭所見的一切；這太私密了，甚至無法讓約瑟知道，她生怕他會嘲笑她——或者更糟糕的，還會逼她解釋出個道理來。

她跟艾爾又上過幾次床，因為她不想跟他翻臉，她對約瑟的飢渴無處排解，身體上需要艾爾；更何況，麥寇也迫使她得這麼做。除了她堅持不讓艾爾去她的公寓過夜，因為她已經打聽到他又流離失所了，如果讓他進門，搞不好他會重施故技賴著不走，直到她又把他的衣服和刮鬍刀往街上扔。再說，目前她的公寓已經擁有新的祕密，這是絕不能與他共享的；她的床屬於麥寇，他的槍就擱在她枕邊，不管是艾爾還是別的什麼人都無法迫使她褻瀆那些聖物。她小心翼翼地對待艾爾，因為約瑟警告過，他的電影合約已經化為烏有，她很清楚他的自尊受傷時會有多暴烈。

他們第一次激情的重聚是在他常去的酒吧，她在那裡看到這個大哲學家夾在一群女性學徒之間。她走過去跟他會面時，她想著：他會聞到麥寇的味道，麥寇的氣息就在我的衣服、我的皮膚、我的微笑裡。但是艾爾太急於證明，他能夠嗅出事情的任何與眾不同之處。他用腳為她拉開一張椅子，她坐下時想著：神啊，幫幫我吧。不到一個月以前，這個小怪物還是我的首席顧問，告訴我世界到底怎麼運作的。酒吧關門之後，他們到某個朋友的公寓裡，硬要來一間空房，她駭然發現，自己竟然幻想著深入她體內的人是麥寇；麥寇的臉俯視著她，麥寇橄欖色的身軀壓在她身上，四周半明半暗——這是麥寇，她的少年殺手，他把她逼向臨界點。然而在麥寇的影像之外，還有另一個影子：約瑟，終將屬於她的約瑟；他深鎖著的熾熱慾望，最後終於脫韁而出，他疤痕遍布的身體與心靈，都會是她的。

㉔ Sackville-West，或許是指英國女作家 Vita Sackville-West，吳爾芙的同性戀人。

㉕ Building society，是一種類似銀行的金融機構，很類似台灣的信用合作社，原本的主要業務是提供購屋貸款，但現在大部分與一般銀行功能差不多，只是銀行是由股東擁有，建屋互助會的所有權則屬於所有在會中存款、借款的會員。

除了週日版報紙以外，她也零星地看其他資本家辦的報紙，和聽聽商業取向無線電臺的新聞，可是卻沒有聽說一名紅髮英國女郎攜帶大批高級俄製黏土炸藥闖關、進入奧地利的消息。一個字也沒有。那是另外兩個女孩幹的，這是我的幻想之一。大半時候，在其他方面，她對更廣大的世界現狀已經不感興趣了。她讀到巴勒斯坦人在德國亞琛放炸彈，也看到以色列採取報復行動，炮轟黎巴嫩幾個難民營，炸死了許多無辜的百姓；她讀到以色列舉國上下群情激憤，有位以色列將軍受訪時承諾要「連根剷除」巴勒斯坦問題，才讓民怨稍稍降溫。但自從她上過陰謀論速成班以後，她對於各種事件的官方說詞毫無信心，而且再也不會恢復了。唯一令她真心感興趣的新聞，是倫敦動物園中的那隻母貓熊拒絕交配，但女性主義分子堅持這是公貓熊的錯。當然，動物園也是約瑟出沒的地方。他們在一張長椅那兒相會，兩個人像愛人那樣捏了捏手，就分道揚鑣了。

快了，他總是這麼說。快了。

鎮日飄盪，隨時都在對著看不見的觀眾演戲，謹言慎行就怕閃神穿幫，這種情況下查莉發現自己極端仰賴各種例行公事。週末她通常會到她在派克漢成立的兒童劇團去，在大到可以演出布萊希特劇本的巨大拱廳裡，重新讓劇團恢復活動；她很享受其中的樂趣。他們打算替孩子們排一齣搖滾樂聖誕兒童劇，會是帶有無政府色彩的作品。

每個星期五，她則會跑到艾爾出沒的酒吧去買醉，而每星期三，她則會拎兩瓶甜黑啤酒，送去給住在街角的杜勃爾小姐，從歌舞生涯中退休的刻薄老女人。她有關節炎、駝背、寄生蟲病，還有其他好幾種重症在身，詛咒自己病體的那股熱誠，過去可是保留給吝嗇戀人的。查莉對她的回應則是各種匪夷所思的虛構故事，主題是演藝圈的各種醜聞；她們一起爆出的笑聲如此刺耳，隔壁鄰居不得不把電視音量轉大，好淹沒那一陣喧囂。

她也在電話上跟露西聊天，覺得一定得見個面，不過不特別敲定時間。她也找到人在倫敦巴特西區的羅勃，至於米柯諾島上結交的其他朋友，他們都像十年前在學校裡結交的同學，已經沒有什麼生活看法可以分享了。她和威利、波利起吃了一頓咖哩，不過他們正在考慮要不要分手；這終究是個死胡同。她也去找過幾個以前要好的朋友，但沒有什麼收穫，此後她就變得像個老小姐一樣。天氣太乾的時候，她就替街上的小樹澆水，同時抓一些粟米放在窗臺前的鐵盤上，等麻雀來啄；因為這也是給他的信號，就像她車上貼了個「全世界解除武裝」的大貼紙，她的大皮包上還縫了個大大的銅製「C」字。他說那是她的安全信號，而且和她一起反覆演練過這些信號的用途。少了其中任何一樣，就表示求救信號。在她的手提包裡還有一條全新的白色絲質頭巾，意思不是投降，而是在他們真正出現時表示「他們來了」。她隨身帶著她的口袋日記本，從偽造高手手中拿來的那本；她修補好一幅度假前買下的刺繡畫，畫中是在維特墳前憔悴而死的夏綠蒂。我又變得傳統起來了。她寫下無數信件，給她失蹤的愛人，但漸漸地不再把信寄出。

麥寇，親愛的麥寇啊，你就發發慈悲，快回到我身邊吧。

不過她還是刻意避開那些占住空屋的公社，還有伊斯林頓區的左翼書店，她以前習慣在那些地方喝杯爛咖啡，休息一下；她也確實堅決不加入聖潘克拉斯區的憤怒青年，他們偶爾會發行一些小冊子，裡面都是藥嗑太多的胡言亂語，她以前會幫忙發送，因為沒別人肯這麼做。她把被艾爾借去撞爛的飛雅特從修車廠拿回來，然後在她生日那一天，第一次開車出門回老家看她母親，把那塊在米柯諾買的手鉤桌布送給她。她照例害怕著返家探親：週日午餐的陷阱，會有三樣蔬菜與水果餡餅，然後是她母親鉅細靡遺地報告，從上次她們見面以後這個世界又怎麼樣虐待她了。但這次讓她大吃一驚，她竟然跟母親相處愉快。她就在老家過夜，第二天早晨裹了塊暗色頭巾──絕不用白色的──載著媽媽上教堂，小心地不去回想她上次是在什麼狀況下戴上頭巾。跪在聖壇前，她察覺到一股還意外地殘存著的虔敬之情，竟然讓她激動起來，她的幾種身分此刻都熱烈地願意服侍上帝。聽著風琴奏樂，她開始啜泣，這讓她感到詫異，先前她竟然這麼努力控制自己。

這一切是因為我不敢回去面對我的公寓吧，她想。

她之所以不安，就是因為她那棟公寓詭異地變了樣，專門為了配合她細心融入的新性格；公寓中景象改變的幅度，只足夠察覺變化漸漸發生。趁她出門度假之際，她的公寓被重新布置了一遍，對於她的新生活來說，這種變化最為擾人。以前，她一直把公寓視同最安全的避難所，就像是建築版的老奎利。她是從一個退休演員手上繼承這地方的；那個演員被抓到偷東西以後就退出這一行，跟他的男友一起搬到西班牙去。這間公寓坐落在康登（Camden）的北側邊緣，旁邊是一家印度臥亞人開的司機餐廳，從凌晨兩點就開始準備，到七點前都有賣印度咖哩餃和油炸早餐。如果你想走到她家樓梯間，就得從盥洗室和廚房之間擠過去、再穿越院子，這時眾目睽睽，除了店老闆、廚師、廚師那厚臉皮的男友，還有剛好在廁所的任何人都會看到你。而當你走到樓梯底，還要穿過第二道前門才能進入聖域；這裡是一個閣樓房間，裡面有一張全世界最棒的床，還有浴室與廚房，有獨立隔間而且租金不會調漲。

現在突然之間，她變得毫無安全感了。他們把這股安全感給偷走了。她只覺得自己好像曾把公寓租給一個人，而這個人報答她的方式，就是讓整個房間都變得不對勁。但他們是怎麼不受注意地進出的？她也到餐廳去問過，而他們什麼也不曉得。像是她書桌的抽屜就被動過，緊靠裡面的地方，塞著麥寇寫給她的信件正本，她在慕尼黑看過副本；澡盆旁的裂縫裡竟然放了給她的工作津貼三百英鎊，本來那裡是她藏大麻菸的地方。她後來把錢移到地板下，又移回澡盆邊，最後還是放到地板下面。還有些愛情紀念品，從諾丁罕初會後累積下來的零星寶貝：汽車旅館裡的紙夾狀火柴；她頭幾次寫信去巴黎時用的便宜原子筆；夾在烹飪書裡壓平的第一朵乾燥蘭花花瓣；他買給她的第一件洋裝——那是在約克郡，他們一起去逛那家店；他在倫敦送她的難看耳環，若非為了取悅他，她絕不願意戴上。她多多少少預期過會發生這種事，約瑟早就警告過她了。然而令她困擾的是，在她開始在這些細膩的安排下起居作息之後，這些刻意的安排愈來愈像是她自己做的。書架上插了好幾本有關巴勒斯坦的書籍，都翻得舊了，扉頁上還有麥寇小心翼翼的致贈簽名；牆上掛了一張漫畫，畫中那個以色列總理，像隻青蛙似的壓在巴勒斯坦難民的剪影上；旁邊還釘了一張地圖，顯示一九六七年以來以色列併吞掉的中東各國領土，她親手在蒂爾（Tyre）和西頓（Sidon）兩地各畫上一個大問號，這是因為她讀到本·古里安㉖要求這兩地的主權；還

㉖ David Ben-Gurion，以色列政治家，原為波蘭裔猶太人，後來成為以色列第一任總理。

有一大疊印得很差的反以色列宣傳的英語雜誌。

那都是我買的，她慢慢巡視這些收藏品時這麼想。我一上鉤之後，就出門去買了這所有的家當。可是我根本沒幹過這些事。是他們幹的。

然而說不是也沒有用，反正隨著時間過去，她也愈來愈分不清了。

麥寇，天啊，難道他們已經逮住你了？

她一返回倫敦就按照指示去郵局，出示她的證件領回一封掛號信，那封信是從伊斯坦堡寄來的，發信時間顯然是她離開倫敦到希臘米柯諾島去的時候。親愛的，雅典之會不遠了。我愛妳。然後下面簽一個大M。這個草草寫就的信讓她可以繼續表演。然而看到這封生氣蓬勃的信也讓她深感困擾，許多埋藏在內心深處的印象，又跳了出來糾纏她。麥寇那雙穿了名牌皮鞋的腳，無力地被拖下樓。他的獄卒架著他無精打采的美麗軀體。他那張臉就像幼小的鹿，太過年輕而不該置身戰場。他的聲音太過豐富，太過無邪。那塊金牌輕拍著他裸露的棕色胸膛。約瑟，我愛你。

拿到那封信以後，她幾乎每天都跑去郵局，甚至有時一天去個兩次，變成了郵局的常客，只是她每次都空手而回，臉色愈來愈難看；這是一套經過精心設計的表演，她很小心地執行，而約瑟做為她私底下的演技顧問，也曾不只一次到郵局藉著買郵票在一旁觀察。

在這段時間裡，為了想從對方那兒獲得一點生趣，她親自寫了三封信給麥寇，寄到巴黎代轉給他，求他寄信給她，告訴他有多麼愛他，原諒他這段日子以來的緘默。這是第一批真正由她本人構思、下筆寫出的信。她把信寄出之後，很神祕地竟然感到心裡一鬆；這些信讓先前的信件和她捏造出來的感受，都有了一種真實感。她每寫完一封信，就會照著指示，跑到不同的郵筒去寄，她想也許有其他人在暗中盯梢，但她已經學會別東張西望、別亂想。有一次，她發現瑞秋站在某個叫做溫皮的酒吧窗口，看起來很邋遢，而且像個英國人；另一次又看見洛爾和迪米區騎著輛摩托車從她身邊掠過。三封信的最後一封，她是到原先那家郵局以快遞寄出，之前她天天來等不會來的掛號信。她付清郵資之前，在信封背面又草寫了一段話：「親愛的，求求你、求求你寫信來吧！」那時約瑟正非常有耐性地站在她身後排隊。

慢慢的，她開始把這幾週的生活想成有兩種版本——大寫版本和小寫版本。大寫版世界是她住的世界。而小寫版本，則是大世界沒在監視時，她悄悄來去的世界。即使跟那些有婦之夫玩的外遇遊戲，也沒有像她現在的愛情如此神祕。

諾丁罕的那趟旅行，是在她回倫敦後的第五天去的。約瑟那次格外謹慎。他在週末晚上開一輛路寶車等在一個偏僻地鐵站外頭，第二天下午再開車送她回去。他替她買了一頂金色假髮——很漂亮，又替她裝了一箱的換洗衣服，甚至還包括一件貂皮大衣。他安排了一頓遲來的晚餐，跟原來該有的一樣糟糕；還在吃的時候，查莉吐露她心中荒謬的顧慮：雖然戴了假髮、身穿華麗的晚裝，她還是怕被侍者認出來，問她說她原來那個戀人上哪兒去了。

然後他們回到他們住的套房，為了情節需要，他們把那兩張單人床併成一張禁慾的雙人床，鋪上墊子。有那麼一會兒，她倒真有點以為要發生了。從浴室沐浴完出來，她看見約瑟直挺挺地躺在床上望著她，她也躺在他旁邊，把頭擱在他胸口，過了一會兒又抬起臉，湊上去，開始吻他，輕而緩地挑選幾個她最喜歡的地方，順著他的太陽穴、臉頰，最後落到他唇上。他用手把她拉遠些，然後把自己湊向她的臉，回吻她，一直用手貼著她的臉頰，眼睛始終是睜開的。然後他才輕輕地把她推開，坐了起來。又親了她一次：再見。

「聽著。」他邊套大衣邊對她說話。

他笑了——那種又美又溫柔的微笑，最令她著迷。她聽著，聽著諾丁罕的雨打在窗上，一陣又一陣地刮掃著玻璃窗——當初正是這樣一陣大雨，在諾丁罕讓她和麥寇留在床上消磨了兩夜一天。

第二天一早，他們回溯當初她與麥寇的遠足路線，那時他們沿著鄉間小徑往下走，一直走到兩人都情不自禁，又匆匆趕回汽車旅館做愛；現在所做的一切都是要製造視覺上的記憶，而且親眼見過會更有自信，約瑟很誠懇地向她保證。在這些課程之外，他也教她別的事情做調劑。無聲暗號，他是這麼稱呼它們的；還有怎麼樣在香菸盒內寫下祕密情報的方法，她對後面這件事不太感興趣。

也有好幾次，他們跑到史莊街的舞臺服裝店裡見面，多半是在查莉排演完之後。

「妳是來試穿的嗎，親愛的？」每次她一進門，那位六十開外、衣袍飄飄的大塊頭女人就問她同樣的話。「從這兒走，親愛的。」然後她就會帶她走進後面那間臥房，約瑟每次都像個在等妓女來招呼的恩客，坐在那裡等她。你的秋天終於來臨了，她總是注意他鬢上銀白的髮絲，還有瘦削臉頰上的粉紅色凍傷痕跡。秋天總會來的。

她最擔憂的，還是在於不知道如何找他。「你到底住在哪裡？我平常要怎麼跟你聯絡？」

找凱西，他總是這麼說。反正妳知道表示安全的暗號是什麼，而且妳還有個凱西作中間人。

凱西就是她的生命線，就是約瑟的接待小姐，使他更神祕的擋駕者。每天傍晚六點到八點之間，查莉就會到不同的電話亭，撥一個倫敦西區的電話號碼，向凱西報告一天的細節：排演如何，艾爾和其他人的新聞，老奎利的狀況，還有他如何安排她未來的角色，有沒有機會去試鏡拍電影？有任何需要幫忙的地方嗎？——通常一打就是半個鐘頭以上。起初查莉有點怨恨凱西阻礙了她和約瑟的關係，可是後來卻變得很盼望跟凱西通話，因為她從凱西的交談中，發覺對方有種屬於資深前輩的機巧，還有相當實際的智慧。查莉想像凱西是一個心地溫暖，然而保持超然立場的女性，可能是加拿大人，就像過去她去塔維史塔克診所看診時，那些處變不驚的女心理醫師——當時她被學校開除，還以為自己就要發瘋了。這正是查莉聰明的地方：凱西．巴哈小姐雖然是美國人而非加拿大人，但她家中世世代代都是醫生。

柯茲在漢普斯德為監視者租下的房子很大，芬奇利區（Finchley）駕訓班都喜歡開在這個僻靜而閉塞的地區。屋主在他們的耶路撒冷好友馬帝通知之後，立刻悄悄地搬到馬洛區，但他們的房子仍然是知性而典雅的寧靜堡壘。起居室裡有幾幅諾爾德㉗的畫，溫室裡掛著湯瑪斯．曼㉘的簽名照片，有隻籠中鳥上了發條之後會婉轉地歌唱，圖書室裡有幾張帶著裂紋的皮面椅，琴房裡則有一臺貝克斯坦平臺鋼

㉗ Emil Nolde，德國表現主義油畫家。
㉘ Thomas Mann，德國作家。

琴。地下室有乒乓球桌，後面雜草叢生的花園裡有個狀況不佳的灰色網球場；來工作的年輕人為這個場地發明了一種新遊戲：「網球高爾夫」，用以適應場地上的各種障礙。前面有個門房小屋，他們在那裡掛了個招牌：「希伯來與人文主義研究群，限學生與教職員進入」，這種告示在漢普斯德地區是司空見慣了的。

連里托瓦克在內，總共有十四人之多。然而四層樓一分，再加上各個都是獨來獨往慣了的人，根本難以分辨到底有沒有人住在裡面。他們的士氣從來不是問題，住進漢普斯德，士氣只會更加高昂。他們喜歡那些色澤暗沉的家具，還有那種古色古香的感覺；這些家具似乎比他們知道更多事情。這群人喜歡整天工作，通常還繼續到半夜，然後回到這個猶太式生活的安逸聖殿，感受這裡的傳統氣息。里托瓦克相當善於彈奏布拉姆斯，當他開始演奏時，連流行樂迷瑞秋都會摒除偏見，下樓聽他彈琴；雖然他們總不忘提醒她，她一開始極力抗拒回到英國的主意，而且有點誇大地主張不宜使用英國護照旅行。

就憑著這麼高昂的士氣，他們跟上了發條的鐘錶一樣，耐著性子等魚兒上鉤。就算沒人叮嚀，他們還是避免到人多口雜的酒館、餐廳去，盡量不跟當地的人搭訕；另一方面，他們也謹慎地記得寄些信給自己、出門買牛奶和報紙，還有一些生活瑣事，免得哪個包打聽不小心發現事有蹊蹺。他們常常騎腳踏車到處逛，發現有哪些猶太名人或怪人在此住過就很開心；不論是恩格斯的故居或馬克斯在高門公墓的墳地，每個人都去致敬過，雖然不免有點諷刺之感。他們的交通車棚是在海佛史托克山外，一座小巧漂亮的粉紅色車庫，有一輛銀色的老勞斯萊斯，車窗上貼著「非賣品」，管理者叫做伯尼。伯尼是個老是火氣很大的大個兒，有張黝黑的臉、一套藍色西裝、老抽到一半的菸和一頂藍色軟氈帽，跟史瓦利打私人文件時戴的那頂很像。他有貨車、轎車、摩托車和許多號碼車牌，在他們抵達那天，他掛出一個大招牌：「只接受定期合約，不經營電話叫車。」他對他的生意夥伴粗魯地說：「那些人全是些他媽的娘娘腔，自稱什麼電影公司。他們要租我這爛店裡所有的東西，付給我的錢都是他媽的一英鎊舊鈔——嘿，你他媽的怎麼能抗拒這個？」

某種程度上，這都是真的，都是他們跟他商量好的故事。但伯尼知道的遠超過這表面故事。在他輝煌的時候，伯尼多多少少也做過幾件事。

同時間，以色列駐倫敦大使館幾乎每天都有新聞傳來，就像遠方的戰況報告。羅西諾又去了趟小鴨子在慕尼黑的公寓；這次是跟那個金髮女郎艾達一道。然後某甲到巴黎拜訪某乙，或者約在貝魯特、大馬士革、馬賽等等地方。自從他們認出羅西諾以後，在許多不同的方向都有新的發展；每個星期里托瓦克都主持多達三次的簡報和自由討論會。有拍下某人照片的時候，他就會秀出幻燈片，加上簡短的演講，說明此人的已知化名、行為模式、個人癖好、工作習慣等等，並定期舉辦有獎徵答大賽，贏家可以得到半開玩笑的獎品。

雖然這不常發生，偉大的地下工作者貝克偶爾也會溜進來，和所有人保持距離，坐在後面聽最後幾句話，然後在會議結束前先閃人。他目前怎麼過日子別人都不清楚，也不期待能弄清楚：他乃是單獨行動的外勤特務，與他們不同調；他是貝克，遠在他們過周歲生日以前，他就出生入死太多太多次了；一個無人讚頌的英雄。他們滿心仰慕地稱他為赫塞筆下的「荒野之狼」，互相轉述一些生動但半真半假的貝克故事。

訊號在第十八天時來了。由日內瓦拍過來一段要他們全員戒備的密電，隨後又收到巴黎拍來的一封電報，證實了動員令。一小時不到，三分之二的人紛紛上路，冒著幽光霪雨直奔西方而去。

17

被命名為「異教徒」的劇團，巡迴公演的第一站是英國西南部大城愛瑟特市，那些觀眾根本是剛從教堂聚會裡走出來的：女的穿得就像還在服喪，而那些老神父們總是一副眼淚快流下來的樣子。下午沒戲時，演員就逛街和打哈欠；到晚上演過戲之後，他們就拿著酒和乳酪，去跟認真的藝術系學生打交道；因為巡迴公演的合約中，有這麼一項文化交流的活動。

由愛瑟特，他們又到普里茅茲的一個海軍基地演出，把那群年輕的海軍軍官給搞迷糊了，他們不知道該不該暫時把那些舞臺工作人員當成紳士看待，又得容忍他們帶來的一團亂。

然而愛瑟特和普里茅茲這兩個無聊城市，比起康瓦爾郡半島上那個濕答答的花崗岩礦小城鎮，簡直像有惡魔作祟那般的活力四射。康瓦爾終年霧氣重重，霪雨霏霏，所有的巷子又窄又潮，那些看得到的樹木，全被海風吹得彎腰駝背、死氣沉沉。劇團的男女角色，分別被安頓到十幾家寄宿處；查莉分到的那個賓館完全埋在繡球花叢中，如同用石板打造出來的孤島，正好靠近開往倫敦的火車鐵軌旁邊。火車經過時，躺在床上的查莉就覺得自己像是在海上漂流，遠處經過的船隻正向她投以冷漠的一瞥。他們演戲的地方，是一座體育館內臨時搭起的木板舞臺。站在嘰軋亂響的舞臺上，她可以聞到從泳池傳來的清潔劑味，還有更糟的，就是外面回力球彈到牆上的悶響也清晰可聞。觀眾都是些鄉下人，他們呆滯、嫉妒的眼神說明了內心的看法：如果他們願意自甘墮落的話，一定比你演得好。至於劇團好不容易弄到的化妝間嘛，本來是女更衣室。那束蘭花，就是直接送到那兒給她的——就在她上臺之前，正趕著化妝的最後十分鐘。

她先從洗手盆上的大穿衣鏡裡，看到用白紙包的那束蘭花從門口飄進來。然後看到那束花在半空中猶豫了一下，才不太有把握地向她湊上來。她理都沒理地繼續化妝，就好像這輩子根本沒見過蘭花一樣。這束花就像紙包起來的嬰兒一樣，躺在一個叫華兒的五十歲當地老處女手中。她滿頭黑髮，臉上掛著似有若無的微笑。老土的鄉下人。

「本人在此宣布妳是美麗的羅莎琳德。」華兒怯生生地說。

女更衣室裡馬上充斥著一股充滿敵意的死寂，所有女演員都覺得華兒的行為相當不敬。快要開演了，演員在演出前最緊張，也最沉默。

「我是羅莎琳德，」查莉淡然應了一句。「怎麼樣？」她開始畫眼線，稍微再把它加強些，以此顯示她根本不在乎答案。

華兒很有勇氣地照著該有的規矩做，把那束蘭花放進洗手臺，才腳跟一轉，溜了。查莉這才大模大樣地把花上的那個信封拿起來，讓想看的人都能一覽無遺。「獻給羅莎琳德小姐」。是歐洲人寫的英文字體，藍原子筆寫的，而非黑色墨水。信封裡面，放了張滑溜溜的名片兼卡片，名字不是印在上面，而是浮凸起來的斜體大寫字母，沒有上色、筆畫尖細。安東・梅斯特本，日內瓦。在名字地名的下面，還有兩個字。正義。然後什麼都沒有了，沒見到什麼「聖女貞德，我自由的精神」之類的話。

她開始用心思去畫她另一根眉毛，就好像全世界沒別的事比她那道眉毛更重要。

「他是誰，查莉？」在相鄰洗手臺邊，那個演鄉下牧羊女的女孩問她。她才剛從學校畢業，心智年齡大約十五歲。

查莉專心得皺起眉頭，繼續猛照鏡子，打量她的手工。

「這束花貴得可以買炸彈了吧，查莉？」牧羊女又說了一句。

「喔，是嗎？」查莉應了一聲。

是他！

是他用的句子！

可是為什麼他沒在這裡呢？為什麼那張卡片上的字不是他的筆跡呢？

不要信任別人，麥寇警告過她。尤其不要信任那些自稱認識我的人。

是陷阱。是那群豬玀搞的鬼。他們已經發現我開車把炸藥運過南斯拉夫的事了。他們想騙我去咬麥寇一口！

麥寇，麥寇，親愛的，我的生命——告訴我該怎麼辦！

她聽到有人在喊她的名字：「羅莎琳德？——查莉死到哪去啦？查莉，老天爺——快上場啦！」

在走廊上，一群脖子上圍著毛巾的泳者正面無表情地瞪著一位紅髮女郎，她穿著伊麗莎白風格的破爛戲服，從女更衣室裡走出來。

那場戲她演是演了。或許還表演得相當賣力，稍嫌誇張了些。在換幕的休息時間，內心猶如修士、人稱「麥克羅夫特弟兄」的導演，用很奇怪的眼光瞧著她，勸她最好稍微「收斂」一些，她乖順地答應了。事實上她根本沒聽見他在講什麼，因為她正忙著掃描那一排排的觀眾席，想從只有半滿的位子上找到那套紅上衣。

白忙一場。

可是她好像瞥到幾張其他臉孔——比方說瑞秋或迪米區——但她卻視而不見。他不在觀眾席上，她絕望地想道。這是個詭計。是警察在搞鬼。

回更衣室之後，她很快把裝換好，裹上白頭巾，一直拖延著不走，最後是被清場的門房硬趕出去的。在出口走道附近，她夾雜在那些回家的運動員裡面，就像個白頭幽靈，她繼續等下去，捧著那束蘭花，擋在胸前做為標記。有個老太婆問她花是否家裡種的。有個高中小鬼跑上來問她要簽名照。牧羊女猛拉了拉她的衣袖：「查莉——還有派對喔，天啊——華兒到處在找妳呢！」

體育館的前門在她身後砰然關上，她只好跨進夜色，才走了幾步路，差點沒被一陣狂風掃到地上。她跌跌撞撞地走向她的汽車，開了鎖，把花放在前面的乘客座，然後用力關上門。她發動車子，一開始沒點著，發動之後卻又像匹急著回家的快馬一樣。她的車引擎狂吼著開上大馬路後，她由後視鏡裡看見另外一輛車的大燈在後面跟著她，一直跟到她的寄宿處。

她停好車，聽見狂風照舊在繡球花叢中肆虐。她把大衣裹緊了些，懷裡摟著那束蘭花向前門衝。臺階有四級，她數了兩次：她跳上臺階時數了一次，數第二次時她正靠在接待櫃檯前喘氣，卻聽到有個人跟在她身後走來，手上有個手電筒和別有用途的打更鼓。附近並沒有客人走動，接待室沒有，大廳裡也沒有。唯一的活人就是韓福瑞，一個從狄更斯小說裡冒出來的胖小子，他是守夜的管理員。

「不是六號房的那把，小韓。」她輕快地告訴他應該拿哪一把房門鑰匙。「是十六號房的那把。拜託，寶貝。就在上面那一排啊。格子裡還有封情書，別拿去給別人囉。」

她接過那張摺好的小紙，滿懷希望地想也許是麥寇留給她的；接著她發現這只是她姊姊寫給她的：「祝今晚演出成功。」她讓自己臉上流露出經過壓抑的失望表情；然而這是約瑟的小花招，等於是在她耳邊說「我們就在附近陪著妳。」這麼微弱的耳語，她幾乎就要聽不見了。

門在她身後又一開一闔。一個男人的步履正踏過樓下大廳鋪的地毯走上來。她讓自己回頭飛快地瞟了一眼，希望看到的人正是麥寇。但並不是，她臉上馬上出現失望的表情。這個人是從另一個世界來的，對她一點用也沒有。是個身材修長，斯文得危險，有著對戀母狂黑眼珠的小夥子。他穿著一件棕色斜紋布長風衣，裡面有軍用墊肩，撐出的寬度足以塞下他那雙不像軍人的肩膀。棕色的領帶和棕色的眼珠、棕色的外套很相配。那雙狀況極糟的棕色鞋子是粗楦頭的，縫了雙線。她斷定這個人看起來不像執法人員，倒有點像跟法律作對的人。這是個四十歲的風衣男孩，還很年輕時就已嚐到正義難伸的痛苦。

「查莉小姐？」

他蒼白的下巴上是一張吞得太多的小嘴。

「我特意帶來我們倆都認識的朋友——麥寇——對妳的問候之意，查莉小姐。」

查莉的表情僵硬得就像是即將受罰的人。「哪個麥寇？」她這麼說，同時注意到他毫不動彈，這讓她也保持著自己的靜止，就像人為了繪畫或塑像而靜止不動，也像是靜靜站著的警察。

「諾丁罕來的麥寇，查莉小姐。」瑞士口音中有著悲傷而又譴責的意味。聲音聽起來有點悶住，感覺就像是把正義當成機密之事。「麥寇叫我替他送妳一束蘭花，同時請妳去吃頓晚飯。他堅持妳一定得去。請放心。我是麥寇的好朋友。來吧。」

你？她想道。朋友？就算為了救自己的命，麥寇都不會交你這種朋友。她以憤怒的眼神表示這種看法。

「我也是麥寇的法定代理人，查莉小姐。麥寇該受到法律的保護。請妳現在跟我走吧。」

要這麼做實在煞費力氣，但她執意如此。這些蘭花重得驚人，要把花束從她手上交到那男人手上可有好一段距離。但她還是做到了；她提起她的勇氣和精力，他的雙臂也伸出來接過花束。接著，她找到一種夠刺耳的正確語調，說出她打算要說的話。

「你弄錯了吧，」她說。「我並不認識什麼諾丁罕的麥寇，我什麼麥寇都不認識。上一季時我們也沒在蒙地卡羅碰過面。這招不錯，可惜我很累。我對你們所有男人都感到累。」

她轉向櫃檯拿起房門鑰匙時，同時領悟到門房韓福瑞正在跟她講某件要事。他那張木然的臉在抖動著，手上的鉛筆懸在旅館大登記本子上方。

「我說，」他那一口誇張的北方緩慢口音，不滿地吐出一句話：「妳什麼時候要喝早茶，小姐？」

「親愛的，九點，一秒都別提早唷。」她疲憊地朝著樓梯走去。

「報紙呢，小姐？」

她轉頭，給他沉重的一瞥。「天啊。」她輕聲低語。

韓福瑞突然變得很亢奮。他似乎認為只有卡通似的滑稽表演能讓她精神大振。「早報呀！在房間裡讀的！妳想要哪一種呀？」

「《泰晤士報》，親愛的。」她回答。

韓福瑞心滿意足地恢復原來那種麻木狀態。「《每日電訊報》，」他大聲地邊說邊記：「《泰晤士報》要先訂才有。」這時候她已經開始一步步攀上寬大的樓梯，朝著暗處那個歷史悠久的樓梯平臺走去。

「查莉小姐！」

你再那樣叫我，她想，我就會跨下兩步給你那張瑞士嘴巴一耳光。他再度開口前，她又多跨了兩步。她沒料到他這麼堅持。

「麥寇如果曉得羅莎琳德今晚戴著他的金鐲子，一定非常高興！我想事實上妳現在還戴著吧！還是說現在手上戴的是別人送的？」

她轉過頭，接著整個身體都從樓梯上轉過來俯視他。他已經把那束蘭花換到左臂上夾著。他右臂垂在身側，就像袖子裡空無一物。

「我說叫你走開。滾出去。拜託——可以嗎？」

可是她聲音抖得結結巴巴的，聽得出相當動搖，她正在和自己的信念奮戰。

「麥寇叫我請妳吃一頓龍蝦大餐，還有一瓶白酒，要冰涼的。我還有其他許多消息。如果我告訴他說妳拒絕了我的邀請，他必定會很生氣的，而且也會覺得被妳侮辱了。」

太過分了。他是她個人的黑暗天使，正想奪取她已漫不經心抵押出去的靈魂。不管他是不是在說謊，不管他是警察還是普通的敲詐犯，她都會跟著他到地下世界的中心，只要他能帶她找到麥寇。腳跟一蹬，她慢慢地跨下了樓梯，走到櫃檯前面去。

「小韓。」她把房門鑰匙丟到櫃檯上，然後從他動個不停的手裡搶過鉛筆，在他面前的一疊紙上寫下「凱西」這個名字。「是個美國籍女士。懂嗎？她是我的朋友。如果她打電話來，你就告訴她我跟六個男人出去了。告訴她明天中午我也許會開車去找她吃中飯，聽清了嗎？」她又重複一遍。

然後她再把那張小紙由簿子上撕下來，往他胸口上的衣袋裡一塞，順便馬虎地親了他一下。這時候，那個叫梅斯特本的瑞士人，站在門口像個吃乾醋的情人般，臭著臉等她出來。在門口時他打開一個小巧的瑞士手電筒。藉由這道光，她看清車子的擋風玻璃上有張租車公司的貼紙。他把乘客座的車門打開，說了聲「請」，可是她直接走向自己那輛飛雅特，坐進去發動引擎，等著對方。跟著他一路開下去時，從她車頭燈光裡，她看見對方還戴上了一頂黑色的無邊帽，壓得低低的，好像頂淋浴帽那樣，讓他的兩隻耳朵顯得格外突出。

霧很大，所以他們開得很慢。也有可能梅斯特本一向開車都很慢，因為他開起車來正經八百的，小心翼翼。他們開上一座小山丘，向北駛經一片空曠的沼澤地。霧散開了，一根根的電線桿插在地面，像是穿線的針頂著夜空。雲端偶爾會露出慘澹不全的月亮。到了一個十字路口時，梅斯特本把車暫時停下來查看地圖，然後才打左側燈，而且伸出手向左方指了指，然後迴轉。是的，安東，我看到了。她尾隨他開下山，經過一個小村莊以後，才把車窗搖下來吹海風。急速灌入的風替她開口尖叫了一聲。她跟著他駛過一個公路上的破舊招牌，上面寫著「東西分時度假套房公司」，然後轉上一條窄窄的新鋪道路，穿過一些沙丘，朝遠方的廢棄錫礦場開過去，這可是吸引人來到康瓦爾郡的活廣告。她的左右兩側全是一些破房子，漆黑一片。梅斯特本把車子停好，她咬住他的車子尾巴煞好車，順便還吃了個檔，免得車子滑下坡去。手煞車發出新的怪聲音，得修修了，她心想。他爬出車外，她也一樣，還順手鎖上了車門。風這時弱多了；他們正好是在半島的背風面。梅斯特本拿出手電筒，想扶住她手肘往前走。

「別管我。」她說。他推開一扇院門，門嘎嘎作響。前面亮起一盞燈。有條短水泥道，海草藍的門板。梅斯特本才拿出鑰匙，大門就開了，他往前一跨，再朝旁邊一站，好讓她先進去，就像帶人來看房地產的掮客一樣。這裡沒有門廊，也沒有電鈴。她跟著他進去後，他就在她背後關上門，眼前就是客廳。她聞到一股洗衣粉的味道，天花板上爬著黑黑的霉菌斑點。一位身穿藍燈心絨裝的高大金髮女人，正在把銅板塞進投幣式火爐裡。她一看見他們走進來，馬上堆上笑容站起來相迎，一邊撥開一綹金髮。

「安東！這真是太好了！你把查莉帶來啦！查莉，歡迎。如果妳能教我怎麼用這個機器，我就會更加倍歡迎妳了。」她把查莉雙肩攫過來，興奮地跟她行貼臉歡迎式。「查莉，妳今晚演的莎翁劇實在太棒了！你也同意吧，安東？我說，實在了不起。我叫海佳，嗯？」她講話的語氣，明擺著她的名字是隨便叫叫的。「海佳，懂嗎？妳是查莉，我是海佳。」

她的眼珠子是灰而且透明的，看起來就跟梅斯特本的黑眼珠一樣，純潔中透露著危險。他們眼中帶有屬於軍人的單純，凝視著這個複雜的世界。要保持真誠就得桀驁不馴，查莉這麼想，她引用了麥寇信裡的一段話。我感覺，故我在。

從房間的一角，梅斯特本對海佳的問題做出遲來的反應。他正在把自己的風衣掛上衣架。「那當然，她的確演得棒極了。」

海佳的雙手還搭在查莉肩上，而且還用很有力的大拇指輕撫著她的頸側。「要背那麼多臺詞難不難，查莉？」她盯著查莉的臉看。

「我不覺得有什麼難的。」說完，她就把自己拉開。

「所以妳很容易就記起來了吧？」她抓住查莉的手，把一枚五十五便士的錢幣塞進她的手掌。「過來教教我吧。教我怎麼用英國人的神奇發明，這叫做火爐的玩意兒。」

查莉蹲在收費表前面，將把手扳到一邊，丟進銅板，再將把手拉到另一邊，讓銅板掉下去，匡啷一響。火爐啟動時發出一聲幽幽的哀鳴。

「哇，查莉，真了不起！不過妳知道，我就是這樣子。我完全是個機械白癡。」海佳馬上向查莉解釋，就好像她的這點特徵很重要，是新朋友應該知道的。「我百分之百反對所有權，我自己並不擁有任何東西，所以我哪會知道怎麼用這個啊？安東會願意幫我翻譯這個話。我相信*Sein, nicht Haben*。」這是一位慈愛獨裁者所發出的命令。海佳的英文其實好到不需要他來幫忙翻譯。「妳讀過佛洛姆㉙嗎，查莉？」

「她指的是『存在』，而不是『擁有』。」梅斯特本看著兩個女人，陰沉地說道。「這是海佳小姐的中心信條。她相信基本的善，還有自然勝過科學。我們都是如此相信。」他補上最後一句話，就好像他想介入她們之間做調停。

「妳讀過佛洛姆嗎？」海佳又重複一次，再次把她的金髮往後甩，同時已經想到別的事去了。「我完全愛上他了。」她蹲到火爐邊伸出雙手。「我仰慕哲學家，所以我愛他。我也一直是這樣子。」她的行動有一種表面上的優雅，還有種青少年似的笨拙。她穿著平底鞋以便掩飾自己過高的身材。

「麥寇呢？」查莉問。

「海佳小姐並不知道麥寇的下落，」梅斯特本從他的角落裡尖銳地回應：「她不是律師，她只是來旅行和討回公道的。海佳小姐對麥寇的行動和下落一概不清楚。請坐，查莉小姐。」

查莉站著未動。但梅斯特本卻已坐進一把餐椅，把他那一雙蒼白的手疊在膝蓋上。原來那件風衣已經脫掉，露出了一套簇新的深咖啡色西裝。說不定是他媽媽送給他的生日禮物。

「你說過你有他的消息。」查莉說道。一陣寒顫滲進她的聲音裡，她覺得自己的嘴唇都僵硬了。

海佳還是蹲坐在那裡，不過臉轉向查莉。她若有所思地用強健的牙齒啃著指甲。

「請問妳最後一次見到他，是在什麼時候？」梅斯特本問道。

她一時不曉得該望哪個人才好。「在薩爾斯堡。」她回答。

「在薩爾斯堡？很抱歉，這好像與日期無關。」海佳從地板上頂了她一句。

「五星期還是六星期以前。他在哪裡？」

㉙ Erich Fromm（1900-1980），德國精神分析學家，著有《逃避自由》。

「妳最後一次聽到他的消息，是在何時？」梅斯特本問。

「只要告訴我他在哪裡！他怎麼樣了？」她轉向海佳。「他在哪兒？」

「沒人來找過妳嗎？」梅斯特本問。「他的朋友？警方？」

「妳的記性可能沒妳說得這麼好喔，查莉。」海佳說。

「告訴我們妳曾經和誰接觸過，拜託，查莉小姐。」男的說。「馬上就說。這很重要，我們是因為緊急事故才來這裡的。」

「事實上她大可以撒謊，女演員嘛——」海佳用那雙大灰眼瞪著查莉，眨也不眨。「一個受過裝模做樣訓練的女人，怎麼能相信她？」

「我們是得小心點。」梅斯特本同意，就像是給未來的他留個提示。

這種一搭一唱的雙簧，實在是一種精神虐待；他們正用心理壓力造成她精神上的痛苦。她瞪著海佳，接著瞪梅斯特本。然後她溜出了一句話。她再也忍不住了。

「他死了，是不是？」聲音低得要命。

海佳好像沒聽到似的。她完全專注地於觀察。

「不錯。麥寇是死了。」梅斯特本陰沉沉應道。「我很難過，當然。海佳小姐也很難過。我們都很難過。從妳寫給他的信上看，妳必定也會很難過。」

「可是安東，那些信也可能是假裝的。」海佳提醒他。

以前她還在學校的時候，這種事也發生過一次。三百個女孩子沿著體育館牆壁排排站，女校長站在中間，每個人都在等那個犯錯的人招供。查莉曾經被她們之中的菁英盯著猛看，想找出那個罪人：是她嗎？我敢打賭一定是她——她臉不紅氣不喘的，她看起來很認真又無辜，但她沒有偷——這是真的，而且後來獲得證實，她根本沒有偷任何東西，然而突然間她的膝蓋一軟，就跌坐在地上，她的腰部以上好端端的，但是下半身不聽使喚。她現在就是這麼做，這一招不是精心研究過的；她在自己察覺到以前，甚至在她對這個消息有多重大還沒完全理解以前，她就這麼做了，海佳還來不及伸手扶住她。海佳迅速地跪到她旁邊，嘀咕幾句德文，伸出那雙女人的手環著她的肩膀，溫柔而毫不造作。梅斯特本彎腰看著她，卻沒有碰她。他的興趣在於觀察她哭泣的方式。

她的頭歪向一邊，臉頰靠向緊緊握住的拳頭，所以她滾滾而下的眼淚不會滴落在地。他繼續觀察著，她的淚水似乎讓他漸漸振奮起來。他悄悄地點頭，或許表示他的認同；他繼續貼近看著海佳把她硬扶到沙發，她在那裡躺倒，臉埋在刺刺的靠墊上，手繼續緊摀著臉，只有孩子和新逢喪亡之人才會那樣哭泣不止。心亂如麻，怒火中燒，罪惡感，傷逝，恐懼：她遍嘗每一種情緒，就像一場演出中的臺詞，雖然經過控制，然而深深觸動心靈。我早知道了。不，我不知道。我不敢讓自己去想。你騙人，你這個法西斯殺人犯騙人，你這臭雜種，在真實劇場裡殺了我摯愛的人！

她一定大聲說了其中幾句話。的確，她知道她說了。甚至在悲痛席捲一切的時候，她也在監督自己的表現，精心選擇幾句經過壓抑的臺詞：你們這些法西斯渾蛋，豬玀，天啊，麥寇！

一陣靜默，然後她就聽到梅斯特本用毫無改變的聲音要她看開一點，可是她什麼也沒聽進去，只是繼續摀住臉，拚命地搖頭。她嗚咽著，覺得一陣作嘔，話全在喉嚨口塞住了，吐不出完整的句子。眼淚、痛苦、飲泣、哀號，對她都不算問題——她向來能輕易地觸碰到自己悲哀與憤怒的源頭。她並不需要想到死去的父親——她被學校開除帶來的羞恥，讓他提早進了墳墓；她也不需要把自己描繪成在成人叢林世界裡迷失的悲哀孩子，她過去經常這樣做。她只要記起那個半馴服的阿拉伯男孩，他讓她恢復愛的能力，讓她的生命終於有了一直渴望的方向感，而為了讓她的眼淚能隨召即來，他現在已經死去。

「她的意思是指猶太復國主義派，」梅斯特本對海佳說道。「如果這是意外，她怎麼會扯出猶太人來？警察確定這是意外事故喔。為什麼她的說法跟警方相互矛盾呢？跟警方唱反調是很危險的。」

海佳不是心裡也已經這麼自問，就是根本不在乎。她把一只咖啡壺放到電爐上。她跪在查莉面前，用她那雙有力的手，思索著把查莉的一頭紅髮從臉上撥開，等著她停止抽泣，並且開始解釋。

咖啡壺忽然開始沸騰，海佳站起來拿。查莉坐在沙發上，雙手捧著她的馬克杯；她俯向杯子，像是要吸進冒起的蒸汽一樣，此時眼淚還繼續不斷地從她臉頰滑落。海佳坐在她旁邊摟住她的肩膀。梅斯特本坐在兩個女人的對面，從他那黑暗世界的陰影中望向她們。

「那是件爆炸意外，」他這麼說。「在薩爾斯堡和慕尼黑之間的高速公路上。據警方說，他車上全是炸藥。有好幾百磅。怎麼會呢？為什麼炸藥會突然在一條平坦的高速公路上引爆呢？」

「妳的信都還很安全。」海佳悄聲說道，一邊把查莉的另一綹頭髮撥到她耳後，充滿愛憐地塞好。

「是輛朋馳車，」梅斯特本說。「掛了慕尼黑市的車牌，可是警方卻說車牌是假的。所有行照之類的文件也都全是假的，偽造的。為什麼我的客戶會開一輛全是偽造文件，而又裝滿了炸藥的轎車呢？他只是個學生，不是炸彈客。這顯然是個陰謀，據我看必定如此。」

「妳知道這輛車嗎，查莉？」海佳附在她耳邊問道，更親熱地摟緊她，想把答案從她身上釣出來。然而查莉眼中看到的，只有愛人被兩百磅俄製黏土炸彈炸碎的情景，車體結構裡滿滿都是炸藥：地獄之火把她所愛慕的軀體撕得粉碎了。她耳中聽得到的，只有她那些無名導師的話：別相信他們，對他們撒謊，否認每件事；否認，要否認到底。

「她好像講了什麼——」梅斯特本帶著控訴的口氣。

「她說，『麥寇，』」海佳回答，合理地從她的手提包裡掏出一條手帕，擦去新一波湧上的淚水。

「還有個女孩也死了，」梅斯特本說。「據他們講，她是跟他在一輛車子裡的。」

「是個荷蘭人，」海佳輕聲地說，她靠得這麼近，查莉幾乎可以感覺她的氣息就在耳邊。「真的是個美人。金髮。」

「他們兩個顯然是死在一起的。」梅斯特本稍稍提高聲音，接著說道。

「妳並不是他唯一的女人，查莉，」海佳把話挑明。「並不是只有妳一個人可以享用我們的小巴勒斯坦人啊，妳知道。」

自從他們向她披露這個消息以後，查莉第一次說完整句話。

「我從沒有這種期待。」

「警方說那名荷蘭女孩是個恐怖分子。」梅斯特本抱怨道。

「他們還說麥寇也是恐怖分子。」海佳湊上一句。

「他們說，那個荷蘭女孩已經替麥寇送了好幾次炸彈了。」梅斯特本說。「他們說麥寇和那個女孩，正在計畫另一次行動；據說在那輛車子裡，還有張慕尼黑的地圖，那上面有麥寇親筆圈出來的筆跡，把『以色列貿易中心』的位置勾出來。就在以薩河旁邊。」他又補上一句：「再上層樓——這個目標可不太容易。這次行動他有跟妳提過嗎，查莉小姐？」

查莉打了個冷顫，忍不住喝了兩口咖啡，這個動作似乎讓海佳像聽到回答一樣的愉快。「看！她稍微清醒一點了。還要不要咖啡，查莉？要不要吃點什麼？我們這兒有乳酪、蛋、香腸，什麼都有。」

查莉搖搖頭，讓海佳帶她去洗手間，她在裡面待了很久，用水潑臉、乾嘔，其間不時暗中禱告蒼天，只希望能多懂些德文就好了；她跟不上那道薄門板外艱深又不連貫的德語對話。

她跨出洗手間時，看到梅斯特本又套上了那件長風衣，站在前門口等她。

「查莉小姐，我要提醒妳，海佳小姐受到法律完全的保護。」他說完就走出去了。

終於只剩下兩個女孩了。

「安東是個天才，」海佳帶笑說道：「他是我們的守護天使，他痛恨法律，可是又自然而然地愛上他所痛恨的。妳同意嗎？……查莉，妳以後都要同意我說的。否則我就會很失望。」她靠上來。「暴力本身不是重點。」她這麼說著，回到先前的她們沒機會聊的話題。「從來不是。我們採取暴力手段，或者訴諸和平，是完全不同的。重要的是我們要保持邏輯一貫，在世界自行運轉的同時絕不袖手旁觀，而要把意見變成堅定的信念，再把信念化為行動。」她暫停一下，審視這番陳述對於學生的影響如何。她們的頭靠得很近。「行動即是自我實現，也是目標。對嗎？」又一個停頓，但還是沒有回應。「妳知道嗎？還有件事會令妳很吃驚——我其實跟我雙親處得很好，而妳，妳就正好與我相反。只要讀過妳的信就知道了。安東也讀過了。當然，我母親要比我父親聰明太多了，但我父親——」她再度停下來，不過這次是因為查莉的沉默和重新開始的嗚咽惹火了她。

「查莉，該停了。別哭了好嗎？我們還沒老到終日只能以淚洗面的程度啊。妳愛他，妳會難過是很合理，可是人死不能復生。」她聲音冷酷得驚人。「他是死了，可是我們不能走個人溫情主義，我們是戰士和工人。別再哭了！」

她抓住查莉的手肘，拎著她整個人往房間後頭一步一步走去。

「聽我說。讓我現在告訴妳一件事。以前我有過一個很有錢的男朋友柯特。想法很法西斯，也很原始。我利用他來滿足我的需要，就像我利用安東一樣，可是我也同時對他加以教育。有一天駐玻利維亞的德國大使，叫什麼伯爵的，被當地的自由鬥士處決了。妳記得這次行動嗎？柯特雖然連德國大使是誰都搞不清楚，可是一聽見這個新聞，馬上就破口大罵：『這些豬玀！恐怖分子！真是無恥！』我卻告訴他：『柯特啊，』這是他的名字，『你到底是在替誰悲哀？在玻利維亞每天都有人餓死，幹麼只為了一個死掉的伯爵難過呢？』妳同意我這種說法嗎，查莉？」

查莉只聳了下肩膀。海佳就把她轉了個身，往回走。

「現在，我的話要再講得狠一點。麥寇是個烈士，但死人無法戰鬥，而且烈士前仆後繼，隨時都有。死了的只是一名戰士，革命卻仍然繼續下去。懂嗎？」

「懂。」查莉呢喃。

她們走到沙發前面。海佳抓過她那只實用的手提皮包，從裡面拎出扁瓶裝的半罐威士忌，查莉注意到瓶頸上還有個免稅商店的標籤。海佳把瓶蓋旋掉，遞給她。

「敬麥寇！」她喊了一聲。「我們為他乾一杯。敬麥寇。說一遍。」

查莉對準瓶口呷了一小口，扮了個難喝的鬼臉。海佳才把瓶子收回去。

「請妳坐下。查莉，我要妳坐下。馬上。」

她無精打采地往沙發上一坐，海佳又盛氣凌人的站在她面前。

「我問妳答，懂嗎？我可不是來這裡玩的，妳懂嗎？也不是來跟妳討論的。我很喜歡討論，可是不是現在。說——『是』。」

「是。」查莉疲憊地應了一句。

「他很喜歡妳。這是個鐵打的事實。其實說得確切點，根本是著迷。因為在他公寓的書桌上，還有封打算寄給妳的信還沒寫完，裡面全寫的是跟性愛有關的大膽文字。全是針對妳寫的。當然還有講一些政治。」

查莉爬滿淚痕的扭曲臉龐慢慢變得充滿渴望，就像是她這才漸漸地理解自己聽到了什麼。「信在哪兒？」她問道。「給我！」

「我們正在處理那封信。在行動作業裡，每件事都必須評估，每件事都必須以客觀的態度處理。」

查莉跳腳站起來。「那封信是我的！還給我！」

「那是革命的財產之一。或者以後過了一段時間會發還給妳的。看情形而定。」海佳不怎麼溫柔地把她推回沙發上。「談談那輛車，那輛朋馳轎車已成了個骨灰盒子。是妳把它開進德國的嗎？為了麥寇？跑一趟任務？回答我。」

「是奧地利。」她囁嚅道。

「從哪裡？」

「穿過南斯拉夫。」

「查莉，我想妳回答得很不切題：我問妳從哪裡？」

「帖薩羅尼加。」

「而麥寇一路上都陪著妳嗎，當然。我想這對他是常有的事。」

「不對。」

「什麼不對？難道是妳一個人跑完全程嗎？這麼遠？太荒唐了！他怎麼會把這麼大的責任托付給妳一個人去辦？我對妳一句也不信！整個故事根本是謊話！」

「誰在乎？」查莉冷淡地頂了她一句。

海佳在乎。而且她馬上就怒火高熾了。「妳當然不在乎！如果妳是個奸細，妳當然不在乎！反正我早已一清二楚了！我其實根本不需要再問，這只是手續而已。麥寇吸收了妳，他把妳變成了他的祕密情人，一等到妳翅膀長硬了以後，妳就把整個經過出賣給警方，以便保護自己，撈一筆錢！妳根本就是警方的奸細。我會把這件事向一些有力人士報告，他們就會收拾妳，就算要費二十年工夫也沒關係。妳會被處決的。」

「好極了。」查莉說。「真有妳的。」她把剛剛才抽上的香菸熄掉。「請便，海佳。這正是我想要的。叫他們馬上來好不好？我現在住的旅館客房號碼是十六號。」

海佳走到窗邊拉開窗簾，顯然打算召來梅斯特本。查莉從她背後望出去，看到她租的小車裡亮著燈光，梅斯特本戴著帽子的身影鎮定地坐在駕駛座。

海佳抬手敲著玻璃，叫道：「安東？安東，進來一下，我們抓到了個奸細！」但是她的聲音太小，他聽不到，她刻意如此。「為什麼麥寇從來沒和我們提過妳？」她追問著，再度拉上窗簾，轉身面對她。「為什麼他不把妳拿出來讓我們分享？妳是他藏了幾個月的黑馬？簡直太荒唐啦！」

「他愛我。」

「屁！他是在利用妳！妳還有他寫給妳的信嗎？」

「他命令我把它們燒掉。」

「但妳卻沒照辦。當然妳沒有這麼做。妳怎麼捨得？妳只是個感情用事的白癡，單從妳寫給他的信裡就一目瞭然了。妳玩弄他，讓他在妳身上花錢，買衣服、首飾給妳，帶妳去開旅館，然後妳就將他出賣給警方。妳當然是這麼做的！」

發現查莉的皮包就在近旁，她把它抓起來，一陣衝動下往餐桌上一倒。小日記本，做為諾丁罕紀念物的原子筆，雅典「酒神餐廳」的火柴盒，這些事先布置的線索對於海佳現在的心情來說，實在太過細緻難以察覺，她忙著找的是查莉背叛的證據，而不是顯示忠誠的證據。

「這個收音機。」

那是她買來的日本貨，還附鬧鐘，專用來提醒她排演時刻的。

「這是什麼？間諜裝備嘛。這是從哪搞來的？像妳這種女人幹麼在皮包裡放收音機？」

查莉讓她沉溺於自己的偏見裡，把頭撇開，眼神空洞地望著火爐。海佳就拿著收音機一陣亂撥，放出一些音樂。她關掉收音機，暴躁地擺到一邊去。

「在麥寇那封未寄出去的信裡，他曾經提到妳吻槍的事。什麼意思？」

「就是說我吻了他的手槍。」她再更正：「他大哥的槍。」

海佳聲音突然一提。「他大哥？什麼大哥？」

「他有個長兄。他最崇拜的英雄。一位偉大的戰士。那位大哥給了他那把槍。麥寇要我吻槍代替發誓。」

海佳用難以相信的眼光瞪著她。「麥寇告訴妳這個？」

「難道是我從報紙上看到的啊？」

「他何時告訴妳的？」

「在希臘的一座小山上。」

「他還告訴妳這位大哥的哪些事？——快說！」她簡直是在尖叫了。

「麥寇崇拜他。我告訴過妳了。」

「舉出實證。我只要聽事實。他還跟妳談了他大哥的哪些事？」

查莉聲音也變得很神祕，顯然剛才她講的話，已經算得上是說溜嘴了。「他是個軍事機密。」再點上根菸抽。

「他有告訴妳他大哥在哪裡嗎？他在幹麼？查莉，我命令妳告訴我！」她靠過來。「警方，情報單位，甚至連猶太人——每一方面的人都在找妳。我們跟德國警界中的一些人關係相當好。他們已經知道，把那輛車子開過南斯拉夫的不是那個荷蘭女孩。他們有那個女孩子的長相描述。他們也有相當多的情報，可以把妳找出來。只要我們有意願，就可以幫妳脫身。不過妳得先講清楚，麥寇對妳講過多少他大哥的事。」她把臉湊近到查莉眼前，她那雙灰眼睛距離她不及一個手掌寬。「他無權和妳談他大哥的事。妳也無權知道這個。快講出來。」

查莉把海佳的條件想了一下，然後決定不甩。

「不要。」她說。

她本來想繼續講下去：我承諾要保密，所以到此為止——我不信任妳，別逼我——不過當她聽到那個單純的「不要」時，她覺得就說到這裡比較好。

妳的工作就是要讓他們需要妳，約瑟曾告訴過她。把這個想成求愛吧。對於得不到的東西，他們會尤其珍惜。

海佳表現出一種古怪的沉著。這一套表演結束了。她進入一個新階段，態度極端冰冷不動感情，這套策略查莉憑直覺就知道了，因為她也對這一套很在行。

「那好。妳把車開到奧地利。然後呢？」

「我把它丟在他告訴我的地點，我們再碰面轉往薩爾斯堡。」

「怎麼走法？」

「飛機和汽車。」

「再來呢？到薩爾斯堡之後呢？」

「我們就到一家汽車旅館。」

「拜託講名字？」

「我記不得了。我沒注意。」

「那就描述一下。」

「靠近一條河，又古老又寬敞。很美。」

「然後你們就上床。他很猛，有好幾次高潮，就跟往常一樣？」

「我們是去散步。」

「然後散完步回來才親熱？拜託別蠢了！」

查莉又故意讓對方等了一下。「我們本來是想做愛的，可是一吃完晚飯我就睡著了。那趟車開得太累了。他吵了我幾次，後來就算了。第二天一早等我醒過來，他已經穿好衣服了。」

「然後妳就跟他到慕尼黑去了嗎？對吧？」

「沒有。」

「那妳幹麼？」

「坐下午的班機回倫敦去了。」

「那他後來開的是什麼車？」

「租來的車。」

「什麼車種？」

她裝成一時記不起來的模樣。

「為何妳不跟他到慕尼黑去？」

「他不想要我們同時穿過邊境。他說他還有事要辦。」

「他這麼告訴妳？有事要辦？扯淡！什麼事？難怪妳可以出賣他了！」

「他說他接到命令要去拿那輛朋馳，替他哥哥送到某個地方去。」

麥寇粗心大意到了這種程度，這次海佳聽了卻並未顯出任何意外，也不憤怒。她只關心行動，也只相信行動。她大步走到門口，把門猛然打開，命令式地揮手叫梅斯特本進屋。然後她很快地轉身，兩手倒插在臀邊，死瞪住查莉，她那雙灰而透明的眼珠，就像個危險可怕的虛無深淵。

「妳突然變得跟羅馬一樣了，查莉，」她挖苦道：「條條大路都通向妳。這未免太不合理了。妳是他的祕密情人，妳替他開車，妳陪他度過他在世上的最後一夜。妳知道車裡放的是什麼嗎？」

「炸藥。」

「胡說。什麼炸藥？」

「俄製塑膠炸藥，兩百磅。」

「是警方告訴妳的。是他們編的鬼話。警方一向會騙人的。」

「麥寇告訴我的。」

海佳故意爆出一聲憤怒的假笑。「哎呀，查莉！我現在對妳一句話也不信了。妳從頭到尾都是在騙我。」梅斯特本無聲無息地走過來，出現在她身後。「安東，所有事情全弄清了。我們的小寡婦是個十足的大騙子，我確定。我們不必幫她任何忙了。我們馬上走吧！」

梅斯特本瞪著她，海佳也瞪著她。兩個人似乎都不太相信海佳自己講出的話。不管怎麼樣，查莉都不在乎。她坐在沙發上，就像個破洋娃娃；除了自己的切身之痛以外，她又陷入對一切漠不關心的狀態。

海佳又坐到她旁邊，伸手摟住她毫無反應的肩膀。「他哥哥叫什麼名字？」她問。「說吧。」她輕輕地親了她的臉頰一下。「或許我們可以做妳的好朋友。我們得小心謹慎，也得稍微嚇嚇人。這很自然的。好啦，告訴我麥寇的真名叫什麼？」

「沙林姆，可是我發過誓永遠不講。」

「那他哥哥叫什麼？」

「卡里。」她呢喃了一句，又開始飲泣。「麥寇很崇拜他。」她說道。

「那他的行動代號又是什麼？」

查莉不知道那是什麼意思，也不在乎。「那是軍事機密。」她說。

她決定一直開回去，開到累死為止——就跟上次開過南斯拉夫一樣。我不想再演下去了，我要一直開到諾丁罕去，然後在那家汽車旅館裡自殺。

她再次開到沼澤地區時，差點控制不住滑出路面摔下去，那時速度已奔到八十哩以上，路上只有她一輛車。她把車子停下來，雙手驟然放開方向盤。頸子背後的肌肉扭緊的就像發燙的繩索，她感到一陣噁心。

她坐在路邊，把頭擱在兩個膝頭之間。幾隻野生矮種馬走過來盯著她看。路邊的野草長得好長，而且全掛滿了晨露。她垂下雙手，沾濕以後摀住臉，好讓自己涼爽些。有輛摩托車從她旁邊慢慢駛過，她發現騎摩托車的男孩有點猶豫地看了她幾眼，不知道該不該下來幫她忙。她從指縫間望著他消失在地平線之後。是我們的人，還是他們的人？她站起來走回車子，把剛剛看到的摩托車號碼抄下來；就這麼一次，她不信任自己的記憶力。麥寇的蘭花擺在她身後的座位上；她離開的時候把花也順手帶走了。

「可是，查莉，別這麼荒唐吧！」海佳當時這麼抗議。「妳真是太感情用事了。」

去妳的，海佳。那把花是我的。

她開上一處沒有樹木，混合著粉紅、棕色和鐵灰色的高地，日出映照在她的後照鏡裡，收音機除了能收到一個法語節目之外，什麼也聽不到。聽問答的口氣，好像是在討論少女問題吧，不過她無法理解到底在說什麼。

她駛過一輛停在野地裡的藍色旅行房車。旁邊還停了一輛空的路華，越野車旁可伸縮的曬衣繩上掛著嬰兒尿布。她在哪裡看過類似的曬衣繩呢？沒有。從來沒見過。

她躺在客房的床上，瞪天花板上映著的陽光，聽窗臺上的鴿子咕嚕咕嚕地交談。最危險的一刻，就是當妳從山上下來的時候，約瑟曾經預先警告過她。她聽見走廊裡有神祕兮兮的細碎腳步聲。是他們。哪一方的他們？永遠都是這個問題。那輛朋馳是酒紅色的嗎？不是的，警官，我這輩子沒開過一輛紅色的朋馳車，所以請你滾出我房間吧。一滴冷汗流過她赤裸的腹部。在她心中，她追蹤著汗水流過肚臍、直達肋骨，然後滲進被單裡。地板嘎吱一響，有人盡力屏住氣息：他正在透過鑰匙孔窺視著。一角白色的紙出現在她房門底下。紙張蠕動著，然後繼續往裡伸長。胖小子韓福瑞正在把《每日電訊報》塞給她。

她洗過澡後，穿好衣服，就出了門。她開得很慢，總挑小路走，一路上偶爾停下來走進幾家店逛逛，這都是他教過她的。她穿得很隨便，連頭髮都沒梳。任何人看到她行屍走肉般的舉止和疏於注意的外表，都不會懷疑她的悲痛。路開始變暗了；病懨懨的榆樹覆蓋在她頭上，有間康瓦爾老教堂蹲踞在樹蔭之間。她再度停車，推開教堂外的鐵門。那些墳看起來都有好些年代了。墓碑上只有幾個有刻字。她找到一個孤立的墳碑，離其他人遠遠的。是自殺死的？一個謀殺犯？不對，這個躺著一名革命黨。她虔敬地跪下，把那束蘭花放到墳墓的某一端，她認為他的頭應該在那個位置。這是出於一時衝動的哀悼，她想著，走進空氣封閉冰冷的教堂。這是查莉在這種狀況下應該會做的事，她在現實世界的劇場中會做的。

足足有一小時之久，她就這樣子漫無目的地窮晃，毫無理由地停車——除非想要靠在一道門上、凝視著一片原野也算理由。或者該說是靠在一道門上，凝視著一片虛空。一直到十二點以後，她才肯定那輛摩托車已經不再跟蹤她了。即便如此，她仍然繞了幾次路，多進了兩間教堂，才駛上通往弗茅茲的主公路。

那家旅館是個鋪著波浪瓦的度假牧場，位於赫福德河口，裡面有室內游泳池、三溫暖和九洞高爾夫球道，裡面的客人本身看起來就像是經營旅館業的。她以前去過許多旅館，可是從沒來過這家。他以德國出版商的身分住進旅館，還特意帶了一大堆難以卒讀的書籍做為佐證。他給總機小姐慷慨的小費，同時解釋，他有來自世界各地的商業往來，那些生意對象根本不管他睡不睡覺的。所有的服務人員，也都曉得這位德國出版商是隻夜貓子，晚上幾乎不睡。過去兩個星期以來，他已經換過好幾家旅館，用過好幾種假身分，在康瓦耳郡的這個半島上，盯住查莉的進度，就像一名孤獨的獵人。他跟查莉一樣，躺在無數的床上，瞪過無數次的天花板。他透過電話跟柯茲聯絡，隨時瞭解里托瓦克麾下那票行動員的新進度。他很節制地與查莉聯絡，請她吃飯，教她更多更多的祕密通訊法和聯絡暗號。他跟她完全一樣，彼此做了對方的囚犯。

約瑟把房門打開時，她困惑地皺了下眉頭，掠過他身邊進了房間，不知道自己該有什麼感覺。謀殺犯。暴徒。騙子。可是她對這種非鬧出來不可的場面，已經一點胃口也沒有了；她已經全演過了，現在她是心如槁木死灰的哀悼者。在她走進房間時，他就已經站在那裡了，她以為他會迎上來擁抱她的，可是他卻站著未動。她從未見過他如此嚴肅，如此內斂。眼圈四周全是憂慮的陰影。他穿了件白襯衫，袖子一直捲到手肘附近——是棉織品，而非絲織品。她瞪著那件衣服，終究還是察覺到自己的感受。沒見到金袖釦了。脖子上也沒掛金牌了。腳上的古奇鞋也不見了。

「你現在又是自己囉。」她說。

他沒聽懂她話的意思。

「你可以忘掉那件紅外套了，不是嗎？你現在又變成了你自己。你已經幹掉了你的貼身保鑣。現在背後沒有什麼該藏起來的人了。」

把皮包打開，她把那個鬧鐘兼收音機還給他，然後讓他把她原有的那個電子鐘丟進她的皮包。「這倒是真的，」他乾笑了一兩聲，把她皮包合上。「我會說，我跟他之間的關係目前已經斷了。」

「我的聲音聽起來怎麼樣？」查莉說著便坐了下來。「我想，我是貝恩哈特小姐㉚以後最棒的了。」

「還要棒。以馬帝的觀點來看，他認為妳是自從摩西捧了十誡下山以來最棒的。說不定是在他上山以前最棒的。如果想急流勇退的話，妳現在可以功成身退。他們已經欠妳太多，帳很難算得清了。」

他們，她想道。不再稱我們了。「那麼以約瑟的觀點呢？」

「他們是大人物，查莉。從總部來的大嘍囉。是貨真價實的玩意兒。」

「我把他們給唬住了？」

他坐到她旁邊。很近，可是沒碰到她的身體。

「既然妳還活著，我們就必須假定，到目前為止，妳已經唬住了他們。」他說道。

㉚ Sarah Bernhardt（1844-1923），地位崇高的法國女演員，以聲音表演絕佳著稱。

「開始吧。」她說。桌上放了個很精巧的小錄音機。她湊過他身邊，把它打開。他們沒再多廢話，就直接進行簡報，他們兩個已經變得像老夫老妻一樣。雖然里托瓦克在無線電轉播車裡，透過查莉手提包裡那具巧妙改裝過的小收音機，已經把昨晚的對話一字不漏地聽過了，她個人觀察的印象才是真正的寶藏，有待發掘篩選。

18

那個來拜訪以色列駐倫敦大使館的敏捷年輕人，身上穿著皮革長大衣，戴著老祖母眼鏡，自稱名叫梅鐸斯。他的車是一輛極其清潔的綠色路華，馬力加強過。柯茲坐在前面陪伴梅鐸斯，里托瓦克則鬱悶地縮在後座。柯茲的態度變得畏縮，還有一點小家子氣，他面對殖民地長官時就會變成這種樣子。

「剛到這裡，對吧，長官？」梅鐸斯輕快地問道。

「實際上是昨天。」柯茲這麼說。他已經在倫敦待了一星期。

「可惜您沒讓我們知道，長官。局長原本可以讓您通關時更順利些。」

「喔，現在嘛，我們沒有那麼多要申報的東西啦，梅鐸斯先生！」柯茲抗議著，他們兩個都笑了出來，因為他們的關係實在太融洽了。後座也傳來里托瓦克的笑聲，不過聽起來比較沒說服力。

他們迅速地開往埃爾茲伯理，飛快地穿過美麗的巷弄。他們抵達一座沙岩造的大門，由石雕的小公雞鎮守著。有個紅藍兩色的招牌，上面寫著「三號教學支援單位」，有個白色路障擋住他們的去路。梅鐸斯把柯茲和里托瓦克留在那裡，自己走進門房小屋裡。從窗口有黑色的眼睛窺視著他們。沒有車輛通過，沒有遠方農家牽引機的吵雜噪音。這一帶似乎一片死氣沉沉。

「看來是個好地方。」在他們等候時，柯茲用希伯來語說道。

「很漂亮。」里托瓦克表示同意，這是因為或許哪裡有個麥克風。「人也都很友善。」

「一流的，」柯茲跟著說：「專業中的專業，毫無疑問。」

梅鐸斯折回來時，路障也升起來了，他們在英國准軍事組織內令人不自在的大片莊園裡迂迴行進，花掉的時間長得驚人。沒有悠閒吃草的純種馬，取而代之的是穿著藍色制服和威靈頓靴的哨兵。低矮的建築物上沒有窗戶，而且有一半埋在地下。他們穿過一個障礙訓練場和一條祕密的簡易跑道，沿路排著橘色的方向指示錐。還有一條繩索橋橫過下面的小溪。

「如夢似幻，」柯茲說：「美不勝收啊，梅鐸斯先生。我們國內也該有這個，不過我們怎麼做得到呢？」

「啊，謝謝誇獎。」梅鐸斯回答。

這棟房子一度顯得古色古香，但被屋子正面新漆上的那層軍艦藍輔助漆給破壞殆盡，窗臺前盆栽箱裡的紅色花朵全都緊緊地向左靠。又一個年輕人等在入口處，領著他們快步登上閃閃發亮的樓梯，那是特別上光過的松木梯級。

「我是勞森。」他匆忙地自我介紹，那副樣子就像是他們已經遲到了；他勇敢地用指節叩著那個雙開式的門。門裡有人咆哮道：「進來！」

「長官，這是拉斐爾先生，」勞森唱名道：「來自耶路撒冷。恐怕他們是碰到一點交通上的延誤了，長官。」

英國反暴特情局副局長皮克東還繼續坐在辦公桌前不動，耽擱的時間長到有失禮數。他拿起一枝筆，皺著眉頭在一封信上簽名。他抬眼盯著柯茲，眼神中充滿猜忌。接著他把頭向前傾，看似準備狠狠撞上哪個人，然後才緩緩地起身，好一會才站成立定姿勢。

「你好，拉斐爾先生。」他說。他的笑容顯得不甚情願，就好像微笑是一種過時的作法。

皮克東身材高大，屬於亞利安人種，有著波浪狀的美髮，如剃刀刀痕般清楚地分成兩邊。他塊頭大、面容粗獷而兇暴，緊抿著嘴唇，總是像惡霸一樣直勾勾地盯著人看。他有資深警官那種過度挑剔的爛說話方式，又有借自紳士階級的好規矩，不過如果他心情不對了，這兩種偽裝隨時都可以丟回老家去。他有一條花點手帕塞在左衣袖裡，還有一條欠立體感的金色王冠圖案領帶，讓你看了就知道他高你一等。他是個無師自通的反暴專家，常自稱是「有一部分是軍人，一部分是警察，還有一部分是流氓」，在這一行裡屬於傳說中的一代：他當年到過馬來西亞去剿共，也去過肯亞追殺毛毛黨；二次大戰結束時，曾在巴勒斯坦趕過非法入境的猶太人，在亞丁對付過阿拉伯人，更不用說愛爾蘭的血腥鎮暴了。他曾和阿曼停戰協定部隊一起炸翻許多人；在塞浦路斯，他以毫髮之差錯過對付格里瓦斯將軍㉛的機會，他每次喝醉了就會相當惋惜地提及此事——不過誰敢同情他就該死！他在許多地方都算是第二把交椅，但很少當頭頭，因為有太多見不得光的事了。

「米夏．加隆還好嗎？」他一邊問，一邊按下電話上的某個按鍵，用力的程度可能讓這顆按鍵從此彈不起來。

㉛ Georgios Grivas（1898-1974），塞普路斯的愛國志士，幫助塞普路斯從英國的控制之下獨立。

「長官，米夏很好！」柯茲充滿熱誠地回答，接著也開始問候皮克東的上司，不過皮克東對於柯茲打算說的話沒興趣，對他的上司更是不在意。

桌上放著一個很顯眼的發亮銀質菸盒，上面還刻有同僚致贈時的簽名。皮克東把蓋子打開，示意柯茲用菸，可能只為了炫耀這個菸盒多麼光彩照人。柯茲說他不抽菸。皮克東把菸盒放回了原位，算是展示完畢。然後就聽到門上一陣輕叩，走來了兩個人，一個穿了套灰色西服，一個穿的是毛呢西服。灰西服的是個四十歲左右的小個兒，威爾斯人，下巴上有幾個指甲抓出來的疤痕。皮克東介紹他是「我手下的調查主任」。

「恐怕我從沒去過耶路撒冷，長官。」調查主任如此聲稱，抬起他的腳尖，同時把他的外套下擺拆下來，似乎想把自己的身體拉長個一、兩吋。「我太太對於去伯利恆過聖誕節是很贊成，不過我一直覺得去卡爾地夫就夠好啦，真的！」

穿毛呢的是馬坎組長，他那種優雅風度讓皮克東有時羨慕，又總是痛恨。馬坎帶著一種輕聲細語的有禮態度，然而這種態度本身就有侵略性。

「先生，實在很榮幸見到您。」他很誠懇地對柯茲致意，在柯茲採取主動以前就先握了過去。

可是等到里托瓦克跟他相互介紹時，馬坎似乎一時聽不懂他的名字。「老弟，請再講一遍？」他說。

「勒維尼。」里托瓦克重複一遍，口氣不怎麼溫和。「我有幸能跟拉斐爾先生共事。」

為了開會，已經準備好了一張長桌。室內什麼也沒掛——沒有某人妻子的裱框照片，也沒有英國女皇的柯達全彩玉照。紗窗望出去，只能看見一個空蕩蕩的院子。怪就怪在可以聞到一股徘徊不去的熱呼呼的柴油味，簡直像旁邊有潛水艇開過。

「我看你們就有話直說吧——」停了好一會兒，他才繼續道：「——拉斐爾先生，你是叫這個名字吧？」皮克東說道。

這句話裡少說也帶有一種好奇的機敏成分。柯茲把公文箱的鎖打開，把許多份檔案發給大家，這時外頭傳進了一聲爆炸的悶響，整個房間都為之一震。那是在精心控制的環境裡引爆的炸藥。

「我以前也認識一位叫拉斐爾的，」皮克東翻開資料的封面往裡瞧，就像第一次打開一份菜單一樣：「他還當過一陣子市長哩。那是個年輕小夥子。在哪個城市我忘了。該不會是你吧，嗯？」

柯茲苦笑了一下，表示他運氣沒那麼好。

「你們一點關係都沒有？拉斐爾——跟那個義大利畫家同名？」皮克東翻了幾頁資料。「很難說，對不對？」

柯茲當時的抑制實在有點怪異。就連看過他上百種偽裝身分的里托瓦克，也沒料到柯茲能如此堅持地箝制住他心中的惡靈。老獵犬的精力似乎一下子漏光了，代之以一種喪家犬的卑屈微笑。甚至連聲音都有點荒腔走板，帶著十分心虛抱歉的調調，至少剛開始時是這樣。

「『梅斯特班，』」調查主任唸資料上的姓名。「我這麼發音對不對？」

「沒錯，傑克，」馬坎急著表現他語文能力，插嘴說道：「就叫『梅斯特班』。」

「個人資料是在左邊的框格裡面，各位。」柯茲相當禮貌地說完，讓他們有機會多看幾行字。「局長，我們必須經你的同意才能宣讀和發布這些消息。」

皮克東慢慢抬起他漂亮的腦袋。「要我書面同意嗎？」他問。

柯茲不以為然地咧嘴一笑：「對米夏．加隆來說，一位英國官吏的話就夠了。」

「那我就口頭同意吧。」皮克東說罷，臉上明顯掠過一抹不悅之色；柯茲趕緊開始敘述安東．梅斯特本較不引人爭議的生平簡歷。

「他的父親是瑞士保守派紳士，在湖邊有棟高級別墅，局長，他除了賺錢之外，其他一概缺乏興趣。他母親是一位激進左翼的自由派人士，平時有大半年住在巴黎，擁有一家藝術沙龍，在阿拉伯人社交圈很吃得開——」

「馬坎，你想起什麼了嗎？」皮克東打斷簡報。

「有點印象，長官。」

「他們的兒子安東，是位財務律師，」柯茲繼續唸下去：「曾在巴黎讀過政治學，在柏林研究過哲學，又到美國柏克萊大學進修過一年法律與政治學，在羅馬大學讀過一學期，又到蘇黎世攻過四年法律，以特優等成績畢業。」

「高級知識分子。」皮克東下結論。

柯茲曉得他話裡的意思。「我們得說，在政治觀點上梅斯特本先生完全傾向他母親的路線——而在財政觀點上，則偏向於他父親。」

皮克東聽完大聲地笑了，那種笑法是欠缺幽默感的人所特有的。柯茲停了一會兒，好跟他分享這個笑話。

「各位面前的那些照片，是在巴黎拍的，不過梅斯特本先生的法律業務，主要還是在日內瓦，而且在城中區開了一家法律顧問社，服務對象是激進左派學生、第三世界的留學生和僑民與外國工人。有些缺錢的激進組織，也是他的客戶。」他翻了一頁，迫使大夥跟上他介紹的進度。他鼻頭上夾了付沉重的眼鏡，有點銀行老出納偷偷摸摸的味道。

「你認出這個人了嗎，傑克？」皮克東打岔問他的調查主任。

「毫無概念，長官。」

「跟他在一起喝酒的金髮女子是誰，先生？」馬坎又問了。

可是柯茲有他自己的步數，馬坎也保持自己溫和的態度，沒堅持要他說明。

「去年十一月，」柯茲繼續報告。「梅斯特本到東柏林參加過一個所謂的正義律師大會，會中由巴勒斯坦人所組成的代表團，舉行過一場冗長過頭的聽證會。不過呢，那場聽證會應該只有一面之詞吧。」他補上這句話，帶點怯生生的逗樂之意，不過沒人笑。「在那個場合裡梅斯特本接到某人的邀請，於是在今年四月份首次前往貝魯特訪問，專程至該市拜會幾個巴勒斯坦軍事組織。」

「不是去拉生意的？」皮克東問。

皮克東這麼說的時候，他還握緊右拳朝空中揮了一下。這樣稍微讓手放鬆以後，他在眼前的拍紙簿上寫了幾個字。接著他撕下來紙張，交給斯文的馬坎；馬坎對每個人笑了一下，就默默地站起來出去了。

「在貝魯特訪問完之後，」柯茲繼續說明：「梅斯特本在回程途中，到伊斯坦堡滯留了幾天，與幾個把反猶太視為目標之一的土耳其地下組織接觸過。」

「胃口不小嘛。」皮克東說。

因為是皮克東說的笑話，除了里托瓦克之外，其他兩個人都笑得很大聲。

這時馬坎辦完差事回來了，速度快得驚人。「這小子可不是好玩的，」他用那絲緞般的聲音咕噥了一句，把手中的資料遞給上司，同時又對里托瓦克送了個微笑，回到自己的座位。可是里托瓦克卻一臉昏昏欲睡狀。他把下巴擱在修長的手上，把頭輕輕點向他那份沒有打開的檔案夾。多虧有那雙手擋著，他的表情才沒有被人看得一清二楚。

「你們有向瑞士當局透露過這些事嗎？」皮克東把馬坎遞來的那張紙放在一邊，問柯茲道。

「局長，我們還沒有向瑞士透露這些。」柯茲語氣中暗示這其中有問題。

「我一直以為你們這夥人跟瑞士走得很近。」皮克東不以為然。

「走是走得很近，不過，梅斯特本先生的客戶中，有幾個在德國長期或者半永久地定居，這使我們處境尷尬。」

「我不懂。」皮克東仍然很不開竅。「你們早跟德國佬講好了不是？」

雖說柯茲那張笑臉簡直是緊緊附著在皮膚上了，他的回答卻是避重就輕的典範：「局長，話雖如此，可是耶路撒冷卻始終認為——考慮到我們的資料來源很敏感，而且德國目前的政治氣氛很敏感——

如果要通知瑞士的話，我們就得同時通知德國。這樣等於讓瑞士當局處理跟德國威斯巴登的事務時，被迫保持沉默，這對他們不公平呀。」

皮克東自己就很知道該怎麼對付沉默。在過去，他充滿懷疑的兇暴瞪視，對於下級官員來說有驚人的效果，他們相當擔心接下來會發生什麼事。

「我猜，你大概已經聽說那個難纏的艾里希，又改坐熱板凳的事了吧？」皮克東猝然問道。柯茲的某些特質開始引起他的注意：就算他沒認出柯茲是何許人，至少也知道他屬於哪種類型。

柯茲聽說了這件事，當然啦，他說。不過他好像沒把這件事當一回事，又堅定地扯回到正題上。

「等等，」皮克東小聲的說。他雙目凝視著他的檔案夾，裡面的第二張相片。「我知道這個美男子。這個天才上個月在慕尼黑高速公路上放自己鞭炮，順道還帶了個荷蘭女子一起歸天，對不對？」

柯茲暫時忽略自己故作謙卑的保護色，很快地插進來。「局長，就是這樣，據我方所獲得的可靠消息指出，那輛不幸出事的車子，以及車上的炸藥，全是由梅斯特本在伊斯坦堡的客戶所提供的，車子經由南斯拉夫，進入奧地利。」

皮克東將馬坎剛才遞給他的紙條拿起，在眼前一會兒拿遠、一會兒拿近地瞧了好半晌，就像他有近視一樣；他其實視力正常。「我們樓下的魔法盒子沒查到半個梅斯特本。黑名單和白名單裡全沒他的資料。」

柯茲聽了似乎反而很樂。「局長，這並不表示貴局的電腦部門缺乏效率。幾天以前——我得實話實說——這位叫梅斯特本的，在我們耶路撒冷的名單上，也沒有記錄。而且連跟他搭檔的人，也毫無記錄。」

「喔？包括這位金髮美女？」馬坎想起梅斯特本的那位女伴。

柯茲光笑不答，推了一下眼鏡，算是叫他的聽眾們注意，要講下一張照片了。這是慕尼黑跟監小組隔著大街拍下的眾多照片之一：小鴨子在夜裡正要從靠大街的門進入自己的公寓。影像有點糊糊的，低感光度的紅外線照片常常都是這樣子，不過也夠清楚了，足以用來辨識身分。他身邊有個高大的金髮女子，臉只看得到四分之一側面。當他把屋子鑰匙插進前門時，她往後站了些；她正是先前照片中撩起馬坎思緒的同一個女人。

「我們講到哪兒？」皮克東問。「這裡看來不像巴黎，房子不一樣了。」

「慕尼黑，」柯茲不但把城市講出來，還給出了一個地址。

「時間呢？」皮克東追問，口氣粗魯到讓人覺得他是不是一時錯把柯茲當成他的屬下了。

然而柯茲再次決定曲解皮克東的問話。「這位女士芳名叫艾絲屈．柏格。」他這麼說。皮克東猜疑的眼神又再次盯上他，這次帶點有根據的疑心。

威爾斯裔的調查主任已經好一陣子沒機會當主要發言人，這時他決定把柏格小姐的個人資料從檔案夾裡挑出來，大聲朗讀：「『姓柏格，名艾絲屈，化名艾達、海佳』——還有其他無數個化名，『一九五四年生於布雷曼市，是個富有船東的女兒。』我說您這個工作做得漂亮，拉斐爾先生。『先後就讀過布雷曼大學和法蘭克福大學，拿到政治學和哲學兩個學位，畢業於一九七八年。她有時替西德幾家走偏激路線的左派雜誌寫稿，一九七九年所知的最後住址，是在巴黎，她常到中東旅遊』……」

皮克東打斷他的話。「又是個該死的知識分子！查一下，馬坎。」

馬坎再度告退後，柯茲很靈巧地繼續講下去。

「局長，如果您比較一下日期的話，您就可以發現，柏格小姐最近的那次前往貝魯特，是在今年的四月份，正好與梅斯特本的中東之行日期吻合。在他轉道伊斯坦堡時，她也在那裡。雖然搭的飛機不同，但住進的旅館卻一樣。好，麥克。麻煩你。」

里托瓦克拿出兩張住房登記影本，分別屬於安東．梅斯特本先生和艾絲屈．柏格小姐，時間全是四月十八日。在這兩份影本旁邊，還有張縮印的旅館帳單，全由梅斯特本付清。旅館是伊斯坦堡的希爾頓飯店。就在皮克東和調查主任研究這些資料時，門又開關了一次。

「艾絲屈．柏格小姐也是NRA你相信嗎？」馬坎臉上帶著最絕望的苦笑。

「請問，這個NRA的意思是沒有紀錄（Nothing Recorded Against）嗎？」柯茲輕快問。

皮克東用兩手的指尖拿起他的銀色自動鉛筆轉來轉去，以不悅的目光審視著那枝筆。

「是啊，」皮克東一邊思索一邊說道：「正是。你們的成就真是頂級的，拉斐爾先生。」

柯茲拿出的第三張照片——事後里托瓦克戲稱是變把戲時拿出的第三張撲克牌——偽造得如此逼真，就算是特別找來的臺拉維夫偵察專家，也沒辦法從一堆照片裡挑出這張贗品。查莉和貝克當天早上要離開特爾菲旅館，照片裡的他們正走向停在前院裡的朋馳車。貝克背著查莉的肩背包和他自己的黑色旅行袋。查莉穿了一身希臘風的華麗服飾，拎著她的吉他。貝克穿著那件紅外套，絲襯衫，古奇名牌鞋。他正伸出戴了皮手套的手去開駕駛座車門。照片中的他還戴上了麥寇的臉孔。

「局長，這張相片，是碰巧在汽車爆炸的前兩星期拍下的，那個事件正如您先前所說，是有一對恐怖分子不幸被他們自己運的炸藥所炸死。前景中這位紅頭髮的女子是個英國公民。護送她的男伴稱她為『貞德』，她則稱呼她的男伴『麥寇』，不過那位男士的護照姓名並非麥寇。」

氣氛的變化就好像室內溫度突然直線下降。調查主任對馬坎擠出一抹假笑，馬坎似乎也回了一個微笑；但接下來事情漸漸變得愈來愈明顯——馬坎的笑意看起來一點都不輕鬆愉快。不過，皮克東的不動如山才真正占據了舞臺中心；他看起來就像是除了眼前的照片以外，拒絕再接收任何新的訊息了。對於柯茲來說，他指出事涉一位大英帝國子民，就是冒險假裝沒留心踩上了皮克東的地盤，接下來風險得自負。

「可真巧。」皮克東繼續看著那張照片，從緊抿著的雙唇之間擠出這句話。「我想，有位好朋友剛巧帶了他的相機吧。這就叫做走狗屎運囉。」

柯茲不好意思地咧嘴一笑，卻沒講話。

「馬上拍了好幾張，然後巧之又巧地把照片送到耶路撒冷去。他碰巧度假時看見一名恐怖分子——他認為拍下這張相片會有點幫助。」柯茲的笑意更加擴大；令他訝異的是，他竟然看見皮克東也在朝他猛笑，雖然可能不懷好意。

「對，不錯，我的確記得你們有不少這種朋友。到處都有，我現在才想到。不管高高在上的，低三下四的，有錢有勢的——」在這不幸的時刻，皮克東過去在巴勒斯坦受的挫折似乎突然在他腦中復活了，險險就要隨著一陣怒氣沖沖爆發出來。但他控制住自己。他的表情漸漸緩和下來，聲調也放低了。

他釋出笑容，直到能夠傳遞善意的程度。柯茲還是一年到頭都一樣的那張笑臉；而里托瓦克的表情被他撐著下巴的手給扭曲了，就旁觀者看來，他可能在狂笑不止，也可能正護著一顆痛得不得了的爛牙。

調查主任清清嗓門，以威爾斯人那種和藹親切的態度趁機打岔。「有件事我倒想提一下，就算她是英國人——雖然照我看來，這個猜測太大膽了點——可是至少在這個國家，沒有法律明文規定不能陪巴勒斯坦人上床啊。我們不能單憑這種罪名，展開全國大搜索來逮捕這位女士呀！老天爺，假如我們——」

「他有的證據不止這些，」皮克東轉眼看柯茲。「還多著呢。」

然而他的語調暗示了更多。他們總是會留一手的，他要說的其實是這個。

柯茲倒是頗有涵養地不以為忤，請他的聽眾研究一下照片右邊的那輛朋馳轎車；他自謙說對車子一向不太有研究，但他同事跟他說過，這是一輛轎車而非跑車，酒紅色的，車窗右側邊上還有根天線，兩個車側後視鏡，有中央鎖控裝置，只有前座上有安全帶。根據這些可見的細節，正好與那輛在慕尼黑市外爆掉的車子殘骸符合，因為那輛炸掉的轎車前座，竟然大半很奇蹟地沒炸爛掉。

馬坎忽然想到一個解套方案。「但有一點，先生——我們怎麼能一口咬定她是英國人呢？——說不定她是那個荷蘭女孩啊？紅髮，金髮——這不代表什麼。更不能單憑他們以英語溝通，就一口斷定她是英國人啊？」

「安靜，」皮克東下令後點起一根菸，這次沒打算跟任何人分享。「讓他講完。」說完猛吸了一大口，竟然把煙悶在肚裡沒吐出來。

柯茲這時的語調轉為凝重，一時間連他的肩頭都跟著一沉。他把拳頭擺在桌上的檔案夾兩邊。

「局長，據我們另一個消息來源指出，」他很有魄力地宣布：「這輛朋馳車由希臘北上穿過南斯拉夫時，是由一位持英國護照的年輕女士駕駛。她的情夫沒有陪她北上，搭乘奧航直飛薩爾斯堡。奧地利航空還幫這位男士預定了薩堡的住宿處，根據我們的調查，這對男女住進該市的歐斯特雷瑟飯店時，自稱是法國夫婦拉沙葉，雖然那位女士不會講法語，只會講英語。服務人員記得她，是因為她外表引人注目、一頭紅髮，手上未戴結婚戒指，拎了個吉他，有人拿這個尋開心；此外她早上很早就跟丈夫一起出去，卻在當天稍後回來使用旅館內的設備。行李領班很清楚地記得，他還為這位拉沙葉太太叫了輛開往薩爾斯堡機場的計程車，而且連替她叫車的時間——下午兩點——都還記得一清二楚，他那時正好快要下班。他本來要幫她確認預定機位、還有班機起飛的時間是否有延誤，但拉沙葉太太不讓他這麼做，想來該是因為她不是用拉沙葉的名字搭機。當天有三班由薩堡出發的飛機符合這個時間，其中一班就是直接飛往倫敦的奧航班機。該航空公司的機場櫃檯劃位小姐，很清楚的記得她曾為一位紅髮英國女孩劃過位、撕過票；她用的是一張由帖薩羅尼加到倫敦的旅遊包機票，本來她想請櫃檯重開一張的，可是不符程序，所以後來只好掏腰包重新買了一張全額票，付的是廿十元面額的美鈔。」

「別兜圈子，」皮克東不耐煩了。「她叫什麼名字？」說著把菸用力按熄，直戳到任何一點火星都死透了還不停止。

里托瓦克一聽，馬上翻出班機旅客名單影本傳給每個人。他看起來很蒼白，甚至好像在忍著痛。等到他把文件傳完一圈以後，就去倒了杯開水喝了兩口，雖然整個早上他幾乎沒講一句話。

「報告局長，一開始我們很驚訝，沒查到有個叫貞德的女旅客。」在大家審視這名單時，柯茲如此坦承。「我們最多只能找到一名叫查蜜安的女孩。她的姓氏你可以從那份乘客名單上看到。奧航櫃檯小姐也替我們確認了她的身分——是名單上的第卅八位旅客。櫃檯小姐甚至還記得她提著吉他。出於幸運的巧合，這位櫃檯小姐崇拜佛朗明哥吉他大師曼尼塔・狄・普拉塔㉜，所以對那把吉他印象很深。」

「又是個他媽的好朋友。」皮克東粗聲地說，里托瓦克則乾咳了一聲。

柯茲展示的最後一張照片，也是從里托瓦克的公文箱裡拿出來的。柯茲伸出兩手來接，里托瓦克把那些照片遞到他掌中，感光那一面還有點發黏。然後他馬上一張張地展示。照片中，梅斯特本和海佳站在機場出境大廳裡；梅斯特本望著正前方中央出神；他身後的海佳正在買半公升裝的免稅威士忌；梅斯特本手上捧了一束用紙包好的蘭花。

「卅六小時前，巴黎，戴高樂機場。」柯茲簡短地解釋。「柏格跟梅斯特本，正要搭乘巴黎轉倫敦蓋特威克機場到愛瑟特市的班機。梅斯特本已經預先從赫茲車行租了一輛車，讓他一到愛瑟特機場就有車用。昨天他們才返回巴黎，除了蘭花不見之外，路線走得倒完全一樣。柏格小姐用的護照姓名叫瑪利亞・布林豪森，瑞士人，這可又是個新的化名。至於她的那一大堆假護照，全是東德為巴勒斯坦人特別準備好的。」

馬坎這次沒等到上司下令，就已經竄出大門。

㉜ Manitas de Plata（1921-2014），著名佛朗明哥吉他大師。

「可惜你們沒替他們在愛瑟特機場拍上一張。」在他們等著馬坎回來時，皮克東諷刺道。

「局長，你應該知道，我們不能這麼做。」柯茲嚴肅地說。

「喔？我知道？」

「因為貴我兩國的首腦們，曾有過互惠協定，長官。在未獲對方書面同意之前，不得在對方境內釣魚。」

「喔，你指的是這個啊。」皮克東說。

威爾斯警官進一步應用他的外交辭令。「那麼愛瑟特是她的老家囉，先生？」他問柯茲。「是德汶郡的女孩嗎？你總不至於認為一個鄉下女孩會走入恐怖的歧途吧？這好像不太可能，我想？」

然而柯茲的情報似乎到了英國海岸地區就斷了。他們聽到漸漸爬上寬闊樓梯的腳步聲，馬坎的麂皮靴也在吱嘎作響。絕不氣餒的威爾斯人又再度展開攻勢。

「不知怎麼的，我認為德汶郡的人很少有紅頭髮的，」他感嘆道。「事實上，也不太會取查蜜安這種名字，真的。最多只會取貝絲、蘿絲這種名字——我就認識一個叫蘿絲的。可是沒聽過有女孩叫查蜜安的，更沒有德汶郡的人叫這種名字。再往北幾個城鎮或許才會有人叫查蜜安，尤其是倫敦附近一帶。」

馬坎謹慎地走進來，步履輕盈而小心翼翼。他捧了一大疊資料：都是查莉涉足左派激進團體的成果。墊在下面的一些資料因為年代久遠又使用過度而破破爛爛。各種剪報跟印製粗糙的小冊子，從邊緣突出來。

「長官，我得說，」他把東西朝桌上一砸，吁了口氣，「如果她竟然不是我們要找的女孩，她也應該夠格的！」

「吃飯。」皮克東突然遞出這句話，然後帶著怒氣對兩名手下連珠砲似的下了一大堆命令，才帶著以色列人向一間大餐室開拔過去；那裡面有股煮白菜和新漆油漆的綜合氣味，怪難聞的。

一個鳳梨狀的枝形吊燈掛在三十呎長的餐桌上，桌上點著兩支蠟燭，還有兩名侍者，穿著白得發亮的制服照顧他們的每個需要。皮克東面無表情地吞著食物；里托瓦克臉色蒼白如死人，輕啄著食物的樣子則像個病人。但柯茲顯然招惹眾怒。他跟大家閒聊，當然，全都是些無關痛癢的話題：他懷疑，如果局長有機會再去耶路撒冷看看，不知道還認不認得出那地方。他真的很欣賞在一個英國軍官食堂裡吃的第一頓飯。就算在這個時候，皮克東也沒有整頓飯都穩坐在椅子上。馬坎組長兩度把皮克東叫到門邊竊竊私語一陣；有一次他被叫去聽電話，他的上級打來的。等到上布丁的時候，皮克東忽然像被蜂螫了似地跳起來，把他的斜紋餐巾交給侍者，接著就大步走出去，表面上看是要打幾通私人電話，但也可能是透過他房間裡深鎖著的神祕電話櫃徵詢意見。

公園空曠得就像剛放寒假的學校操場，除了偶爾出現的站崗警衛之外，一個人也沒見到；皮克東像個挑剔個沒完的地主在巡視地產，昂然跨步向前，同時眼神不耐地環顧著四周的籬笆，用手杖戳著他看不順眼的每樣東西。相隔九吋之處，柯茲興高采烈地跟著；從遠方看來，兩個人看起來有點像獄卒和囚犯在散步，雖然很難斷定到底哪個是獄卒。他們背後還有抱著兩個公事包的里托瓦克尾隨；里托瓦克的後面則是皮克東傳奇性的部下，來自倫敦阿爾塞西區的歐芙拉提太太。

「勒維尼先生喜歡聽人講話，對吧？」皮克東放了一炮，聲音大到足以讓里托瓦克聽見。「好聽眾，記性好，對吧？我非常喜歡這種人。」

「他守口如瓶，局長，」柯茲陪笑道。「他到處都跑。」

「陰惻惻的年輕人，我對他有這種印象。不過我上司是叫我單獨跟你談，如果這樣對你來說沒有差就算了。」

柯茲馬上轉頭朝里托瓦克說了幾句希伯來語。里托瓦克就放慢腳步，落在聽力範圍之外。接著很奇怪的是，等到他們確實落單以後，他們之間隨即產生一種難以言喻的同志情誼，就算柯茲或皮克東願意承認，他們都不知道怎麼解釋這種感受。

午後的天氣有點陰沉，風也颳得滿起勁的。皮克東借給柯茲一件連帽大衣，讓他看起來變得有點像個老水手。皮克東自己穿的是雙排扣軍用短大衣，不過那張臉被冷風一吹馬上就發黯了。

「你大老遠跑來把她的事告訴我們，實在很感激。」皮克東把這話說得像在挑釁一樣。「我上司等一下會親自打個電話給魔王加隆道謝。」

「加隆會覺得很有面子的。」柯茲裝著沒聽清對方所指的「魔王」是誰。

「真有趣，說真格的，你們這夥人竟會把咱們自家裡的恐怖分子，漏給我們聽。以前在我那個時代，好像是反過來的。」

柯茲安慰了他幾句，不脫風水輪流轉之類的話，然而皮克東可不是詩人的材料。

「這是你們主導的行動，當然。」皮克東說。「這是你們的情報來源，你們作主。我上司對這點非常堅持。我們的工作就是乖乖坐好，他媽的一個口令一個動作。」他又補上一句，斜眼瞟了柯茲一眼。

柯茲說現在行動是唯一重要的事情啦，而有那麼一秒鐘，皮克東一臉快要氣炸的樣子。他那雙猜疑的眼睛睜大了，下巴也往脖子縮去，就停在那裡。但接下來，或許他想讓自己冷靜下來吧，就點了根香菸，背對著風，用他那雙棒球捕手的巨掌護著火焰。

「喔，對了，你大概會很驚訝吧，你提供的情報都已經證實了。」皮克東揮熄火柴，帶著最諷刺的語氣說道。「柏格跟梅斯特本的確飛了一趟巴黎——艾瑟特的來回班機，的確一到機場就租了一輛赫茲的汽車，總共開了四百廿哩。他是用自己的姓名，以美國運通卡付帳。至於在何處過夜沒查到，不過貴方一定適時會告訴我們的。」

柯茲深諳沉默之道。

「至於這名案中的女子，」皮克東繼續說下去，帶著同樣力道十足的輕浮語氣：「你聽了大概也會同樣感到相當驚訝，她目前在康瓦爾郡的窮鄉僻壤做現場演出。她是跟著一個叫『異教徒』的古典劇團，我還滿喜歡這個名字的，這你大概也還不知道吧？她住的旅館說，有個長得像梅斯特本的男人，在她下戲之後把她給接走了，一直到第二天早上才回來。你這位當事人，看樣子常換床伴唷。」他停了一下，可是柯茲卻沒搭腔。「同時，我還得告訴你，我的上司是一位高級官員，也是位紳士，他會百分之百支持贊助對你們的作業。我那上司啊，一向感恩圖報。他銘感五內，激動不已。他一向對猶太人很友善，而且覺得你們不辭辛苦來到敝國、引導我們找到她，實在做得太漂亮了。」他帶著幾分惡意瞟了柯茲一眼。「你瞧瞧，我老闆還很年輕。他對新興的貴國很著迷，如果沒有意外，他根本不屑聆聽我對你們抱持的卑鄙疑心。」

他們走近一座綠色的大棚屋，皮克東舉起手杖頂了幾下鐵門。馬上就有個身穿藍色運動裝、腳蹬慢跑鞋的年輕小夥子，開了門把他們迎入這個體育館。「星期六。」皮克東吐了三個字，算是解釋體育館為何帶有這種廢墟似的氣氛，然後就憤怒地自行巡視這片地產上下，一會兒察看更衣室的現況，一會兒用極其粗大的手指沿著平行的木條摸一圈，看有多少灰塵。

「我聽說你們又開始轟炸巴勒斯坦難民營了。」皮克東語氣中頗帶譴責意味。「又是加隆的主意，對吧？他可以散彈打鳥的時候，就絕對不肯正面對決。」

柯茲開始頗為真誠地坦承相告，以色列社會上層階級的決策過程老是令他難以捉摸，然而皮克東沒時間理他那一套。

「我告訴你，他不可能不遭報應。你就說是我親口這麼講的。那票巴勒斯坦人，這輩子必定陰魂不散地跟著你們。」

這次柯茲只是苦笑著搖了幾下頭，對於世道人心感到訝異。

「米夏．加隆是猶太民族軍事組織㉝出身的，對吧？」皮克東純粹出於好奇地問道。

「應該是猶太自衛軍㉞。」柯茲糾正。

「那你的運氣又帶你到哪裡？」皮克東問。

柯茲裝出輸家羞愧的樣子。「不管這是幸或不幸，局長，我們拉斐爾家人到以色列的時機都太晚了，沒來得及給英國人添任何麻煩。」他這麼說。

「別唬我了。」皮克東回話：「我知道米夏是從哪交到朋友的。是我賞他一碗飯吃的。」

「他也這麼告訴我，局長。」柯茲擺出無懈可擊的笑容說道。

那個運動服男孩打開了一道門，他們跟著通過。在一個長長的玻璃匣裡展示著各種土製武器，用途在於不聲不響的狙殺：一個上面裝了釘子的圓頭棒；一根鏽得厲害的帽針，還加了木製把手；幾個自製針筒；還有經過改良的絞殺環。

「標籤都褪色了，」皮克東看著這些老裝備懷舊了一陣之後，便對那年輕男孩一陣疾言厲色：「你聽好了，星期一早上十點整要有新標籤，否則有你受的。」

他退回空氣新鮮的地方，柯茲也拖著腳步怡然自得地跟出來。等著他們的歐芙拉提太太緊跟在他主子旁邊站定。

「好啦，你們到底要什麼？」皮克東說話時，看起來就像是被逼著要決定什麼事情。「別說你只是專程替老烏鴉加隆送情書來的，我可不吃這套。實際上，我根本懷疑我永遠不會相信你。我很難被人說服，不過你的運氣就靠這個了。」

柯茲笑著搖搖頭，對皮克東繞圈子的講法的確佩服。

㉝ Irgun，英國統治巴勒斯坦時的猶太復國主義激進派地下組織。

㉞ Haganah，意指「軍隊」，一九二八－四八年間活躍於巴勒斯坦的猶太地下軍事組織，後來成為以色列國防軍的主力。

「嗯，長官，老烏鴉加隆的意思是目前還不能下手逮人。當然，這是考慮到我們的消息來源處境敏感。」他擺出一副自己只是個捎口信小嘍囉的姿態。

「我以為你那些消息來源，全都只是些好朋友啊。」皮克東語帶尖酸地損了一句。

「就算米夏同意正式逮捕她，」柯茲帶著微笑繼續說下去：「他也會自問，能用什麼罪名控告這位女士，又該上哪個法庭呢？誰能證明她開車時就已經載著炸藥了？她會說，炸藥是在後來才運上車的。我相信，最後我們手上只剩下個小罪名：持偽造證件開車穿越南斯拉夫邊境。而且，那些偽造證件又在哪裡呢？誰能證明那份偽造證件存在？這種證據脆弱得很。」

「那倒是，」皮克東也同意：「都已經這把年紀了，米夏倒變成律師啦？」他一邊問，一邊又斜乜了一眼。「老天爺，如果真有這種例子的話，那簡直就是從盜獵者變成獵場看守人嘛。」

「還有她目前的價值問題，也是加隆一再強調的。我講的不只是她現階段對我們的價值，還有她對你們的用處。現在我們可以說她是幾乎清白的。可是最後她到底會知道多少呢？我們可以拿拉森小姐的案例來看。」

「拉森？」

「就是那個在慕尼黑意外事件中罹難的荷蘭小姐。」

「她怎麼樣？」皮克東停下腳步，轉身沉下臉瞪著柯茲，疑心再度大起。

「拉森小姐也替她的巴勒斯坦男友開車跑腿。實際上，就是同一個男朋友。她甚至還替他栽過兩三顆炸彈。從資料上看來，拉森小姐看起來有很多故事可說。」接著柯茲搖搖頭：「可是真的講到可用的情報嘛，局長，她等於是艘空船啊。」無視於皮克東充滿威脅感地逼近身邊，柯茲舉起、打開他的手，以便表示那艘船是多麼空空如也。「她也不過是個喜歡熱鬧場面的浪女，喜歡刺激、喜歡跟男人廝混、喜歡取悅別人。他們什麼都沒跟她講。地址、姓名、計畫，她一概不知。」

「你怎麼知道這個？」皮克東再度語帶責備。

「我們跟她小聊過一陣。」

「什麼時候？」

「不久以前。有好一陣子囉。反正就是跟她談了一次買賣，才重新放她下海的。你也知道這種方法。」

「我想，這買賣是在你們把她炸碎前五分鐘談的吧。」皮克東用那對黃濁的眼珠子瞪住柯茲不放。

可是柯茲仍然笑容滿面。「哪有那麼容易喔，局長。」

「我問過你想要些什麼，拉斐爾先生。」

「我們想讓她展開行動，局長。」

「我就知道你會這麼說。」

「我們想讓她先察覺到事有蹊蹺，不過別逮捕她。我們想讓她害怕——怕得她必須再進一步跟那些人聯絡，或是要那些人來接觸她。我們想讓她把戲演完。讓她做個無意識的特務。當然，我們會跟貴方分享戰果，而且等事成之後，由貴方獨享光榮和該名女子。」

「她不是已經進行過接觸了嗎？」皮克東有意見。「他們不是已到康瓦爾郡找過她了，還帶給她一束蘭花不是嗎？」

「局長，據我們研判，那次接觸只是試探性的考察行動。如果不加干涉，我們擔心這次會面不會有任何進一步的結果了。」

「你又怎麼知道的？」皮克東的聲音聽起來又驚異又憤怒。「我知道你怎麼知道的了。你把耳朵湊到鑰匙孔上去偷聽來的！你以為我是誰呀，拉斐爾先生？你當我是叢林裡跑出來的黑鬼？那個女孩子明明是你放出去的人，拉斐爾先生，我知道她是幹什麼的！我瞭解你們這些以色列人，我認識那個惡毒的小矮人米夏，而且我愈來愈認識你了！」他的聲音拔高到危險的地步。他大步超前柯茲，然後停下來等著他，一邊重新控制自己。「這會兒我剛好有個劇情在腦子裡，拉斐爾先生，而且我想跟你分享一下。可以嗎？」

「那太榮幸了，局長。」柯茲愉快地回答。

「謝謝你。這種詭計得利用死人才行。你找到一具不錯的屍體，把他穿戴整齊之後，就把他放在敵人出沒的路上，讓他們被屍體絆一跤。『哈囉？』敵人就說話了，『這是什麼啊？咦？一具屍體，手上還拎了個皮箱？快打開來讓我們瞧瞧。』他們一看，就發現了一張小紙條。『哈囉！』他們就說，『他一定是個密使！快讓我們把這個小紙條讀一遍，趕緊往陷阱中跳！』所以他們就跳了。而我們就通通掛勳章了。這就是我們以前常說的『假情報』，就是專門設計來擾亂敵人耳目，而且效果不錯。」皮克東的諷刺跟他的怒火一樣可怕。「可是這對你和加隆太小兒科了。所以你們這些唸過太多書的狂人，還要變本加厲更進一步。『我們可不喜歡死人肉，哎呀，這次可不要！我們要用活肉！阿拉伯肉，荷蘭肉。』所以你們就幹了。你們把這些人肉放到一輛漂亮的朋馳車裡炸碎。他們的朋馳車。當然我現在不知道，將來也永遠不會知道你們是在哪裡放出假情報的，因為加隆和你就算死到臨頭也絕不會承認的，對吧？不過你們早就已經放餌了，而且對方也咬下去了，否則他們才不會送給她那些美麗的花，不是嗎？」

柯茲悲傷地搖搖頭，對皮克東的有趣臆測相當欣賞，他想開始撤退，然而皮克東卻以警察那種不偏不倚的準頭，輕而易舉地抓住了他。

「你把這話轉告那個混帳加隆老大。如果我沒弄錯，你這傢伙竟然未經我們同意就吸收了一名英國臣民做你們的間諜，我會親自趕到他那個下流的小國家去，給他點顏色瞧瞧。懂了嗎？」但他的面部表情突然間好像不由自主地放鬆下來，一臉陷入回憶之中的溫柔微笑：「這老惡魔以前通常是怎麼講的？」他自問。「狠得像老虎一樣，對吧？你應該知道他怎麼說。」

柯茲也說過。而且他常常這樣說。他臉上帶著海盜式的殘忍笑容，說道：「既然想逮到獅子，首先就得捨得把羊放出去。」

歃血為盟的時刻一過，皮克東又板起臉來。「在官方的層次上，拉斐爾先生，這是我上司的讚美，你給我們的服務已經替你鋪好一條康莊大道了。」他腳跟一轉，開始輕快地朝辦公室走去，把舉步維艱的柯茲和歐芙拉提太太丟在身後。「還有，告訴加隆那老傢伙，」他又添了兩句，用他的手杖指著柯茲，算是最後一次擺殖民地長官的派頭：「叫他以後別再偽造我們英國的護照了。既然別人不用英國護照都能照混不誤，老烏鴉就應該也能辦到，他真該死！」

回倫敦的路上，柯茲讓里托瓦克坐在前座，想讓他學點英國風度。梅鐸斯話多了起來，想跟他們討論約旦河西岸的問題：說真的，先生，要怎麼解決這個問題，當然啦，同時還要給阿拉伯人應有的公道，您對此看法如何？對於前座到頭來白費唇舌的談話，柯茲充耳不聞，他只沉浸於剛才刻意不去想的那些回憶裡。

在耶路撒冷有個還能運作的絞刑架，現在再也沒有吊人了。柯茲對那裡很熟：靠近俄國移民區，你沿著建到一半的馬路往下開，一直開到一扇歷史悠久的大門前，那裡以前是耶路撒冷的中央監獄。絞刑架在左手邊。那裡有個招牌寫著「到博物館」還有「英雄殿」，前面有個半瘋的老人家在門外閒晃，他會打躬作揖地迎接你進屋，把他自己的黑色小帽都掃到地上去了。門票才十五塊，不過慢慢在漲價。在過去的託管時期裡，英國人就在這裡吊死猶太人，套索上有著皮革襯裡。他們吊死的猶太人其實很少，被問吊的阿拉伯人就多了；不過，柯茲有兩個朋友就死在這裡，那時候他跟加隆都在猶太自衛軍裡。柯茲只差一點就跟那兩個人同樣命運了。他們關過他兩次，審問他四回，後來他的牙齒偶爾出問題時，牙醫還是把原因歸咎於他過去捱的毒打：揍他的是一個年輕親切的戰地安全官，現在已經死了，他的舉止跟皮克東有幾分像，雖然外表完全不同。

雖然如此，那個皮克東人還是不錯，柯茲一邊思索著，一邊在內心微笑；此時他想到又成功地完成一個步驟了。或許皮克東有點粗魯；嘴巴太狠，出手也太重；而且他對酒的品味實在糟到讓人難過——這實在是一種浪費。但到頭來他還是像大部分人一樣很上道，也滿實際的。粗中有細。米夏·加隆總是說，柯茲可以從皮克東身上學到不少東西。

19

在倫敦等了兩個又濕又潮的初秋禮拜，自從海佳把惡耗告訴她之後，查莉在她自己的想像中，墜進了一個可怖的復仇地獄，獨自在裡面燃燒。我驚魂甫定，是個舉目無親的苦主，一個朋友都沒有。我是個沒有將官帶領的士兵，不准參加革命的革命軍人。甚至連凱西都拋棄她了。「由現在起，妳要學著獨立，」約瑟帶著扭曲的微笑告訴她：「妳不能再去電話亭打電話跟凱西聊天了。」在這段時間中他們見面的次數既少又公事公辦，通常都小心翼翼地安排換車事宜。有時候他會把她帶到倫敦邊緣的偏僻餐廳；有一次是到伯罕海灘散步；還有一回是到攝政公園附設動物園。但不管他們在哪裡見面，他都會跟她談她的心理狀態、經常對她簡報各種臨時狀況，但卻不曾清楚描述他們在幹什麼。

他們下一步是什麼？她問過。

他們目前正在暗中調查妳、觀察妳、考慮妳。

有時候她對他的態度會突然帶點敵意，可是他卻不以為忤，像個好醫生般對她保證，在她的處境下有這種症狀很尋常。「我是妳最大的敵人，天啊！因為我把麥寇害死了，只要稍有機會我也會連妳一起殺掉。妳應該把我視為最嚴重的威脅，理所當然，不是嗎？」

多虧他的諒解，她私底下納罕著，他們共通的人格分裂症竟似有無窮無盡的面向：然而理解即是寬恕。

直到有一天，他宣布他們會有一陣子不能再以任何形式會面，唯一的例外是發生極為緊急的事件。他好像預知有事要發生，卻不把真相告訴她，怕她的反應會不符合她的角色身分，或者怕她根本沒反應。他會在附近的，他提及他在雅典時對她許下的諾言，很近，每天都會在，但不會再現身了。而他或許故意要把她的不安全感逼到幾乎到臨界點，他又把她丟回他所創造出的那種孤絕生活；但這次是以戀人之死做為主題。

她曾經很愛護的公寓，因為她努力保持疏於照顧的狀態，現在成了紀念麥寇的神龕，骯髒而混亂，籠罩在教堂般的死寂中。他給她的書和小冊子都朝下攤平，鋪滿地板和桌面，頁面打開處有做了記號的段落。晚上她睡不著時，就會坐在桌前抽出一本亂塞在某處的練習簿，去抄麥寇信上的那些句子；她的目的是收集一本麥寇的祕密回憶錄，讓另一個世界知道他是阿拉伯的切．格瓦拉。她想過要接觸一位她認識的激進派出版商：「一位遇刺巴勒斯坦人所留下的夜間書信」，打在品質糟糕的紙上，還有許多錯字。整個準備過程中帶有一點瘋狂的成分，當查莉跳脫出來看的時候就心知肚明。但就另一個意義來說，她也知道，如果少了這點瘋狂，她就沒有健全的時候了；要不就是扮演那個角色，要不就是什麼都沒有。

她平常白天裡也很少到外頭去。可是有天晚上，為了更進一步證明自己確實決心扛起麥寇的旗幟、為他加入戰場（如果她找得到戰場在哪兒），她出席了一次在酒館樓上房間的戰鬥同志聚會。她坐在那些「非常狂熱派」旁邊；他們之中大多數一到場後，就陷入一種麻木的遺忘狀態。但她看透這一切，而且針對猶太復國主義中的法西斯訴求和種族滅絕主張，發表了一通憤怒的演講，這著實把她自己跟其他人都嚇壞了；這讓激進左派的猶太人代表也跟著神經質地抱怨起來，另一面的她看到這一幕，卻偷偷覺得有趣。

偶爾有幾次，她也會表演糾纏奎利的戲碼，談她未來的角色安排——到底有沒有試鏡機會呀？老天爺，我需要工作啊！事實上，她對藝術舞臺的興趣卻愈來愈小。因為她目前不計時間，全心投入這齣在現實舞臺上所演出的戲，完全不理會日漸升高的危險。

警告開始發出，就像海上風暴來臨的前奏那樣。

第一個發出警告的是老奎利。他那天早上打電話的時間遠比他過去習慣的要早許多，表面上是回覆她前一天所打去的電話。她接到這通電話時，馬上聽出來是奎利太太逼著他一進辦公室就打這通電話——免得他會忘記、或者失去勇氣、或者拿刀鬧自殺。沒有，他目前沒撈到什麼她可以演出的機會，而且當天中午跟她約好的午餐聚會他得取消，奎利說道。沒關係，她告訴他，語氣儘量活潑些以掩蓋失望，本來這頓中飯是要慶祝她的巡迴演出結束，順道安排她下一季節目。她本來很期待這頓飯，這算是她能縱容自己的一點小小犒賞。

「這真的沒關係。」她硬著頭皮堅持道，同時等著聽他的藉口。可是卻沒想到，他突然改變作法，笨拙粗魯地捅了她一刀。

「我只是認為這個時機不太合適。」他講得很玄。

「奈德，怎麼回事？又不是在齋戒懺悔。你怎麼啦？」

她裝出來這種輕鬆的口氣，是為了讓他比較容易把話說出口，卻只刺激他講出更加誇張虛浮的話來。

「查莉，我不知道妳究竟做了什麼，」他說得就像在布道一樣：「我當初也年輕放蕩過，我不像妳可能想像過的那樣迂腐，可是，就算只有一半影射傳言屬實，我看，為了彼此的好處，我們拆夥算了——」但他畢竟是可愛的老奎利，沒辦法下手揮出最後一擊，所以他說道：「等妳神智清醒之後，我們再見個面吧。」按照他太太瑪佳麗的劇本，他這時應該掛電話了，而在幾次虛情假意的謝幕，還有查莉的幫忙之下，他總算掛斷電話。她馬上又打回去，接電話的是艾理斯太太，這正合她的期望。

「這是怎麼回事？我突然得了口臭嗎？」

艾理斯太太把聲音壓得低低的，唯恐有人竊聽。「哎喲，查莉，妳到底做了什麼事？警方今天一早上都在問妳的事，來了三個人，還命令我們不准告訴妳。」

「去他們的！」查莉很勇敢地罵道。

這只是一次警方季節性的調查，她告訴自己。祕密調查隊穿著釘靴闖進來，重新補充關於她的資料，以便過聖誕節。反正自從她去參加過那個左派講習會之後，警察就三不五時調查她。只是這次聽起來好像不太像例行公事。竟然花上整個早上，而且一來就是三個警察，這可是貴賓級待遇。

下個警訊來自她的美髮師。

本來她是約好十一點去做頭髮的，不管中午飯局有沒有取消，她仍然打算這個時間去。那家美容院的老闆娘叫做畢碧，是個性情慷慨的義大利女人。一看見查莉進門，就眉頭一皺地跟她說，今天由她來替她做頭髮。

「妳是不是又搭上了個結過婚的男人？」畢碧趁著把洗髮精倒到查莉頭上時，對著她耳朵大吼。「妳一向就不老實，妳曉得嗎？妳一向都不規矩，又姘上了個有婦之夫了對不對？妳到底做了什麼見不得人的事，查莉？」

在查莉的逼迫下，畢碧說昨天店裡闖進來三個男的。說他們是查逃漏稅的稽察，想查看她店裡的帳簿和預約登記簿，看她入帳是否吻合。

可是他們真正想知道的卻是查莉。

「『這個叫查莉的是怎麼樣的人？』他們問我。『畢碧，妳跟她熟不熟？』『當然，』我說：『查莉是個乖女孩，老主顧了。』『喔——是常客啊？她跟妳聊起過她男朋友嗎？她跟誰在一起？這幾天又跟誰在睡覺？』只問妳去度假的事——跟誰去的，在去希臘以後又到過哪裡。我什麼也沒說。妳大可放一百個心。」等她到櫃檯確實付完帳以後，畢碧話可就說得不怎麼好聽了，她第一次這樣子。「過一陣子再來吧，好不好？我可不想惹上什麼麻煩。我最不喜歡警察了。」

誰又喜歡呢，畢碧。我也不喜歡惹上他們哪。尤其那三個專來找我的警察，是我最不想見到。我們愈早讓英國警方來找妳麻煩，敵人就會愈快插手拉妳一把的，約瑟向她預先講過這話。可是卻沒想到會是這種局面。

過了不到兩個鐘頭，有個漂亮小夥子冒出來。

她在某處買了個漢堡，雖然在下雨還是邊吃邊走，因為她有個傻念頭：只要在街上逛，就會很安全，更何況還下著雨。她朝倫敦西區走，心裡含含糊糊地想著要去櫻草山，可是突然又改變心意跳上一輛巴士。也不知道是否巧合還是什麼，她上車往後面候車處一望，就看見有個人正在五十碼之外跳上一輛計程車。而按照她腦中重播的畫面，那輛車早在那男子揮手招呼以前，就已經搖下招徠客人的旗子。

讓這個虛構的小說情節儘量保持合乎邏輯，約瑟一再地告誡她。妳一軟弱，就會毀了整個行動。繼續演下去，等結束之後，我們會彌補妳的損失的。

她愈想愈慌，真忍不住有點想奔到那個服裝店裡去，要求馬上見約瑟。可是對他的忠誠，卻又令她做不出這種事來。她毫無羞恥、不抱期望地愛著這個男人。在這個被他弄得顛三倒四的世界中，他是唯一永恆不變的，不管是在虛構的，或者真實的一面。

所以她只好溜進電影院裡，那個漂亮小夥子就是在電影院裡試著勾引他，差點就讓他成功了。他是外表淘氣的高個子，穿了件長的皮大衣，還架了付老太婆的金邊眼鏡，趁中場休息時間，他就挨著座椅湊到她旁邊來，起初她還傻呼呼地以為自己可能認得他，只是因為神思恍惚一時想不起來，所以也朝他笑了笑。

「嗨，妳好？」他往她身邊一坐。「妳不是查蜜安嗎？嘖嘖，去年妳演的那齣戲實在太棒啦！妳怎麼總是那麼棒？吃點爆米花吧。」

突然間每件事都不對了。那個無憂無慮的微笑和骷髏般的下巴線條不合，那個金邊眼鏡跟老鼠眼珠子不搭，爆米花和擦得發亮的皮鞋不符，乾爽的皮革外套和天氣不對頭。這個人是從天而降，心裡別無他念，專門要來釣她。

「你是自己乖乖走開，還是要我去找戲院經理來請你走？」她說道。

他繼續保持原有的調調，又是抗議、又是假笑，問她是不是玩同性戀的，但當她氣不過奔出去找人時，戲院管理部門的人全像夏天的雪一樣見不著，只剩下一個黑人小女孩，假裝在點鈔票，忙得不可開交。

回家需要太多勇氣，多得超過約瑟能指望於她的；一路上她都在祈禱折斷腳踝、乾脆被巴士碾過、或者天生有易於暈厥的體質。已經晚上七點了，她家樓下的餐館暫時休息。廚師對她露出燦爛的笑容，而她那厚臉皮的男朋友一如往常，對著她猛揮手，好像她有毛病似的。進了公寓她連燈也不敢開，只敢坐在床頭邊上，敞開窗簾，從鏡子裡的反射望著兩個人在對街人行道上窮晃，他們互相不講話，也都不看她的窗口。她偷偷地去摸了一下藏著麥寇信件的地方：還在地板下面。她的護照和救急基金也在。妳的護照目前也變成了一樣很危險的文件。自從麥寇死後，他就一再警告過她；麥寇當初不該讓妳用這本護照開這一趟車的。所以妳一定要把它跟其他重要東西藏起來才行。

她馬上就想到辛蒂。

辛蒂是個無家可歸的孤兒，老家在泰恩河邊。她在餐廳上晚班，男友來自西印度群島，因為重傷害罪而關在監獄裡。查莉常常幫她上免費的吉他課，好讓她熬過這一段時間。

「辛，」她寫道：「給妳一份生日禮物，不管妳生日在哪一天。把它帶回家，練到妳半死不活為止，妳有天分，所以別放棄喔。也帶走這個吉他盒，不過我這白癡把鑰匙丟在我媽家裡了。下次拜訪妳家會帶給妳。反正裡面的樂譜現在還不適合妳。致上愛，查。」

她的吉他盒原來屬於她父親，是紮實的愛德華時代產品，有很牢靠的鎖跟做工。她將麥寇的信、她的護照還有很多樂譜放進吉他盒。她把盒子和吉他一起拿到樓下。

「這些東西是給辛蒂的。」她告訴廚師，廚師爆出一陣咯咯笑聲，然後把這些東西跟吸塵器、空瓶子一起放在女洗手間。

上樓後，她才把燈打開，拉上窗簾，然後著實打扮一番，因為今晚她屬於兒童劇團，全世界的警察和所有死掉的情人，都不能阻止她出門教那些孩子演啞劇。她在十一點以後很快就回家了；人行道上已不見人影，辛蒂也把吉他和盒子拿走了。她撥了個電話找艾爾，因為她忽然覺得迫切需要有個男人。沒人接。渾蛋今晚一定又出去打野食了。她又找了其他幾個備用男人，都沒成功。電話打起來有點怪怪的，但憑她的感覺，搞不好是她自己耳朵有毛病。她準備上床睡覺之前，往窗外一瞧，那兩個守護天使又回到人行道堅守崗位了。

第二天太平無事，除了她親自跑到露西那兒去，有幾分想碰碰運氣看看艾爾在不在，露西卻說艾爾早就從地球上消失了，她打電話到警察局報案尋人，也查過醫院，都沒找到。

「妳還是打電話到流浪狗之家去找找看吧。」查莉給她個建議。但才回到公寓，艾爾這死鬼就打電話過來，聽起來已經醉到歇斯底里。

「馬上過來，女人。別講話，馬上他媽的滾過來再說！」

她去了，而且心裡知道情況大概跟先前差不了多少。她曉得她生命中已經無法再找到一個沒有危險的角落了。

艾爾待在威利和波利家，他們到頭來還是沒分手。她到達時發現他召集的根本是一個支援團體大會。羅勃帶著他的新女友，一個抹著白色唇膏、頂著淡紫色頭髮的傻妞，名字叫做珊曼莎。不過一如往常，占據舞臺中心的還是艾爾。

「隨便妳愛怎麼說，隨妳！」一等她進門，他就狂吼。「不過就是這麼回事！這是宣戰了，對啦，戰爭，百分之百開戰了！」

他狠狠地發作了一陣，直到查莉也對他尖聲大叫：閉嘴，告訴她到底發生了什麼事。

「出了什麼事？小姐，出了什麼事？就是反革命分子已經開了第一炮，目標就是我！」

「少給我咬文嚼字的！」查莉喊回去，但她從艾爾口中問出實情時還是幾乎要瘋了。

艾爾說，他才出酒吧，就有三個打手圍上來。一個、甚至兩個人他還可以對付對付，但是眼前是三個像布萊登棒棒糖一樣硬的傢伙，同心協力把他撂倒。但一直等到他被這三個人往警車上丟、幾乎被打到去勢的時候，他才弄清楚這些豬玀根本就是要亂套他一個莫須有的妨礙風化罪名。

「妳曉得他們真正想找我談什麼，對吧？」他手朝她狠狠一指。「小姐，就是妳！妳跟我，還有我們該死的政治路線，沒錯！還有，我們有沒有搭上任何巴勒斯坦游擊分子、恐怖分子？湊巧認識的？而且他們還說我在日升酒吧男廁所遛鳥給一個漂亮的警察小子看，而且用右手做了個打手槍的動作。他們跟我扯這個的時候，還順便說要把我的手指甲一個個用鉗子拔掉，讓我到苦牢裡去蹲上十年，因為我跟那些搞同性戀的激進派小朋友在希臘搞在一起，合謀要推翻政府，像是威利跟波利就是我的同謀啦。我告訴妳，就是這樣！這是開戰第一天，而且我們，這房間裡的所有人，都是在前線上。」

他說，他們使勁打他耳光，害得他連自己說的話都聽不到；他的蛋腫得跟鴕鳥蛋一樣大，還有，看看他手上那該死的瘀血。他們把他關在黑房裡一整天，而且足足拷問了六個小時。他們准他打電話，可是卻不給他打電話的零錢；問他們要電話簿，就說是搞丟了，他甚至無法打電話給他的經紀人。後來他們突然莫名其妙地撤回妨礙風化罪名，放他走以前不忘警告他老實點。

在這派對裡有個男的叫做曼殊，一個短下巴的實習會計師，正在尋找人生的方向；而且他有個公寓。所以出乎他的意料之外，查莉跟他回家睡了。本來她打算第二天趁沒戲排演，回去看看她媽媽的，可是等中午在曼殊床上醒來之後，她又沒胃口了，所以她就打電話回老家說她不去了；可能就是這一步把警察給甩掉了，因為那天傍晚她到達那家印度餐廳門外時，她看見路邊停了輛警車，而且還站了個制服警察擋住進口，廚師站在他旁邊對著她笑，帶著一點亞洲式的靦腆。

終究是發生了，她冷靜地想道。也是時候了。他們最後終於從藏身之處一躍而出了。

「暫停營業！」他朝她吼了一句。「到別家去吃！」

新逢喪亡總是會產生某種影響。「死了人嗎？」她很害怕地問。

「就算有，我也沒聽說。基本上是樓裡面有個強盜嫌疑犯。目前本局正在調查。現在滾吧。」

或許他已經值勤太久，正想睡得很。或許他不知道一個衝動的女孩思考與付諸行動的速度能有多快。不論是哪種狀況，她就在他眼皮底下瞬間衝進餐廳裡，往前跑時大力甩上背後的門。餐廳空無一人，所有機器都關著。她住處的房門口是關著的，她卻聽見裡面有人在講話。樓下那位警察一邊大叫一邊捶門。她聽見：「妳，別上去，給我出來！」但那聲音聽起來很模糊。她想著該找出鑰匙，然後打開皮包，卻看到那條白色的頭巾，臨機應變地往頭上一裹，這是幕間的一次快速換裝。然後她按了兩下門鈴，迅速而果決，跟著又去推門上信箱孔的鐵蓋。

「查莉？妳在裡面嗎？是我，妳姊姊。」

裡面講話的聲音突然沒有了，然後她就聽到一陣腳步聲，還有「哈利，快點！」的耳語。門突然間打開，她就跟一個滿頭灰髮、一臉狠相的灰西裝客打了個照面。她從他背後望去，她手邊那些麥寇的神聖遺物灑得到處都是，床被掀掉了，牆上的海報掉到地上，地毯也捲起來了，地板被掀開。她看到有個正面朝下的照相機站在腳架上，另一個男人從觀景窗往下瞧，好幾封她媽媽的信就攤在下面。她看到鑿子、鑷子，還有那個曾在戲院裡調戲過她的年輕小夥子，帶著他的金邊眼鏡，正跪在她那些昂貴的新衣服之間。她只瞄了一眼就知道，她並不是闖進了調查現場，而是直接目擊闖空門事件。

「我找我妹妹查蜜安，」她說：「你們是什麼人？」

「她不在。」灰髮人回了她一句，她察覺到他有點威爾斯口音，也注意到他下巴上的幾道抓痕。

他還盯著她看的時候，就提起嗓門咆哮：「馬警員！馬警員！把這位女士帶出去，搜她一下！」

門在她面前砰然關上。她還可以聽到樓下那個倒楣的警察還在大喊大叫。她輕輕閃下樓梯，不過只走到樓梯間，她從那裡擠過成堆的紙箱，走到通往庭院的門口。那裡是有個門子，不過並沒上鎖。庭院通往一個車房，車房則通到街角老小姐杜勃爾家。經過杜勃爾小姐家時，查莉敲敲窗戶，跟她故作開心地揮手打招呼。為什麼她會這麼做，她是怎麼急中生智，她永遠都想不透。她繼續走著，而背後並沒有腳步或怒吼追上來，也沒有車子呼嘯而來。她到了大馬路，邊走邊套上一隻薄皮手套；這也是約瑟教她的：只要有警方的人來找妳，就要這麼做。她看見一輛空計程車，就揮手招它。好極了，總算閃掉了，她欣喜地想。在她的多重人生裡，過了好久好久以後，她才突然領悟到對方是故意讓她溜掉的。

約瑟早就把她那輛破飛雅特扣住，不准她再開，她雖然很不情願，卻曉得這是對的。她只要照著劇本一步步來，沒什麼好急的。她正在說服自己。先坐一段計程車，然後我們改搭巴士，她告訴自己，接著走一段路，然後再搭地下鐵。她的頭腦是敏銳得很，不過她非得想清楚；她的得意之情還沒冷卻下來，也知道她在安排下一步路前得牢牢掌握自己的每一個反應，因為如果她做錯了一步，整齣戲也就吹了。約瑟對她強調過這點，她也深信不疑。

我現在正在逃亡。他們正在追蹤我。老天爺，海佳，到底我該怎麼辦？

在遇到非常緊急狀況時，妳才能打這個電話號碼，查莉。假如妳沒事亂打的話，我們會很生氣的，妳聽清楚了嗎？

聽清楚了，海佳。

她坐在一家酒吧，叫了杯麥寇喝過的一種伏特加酒，一邊回想著那晚梅斯特本鬼鬼祟祟躲在她車裡時，海佳給她的其他慷慨建議。先弄清楚沒人在跟蹤妳。不准用朋友或家裡的電話聯絡他們。不准在妳住處附近任何一座電話亭打。

絕不能這麼做，妳聽清了嗎？那些地方都是極端危險的。那群豬玀只需花一秒鐘就能竊聽電話，妳最好相信。還有，同一具電話絕不要用兩次。妳聽清楚了嗎，查莉？

我完全聽清楚了，海佳。

她才由酒吧出來，就看見一個男人在看一家燈早關了的櫥窗，而另一個人卻正好從第一個人身邊走開，朝一輛有著長天線的轎車走過去。她這下可就慌了，嚇得想蹲在人行道上抽噎，想坦承所有事，讓世界重新接納她。走在她身前的人就跟走在她身後的人一樣可怕，人行道的邊緣朦朧地往前延伸，直到某個恐怖的消失點，她就要在那裡步入毀滅。海佳，她拚命默禱著，天啊，海佳，快把我救出這裡吧。她搭上一輛方向不對的巴士，等上一陣，再搭另一班，然後再下車走路，卻不敢搭地下鐵，因為「地下」這兩個字令她不寒而慄。所以她軟弱下來，又招了輛計程車，一坐進去就從後車窗往外看。根本沒人在跟蹤她。街上空蕩蕩的。鬼才走路哩！地下鐵和巴士，見鬼去吧。

「派克漢。」她告訴司機，然後馬上到了那個很有風格的大門邊。

他們用來排練的大廳是在一座教堂的後面，就像個穀倉一樣，就在一個兒童探險樂園旁邊，早被那裡的孩子破壞殆盡了。她得先鑽過一排樹林子，才能走到那裡。一點燈光也沒有，不過她還是按了門鈴，因為退休拳擊手洛夫提可能在。洛夫提在那裡當夜班警衛，因為減薪的關係，他一星期最多只來三晚；讓她大為放心的是，根本沒有人應門。她把門打開跨進去；公共機構裡那種陰冷的空氣，讓她不禁想起上次獻花給那個不知名革命烈士後，在康瓦爾郡拜訪過的那個教堂。她把背後的門關好，劃了根火柴。在晶亮的綠色彩磚和維多利亞式建築的拱頂之間，火焰閃動著。她打趣地叫著「洛夫提——」，好為自己壯膽。火柴熄滅了，不過她已經找到鎖上門用的鐵鍊，把鐵鍊閂好之後，才又擦亮了一根火柴。

她的聲音，她的腳步，叮叮作響的鐵鍊，在全然的黑暗之中瘋狂地迴響了彷彿好幾個小時。

她甚至想到蝙蝠和其他討厭的東西。似乎有海草拂過她的臉。有著鐵製扶手的樓梯往上延伸到一個松木走廊，那裡通稱為「公共休息室」，從她祕密拜訪過那棟慕尼黑的兩層公寓以後，這個走廊就一直令她想起麥寇。她抓緊扶手走上樓去，動也不動地站在走廊上好一會，一邊瞪著幽暗的大廳，一邊留神傾聽，此時她的眼睛正在逐漸習慣黑暗。她先看出舞臺的位置，然後是充滿迷幻效果、翻騰如雲的背景布，最後是橫樑和屋頂。她辨認出他們唯一一架聚光燈的銀色光芒，這個頭燈是一個巴哈馬男孩岡斯做的，材料偷自某個汽車墳場。在走廊上有個舊沙發，旁邊還有一個鋪了泛白塑膠表面的桌子，反射著一點從窗口來的都市燈火。桌子上站著員工才可使用的電話，還有一本登記本，應該是要在裡面寫下自己打了哪些私人電話的，不過一個月大概只寫上六行。

查莉坐進沙發，等胃不再抽搐、心跳也低於一分鐘三百下之後，她才把話筒連同底座一併搬過來，然後放到桌下的地板上。她記得抽屜裡應該有幾根家用蠟燭，以防線路突然壞掉，這種事情經常發生；但顯然又有人偷回家用了。所以她撕下一頁舊的教區雜誌扭成長條，插在髒茶杯裡，點燃一端充當蠟燭。上面有桌子、旁邊又有陽臺擋著，火光已經夠難被外界察覺了，不過她一撥完號後還是馬上吹熄了。她要連續撥十五個數字，第一次撥通的結果，她只聽到巨大的雜音。第二次她撥錯號碼，一個義大利人給她一頓好罵，第三次她手指打滑了。但在第四次，越洋電話的特殊響聲之後，她聽到一陣遲疑的沉默。

「是我，貞德，」查莉說：「還記得我嗎？」沒聲音了好一陣子。

「妳在哪兒，貞德？」

「用不著妳關心。」

「妳碰上麻煩啦，貞德？」

「不盡然。我只想謝謝妳，把他媽的一群臭豬玀引到我家裡來！」

接著以她的全副火力，過去那種毫無節制的怒氣完全控制了她；她放肆地大叫大罵；從約瑟帶她去看她那年輕愛人，又把他剁碎了做誘餌以後，她就放棄控制自己，他們甚至不准她記得那件事是什麼時候發生的。

海佳默默聽她大罵。「妳在哪裡？」當查莉似乎詞窮之後，她才說道。她的聲音有點勉強，就像是她現在已經打破自己的原則了。

「當我沒說。」查莉說。

「妳還能行動嗎？四十八小時之內妳會到哪兒去？告訴我。」

「不要。」

「一個鐘頭以後再打給我，拜託。」

「辦不到。」

她好久沒搭腔。「信呢？」

「很安全。」

又沉默了一陣。「拿筆和紙記一下。」

「我不需要。」

「還是去拿。以妳目前的情況，妳不可能記得清楚的。好了嗎？」

並不是地址，也不是電話號碼。而是街道的方向該如何走法，在某個時間到達某個地點。「完全照我講的做。假如妳還是辦不到，或者又有更多的麻煩，就打安東給妳那張名片上的電話號碼，說妳想找佩脫拉聽電話。把那些信帶過來。聽清了嗎？佩脫拉，帶信來。假如妳不把信帶過來，我們會很生氣的。」

電話才剛剛掛斷，她就聽到樓下觀眾席上，有雙手在輕輕地鼓掌。她走到欄杆邊上朝下一望，喜出望外地看到約瑟一個人坐在前排中央的座位上。她猛地轉身下樓奔向他。才跨完最後一階，卻發現他早已張著雙臂在等她了。他顯然是害怕她在黑暗中下樓會摔跤。他吻著她，一直吻著，然後領著她回到走廊上，就算在樓梯最狹窄處也還是一隻手摟住她，另一隻手拎了個籃子。

他帶了燻鮭魚和酒。他把那些東西擺到桌上，卻沒打開。他知道盤子藏在水槽底下的什麼地方，也知道該怎麼把電暖爐插頭插進廚灶旁多餘的插座上。他帶了一壺裝在熱水瓶裡的咖啡，還從洛夫提在樓下的休息室裡拿了兩條老舊的毯子來。他把熱水瓶和盤子擺在一起，然後起身察看維多利亞式的大門，從內側門上了。就算光線如此黯淡，從他的背影和暗自猶豫的姿勢看來，她也很清楚現在他沒有照著劇本走；他把通往每個世界的門都關上了，只留下他們自己的世界。他坐在她身邊，替她裹上一條毯子，不只是因為該想辦法抵禦大廳中的寒冷，也是因為她一直在發抖，停不下來。剛才打給海佳的那通電話把她給嚇呆了；還有她公寓裡那個警察劊子手般的眼神，還有這幾天以來在一知半解中等待事情發生——只知道一點比起完全不知不覺更難受得多了。

電暖爐是唯一的光源，而它的光輝朝上照亮她的臉，就像過去劇場裡會用的慘白腳燈。她想起他人在希臘時曾經告訴她，以泛光探照燈替古蹟打光是現代人對文化藝術的摧殘，因為神殿興建時的本意是要讓人在陽光「下」觀賞，而不是往「上」打光。在毯子包裹下他摟著她的肩，這時她突然意識到自己在他身邊是多麼地瘦削。

「我瘦了。」她告訴他，像在警告他。

約瑟沒搭腔，只更用力地把她摟得更緊，感受她全身的顫抖，然後吸收、化為己有。這時她才領悟到她一直知道的事實，雖然他一再閃避偽裝，他的天性卻是仁慈的，本能地悲天憫人；無論戰時或平時，他都痛恨令別人痛苦不堪，因而困擾不已。她舉手去撫摸他的臉，很高興地發現他沒有刮過鬍子，因為今晚她不願去想他是否算計了任何事，雖然今晚不是他們共度的第一夜，也還不是第五十夜——他們是一對狂戀已久的愛人，住過全英國半數的汽車旅館，希臘、薩堡還有其他數不清的地方都有過他們的足跡；因為她忽然間看得清清楚楚，他們共同分享的虛構故事，就只不過是這個真實夜晚的前戲而已。

他拿開她的手，把她拉進懷中，吻她的嘴，而她也回給他一個純淨的吻，等著他點燃他們先前經常掛在嘴上的激情。她好愛好愛他的手腕和手掌。沒有一雙手像他的這麼聰明智慧。他撫摸著她的臉、她的頸、她的胸，而她忍住想親吻他的衝動，因為她想細細分辨箇中滋味：現在他正在吻我，現在他正在觸碰著我，正在褪下我的衣服，正躺在我的臂彎裡，我們赤裸裸的躺在一塊，我們又回到了沙灘，在米柯諾有點刺人的沙粒上，我們正在破壞那些建築物的美，讓陽光從下面灼燒著我們。他從她身上笑著滾下來，把電暖爐推遠了一點。滿懷柔情的她從未看過如此美好的景象：他在那紅色光芒之前俯身，他的軀體燃燒之處也正是火光最光亮的地方。他爬回來跪在她旁邊，再重新開始，免得她把剛才發生過的事情給忘了；他親吻、觸摸每一個地方，帶著淡淡的占有欲，慢慢地變得不再羞怯，可是卻總忘不了再回到她臉上，因為他們必須一再地看見對方、品嚐對方，一再說服自己，他們真的就是他們自己宣稱過的戀人。早在他進入她深處以前，她就知道，他是她絕無僅有、無人能比的愛人，她正是為這顆遙遠的星子走遍這整個腐敗的國家。就算她是個瞎子，單憑他的愛撫，她也會知道；就算她命在旦夕，只要他那張戰勝恐懼與疑慮，顯得悲傷的勝利笑臉就在她眼前，她就會明白；他憑本能就能識出她，而且讓她更瞭解自己。

她醒過來時，發現他正坐在她旁邊等她起身。而且他已經把帶來的東西全收拾乾淨了。

「生了個男孩。」他笑著說。

「是雙胞胎。」她展臂把他摟到肩膀上貼著。他想講話，但她不要他講，嚴肅地警告他。「什麼也別說。不必編故事，不必道歉，不必哄我。假如這是你的服務項目之一，也別告訴我。幾點了？」

「午夜了。」

「那就再睡一會兒吧。」

「馬帝有話要跟妳講。」他說。

然而從他的舉止和聲音裡，她卻真的肯定了一點：剛才那段情節並不是馬帝要他加進去的，而是他自己加的。

那裡顯然是約瑟住的地方。

她一走進去就知道了：一個書卷氣濃的四方形小房間，在布魯斯貝利某處的大街旁，有著蕾絲窗簾和容納一個小個子房客的空間。牆上全是倫敦內環區的地圖，同樣那面牆下，有張桌子還有兩具電話。一張沒睡過的行軍床，圍起了房間的第三道邊；第四道邊是張牌桌，上面站了盞老檯燈。電話旁邊還有個正在沸的咖啡壺，壁爐裡生著火。柯茲在她進來時沒站起來，卻只轉頭對她笑著，那是柯茲讓她看過最溫暖、最棒的微笑，不過這也可能是因為她現在把全世界都看得很溫暖。他兩臂一張，她就跪在他面前，投入他父親般的懷抱中：女兒，旅行回來啦。她坐在他對面，約瑟卻蹲在地板上，又是那副阿拉伯人的蹲踞姿勢，就像他當初蹲在山頭，把她拉過來講起手槍的事一樣。

「要聽聽妳自己的表現嗎？」柯茲指指他身邊的錄音機，問她想不想聽。她只搖頭。「查莉，妳簡直棒透啦！不是第三名，也不是第二名，就是第一名！」

「他在拍妳馬屁。」約瑟提醒她，口氣一點都不是在說笑。

這時有個穿著咖啡色衣服的小婦人沒敲門就走了進來，然後就演出了一段咖啡要不要加糖的插曲。

等她走了之後，柯茲就說：「查莉，妳現在可以自由選擇退不退出。約瑟一再要我提醒妳這點，而且還得把話講得明明白白。妳現在走，走得很光榮。對吧，約瑟？有一大筆錢，一大堆榮耀會給妳的。

遠比我們答應過妳的還要多。」

「我早已告訴過她了。」約瑟打岔。

她看見柯茲用更熱情的笑容，掩飾掉他冒上來的火氣。「當然你告訴過她，約瑟，而現在卻是我在告訴她。你不是要我親口這麼說的嗎？查莉，妳已經替我們掀開了一個長久以來，我們一直想解，卻又一直沒能解開的謎，而且妳也替我們弄到了無數妳想也想不到的人名、地址和祕密聯繫，而且會愈來愈多，不管有沒有妳幫忙都可以做到。妳雖然很接近這堆臭蟲，可是目前妳身上還很乾淨，我們只需再花幾個月的時間，就能把那些骯髒地區清除乾淨。現在，妳大可以到一個地方去暫時消消毒，等事情冷卻一陣，找個朋友陪陪妳——妳不是一直很想這樣子嗎？而且妳的確是值得享享清福了。」

「他是認真的，」約瑟說道：「不要馬上說妳要繼續做。好好考慮一下。」

她又再次注意到馬帝的聲音中顯出了怒意，朝他下屬說道：「我確定我說的是真心話，如果我不是真心的，就讓我天打雷劈，就當是我最後一次假裝說真心話。」

「現在我們進行到哪兒了？現在到底是什麼狀況？」查莉問。

約瑟想接口，可是柯茲卻像違規超車似地先一步擋住了他。「查莉，這件事有條線可以劃分。截至目前，妳一直是在線的上方，也就是安全的區域，但妳已經提供了我們越線下挖的資料。可是從現在——呃，情況會有點不一樣了。這正是我們的看法，雖不中，亦不遠矣。」

「他的意思就是說，」約瑟補充道：「妳目前還是在友邦領域內。我們可以很貼近妳，如果我們認為有需要，我們可以隨時把妳撤出來。然而從現在起，這種情況已經結束了。妳會變成他們的一分子。

與他們分享生命與精神，以及他們的道德標準。妳可能會有好幾個星期、好幾個月跟我們失去聯絡。」

「或許不是失去聯絡，卻一定是鞭長莫及，這點倒是必然的。」柯茲坦然承認；他只對她笑，而不是對約瑟。「不過我們總是在妳的四周，這點妳可以放心。」

「最後的目的是什麼？」查莉問。

「目的？」柯茲有點兒搞不懂她的意思。「什麼目的——親愛的？——妳是指目的能不能證明這些手段的正當性？我不太懂妳的意思。」

「我是說到底我要找什麼？你什麼時候才會感到心滿意足？」

「查莉，我們現在就已經心滿意足了。」柯茲是睜著眼睛說瞎話，她聽得出來。

「目的是一個人。」約瑟猛然迸出這麼一句，她發現柯茲整個頭向他撇過去，她完全看不見他的臉了。然而她看得到約瑟，他毫不含糊地也直瞪老傢伙；有種她以前沒見過的坦然。

「查莉，目的是找到一個人。」柯茲終於表示同意，重新轉過頭來望著她。「假如妳打算繼續演下去，這些事妳就應該先知道。」

「卡里，」她說。

「對！卡里，正是他，」柯茲說：「卡里是他們歐洲所有行動的指揮官。他就是我們所要找的人。」

「他非常危險，」約瑟說：「麥寇有多差勁，他就有多高明。」

或許為了挫挫下屬的銳氣，柯茲也不甘後人。「卡里從不靠任何人，沒有固定的女人在身邊。總不在同一張床上睡上兩晚。他離群索居，把自己的基本需求降到最低，幾乎可以自給自足了。一個聰明到極點的陰謀行動家。」他說完話，對她露出最為殷勤的微笑。不過當他為自己點上第二根雪茄時，查莉由那不斷顫動的火柴看出來，他其實氣憤難當。

為什麼她沒退縮動搖呢？

有一股出奇的冷靜籠罩住她，讓她直到現在才產生出一種撥雲見日的清晰感。約瑟並不是為了要送她走，才陪她睡覺的，他明明是想讓她別再做下去。他一直替她擔憂和寢食不安，原本她該獨自承受的。然而他們卻也讓她明白了一點，在他們為她塑造的祕密小宇宙中，現在回頭就是永遠回頭；沒能進一步發展的愛情再也沒機會延續生命，她只會重回過去的窠臼，那是她和約瑟開始以前的感情寄託。即使他想叫她停下來，也無法再阻止她了；反而更令她下定了決心。他們是伙伴。他們是一對戀人。為了共同的命運而結合在一起，往相同的方向前進。

所以她就問柯茲，她要怎麼樣才能認出來那個她要找的「人」。他跟麥寇長得很像嗎？柯茲卻搖頭大笑。「哎呀，親愛的，問題就在他從來沒擺過一個姿勢給我們拍照啊！」

約瑟故意別過頭不看柯茲，只管往灰塵滿布的窗口瞧，這時柯茲很快地站起身，從扶手椅旁的老舊黑色公事包裡拿出一樣看似粗原子筆芯的東西，一頭捏皺了，上面還有兩段細細的紅電線，就像龍蝦的觸鬚一樣往前突出。

「這我們就叫引信，親愛的。」他用那根粗粗的指頭輕彈著那根筆芯狀的東西。「在這一端，瞧，就是塞孔，由塞孔中塞進去的，就是這段電線——在這兒。他只需要一小截電線就夠了。其餘的算多出來的，他這樣包起來。」他隨手亮出一個小鐵鉗，把兩條電線分別剪斷，只留下一段大約長有十八吋的線，然後非常熟練的往那根套管上纏繞，把它們纏成了一個像洋娃娃模樣的玩意兒，然後往她手心一放。「這個小洋娃娃，我們稱為他的簽名。誰都遲早會留下一個簽名式的。這就是他的。」

她讓他把電線纏成的洋娃娃拿走。

約瑟還有個地址要讓她去。那個穿咖啡套裝的女人送她走到大門口。她踏上街道，發現已經有輛計程車在等她。黎明剛到，麻雀開始唱歌了。

20

她比海佳告訴她的出發時間走得早一點，一方面由於她是個不放心的人，一方面她刻意讓自己對這個營救計畫抱持懷疑的態度。假如那個電話壞了怎麼辦？她曾經抗議過——這可是英國，海佳，並不是講究效率的德國——假如我到的時候，電話亭被占用了怎麼辦？可是海佳根本不接受她的講法：就按照我命令妳的去做，別的事不必管。所以她從葛勞希斯特路出發，坐在雙層巴士的上層位子上；不過她沒搭七點半的那班，卻提早了十分鐘，跳上了前一班巴士。到圖騰漢法院路的地下鐵等車時，運氣不賴；一輛列車才剛進站，而她正好趕到往倫敦南區的候車月臺，結果她得像個舞會壁花一樣，在艾班克交叉路口呆坐一陣，才轉最後一趟車。這是個星期天早晨，除了失眠的人和上教堂做禮拜的信徒之外，她幾乎是整個倫敦市唯一清醒的人。她趕到約定地點時，這個城市看起來就像完全被廢棄了，接著她找到了那條街，而海佳形容給她聽的那座電話亭就佇立於一百碼之外，像座燈塔似的向她招手。沒人在裡面。

「妳先走到路底，轉回頭，再走回來。」海佳當初是這麼命令她的，所以她就照做了一遍，趁經過時她觀察那座電話亭，發現不算很破爛，雖說她當時還是覺得一個人跑來這附近晃蕩，等國際恐怖分子打電話找她，未免又太顯眼了。她走到路的盡頭，再轉身打算往回走時，卻大為懊惱：有個男人竟然走進了電話亭，關上門。她馬上瞟手錶一眼，幸好還有十二分鐘，還不必太擔憂，她就站在數呎之外等候。那個人戴了頂套頭毛線帽，像個漁夫那樣，上身又穿了件有軟毛領的皮質飛行夾克，這麼重的衣服今天穿，未免太熱了點。他背對著她，機關槍似地吐出義大利語。難怪他得穿軟毛領的衣服，她暗忖道：他的拉丁民族血液怎麼受得了英國陰濕的天氣。查莉身上穿的衣服，就是在艾爾派對上釣到曼殊小子那天的同一套，舊牛仔褲加上背心式的夾克。連頭髮都只隨手梳了幾下，沒有仔細順過；她覺得苦惱又擔驚受怕，也希望自己看來如此。

還有七分鐘，電話亭裡的男人正展開一場熱烈的義大利式獨白，內容可能是關於一廂情願的愛，也可能是關於米蘭股票市場的情勢。她現在開始緊張了，猛舔嘴唇，往街道的兩端不停張望，不過四周連個鬼影子也沒——沒有暗藏兇兆的黑色轎車，也沒有攔住去路的人；當然也沒有酒紅色的朋馳。唯一看得到的車子，就是一輛髒兮兮的小貨車，兩側歪七扭八，駕駛側車門還開開的，就正好停在她的前方。這下可好，她開始覺得自己簡直是赤裸裸的毫無保護。八點正了，令人驚訝的是，竟然有這麼多來自不同教堂或世俗場所的鐘聲在報時。海佳是說八點五分才會打進來。那男人講完了，她卻看到他又在掏錢；然後他拿了一枚五十便士的硬幣敲著玻璃窗，示意她過去，一臉哀求的樣子；求她給他換面額更小的零錢。

「你能不能讓我先打個電話？」她問對方。「我很急。」

對方根本就聽不懂英文。

管它的！她想道；反正海佳只要繼續撥號就是了。反正我早警告過她別那麼有把握的。她把皮包褪下肩膀，打開，伸手到裡面去找零錢，抓出幾個五便士和十便士來，直到湊齊五十便士。天啊，看看我手心冒出的冷汗。她手往前一送，濕答答的手指朝下握著零錢，準備讓零角子落到對方的拉丁人手掌心上，卻瞧見對方握著一把手槍，用夾克遮著，比住她肚子瞄準，就在她很可能發現之前完成，像個乾淨俐落的戲法。槍不大，可是她注意到，槍對著人時看起來總是比較大。義大利人另一隻手仍抓著電話筒；雖然他現在的講話對象是查莉，查莉卻覺得話筒另一頭應該真有個人在聽電話，因為他還是盡量靠近話筒的受話口。

「妳照我話做。跟我走到那輛小巴士去，查莉。」他以好極了的英文解釋道。「妳走我右邊，走在我右前方一點，兩手放在背後，讓我看得見，而且反握住兩隻手，聽清了嗎？假如妳想逃，或是想打暗號，或者喊叫，那我就會開槍打死妳，打妳的左邊——這裡——當場斃了妳。如果有警察冒出來，如果有任何人開槍，如果我起疑了，結果都是一樣。我會先打死妳。」

他在他自己身上比出他想像要打的部位給她看，所以她一看就瞭解了。然後他又對話筒講了幾句義大利語，就掛斷了。他跨到人行道上，趁他那張臉孔湊近時，朝查莉露出一個充滿信任的微笑。那是個標準義大利式面孔，不只是個懶洋洋的輪廓而已。講話的音調也是標準義大利腔，很有磁性而且相當好聽。她可以想像出這個聲音在古老市集中迴盪著，與陽臺上的女士們攀談。

「走吧。」他說。一隻手仍插在他夾克口袋裡。「別走太快，知道吧？慢慢一步步來。」

不久之前她緊張到覺得尿急，可是走著走著這種衝動消失了，換成一種脖子發硬、耳鳴心跳的感覺。

「妳坐到前座乘客位以後，把兩手擱到車窗儀錶板上。」他走在後面告誡她。「後座上的女孩也有管槍對著妳，而且她是個快槍手，扳機扣得比我快。」

查莉打開前座乘客位置的門，坐上車，把兩隻手放到儀錶板上，活像端坐在餐桌前的乖女孩。

「輕鬆點，查莉。」海佳很愉快地在後說道。「別拱著肩膀啦，親愛的，瞧妳都快嚇成個老太婆了！」

查莉仍然繃著肩膀沒動。「笑一個。好！保持微笑。今天每個人都很開心，誰不開心就槍斃誰。」

「先從我開始吧。」查莉說。

義大利人爬進駕駛座，然後扭開收音機轉到宗教節目的頻道。

「關掉！」海佳下令。她屈著雙膝頂在後門上，用兩手握著槍，看起來不像那種在十五步內打不到一個油罐的人。義大利人一聳肩，把收音機關掉了。然後就在重獲的寧靜之中再度對查莉發話。

「好，把安全帶綁好，兩手合攏，放到膝蓋上。」他說。「坐好，我來替妳綁。」他把她的皮包抓過來朝海佳一丟，然後替查莉扣好安全帶，吊兒郎當地用手擦過她的胸脯。大概三十歲。英俊得像個電影明星。一個寵壞了的加里波底[35]，脖子間還纏了條紅領巾以便襯托英雄氣質。他很冷靜，好像時間多得用不完似的，慢慢從口袋裡摸出一副太陽眼鏡，替查莉戴上。一開始她以為自己因為震驚過度瞎掉了，因為戴上眼鏡以後她什麼都看不見了。然後她想，這副眼鏡能自動調整，我應該坐好等著視野變清楚。接著她才領悟到，讓她看不到就是這副眼鏡預期中的效果。

「假如妳把眼鏡摘掉，她一定會射穿妳的後腦勺。」義大利人一邊發動車子，一邊警告她。

---

[35] Guiseppe Garibaldi（1802-1882），義大利民族英雄，組織紅衫軍解放西西里島和那不勒斯，幫助義大利全國統一。

「喔，她會摘掉的。」海佳開開心心地說。

他們出發了，先開了一段石塊鋪成的路，然後就進入一塊較平靜的區域。她豎起耳朵想去聽其他汽車開過的聲音，卻只聽到自己這輛車的引擎聲穿越街道。她一直想弄清到底是往哪個方向開，可是卻早就迷糊了。然後車子突然間就停下來了。她沒感覺到減速，也沒感覺到司機正在準備停車。這時她已經默數了三百下心跳；前兩次的略略停頓，比較像是在等紅綠燈。她記下某些細碎的線索，比如說她腳下的新橡皮墊，還有那個車鑰匙圈上的吊飾，一個手持三叉戟的紅魔鬼。義大利人正在扶她下車，而且還交給她一根長棍子，她猜該是白色的吧。然後在那兩位朋友的幫助下，她走了六步，爬上四層石階，到達某人住處前門口。電梯發出一種鳥叫般的尖銳聲音；這跟查莉小學時代在交響樂團吹的水哨聲音如出一轍，這種樂器可以製造出《玩具交響曲》裡的鳥鳴效果。這群人也是演戲高手，約瑟警告過她。妳可沒有什麼實習機會。妳從戲劇學校出來以後，就得直接登上倫敦西區的一流舞臺。她坐在一個沒有椅背的皮面凳子上，連個椅靠背也沒有。兩隻手掌又被別人兜攏，放到兩膝上方。他們一直沒將皮包還給她，她聽得見他們把皮包裡的東西全倒到一張玻璃桌上，鑰匙和許多零錢在桌面砸出叮叮噹噹的聲音。然後麥寇那些信的重量敲出一記悶響，那是她當天早上遵從海佳的囑咐拿來的。；空氣中有股男子香水味兒，比麥寇用的還要甜些，味道有點讓人昏昏欲睡。她腳下踩的尼龍厚地毯是暗鏽色的，就像麥寇送的蘭花；據她推測，屋裡的窗簾一定相當厚而且拉得密密實實，因為她從眼角所能瞟到的光線是電燈的昏黃色澤，簡直感覺不出是大白天。他們在屋子裡等了好幾分鐘，沒人說話。

「我要找梅斯特本同志，」查莉突然開口冒出一句：「我需要法律的保護。」

海佳猛然發出一串浪笑。「哇，查莉！這真是太誇張了！她實在挺有意思的，你不覺得嗎？」她應該是在對義大利人講話，因為查莉沒感覺到還有別人在。但海佳的問句卻沒聽到回答，她也沒希望會得到回答。查莉就投出第二塊問路石。

「妳很適合玩槍，海佳。這我倒是相當同意。由現在起，我再也想不出妳穿戴槍以外的東西會是什麼樣子了。」

這次海佳的笑聲就不一樣了，有一絲帶著緊張的驕傲感；海佳顯然是想把查莉展示給某個人看——某個她非常尊敬的男人，絕非義大利青年。她聽到一陣腳步聲，同時在視線範圍的最底端瞟到閃亮的高級男用皮鞋鞋尖，出現在鐵鏽色的地毯上。她聽到微弱的呼吸聲，和舌頭頂住上牙縫發出的嘖嘖聲。然後，鞋尖突然移開，空氣一陣擺盪，就感到有個溫暖芳香的身體非常貼近她。她出於本能馬上想退開，可是海佳卻命她別動。她聽見火柴被人擦亮，然後就聞到一股高級雪茄的香味，她爸爸以前在聖誕節才抽的。海佳又下令叫她別動——「絕不准動，否則妳就要挨罰，沒得商量。」然而海佳的警告對查莉的思緒來說，不過是個無端干擾，她正忙著嘗試每一種手段，去推敲這個第四人的模樣。她想像自己是某種蝙蝠，送出訊號之後傾聽這些訊號如何反彈回來。她記起萬聖節時，她常在小孩子派對上常玩的蒙面猜謎遊戲。聞聞這個，感覺那個，猜猜看誰吻了十三歲的妳。

黑暗讓她感到暈眩。我快昏倒了。幸好我還坐著。他正在玻璃桌邊檢查她皮包裡的東西，就跟海佳在在康瓦爾郡做的差不多。她聽見那個小收音機兼鬧鐘被他打開了，流出一股尖細的音樂聲，然後他把那玩意兒丟到一邊，鏗然一聲。這次我們不再耍詭計了，約瑟告訴過她。這次把妳真的收音機鬧鐘帶著，不再帶假的了。她聽見他一邊吐著煙，一邊翻閱她的日記。她想著，他會問我「出局了」是什麼意思。見M……與M碰面……愛M……雅典！…然而他什麼也沒問她。她聽到男人舒服地坐進沙發，嘴裡咕噥了幾句。她聽到他褲管擦到硬挺椅套的劈啪聲。這該是個矮胖男人，塗著昂貴的潤膚油、穿漂亮鞋子、口叼哈瓦那雪茄，心滿意足地坐在那蕩婦的沙發上。眼前的黑暗很有催眠效果。她的手還併攏擺在膝頭，不過感覺起來像屬於別人。接著她就聽到一根橡皮筋被扯掉的響聲。那幾封信。妳不把信帶來，我們會很生氣的。辛蒂，妳剛剛為妳的音樂課付出代價了。要是在我拜訪妳的時候，妳知道我要去哪裡就好了。要是我那時知道就好了。

黑得她幾乎快發瘋了。如果他們囚禁我，我會出毛病的——幽閉恐懼症是我最大的弱點。她暗中背誦T．S．艾略特的詩，這是她被掃地出門那個學期裡學到的，大意是現在的時間和過去的時間都包含在未來之中。還有，所有的時間都永遠屬於現在。她當時讀不懂這首詩，現在仍然不懂。還好我沒收養「耳語」。耳語是一隻粗蠢的黑色雜種狗，住在對街，牠的主人出國去了。她想像著耳語現在就坐在她身邊，也戴著讓人看不到的墨鏡。

「妳告訴我們真相，我們就不殺妳。」一個很輕柔的男聲講道。是麥寇！簡直就是麥寇重生！這是麥寇的口音，麥寇那種優美的抑揚頓挫，麥寇那種音色豐富又慵懶的聲調，從喉嚨深處發出的聲音。

「妳把每件跟他們講過的事告訴我們，妳已經為他們幹了哪些事，他們付過妳多少錢，沒關係，我們很瞭解妳的處境。我們會放妳走的。」

「頭不准動！」海佳在她身後吼了一句。

「我們並不以一般的背叛者來看妳，好嗎？妳是因為害怕，覺得自己陷得太深了，才跟他們玩上的。沒關係，這是人之常情。我們不是那麼不通情理。我們會把妳放出去，丟在城郊，妳可以告訴他們今天在此的遭遇。我們還是不會介意。只要妳把一切真話都吐出來。」

他嘆了口氣，好像人生實在是個沉重的負擔似的。

「也許妳現在跟某些好警察建立了信任關係，是嗎？妳幫他一個忙。這些我們都很瞭解。我們雖然為信念獻身，但我們並不是一群殺人狂。懂嗎？」

海佳冒火了。「妳懂不懂，查莉？快回答！否則就挨罰！」

她擺明了不想回答。

「妳第一次去找他們是什麼時候？告訴我。是在諾丁罕之後？約克郡以後？沒關係。這並不重要。反正妳去找過他們。我們同意這點。妳怕了，就跑去找警方。『這個阿拉伯小瘋子想吸收我當恐怖分子，救救我吧，要我幹什麼我都願意！』就是這樣吧？聽著，現在如果妳想回去他們那邊的話，我們也不介意。妳可以告訴他們妳有多堅強。我們還可以再給妳一些情報，讓妳帶回去給他們，讓妳覺得比較好過些。我們是一群好人，很講道理的。好了，就讓我們開始辦公事吧。別再浪費時間了。妳是個不錯的小姐，不過這不是妳玩得起的。講吧！」

她平靜地坐在椅子上。孤立與盲目把她籠罩在一股深沉的倦怠感之中。她很安全，置身於子宮之中，將要重生或者安息，就隨自然安排。她就像嬰孩或者老人一樣酣睡著。她的沉默攫獲了她。這是全然自由的沉默。他們全在等她開口——她可以感覺到他們的不耐，但卻毫不想去分擔他們的感受。有好幾次，她甚至已經開始想她要說什麼，可是聲音卻遠到遙不可及的地步，遠到根本不必想去抓回來。海佳講了幾句德語，雖然她聽不懂一個字，卻也可以猜到對方困惑得想放棄了。那個矮胖男人回答了，聽起來也很困惑，卻不帶敵意。或許有，或許沒有，那個男人似乎說著什麼話。她的印象是，這兩個人再互相推卸關於她的責任問題，她在他們之間推來推去；這是個官僚之間的爭執。義大利人也加入了，但是海佳叫他閉嘴。矮胖男人和海佳之間的討論重新開始，她只抓到一個字：logisch。這表示海佳很講究邏輯。或者表示查莉不是。或者表示矮胖子應該如此。

然後矮胖子說：「妳在跟海佳通完電話之後，到哪兒消磨晚上？」

「跟愛人睡覺了。」

「昨晚呢？」

「也跟愛人睡覺。」

「另一個嗎？」

「對，不過他們兩個都是警方的人。」

她很清楚，要不是她戴著墨鏡的話，海佳也許早就對她動手了。她對查莉大發雷霆，朝她發了一大堆命令，憤怒得聲音都破了：不准無禮，不准說謊，直接回答每個問題，不准語帶譏刺。問題重新開始，她懶洋洋地回答，讓他們把她的答案從喉嚨裡拖出來，有一句沒一句的拖著，因為到頭來根本不干他們屁事。在諾丁罕過夜的房間號碼幾號？在帖薩羅尼加住的是哪家旅館？她和麥寇有沒有去游泳？幾點到的？幾點吃的飯？叫了什麼酒上去喝？但漸漸的，她邊講邊聽、邊聽邊答之際，她開始明白一件事，至少到目前為止她贏了——雖然一直到後來離開那棟屋子以後好久，他們還不准她摘掉太陽眼鏡。

21

飛機在貝魯特著陸時外頭有雨；她知道那是因為天氣熱所下的雨，因為飛機還在盤旋時，機艙溫度已經升高了，海佳要她塗的染髮劑又開始害她頭皮發癢。他們穿越雲層著陸，就像被機上燈光烤得火紅的熱石頭。雲層看不到了，他們現在很靠近海面，稍不小心就有可能撞毀在四周靠得很近的山巒間。她有個常做的惡夢就是類似的情節，只是夢中她的飛機是降落到一條擁擠的大街上，兩旁還有摩天大廈；沒人能夠阻止悲劇發生，因為機長正在跟她燕好。現在沒人能阻止了。他們很完美地降落了，機門一開，她就首次聞到了中東的氣息，如同在迎接她歸鄉。時間已是傍晚七點，不過凌晨三點可能也是一樣，因為她一看就曉得這是個不眠不休的世界。入境大廳裡的嘈雜，讓她回想起德比馬術比賽的熱鬧場面，這裡穿著各色制服的武裝人士之多，足以當場直接開戰了。她把肩上的背包拉到胸前，殺出一條路來走向移民關卡時，發覺一件令她訝異的事：她在微笑。她的東德護照，她的偽裝，在五個小時前的倫敦機場關係到她的生死，如今在這個氣氛動盪、危險又事事緊急的地方，卻顯得無足輕重。

「排到左邊那排，護照亮出來時，就說妳想找一位莫塞迪先生講話。」海佳把雪鐵龍開到倫敦希茲洛機場停車場時，就把過關的注意事項告訴她。

「那假如他跟我說德文呢？」

海佳會錯意了。「如果妳聽不懂要去哪兒，妳就叫一輛計程車到肯芒多旅館，坐在大廳裡面等候。這是命令。莫塞迪，拼法就跟朋馳車的全名一樣。」

「然後呢？」

「查莉，我想妳真的有點太固執又太笨了。拜託別這樣子了。」

「否則妳就會一槍打死我。」查莉這麼說。

「波瑪小姐！護照。對，請交給我！」

波瑪是她的德國化名。發音方式跟某個英國姓氏雷同，海佳說過。現在喊出這個名字的人，是個快活的小個子阿拉伯青年，鬍子大約一天沒刮，滿頭捲髮，身上的衣服很舊卻很乾淨。「請交給我。」他重複一遍，同時伸手拉拉她衣袖。他的夾克敞開了，露出腰帶上斜插著的一管銀色自動手槍。她跟這位叫她名字的移民官員之間，尚隔了廿幾個其他旅客。海佳可沒說過會是這種狀況。

「我是丹尼先生。請過來，波瑪小姐。快過來！」

她擠上去，把護照遞給他之後，就看見他往人堆裡鑽去，張開他的手臂以便讓她尾隨在後。什麼海佳，什麼莫塞迪，一邊去吧。丹尼忽然不見了，但過了一會兒他又神氣活現地從人堆中冒出來，一手抓著張入境申報單，另一手扯著一個身穿黑色皮夾克、一臉官僚像的男人。

「朋友，」丹尼解釋道，臉上堆著身為愛國人士的自負微笑：「每個人都是巴勒斯坦的朋友。」

她很難把這話當真，可是對方一臉熱忱，基於禮貌，她無法表示自己的疑惑。大個子官僚板著臉瞪她半天，又研究護照，再把它遞還給丹尼，最後檢查那張白卡，然後收進他自己的上衣口袋。

「歡迎。」他終於用德語吐了一句，同時下巴迅速筆直地一點，請她快點過關。

他們走到出境室門口時，旁邊有人吵開了。剛開始只是小爭執，有個穿制服的官員，顯然對一位穿著很體面的旅客講了兩句不客氣的話；但突然之間，事情就演變成兩個人指著對方的鼻子大罵起來了。幾秒之內，雙方就各自招攬了一批助陣隊伍，當丹尼領著她走到汽車停車場時，一群戴著綠扁帽的士兵正慢慢走向爭執現場，一邊解開他們的機關槍。

「那是敘利亞人。」丹尼解釋著，一邊對她露出一種莫測高深的笑，言下之意似乎是每個國家都會有自己的「敘利亞人」。

車子是輛藍色的標緻，裡面充滿了一股長年累積的菸味，停在一個咖啡座旁邊。丹尼把後車門一開，用自己的手去撣座椅上的灰塵。她才一坐進後座，就有個小夥子從另一邊鑽入後座，坐到她旁邊。丹尼發動引擎時，又有個小夥子鑽到前排的乘客座。天這時已經暗下來，所以她無法看清這兩個人的長相，可是他們手上捧著的輕機槍倒是可以看得一清二楚。他們的年齡實在小得可以，因此很難令她相信他們手上拿的是真槍實彈。她旁邊的小鬼敬她一根菸，被她搖頭婉謝時，臉上好失望。

「妳講西班牙語嗎？」他極盡客氣地問她，提供一個選擇。查莉不會講。「那妳原諒我說不好的英語。如果妳說西班牙語，我講得好。」

「可是你的英語講得很棒呀。」

「才沒有。」他語帶責備地反駁，就好像他剛逮到一個西方人不老實的證據，接著就陷入一陣心煩的沉默裡。

後方傳來好幾聲槍響，可是卻沒人打算發表什麼看法。他們駛近一個沙袋堆起來的掩體，丹尼停下車子，有個穿制服的衛兵彎腰瞪著她，然後一揮手中的機關槍，叫他們通過。

「他也是敘利亞人嗎？」她問。

「黎巴嫩人。」丹尼嘆了口氣告訴她。

雖然如此，她還是能感覺到丹尼的亢奮之情。她都可以感覺到那三個人都處於這種情緒狀態中——那是一種敏銳之感，眼光與心靈都敏捷輕快。整條街半是戰場，半是建築工地；沿路經過的街燈，其中會亮的幾盞就可以顯示出倉促修補的痕跡。被炮火燻黑的樹椿讓人憶起過去優雅的大道；新長出來的九重葛也開始覆蓋廢墟。許多燒焦的汽車上全是彈孔，到處棄置在人行道上。他們經過一排排點著燈的簡陋小屋，許多俗麗的商店就開在裡面；被炸毀的樓房，倒塌成一堆堆的磚瓦山。他們開過一棟被砲彈打得四面洞穿的樓房時，令查莉想到了一塊有許多圓洞洞的乾乳酪，背後襯著黯淡的天空。碎碎的月亮，透過這些洞洞，在一旁尾隨著他們。偶爾會出現一棟新建房屋，蓋了一半、有一半房間住人、有一半窗口亮著燈；某個投機客可以拿紅色的大樑和黑色的玻璃來下賭注。

「布拉格我待過兩年。古巴哈瓦那待過三年。妳去過古巴嗎？」

她旁邊的小鬼似乎從剛才的失望經驗中振作起來了。

「我沒到過古巴。」她講實話。

「我現在當官方口譯員，西班牙語和阿拉伯語。」

「真厲害！」查莉說。「不簡單！」

「我為妳翻譯，波瑪小姐？」

「隨時歡迎。」查莉回答，這回車裡響起比較多笑聲。西方女人重新恢復她的地位了。

丹尼這時已把車速減慢到跟步行一樣，而且還把車窗搖了下來。就在路中央正前方，她看到有個爐子在亮著紅紅的火光，上面還架了個大鍋子，四周圍著一群男人和小鬼頭，不是穿著白色阿拉伯式長袍，就是穿著卡其布野戰服，還有幾條黃毛土狗就窩在他們旁邊。她記得，麥寇過去在老家時會聽旅人講故事，而現在他們卻只能在街上搭起臨時住處。丹尼閃大燈後，一名年老但瀟灑的男子站了起來，用手搓了搓背，朝他們走過來，手上拎著機關槍，把一張全是風霜皺紋的臉孔湊進車窗，與丹尼摟抱。他們的對話沒完沒了地來來回回。被忽略的查莉坐著仔細聽那每一句話，想像自己也能聽懂幾分。但當她往他背後望去，看見的景象就不是很讓人愉快了：這位老先生有四位聽眾，紋風不動地圍成半圓形罩住這輛汽車，每個人手中的機關槍都比住車身，而且這四個人都不超過十五歲。

「我們的同胞。」她的鄰座告訴她時語帶崇敬，此時車子又已經往前繼續開下去了。「巴勒斯坦敢死突擊隊。這裡是我們的區域。」

也是麥寇的區域，他的一部分，查莉很驕傲地想道。

妳會發現他們很容易相處，很可愛，約瑟告訴過她。

查莉跟這些小男孩相處了四天四夜，愛護他們每一個人，也愛他們這一整個小組。他們是她的第一個大家庭，後來還有許多個。他們經常移走她，像對待貴重寶貝一樣，總是趁天黑行動，也總是很有禮貌。她來得太突然了，他們帶著迷人的歉意向她解釋，我們的隊長因此必須臨時做些準備。他們稱她「波瑪小姐」，或者真的以為她本名就叫這個吧。他們投桃報李地回報她對他們的愛，卻總不過問她個人的私事，而且彬彬有禮；他們在各方面都保持了一種羞怯、有紀律的緘默含蓄，這種現象讓她感到好奇，究竟是什麼樣性質的上級權威在管轄著他們？她的第一個臥房是在一棟飽經砲轟的空房屋頂上，屋子裡除了她以外，只有舊屋主留下的一隻鸚鵡，每當有人點菸的時候，牠就會發出一陣老菸槍似的乾咳。這隻老菸槍的另外一樣絕活，就是在夜闌人靜時學電話鈴聲叫，騙得查莉偷偷走到門口，等著看誰會去聽電話。小男孩們全露天睡在室外；一個睡在樓梯口，另外兩個就會抽菸、喝甜茶，生個火，玩玩撲克牌，等輪班。

每個夜晚都似乎像永恆一樣，然而卻沒有兩分鐘是同樣的。連聲音都在彼此交戰；先是從安全的遠距離一陣陣零星傳過來，然後會愈推愈近，變得密集起來，然後兩股喧鬧聲彼此襲擊，發生小規模的衝突：一陣突然冒出的音樂聲，車胎磨地的銳叫和警笛，然後就是森林中才有的死寂。在這首交響樂中，槍砲聲聽起來就好像比較次要的打擊樂器，偶爾之間東敲兩下拍子、西敲兩下更鼓，偶爾會有彈殼飛過的低沉哨音。她也有一次聽見一串響亮的大笑聲，但其實少有機會聽見人聲。還有一次，大清早她就聽到一陣十萬火急的敲門聲，丹尼和兩個男孩躡手躡腳地走到她窗邊。她跟在他們背後，她看到一輛車停在一百碼外的街上。煙從車中冒出，煙霧升起、捲向兩側，就像某個人在床上輾轉反側。一陣暖空氣把她推回房裡，有某樣東西從架子上跌下來了。她聽到腦袋裡有一聲砰然悶響。

「和平！」長得最標緻的孩子馬穆德說著，對她眨眨眼；接著他們全部退下了，眼神歡愉而且充滿信心。

也只有黎明是可以預料的，各處的擴音器傳出一陣嘰軋聲後，發出一串抑揚頓挫的叫喚，要大家趕緊起來晨禱。

查莉坦然接受一切，而且把自己完全投入。在她周遭的混亂之中，在意外得到的暫停期間沉思，她終於替自己的非理性找到了個搖籃。在這一片混亂中不論什麼樣的矛盾都不算什麼了，所以她甚至還替約瑟找到一席之地。在這個奉獻熱誠難以解釋的世界裡，她可以從所見所聞的任何事物之中，感受到她對他的愛。當那些小男孩在茶餘飯後、香菸猛抽之際，還會講些勇敢的故事給她聽：他們的家庭是如何在猶太擴張主義者手中受苦受難，就像是麥寇以同樣羅曼蒂克的口氣講給她聽的故事——此時，又是因為她對約瑟的狂熱之愛，他的溫柔聲音和罕見的微笑還在她的記憶之中，才促使她敞開胸懷，接受了他們的悲劇。

她的第二個臥室，在一棟引人注目的公寓高處。從她的窗口，她可以望見一個新建國際銀行的黑色正面，然後看到後面平靜的海。空蕩蕩的海灘上有些廢棄的沙灘小屋，看起來就像是總是處於淡季的度假勝地。唯一一個在海灘邊撿東西的人，跟聖誕節時在海德公園水池裡的戲水客一樣怪異。但這個地方最奇怪的東西，是那些窗簾。晚上時那些男孩幫她拉上窗簾時，她還沒注意到什麼不對。但天色乍亮時，她就看到一條彈孔形成的線像是彎彎曲曲的蛇，蜿蜒爬過窗戶。那天早上她幫這些男孩煮蛋捲做早餐，然後教他們玩撲克牌，彼此比賽。

在第三個晚上，她睡在某個軍事組織總部樓上。在窗戶外面有欄杆，梯級上有彈孔。海報上的孩子們揮舞著機關槍或者花束。深色眼睛的守衛靠在每個樓梯平臺上，整棟建築物有著外籍軍團那種喧鬧氣氛。

「隊長馬上會見妳，」丹尼每次都安慰她：「他正在安排。他是個偉大的人。」

她開始瞭解阿拉伯人的笑容表示延誤。為了安慰她，要她能安心等待，丹尼也把他父親的故事說給她聽。在難民營裡住了二十年，老人家似乎因為絕望而變得神智不清。所以有一天在天亮之前，他把自己寥寥無幾的財物打包、帶上他的地契，瞞著家人出發，要穿越猶太人的防線，親自去爭取過去屬於他的田地。丹尼和他的幾個兄弟在後面拚命追趕，只能看著老人駝著背的小小身影不斷前行，愈來愈深入谷地，最後被地雷炸得粉碎。丹尼講述這些事情時表現出一種令人困惑的精確，另外兩個人則檢查著他的英語措辭，不時插嘴或重述一句話，以便糾正那些讓他們不大滿意的句法與音調，贊同一句話時就像老人家一樣地點點頭。當他把故事說完後，他們問她幾個嚴肅的問題，他們曾聽說是頗為可恥的，然而其中還有些趣事可以聽聽。

她隨著日子的推衍，益發愛他們了，這是短短四天之中所造成的奇蹟。她愛他們的羞赧，愛他們的純淨，愛他們的紀律，愛他們對她的限制。不管把他們當成守衛或者朋友，她都一樣愛他們。雖然如此，他們卻一直未把護照還給她，而且只要她一走到他們架機關槍的地方，他們就往後縮，眼中也會閃出危險堅定的光芒。

「請跟我來。」丹尼輕敲她睡的房門叫醒她。「我們隊長已經準備好了。」

那時才凌晨三點，天都還是黑的。

她事後才記起來好像換過廿輛汽車，但也可能只有五輛，因為整個過程實在進行得太快了，一直是在城鎮之間來來回回，緊張氣氛不斷升高，坐在前後都有天線的土色轎車裡，旁邊那些保鏢嘴巴全都閉得死緊。第一輛車就等在樓下出口，不過是停在她從未去過的院子內。一直到車子閃出院子，沿街猛奔下去時，她才想到那幾個小男孩沒跟來。車子一開到街尾，司機似乎突然發現前面有什麼不對勁，猛打方向盤來了個迴轉，往剛才的來路殺了回去，急轉彎時車子差點沒翻掉。才一轉回原來的馬路，她就聽到一陣槍響，耳邊還有人咆哮，一隻大手把她往椅子下一按，她據此推測這一陣砲火是針對他們的。

他們闖過一個紅燈，千鈞一髮地閃過一輛大卡車，朝右轉上一條柏油路，來個大左轉，駛進一座在坡道上俯瞰廢棄海灘浴場的停車場。她又看到約瑟所說的半個月亮懸在海面上，有那麼一秒鐘她想像自己其實是要去德爾菲。他們停在一輛飛雅特大轎車旁邊，他們幾乎是把她整個人往車裡扔；車子馬上就開了，她又歸兩名新的貼身保鑣看管，一路朝著那條滿是凹洞的快車道飛下去。兩邊閃過的建築也坑坑疤疤，後面不遠處還跟著另一對車燈。正前方的高山是漆黑的，然而她左方的山谷卻是灰色的，因為谷地中有一道光輝照亮了山腰；山谷過去，則又是海洋。從指針上看，車速將近一百四十公里，她才瞄了一眼，突然什麼也看不見了，駕駛把車燈全熄掉了，而後方跟的那輛汽車，也照樣把大燈和小燈關上。

右手邊有一列棕櫚樹，左邊則是分隔兩邊道路的安全島，大約有六呎寬，有時是鋪滿碎石子，有時卻又種了植物。車子猛然向左一打，衝上分道島，竄進隔壁的那條逆向車道時，許多迎面而來的汽車猛按喇叭，嚇得查莉頻頻大叫「天啊！」可是司機根本不理會這種瀆神之詞。他重新開亮大燈，對著來車方向猛衝，然後又在一座小橋下猛地把車向左打，沒一會兒，車子又急煞車停在一條空曠泥土路上，然後換上第三輛車，這回是一輛旁邊沒車窗的英國製四輪傳動越野車。直到這個時候，她才發覺正在下雨。等他們把她安頓到越野車後座上時，她全身已淋成落湯雞了。她瞟到山上還在閃電……還是說根本就是開砲的強光？

他們向一條又彎又陡的山路上開，她從越野車後面看見山谷落到遠遠的下方；從保鏢和駕駛的腦袋之間往前方擋風窗望出去，彈出柏油路面的雨水有如成群的鰷魚。在他們前方還有一輛開道車；後面也有一輛殿後的車子。看駕駛和兩名保鑣不理不睬的神情，就知道包夾他們的那兩輛車全是自己人。他們後來又換過車，好像又再換過一次；終於才開到一間看似已經廢棄的校舍，但這次司機卻把引擎關掉，跟兩名保鑣一樣的把機關槍伸出車窗，等著看還有沒有別人跟上山。他們沿路停的地方，一直都有檢查哨；有些檢查哨他們只是直接開過去，懶洋洋的哨兵只揮手打招呼就算了。在經過某個檢查崗哨時，坐在司機旁邊的那名保鑣，突然把機槍朝外，對著黑暗放了一排子彈，可是唯一的反應，只是一群羊的咩咩驚叫聲。最後還有一次嚇人的衝刺，他們從兩組車頭大燈之間躍入黑暗，但到那時她早已嚇過頭，全身顫抖、暈車暈得厲害，什麼也不在乎了。

車子停下來，她發現自己置身於一棟老別墅的前院，到處都有少年哨兵端著機槍站在屋頂的身影，就像俄國電影裡的主角一樣。空氣清冷，充滿希臘地方雨後的那種氣息——柏樹、花蜜和各色野花的香味。天上烏雲密布，遠在他們下方的山谷，燈光已逐漸稀落。他們領她走過一道陽臺拱門，進入大廳之後，就在極暗的天花板頂燈下，她終於看到了「我們的隊長」：一位棕色皮膚，留著小學生短頭髮的瘸子，手上握了根灰色的英式手杖，以支持他兩條行動不方便的跛腳；一看到她，「我們隊長」就擠出了個乾巴巴的笑容以示歡迎，他滿臉坑疤的臉上亮出一個有點扭曲的笑容。跟她握手時，他竟然把枴杖勾到左臂上，讓枴杖在那裡晃蕩，讓她頓時覺得好像得握著他的手一會兒，好讓他能重新站好。

「查莉小姐，我是臺葉哈隊長，我謹以革命之名歡迎妳。」語氣聽起來很慎重而且乾脆。跟約瑟一樣，臺葉哈的聲音也很好聽。

妳可以選擇害怕，約瑟曾經警告過她。然而很不幸的，一個人總不能一直被嚇得不知如何是好。不過，當妳遇上那位自稱臺葉哈隊長的人時，妳必須儘量表現逼真才行，因為臺葉哈隊長是個非常聰明的人。

「請原諒我。」臺葉哈說這話時，帶著某種半開玩笑的口氣。

房子不是他的，因為他沒辦法找到他想要找的任何東西。甚至連個菸灰缸他都得蹬著枴杖在幽暗中到處找，帶著笑意問東西在哪裡，是不是太貴重捨不得用？然而這房子屬於他喜歡的某個人，因為她從他的舉止中觀察出一種友善的氣息；他說，他們平常就是這樣子嘛——對，他們就是會把喝的放在那裡。燈光還是不夠，但等她的眼睛適應以後，她認定這是一位教授的房子，也可能屬於一位政治家或一位律師。牆上排列著真正的書，有人會閱讀、翻查、然後極端整齊地歸位；有幅畫懸在火爐上，畫中可能是耶路撒冷。其他擺設展現屬於男性的混亂，各種品味雜陳：皮椅、拼花靠墊、色澤不協調的東方地毯。還有一些阿拉伯銀器，極為白淨而花紋華麗，就像黑暗洞穴裡的寶盒一樣閃閃發亮。隔兩步還有一個內室，裡面是分離的書房，有個英國式的書桌，還可以看到她剛才經過的山谷全景，還有月光下的海岸。

她坐在他指定的地方，一張皮沙發上，但臺葉哈自己還是拄著枴杖在房間裡沒完沒了地走動，做著東一件西一件的小事，同時從不同的角度打量她，秤秤她的斤兩。一下拿出玻璃杯；一下向她微笑；然後又一笑，遞出伏特加；最後是蘇格蘭威士忌，顯然是他最喜歡的牌子，因為他很欣賞地讀著標籤。房間兩邊各坐著一個男孩，每個人膝頭都橫著一把機槍。一把信件散布在桌子上，而她不用看就知道，那些是她寫給麥寇的信。

別把表面上的雜亂無章當成無能的表示。約瑟警告過她；拜託，別有種族偏見，別以為阿拉伯人比較低能。

燈光突然間完全熄滅，不過這是常有的事，甚至在這山谷裡也一樣。他全神貫注地看著她，巨大的窗戶有如畫框，他是一個機警的微笑暗影，全身靠在一把枴杖上。

「妳可知道我們每次回到家裡的情形嗎？」他突然問她，眼睛還是緊盯著她。「妳能想像得出，就在你自己的國家裡，在你自己的星光下，在你自己的土地上，手中竟然還得握住一把槍去搜尋敵人，會是個什麼樣的滋味嗎？問問那些孩子吧！」

他的聲音就像她曾聽過的其他聲音一樣，在黑暗中格外優美。

「他們很喜歡妳，」他又說道。「妳喜歡他們嗎？」

「喜歡。」

「妳最喜歡哪個？」

「都喜歡。」她說。他聽了哈哈大笑。

「他們說妳比較愛那個死了的巴勒斯坦人。是真的嗎？」

「是真的。」

他的枴杖仍然指著窗戶。「在過去，只要妳有勇氣，我們就會讓妳跟我們在一起。越過邊界。攻擊。報仇。回來。慶祝。我們會一起去。海佳說妳想戰鬥。妳真想戰鬥嗎？」

「對。」

「殺任何人，或者只限於擴張主義者？」他灌了一大口酒，並不等她的回答。「我們之中也有一些人渣，他們只想把全世界都炸毀掉。妳想這樣嗎？」

「不想。」

「他們就是一群人渣，那群人。海佳——梅斯特本先生——全是必需的人渣。妳看呢？」

「我還沒時間去看清楚。」她說。

「那妳是人渣嗎？」

「不是。」

燈光突然大亮。「不是。」他同意，而且放眼打量她。「不是，我不認為妳是。也許妳變了。以前宰過人嗎？」

「沒有。」

「真幸運。因為你們有警察。有自己的土地。議會。權利。護照。妳住哪？」

「倫敦。」

「哪一區？」

她有種感覺，他身上的傷讓他對她的回答感到不耐；那些答案不斷地驅策著他的心智，讓他跳到別的問題去。他找到一張高腳椅，然後不怎麼小心地把椅子拖到她面前，兩旁的男孩都沒有站起來幫他忙，她猜想他們不敢這麼做。當他把椅子拉到滿意的位置後，又拉了一張過來；然後坐在其中一張上面，然後悶哼一聲，把腿擱在第二張椅子上。等他安頓好一切之後，就從他的寬袍子口袋裡拿出一根捲得不緊的菸點燃。

「妳是我們第一位英國人，知道嗎？荷蘭人、義大利人、法國人、德國人、瑞典人、幾個老美，還有愛爾蘭人。他們全都來為我們戰鬥。沒英國人。在此之前都沒有。英國人總是來得太晚。」

一種熟悉的感覺穿透她全身。就像約瑟，他所說的肺腑之言是出自她未曾經歷的痛楚，出自她還沒學會的觀察角度。他並不老，但有一種太早得到的智慧。她的臉離那盞桌上的小燈很近。也許這正是他把她安排到那個位置的原因。臺葉哈隊長是個非常聰明的人。

「假如妳想改變世界，那就免了。」他表示他的看法。「英國人早幹過了。乾脆留在家裡。演演妳的小角色。在一片空虛之中發展妳的心智能力。那樣比較安全。」

「現在已經辦不到了。」她說。

「哎，妳還是可以回去的。」他喝了口威士忌。「自首。重建。關個一年。每個人都應該關進牢裡一年。何必為了我們把自己老命丟掉呢？」

「為了他。」她答道。

他夾著香菸的手不悅地揮開她這種浪漫主義的想法。「告訴我什麼叫做為他？他已經死了。在一、兩年內，大概我們全會死光。什麼叫為了他？」

「每件事。他教我的。」

「他有告訴你我們在幹什麼嗎？——炸彈？——開槍？——殺人？……別提了。」

有一陣子他只管注意他的菸。他望著菸頭燃燒，吸進煙霧，又皺著眉看它，然後壓熄了菸，點起另一根。她猜測他並不真的愛抽菸。

「他能教給妳什麼？」他不服地說。「教給像妳這樣的女人？他自己也不過是個小鬼罷了。他能教誰？他什麼也不是。」

「他是一切。」她木然地駁了一句，然後再度感覺到他似乎失去了興趣，就像對幼稚對話感到厭煩的人。接著她領悟到他比其他人都先聽到些什麼。他突然發出一道命令，一個男孩馬上就跳到門口。為了傷殘之人我們就得跑快一點，她這麼想著。外面有些微人聲傳進來。

「他教過妳怎麼去恨嗎？」臺葉哈又若無其事地問下去。

「他說恨是用來對付猶太擴張主義者的。他說為了戰鬥我們必須愛。他說反閃米主義其實也是基督徒的發明。」

她停下來，這時才聽到臺葉哈早就聽到的聲音：有輛車正往山上開來。她想，他的聽力像盲人一樣靈敏。這是因為他的身體障礙。

「妳喜歡美國嗎？」他問道。

「不喜歡。」

「去過嗎？」

「沒有。」

「妳沒去過，又如何能說妳不喜歡呢？」

但這個問題又只是巧妙的說詞，在這個由他引導的對話裡，他向自己提出一個論點。車子已經駛入前院了。她聽見腳步聲和隱約的人聲，也看見車子的大燈照進房間，過了一下才熄掉。

「別動。」他命令她。

進來兩個男孩，一個拿著個塑膠袋，另一個則捧著輕機槍。他們站得筆直，靜候臺葉哈的指示。那些信擱在他們中間的桌子上；她想起那些信曾有多麼重要，然而現在卻亂堆成一團。

「沒有人跟蹤妳，現在妳要往南方去。」臺葉哈告訴她。「把酒喝光就跟這兩個小夥子走吧。可能我相信妳，也可能我不相信妳。可能這根本沒多大關係。他們有帶衣服來給妳換。」

這回不是轎車，而是一輛髒兮兮的救護車，兩側噴有綠色月牙，引擎蓋上全是紅色的灰沙，有個戴深色眼鏡、一頭亂髮的小夥子開車。車後面破爛的床上，還有兩名手持機槍的小鬼，很不舒服地擠在狹窄的空間裡，查莉卻大膽地坐在司機旁邊，穿了件醫院護士的灰色長袍，還圍了頭巾。這時已非夜晚，而是令人愉悅的清晨，在車子沿著彎彎曲曲的山路小心往下開時，左邊的大紅朝陽被山谷遮得忽隱忽現。她想找司機搭腔，可是對方臉色馬上變得很難看。她又轉頭跟後面那兩個男孩輕快地打招呼，但一個表情不悅，另一個則滿面兇相，她心想，去搞你們自己的鬼革命好了！她轉頭欣賞風景。臺葉哈說過要送她到南方去。到底有多遠？去幹麼？但是有個守則是別亂問問題，她的自尊和求生本能都要求她遵從。

他們進城時碰上了第一個檢查哨；等轉上往南的沿海公路之前，還陸續停車檢查了四次。在第四站那裡，她看到有個被打死的男孩正被兩個男人抬上一輛計程車，女人們則在旁邊尖聲號叫、大力捶著屋頂。死掉的小孩一隻手垂向地面，好像手中還握了什麼東西似的。在第一個死者之後，就別無其他選擇。查莉對自己複誦一遍，不禁想起被謀殺了的麥寇。蔚藍一片的海洋在他們的右方展開，風景突然又變得荒謬起來。這樣看起來會讓人有一種英國沿海發生內戰的錯覺。沿途不斷看見車輛的殘骸，和一棟棟被槍砲打成廢墟的房舍；有兩個小孩正在有個巨大彈坑的操場上踢足球。原本是遊艇專用的小碼頭，早就被炸毀，半沉在海裡；偶爾見到往北開的水果貨車，就像逃難般地瘋狂飛馳，差點把他們擠出路面。

又遇到路障檢查哨了。是敘利亞人。不過坐在巴勒斯坦救護車裡的德國護士向來無法引起任何人的興趣。她聽到一輛摩托車發動的催油門聲，不經意地朝聲音發出的地點望過去。只看見一輛滿是灰塵的日本本田牌摩托車，後座的置物袋裡塞滿了青香蕉。手把上還倒掛了一隻活雞。跨坐在摩托車座上的，是正在聽引擎聲音順不順的迪米區。他上身穿著半套巴勒斯坦游擊隊的制服，脖子上還纏了條紅色的阿拉伯頭巾。他制服的肩帶上，像女孩子似地插了一枝白石南花，正代表了她過去四天來一直想找到的

「我們與妳同在」的暗號。

從現在起，只有馬才知道方向，約瑟告訴過她；妳的工作就是老老實實的坐在馬鞍上。

他們又組成一個家庭，住下來等候行動。

這次他們住的房子，是在距離塞達港很近的一棟小房子，水泥製走廊已被以色列砲艇轟成兩半，滿是鐵鏽的鋼筋插出來的樣子，就像一隻大蟲的觸鬚。後院是個橘子園，有一隻老鵝在啄那些掉到地上的爛果子；前面則是一團爛泥巴和鐵屑堆，在上次入侵時這裡可是個有名的防禦工事——或者該說是在第五次入侵之前。在相鄰的牧圈裡還有一輛被打爛的裝甲車，裡面住了一窩土雞和一隻西班牙長毛狗，還有四隻胖嘟嘟的小狗。裝甲車過去，就是屬於基督教徒的塞達之海，十字軍的堡壘聳立在海濱，就像個完美的沙堡。臺葉哈手下的少年兵好像永遠用不完一樣，查莉現在又多認識了兩個：卡利姆和葉西爾。卡利姆身材渾圓，看起來像個小丑，每當他得把機槍扛上肩頭時，就裝出一副重得不得了的樣子，又喘氣又做鬼臉。但當她衝著他露出同情的微笑時，他就變得慌慌張張，迅速地躲回葉西爾身邊。他的志向是成為一個工程師。他十九歲，但已經打了六年的仗；講起英語時輕若耳語，而且幾乎每句話的動詞前面，都要插入一個文法不對的「用來」(use to)。

「等巴勒斯坦用來解放以後，我去耶路撒冷讀書。」卡利姆告訴她。「這時……」他舉起他的手，然後對這個驚人的遠景嘆了一口氣：「也許去列寧格勒，或是去底特律。」

對，卡利姆很有禮貌地同意，他「用來」有一個哥哥和一個姊姊，但是有一次猶太人空襲納巴提耶難民營時，他姊姊被炸死了。他哥哥搬到拉西迪亞營區，三天後死於海軍的砲擊。他很含蓄地描述這些人命損失，就好像這些事件在整體的悲劇之中地位不甚重要。

「巴勒斯坦『用來』是一隻小貓。」有天早晨，他很神祕地告訴查莉這句話，當時她穿著輕飄飄的睡衣，很有耐性地站在臥房窗邊，他則握著槍準備射擊。「她需要常常撫摸，不然她『用來』會發狂。」

他解釋說，他看到街上有個滿臉兇相的男人，所以他過來看看是不是該斃了那人。

然而有著拳擊手窄額頭的葉西爾，卻是個整天怒目而視，從不跟她講話的少年。他穿著一件紅色方格襯衫，還有一條黑色勳帶環著他的肩膀，顯示出他屬於軍事情報部門，天黑以後他就站在花園裡，監視海上是否出現猶太入侵者。卡利姆很體恤地解釋，葉西爾是個大共產黨，他想摧毀全世界的殖民主義。葉西爾痛恨西方人，就算他們聲稱熱愛巴勒斯坦也一樣。卡利姆告訴查莉，葉西爾的媽媽和他全家人都死在塔爾阿薩塔。

死因是？查莉問道。

渴死的，卡利姆說。他解釋了一小部分近代史給她聽：塔爾阿薩塔，意思是百里香之丘，是在貝魯特的一處難民營。鐵皮屋頂的小屋裡，通常是一個房間塞十一個人。三萬個巴勒斯坦人和可憐的黎巴嫩人在那裡撐了十七個月，抵擋片刻不停的砲擊。

誰幹的好事？查莉問。

卡利姆被這個問題搞迷糊了。黎巴嫩長槍黨㊱啊，他說，覺得這再明顯不過了。還有那些法西斯馬龍派㊲游擊隊，敘利亞人也是幫兇，猶太人當然也插上一腳囉。他說有上千人死去，不過沒人知道確切數字，因為能留下來追憶此事的人太少了。當入侵者來襲時，他們射殺了大多數還活著的人。護士和醫生都被拉出來站成一排，照樣射殺，這種作法很合乎邏輯，反正根本沒有藥、沒有水，也沒有病患了。

「你在那裡嗎？」查莉問卡利姆。

不，但是葉西爾在那裡。

「以後別曬日光浴。」第二天傍晚臺葉哈來接她時這麼說。「這裡可不是度假勝地里維拉。」

她此後再也沒見過那些男孩。她一步步地深入，狀況正如約瑟曾經預測的。他們教給她一些悲劇，而悲劇能免除她解釋自己的必要。她是戴上眼罩的賽馬，那些傳遞給她的事件與情緒如此巨大而難以消受，她由此奔入一個新領域，只要身在此處，就屬於某種極不公平待遇的一部分。她加入這些受害者之中，最後屈服於她自己的謊言。每過去一天，她佯裝與麥寇同盟的虛構故事就變得愈來愈有憑有據；而她和約瑟的同盟，如果不是虛構出來的，也只是她靈魂上的一個暗記罷了。

「遲早我們也全『用來』死光的，」卡利姆告訴她，口氣跟臺葉哈一樣。「那些猶太人會把我們滅種的，妳會『用來』看到的。」

古監獄位於塞達市中心，這裡就是無辜者服無期徒刑的地方，臺葉哈神祕地告訴她。為了到那裡

㊱ Kata'ib，又拼做 Kataeb，是黎巴嫩的眾多政黨之一，以馬龍派教徒為主軸。

㊲ Maronite，黎巴嫩當地流行的東方天主教會。

去，他們把車停在大廣場前，進入古老道路形成的露天迷宮，裡面掛著表面覆蓋了塑膠的標語口號，她剛開始誤以為是被水洗過。現在是黃昏市集交易的時間，店鋪攤販都擠滿了人。街燈的光芒深入牆上的古老大理石，看似石頭內部發著光。巷弄裡的人聲零零落落，有時候他們轉個彎就靜下來了，只聽得到他們自己的腳步聲，或急或慢地踩在磨亮的羅馬石板路上。一個面帶敵意、穿著寬長褲的人在前面領路。

「我已經跟管理員講過，你是個西方記者。」臺葉哈撐著枴杖在她身旁邊走邊說。「他對妳的態度並不好，因為他討厭那些像是來這裡看動物奇觀的傢伙。」

缺角的月亮也一路隨著他們；夜晚熱氣蒸騰。他們進入了另一個廣場，突然一陣阿拉伯音樂冒出來迎向他們，從臨時拼湊成的擴音器裡流洩出來。高聳的大門敞開著，裡面是一個照明極佳的庭院，有一道石造階梯升起，連到幾個連續的陽臺。音樂更大聲了。

「他們是誰？」查莉輕聲地問，她仍然覺得很迷惑。「他們做了什麼？」

「沒什麼。那就是他們的罪。他們是以前在難民營避難的難民。」臺葉哈回答。「監獄有很厚的圍牆，又是空的，所以我們占據這個地方來保護他們……跟大家打招呼態度要嚴肅一點。」他叮嚀一句。「不要笑得太輕鬆，否則他們會以為妳在嘲笑他們的悲慘處境。」

一個老人坐在一把廚房用的椅子上，眼神空洞地望向他們。臺葉哈和管理員走上前去跟他打招呼。查莉遊目四顧。*我每天目睹這一切。我是一個頑固的西方記者，我對那些擁有一切卻還是很悲慘的人，描述什麼叫匱乏。*她站在一個寬大地窖的正中央，這裡的古老牆壁上，有對齊了天空的洞門和木造的陽臺。新塗的白色油漆覆蓋了每樣東西，製造出一種清潔衛生的假象。一樓的牢房是拱形的，房門全都洞開著，就像是要表現好客的態度；裡面藏著的人剛出現時，幾乎沒有動作，連小孩子都很少動。曬衣繩掛在每個囚室前面，繩索排列很對稱，顯示出村落生活中還要力爭上游的傲氣。查莉聞得到咖啡、無蓋排水溝還有洗衣服的味道。這時，臺葉哈和管理員回來了。

「讓他們先跟妳講話。」臺葉哈再次給她建議。「不要直接親近那些人，他們不會明白妳的意思。妳在觀察的族群已經算是瀕臨絕種了。」

他們登上一座大理石樓梯。在這一層的牢房有堅實的門，上面還開一個給獄卒用的窺視孔。噪音似乎隨著溫度一起升高。管理員引導著她，而她走向陽臺上一個手寫的阿拉伯文標示，形狀像個粗略的箭頭。從天井往下看，查莉看見那個老人坐回椅子裡，凝視著虛空。他已經做完他的日課，她這麼想。他告訴我們「上樓去」。他們到達箭頭處，跟著標示的方向一級一級往上走，很快就進入監獄的中心。她想，我得要沿途拉一條繩子才知道回頭路怎麼走。她瞄一眼臺葉哈，但他不想看她。以後別曬日光浴。他們進入的地方以前是員工休息室或者販賣部。在正中央有一張塑膠桌面的檢查桌，還有放在新推車上的藥品、檢體收集桶還有針筒。有一男一女正在工作；那個女子穿著全身黑衣，正在用棉花擦拭一個嬰兒的眼睛。一旁等待的母親們很有耐性地沿牆而坐，她們的娃娃有的睡著了，有的躁動不安。

「站在這裡。」臺葉哈下令，這次他自己走上前去，讓查莉跟管理員留在原地。但女子已經看到他進來了；她抬眼望著他，再望向查莉，然後就盯住她不放，意味深長又充滿疑問。她對小孩的母親說了幾句話，把孩子交回她懷抱裡。她走向洗手臺，照著正確方法洗手，同時從鏡中觀察著查莉。

「跟我們過來。」臺葉哈說。

每個監獄都有這種地方：一個小而明亮的房間，擺著塑膠花和瑞士的照片，讓那些無罪之人可以消遣一下。管理員先行離開。臺葉哈和女孩坐在查莉兩邊，女孩坐得筆直如修女，臺葉哈則坐得斜斜的，一條腿僵硬地放在一旁，楞杖像是營帳柱一樣靠著他的身體中央，在他抽菸、躁動又皺眉的時候，汗水從他凹凸不平的臉頰上滑落。監獄裡的各種聲響從來沒停過，但聚合成一種單調的刺耳噪音，一半是音樂，一半是人聲。有時候查莉會聽到笑聲，頗令人感到意外。那個女孩美麗而嚴肅，因為穿著黑衣而顯得有點令人畏懼，有著筆直強健的特徵和黑暗、直接的凝視，她沒有興趣去掩飾。她蓄短髮。門保持敞開。照例有兩個男孩看守著。

「妳認得出她是誰嗎？」臺葉哈問話時已經捻熄了第一支菸。「妳看她的臉是不是與什麼人很像？仔細看看。」

查莉並不需要仔細看。「法達米哈。」她說。

「她已經回到塞達跟她的同胞住在一起。她不會講英語，但她知道妳是誰。她讀過妳寫給麥寇的信，還有他寫給妳的。經過翻譯的。當然，她對妳很感興趣。」

他在椅子痛苦地挪動了一下身體，又抓出一根被汗浸濕的的香菸點上。

「她很悲痛，但誰又不是呢？妳跟她講話時，拜託不必慰問她。她已經失去了三個兄弟和一個妹妹了。她知道該怎麼去節哀順變。」

法達米哈很冷靜地開始講話。等她講完一段，臺葉哈就口譯給查莉聽——態度充滿不屑；他今晚的表情一直都如此。

「她對妳在她弟弟沙林姆對抗擴張主義的戰鬥中，還能給她弟弟很大的安慰，也感激妳最後自己獻身戰鬥的行為。」等法達米哈又講完一段，他就說：「她說，妳現在也是她的姐妹了。妳跟她都熱愛麥寇，兩個人都為他英勇成仁感到無上光榮。她問妳——」他又停下來讓她講了一段。「她問妳，妳是否寧可一死，也不願做帝國主義的奴隸？她是非常偏激的。告訴她說妳是。」

「是的。」

「她想聽聽麥寇是怎麼跟妳講他的家庭，還有巴勒斯坦。別亂編故事。她很厲害的。」

臺葉哈態度開始變得比較嚴肅了。他站起來，撐著柺杖在屋子裡慢慢走動，時而口譯，時而從一旁提出他的問題。

查莉在她面前直接把心底的話掏出來，直陳傷痛的記憶。她毫不裝模作樣，誰也不騙，包括她自己在內。她說，起初麥寇根本不提他哥哥；只有一次，說話間偶然提到他摯愛的法達米哈。後來有一天，那時候他們在希臘，他懷著很深的感情追憶著他們，提到從他母親死後，他姊姊法達米哈就讓自己成為全家人的母親。

臺葉哈生硬扼要地譯下去。那個女子毫無反應，但她的眼睛始終直瞪著查莉的臉，望著、聽著、問著。

「他是怎麼講他們的——他的哥哥們，」臺葉哈不耐煩地命令她快講。「妳再對她重複一遍。」

「他說從他童年起，他的哥哥們就是鼓舞他的力量。他們在約旦進了第一個難民營，那時他還太小不能打仗，他的哥哥們就常不告而別，也從不透露目的地。然後法達米哈就會來到他床邊，悄聲告訴他，他們又去襲擊猶太人了——」

臺葉哈打斷她，飛快地翻譯著。

法達米哈接下來的問題，就不再那麼帶著鄉愁了，帶有驗明正身的尖銳嚴酷。她的兄哥們在哪裡讀過書？他們有哪些專長和性向？他們是怎麼死的？查莉儘量回答，雖然斷斷續續的：沙林姆——麥寇——並沒把每件事都告訴她。法瓦茲是個大律師，或者說他很希望自己是。他在阿曼愛上了一名女學生——其實也正是當年還在巴勒斯坦村子裡的青梅竹馬。結果有一天他從女孩房子裡出來時，就被猶太人打死了。「至於法達米哈——」

「至於法達米哈怎麼樣？」臺葉哈追問道。

「至於法達米哈，她的地址卻被約旦人出賣給猶太人。」

法達米哈問出個問題。態度很生氣。臺葉哈聽完就譯道：

「在麥寇的某封信裡，他曾很驕傲能和他的大哥共患難，」臺葉哈說：「他寫到這個事件時說，除了妳之外，他姊姊法達米哈是世界上他唯一能夠全心全意愛著的女人。請把這一段解釋給法達米哈聽一聽。到底他指的是哪個哥哥？」

「卡里。」查莉說。

「講清楚整件事。」臺葉哈命令道。

「那發生在約旦。」

「約旦哪裡？怎麼回事？講仔細點。」

「有天傍晚，一列約旦軍隊的吉普車隊開進谷中的難民營，總共來了六輛。他們先逮住卡里和麥寇——沙林姆——然後命令麥寇去砍石榴樹枝。」說到這裡，她把手伸出來比了一比，就像麥寇在德爾菲所做的一樣。「總共六根，每根長有一公尺左右，然後叫卡里把鞋脫掉，叫沙林姆跪下來按住他哥哥的腿，然後他們就用石榴枝猛抽卡里的腳板，然後又叫他們換手，要卡里壓住他，再抽沙林姆的腳板。他們的腳被抽得血肉模糊，腫得都認不出來了。可是約旦人竟然還逼著他們用腳去跑，開槍射他們站的地方，逼他們拚命跑。」

「怎麼樣？」臺葉哈很不耐煩地問。

「什麼怎麼樣？」

「那法達米哈在這件事上，又有什麼重要呢？」

「她事後不眠不休的照顧他們，每天幫他們洗腳上的傷口。她鼓勵他們。讀那些偉大的阿拉伯智者的金玉良言給他們聽。要他們重新計畫對猶太鬼展開新攻勢。『法達米哈是我們的心靈。』他說過。『她就是我們的巴勒斯坦。我一定要從她的勇氣和力量裡學習。』他是這麼說的。」

臺葉哈直勾勾地盯著空白的牆壁，像在照鏡子似的。他往後靠在他的灰手杖上，用一條手帕擦乾自己的臉。法達米哈起身，靜靜地走向洗手臺，為他到了一杯水。從他口袋裡，臺葉哈拉出裝在扁壺裡的半瓶蘇格蘭威士忌，倒一些水進去。這不是第一次，查莉發現到他們兩個人彼此知之甚深，有如親近的同僚，甚至可能是戀人。他們一起講了一陣，然後法達米哈再度轉身面對她，此時臺葉哈替她傳達了最後一個問題。

「他信上的這段話是什麼意思？『我們在我父親墳上同意的計畫』，請妳也解釋一下這個。什麼計畫？」

她開始描述他死亡的方式，但是臺葉哈卻急躁地要她長話短說。

「我們知道他是怎麼死的。他是死於絕望。告訴我們有關於葬禮的事。」

「他父親臨終前，要求歸葬到希布隆去，就是他們的故鄉卡里鎮。所以他們就扶柩返鄉，可是走到阿倫拜橋時，猶太人就不准他們過去了。所以麥寇和法達米哈，還有另外兩個朋友，就只好把靈柩抬到一座高山上，等天黑之後，他們才找到一個地方造墳，好讓父親能俯視猶太人從他身邊偷去的家鄉土地。」

「那時卡里在哪裡？」

「不在。他已經離開好幾年了。音信全無。大概在打仗吧。可是就在當天晚上，他們幾個人正把石塊泥巴填回墳穴時，卡里突然出現了。」

「然後呢？」

「他幫忙填起墳穴。然後他告訴麥寇，要他跟他走，去戰鬥。」

「跟他走，去戰鬥？」臺葉哈重複了一遍。

「他說現在已是對猶太人展開全面痛擊的時刻了。在每一個地方對他們加以攻擊。不管是以色列人或猶太人，都一視同仁。他說猶太人就是以色列擴張主義的後盾，他們不把我們的同胞殺光是永遠不會停止的。我們唯一生存下去的機會，就是抓住全世界的耳朵，要世人傾聽我們，要不斷地告訴他們。假如無辜的生命必須被虛擲浪費的話，為什麼總是拿巴勒斯坦人的生命來犧牲？我們巴勒斯坦人可不願學猶太人，要等上兩千年才返回自己的故鄉。」

「那究竟這個計畫指的是什麼？」臺葉哈無動於衷地繼續追問。

「麥寇必須到歐洲去。卡里會安排。讓他變成一名留學生，同時又是一名戰士。」

法達米哈開口了。這段話不怎麼長。

「她說她弟弟長了張大嘴巴，上帝把他嘴巴給閉上，是很明智的作法。」臺葉哈這麼說著，召來他手下的兩個男孩，然後先她一步快速地跛行下樓。而法達米哈卻伸手把查莉拉回來，帶著坦白而友善的好奇眼光看了她半天。這兩個女人肩並著肩回到走廊。在臨時診療所門口時，法達米哈又一臉困惑地注視著查莉。然後，她親了查莉的臉頰。查莉看她最後一眼時，法達米哈又抱起一個寶寶，再度開始擦拭孩子的眼睛，要不是臺葉哈又在外面喊她快點出來的話，也許查莉就會留下來，永遠陪著法達米哈了。

「妳非等不可。」臺葉哈在開車帶她到營地去的路上，這麼告訴她。「不管怎麼說，我們沒想到妳會來，也沒邀請妳來。」

她第一眼望去，以為他帶她到一個村莊裡，因為依山而建的白色小屋屋頂，在大燈的照射下，看起來非常漂亮。然而等慢慢開近了，就明顯可以看出這個地方的實際規模；他們抵達山頂之後，她發現那是一處臨時搭建起來的鎮，不是只供幾百人住，而是供好幾千人住的地方。有個灰髮的肅穆男子迎接他們，但他主要是對臺葉哈極為親切熱誠。他穿了雙亮晶晶的黑皮鞋，和一套熨得筆挺的卡其制服，她暗自猜想，他可能為了迎接臺葉哈穿上自己最好的一套衣服吧。

「他是我們在這裡的首領。」臺葉哈簡單介紹他。「他只知道妳是英國人，其他一概不知。他也不會亂問。」

他們跟隨他走進一個破破的空房間，玻璃箱裡面擺滿了運動獎盃。房中央的那張小咖啡几上有個盤子，上面堆滿了各種廠牌的香菸盒。有個很高大的年輕女人送進一些甜茶和糕點，可是沒一個人對她說話。她頭上罩了黑紗，純粹中東婦女打扮，下身穿了到地的長裙和平底拖鞋。老婆？姐妹？查莉毫無概念。只能看到她臉上有著悲悽之色，眼圈發黑，流露出深沉的個人哀愁。等女人一走，那個首領竟然眼神兇惡地瞪著她，用著一口顯然帶有蘇格蘭口音的英語，對她發表起長篇大論了。他不帶笑容地解釋，在英國人殖民巴勒斯坦時他當過警察，直到現在還有拿英國發的退休終生俸。他的同胞在逆境中淬勵精神，變得愈發堅強。他提出統計數字做為依據。過去十二年中，這個難民營遭被轟炸過七百次。他也提出傷患數字，尤其強調被炸死的婦孺比例。最有效的殺傷武器，就是美國製的集束炸彈，也就是子母彈。猶太擴張主義者的噴射轟炸機，也投擲偽裝成玩具的詭雷，炸死了不少巴勒斯坦兒童。他下個命令，一個男孩就跑出去拿進來一輛裝乾電池的玩具賽車。他拿過來把底盤一掀，就露出裡面的線圈和炸藥。真的還是假的？查莉不太有把握。他又談到巴勒斯坦的政治派系分歧問題，可是很誠懇地向她保證，在反抗猶太擴張主義上這些歧見就消失了。

「他們不管男女老幼都照炸不誤。」他說。

由於臺葉哈介紹她時稱她叫「雷拉同志」，所以他也稱她為雷拉同志，等他講完之後，他就對她再次表示歡迎之意，而且把她交給那個憂傷的高個子女人去招呼。

「一切為正義。」他用這句話向她道晚安。

「一切為正義。」查莉應道。

臺葉哈望著她離開。

狹窄的街道中，只能見到燭光般的幽暗光線。每條巷子中央都挖了條沒蓋子的陽溝；缺了一角的月亮則懸在群山之巔。高䠷女人領著路；陪她上山的那幾個孩子，則捧著機關槍和她的皮包跟在後頭。他們經過一個泥巴地的土操場，那些矮木板房子可能就是學校吧。於是她就想起了麥寇講過的足球賽，不曉得剛才那個首領家中，有沒有麥寇替他贏來的銀杯？可惜來不及問了。淡藍色的螢光燈，從那些防空掩體的鐵皮鏽門縫裡透出來。裡面的噪音，正是流亡難民在夜間會發出的聲響。搖滾樂、愛國歌曲伴和著一些老頭子無分時刻都會發出的呢喃自語。某個地方還傳來一對年輕夫婦的吵架聲。他們聲音冒出來，爆發出一股經過壓抑的憤怒。

「我代表我父親向妳道歉，實在沒有什麼地方待客。難民營有規定，不得建築永久性的房屋居住，免得我們忘了真正的家在哪裡。假如有空襲，請不要等到警報響才跑，跟著大家跑的方向跑就對了。空襲之後，地上的所有東西都別碰。筆、瓶子、收音機——任何東西都別去碰。」

她名叫莎耳瑪，講話時臉上掛著悲哀的微笑，她父親就是那個難民營領袖。

查莉讓莎耳瑪領她進屋。給她安憩的小木板房小得可憐，乾淨得有如診療所一樣。裡面有個洗臉槽和廁所，還有個小到像塊手帕那麼大的後院。

「那妳在這裡做什麼呢，莎耳瑪？」

一時之間她不知道該怎麼回答這個問題。在這裡就是她的職業。

「妳英語是在哪裡學的？」查莉問。

在美國，莎耳瑪回答說；她畢業於明尼蘇達州立大學生化系。

當世界上真正的犧牲者當久了，也會找到一種有如田園般的可怕安詳。在難民營裡，查莉終於經歷到她一直無法享受的安詳和諧生活。在等待中，她與所有等待了一輩子的各階層難民，共同等待著。與他們共嘗受人束縛的命運時，她夢想著她可以脫離原有的自我。藉由愛他們，她想像著他們已經原諒她的表裡不一，當初正是這一點讓她來到此地。他們並沒有派衛兵守著她，所以第一天早上，她就故意到處閒蕩，看看她的自由限制到底有多大。似乎沒任何限制。她晃到小操場，看著那些後生小子們，拚命在鍛鍊身體，妄想早點跟成人一爭長短。她找到診療所、學校和賣許多玩意兒的小店舖，從柳丁到大號家庭用的去頭皮屑洗髮精。在診療所裡，一名老瑞典女人跟她大談上帝的旨意。

「那些可憐的猶太人只要把我們放在心上的話，良心就永遠會不安的。」她的解釋有如癡人說夢。「神曾經對他們那麼如此苛刻。為什麼祂不教教他們如何去愛別人？」

中午，莎耳瑪替她帶來一塊乳酪派和一壺茶。等她們在小木屋裡吃完中飯，就穿過一片橘園朝山上爬，一直爬到山頂。麥寇就是在一個跟這裡很像的地方，教查莉如何擊發他哥哥的手槍。一條棕色的山脈，沿著西方與南方的地平線伸展開來。

「往東邊去，就是敘利亞。」莎耳瑪指著山谷對面說。「而那些地方——」她手往南一掠，然後猛地一垂，很絕望地說，「——那些地方是我們的，而那邊——正是猶太擴張分子過來殘殺我們的地方。」

下山時，查莉看見許多藏在偽裝網下的軍車，而在一小片香柏樹林中，她也瞥到了槍管上閃出的光芒。她父親來自海法，只不過離這裡四十哩左右，莎耳瑪說。她母親離開防空洞時，被以色列戰鬥機的機槍掃死了。她有個在科威特當銀行家的哥哥，事業很成功。沒有，她帶著微笑回答了一個很明顯的問題：她太高了，太有知識了，所以男人不敢問津。

傍晚，莎耳瑪帶查莉去參加一個兒童戶外音樂會。然後又跟其他廿多名婦女到小學校教室，把一些色彩炫麗的貼條黏到兒童們的汗衫上，為大遊行做準備，他們使用的綠色機器像是大型鬆餅機，一直不斷地熨上貼條。那些貼條有些是阿拉伯文的口號，保證著勝利即將來臨；有些是巴解領袖阿拉法特的頭像，所有的女人都尊稱他為阿布．阿瑪爾。查莉也跟她們一起幾乎工作了整晚，結果成了效率最高的一員。兩千件T恤，各種尺碼，全部在一夜之間趕好了，真感謝雷拉同志的大力支援。

不久，她住的小木屋，從早到晚都擠滿了小孩子，某些跟她講英語，某些教她跳舞唱歌；某些孩子則牽著她的手，在小巷中跑來跑去，把她這個朋友看成是個不可多得的光榮。至於那些孩子的母親，也給了她許多許多的甜餅乾和乳酪派，她簡直可以住在這裡一輩子都有得吃；事實上她也很想這麼做。

所以，她到底是什麼人？查莉看著莎耳瑪悲傷而隱密地生活在族人之間，她暗自納悶，把她的想像力注入另一個未完成的短篇小說裡。事情的解釋是慢慢浮出檯面的。莎耳瑪曾經到過外面的世界。她知道西方人是怎麼說巴勒斯坦的。而她比她父親看得更清楚，他們家鄉的棕色山脈離他們究竟有多遙遠。

大示威遊行在三天後舉行，從日正當中的小操場上出發，繞著難民營緩緩行進，穿越擠滿人潮、裝飾著手工刺繡旗幟的街道，那些刺繡旗幟之美觀，足以讓任何英國婦女組織引以為傲。查莉站在她的小屋門口，把一個太小而不能參加遊行的女孩抱起來；空襲開始前幾分鐘，有六個小孩把一個耶路撒冷模型高舉到過肩的高度。莎耳瑪解釋道，遊行中先出現的是耶路撒冷，由歐瑪清真寺以金箔紙和海貝殼製作。然後出現的是兒童扮演的烈士，每個人手中握著一根橄欖枝，穿著昨天大家通宵趕工的T恤。然後，就像是遊行節慶的後續活動一樣，從山邊傳來一陣悅耳的軍號與砲響。不過沒有人尖叫或者開始逃跑。還沒有人反應過來。站在她身邊的莎耳瑪甚至連頭都沒抬起來。

直到那時為止，查莉一直沒有好好想過關於飛機的事。她曾經注意過幾架飛機，從高空經過，她欣賞它們懶洋洋環遊藍天之後留下的白色羽狀雲。但她基於天真無知，從來沒想過巴勒斯坦人可能一架飛機都沒有，或者以色列空軍可能對於距邊境幾步之外，有人憤怒地主張領土主權感到不滿。她更感興趣的對象，是那些制服女孩在牽引機拖拉的遊行花車上成對跳舞，隨著群眾擊掌的節奏前後耍著機槍；還有那些穿戰鬥服的男孩，他們把阿拉伯頭巾以阿帕契人的方式綁在前額，在卡車後面拿著他們的槍擺姿勢。整個難民營從頭到尾，充滿著許多毫不止息的叫喊聲——難道他們都不會喊到沙啞嗎？

也就在這一刻，她的目光被吸引到旁邊的一個小插曲上，這個插曲剛好在她和莎耳瑪眼前發生：一個孩子當場被一個警衛懲戒。警衛拿下他的腰帶摺疊起來，用這個皮環摑了一下這孩子的臉；有那麼一秒鐘，查莉還在想是否應該出面干涉，然而在旁邊的各種吵雜喧聲之中，她出現了一種幻覺：似乎是那條皮帶引起了爆炸的。

接著，飛機呼嘯而過，地面上冒出更多的火焰，雖然說這些火焰比起天上那些又高又迅速的飛機，造成的印象實在是太輕微也太小了。第一顆炸彈轟擊下來時，簡直就像是個反高潮：如果你有聽到那聲音，你應該還活著。她看見炸彈的火光在四分之一哩外的山腰上，然後升起一陣洋蔥狀的黑雲，此時噪音聲浪和氣流也一起襲向她。她轉向莎耳瑪，對她喊了幾句話，就像是有暴風來襲那樣地提高了她的音量，雖說當時一切驚人的安靜；而莎耳瑪望著天空時，她的面容僵硬起來，凝視中充滿恨意。

「他們向來要打就打。」她說：「今天他們只是陪我們玩玩而已。妳一定為我們帶來了好運。」

這個說法對查莉來說實在意義太深長了，她立刻拒絕了這種榮耀。

第二顆炸彈落下了，似乎在較遠處，也有可能是她對此印象比較淺些；這顆炸彈可以落在任何地方，就是不能在這些擠滿人的小巷裡，排成好幾列的孩子們很有耐性地等候，就像一群厄運臨頭的小小哨兵，等著岩漿從山頭流下。樂隊開始演奏，比先前更加大聲；隊伍繼續前進，比先前加倍有精神。樂隊正在演奏一首進行曲，群眾隨之鼓掌。查莉雙手重新恢復動作，放下手中的小女孩，也開始拍手。她的手刺刺的，連肩膀都在痛了，卻還是繼續拍著手。遊行隊伍靠到一邊，一輛吉普車奔馳過去，警示燈閃爍著，隨後還有一輛救護車和消防車。他們後面懸著一層黃色塵埃，就像戰鬥中的硝煙。一陣微風吹散了塵土，樂隊繼續演奏，現在來的是漁人公會，代表是一輛莊重的黃色卡車，上面樹立著阿拉法特肖像，旁邊還有一隻紙糊的大魚，頂篷上漆著紅、白、黑三色。後面跟著一個風笛隊，隨後又是如河流般的兒童隊伍扛著木槍，唱著配合進行曲的歌詞。歌聲變大了，所有人都跟著唱和；不管懂不懂歌詞，查莉還是用心大聲唱出來。

飛機不見了。巴勒斯坦再度贏得另一次勝利。

「他們明天要把妳送到另一個地方去了。」那天傍晚莎耳瑪跟她從山上下來時，這麼告訴她。

「我不要走。」查莉說。

兩個小時之後，就在天黑之前的那一刻，以色列飛機又來攻擊難民營了，那時她才剛回到她的小木屋。警報拉得太晚了，她還在拚命朝防空洞逃的時候，第一梯次攻擊已經開始，兩架噴射轟炸機率先衝出，引擎的爆響轟得每個人先一陣昏頭轉向——他們俯衝之後會拉起機頭嗎？他們確實拉起了機頭，第一波炸彈帶來的震波，讓查莉整個人都往防空洞的鐵板門撞上去，雖然說投彈噪音沒有隨之而來的天搖地動那麼糟，也比不上從操場另一側傳來的尖嘯聲——帶著迴音而歇斯底里，那裡也蔓延著黑煙。她身體撞上門的悶響讓裡面的人察覺到了，鐵門猛然一開，一個強壯女子伸手把她拉黑暗中，迫使她坐在一張木凳上。剛開始她什麼也聽不見，但漸漸地她聽到嚇壞了的孩子們在耳語著，他們的媽媽聲音比較沉穩，然而氣憤難當。某個人點燃了油燈，固定在天花板中央的一個掛勾上；有那麼一會兒，昏頭昏腦的查莉想著，她是置身在一幅霍加斯㊳版畫裡，只是剛好掛得上下顛倒了。接著她發現莎耳瑪在她旁邊，然後記起從警報開始以後她們就在一起了。另外兩架飛機跟著來了，還是第一批飛機又捲土重來？油燈搖晃著，在一陣漸漸增強的落彈接近時，她的視野終於自動調整過來。她感覺頭兩枚炸彈像是拳頭直接落在她身上——不，不要，別再來一次了，拜託！第三枚是最大聲的，她幾乎當場昏死，第四枚和第五枚落彈則讓她知道，無論如何她還活著。

「美國人！」一個女人忽然大喊起來，歇斯底里而痛苦地對著查莉喊道：「美國人！美國人！美國人！」她想鼓動另一個女人也跟她一起控訴查莉，但莎耳瑪只溫和地要她靜下來。

查莉等了一小時，不過也可能只有兩分鐘，發現外頭沒什麼動靜之後，她就看著莎耳瑪說：「走吧！」因為她覺得沒別的地方比防空洞更糟了。莎耳瑪搖搖頭。

「他們正在天上等我們出去。」她靜靜地解釋，或許還想到她母親。「一定要天黑之後才可以出去。」

黑暗降臨之後，查莉才獨自回到小木屋。電源已經切斷，所以她只能點上一根小蠟燭來照明。她在整個房間裡最後才看到的東西是一枝白石南花，就插在她的漱口杯裡，放在洗臉盆的邊邊上。她細細看著一小幅常見的巴勒斯坦兒童圖畫；她跑到院子裡，她的衣服還在曬衣繩上，已經乾了，太好了。她沒辦法燙衣服，所以她打開房內那個塑膠小衣櫥的一個抽屜，一件件摺好、疊好，像個營中難民那樣重視整齊。當那枝白石南花再度闖進她視線中時，她開心地告訴自己，是我那些小朋友摘來給我的。是那個有金牙的可愛孩子，我都叫他阿拉丁。這是莎耳瑪在我離去前夕給我的禮物。她對我真好。或許是他。

㊳ William Hogarth（1697-1764），英國版畫家、油畫家兼理論家，擅長風俗畫。

「我們只是萍水相逢。」莎耳瑪在她們彼此告別時說。「妳會走的，而當妳走了之後，我們的邂逅就成了一場幻夢。」

你們這群渾蛋，她心想。你們這群卑鄙嗜殺的猶太擴張主義者！這群渾蛋！假如不是因為曉得我在這裡的話，你們早就把他們全部送去見上帝了。

「唯一能表示忠誠的，就是留在此地。」莎耳瑪跟她說。

22

等著時光緩緩推移，望著人生另一方面展現於她眼前的，並不只有查莉一個人。從她跨過那樣安危分界線之後，柯茲、里托瓦克、貝克——實際上，該說是她先前的所有「家人」，現在全都不得不想辦法耐住性子等待，順應對手奇特而脫軌的行事節奏。「在戰爭之中最難做到的，」柯茲喜歡對他的下屬引用這句話（也喜歡對自己重複）：「莫過於按兵不動這種英雄之舉。」

柯茲這輩子從沒像現在這麼克制。他把麾下的非正規軍隊由英國佬的陰影下撤出來，顯得有點戰敗了的味道，而不像是他們籌畫已久卻幾乎沒有慶祝的勝利；至少，那些走卒們是這樣覺得。查莉才走沒幾個小時，那棟漢普斯德祕密大本營，也就立刻出清交還原主了；無線電聯絡車裡面所有一切電子裝備也都拆卸下來，以外交郵包方式運回了特拉維夫，不知怎麼的有點不名譽。聯絡車本身的偽造車牌被拆掉，引擎上的號碼也銼掉，後來就成了倒在荒野地帶和文明世界之間的路邊火燒廢車。但柯茲並沒有在那裡等一切善後完畢。他匆匆忙忙回到迪塞拉里街，心不甘情不願地蹲他恨透了的辦公桌，老老實實地做像艾里希那種協調官，他以前還拿這種工作嘲弄過艾里希呢。幸好那年冬天的耶城，陽光普照，氣溫頗高，他在城裡各個祕密辦公室之間大肆活動，到處反駁攻擊、討情報的時候，古城裡出產的金色大理石在閃爍的藍天之上也有個倒影。僅此一次，柯茲從這幕美景中汲取一點心靈安慰。後來他說，他的戰爭機器已經變成一輛馬車了，而且拉車的馬還各往不同的方向拉。在這個領域中，雖然加隆使盡全力擋他的路，他還是可以自己作主；但一回到老家，任何二流政客和三流軍棍都自命為情報界的天才，他挨的批評比先知以利亞更多，撒瑪利亞人的敵人比起他的敵人還少了點。他的第一仗就是為查莉的生存奮鬥，他自己大概也岌岌可危，而這場非得發生的戰鬥，從他前腳跨進加隆辦公室的那一剎那就開始了。

老烏鴉加隆早已經起立，雙臂微舉，做好了吵架的準備。他那頭鬈黑髮比任何時候都要亂。

「玩得開心吧？」他嘎嘎叫道。「吃到些山珍海味了嗎？瞧瞧你，好像體重又增加了嘛。」

緊跟著就轟然一聲，兩個人就吵了起來，他們提高的聲量在整間屋子裡迴盪著，彼此大吼大叫，握緊拳頭互相拍桌子，就像一對夫妻找機會大吵一頓，出出火氣。你答應我的進度在哪裡？他說到的重大結果到哪去了？為什麼他要抗命，不管他的三令五申，仍然在暗中和那個西德的警棍艾里希眉來眼去？

「你還想不通我為什麼對你失去信心嗎？搞了那麼多名堂，花了那麼多鈔票，違抗那麼多命令，成果卻少成這樣？」

為了整到他，加隆就叫他親自出席一場戰略顧問委員會議，那個委員會別無他用，只能當成最後一個求助對象。柯茲得全力遊說，甚至想辦法取得他們的修正計畫。

「可是你到底有什麼打算呢，柯茲？」他那些朋友在每棟大樓的走廊中，低聲而急促地拜託他。「至少得給我們個暗示吧，這樣我們才方便幫你說話啊。」

他保持沉默冒犯了每個人，他們就讓他自覺是個爛透了的安撫者。

柯茲還有其他戰線得去戰鬥。為了想監視查莉在敵方境內的進展，他非得兩手捧著帽子，卑躬屈膝地去拜訪專司敵後情報輸送與監聽東北部海岸的部門。這位部門首長來自敘利亞北部的阿勒坡城，屬於西班牙系猶太人，他痛恨每個人不算，還尤其痛恨柯茲。這樣的行蹤有可能跑到天涯海角去啊！他抗議道。那他自己的行動要怎麼辦呢？至於要為里托瓦克手下那三個監視者提供後援，目的竟然只是讓那女孩在新環境裡也有家的感覺，這種嬌寵待遇他可從來沒聽說過，這種事辦不到。柯茲嘔心瀝血，使盡各種暗盤交易的手段，就為了取得他所需要的援助規模。討價還價的過程中，加隆始終保持冷漠超然，傾向於讓市場力量決定出合乎自然的解決之道。加隆私下對他的親信說，如果柯茲對這條線夠有信心，他會達到他的目的；先拉一下馬勒，再抽上兩鞭，對柯茲這種人物沒什麼壞處，加隆這麼說。

這些密謀進行得如火如荼之際，柯茲實在不想離開耶路撒冷一步，他只得派里托瓦克親自跑一趟歐洲，當他的特使，把他的宣慰鼓勵代轉給那一批監視小組的人，盡一切力量做準備，等他們期待的最終階段到來。過去在慕尼黑，幾個人輪兩班就可應付一切需求，現在這種好日子已經結束了。為了要全天候的釘住梅斯特本、海佳、羅西諾，調來的人足以組成一個排了；這些人全都講德語，其中很多人多年沒出任務，都快生鏽了。里托瓦克對非以色列籍的猶太人始終不敢信任，更是雪上加霜，不過他堅持不肯讓步：他說那些人都是行動的門外漢，何況說不準他們的忠誠是向著哪一方的。在柯茲的命令下，里托瓦克也飛到了法蘭克福，在機場與艾里希舉行祕密會議，一方面請他在整個監視行動中給予支援，另一方面就像柯茲所說的，「看看他的腰桿還硬不硬，人的這個部位向來脆弱」。在這次事件中，他們重敘舊交情顯然成了個災難，因為這兩個人一見對方就討厭；更糟的是，里托瓦克的意見坐實了加隆手下那批心理專家早先的預測：艾里希此人不可信任，連給他一張舊票根都不行。

「我已經決定了！」他們甚至還沒坐下來，艾里希就對里托瓦克這麼宣布；他的獨白內容斷斷續續，聲調憤怒，半似耳語，卻又不時拔高到像個假聲男歌手。「我做決定之後就很少再反悔，大家都知道我脾氣一向如此。等這個會議結束後，本人就要立即晉見內政部長，把每件事情的真相向他報告。我是有榮譽感的人，這件事沒得商量。」事情很快就清楚了，艾里希不只是心意有變，根本就是另外找了新的政治靠山。

「當然啦，並不是我反猶太人——做為一個德國人，我有我的良心——不過從最近的某些經驗中——特別是有個爆炸事件——有人受到逼迫——像是勒索——因此得要採取某些作法——這樣實在讓人覺得，難怪猶太人在歷史上老是招來他人的迫害，這是有道理的嘛。請原諒我這麼說。」

里托瓦克死瞪著他，毫無原諒的意思。

「你的朋友舒曼——他很有才幹，令人印象深刻——也很有說服力，可是幹起事來卻不知節制。他竟然在德國土地上，未經本人同意就行兇，他的作法實在太過頭了，長久以來世人都以為只有我們德國人這麼過分呢。」

里托瓦克受夠了。他的臉色病態地慘白，刻意把眼睛轉向別處，或許是為了隱藏其中的怒火。「你幹麼不打個電話給他，直接告訴他一切？」他提出建議。所以艾里希就這樣幹了。他從機場電信部門辦公室裡，撥了柯茲給他的專號；里托瓦克也在旁邊的分機上聽。

「你儘管這麼做吧，保羅。」等艾里希說完之後，柯茲便由衷地敦鼓勵他；然後他突然語氣一變：「對了，保羅，你告訴貴國內政部長時，最好順便提一提你在瑞士的那個祕密帳戶。因為假如你沒講的話，我可能會對你的坦誠印象深刻，同時親自跑一趟德國去跟你們部長解說一番。」

隨後柯茲命令總機在四十八小時內，不准接艾里希的電話。不過柯茲心中並無怨恨，至少對當事人並沒有。四十八小時的冷卻期一過，他想辦法擠出一天空檔，親自跑了一趟法蘭克福，到了那兒，果然發現這位好樣的博士恢復常態了。至於瑞士銀行帳戶的講法，雖然艾里希憤恨地說這樣「太沒運動家精神」，卻讓他清醒過來，不過最有助於讓他恢復神智的，還是能欣然瞥見自己出現在讀者甚多的大眾畫報內頁——堅毅果斷、獻身理想，卻始終保有獨到的機智——讓他能夠說服自己，他就是他自己口中的那種人。柯茲放任艾里希沉溺在這種快樂的幻覺中，同時帶回一個相當撩人的線索，算是給工作過度的分析員一個獎賞，本來艾里希在氣頭上時還打算按下不表：這是一張名畫明信片影本，收信人的名字正是柏格小姐的眾多化名之一。

筆跡沒見過，郵戳是巴黎郵政區號第七區。在科隆下令之後，就被德國郵局給截獲了。明信片的內容以英文直譯如下：「可憐的弗瑞叔叔，將按計畫於下月動手術。不過幸好還算方便，因為妳可以暫用V的房子。到那裡後再見。愛妳的K上。」

三天之後，攔截網又截獲到另一張，由同一個人寫給柏格小姐的明信片，寄到她的另一個安全地址，但這次的發信地區的郵戳卻變成了斯德哥爾摩。再次百分之百配合的艾里希，馬上空運專送給柯茲。信的內容非常簡短。「弗瑞於二十四日下午六時在二五一房動盲腸切除手術。」署名變成了「M」。據分析專家研判，這兩封信中間，必定還有一封編號「L」的信沒被截到；這種聯絡和下達命令的方式，至少跟麥寇的接收方式是一致的。雖然眾人拚命努力，編號L的信始終沒找到。但里托瓦克手下的兩名女孩，倒是摸走一封由「獵物」柏格小姐自行寄出的信，收件者就是住在日內瓦的梅斯特本。這件事辦得非常漂亮。柏格那時正好到漢堡去找某個老相好，住在白朗肯尼區的某棟高級住宅中。兩個女孩有天跟蹤她進城，看她鬼鬼祟祟地投了一封信到某個郵筒裡。等她才一走，兩個女孩馬上拿出為這種場合而準備的信封袋——郵資已付的大黃信封——丟進同樣的郵筒，正好蓋在柏格剛寄的那封信上面。然後兩個女孩裡比較漂亮的那個就守在郵筒旁邊。一看到郵差過來收集信件，她就餵給他一個關於愛與憤怒的故事，再對他做出一點明確的承諾，他就乖乖站在一邊露出柔順的微笑，看著她把她的信從信件堆裡挖出來，拯救自己的人生免於完全毀滅。只不過，她拿走的不是她自己的信，而是柏格小姐的信，就躺在那個大黃信封下面。他們用蒸氣熨斗把信封弄開，拍完照，再重新封好，又趕在下一班收信時間以前丟回原來的郵筒中。

摸到的大獎是一封厚達八頁的激情塗鴉文章。在寫這篇玩意兒時，柏格小姐大概亢奮得很，不過不見得是嗑了什麼藥，可能只是腎上腺素分泌過量而已。信件內容很坦白，光明正大的讚美梅斯特本床功高強。信中表現的意識型態天馬行空，武斷地把薩爾瓦多的游擊革命，跟西德的國防預算問題扯在一起，又把西班牙大選和最近南非出的一件大醜聞拉上關係。信中還大罵猶太擴張分子最近對黎巴嫩的轟炸行動，說這簡直就是以色列人對巴勒斯坦人提出的「最後解決方案」。她的行文語氣充滿生命的喜悅，不過覺得世界上事事需要匡正；考慮到梅斯特本的信件顯然會遭到瑞士安全當局查驗，她在信裡中規中矩地說，還是有必要「總是保持在法律許可的範圍內」。但信末有一段附筆，只有一行，隨手寫在旁邊就像是個歧出的片段想法，下面重重地畫線做強調，最後還加上幾個驚嘆號。那是一句耀武揚威、帶有嘲弄性質的俏皮話，對於他們兩個人來說是極私密的，就像其他的信末結語一樣，其中包含的意義或許才是這整封信的重點。那行字是一句法文：「注意！要讓那些中產階級大吃一驚！」[39]

分析專家們一看到這封信就愣住了。為什麼那「中產階級」開頭的第一個字母「B」，要用大寫呢？為什麼整行字下面都要加橫線強調呢？難道海佳小姐受的教育有這麼蹩腳，會讓她把母語德文名詞字母大寫的習慣套到法文上去嗎？這種想法未免太荒唐了點。還有那個撇號，為什麼特別加上了，而且撇號尾巴還是朝左邊去？密碼專家和分析家嘔心瀝血力圖解碼，數臺電腦吱吱嘎嘎、搖搖晃晃地吐出許多根本不可能的排列組合，在這一陣瞎猜亂想之際，破解這句話的不是別人，卻是思想最簡單的瑞秋小姐，她以英國北方人的直截了當，直取最明顯的結論。瑞秋平常喜歡玩報上的填字遊戲，希望哪天能賺到一輛免費跑車。她平鋪直敘地說明，「弗瑞叔叔」的那個弗瑞（Frei），只是某個名詞的前一半，而「中產階級」的那個「Bourgeois」，則是後一半字，湊起來就正好是一個字——「弗瑞柏格市人（Freibourgeois）」；所謂的「手術」（operation），另一個意思是「行動」，這些市民會被二十四日晚上六點鐘的行動給嚇一大跳。那麼，「二五一號房」又是指什麼？「呃，這個問題我們就得好好打聽一下了，對吧？」瑞秋對那些困惑的專家說道。

不錯，他們同意。我們會去查。

電腦是關掉不用了，但接下來一、兩天裡疑惑的氣氛還是難以消散。這種假設未免太荒謬了。太容

---

[39] 原文為：*Attention! On va épater les 'Bourgeois!*

易了。老實講，簡直太天真了。

然而他們早就明白，海佳和她的同類會規避任何系統化的溝通方式，這幾乎算是他們的一種哲學。革命同志們彼此溝通時，應該以心傳心，用重重暗喻瞞過反革命豬玀的耳目。

姑妄一試吧。他們說道。

可是在歐洲，至少有半打以上的城鎮叫「弗瑞柏格」。但他們第一個想到的地方，就是梅斯特本的母國瑞士境內的那一個弗瑞柏格市。當地操法語和德語的居民混雜共處，而當地的中產階級人士，在瑞士人當中也算是極端冷靜遲鈍的。柯茲毫不遲疑，立刻派出兩名機靈的調查員，仔細過濾該城之中任何可能招致反猶太攻擊的目標，特別注意那些與以色列軍方有來往的商家；同時在儘量不驚動瑞士官方的原則下，篩出醫院、旅館、辦公大樓中，一切有二五一號房的建築；另外，還得查出那些可能在本月廿四日，預約了要割盲腸的病患；或者是訂在下午六點鐘動任何一種手術的人。

從耶路撒冷的「猶太人四海歸心聯盟」，柯茲弄到了一份弗市猶太名人名單，還有他們平常去祈禱聚會的地址。有無猶太人開設的醫院？如果沒有，就查查看是否有醫院特別迎合正統猶太人的起居需求？類似的調查還有許多。

然而柯茲自己也跟其他人一樣，對這個臆測感到三分相信、七分懷疑。這種目標跟他們先前的作為相比，根本缺乏任何戲劇效果。他們究竟嚇得了誰？他們這麼做到底有什麼意義，沒有人參透。

某天下午終於有了突破，這幾乎就像是因為他們竭盡心力在一頭下功夫，迫使真相從另一頭破土而出。那個義大利殺人狂羅西諾，由維也納搭機飛到了瑞士北部大城巴塞爾，而且一到那裡就租了輛摩托車，然後騎車直駛邊界，進入德國，騎了四十分鐘之後，抵達了那個也叫「弗瑞柏格」的古代教區總教堂所在地，那裡曾經是巴登邦的首府。他一抵達該市，就先找了個地方吃了頓大餐，然後直奔弗瑞柏格大學的選課諮詢委員，非常有禮貌的向行政人員詢問，一般人在有名額限制的情況下，是否可以旁聽有關人文主義的課程。而且還順便問起該校位置平面圖上，所標示的二五一教室在哪裡，該怎麼個走法。

這下子可就撥雲見日了。瑞秋沒猜錯；柯茲更沒錯；上帝是公正的，老烏鴉加隆也是公正的。市場力量果然找出了他們最自然的解決之道。

當大家欣喜若狂之時，只有貝克沒有在場分享喜氣。

他在哪裡？

有時候別人似乎比他自己還要清楚他身在何處。有一天他在迪塞拉里街那棟屋子裡窮晃，不時去盯密碼機，偶爾會傳來一些目擊報告，被觀察對象是他一手調教出來的間諜查莉，但是頻率比他期待的少太多。同一天晚上，或者更精確的說是第二天凌晨，他忍不住就去按柯茲家的門鈴，把他太太和家裡養的狗全吵醒了。他只想再確定一次，以色列空軍沒在查莉離開以前去炸臺葉哈的那幾處難民營。他說，他聽到轟炸的謠言滿天飛。「而加隆又是個很沒耐性的人。」他的語氣冷冰冰的。

只要有人從敵後回來——比方說是迪米區或者他的搭檔洛爾，乘橡皮艇偷渡回來報告近況，貝克就會堅持出席簡報會，而且常會針對查莉的近況提出連珠砲般的問題。

幾天下來，柯茲一見他人影就難過：「簡直像我該死的良知，纏得我寢食難安！」他公開威脅禁止貝克再來這兒煩人，除非他重新恢復理智。「訓練間諜的人，在把間諜放出去之後，就等於指揮家失去了樂團一樣。」柯茲努力要平息自己的怒氣時，不無深意地向他太太解釋這番道理。「最好的方法，還是常安慰安慰他，幫忙他度過這段難過時間。」

柯茲後來在太太支持下，瞞著所有人偷偷打電話給貝克的前妻法蘭琪，告訴她貝克目前正在城裡，把電話號碼也給了她。柯茲帶有一種邱吉爾式的寬弘高雅，他真希望每個人都有像他一樣擁有美滿的婚姻。

法蘭琪很盡責地打了電話；假如接電話的人確實是貝克，他就只聽了一下她的聲音，就輕輕地把電話掛斷了，一句話也沒說。法蘭琪為此勃然大怒。

然而柯茲的手段倒好像真的還有點效果，因為他第二天一早就出外旅行去了，事後此行被視為他重估個人基本信條的信念之旅。他租了輛車，第一站先開到特拉維夫，跟他的銀行經理處分掉一些不樂觀的事業，然後又去造訪他父親下葬的老墓園。他放了束花在墓碑前面，用借來的工具清理了一下父親的墳墓，然後再唸了段禱文，雖說他跟他父親其實對宗教都不怎麼認真。從特拉維夫，他就直奔東南部的西布隆鎮；如果是麥寇，會叫這個地方卡里鎮。他參觀了亞伯拉罕的清真寺；從一九六七年的六日戰爭之後，這裡就變成一個不太搭調的猶太教堂。他跟留守的以色列兵聊了會天，他們帶著太大的叢林帽，軍服鈕釦敞開到腹部，在門口晃來晃去，巡視著城垛。

等他走了之後，那群年輕的戰士彼此奔走相告，只不過他們是用希伯來名字稱呼他：這是傳奇人物加迪，他曾在敵後的敘利亞為戈蘭高地之役冒險犯難，他幹麼要來這個阿拉伯火坑啊，而且神情又那麼不安？

在眾人驚異的注視之下，他後來又逛到舊市場，顯然沒注意到旁邊震驚的沉默和那些占領區人民含蓄陰森的瞥視。有時候他顯得別有所思，停下來以阿拉伯語和店鋪老闆攀談，問問某種醬汁或某雙皮鞋的價錢，小孩子都圍在旁邊聽他說話，而且有一次還有人大膽地摸了他的手。他走回車子，先朝那些駐軍揮手道別，然後就開著車子鑽進那些穿過豐饒葡萄園的小徑，直到他漸漸接近東邊山頂上的各個阿拉伯小鎮。那兒的建築全是些方方正正的石頭房子，還有一大堆狀似艾菲爾鐵塔電視天線站在屋頂。山坡上敷了一層薄雪，再加上烏黑的雲塊，讓那片土地帶有一種殘酷而不平靜的光輝。從山谷望過去，對面就有個新的以色列屯墾區，像是來自征服者的密探。

貝克在其中一個村莊下車透氣。那裡正是麥寇一家人的老家，到六七年麥寇的父親才決定不得不離開此地。

「喔，那他有沒有順便參拜自己的墳墓呀？」柯茲事後聽說貝克的行程，就酸溜溜地問了這麼一句話。「他先上他老爸的墳，然後就輪到自己的，這樣對吧？」

一陣困惑之後，大家才想起伊斯蘭傳說中以撒之子約瑟也葬在希布隆，接著眾人就笑開了；每個猶太人都知道這是牽強附會之說。

過了希布隆，貝克似乎就北上直到約旦河谷的貝席安，那是在四八年領土擴張後猶太人入主的阿拉伯鎮。他在那裡好好地欣賞了羅馬圓形劇場遺跡之後，又緩緩駕車直駛臺柏拉斯市。那裡已經發展成為一個現代化的北部溫泉鎮了，沿著海邊蓋了好些美國式的大旅館和酒店，有個海濱浴場，好多的吊臂起重機，和一家相當不賴的中國餐館。可是他對這些好像沒多大興趣，車子連停都沒停，只不過開得很慢，透過車窗看著那些高樓大廈，就像在算大樓的數目似的。他下一次露面是在以色列北方與黎巴嫩接壤的梅杜拉鎮。一個路障地帶外加幾條不同深度的鐵絲網，就把兩國的邊界劃了出來，在兩國關係較好的時候稱為「好圍牆」。以色列這邊的百姓會爬上觀測臺，帶著迷惑的表情望著另一頭的窮山惡水。而對面黎境的基督教長槍黨民兵，卻常常駕車進入以境，運走補給，好去對付他們痛恨的巴勒斯坦游擊隊。

對於貝魯特一帶活躍的敵後情報戰線，梅杜拉也是那些日子裡情報收集的當然終點站，加隆麾下就有個祕密單位，專門照管情報人員的出入境交通。偉大的情報員貝克那天傍晚稍早就找到這個終站，翻了一下記錄簿，問了問有關聯合國和平部隊駐紮的地點，就走了。情報站站長事後說，貝克看起來心事重重，說不定生病了。臉色和眼神都很不對勁。

「他該死的究竟在找什麼？」柯茲聽到了這些話以後，馬上在電話上問這位站長。可是這位站長天生欠想像力，又因為長期在地下行動而變得頭腦遲鈍，提不出什麼更進一步的解釋了。貝克看起來心事重重，站長只能這麼重複。他看起來就跟那些長期奔波後的情報人員一樣沒精打采。

貝克仍然一路開下去，開到一條坦克車履帶壓出來的蜿蜒小徑，然後跟著往山上爬，終於抵達了那個山巔之上的屯墾區；如果有哪個地方算是他的精神故鄉，那就是這裡了：一個高踞山頭的鷹巢，有三面與黎巴嫩相連。這裡在一九四八年首度有猶太人移入，當時這裡是個軍事據點，用來控制列特尼（Litani）以南唯一的東西向道路。在五二年第一批土生土長的以色列人移民到達此地，過著一度屬於猶太復國主義理想的艱苦世俗生活。從那時起，屯墾區忍受不時的砲轟、顯著的富裕、還有住民耗損的隱憂。貝克到達時，草坪上正在用自動灑水器澆水；到處開著紅的、粉色的玫瑰花，香氣蕩漾在空氣中。他的東道主們羞怯地接待他，大家全都非常興奮。

「加迪，你終於來加入我們啦？不打仗了嗎？你知道嗎，有棟房子是留給你的喔！你今晚就可以搬進去住！」

他哈哈大笑，卻不置可否。他只說想到田裡去幹幾天活兒，可是他那些朋友卻說，最近正好是冬季，沒什麼好做的工。果子和棉花早都採了，樹也修剪過了，田也翻好了，只等春天播種。後來因為他堅持己見，他們便向他承諾，他可以幫忙分發公共食堂裡的食物。不過他們真正想聽到的是貝克對國家未來發展的看法；如果偉大的貝克講不出個所以然，那別人也就更甭提了。這當然也表示，他們最希望他也能聽取他們的意見：這個政府有多麼不可靠、特拉維夫的政治情勢又有多墮落等等。

「加迪，我們是來這裡工作的，來為我們的身分認同戰鬥，來把猶太人變成以色列人！我們最後會成為一個國家嗎？或者只是猶太根性在國際間的秀場？我們的未來在哪，加迪？告訴我們吧！」

他們充滿信任而活潑地對他直陳這些問題，好像把他當成眾人之中的預言家，要為他們的戶外屯墾生涯注入一些內在的新鮮活水。至少剛開始時他們並不知道，他們所說的話直入他個人靈魂的缺口。而我們說要和巴勒斯坦人和解的那些冠冕堂皇之詞，到頭來變成什麼了，加迪？他們一如往常地自問自答，斷定最大的錯誤發生在六七年：當初我們應該要慷慨一點的；我們應該要跟他們訂一個合理的交易才對。贏家不寬宏大量的話，該誰寬宏大量？「加迪，我們這麼強大，他們卻很弱小啊！」

但才過了一會兒，這些難以解決的問題對貝克來說變得太切身了，為了配合他想沉浸於內省的心情，他獨自在營區內散步。他最喜愛的地方是一座半塌的瞭望塔，可以直接俯視一個什葉派小鎮，往東北方看得到博堡（Beaufort）的十字軍要塞，當時還在巴勒斯坦控制之下。在他與他們共度的最後一個傍晚，他們見到貝克沒穿外套站在那裡，盡可能在不引發警報的限度內靠近通電的邊界鐵絲網。因為西下的夕陽，他看起來半在明、半在暗；就他挺立的站姿來看，似乎想讓整個列塔尼盆地的人都知道他在那裡。

第二天天剛亮，他就返回耶路撒冷；在迪塞拉里街露過臉以後，他就整天在城市的大街小巷間蹓躂，把那座猶太人的聖城——不知打過多少次仗，流了多少血（包括了他自己的在內）——看了個夠。但他似乎還是對眼前所見的每樣東西都充滿疑問。他瞪著新建猶太人住宅區的呆板拱門，驚訝得頭暈目眩；一大堆高塔般的觀光飯店和酒店，現在雄踞著耶路撒冷的天際線，他也到這些飯店的大廳裡去坐了半天；飯店裡到處是體面的美國觀光客在辦派對，全是中年以上的虔誠猶太人，揹著大包小包的行李，打從歐詩卡什、達拉斯和丹佛專程來此尋根。他探入一些小服裝店，裡面賣的是手工刺繡的阿拉伯長袍，和店家保證的正統阿拉伯手工藝品；聽聽觀光客不帶心機的閒扯，聞他們身上的高級香水味，聽他們帶著老同鄉的友好態度，抱怨在這裡吃到的紐約式牛排品質，不知怎麼搞的就是不像在家吃到的那種口味。接著整個下午他都耗在浩劫紀念館中，憂傷的眼睛盯著照片中的孩童，如果他們能活下來，也該是跟他差不多歲數了。

聽到這些事情以後，柯茲就把貝克的休假提前取消了，命他立即回來工作。柯茲告訴他，把弗瑞柏格市的相關訊息全找齊。耙梳圖書館，調閱所有資料，找出大學的平面圖，弄到建築師們當初的藍圖和設計圖，總之設法拿到我們所需的一切，多多益善，愈快愈好，最好是在昨天就已經做完了！

一名好的鬥士，絕不可能會跟常人一樣，柯茲這麼告訴他太太，好安慰自己。這傢伙不是十足的蠢蛋，就是想得太多了！

而柯茲自己後來也很訝異地發現，這隻未能乖乖回歸他掌握的迷途羔羊，還是有能力把他給惹毛。

23

這是旅程的終點。她這輩子還沒待過這麼糟糕的地方，她人還在這裡就已經想忘了這地方；這裡是她的寄宿學校再加上一群強姦犯，位於沙漠中央的游擊訓練營，整天真槍實彈玩真的。巴勒斯坦的舊夢在山丘後面，距此要五個小時震得人背都斷了的車程，取而代之的是他們這個粗糙的小小碉堡，就像是為了重拍「火爆三兄弟」電影的場景，有黃色的石牆和石製樓梯，有一半的側牆已經被轟掉了；還有個上有旗竿的大門，以沙包鞏固，旗竿上磨損的繩索抽打著炙熱的風，卻從來沒有一面旗幟升起過。就她所知，也沒有人睡在碉堡裡。這個碉堡是為了管理和訪問而存在；一天三餐儘吃羊肉拌米飯；分組討論會，總要開到三更半夜才收場，東德人攻訐西德人，古巴人則毒罵所有同志；有個僵屍般的老美自稱阿不都，竟然還宣讀了一份長達二十大頁的聲明，促進世界立即和平。

他們的另一個社交生活中心是個小型武器射擊場，不是山丘上的廢棄採石場，而是一個窗戶全堵住了的老營房，還有一串掛在鋼樑上的電燈泡，牆邊圍著破洞滲漏的沙袋。他們所用的靶子也不是什麼汽油桶，而是真人大小、表情殘忍的美國陸戰隊大兵芻像，嘴巴畫成獰笑，握著上了刺刀的槍；他們打完靶之後，就得上去用棕色膠紙把射出來的洞貼滿。那是個整天有人使用的地方，通常在深夜裡，還有隨著競爭成績好壞此起彼落的爆笑聲和悲憤的嘆息。有天來了個有名的鬥士，算是恐怖分子裡的貴賓級人物，坐的是司機開的瑞典車富豪，小靶場就出清了專門供他打靶。還有一天，有群性情狂野的黑人不期而至，出現在查莉的班上，不甩靶場指揮官的指揮，跑進來就一陣亂射，等打完之後，他們才轉頭對東德的那名年輕指揮官挑釁。

「怎麼樣？閣下還滿意嗎，白佬？」其中一個黑人用南非口音很重的英語咆哮道。

「請你——啊——不錯——很好。」東德人面對他們的歧視待遇，也只好忍氣吞聲的回答。

他們爆出笑聲，大搖大擺地離開，那些人形靶上還留著濾杓似的彈痕，那群女孩子在他們走後只好上去貼那些靶洞，從頭到腳足足花了一個多鐘頭。

營區宿舍是三排長木板房。女孩睡的那排有隔間，男人睡的則是大統舖，另一棟據說是培訓幹部用的圖書館——但有個高個子的瑞典女孩法蒂瑪說，如果他們邀你去圖書館，別指望能讀到什麼書。一早的起床號是震耳欲聾的軍歌，由沒辦法關掉的擴音器播放出來。然後大家就到一塊平坦的沙地上做體操，地上有一條條像有超大號蝸牛爬過的黏稠露水痕跡。不過法蒂瑪說，其他地方還更糟。她曾在葉門、利比亞、基輔等地接受游擊訓練。反正她一年到頭就像職業網球員一樣，到各地接受祕密訓練，直到有人決定該拿她怎麼辦為止。法蒂瑪身邊還帶了個三歲大的兒子叫納特，整天光著屁股到處跑，看起來很寂寞，可是查莉一逗他，他就哭。

監視他們的這批阿拉伯青年，是她先前沒見識過也不覺得想再遇到的類型：趾高氣昂、幾乎不講話的牛仔，整天只會對這些西方年輕人冷嘲熱諷。他們裝模作樣地守在外圍，六個人擠一輛吉普亂開亂撞。法蒂瑪說他們是利比亞人訓練出來的特殊民兵。有幾個年紀小得讓查莉懷疑根本搆不著車踏板。到了晚上，直到查莉跟一個日本女孩大吵起來以前，這群阿拉伯小夥子就會三三兩兩的跑到女宿舍來，約女孩跟他們去沙漠兜風。可是通常只有法蒂瑪和一個東德女孩會去，她們回來的時候看起來確實心滿意足。但其餘女孩，如果她們還有這個興致，寧可跟西方來的訓練員混，比較保險，這讓那些阿拉伯男孩表現得更加瘋狂。

所有訓練幹部全是男的，早上晨禱時，他們就在像是一批雜牌軍隊的學員面前來回逡巡，然後由這群人之中的一個站出來，對今天的主要敵人發表一通激烈的譴責聲明：猶太排外擴張主義，埃及的吃裡扒外叛逆行為，歐洲資本主義的剝削，然後又是猶太擴張主義，最後還有個基督教擴張主義，對查莉來說是第一次聽到；不過或許這是因為今天是聖誕節，藉由官方堅決的忽略手段來慶祝這個節日。東德人都剪短髮，臉色陰鬱，同時假裝女人令他們厭煩；古巴人的情緒在興高采烈、思鄉、自負之間轉換，而他們大多數身上有異味，還有一口爛牙，溫和的菲戴是例外，他是每個人的最愛。阿拉伯教官最反覆無常又最愛裝悍，對掉隊者嘶喊，而且不只一次對著那些「不專心」的人腳下掃射，所以在那些愛爾蘭男孩裡，有一個在極度恐慌下咬穿了自己的手指；這讓美國人阿不都大樂，他隔著一段距離觀賞這個場面（他經常如此），賊笑著跟在他們背後踩過泥水，就像電影場景邊負責拍劇照的人一樣，在一本小簿子上為他偉大的革命小說寫筆記。

但在一開始那些瘋狂日子裡，此地的超級巨星是一個捷克炸彈狂，叫做布比，在他們的第一天早上就射下自己放在沙地上的戰鬥頭盔，一開始用卡拉什尼可夫槍，接著用一把結實的點四五手槍，最後則以俄製手榴彈終結這個野蠻的場面，碎片給炸到五十呎高的半空中。

政治討論中使用的混合語，是普通程度的英語加上東一點西一點的法文，如果查莉僥倖能活著回去，她祕密在心中發誓，在她那不尋常的餘生裡絕不再把時間花在那些愚蠢的午夜聚會，談什麼「革命的黎明時刻」。同時，她沒有為任何事情發笑。從那些混蛋把她的愛人炸死在通往慕尼黑的路上以後，她就沒笑過了；而她最近看到他的同胞遭遇了什麼樣的苦難，這只是更增強了她對復仇的迫切需要。

妳要以一種凜然而孤獨的嚴肅態度，去處理每一件事。約瑟這麼告訴過她，他自己表現得也一樣孤獨而嚴肅。妳要表現得若即若離，稍帶點瘋狂，跟其他人都差不多的德行。妳不要問東問西，從早到晚都要閉緊嘴巴。

他們的數量從頭幾天起就一直波動不定。當他們的卡車離開蒂爾的時候，他們的團體有五男三女，兩個臉上沾著無煙火藥痕跡的守衛禁止他們交談；卡車猛然啟動、顛簸著滑過滿地石頭的山徑時，那兩個守衛跟他們一起坐在後面。其中一個女孩是巴斯克人，她設法偷偷對查莉耳語，說他們在亞丁；兩個土耳其男孩說他們是在賽浦路斯。他們到達的時候，發現還有十個其他學生在等著，但到了第二天，兩個土耳其人跟那個巴斯克人都不見了，應該是在晚上走掉的，那時候可以聽見卡車來往，卻不見燈光。

在他們的開學典禮上，他們必須對反帝國主義革命宣誓效忠，並研習「本營守則」，這些守則就像十誡一樣，一條條列在同志接待中心的白牆平面上。所有的同志在任何時刻都以他們的阿拉伯名字稱呼，不得嗑藥，不得裸露，不得妄呼神名，不得私下交談，不得飲酒，不得男女雜處，不得手淫。查莉還在想這些禁令裡先被打破的會是哪一條，就聽到一個錄音歡迎演講詞透過擴音器播放，發言者不明。

「我的同志們。我們是誰？我們是沒有制服的無名氏。我們是從資本主義占領區逃出的老鼠。從黎巴嫩充滿苦難的難民營裡，我們來了！我們應該對抗滅族屠殺！從西方城市的水泥墳墓裡，我們來了！而且找到了彼此！聯合起來，我們可以為世界各地八億張飢餓的嘴燃起火炬！」

當這場演講結束時，她感覺到她背上的冷汗，和她胸膛裡的怒火。我們應該，她想著。我們應該，我們確實應該。她瞥見旁邊的一個阿拉伯女孩，她眼中也閃現著同樣的狂熱。

從早到晚，約瑟這麼說。

所以從早到晚，日日夜夜，她就拚命奮鬥著——為麥寇，為她自己失控的理性，為巴勒斯坦，為法達米哈，為莎耳瑪，為那群住在塞達市監獄裡飽受轟炸之苦的孩子們奮鬥；為了逃避內在的混亂與瘋狂，逼使自己向外奔放；把她扮演的角色該有的性格特徵，破天荒第一次加以收集聚合，將它們熔接成一種單獨的戰鬥意識。

我只是個想替死去愛人報仇的悲傷寡婦，來這裡接替我愛人的戰鬥任務。

我只是個直到今天才恍然大悟的好戰分子，過去浪費太多時間在半調子的行動上，如今仗劍面對著敵人。

我要全心全意的為巴勒斯坦人奉獻，我立誓要振聾啟聵，叫這個世界好好聽清楚。

我激情狂熱而又陰險狡猾。我目前只是隻蟄伏的猛獸，等嚴冬一過，即將出擊。

我只是雷拉同志，一名為世界革命奉獻的人。

日日夜夜。

她把這個角色發揮得淋漓盡致，從她徒手近身肉搏時帶著怒氣的動作，到她盯著鏡子梳頭時眼中堅定的陰沉之色都很完美；她那頭染黑長髮的髮根已經長出真正的紅色了。一開始這還需要意志力，後來就變成一種肉體和心靈上的習慣，那種病態、永不休止的孤獨憤怒，很快就都傳達到她的觀眾心坎裡，不論他們是教員還是同學。幾乎從一開始，他們就已經接受她的某種異質性，那讓她顯得難以親近。或許在她之前，他們也看過其他像這樣的人；約瑟說他們見識過。她把那種森冷的激情帶到武器訓練課上——課程內容從俄製手持火箭筒、用紅色回路電線和雷管製造炸彈、到免不了的卡拉什尼可夫機關槍——這種狠勁甚至讓火爆的布比也印象深刻。男人們，甚至那些敘利亞民兵都一樣，不再不分輕重地想染指她；那些原本用著懷疑眼光看待她出眾外表的女人們，也終於改變了態度；比她更柔弱的組員開始奉她為圭臬；而強悍的那些人，也開始對她一視同仁了。

在她那間宿舍裡，有三個床位，一開始跟她同住的卻只有一個小個子日本女孩，她花很多時間跪著禱告，除了日語不會講任何其他語言。她睡著以後會磨牙，聲音實在太大，所以有天晚上查莉把她搖醒，坐在她身邊握著她的手，此時她默默地淌著淚，直到早晨的軍樂大響，大家都該起床為止。這日本女孩很快就莫名其妙的不見了，換進來一對阿爾及利亞姐妹，抽著惡臭的菸，熟悉槍枝與炸藥的程度直追布比。以查莉的眼光看，這兩個女孩長得很普通，可是因為她們有某些詳情不明的戰功，營中幹部對她們有種崇敬。許多早上都有人看到她們穿著羊毛連身褲，睡眼惺忪地在訓練幹部的總部外面晃蕩，而其他比較不受寵的人才剛結束他們的徒手肉搏戰。所以，查莉有一陣子可以獨占整個宿舍，只有一晚那個好脾氣的古巴人菲戴來找過她，梳洗整齊得像個唱詩班男孩，向她獻上他的革命之愛，可是查莉保持意志堅定的禁欲形象，只給他一個吻，然後就把他推了出去。

緊接菲戴之後上門求歡的，就是那個老美阿不都。他有天深夜來敲她的房門，聲音很輕，本來查莉還以為是兩個阿爾及利亞姐妹之一，她們經常忘了帶鑰匙。到那時候，查莉已經確定阿不都是這個營的永久成員。他跟幹部過分親近，他有太多特權，卻徹底無用，只會唸他乾巴巴的聲明，還有用一口含糊美國南方口音引用馬里傑拉㊵，查莉懷疑他的口音是裝的。仰慕阿不都的菲戴曾經告訴過她，阿不都原是越戰的逃兵，痛恨帝國主義，後來由哈瓦那轉到中東來。

「嗨。」阿不都從她身邊一鑽，她還來不及把他擋在門外，就已經看到他坐到她床上了，而且馬上忙著捲他的大麻菸。

「滾出去，」她指著門口說道。「滾。」

「沒問題，」他嘴巴雖然答應，可是卻仍然在捲菸。這個人又高又禿，近看之下，發現他瘦得可以。他穿著一件古巴式工作服，他身上能長的毛髮，似乎全長到那把光亮的棕色鬍子上了。

「妳真名叫什麼？嗯，雷拉？」他問。

「史密茲。」

「史密茲。我喜歡。」他用各種腔調唸了好幾遍。「妳是愛爾蘭人嗎，史密茲？」他把大麻點上，吸了一大口，再朝她一送，她裝著沒看見。「我聽說妳是臺葉哈的禁臠。妳胃口可不小嘛。臺葉哈可不是個隨便可以搭得上的男人喲。妳以前是幹什麼的，史密茲？」

她走到門口，把門板一拉，擺出一副請他滾蛋的姿態，可是阿不都仍然靠在床上，吸著大麻菸，用一種非常瞭然的眼光凝視她，冷笑著。

「今晚不想跟我玩玩嗎？」他問。「可惜呀。這些小姐們都像馬戲團裡的小象，我還以為我們能提高一點水準。展現一下同志愛什麼的。」

他懶洋洋地站起來，把菸扔在她床邊，用腳踩熄。

「不可憐可憐我，讓我嚐嚐甜頭嗎，史密茲？」

「滾，」她說。

他消極地遵從她的要求，拖著腳步走向她，然後停下來抬起頭，又靜止了半晌；接著，他那雙疲憊無神的眼睛居然熱淚盈眶，滿臉都是懇求之色，弄得她渾身不自在。

「臺葉哈就是不讓我離開這裡。」他抱怨著，嘴裡的南方口音突然變成標準的東岸口音。「他擔心我的革命意識已經有點不夠力了。恐怕他擔心得對。每個死掉的孩子是怎麼為世界和平鋪路的？這個推論我已經有點想不起來了。如果你剛好害死過一些人，這就會成為繼續下去的阻力了。臺葉哈在這一點上表現很公平。他是個公平的人。『如果你想走，就走吧。』他這麼說。然後他就會指著沙漠。真公平呀。」

他像是個茫然的乞丐，他雙手並用地握著她的右手，盯著那空空的手掌瞧。「我真姓叫做哈洛朗。」他解釋的樣子，就好像他自己要記住這名字也有困難似的。「我不叫阿不都。我全名叫做亞瑟·

---

40 Carlos Marighella（1911-1969），巴西游擊隊理論家。

J．哈洛朗。史密茲，如果妳將來有機會經過哪裡的美國大使館，要是妳跟他們提一下有個亞瑟．哈洛朗，我會非常感激妳，哈洛朗來自波士頓，待過越南，後來又蹲過比較不正式的軍隊，在那些猶太大祭司翻山過來幹掉大部分人以前，他很想快點回家報答社會！好女孩，幫我個忙好不好，史密茲？我說那些雜碎都不入流，我們這些盎格魯薩克遜人可是鶴立雞群，妳不覺得嗎？」

她簡直沒辦法動彈。只覺得全身湧上一股睏意，就像是受了重傷的軀體感覺到的第一股寒意，她只想趕快躺回床上去睡。跟哈洛朗睡個覺。讓他別再那麼難過了，也順便安慰自己。就算他明天一早去告她的密，她也不怕。她反正再也受不了晚上只有一個人睡覺的苦滋味了。

他還握著她的手。她讓他握著，徬徨的情緒就像是一個窗口邊的自殺者，充滿渴望地望著下面遠處的街道。然後她把牙關一咬，她掙脫出來，兩手合力把他毫不抵抗、鬆弛的身體推出門外。

她坐回床上。顯然還是晚上。她可以聞到他的菸，看見她腳邊的菸蒂。

你要想走，儘管走，臺葉哈說。然後他指指外面的沙漠。臺葉哈真是公平呀。

妳面對的恐懼是無與倫比的。約瑟說過。妳的勇氣就像金錢一樣。妳會一直花下去，直到有一夜妳會看看自己的口袋，發現自己要破產了，這時才是真正要鼓起勇氣的時候。

只有一個唯一的邏輯準則，約瑟告訴她過：妳。只有一個人能生還：妳。只有一個人能相信：妳。

她站在窗口邊，擔心著外面的沙。她從沒發現那些沙能堆得那麼高。在白天，沙子被灼熱的太陽馴服，溫順地伏在地上，但在月光就像現在這樣地照耀時，它就會膨脹成一個個難以控制的尖錐，藏在一個又一個地平線後面；所以她知道遲早這事總會發生：在她聽到沙粒流進窗戶以前，她就會在睡夢中窒息而死。

她的審訊在第二天早上開始，而且一直持續下去，她後來發現持續了一個整天，還有兩次耗掉半個晚上。這是個野蠻、沒道理的過程，完全看該輪到誰對她大吼大叫，或者他們是否質疑她對革命的投入程度，或者指責她是英國人、猶太人或美國人的間諜。在這段過程中，她免除了所有的課程，在盤問之間的空檔，則奉命得待在自己的小屋裡接受軟禁，雖然說沒人在意她還在營地旁邊遊蕩。輪班盤問者是四個分成兩對的阿拉伯男孩，狂熱地工作，咆哮著唸出列在手寫筆記本上準備好的問題，當她聽不懂他們的英語時，他們的怒火就到達最高點。她沒挨打，如果有的話或許還比較容易忍受，因為那樣她至少還知道什麼時候他們是高興的、什麼時候又被她惹毛。然而他們的怒氣是夠嚇人的了，有時候他們會輪流吼她，臉逼近她，吐口水，讓她頭痛得想吐。另一個花招是給她一杯水，然後在她要接過的時候潑到她臉上。但下一次他們見面時，搞出這種場面的男孩在他的三位同僚面前唸出一份寫好的道歉函，然後深感羞慚地離開了房間。

另外一次他們威脅要槍斃她，因為他們知道她和猶太復國主義與英國女王有牽連。但當她還在拒絕供認這些罪名的時候，他們似乎又失去興致了，反而告訴她一些值得驕傲的家鄉故事，那個他們從沒見過的家鄉：有最漂亮的女人、最棒的橄欖油，還有全世界最棒的酒。那時候她知道，她又回到正常的世界了，又回到麥寇身邊。

電風扇在天花板上轉著；在牆上掛著灰色窗簾，擋住了一部分的地圖。透過開著的窗戶，查莉可以聽到斷斷續續的炸彈爆炸悶響，從布比的練習範圍傳過來。臺葉哈占據了沙發的位置，把一隻腿擱在上面。他受傷的臉看起來蒼白病態。查莉站在他面前，像個調皮的女孩，垂下眼睛，帶著怒氣緊收著下巴。她曾經試著開口過一次，但臺葉哈從口袋裡釣出他的威士忌瓶喝了一大口，刻意冷落她。他用手背擦擦嘴兩邊，就好像他蓄著八字鬍似的，但他其實沒有。他比她過去所見的更為鎮定，然而某種程度上卻對她更不放心。

「老美阿不都。」她說。

「怎麼樣？」

她準備好了。在她心中，早已反覆練習過很多次：雷拉同志高度的革命責任意識，讓她克服了不願密報同袍士兵的天性。她牢記著臺詞。她知道討論會上那些賤人是怎麼說這些臺詞的。為了講出臺詞，她讓她的臉迴避著他，發言時帶著一種粗魯、男人似的憤怒。

「他的真名是哈洛朗。亞瑟．J．哈洛朗。他是個叛徒。他要我離開以後替他放話給美國使館，說他寧可回去受審。他自承具有反革命思想。這個人可能會出賣我們大家。」

臺葉哈陰沉的凝視未曾稍離她的臉。他兩手握著他的灰手杖，用尖端輕輕點著他那隻瘸腿的趾頭，像是要喚醒它。

「妳說要找我，就為了這件事？」

「對。」

「哈洛朗是在三個晚上之前找妳的，」他看別處說道：「為什麼妳不早點來報告我？為什麼妳等了三天才來？」

「因為你不在這裡。」

「有別人在。為什麼妳不要求見我？」

「我怕你們會處罰他。」

不過臺葉哈似乎不覺得哈洛朗要受審。「怕？」他重複了一遍，好像很認真地認可什麼。「怕？為什麼妳會替哈洛朗覺得怕？整整怕了三天？難道妳私下對這個人的政治立場很同情嗎？」

「你知道我不會。」

「那他為何會對妳如此坦白？難道不是妳讓他有理由信任妳嗎？我看就是這樣。」

「不是。」

「妳陪他睡過覺嗎？」

「沒有。」

「那為什麼妳會希望保護哈洛朗？為什麼妳會擔憂一個叛徒的性命，妳不是來這裡學習為革命殺人的嗎？妳為什麼不對我們吐實？妳太令我失望了。」

「我沒經驗。我為他感到惋惜，我那時不希望他受傷害。然後我想起我的革命任務。」

哈葉臺對這整個對話似乎愈來愈覺得困惑。他又喝了一大口威士忌。

「坐下。」

「不用了。」

「坐下。」

她只好從命。她憤怒地盯著他的一側看，看著她自己前方某處惹人討厭的地方。在她心裡，她已經超越他有權認識的那個境界。我已經學會你送我來學的那一套了。如果你還不瞭解我，那是你自己的錯。

「在妳寫給麥寇的一封信裡，妳曾提到過一個孩子。妳有個孩子？他跟妳生的？」

「那是一把槍。我們平常都跟它睡在一起的。」

「什麼型的槍？」

「一把華瑟**PPK**。是卡里給他的。」

臺葉哈嘆息。「假如妳是我，」他過了好半天才別過臉講道：「對這個叛徒哈洛朗，他一心只想回老家，可是又知道得太多了，妳會拿他怎麼辦？」

「把他孤立起來，擺平他。」

「打死他嗎？」

「那是你的事。」

「對。是我的事。」他又開始打量自己的瘸腿，把他的手杖提到腳上、再放到旁邊。「可是又何必幹掉這個早就死掉的人呢？幹麼不讓他替我們工作呢？」

「因為他是個叛徒。」

臺葉哈再一次有意地誤解她的思維方式。

「哈洛朗在這個營裡接近許多人。他總是有理由的。他是我們的兀鷹，告訴我們哪裡有弱點，哪裡出現病灶。他把潛在的可能叛徒抓出來。難道妳以為我們會把這麼有用的鳥兒宰掉？妳跟菲戴上過床沒有？」

「沒有。」

「因為他是個古巴佬？」

「因為我不想跟他上床。」

「有跟那些阿拉伯小夥子搞過嗎？」

「沒有。」

「我看妳未免太挑剔了吧。」

「我跟麥寇可不那麼挑剔。」

帶著一聲情緒複雜的嘆息，臺葉哈灌下第三口威士忌。「誰是約瑟？」他帶著一點輕微的怨氣問道。「請告訴我，約瑟，是誰？」

難道這位女演員終於死期將至？還是她太過入戲，在這個真實劇院裡生活與藝術的界線終於完全消失？她腦袋裡想不起任何一齣劇本；她沒有任何能夠控制表演進行的感覺。她沒想過要跪倒在地，倒在石頭地板上靜止不動。她也不想開口滔滔不絕地招供，知無不言、言無不盡以換取自己的性命，她曾被告知過，她可以採取這樣的最後手段。她怒不可遏。邁向麥寇的革命目標這一路上，每次她達到一個新目標，就要被迫坦白交心、接受痛責、要屈服於一波新的審問，一想起這點就令她噁心得要死。所以她想都沒想就直接回他一句話，就像是一張牌掀開擺在最上面，看你要不要吃這套，隨你去死吧。

「我不認識什麼約瑟。」

「得了吧。想想看。在米柯諾島上，在妳到雅典去以前。妳的某個朋友，在跟我們的熟人閒聊時，恰巧聽說有個約瑟，加入妳們的團體。他說，查莉的魂都被那個人給勾走了。」

退無可退，閃也閃不到哪去。她把那些屏障移開，開始自由發揮。

「約瑟？喔，那個約瑟！」她讓自己臉上出現那種遲來的恍然大悟表情；這麼做的同時，還帶有一點噁心和不快之意。

「我記得他。他是那個整天跟在我們這群人屁股後面跑的小猶太混帳。」

「不可以這麼講猶太人。我們並不是反猶太民族，而是反猶太擴張主義。」

「算了吧！」她忿忿回道。

臺葉哈對這種反應很感興趣。「妳覺得我在說謊嗎，查莉？」

「不管他是不是猶太擴張主義分子，他是個敗類。他就害我想起我的老爸。」

「妳老子難道是個猶太人？」

「不是。可是他卻是個小偷。」

臺葉哈對此思考了好一會兒，先是用她的臉、繼而以她的整個身體做為參考，考慮著他心頭仍有的任何疑慮。他給她一支菸，不過她沒拿：她的本能告訴她，不要拉近跟他的距離。他再一次用手杖輕拍他已經不行了的那隻腳。「妳跟麥寇到帖薩羅尼加過夜時，住的是家老旅館——記得嗎？」

「怎麼樣？」

「旅館的人說，半夜聽見你們房裡有大呼小叫的聲音。」

「你到底想問什麼？」

「別急著催我。誰在那天晚上大吼大叫？」

「誰也沒叫。他們聽的是別人的房間。」

「誰在大呼小叫？」

「我們可沒叫。麥寇不讓我去。就這樣。他為我擔憂，害怕我會有危險。」

「那妳怎麼辦？」

這個說法是她和約瑟共同研究出來的：她在這時候比麥寇更堅強。

「我一氣就把鐲子還給他。」

臺葉哈這時才點了點頭。「這跟妳信中寫的很符合：『我很高興保住了那個鐲子。』還有當然——根本沒人大呼小叫。妳說得對。這只是我的阿拉伯套供詭計之一罷了。」他最後一次對她投以審視的目光，再一次嘗試破解謎底，然而終歸徒勞；接著像個軍人一樣地噘起他的嘴唇，約瑟有時候也會這麼做，做為發出命令的前奏。

「我們有個任務給妳。把東西收拾收拾，盡快回我這來報到。妳的訓練課程已經結束了。」

在這一切事件中，離開是最難以想像、最瘋狂的一件事。這比審問結束更糟，這也比當初在希臘拋下她那些朋友還要更糟。菲戴和布比熱烈地擁抱她，他們全熱淚交織，包括她自己在內。兩個阿爾及利亞姐妹中的一個，還送了個木刻的聖嬰耶穌墜子。

明克教授住在住在連結史考柏山及法國丘的鞍部之上，他住在那棟距離希伯來大學很近的新高樓第八層，那棟建築物屬於一個住宅群，剛好擋在天際線上，對於耶路撒冷那些時運不濟的環保分子而言正是肉中刺。每棟公寓都正好可以俯瞰聖城的舊城區，但問題就在於，從舊城區往上看也非看到這些公寓不可。就像其他鄰近建築，這棟樓不但是摩天大樓也是個堡壘，窗口的位置是由遭受攻擊時還擊的最佳射擊角度所決定。柯茲在找到他的住址前，已經先誤入三棟建築物。一開始他先迷失在一個五英尺深處的水泥購物中心；然後又走進一個紀念第一次世界大戰陣亡者的英國墓園：「來自巴勒斯坦人民的自由獻禮」，銘刻在上面的獻詞這麼寫。他摸索進其他建築物，通常是些美國百萬富翁的贈禮，最後終於到達這個石板高塔。名牌被破壞過了，所以他隨機地按門鈴，結果冒出來一個來自加利西亞的老波蘭人，只會說意第緒語。波蘭人知道是哪一棟建築物——就是你看到我走出來的這一棟！——他認識明克教授，並且景仰教授的政治立場；老人自己則上過備受尊崇的克拉考大學。但他自己也有很多問題，柯茲被迫盡其所能地回答：好比說，柯茲自己是從哪來的？唉呀老天爺，他認識那個誰嗎？柯茲在這裡是要幹什麼，他是個成年人，在早上十一點來到這裡，此刻明克教授應該在指導我們未來的優秀哲學家？

電梯工程師罷工了，所以柯茲只好去爬樓梯，但是什麼事都壞不了他的好心情。首先，他姪女跟他麾下某個年輕人訂了婚，只可惜還不夠早；此外，他太太最近的聖經研究會辦得也很成功，她在會後辦了個咖啡派對，他也設法參加了，因此大感滿足。但最棒的是，關於弗瑞柏格案的重大突破，有了許多其他旁證，最令人滿意的證據是昨天才得到的，里托瓦克竊聽小組裡的一員，在貝魯特的某處屋頂測試一種新近發明的遙控竊聽擴音器，長達五頁的記錄中，「弗瑞柏格」竟然出現了三次。的確是太好了。有時候運氣就是這麼好，柯茲一邊爬樓梯一邊想。就像拿破崙還有耶路撒冷的每個人所知的一樣，運氣才能創造出好的將領。

到達一處樓梯平臺，柯茲先停下腳步把呼吸調勻，也重整思緒。這個樓梯就像是防空洞一樣，在燈泡旁邊圍著鐵絲網，但此時柯茲聽到的，卻是他童年在猶太區聽到的那種聲音，在陰暗的天井裡上下迴響著。他想著，這次幸好沒帶里托瓦克來。里托瓦克有時候喜歡對事物發出冷冰冰的掃興評語；一點輕鬆的表面掩飾會對他有幫助。

十八D那扇門上有著鋼板窺視孔，還有一排從上而下的鎖，明克太太像是拆開靴子上的鈕釦一樣把那些鎖一一打開，說著「請等一下就好」，一邊逐漸往下蹲。他走進去，轉身等著明克太太充滿耐性地把鎖一道道鎖回去。她修長而漂亮，還有一對極明亮的藍眼睛，灰髮挽成了個非常典雅的髻。

「您大概是那位由內政部來的史匹格先生吧。」她向他伸出手，開口時帶有某種警戒意味。「漢錫正在等您，歡迎。請。」

她打開小書房的門，柯茲就看見明克教授坐在那裡，看起來歷盡風霜但充滿貴氣，就像是從《布登伯魯克家族》[41]書裡走出來的。他的桌子對他來說小得不夠用了，而且多年來一直如此；他的書和論文從地板一直堆到他身邊，其中應該有某種不是出於偶然的秩序。桌子斜靠在一個角窗旁，窗子是半個六邊形，上面窄窄的灰玻璃像是射箭孔一般，還有張長椅嵌在裡面。明克小心地起身，以一種超脫世俗的尊嚴穿過房間，直到他抵達另一個沒有被他的博學所淹沒的小島。他尷尬地歡迎他，當他們坐到窗口邊的時候，他太太也端了張凳子緊靠著他們，就好像等好戲開鑼的樣子。

三個人悶聲不響了一會兒，柯茲才堆出那副吃公家飯，不得不爾的苦笑說道：「明克太太，基於敝單位的安全要求，敝人必須私下與妳先生談一下。」說完就以非常遺憾的笑容等對方反應。過了一會兒，教授才勸他太太去煮點咖啡；史匹格先生也想來一杯嗎？

明克太太從門口朝著丈夫投出警戒的一瞥後，才極不情願地離開。實際上這兩個男人的年齡相差不遠，然而柯茲很小心地以謙卑的口氣向明克發言，因為那是教授習慣聽到的語氣。

「教授，據我瞭解，我們共同的朋友——魯西．查迪爾小姐，昨天才跟您通過電話。」柯茲以一種對待病人似的尊重態度說道。他對這一點非常清楚，因為魯西打這通電話的時候他就站在旁邊，同時聽兩方的對話，以便瞭解對方的心理狀態。

「魯西在我教過的學生裡確實是數一數二。」教授帶點失落感地說明他的看法。

「她目前也是我們的優秀幹部。」柯茲態度更熱情洋溢地回答。「教授，請問您是否瞭解她目前工作的性質？」

明克教授不太習慣回答他研究主題以外的問題，在他回答之前，他需要花一段時間好好整理困惑的思緒。

「我覺得我該講幾句話。」他帶著有點笨拙的決心說道。

柯茲鼓勵地笑了。

「假如您到這來找我，是為了我學生的政治傾向，那我恐怕是愛莫能助。這不是我所能理所當然接受的作法。關於這一點，我們以前曾經談過。我很抱歉。」他似乎突然感到相當尷尬，一方面因為他的話，一方面因為他的希伯來語。「我在這裡支持某種看法。而當我們支持某種立場時，我們就必須把話講出來，而且最主要的，還必須付諸行動。這正是我所支持的看法。」

柯茲研究過明克的檔案，曉得他支持的是什麼。他是理想主義的社會哲學家馬丁．布柏的門徒，在六七年和七三年戰爭時屬於一個現已被遺忘久矣的理想主義團體。一向主張與巴勒斯坦人和平共存。右派指責明克教授是叛徒，左派人士如果有時還想到他，也會說他是叛徒。在猶太哲學、早期基督教、母國德國的人道主義運動、還有其他近三十種主題上，他都是先知；他曾寫過三卷談猶太擴張主義理論與實踐的大作，光是索引的部分就長得像本電話簿了。

「教授，」柯茲說：「我完全瞭解您在這些事務上的立場，而我個人也毫無意圖想干涉您的道德標準。」他略微停頓，以便讓對方消化他這番話的誠意。「我順便請教一下，您在二十四號那天，預備到德國弗瑞柏格大學所作的演講，是否也是關於個人權利的主題——探討阿拉伯人的基本自由——是嗎？」

教授不能容忍這個。他不能接受不精確的定義。

㊶ Buddenbrook，這是湯瑪斯．曼小說《布登伯魯克家族》裡的富商世家，屬於富裕的中產階級。

「那天我要講的不在這個範圍內。是探討有關猶太主義的自我實現，不該訴諸武力征服，而應該以猶太文化和道德以身作則。」

「所以您的論證是怎麼發展的呢？」柯茲好脾氣地問道。

明克的妻子帶著自製的蛋糕回到房間裡。「他又要叫你密告了嗎？」她問。「如果他敢要求，就告訴他你不幹。你如果已經拒絕過了，就再拒絕一次，直到他聽進去為止。你以為他能怎麼辦？拿橡皮警棍揍你嗎？」

「明克太太，我向妳保證，我沒要求他做這種事。」柯茲這麼說，情緒完全不受干擾。

明克太太一臉不相信，再度離開房間。

但明克幾乎沒有因此停頓話頭。就算他有注意到剛才的插曲，他也置之不理。柯茲問了一個問題；明克，這位宣稱放棄所有知識分野令人無法接受的人，打算回答它。

「既然我們有個小小的猶太國家，我們可以用民主的方式發展，做為猶太人，進行我們猶太人的自我實踐。然而一旦我們有個較大的國家，包容許多阿拉伯人在內，我們就得面臨選擇了。」用他那雙斑駁的手，他向柯茲指出有何選擇。「一邊是沒有猶太民族自我實現的民主，另一邊是猶太民族自我實現，卻沒有民主可言。」

「那麼解決之道呢，教授？」柯茲問道。

明克的手以一種學院中人表示不耐的冷淡手勢朝空中揮去。他似乎忘了柯茲不是他的學生。

「簡單呀！在我們失去自己的價值觀前撤離加薩走廊和西岸！除此之外還有什麼別的選擇？」

「那巴勒斯坦人自己怎麼回應這種提議呢，教授？」

一種憂傷之色取代了教授原先的自信神情。「他們說我愛挖苦人。」

「真的？」

「根據他們的說法，我同時想要兼得猶太國家和世人的同情，所以他們說我在破壞他們的要求正當性。」門再一次打開，明克太太帶著咖啡壺和咖啡杯走進來。「但我不是來搞破壞的。」教授絕望地說，但沒有再繼續申論，因為太太在場。

「搞破壞？」明克太太重複，砰地放下杯盤臉色脹紅。「你說漢錫在搞破壞？就因為他對這個國家所發生的事說出我們的心聲？」

如果柯茲有試著努力，他也不可能平息她的怒火，但這回他也沒有嘗試。能讓她發洩到底他就滿意了。

「在戈蘭高地的那些毒打和酷刑呢？在西岸他們是怎麼對待那些人的，簡直比納粹黑衫隊還可怕？在黎巴嫩還有加薩呢？甚至在這裡，在耶路撒冷，他們把阿拉伯小孩打得暈頭轉向，就只是因為他們是阿拉伯人！我們確實是在搞破壞，因為我們敢談論這些壓迫行為，只因為沒有人壓迫我們，來自德國的猶太人，在以色列的破壞分子？」

「*Aber, Liebchen*（可是，親愛的）……」教授帶著一種尷尬的慌張插話。

但明克太太顯然是一位習慣於直陳主張的女士。「我們過去無法阻止納粹，現在也無法阻止自己人。我們得到自己的國家，然後我們做了什麼？四十年後，我們創造了一個新的流浪部落。這是愚蠢的行為！如果我們不說出來，這個世界也會的。全世界都已經這麼說了。讀讀報紙吧，史匹格先生！」就好像要擋開一波攻擊一樣，柯茲舉起他的前臂，直到手臂擋在他們兩人的臉孔之間為止。但離她講完還遠著。「至於魯西嘛——」她帶著輕蔑說道：「腦筋很好，在漢錫這裡讀了三年書。然後她做了什麼？竟然加入政府機關。」

柯茲放下他的手，然後發現自己在微笑。不是嘲笑，不是發怒，而是有種感覺複雜的驕傲，他熱愛著這個民族驚人的多樣性。他叫道，「拜託」，他向教授求援，但明克太太還很有得說。

然而到最後她終於停下來了，而她一講完，柯茲問她是否也要坐下來，聽聽他來這裡到底要說什麼。所以，她再一次坐到凳子上，等著被安撫。

柯茲小心地字斟句酌，口氣溫和。他要講的事情是機密中的機密，他說道。甚至連魯西．查迪爾都不知情，雖然她是一個很好的辦事員，每天處理許多機密。這雖然不是真的，不過也沒關係。他說，他來到這裡，不是為了教授的學生，更不是為了指控他搞破壞，也不是要來跟他爭論那些美好的理想。他來到這裡只為了教授即將在弗瑞柏格大學作的演講，這引起了一些極端不利因素的注意。最後他單刀直入。

「所以，悲哀的事實是這樣。」他說話時長長地吸了一口氣。「如果某些巴勒斯坦人，你曾經非常勇敢地捍衛他們的權利，而他們得以隨心所欲的話，二十四日你在弗瑞柏格就不能演講了。實際上，你再也沒機會發表演講了。」他停頓了一下，不過他的聽眾看來不打算插嘴。「根據我們現在得到的訊息，顯然他們之中學術色彩比較低的團體把你挑出來，當成危險的折衷派，會把他們濃如醇酒的革命目的稀釋掉。就像你描述給我聽的，先生，不過更糟。一個鼓吹把巴勒斯坦人隔離起來的人，就像南非的種族隔離政策一樣。就像是一盞錯誤的引路燈，你會把思路不周的人騙去對猶太擴張主義高壓政策再度讓步。」

但要說服教授接受這些未經驗證的事件描述，需要費的力氣比起單純的死亡威脅要來得多。

「請原諒我，」他尖刻地說：「但這是我在貝希維演講以後，巴勒斯坦媒體對我的描述啊。」

「教授，我們就是從那裡得到這段描述的。」柯茲說。

24

她於傍晚飛抵蘇黎世。暴風雨中的閃光替跑道鑲了個邊，就在她面前發光，就像是專為她鋪的路。在她拚命做好心理準備時，她的心智簡直是她過往挫敗的綜合體，變得成熟而能面對這個腐敗的世界。現在她知道這世界裡面沒有一點點好的地方；現在，她已經見識到那些苦難，那正是西方富裕生活的代價。她正是那種人，始終如一：一個受人拒絕的憤怒之人，要討回公道；差別在於卡拉什尼可夫機關槍已經取代她那無用的怒火。閃電迅速掃過她的窗口，就像燃燒中的失事殘骸。這架飛機降落了。但她的機票是開到荷蘭的阿姆斯特丹，理論上她還沒到目的地。女孩子獨自由中東地區回到歐洲，會令人起疑，臺葉哈在貝魯特跟她講過。我們第一件工作，就是要讓妳改頭換面。而專程來送她的法達米哈，卻把話講得更明白：卡里已經有命令來說，一等妳抵達歐洲以後，馬上就替妳換個新身分。

走入荒涼的過境大廳時，她覺得自己好像第一個涉足此地的墾荒者。輕音樂播放著，卻沒人聽。賣巧克力和乳酪的漂亮店面根本一個顧客也沒。她走進洗手間瞧了一下自己的儀容。頭髮不但剪短了，而且還染成了淺棕色。在那棟貝魯特公寓裡，法達米哈把她的頭髮大把剃掉時，臺葉哈自己就在旁邊跛著腳走來走去。不擦任何化妝品，看起來要沒有性別，臺葉哈這麼下令。另外又替她戴上了一付模糊的散光眼鏡，穿上一套厚重的棕色套裝。我現在需要的就是一頂平頂草帽和有紋飾的運動上衣，她這麼想著。從麥寇的革命高級軍妓到今天的她，可真是一條漫漫長路。

替我問候卡里，法達米哈吻別她時，曾這麼告訴她。

瑞秋在隔壁的那個洗手臺前化妝，可是查莉連正眼也沒瞧她一眼。她不認識她，也不喜歡她，查莉把敞開的皮包放在她跟瑞秋之間，只是純粹的巧合，平常抽的萬寶路香菸盒放在最上面，就像約瑟教她的那樣。她並沒有看到瑞秋像變戲法似的，已經一下子用她自己的那包萬寶路，跟查莉的那包香菸掉了包，也沒見到瑞秋迅速地在鏡子裡朝她眨了一下眼。

我只有這一個人生，別無其他。我只愛麥寇一個人；我只忠於偉大的卡里。

儘量靠起飛時間表坐，臺葉哈命令過她。她照做，順便從她小小的箱子裡拿出了一本談阿爾卑斯山植物的書，寬寬薄薄的，看起來就像中學女生的年刊。她打開書，斜擱在膝頭上，正好讓書名朝外，可以被別人看見。她胸口還貼了塊「拯救鯨魚」的圓形胸章，臺葉哈告訴她，這是第二道識別標記，因為從現在起卡里每樣東西都要有兩套：雙重計畫和雙重標誌，所有事情都要有第二套系統防止第一套失效；要有第二顆子彈，以免這個世界還有一絲呼吸。

卡里不會在第一次就信賴任何人、任何事，約瑟告訴過她。但約瑟早已經死透了，他只是她在青春期的一個啟蒙導師，她早已將他拋諸腦後。她現在是麥寇的寡婦和臺葉哈的戰士，在中東集訓過之後，趕到歐洲來加入他大哥的軍隊。

有個瑞士軍人在打量她，他手裡拿了把海克勒自動手槍。查莉翻了一頁書。那種槍她非常喜歡，在武器訓練的最後一次射擊中，她打一百發，其中八十四發打中突擊隊用標靶，不論在男人或女人之間都是最高分。她由眼角看出對方仍在打量她，忍不住有點冒火。她想，我會比照布比在委內瑞拉的作法。布比曾經奉命射殺一個法西斯警察，就趁早上他剛踏出自家門口的時候，那是非常宜人的時刻。布比藏在門口等待。他的目標臂下帶著一把槍，但他也是一個顧家的男人，永遠都在跟他的孩子們嬉鬧。一等他踏上馬路，布比從口袋裡拿出一顆球，讓那顆球一路沿街彈跳到他身邊。一個小孩子玩的橡皮球——每個居家男人不都會本能地彎腰去撿球嗎？他一彎腰，布比就走出門口射殺了他。如果一個人在撿橡皮球，又怎麼可能掏出武器呢？

又有某人上前想釣她。抽菸斗，穿豬皮鞋，灰色法蘭絨衣。她感覺到他徘徊了一陣，然後欺身向前。

「請原諒我打擾，不過妳說英語嗎？」

典型的搭訕話題，中產階級的英國強姦犯，頭髮整齊，年約五十，體型矮胖。虛情假意的歉意。不，我不會說，她想這麼回答他：我只是看看這本書的圖片而已。她恨透他那一型的人，幾乎當場作嘔。她對他拉長臉，不過他會黏著不走，他們那一型都是這樣。

「我只是覺得這個地方實在是荒涼得嚇人。」他解釋。「我在想，妳是否介意跟我喝上一杯？沒別的意思。對妳有好處喔。」

她說，不，謝了，她幾乎說出口了：「爹地說我不可以跟陌生人講話。」過了一會，他不滿地走開，要找個警察舉發她吧。她回頭繼續研究火絨草，聽著充滿整個空間的腳步聲，一次只有一個人。腳步聲從她旁邊經過，朝乳酪店走過去。又經過她走向酒吧。然後是朝著她走來。停住了。

「愛默珍？妳還記得我嗎？我是莎萍啊！」

她頭抬起來，愣了一會兒，確認來人是誰。

染成淡棕色的短髮，用一塊顏色很鮮豔的瑞士絲頭巾裹著。她沒戴眼鏡，不過假如這個叫莎萍的也戴了副眼鏡的話，任何技術糟糕的攝影師都會把我們拍成一對孿生姐妹。她手上拎了個蘇黎世名牌店買的旅行袋，正是第二道識別標誌。

「哎呀，莎萍，是妳啊！」

馬上站起來。正式的擁抱、親臉。太好了。妳上那兒呀？

真倒楣，莎萍那班飛機馬上要飛了。真不巧，要不然就可以好好聊聊了，不過人生就是這樣，對不對？莎萍把旅行袋丟到查莉腳下。替我看一下，親愛的。當然可以，莎萍，去好了。莎萍溜進了洗手間。查莉大膽地翻看那個包包，就好像那是她的一樣，從裡面拿出一個旁邊綁著緞帶的花稍信封，把封口一打開，感覺到裡面那本護照和機票的輪廓。她把自己原先用的那本愛爾蘭護照、機票、過境卡輕輕替換進信封。莎萍這時回來了，拎起旅行袋——這時一定得匆忙，退場時間剛剛好。查莉等數完二十秒之後，才起身走進女洗手間，把護照拿出來看：芭絲卓．愛默珍，國籍南非。生於約翰尼斯堡，比我晚了三年一個月。飛往德國西南大城斯圖加特市，在一小時分二十分內抵達。再見了，愛爾蘭少女，現在歡迎我們這位來自內地，性情拘謹的種族主義基督徒，主張她的白種女孩天生特權。

從洗手間出來後，她馬上發現那個瑞士軍人又盯著她看。他剛才全看見了。他馬上就要過來逮她了。他猜想我拉肚子了，他不知道他猜得有多接近事實。她瞪著他，一直瞪到他走開為止。他只是想找個東西望望而已，她想著，又把那本講阿爾卑斯花卉的書拿出來往下看。

飛機好像只飛了五分鐘就到了。入境大廳裡面，豎了一棵舊聖誕樹，有一種家庭式的喧鬧氣氛，好些人都忙著趕回家。她拿著那本南非護照排隊，一邊審視旁邊被通緝的女性恐怖分子照片；她有種即將見著自己照片的預感。她輕輕鬆鬆的出了關。查莉才到大廳出口就看到蘿絲，她的南非同鄉，累得像在夢遊似地靠在背包上，但蘿絲也像約瑟或其他人一樣，對她來說早就死了，而且像瑞秋一樣，讓她視而不見。自動門開了，一小團雪打在她臉上。查莉把大衣領子豎起來，迅速越過寬闊的人行道，朝停車場走過去。四樓，臺葉哈告訴過她；左邊最遠的角落，那輛車子的無線電天線上綁了個小狐狸尾巴。她看見那一根伸長的天線，醒目的紅狐尾巴在上面搖晃著。但這條狐尾是個破爛的尼龍仿製品，套在一只套環上，在那輛小福斯車引擎蓋上活像隻死老鼠。

「我是索爾。請問小姐芳名？」一個男人的聲音從近處冒出來，清柔的美國口音。在驚恐的一瞬間，她以為亞瑟·J·哈洛朗，別名阿不都，陰魂不散地回到她身邊，所以當她往柱子旁看去時，發現靠在牆上的是個長相很普通的男孩子，就鬆了一口氣。長頭髮，穿了雙高筒馬靴，臉上掛著懶洋洋的清新笑容。他夾克胸口上也貼了張「拯救鯨魚」的貼紙。

「愛默珍，」她毫不猶豫地告訴他；因為對方的名字索爾，正與臺葉哈告訴她的一樣。

「把行李箱打開，愛默珍。把妳的行李放進去。現在朝四周望一望，看看有沒有令妳不安的人？」

她就朝停車場隨便張望了一下。有輛小巴士的側面板金上，貼了好些野菊花的圖案，洛爾和一個她看不清楚的女孩子正在駕駛座上瞎搞。

沒見到可疑人物，她說。

索爾替她把乘客座車門打開。

「親愛的，請將安全帶綁好。」他說著就坐進旁邊的駕駛座。「交通法規有規定，懂嗎？愛默珍，妳是在哪曬得這麼黑啊？」

然而一心逞兇的小寡婦通常跟陌生人是很少搭訕的。索爾聳了聳肩，把無線電打開，聽德語新聞報導。

雪讓一切變得美麗，卻讓交通變得危險。他們開過一場糊塗的路面，進入一條帶狀的雙線車道。大片雪花快速撞上他們的車頭燈。新聞報完之後，一個女人宣布接下來是一場音樂會。

「喜歡聽嗎，愛默珍？古典音樂。」

無論如何他讓音樂放下去。是莫札特的曲子，在薩爾茲堡音樂節上演奏的。正是在薩爾茲堡，麥寇死前一夜查莉太過疲倦而沒能跟他做愛。

他們駛過鬧區的外緣，雪花往城裡飄去，就像黑色的菸灰。他們爬上一處立體交叉路口，在他們腳下是一個圍起來的遊樂場，穿著紅色連帽夾克的小孩正在弧光燈下玩雪球。她記得她在英國帶的那群小朋友，那是千里以外的事了。我是為他們而做的，她這麼想。某種程度上麥寇相信這一點。某種程度上我們都相信是這樣。我們每個人都相信，除了哈洛朗，他已經不再知道一切所為何來。為什麼她會一直想到他呢？她頗為詫異。因為他起了疑心，而疑心正是她學會最該提防的事情。有所懷疑就是背叛，臺葉哈曾經警告過她。

約瑟也這麼說。

他們又駛入另一片鄉間，路面變成一道黑色河流，穿過白色田野和重重樹林形成的峽谷。她的時間感消逝了，接著她的度量感覺也不見了。她看見好些如夢幻般的城堡，還有玩具火車零件似的小村莊，如剪影般襯托著灰白的天空。玩具似的教堂和洋蔥般的圓頂讓她想要祈禱，但她對這些玩意兒來說太老了，而且宗教是軟弱之人才需要的。她看到哆嗦著的小馬啃掉大捆的乾草，同時一一回想起她童年騎過的那些小馬。當那些非常美麗的東西掠過時，她讓她的心思追逐著它們，試著抓住那些東西、讓它們逝去的速度慢下來。但什麼都無法停留，什麼都沒能停留在她的心版上；它們就像在光亮玻璃上吹的一口氣。偶爾會有一兩部車子超越他們；有一次一輛摩托車從他們車旁掠過，她好像看見迪米區跨坐在上面，弓著背，可是她還沒看清楚，摩托車就已經消失到車頭燈範圍之外了。

他們駛上一座山巔後，索爾就開始加速了。先向左轉，穿過一條馬路，然後又向右疾轉，一路顛簸著朝下坡開。兩邊全是倒木，就像是一部俄國新聞短片裡凍僵的士兵。遠遠的前方，查莉終於看出來有棟黑漆漆的老房子，有著很高的煙囪，剎時讓她想起雅典的房子。凍僵了，是這個詞嗎？車子突然一停，索爾閃了兩下遠燈。從似乎是老屋正中央的地方，有個手電筒亮了兩下。索爾看著他的腕錶，輕聲讀秒。「九——十——該亮了。」他才說完，老遠的手電筒就又亮了。他趕緊側過身去，替她把車門打開。

「就送到這了，親愛的，」他說：「談得很愉快。一切順利，對嗎？」

她拎著行李箱，挑了一個雪裡的車輪印踩下去，開始朝老屋子走了過去，只有雪的幽光和幾道穿透樹林的月光照亮她的路。等她慢慢走近之後，她才看出來還有個沒有鐘的鐘樓，旁邊還有個結凍的小池塘，旁邊是少了雕像的雕像底座。有輛摩托車在一座木篷下面閃閃發亮。

突然，她聽到一個相當耳熟的聲音，用一種共謀者的克制語氣對她說道：「愛默珍，當心屋頂的瓦片。只要一被砸到，鐵死無疑。愛默珍——哎，查莉——這樣叫真是太荒謬了！」下一秒鐘，一個柔軟強壯的軀體從門廊暗處冒出來擁抱她，只是手電筒和自動手槍隱約卡在中間。

查莉擁抱海佳時，全身湧上一股荒唐的感激。「海佳——老天爺——竟會是妳——太棒啦！」

海佳打著手電筒，帶她穿越一個大理石地大廳，一半的石頭都已經不見了；然後小心地爬上一道旁邊沒有欄杆、臺階又下陷的木造樓梯。這棟房子就快坍了，不過有人加速了它的傾圮。滲水的牆壁上，全是用紅漆塗的口號；門把和燈具零件早被拔走。查莉恢復了她的反抗精神，試圖抽回手，但海佳卻緊握不放，彷彿理所當然。她們穿越一連串的空房間，每個都大得可以辦場宴會了。在第一個房間裡，有個砸爛的瓷製爐子，裡面塞著報紙。第二個房間裡，有個手動印刷機，積了厚厚的灰塵，周遭的地板上堆滿了發黃的新聞紙，報導發生在昨天的革命之舉。她們走進第三間房間，海佳把手電筒對準塞在一處壁龕中的大疊檔案和文件。

「愛默珍，妳知道我跟我朋友在這裡幹什麼嗎？」她發問時突然提高音量。「我朋友實在太了不起了。她叫維洛娜，她老子根本完全是個納粹。一個地主，工業家，萬惡集於一身。」她鬆開手，只為了再一次抓緊查莉的手腕。「他死了，所以出賣他以便報復。把樹給了砍樹的。把土地給破壞土地的。雕像跟家具給了跳蚤市場。如果這值五千塊，我們就用五塊錢賣了。這裡曾經有她爸爸的書桌。我們親手劈開來燒了。這是個象徵。這裡是他的法西斯大業基地——他在這裡簽所有的支票，做出所有壓迫性的行動。我們把它大卸八塊燒了個乾淨。現在維洛娜自由了。她窮了，也自由了，加入了群眾。她不是很了不起嗎？或許妳早該效法的。」

一道傭人走的樓梯彎彎曲曲地登上一條長廊。海佳靜靜地在前面領路。查莉聽到她們頭上傳出民謠音樂，還聞到石蠟燃燒的煙味。她們到達一個平臺，經過幾間傭人臥房，然後停在最後一個門口。門縫透出燈光。海佳敲門，用德語輕輕說了幾個字。門鎖發出轉動的聲音，然後打開來。海佳先跨進去，要查莉跟著她。

「愛默珍，這位就是維洛娜同志。」她的聲音帶有一種命令的語調。「維洛！」

一個肥壯、顯得心煩意亂的女孩等著接待他們。她寬大的黑長褲外面還兜了條圍裙，頭髮剪得跟男人一樣短。肥肥的屁股上，還掛了一只插在槍套裡的史密斯威爾森手槍。維洛娜先把自己的手在圍裙上拭了拭，然後才跟查莉交換了一個很中產階級的握手禮。

「一年前，維洛娜跟她老爸一樣，是個法西斯敗類，」海佳充滿權威地表示：「她無異兼具奴隸及法西斯走狗的雙重身分。可是現在她獻身革命了。對不對，維洛娜？」

維洛娜鬆開手走到門口，把門重新鎖上，然後走到牆角那個露營用的火爐邊，看看上面正在煮的東西。查莉想著，不知她是否會背地裡懷念她父親的書桌。

「來。看看還有誰在這兒。」海佳說著，就趕查莉往屋子走下去。查莉向四周很快打量了一下。她目前是在一間很寬敞的閣樓裡，和她童年在德文郡度過無數假日的閣樓幾乎一模一樣。屋椽上垂下的一盞油燈發出微弱的光。屋頂天窗上都釘上了厚厚的天鵝絨窗簾。有一只漂亮的木馬一邊靠在牆壁上；木馬旁邊則有一塊家庭教師用的黑板，跨在畫架上。黑板上畫了一幅街道圖；有許多不同顏色的粉筆箭頭，紛紛指向一座畫在黑板中央的建築。有張舊乒乓桌上面堆了好些吃剩了的香腸、黑麵包、乳酪。一座煤油爐上，還烘了好些件男男女女的衣服。她們走到一座短木梯前，海佳就趕她上去。墊高的地板上有兩張水床併排放著。其中一張床上靠著一個全身赤裸的男人，正是那個週日早晨在倫敦電話亭裡用手槍比住她的黝黑義大利人。他的大腿上攤著一塊破爛床罩；查莉注意到，他身邊散布著一把華瑟自動手槍拆開來的零件，他正在清槍。還有個小收音機放在他手肘邊，正播放著布拉姆斯的交響樂。

「這位是我們的生力軍羅西諾。」海佳語帶諷刺的宣布道。「羅西諾，你真是太不禮貌了，你知不知道？還不快穿件衣服，歡迎新來的客人！這是我的命令！」

然而羅西諾唯一的反應，就是半開玩笑地滾到床邊，邀請任何想加入他的人上床來。

「臺葉哈同志還好嗎，查莉？」他問：「告訴我們一點家鄉消息吧。」

一具電話突然響起，就像是教堂裡的一聲慘叫：查莉完全沒想到他們竟然會有電話，這點更讓人心生警覺。為了振奮她的精神，海佳正打算搬出一瓶酒來讓大夥乾一杯，祝查莉健康。她讓玻璃杯和一瓶酒在一塊擀麵板上保持平衡，像是在進行某種儀式般端著板子穿過房間。一聽到鈴聲，她就凍住了，然後以慢動作把擀麵板放在剛好離她最近的乒乓球桌上。羅西諾把收音機關掉。電話單獨放在一張沒被海佳和維洛娜燒掉的鑲嵌花紋小桌子上，是那種老式的聽筒和話筒分開的玩意兒。海佳就站在前面，卻沒費事去接。查莉數到八次長長的鈴聲。海佳站在原地盯著電話。完全赤裸的羅西諾這時懶洋洋地走過房間，從曬衣線上扯下一件汗衫穿上。

「他不是說明天才會打來嗎。」羅西諾套汗衫時，就抱怨道：「搞什麼名堂？」

「少囉嗦。」海佳沒好氣道。

維洛娜仍在調著鍋裡煮的玩意兒，不過動作更慢，好像快了就有危險似的。她是那種彷彿每個動作都是以手肘為起點的女人。

電話又響了兩聲，海佳馬上拿起聽筒，然後立刻把它掛上。但等它再響時，她才正式接聽，簡短地回了一聲「喂？」然後就一句話也不吭的聽下去，大約連聽了兩分鐘才掛斷。

「明克夫婦已經改變了行程。」她宣布說：「他們今晚在圖坪根市過夜，明克在那兒有些老同事。他們帶了四個大行李箱，許多小件行李，還有一個手提箱。」出於對發言效果的良好直覺，她說著就從維洛娜的洗手盆拿起一塊濕布，把黑板上畫的地圖整個擦掉。「手提箱是黑色的，開關鎖很簡單。演講地點已經改了。警方雖然沒有懷疑，可是卻十分小心。他們正在採取所謂必要的防範措施。」

「那些臭條子怎麼樣？」羅西諾問。

「警方想增加警衛，可是明克卻完全拒絕。他是個講究所謂原則的人。既然他打算傳播法律與正義的玩意兒，又怎能讓自己四周圍上一群祕密警察呢。所以對『愛默珍』來講，情況毫無改變。她的命令還是跟原來的一樣。這是她第一次行動。由她一個人演整齣戲。怎麼樣，查莉，我這話可對？」

三個人說著就轉頭看查莉——維洛娜眼神專注卻心思恍惚，羅西諾帶著獰笑等著品頭論足，而一向不知自我懷疑為何物的海佳，則坦率直接地瞪著她。

她以手當枕，讓自己躺平。她的房間並不是教堂大廳裡的長廊，而是沒有光也沒有窗簾的頂樓。她的床是一張舊馬毛墊子，還有一床帶著樟腦臭味的發黃毯子。海佳坐在她旁邊，用她那雙有力的手摸著她染成棕色的短髮。月光由高高的窗口透進來；雪夜寂寥，萬籟無聲。該有人為這裡寫個童話故事。我的愛人應該打開電暖爐，在它的紅光照耀下接納我。她在一個木屋裡，直到明天到來前安全無虞。

「怎麼啦，查莉？把眼皮睜開來。怎麼？妳不喜歡我啦？」

她睜開眼睛望著前方，卻什麼也不看，什麼也不想。

「又在夢妳的小巴勒斯坦情人啦？還是妳在擔憂我們在這裡搞什麼？妳想趁機放棄，拍屁股溜掉是嗎？」

「我只是很累罷了。」

「那幹麼不來跟我們睡一塊呢？我們可以大戰一場。然後再睡個大頭覺。來吧，羅西諾很行的。」

海佳彎身下來吻她脖子。

「還是要羅西諾過來陪妳？害羞啊？這樣也可以。」她又親她。可是查莉卻全身又冷又硬的毫無一點反應。

「也許明兒個晚上妳就會熱絡些。只要卡里一來，就誰都不能拒絕了。其實他早就很想見見妳了。

他想把妳留給他一個人享用。妳可知道他以前對我們的朋友說過什麼高論嗎？『沒有女人，我就會失去人性的溫暖，也不能變成一名戰士了。而想成為一名好戰士，最重要的就是要有人性。』妳可以想像得出他有多偉大嗎？妳愛麥寇，所以他也會愛妳。這是毫無疑問的。」

海佳意味深長地吻了她最後一下才走出房間，讓她一個人躺在那兒，睜著大眼瞪天花板，看窗外的夜色愈來愈淡。然後她聽到一個女人哼哼唧唧的聲音，逐漸拔高成一聲哀切的嗚咽，然後又聽見男人迫切的吼叫聲。顯然海佳和羅西諾不靠她的協助，就已經抵達了革命的高潮。

跟隨他們到任何他們帶領妳去的地方，約瑟告訴過她。假如他們要妳去殺人，妳就殺人。到時候，該負這個責任的，是我們，而不是妳。

那你會在哪兒呢？

很近。

靠近世界的邊緣吧。

她皮包裡有個米老鼠筆型手電筒，就跟她還在寄宿學校時會躲在棉被裡用的是同一種東西。她將手電筒跟瑞秋調包給她的萬寶路菸盒一起拿出來。菸盒裡還有三根香菸，她把菸倒出來，照著約瑟教她的辦法，小心翼翼地把玻璃紙撕掉，撕開硬菸盒的黏貼部分，把整個盒子攤開弄平，內面朝上。她舔舔手指頭，把口水輕輕塗到空白的紙板上。棕色的字跡浮了出來，又細又工整的字跡像是用繪圖筆寫的。她讀完訊息之後，就把菸盒硬紙板塞進地板上的一條裂縫，一直塞到她看不見為止。

勇敢點，我們與妳同在。這條訊息就好比濃縮在針尖上的整篇主禱文。

位於弗瑞柏格市中心的行動指揮處，是在一條忙碌大街上匆促租下的一樓辦公室，外面掛的牌子是「華氏暨福氏投資公司」，這是加隆麾下的祕書處登記註冊過的十幾家常備商號名稱之一。裡面用的電腦，看起來跟一般商用電腦一樣；再透過艾里希的禮遇，店裡裝了三具普通電話，而其中一具沒號碼的，正是艾里希跟柯茲直接通話用的「熱線」。現在是大清早，之前他們忙了一整夜，先是追蹤查莉的下落、掩護她，接著是里托瓦克跟他的德國合作夥伴，針對兩方面的職責範圍吵了一架；里托瓦克這傢伙現在跟誰都會吵架。柯茲和艾里希兩個人遇到下屬針鋒相對的這種場面，都置身事外做壁上觀。大致的共識既然有了，柯茲沒興趣去破壞。功勞應該記在艾里希跟他的人馬帳上；里托瓦克跟他的人馬則享受完成大事的滿足。

貝克呢，他終於又投入這場戰爭。眼看最後一場大戰迫在眉睫，他的行動反倒變得又穩又快起來了。在耶路撒冷時如影隨形的那種內省思潮，在貝克心中抬頭了；讓人心煩難耐的怠惰等待期過去了。這時柯茲蓋了條軍毯在打瞌睡，緊張而心力交瘁的里托瓦克卻在辦公室裡來回踱步、對著不同的電話說出謎樣的指示，把自己的情緒搞得相當激動；但貝克卻站在窗口，用手搭開塑膠百葉窗，很有耐性地朝上望著跨越德瑞森河橄欖色河水的覆雪山丘。因為弗市就像薩爾斯堡一樣，是個四面環山的城市，每條街似乎都往上通到它們自己的耶路撒冷。

「她開始慌了。」里托瓦克突然在貝克身後宣布道。

貝克有點莫名其妙地轉身看他。

「她投靠對方了！」里托瓦克堅持。聲音聽起來帶有不穩定的喉音。

貝克懶得再聽這些鬼話，轉過頭，重新望著窗外。「她有一部分會過去，有一部分會留下來。」他回答。「這正是我們要她這麼做。」

「她早就整個人都投靠過去了！」里托瓦克怒火大熾地重複。「以前我們的臥底也發生過這種事，現在又發生了。我在機場親眼看過她，你沒有，她看起來簡直就跟個鬼一樣，我告訴你！」

「假如她看起來像個鬼，那只是因為她想如此。」貝克不為所動地說。「別忘了她是個女演員。她會演得很徹底的，放心！」

「她憑什麼會有始有終？她又不是猶太人。她什麼也不是。她已經跟他們搞上了，把她忘了吧！」

他聽到柯茲在軍毯下面翻動的聲音，就把吼聲放得更大，好讓柯茲也聽個清楚。

「假如她還是我們的人，那為什麼在機場洗手間裡，她會把個空香菸盒子交給瑞秋，你說啊？跟那些流氓在那裡待了好幾個禮拜，為什麼她重新出現的時候什麼消息也沒給我們？她這樣子算哪門子的臥底？誰會對我們這麼忠心耿耿？」

貝克似乎想從遠方群山之中找到答案。「也許她沒什麼好說的吧。」他回答道。「她是以行動表示支持，並不是靠嘴巴。」

柯茲終於從那張簡陋行軍床的淺坑裡，發出昏昏欲睡的安慰。「里托瓦克，看樣子是那群老德把你搞瘋了。別這樣，放輕鬆點。管她是哪一方，只要她能一直替我們指路，不就成了嗎？」

但柯茲的話效果適得其反。里托瓦克正處於自我折磨的心情底下，只覺得有人極不公平地聯手對抗他，於是變得更加瘋狂。

「那假如她崩潰了，招供了呢？假如她把整個故事都告訴了他們，從米柯諾島一直招到這裡？那她還能替我們指點明路嗎？」

他擺明了要找人吵架；沒有別的辦法能滿足他。

柯茲用一隻手肘把自己撐起來，換了較嚴厲的口氣。「那我們怎麼辦，里托瓦克？替我們想個解決的辦法呀。假設她是倒向對方了。假定她真的是把我們整個行動，從頭到尾全掀出來了。你要打電話給加隆，告訴他我們搞砸了嗎？」

貝克並沒棄守窗口，不過他再次回首，若有所思地望著房間那頭的里托瓦克。里托瓦克狠狠地輪流瞪著貝克和柯茲，然後兩手一攤，在這兩個鎮定的男人面前這麼做可是相當大逆不道。

「他明明就在這附近！」里托瓦克叫道。「就在某家旅館、某棟公寓、某個爛客棧裡。一定是這麼回事。把這個城封鎖起來，公路、鐵路、巴士。叫艾里希把這裡用玻璃罩罩起來！搜遍每一棟房子，直到找到他為止！」

柯茲試著好心地展現一點幽默感：「唉，里托瓦克，弗瑞柏格可不是約旦河西岸啊——」

可是貝克到頭來終於開始感興趣了，似乎急於延續爭論。「那我們找到他以後呢？」他這麼說，就好像他不曉得里托瓦克到底打什麼主意似的。「接著應該如何處理，里托瓦克？」

「把他抓出來！幹掉他！任務結束！」

「那麼又讓誰去殺掉查莉？」貝克繼續以同樣講道理的態度追問：「我們還是他們呢？」

里托瓦克心中的瞬息萬變突然失去了控制，在過去一夜和白晝將至的緊張之下，他內在糾結的挫折感，不管來自男人還是女人，忽然全部浮現在他的生命表面。他臉色一陣赤紅，兩眼發出火光，用一隻瘦巴巴的手臂指貝克罵道：「她是個婊子！是個共產黨！是個親阿拉伯鬼的賤貨！」他的吼聲幾乎可以穿透隔間的牆壁，大得可怕。「拋下她。誰在乎？」

如果里托瓦克期待看到貝克為此一戰，他會失望的，因為貝克只是冷靜地點了個頭表示確認，就好像他對里托瓦克的某些揣測現在終於證實。柯茲把他的毯子推到一旁。他只穿著內褲坐在床邊，用手指搔他那頭短灰髮。

「去洗個澡，里托瓦克。」他冷然命令道。「洗個澡，休息一下，喝點咖啡。中午再回來。中午前不准出現。」電話突然響了。「不准接。」他補上一句，自己拿起聽筒；被自己的狂暴給嚇著的里托瓦克，悶聲不響地站在門邊看著柯茲。「他很忙，」柯茲用德語說：「我就是赫姆茲，請問哪位？」

他連著說了幾聲是，是，幹得好。他把電話掛斷，接著突然冒出他那永不顯老、也無歡愉的笑容。首先他衝著里托瓦克笑，目的是安撫他，接著也轉向貝克，因為在此刻他們之間的差異已無關緊要。「查莉五分鐘以前，已抵達明克夫婦住的旅館。」他說。「羅西諾跟她在一起。兩個人吃了頓豐盛的早餐，比預定時間要早了許多，我們的德國朋友非常欣賞。」

「那只金手鐲呢？」

柯茲對貝克問得正中要害，非常激賞。「戴在她右腕上。」他很得意地說。「她有個消息給我們。她真是個好女孩，貝克，我恭喜你。」

旅館是六〇年代中的建築，當時的餐飲業還篤信寬敞的圓形大廳、撫慰人心的燈飾噴泉，外加玻璃罩下的金製時鐘。一道寬有平常樓梯兩倍的迴梯，緩緩通往二三樓之間的樓中樓，從他們坐的陽臺餐桌位置，查莉和羅西諾可以一覽無遺的望到樓下的進出大門和櫃檯。羅西諾身穿一套經理級的藏青西裝，查莉則穿著她那套南非女導遊的制服，脖子上掛著從訓練營帶出來的聖嬰基督木雕。臺葉哈堅持她所戴的眼鏡必須真要有度數，輪到她監視時，她就覺得眼睛刺痛。因為她餓得要命，他們叫了煎蛋和培根，現在他們正在喝剛煮好的咖啡，此時羅西諾就看著斯圖加特市的《晨報》，偶爾還拿他看到的滑稽新聞逗樂查莉。他們一早就騎摩托車奔進市區，查莉差點活活凍死在後座上。他們把車子寄在火車站時，順便問清楚了旅館的方向，然後就叫計程車直奔旅館。不到一小時他們就到了目的地，查莉望著警方護送一位天主教的主教離開，又接了一群身穿部落衣飾的西非貴客回來。她看到走了一車日本遊客，換來了一批美國遊客；她已經把旅館住房登記程序熟記在心。新到賓客穿過自動門時，衝上前奪過行李的制服侍者叫什麼名字她也記得；他們會把行李堆在小推車上，當賓客們填寫住房登記表時，他們就在一碼以外的地方徘徊著。

「那個教宗竟然打算到南美訪問所有的法西斯國家！」羅西諾在她站起來時，正好從報紙背後出聲告訴她這則新聞。「也許這次有人可以把他宰了。妳到哪兒去，愛默珍？」

「廁所。」

「怎麼啦？緊張啊？」

女盥洗間的洗手盆上，打著柔和的粉紅色燈光，為了減低抽風機的噪音，洗手間裡正播放著輕音樂。瑞秋正對著鏡子上眼影。另外兩個女人正在洗手。有個門是關著的。從她旁邊擦身而過時，查莉寫好的那張小紙條揉成的團團，就順勢落進了瑞秋的手中。她洗了個手，回到餐桌那兒。

「走吧。」她這麼說，就像去上了個廁所也改變了她的心意。「無聊。」

羅西諾點上了一根荷蘭雪茄，故意朝她噴了口菸。

一輛看起來充滿官方味道的黑色朋馳開上迴車道，放出了一票穿深色西裝，翻領上別了識別證的人。羅西諾正準備針對這群人開個猥褻的玩笑，突然聽到有個服務生叫他去聽電話：三號電話亭裡有人找「維爾第先生」——羅西諾早就預先給了門房五馬克，請他等下有電話時通知一聲。她啜了口咖啡，感覺著那股溫暖直下胸膛。瑞秋和她的男朋友，正坐在遮陽傘下看《柯夢波丹》。那個「男朋友」她沒見過，好像是個德國人。他手裡拿了份用塑膠夾套好的文件。還有大約二十幾個人坐在四周，不過只有瑞秋一個人是她認得的。羅西諾回來了。

「明克夫婦兩分鐘前已抵達車站，叫了輛藍色的標緻計程車。應該隨時快到了。」

他叫人過來算帳，付完帳，又拿起報紙看。

我應該每件事只做一遍，她躺在床上等天亮的時候這麼對自己承諾；每件事都是最後一次。她不斷提醒自己。假如我現在坐在這裡，我以後一輩子再也不必坐在這裡了。等我下了樓，我就一輩子不必再上樓了。等我走出旅館之後，我一輩子也不再進這家旅館的大門。

「幹麼不直截了當開槍打死那個渾蛋？」查莉小聲抱怨著時，心裡卻莫名的竄上一股子恐懼和仇恨，眼睛死盯著旅館正門進口。

「因為我們想留著命去打死其他的渾蛋。」羅西諾頗有耐性的解釋著，又翻了一頁報紙。「曼聯又輸了，唉，大英帝國真是可憐喏。」

「有動靜！」查莉吐了一句。

一輛藍色標緻計程車，開到玻璃大門外面停好。一名灰髮女人從裡面鑽出來，後面跟了一位身材高大，舉止出眾的老男人，走起路來，步履緩慢氣派。

「釘住小行李，我來釘住大件的，」羅西諾重新點燃雪茄時，告訴查莉。

司機在開後車廂；那個叫法蘭茲的行李小弟，正推著輛推車站在他旁邊。真搬下兩件不新不舊、成套的棕色尼龍布大箱子，中間還有條帶子加強保護，綁了兩張紅色的標籤。再來，就是一只大得多的老舊真皮行李箱，一個角角上還有兩個輪子。然後又是個大箱子。

羅西諾用他軟綿綿的義大利口音低罵了一句。「他們到底打算待多少天啊？」

小件頭的行李全放在前座上。把後車箱鎖上之後，司機來幫忙搬行李，不過法蘭茲的行李推車沒辦法一次堆下所有行李。有個破破的格紋皮製旅行袋，兩把分別給這對夫婦使用的雨傘；有個印著黑貓圖案的紙袋；又拿下來兩個包裝精美的禮盒，或許是遲來的聖誕禮物。然後，她終於看到了：一只黑色的手提箱。硬殼的，箍了鐵架框框，真皮的名牌。真虧了海佳，一點也沒講錯，查莉想道。明克正在付計程車錢；就像查莉過去的某個熟人一樣，他把零錢都收在一只錢包裡，在付出那些不熟悉的外國硬幣之前，會把它們全都攤在手掌上。明克太太把手提箱拎了起來。

「可惡！」查莉罵道。

「等下。」羅西諾說。

明克拎著大包小包，跟在他太太身後走進自動門了。

「現在妳告訴我，妳似乎認出他了。」羅西諾小聲說道。「我則跟妳說，幹麼不下去湊近些看看？妳有點猶豫，像個小女孩一樣怕羞。」他扯著她的衣袖。「別硬上。如果行不通，還多的是其他辦法；別急。皺起眉頭，推推眼鏡什麼的。去吧。」

明克這時正踩著細碎而有點笨拙的步子走向櫃檯，好像他以前從來沒這麼做過似的。他太太拎著手提箱站在他旁邊。值班的櫃檯職員只有一個，她又正忙著招呼先到的兩位客人。等吧，明克就轉過身子，一臉困惑的往大廳瞧。他太太不帶欣賞之意地打量著大廳。對面一個茶色玻璃隔間裡，正有一群衣冠楚楚的德國佬，彼此湊在一塊寒暄著。她一臉嫌惡的打量著那群人，又跟她先生咬了幾句耳朵。櫃檯這時清空了，明克馬上就從他太太手上接過手提箱：這是伴侶之間簡潔而出於本能的交班動作。櫃檯女職員是個一身黑衣的金髮女子。她先用紅色指尖挑出訂房登記核對了一下，然後抽了一張旅客登記卡給明克填。階梯撞著查莉的腳跟，她潮濕的手黏在寬闊的樓梯扶手上，明克由她那付有度數的近視眼鏡看上去，簡直是個抽象的模糊影子。踩上大廳的地板，她開始猶豫地朝櫃檯彳亍過去。明克這時正趴在櫃檯上填表格，手邊放著他那本以色列護照，在抄上面的護照號碼。手提箱就放在他左腳旁邊的地板上；明克太太搆不著箱子。查莉站到明克的右邊，很詭異地越過他的肩頭去看他填表格。明克太太從左邊切入，困惑地看著查莉，然後用手肘撞了一下她先生。明克這才會意到有個陌生人正在打量他，就緩緩地抬起尊貴的腦袋，轉頭看查莉。她馬上就清了清嗓門，露出羞答答的樣子——這可沒什麼困難。就是現在！

「明克教授？」她問道。

他有一對充滿困擾的灰色眼睛，他的表情甚至比查莉還要更尷尬。突然間這一切就像是她得幫襯一個爛演員不穿幫。

「我正是明克教授。」他承認了，但顯得好像他自己都有點不太肯定。「是的，我就是他。怎麼樣？」

對方演技這麼差勁反而鼓起她的全副勇氣。深呼吸一下。

「教授，我名叫愛默珍，是從約翰尼斯堡的智水莊大學畢業的，我主修的是社會學。」她一陣連珠炮射出去，可是口音卻聽不出有南非腔，反而有點澳洲口音。她的態度有點太感情用事，卻很堅決。「我去年有幸聽過您的一場百年紀念演講，內容與少數民族人權有關。實在太好了。老實講，我因此改變了我的人生觀。我本來想寫信給您，可是一直抽不出時間。請問您是否介意我跟您握個手？」

根本就是她主動去握他的手。他有點傻楞楞的瞧著他太太，不過她倒比她先生行些，起碼擠出一抹假笑看著查莉。她先生一看，馬上也東施笑顰的擠出個笑容，雖然微弱了些。就算查莉一身冷汗，比起明克來也算不了什麼：因為對方的手心比她更濕更熱。

「您打算在這兒待很久嗎，教授？請問您到此地有何貴幹？總不至於又要開演講會吧？」

就在這三個人旁邊的視線死角，羅西諾正湊到櫃檯邊上，以英語向櫃檯小姐問，是否有位從米蘭來的薄伽丘先生住進來了。

明克太太這時趕緊湊上一句，幫她先生脫困：「我先生正在歐洲旅行，」她向查莉解釋：「我們正在度假，偶爾會接受一次演講邀請，拜訪一下朋友。我們很期待。」

太太開了個頭，明克要接下去也就比較不難了：「什麼風把妳吹到弗瑞柏格來的——愛默珍小姐？」他口音裡夾著她在舞臺以外聽過最重的德國腔。

「噢，我只是想多看看世界，再決定該做什麼。」查莉說。

就我離開。老天救我走吧！櫃檯職員說很抱歉，訂房記錄上沒有登記薄伽丘先生的名字，而且很抱歉，旅館早就訂滿了；她另一隻手正把房間鑰匙遞給明克的太太。查莉正好再度恭維老教授深具啟發性的偉大演講，明克則向她道謝；羅西諾向櫃檯小姐道完謝，就輕快的走向旅館出口，他的風衣剛好罩住了偷來的那個手提箱。查莉靦腆地又是道謝又是道歉，才轉身跟在羅西諾身後，儘量裝出不慌不忙的樣子走開。她走到玻璃自動門時，正好從玻璃反光上看到明克教授一臉無助地四面張望；搞不清到底誰說了最後一句話，又做了什麼。

她鑽過擋住出口的那幾輛計程車，往旅館停車場走，海佳穿著有角質鈕釦的毛呢斗篷，坐在一輛綠色的雪鐵龍車裡等她。查莉坐到她身邊，海佳鎮定地開到出口，付了停車費。欄杆才往上一舉，查莉就開始大笑，就好像欄杆把她逗笑了似的。笑得她差點噎住，用手指關結壓住嘴唇，腦袋倒在海佳的肩膀上，拚命笑個不停。

「我真厲害，海佳！妳剛剛應該看看我的德行——老天爺！」

開到某個十字路口時，有位年輕的交通警察莫名其妙的瞪著車子裡那兩個又哭又笑、搖頭晃腦的女人。海佳搖下車窗，送了他一個飛吻。

在行動指揮室裡，里托瓦克坐在無線電旁，貝克和柯茲則站在他身後。里托瓦克似乎被自己給嚇著了，沉默而蒼白。他戴著附喉部襯墊麥克風的單邊耳機。

「羅西諾搭了輛計程車開往火車站。」里托瓦克鐵青著臉說，「他帶著那個手提箱。正打算去取他的摩托車。」

「我不要有人跟蹤他。」貝克在里托瓦克身後對柯茲說。

里托瓦克拉掉他的麥克風，顯然難以置信：「不要跟蹤他？我們在那輛摩托車附近放了六名眼線，艾里希至少放了五十幾個人，我們已經在他摩托車上裝了個跟蹤器，全城都布置好了車輛待命。跟蹤摩托車，就可以釘住那個手提箱，手提箱就可以帶我們找到那個人！」他轉頭看柯茲，要博得他的支持。

「貝克？」柯茲要先聽解釋。

「他會用各種接應閃掉的。」貝克說。「他向來都有準備。羅西諾只會把手提箱送出一段路，再轉手出去，有人會在下個階段接應，到這個下午，他們就會拖著我們出入大街小巷、空曠地區，和那些沒人在座的餐廳。全世界沒有哪個監視小組，能夠在這些地方混得過去不被發覺的。」

「至於你的特殊興趣呢，貝克？」柯茲問了一句。

「海佳會跟查莉廝守一整天。卡里會按事先約定好的時間和地點與海佳聯絡。如果卡里嗅出什麼不對勁，他就會下令叫海佳宰掉查莉的。如果他兩三小時不打電話給她，或者他沒照約定做，海佳還是會幹掉查莉。」

柯茲似乎有點舉棋不定的轉身，背對著他們兩個，開始在屋子裡踱方步，踱過來踱過去的，里托瓦克就像個瘋子似的瞪著他。最後，柯茲拿起他跟艾里希的熱線電話，他們聽見他先說了一句「保羅」，語氣頗有點老氣橫秋的請對方給他個面子。他低著嗓門講了一陣，然後又聽，再講了會兒，才掛斷。

「他還有九秒鐘就抵達車站了，」里托瓦克邊聽耳機邊報告，幾近於瘋狂。「六秒。」

柯茲不理他。「我聽說海佳和查莉兩位小姐剛走進一家美髮院。」他說著又開始踱步。「看樣子她們兩個是準備為某件大事先打扮打扮。」他在他們面前止步。

「羅西諾的計程車已經到車站門口了。」里托瓦克絕望的報告道。「正在付車錢。」

柯茲卻望著貝克。他的凝視充滿敬意，甚至有一絲溫柔。他就像一個老教練，發現自己最疼愛的運動員終於找到自己的打法了。

「貝克今天贏了，里托瓦克。」他眼睛仍望著貝克說道。「把你手下的小朋友全召回來吧。叫他們休息到傍晚以後再說。」

電話又響了，柯茲走過去接。是明克教授，在這次行動裡他已經第四次精神崩潰了。他耐心地聽了教授的每一句話，又對明克太太花了很長的時間用安撫的口氣說話。

「今天日子可真好。」他把電話切斷時，帶著一種經過按捺的不快說道。「每個人都有一段很過癮的經歷。」他把藍扁帽子往頭上一戴，就出門跟艾里希博士碰面去了；兩個約好一起去勘查演講會場。

這的確是她畢生所經歷過最長也最惱人的等待；一個終結所有首演之夜的首演之夜。更糟糕的是她根本沒辦法一個人去熬，因為海佳自命為監護人，而她就是最受寵的姪女；海佳絕不讓她溜出視線。在美容院吹頭髮時，海佳已經接到第一通電話，她們接著跑到一家服裝店，海佳替查莉買了一雙翻毛馬靴，一雙絲織手套，免得留下「指痕」。她們從服裝店轉往大天主教堂，海佳盛氣凌人地替查莉上了一堂歷史課，然後在嘻嘻哈哈、拐彎抹角的暗示之下，海佳決定帶她走進一個小廣場，去見見某個名叫伯托·史瓦茲的男人，「他是有史以來最性感的男人喔——查莉，妳絕對會毫無保留的愛上他！」結果這位史瓦茲先生是一座銅像。

「他不是很棒嗎，查莉？妳難道不希望我們可以掀起他的裙角來看一次？我們的伯托，妳知道他是幹什麼的嗎？他是個聖方濟會修士，一位有名的化學家，而且他發明了火藥。他對神的愛這麼強烈，所以他教導神的所有子民怎麼把彼此炸飛。所以這些好市民幫他立了個塑像。理所當然。」她抓著查莉的臂膀，興奮地摟著她。「妳知道我們今晚以後要幹什麼嗎？」她悄聲說道。「我們會回來，帶把花給伯托，我們會把花放在他腳下。好嗎？行吧，查莉？」

大教堂的尖塔開始讓查莉神經緊張：上面有交錯斜紋、呈鋸齒狀的尖塔，看起來總是黑漆漆的，每次她拐過一個街角或者進入一條新的街道，那高塔都會鬼鬼祟祟地出現在她前方。

午餐是在一家時髦的餐館吃的，海佳為查莉開了一瓶巴登紅酒，她說，這種酒是在凱瑟斯圖爾山的火山土壤裡培育出來的——一座火山，查莉，妳想一想！——而現在她們吃、喝、欣賞的一切，都成了句句諷刺暗示、讓人無聊欲死的話題。上了甜點黑森林派：「今天我們用的一切都得是中產階級的！」──海佳又去接了個電話，回來就說，得趕緊到那所大學的演講會場去了，否則事情可能會來不及辦妥。於是她們就走進一條兩旁店舖生意活絡的地下人行道，一出來便看見一座處處透露凶兆的草莓色沙岩建築，旁邊有幾根柱子，曲線狀的前門上面刻了一排金字，海佳立刻替她翻譯金字的意思。

「正是一句對妳有益的話，查莉，聽好。『真理將使你自由。』此話乃是馬克斯的名言。怎麼樣，美吧？而且引人深思？」

「但我記得這句話是英國大文豪諾爾考德講的。」查莉這麼說，令海佳那張興奮過度的臉冒出了一陣怒意。

建築物四周是個石塊鋪成的寬闊大道。有個老警察正在那裡巡邏，她們指指點點的舉動只換來他不感興趣的一瞥；這兩個人是徹底的觀光客德性。只需跨上四層石階，就到大門口。深茶色的玻璃門內，可以看到燈火輝煌的大廳。側門進口的雕像是亞里斯多德和荷馬，海佳和查莉在這裡停留得最久，藉著欣賞這兩座雕像和壯觀的建築時，就暗中把距離遠近長短量了個仔細。有一張黃色海報公布了明克教授今晚舉行演講的消息。

「妳害怕了，查莉？」海佳突然悄聲說著，沒有等她回答就繼續講。「聽著，過了今天早上，妳就等於大獲全勝，妳做得十全十美。妳會讓他們知道，何謂真理，何謂謊言，何謂真正的自由。為了對付漫天大謊，我們就得採取大行動。這很合理。大行動就需要大批觀眾，為了重大理由來捧場。咱們來吧。」

有一條新式的人行天橋跨過馬路雙線道。天橋兩頭各站了一個陰森的石頭圖騰柱。從橋上她們越過大學圖書館，走到一個學生咖啡廳，咖啡廳懸掛在那裡就像是馬路上方的一個水泥搖籃。當她們喝著咖啡時，透過玻璃窗可以看見許多學生與教職員，從演講會場走進走出的。海佳再度開始等電話。她果然等到了那通電話，可是在她打完電話回來時，一看見查莉臉上的表情，就很光火。

「妳怎麼啦？」她像蛇一樣嘶聲說道。「妳突然對明克迷人的猶太復國主義見解充滿同情啦？認為他很高貴，很善良？聽好，他比希特勒還要壞，完全就是個披著偽善羊皮的狼。我該買瓶烈酒給妳壯壯膽。」

等她們走到空曠無人的小公園時，剛才喝的酒還在她體內燃燒著。池塘已經結冰；早早降臨的暮色也逐漸轉濃；夜色中有股濕冷的寒意。遠方傳來晚鐘的聲音，震耳欲聾。第二聲鐘響比較小，頻率也比較高，隨後跟著響起。海佳拉緊她的綠色斗篷，馬上發出一聲愉悅的叫喊。

「查莉，妳聽聽！妳聽到那個小的鐘聲了嗎？它是銀製的。妳知道它的由來嗎？我告訴妳。一個騎馬旅行的人在晚上迷路了。路上有強盜出沒，天氣又不好，他看到弗瑞柏格的時候高興得不得了，所以他獻給這裡的大教堂一只銀鐘。每天傍晚這個時候鐘都會響，這不是很美嗎？」

查莉點點頭，試著露出微笑，但沒成功。海佳伸出她強壯的臂膀環住她，把她拉進自己的斗篷掩護之下。「查莉，聽好，妳要我再對妳說教一頓嗎？」

她搖搖頭。

海佳仍然把查莉擁在懷中，瞥了一眼手錶，然後向蒼茫暮色中的小徑張望了一下。

「妳對這個公園還知道些什麼，查莉？」

我知道這裡是全世界第二可怕的地方。而我從來沒拿到過第一獎。

「我在告訴你這裡的另一個故事。好嗎？在戰爭時期，這裡有一隻男的鵝。鵝的男性要怎麼講？」

「公鵝。」

「這隻公鵝等於是防空警報器。當轟炸機來的時候，牠正是第一個聽到的，牠會尖聲大叫，市民聽到以後不等正式警報響起，就會馬上躲到地窖裡。這隻公鵝死了，不過在戰後，感激的市民為牠立了一個紀念碑。所以這就是妳認識的弗瑞柏格。一個雕像紀念他們的炸藥僧侶，另一個雕像紀念防空警報。這些弗瑞柏格小老百姓，妳不覺得他們挺瘋狂的嗎？」海佳這時忽然身體一僵，再看一次她的手錶，再望一眼霧氣重重的黑暗。「他已經到這裡了。」海佳輕輕說完，就轉身跟查莉話別。

不要，查莉想著。海佳，我愛妳，妳可以把我當成妳的每日早餐，就是不要打發我去見卡里。

海佳捧著她的臉，輕輕吻了一下她的嘴唇。

「為了麥寇，好嗎？」她又親她一下，這次比較用力。「為了革命、和平和麥寇。順著這條小徑直走下去，妳會走到一個門口。有輛綠色的福特會等在那裡。妳直接坐到後座，坐在駕駛正後方。」再一個吻。「查莉，聽我說，妳實在很不錯。我們以後永遠會做好朋友的。」

查莉開始朝小徑走下去，煞腳，回頭看。在昏暗的暮色中，海佳仍站在原來的地方，直挺挺而顯得盡忠職守地望著她，她的綠色毛呢斗篷圍繞著她，就像是警用大衣。

海佳揮著她的大手，像是一面皇家旗幟從左邊揮到右邊。查莉也向她揮手，大教堂的尖塔監視著她。

駕駛戴了頂毛氈帽，遮住了半張臉，而且他還把大衣的毛領翻起來。他頭也沒回，招呼也沒打，從她坐的位置，只能從他的顴骨輪廓揣度出來他年紀很輕，而且她懷疑這人是阿拉伯人。他開得很慢，緩緩駛過傍晚的車流，然後開進鄉間，一路開進還堆著積雪的狹窄小路。他們經過一個小火車站，接近一個平交道時停了下來。查莉聽到警告鈴聲響起，色彩鮮明的安全柵欄正緩緩落下。駕車的人猛然換了二檔衝過去，車尾才過，柵欄就落定了。

「謝了，」她說著，然後聽見他的笑聲——一種出於喉嚨的悶響；他是阿拉伯人沒錯。他駛上一座山丘後，再度停車，這次停在巴士站牌前。他遞給她一枚零錢。

「買兩段票，下班車正好到我們那兒。」他說。

這就像是我們學校裡一年一度的澳洲發現日尋寶慶祝活動，她想著：下個線索會帶妳找到下個線索，而最後一個線索會帶妳找到獎品。

那時天已全黑，星星也冒了出來。山坡上颳著寒風，她站在路邊，望到山下有加油站的燈光，除此之外，見不著任何房子了。她等了大約有五分鐘，一輛巴士就開到她面前煞車停住，發出一聲嘆息。她跨上去。裡面有四分之三的位子是空的。她買好票就靠著車門坐下來，夾著膝蓋，兩眼茫然無目標。下兩站沒人上車；到第三站時，一名穿著皮夾克的年輕人就跳上車，開開心心地坐到她旁邊。這個人正是昨晚在停車場接她的美國青年。

「下兩站有座新落成的教堂。」他用聊天的口氣跟她講。「妳就下車，經過教堂，沿著馬路走下去，走右邊的人行道。妳會看到一輛停在路邊的紅顏色車子，後視鏡上掛了個小魔鬼像，就打開前座的乘客車門坐進去等。就這樣。」

巴士到站一停，她就下車開始往下走。年輕人沒下車。那條路很直，而夜色很黑。她往前望，差不多在五百碼之外，才有盞路燈，燈下有一小團紅色的影子。沒有邊燈。才買來的新靴子，把地上的雪踩得嘰軋作響，那種單調聲音，更增加她那種靈魂出竅的感覺。嗨，兩隻腳呀，你們在下面坐什麼？前進，女孩，前進。貨車離她愈來愈近，她發現那是一輛送可口可樂的小貨車，輪子已經跨上了人行道。再過去大約五十碼，下一盞路燈旁邊，有家小咖啡店，再過去就什麼也沒了，又只剩下一片積雪的臺地和那條不知何往的筆直公路。怎麼會有人在這種不詳之地開上一家咖啡店呢？這個謎題得留到下輩子解答了。

她打開車門坐進去。因為車頂上那盞街燈的關係，車廂內異樣的明亮。她聞到一股洋蔥味，也看到後面有一整紙盒的洋蔥，塞在後面好幾箱空瓶子之間。後視鏡上掛著一隻拿個三叉戟的塑膠小魔鬼。她憶起在倫敦的某輛貨車裡也有一個相似的吉祥物，當時羅西諾劫持了她。一堆髒兮兮的卡式音樂帶堆在她腳邊。這是世界上最安靜的地方。一道光緩緩地從路底接近她。來人和她平行時，她才看出是個騎著腳踏車的年輕牧師。經過車子旁邊時，他也撇頭望了她一眼，臉色不豫，就好像她挑戰了他的節操一樣。她又等下去。然後那家咖啡店裡走出來一名戴著尖頂帽的男人，嗅了嗅空氣，朝馬路兩邊瞧了瞧，好像有點不知今夕何夕的樣子。他轉回咖啡店裡去，又再走出來，慢慢沿著路邊人行道走向她，一直走到她旁邊。他用戴了皮手套的手指頭敲了敲車窗；這只皮手套硬而發亮。一只明亮的手電筒對準她猛照，使她根本無法看清他的面貌。手電筒的光束籠罩著她，緩緩地沿著貨車移動，再回到她身上，直接照著她的一隻眼睛上。她抬起手臂去遮了一下，當她把手放低以後，光束就跟著往下移到她大腿上。手電筒熄滅，然後她的車門就開了，她被一隻手逮住手腕硬扯了出去。她跟他正好面對面。這個人比她大約高了一呎，身材也比她更寬厚。可是他的臉卻藏在帽子尖端的陰影裡，還豎著大衣領子禦寒。

「站著別動。」他說。

他把查莉的背帶皮包拿下來，在手上掂了掂重量，就打開皮包口往裡瞧。那個電子鐘在她這段人生中，第三度引起他人的注意。他把鐘撥了一下，鬧鈴就響了。他關掉，玩了好半晌，接著塞了樣東西進了他口袋。有一下子她本來以為那個電子鐘已經被他沒收了。可是並不是這麼回事，因為她看到他把鐘丟回皮包，然後把皮包丟進了車子。然後他像個舍監似地想端正她的姿勢，用他兩隻戴了皮手套的爪子架住她肩膀，把她扯直了些。他深沉的目光一直在瞪著她的臉看。他讓右手懸在那兒，左手掌輕輕地順著她的身體摸下去，先是脖子和肩膀，然後摸到她鎖骨，肩胛肌肉，試探著該是胸罩肩帶（如果她有穿的話）的位置。然後是她的腋窩，順著腰側一直摸到她臀部；然後摸過她的小腹和胸部。

「今天早晨在旅館時，妳的鐲子是套在右手上。今晚卻套在左手上。為什麼？」

英語顯然是外國腔調，彬彬有禮，頗有知識水準；就她所能判斷的，是阿拉伯口音。聲音很柔，卻又非常有力；只有發號施令的那種人才有的聲音。

「我喜歡換來換去，」她說。

「為什麼？」還是同樣的疑問。

「有新鮮感。」

他往地上一蹲，摸索她的臀部、兩腳還有大腿內側，就像搜尋她身體其他部位時同樣的謹慎，然後小心地摸進她新買的那雙毛皮馬靴裡，仍然只用左手。

「妳知道它值多少錢嗎，那個鐲子？」他站起來問她。

「不知道。」

「站著別動。」

他又繞到她背後，摸她的背部、臀部、又是腿部，直下她的馬靴。

「妳沒保險嗎？」

「沒有。」

「為什麼不？」

「麥寇是因為愛才給我的。不是為了錢。」

「上車。」

她照做；他就繞過前面，坐到駕駛座。

「好，我帶妳去見卡里。」他發動引擎。「親自送到，如何？」

貨車是自動排檔的，可是她卻注意到這個人開起車來，大部分時間只用左手抓方向盤，右手一直是擱在膝上。空箱子發出的刺耳噪音嚇了她一跳。他駛到一個十字路口，朝左轉上一條像先前一樣筆直的馬路，只不過路上全沒路燈。她偷眼瞧他的側臉，讓她想起約瑟，相似處不在於面部特徵，而是那種專注，還有那雙鬥士之眼的眼角餘光，一直盯著後視鏡看後方，也一直注意著她。

「妳喜歡洋蔥嗎？」他透過那些空可樂瓶子的噪音大聲問她。

「很喜歡。」

「妳喜歡燒菜？會煮什麼菜？通心麵？大雜碎？」

「差不多就是這些。」

「妳為麥寇燒過什麼給他吃？」

「牛排。」

「什麼時候？」

「在倫敦。他住在我公寓的那晚。」

「沒放洋蔥嗎？」他大聲吼。

「沙拉裡有。」

他們是朝著城裡往回開。夜間沉重的雲層，被城市裡的燈光照出一道粉紅色的圍牆。他們下了山，抵達一片形狀不規則的扁平谷地。她望見許多蓋到一半的工廠廠房，又有許多沒停半輛車的大卡車停車場，還有一堆用垃圾堆成的尖山。沒見到任何店鋪、酒館，也沒見到任何屋子有亮燈。他們開進了一塊水泥鋪成的前庭。他停下貨車，卻沒熄掉引擎。「伊甸園旅館」，這個招牌是用紅色霓虹燈管做出來的。在進門的上方還有德法英對照的「歡迎光臨！」

他把皮包遞給她時，好像又突然想到甚麼似的，轉身抓著那箱洋蔥。「把這順道帶給他。他也很喜歡吃洋蔥的。」就在他把那盒洋蔥放到她大腿上時，她又感到他藏在手套中的右手頗為僵硬。「五號房，四樓。走樓梯。別用電梯。好好走。」

他車子一直沒有熄火，就這麼坐在車上望著她進門。那盒洋蔥遠比她想像的要重，非得雙手摟住才抬得動。大廳很空，電梯根本沒人坐，就那麼開著等客人，可是她沒去搭。樓梯又窄又彎，地毯磨得只剩襯底的粗線了。她聽到悶悶的輕音樂聲，悶熱的空氣中籠罩著廉價旅館的氣味和累積許久的煙味。在第一個樓梯間，有個老女人從她的玻璃隔間裡朝她喊了一句「您好」，不過連頭也沒抬起來看她一下。這裡似乎是神祕女子經常來往的地方。

到了第二層樓梯間，她聽見音樂聲和女人的浪笑聲；到三樓時，電梯已經追過她往上升，她也開始搞不懂為什麼他要她爬樓梯上去。不過她早就沒什麼個人意志，也不再反抗了，臺詞跟動作早就替她寫好了。這個箱子重得她臂膀發疼，等她爬上四樓時，那種疼痛成了她當下最關心的事了。第一個門是防火門，旁邊的第二道門上面就掛著數字五。電梯，防火逃生梯，樓梯，她自動想起，他總是至少有兩重保障。

她敲門，門馬上就開了，她第一個念頭就是：老天爺，我又搞錯了嗎？站在門裡的人，明明就是剛才開著可口可樂貨車送她來的那個男的；只除了對方這時已經摘掉了帽子，和他左手的皮手套。他接過那盒洋蔥，把它放到行李架上。然後他就摘掉她的眼鏡，折起來遞還給她，又順手扯下她肩上的皮包，往廉價的粉紅色絨呢床上一倒，清出所有裡面的玩意兒，就跟他們在倫敦給她戴上墨鏡時所做的一樣。

房裡除了床以外，就是一只手提箱。黑提箱就放在盥洗臺上，掏得空空的，箱口像個脫臼的下巴那樣，對著她張得老大。這正是早上在那個有樓中樓的大旅館裡，她幫羅西諾從明克教授腳邊偷走的那只黑色手提箱，那時她還太嫩了，不能得知更多內情。

行動指揮室裡，三個男人籠罩在一片死寂中。沒有電話打進來，甚至連明克和艾里希都沒打來。也沒有從波昂大使館透過密碼傳來的緊急撤銷命令。在他們的集體想像之中，整個磨人的密謀似乎都在屏氣凝神。里托瓦克拉著張苦瓜臉癱在椅子上；柯茲則半閉著兩眼在假寐，笑得就跟隻曬日光浴的老鱷魚一樣。貝克還是老樣子，是他們之中最靜的，帶著一點自省味道的瞪著逐漸濃重的夜色，就像是一個正在回顧過往人生裡所有承諾的人——有哪些諾言他守住了？哪些又打破了？

「這次我們應該給她個追蹤器的，」里托瓦克說。「他們現在已經信任她了。為什麼早不給她個追蹤器？裝個竊聽線路什麼的？」

「因為他還是會搜她的身體。」貝克說道。「他不但會搜她身上有沒帶武器，而且也會搜她有沒有竊聽設備或者追蹤器。」

里托瓦克又找到辯論的話題了。「那幹麼還要用她？別神經啦！他們怎麼會用個不信任的女孩去做這種工作？」

「因為她還沒殺過人，」貝克說：「因為她紀錄還很乾淨。所以他們才會用她，所以他們才不相信她。反正就是同樣的原因。」

柯茲的微笑幾乎開始有點人性了。「等她殺過人，里托瓦克，他們就會信任她了。等她不再是那麼嫩，等她也永遠變成了違法之人，到死都是亡命之徒——然後他們才會徹底相信她。然後每個人都會信任她。」柯茲很滿意地對里托瓦克保證。「到今晚九點以後，她就會成為他們的同志死黨了——放心好了，里托瓦克，沒問題的。」

里托瓦克仍然不怎麼放心。

25

再強調一次：他實在太好看了。他等於是完全成熟的麥寇，有著約瑟的自制力與優雅，又有著臺葉哈那種不容干涉的專橫決然。他正是她早已在腦海中刻畫出來的那個人，那個她渴望見到的人。他的身材結實，線條有如雕刻品，帶有稀有珍藏品般的特質。像他這種人，不可能在步入餐廳時不引人注目，非得在他離開後，大家才會重新喘口氣回過神來。他正是那種非得遠離人群的人，注定得躲在小房間裡，臉色帶有長期禁錮於地牢中的蒼白。

他已經拉上窗簾，打開了床頭燈。房裡沒任何椅子可以給她坐，他自己是把床充當工作椅。他把枕頭扔到箱子旁邊的地板上，要她坐在那裡，他則在一旁工作，一邊做，一邊又像自言自語、又像跟她在講話似的說個不停。他的語調只有一種表現，就是攻擊：不斷激射出觀念和思想。

「他們說明克是個老好人。也許他是。當我讀到他的時候，我也對自己說，這個老傢伙明克，敢說那些話，他可能還挺帶種的。也許我應該尊敬他。我可以尊敬我的敵人。我可以褒獎他。這樣做對我來說毫無問題。」

把箱子裡的洋蔥丟到角落去以後，他用左手從箱子裡拉出一連串的小包裹並一一解開，同時他用他的右手壓住它們。查莉迫切想要有個集中注意力的目標，她試著想把那些東西全都記下來，到頭來還是放棄：一對超級市場買來的乾電池，一枚她受訓時用過的同類型引信管，上面還凸出了好長一段紅電線。削鉛筆用的刀子。尖嘴鉗。螺絲起子。電焊槍。一捲紅電線，頭端有鐵夾片，後面帶有紅銅絲。絕緣膠布。電筒用的小燈泡。各種長短尺寸的合板釘。一塊長方形的軟木墊板，作為整個裝置的底座。卡里把電焊槍拿到洗手盆邊，插進一個近處的插座，製造出一種灼熱塵土的味道。

「那些猶太復國主義者轟炸我們的時候，他們可想到了這些個好人？我不認為有。那他們用汽油彈攻擊我們的村莊、殺死我們的女人時，有沒有想到？這點我也很懷疑。我不認為那些搞恐怖攻擊的以色列飛行員，會坐在那邊自言自語：『這些可憐的平民，他們都是無辜的犧牲者啊。』」他自己一個人的時候也是這樣講話，她這麼想。而且他孤身一人的時候很多。他靠著說話讓他的信念保持鮮活，而他的良心保持沉默。「我已經殺死許多我真的很尊敬的人。」他一邊說著，一邊走回床邊。「猶太復國主義者殺掉的更多。不過我殺人只是出於愛。我是為了巴勒斯坦和她的子民而殺戮。妳也試著這麼想吧。」他誠心地建議她，打斷了自己的話瞄她一眼。「妳緊張嗎？」

「對。」

「這很自然。我也緊張。妳在劇場裡會緊張嗎？」

「會。」

「這是一樣的。恐懼就跟劇場一樣。我們激發情感，我們威嚇他人，我們喚醒義憤、怒火和愛。我們啟發他人。劇場也是一樣。游擊隊就是世界上最偉大的演員。」

「麥寇也寫過這樣的話給我。在他的信裡。」

「不過是我告訴他的。這是我的想法。」

下個包裹是包在油紙裡。他帶著敬意打開。三根半磅重的俄羅斯黏土炸彈。他驕傲地把這些炸藥攤開在絨呢被的中央。

「猶太復國主義者殺人是出於恐懼與恨意。」他宣稱。巴勒斯坦人則是為了愛與正義。記得這個差別。這很重要。」他又瞄她一眼，迅速而帶有命令性質。「妳害怕的時候可以記住這點嗎？妳會對自己說，『這是為了正義』？如果妳做得到，妳就再也不會怕了。」

「也為了麥寇。」她說。

他並不完全滿意。「也是為了他，當然啦。」他勉強承認，然後把兩個家用曬衣夾從一只棕色紙袋中倒在床上，接著拿著夾子到床頭燈下比對它們簡單的構造。從這麼近的距離觀察他，她注意到一塊縐褶的白色皮膚，臉頰和耳朵低處在那一帶似乎被鎔在一起，又冷卻下來。

「請問妳為什麼將手放在臉上？」卡里在挑出比較好的那只夾子時，出於好奇地問她。

「我有點累。」她說。

「那就把精神提起來。好好看妳的任務。這也是為了革命。妳知道這種炸彈嗎？臺葉哈教過妳嗎？」

「我不記得了。布比可能有教過我。」

「那就仔細看我做。」他坐到她旁邊，拾起木頭底座，然後很俐落地用原子筆在上面劃幾道線，標示線路位置。「我們現在做的是萬用炸彈。一方面是定時炸彈——看這邊——一方面也是詭雷——看這裡。別相信任何東西。這是我們的哲學。」遞給她一只曬衣夾和兩個圖釘後，他盯著她把釘子插入夾子口的兩邊。「我並不是個反閃米的人，妳知道嗎？」

「知道。」

她把曬衣夾還給他；他拿到洗手盆邊，開始把線路焊接到那兩只釘子上。

「妳怎麼知道？」他帶著困惑問道。

「臺葉哈也跟我講過同樣的話。麥寇也有。」還有其他兩百多個男女也都講過，她又想。

「反閃米主義，這完全是基督教國家的發明。」他重新走回床頭，順手拿了明克教授的黑色公文提箱。「你們歐洲人向來是反對所有的人；反猶太人、反阿拉伯人、反黑人。我們雖然在德國也有不少朋友，但並非因為他們愛巴勒斯坦，而是因為他們痛恨猶太人。那個叫海佳的——妳喜歡她嗎？」

「不喜歡。」

「我也是。她是個非常墮落的女人。妳喜歡動物嗎？」

「喜歡。」

他坐過來，坐到她身邊。「麥寇呢？」

隨便選個是或否，絕不能遲疑，約瑟警告過她。寧可前後不一也不要猶豫。

「我們沒談過這方面的事。」

「連馬都沒談過？」

而且絕對，絕對不要改口。

「沒有。」

他從口袋摸出一個折疊起來的手帕，手帕中央是一只廉價懷錶，上面的玻璃蓋和時針已經拿掉了。他把錶接到炸彈上去，把紅色電線拿起拉開來。她把底座放在她膝上。他把板子從她膝頭拿過來，然後抓著她的手，放到可以抓住釘子的地方，然後他小心地把釘子拍進定位，再把紅色電線根據先前畫的原子筆跡固定到底座上。接著，他回到洗手盆邊，把線路焊到電池上，她則用剪刀剪下幾段絕緣膠布給他。

「瞧。」他很得意地把手錶放到炸彈上。

他靠得非常近。她覺得他這麼接近，就像是一股熱氣。他彎著腰，看起來就像是一個工作到最後階段的補鞋匠，全神貫注地看著自己的作品。

「我弟弟有沒跟妳談過宗教信仰？」

「他是個無神論者。」

「有時候他是無神論者，有時候又是個宗教狂熱分子，其他時候就只是個長不大的傻孩子，太愛玩女孩、玩弄想法、玩車子。臺葉哈說妳在訓練營一直都潔身自好。沒跟古巴人、德國人、任何人上過床。」

「我只要麥寇。我只要他一個。麥寇。」她這麼說，就她自己聽起來強調得太過頭了。但她眼睛盯著他，她忍不住要懷疑，他們之間的兄弟之愛是不是像麥寇自己宣稱的那樣牢不可破，因為他的臉籠罩在一陣懷疑的陰霾中。

「臺葉哈是個偉大的人。」他扯到另外一個人，言下之意或許暗示麥寇並不是。小燈泡突然亮了。

「不錯，線路很順。」他說著就彎身輕輕越過她，拿了三根炸藥棒。「臺葉哈和我——我們生死與共。臺葉哈跟妳講過當年的那件事嗎？」他問道。此時在查莉的幫助下，他開始把炸藥滿滿地填進去。

「沒有。」

「敘利亞人逮到了我們——妳切這邊。一開始他們先揍我們。這很正常。請妳站起來。」從箱子裡他抽出一張棕色舊毯子，他叫她把毯子在胸前拉開，此時他靈巧地把毯子割成碎條。隔著毯子，他們的臉靠得很近。她可以聞到他那具阿拉伯軀體溫暖香甜的味道。

「在痛打我們的過程中，他們也讓自己變得非常憤怒，所以他們決定打斷我們的每根骨頭。先是手指，然後手臂，接著是腿。最後他們用來福槍打斷我們的肋骨。」

穿過毯子的刀尖距離她的身體只有數吋。他切割得乾淨俐落，就好像那塊毯子是他所追獵殺死的某樣東西。「當他們做完這一切以後，他們把我們扔進沙漠。我很高興。至少我們是死在沙漠裡！不過我們沒死。我們突擊隊的巡邏兵找到了我們。有三個月臺葉哈和卡里肩並肩躺在醫院裡。像雪人一樣。完全蓋在石膏下面。我們有一些很棒的對話，變成好朋友，還一起讀了些好書。」

把這些帶子折成軍隊裡那樣整齊的小堆後，卡里全副精神轉移到明克的廉價黑手提箱上，她第一次注意到箱子是從後面開的，從接合鉸鍊處打開，前方的鎖還是牢牢鎖上的。他把那些折好的帶子一一放進去，直到他弄出一塊可以擺炸彈的柔軟平臺。

「妳知道有天晚上臺葉哈對我說什麼嗎？」他一邊做，一邊問她。「『卡里，』他這樣講，『我們還要扮好人多久啊？沒有人幫我們，也沒人感謝我們。我們發表偉大的演講，我們差遣好口才的說客到聯合國，假使我們再等個五十年，或許我們的孫子，假如他們還活著，才能得到一滴滴的正義。』」他暫時停口，用他那隻好手的指頭比了一下那些正義的分量。「『同時我們的阿拉伯同胞在殺害我們，猶太復國主義者在殺我們，黎巴嫩長槍黨也在殺我們，我們之中還活著的都得流離失所。就像亞美尼亞人。就像猶太人他們自己一樣。』」他變得有些狡猾。「『不過如果我們做點炸彈，殺一些人，製造一個屠宰場，在漫長的歷史上只算得了兩分鐘——。』」

他沒講完整句話。他拿起那個裝置，肅穆而精準地放進手提箱裡。

「我得配付眼鏡了。」他解釋時面帶微笑，像個老人似地搖搖頭。「不過我要往哪弄這種東西呢——像我這種人？」

「如果你像臺葉哈一樣受過酷刑，你怎麼沒像臺葉哈一樣跛腳？」她發問時因為緊張，忽然變得很大聲。

他很細心地把小燈泡從電路上移除，留下經過修剪的線頭等著接上雷管。

「我沒跛腳的原因在於我向神祈求力量，神也給了我力量，因此我可以對抗真正的敵人，而非我的阿拉伯同胞。」

他遞給她雷管，然後帶著讚賞的眼神看她把雷管接上線路。她完工時，他拿著剩下的電線，以幾乎無法察覺的靈巧動作把線像羊毛一樣繞在殘廢右手的指尖上，直到他做出一個小娃娃來。接著繞了兩小股水平線充當腰帶。

「妳知道麥寇死前，寄給我最後一封信裡寫了什麼嗎？」

不知道，卡里，我不知道，她一邊回答，一邊望著他把小娃娃放進手提箱。

「什麼？」

「不知道。我說不，我不知道。」

「就在他死前幾小時寄的，妳不知道？『我愛她。她跟其他女人不同。確實，在我第一次遇到她的時候，她也有那種歐洲人的麻木良心——』幫我轉一下錶，謝謝。『——她本來也是個婊子。可是現在，她的靈魂已是十足的阿拉伯人。有一天我要把她帶來給我的同胞和你看看。』」

還要有個詭雷，為此他們必須在更親密的距離下工作，因為他要求她穿過蓋子的布料繞上一段鐵線，然後他自己握著蓋子，維持盡可能低的角度，她的小手則把線拉到曬衣夾旁的暗釘上。現在他極為謹慎地再次把整個裝置拿到洗手盆邊，而且背向她在箱子兩端加了一點焊料，把鉸鏈裝回去。他們現在已經沒辦法停手了。

「妳知道我有一次對臺葉哈說什麼嗎？」

「不知道。」

「臺葉哈，我的朋友，我們這些流亡中的巴勒斯坦人是一個非常懶惰的民族。為什麼在五角大廈裡沒有巴勒斯坦人？也沒有人在國務院？為什麼不是我們在主持《紐約時報》、華爾街、CIA？我們為何沒製作那些好萊塢電影，以我們偉大的掙扎作為主題？為什麼沒有讓我們自己人選上紐約市長，或者最高法院主席？我們到底出了什麼毛病，臺葉哈？為什麼我們沒有大企業？我們的同胞變成醫生、科學家和教師，光這樣還不夠。為什麼我們沒能同樣統御美國？是因為這樣，所以我們才得用炸彈和機關槍嗎？」

他就站在她旁邊，抓著手提箱的提把，看起來就像是個普通的通勤者。

「妳知道我們該做什麼嗎？」

她不知道。

「行軍。我們每個人。在他們永遠摧毀我們以前。」他向她伸出前臂，把她拉起來站好。「從美國，從澳洲、巴黎、約旦、沙烏地阿拉伯、黎巴嫩，從世界上任何一個有巴勒斯坦人的國家站出來。我們坐船到邊境上。搭飛機，我們數百萬人一起去。就像是沒人可以脫身回頭的一道巨浪。」他把手提箱交給她，然後開始迅速地收攏他的工具，裝進箱子裡。「然後所有人齊上，我們行軍進入我們的家園，奪回我們的房子、我們的農場和我們的村莊，就算我們得把他們的城鎮、屯墾區和集體農場全都摧毀，才能把他們找出來。這樣不會有用的。妳知道為什麼沒用？他們永遠不會來的。」他蹲下來，檢查那個破地毯上面有沒有留下洩漏內情的痕跡。「我們的有錢人沒辦法忍受他們的社經地位下降。」他這麼解釋著，諷刺地強調那些術語。「我們的商人沒辦法離開他們的銀行、店鋪和辦公室。我們的醫生沒辦法放棄他們時髦的診所，律師拋不下腐敗的事務所，我們的學者離不開舒舒服服的大學。」他站在她面前，他露出戰勝自己苦痛的那種微笑。「所以有錢人賺錢，窮人才戰鬥。什麼時候有差別了？」

她在他之前走下樓梯。現在出場的是一位娼婦，帶著她的一小箱詭計把戲。可口可樂貨車仍停在前院，可是他直接走過它，就好像這輩子從來沒見過那輛車，爬上一輛農夫用的福特客貨兩用，車上堆滿了一綑綑的牧草。她爬上去坐在他旁邊。又是一座座山丘。松樹林的一邊堆滿新鮮潮濕的積雪。他的指示風格一如約瑟：查莉，妳懂了嗎？是的，卡里，我懂了。那就重複一遍給我聽。她照做。這是為了和平，記住。我會的，卡里，我會的：為了和平，為了麥寇，為了巴勒斯坦；為了約瑟跟卡里；為了柯茲，為了革命與以色列，為了現實世界的劇場。

他在一座穀倉旁邊停住，熄掉車燈。他看他的錶。路前方有一道手電筒的光朝他們閃了兩下。他就側過身替她開了車門。

「他叫法朗茲。妳告訴他妳叫瑪格麗特。祝妳好運。」

夜晚潮濕而寧靜，舊城區市中心的街燈掛在她頭上，就像是遭到囚禁的白色月亮關在鐵製燈架上。她讓法朗茲在街角放她下車，因為她要在進場前走一小段路通過天橋。她要讓自己有從戶外剛踏進室內的那種氣喘吁吁，臉上帶有寒風冰凍的痕跡，還要讓恨意回到自己心裡。她置身於一個低矮鷹架構成的窄巷裡，貼近她身邊的鷹架就像個脆弱的隧道。她穿過一個藝廊，塞滿了一個惹人嫌金髮眼鏡男的幾幅自畫像，旁邊還有理想化的風景畫，那景象是這男孩一輩子見不著的。滿牆塗鴉像是在對她尖聲叫嚷，不過她一個字都不懂，直到她突然讀到一行「他媽的美國」。感謝翻譯，她想著。她又置身於開放空地，爬上水泥階梯；上面灑了沙子防止雪水濕滑，但腳下的雪還是會讓人打滑。她走到頂端，看到大學圖書館的玻璃門就在她左邊。學生咖啡館裡仍舊燈火通明。瑞秋和一個男孩全身緊繃地坐在窗邊。她走過第一道大理石圖騰柱，她置身於高懸在馬路上方的人行道上，要跨越到較遠的那一邊去。演講廳就矗立在她面前，帶著草莓色澤的石牆在聚光燈照耀下變成耀眼的深紅色。許多汽車停靠過來；首批聽眾已經到達會場，跨上四層階梯到達入口，略略停頓一下與熟人握手寒暄，互相吹捧彼此的卓越。門口還站了兩名安全警察，虛應故事地檢查女人的手提包。她繼續走下去。真理令你自由。她繞過第二個圖騰柱，朝著下樓的樓梯走下去。

那個手提箱在她的右手晃蕩著，她可以感覺到箱子擦過她的大腿。警笛的狂鳴聲突然冒出來，嚇得她全身肌肉不由得一緊，但她仍然繼續前進。兩輛警方摩托車亮著藍色的警燈停下來，護送一輛插著小旗子的閃亮黑色朋馳。通常在有大車通過時，她會把頭別開，不讓車裡的人有這機會享受被注視的快感，但今晚不同。今晚她大可昂首闊步；她手上握有答案。所以她瞪著他們，得以看見一名血色紅潤、稍嫌過胖的男士，他身著黑西裝、銀領帶；旁邊是一位臉色陰沉的太太，有三層下巴，還裹了件貂皮大衣。漫天大謊自然就需要大批觀眾，她還記得這句話。鎂光燈閃了幾下之後，這對名人夫婦就拾級而上走進玻璃大門，旁邊有至少三、四名路人投以羨慕眼光。快了，你們這群渾蛋，她想道，快了。

到了樓梯底就往右轉。她這麼做以後繼續往前走，直到她碰到轉角。妳要小心別掉到水裡啦，海佳難得多加了點幽默感說道；卡里的炸彈是不防水的，查莉，妳也不防水。她往左轉，開始繞著建築物邊緣轉，走在沒有積雪的鋪石小道上。小徑變寬，變成了一個庭院；庭院中央有一輛警用活動拖車，停在一批水泥花盆旁邊。拖車前面有兩個警察面有得色地互望，一邊抬起他們的靴子一邊笑著，同時對著任何敢盯著他們看的人露出一臉兇相。她距離側門不到五十呎，也開始感覺到她等待已久的那種冷靜之感：那種感覺幾乎像是騰空而起，在她步上舞臺時就會降臨在她身上，讓她能把其他身分都扔在更衣室裡。她是來自南非的愛默珍，勇氣過人，稍欠文雅，急於幫助一位自由派的英雄。她覺得很尷尬——可惡，是尷尬得要死了——不過她得做對的事，要不然就是砸鍋啦。她到達側門，門是鎖上的，搖了半天門把也沒見分毫動靜。她不知所措。她把手掌放在門板上推，門還是文風不動。她退了一步瞪著門，然後遊目四顧想找人幫忙，到這時候那兩個警察已經停止互相眉來眼去，狐疑地看著她，但是誰也沒走上前來。

幕啟。上臺了。

「對不起，」她朝他們叫道：「請問兩位講不講英語？」

兩個警察還是站著沒動。如果他們之間有一道鴻溝，只好靠她走過去彌補了。反正她只是一位平民，一位女性。

「我說你們講不講英語？英國話——說嗎？有人得把這個拿給教授。馬上要交給他。是否能請你們過來一下？」

兩個人都拉長了臉，但只有一個走過來，步伐很慢，好像這麼做很失面子似的。

「*Toilette nicht hier*（廁所在那裡）！」他厲聲說道，頭一撇，朝她剛才走過來的方向點了點。

「我不是想上廁所。我是想請你們找位先生來，把這個手提箱交給明克教授。明克。」她重複一次，然後把手提箱舉高。

這名警察年紀很輕，所以也不把年輕人放在眼裡。他沒從她手上接過手提箱，而是讓她拿著箱子，他自己用手壓壓搭扣，確定手提箱是鎖好的。

小子，她心想：你剛剛正在找死，而且你還對我擺臭臉。

「打開箱子。」警察用德語命令她。

「我打不開。是鎖上的。」她裝出不知如何是好的焦急口氣。「這是教授的，難道你不懂嗎？我只知道他的演講稿放在這裡面，他今晚需要這個手提箱！」她轉身用拳頭敲門，大喊：「明克教授！是我啊——愛默珍——南非大學來的！喔！天啊！」

第二名警察這時也走了上來。他年紀比較大，下巴鬍子也比較濃。查莉就轉向這位智慧更高的人求助。「你講英語嗎？」她問第二名警察。就在這時，側門打開了幾吋，一張像老山羊的男人臉探了出來，用著很懷疑的眼光盯著她。他以德語對靠得較近的那個警察講了幾句話，然後查莉就聽見警察的回答中，夾了一句「美國人」。

「我不是美國人。」她氣得差點都快掉眼淚了。「我是從南非來的，名叫愛默珍。我替明克教授把手提箱送來。他掉了。是否能請你快點把它送給教授，因為我想他一定急死了。拜託！」

門跟著就開大了些，裡面那個人現出了全身：個子矮胖，看起來像個市長，大約有六十幾歲，穿了套黑西裝。臉很蒼白，查莉偷偷覺得對方也好像很怕似的。

「先生，請問你講英語嗎？你講嗎？」

他不只會講，他簡直是以此發誓。因為他說「我會」時，聲音莊嚴而有力，似乎他這輩子從此進入一個一去不回的轉捩點。

「那是否能請你把這個手提箱還給明克教授，告訴他愛默珍向他致意，並告訴他我很抱歉，旅館很愚蠢地搞混了，我非常急著想聽他今晚的演講——」

她又將手提箱交出去，可是那個官員模樣的人卻沒接。他朝她身後的警員望了望，似乎從他身上接收到某種微弱的肯定訊息，然後又看看手提箱，再看看查莉。

「請到裡面來。」他這麼說，口氣很像一晚上掙個十鎊的後臺總管，往門邊一讓，示意她進去。她嚇呆了。劇本裡沒有這一幕。無論是卡里、海佳或者任何人的劇本裡都沒有。天啊，要是明克當著她的面打開手提箱怎麼辦？

「哎，這可不行。我還要在觀眾席弄個好位子呢，我連入場券都還沒買！拜託吧！」

但這個市長模樣的人也有他該遵守的命令，也有他的恐懼；因為當她把手提箱推向他時，他一跳閃開了，好像那個箱子著了火似的。

門關了，他們兩個就站在一條天花板上全是管線的走廊中。有一小段時間這讓她回想起以前那個奧運選手村天花板上的管線。他心不甘情不願的護花使者在前面領路。她聞到油味，聽到一具鍋爐發出的隱約雷鳴；她感覺到臉上傳來一股熱浪，想著自己要昏倒或者生病了。手提箱的把手在滲血，她可以感覺到溫暖黏滑的液體在她的指頭間流淌。

他們走到一扇上面寫著德文「經理室」的門。市長模樣的男人敲門喊道：「我是老歐！快點！」他這麼做的時候，她焦急地往後望，有兩個穿皮夾克的小夥子站在她後面，手上抓了輕機槍。老天爺，怎麼回事啊？門開了，老歐先走進去，很快站到一邊，似乎要跟她斷絕關係似的。她人在一部電影的場景裡，名稱是《旅程終點》。後臺和側翼堆滿了沙袋；整個天花板上，也用鐵絲網兜了填料包住了。沙包防禦工事從門口堆出一個鋸齒狀的走道。舞臺中央卻放著一張矮咖啡桌，上面有一些放在淺托盤裡的飲料。旁邊的一張矮扶手椅上，坐了那位跟蠟像一樣的明克教授，直楞楞的瞪著她。他對面坐著他太太，他旁邊則是一位披著毛皮袍子的矮胖德國婦人，查莉認為是老歐的妻子。

擔綱明星就這些了，在沙袋堆出來的兩翼空間裡就是剩下的人，分成兩批，他們各自的發言人肩並肩站在中間。本部這邊由柯茲領軍，他的左邊站著一個好色、表情軟弱的中年男子，這是查莉對艾里希博士的匆匆一瞥，順著他站過去的，則是一票如狼似虎的德國警察，每個人都惡狠狠地瞪著她。他們的對面，就是那票她早已熟悉的以色列兄弟姊妹，中間還雜了好些張陌生面孔。這些猶太人輪廓中的陰影，對照著他們那些德國同行的臉孔，這幕景象會在她記憶中長存不去，直到她生命終了。柯茲這位馬戲團表演領班正用手摸著嘴唇，抬起左手在看錶。

她開始問：「他人呢？」然後在一陣喜怒交織中，她看見他了，就像平常一樣與其他人保持距離，他是首演之夜裡孤獨憂傷的製作人。他快步走向她，稍稍偏向一邊，讓她有一條路可以走向明克。

「說妳該說的臺詞，查莉。」他輕聲告訴她。「講妳該講的，別管沒坐在桌子旁邊的人。」她所需要的就是拍板在她眼前「啪」一聲。

他的手離她好近，她的皮膚甚至可以觸到他手臂上的汗毛。她好想說「我愛你——你好嗎？」可是她有其他該講的臺詞，所以她深呼吸，講出那些臺詞，因為到頭來，他們的關係就是由此而來。

「教授，發生一件最要命的事，」她很快的把臺詞背出來。「旅館那些笨蛋，竟然把您的手提箱放在我的行李中，送到我房間來，我想，他們看我在跟您講話，我跟您的行李都在那邊，不知怎麼搞的那個神經病行李小弟搞昏頭了，想成那是我的箱子——」她轉頭望約瑟，想告訴他說她編不下去了。

「把手提箱遞給教授。」他命令她。

明克這時已經站了起來，表情僵硬，心神渙散，有點像聽到自己被判了無期徒刑。明克太太臉上掛了個假笑。查莉膝蓋一軟，幸好約瑟扶住她的手肘，她往前走了兩步，她把手提箱遞過去時又講了幾句話。

「直到半個鐘頭以前，我才看到您的手提箱，他們把它放到衣櫃裡去了，我的衣服全掛在裡面擋住了，等我看見時，讀了了上面的名牌，我急得差點斷氣——」

明克教授還未伸過來，早已有好幾雙手代他接過了手提箱，而且馬上就把它放進地上擱著的一個大黑箱子，有好些沉重的纜線從那個大箱子裡伸出來。突然間，每個人都好像很怕她似的，紛紛朝四周的沙袋後面躲。約瑟也用強壯的手臂摟著她往沙袋後面躲；他把她的頭往地板上按，直到她只能看到自己的腰為止。她整個人還未完全蹲下去以前，就看到一個身上穿了防護衣，看似深海潛水伕的人，一步步朝著地上的大黑箱子走過去。他戴的頭盔上，有個防彈玻璃開的窗孔，下面是一個外科手術面罩，防止內部起霧。有人悶悶糊糊地下令大家安靜；約瑟把她摟得更緊了，差點讓她喘不過氣來。另一聲命令讓所有人鬆了一口氣；許多的腦袋又冒了出來，可是約瑟卻依然把她按在地上。她聽見許多匆忙的腳步聲，井然有序地離開現場，等後來他終於放開她時，她看見里托瓦克手上拿了個炸彈跑進來；那玩意兒顯然是里托瓦克自己做的，比起卡里的作品更明顯像個炸彈，許多垂著的線圈都還未接好。約瑟這時又堅定的把她帶到房間中央。

「把該做的解釋講完。」他湊在她耳邊說：「妳剛才說到看見手提箱上的名牌，從這裡繼續接著說。然後妳怎麼辦？」

她深呼吸，繼續說下去。

「然後我就去問櫃檯，他們說您晚上不在，今晚要到這所大學來演講，所以我就跳上一輛計程車——唉，我是覺得，我不知道您怎麼能原諒我。好了，我得走了，教授，祝您今晚演講愉快。」

柯茲把頭一點，明克教授就從口袋掏出一串鑰匙，好像在找手提箱的那支鑰匙一樣，雖然手提箱早就不見了。但是查莉在約瑟的催促下，已經朝著門口走去，一半靠自己走，一半靠他扶在腰間的那隻臂膀。

我不幹了，約瑟，我不能再這樣下去，像你說的一樣，我的勇氣已經用完了。別叫我去，約瑟，別再逼我了。從她身後傳來模糊的命令聲，還有許多倉促的腳步聲，似乎每個人都急著撤退。

「還有兩分鐘！」柯茲朝他們大吼示警。

他們這時已經步入那條走廊，跟在那兩名手持輕機槍的年輕小夥子身後往前走。

「妳在哪裡遇見他的？」約瑟低聲問她。

「一家叫『伊甸園』的旅館。在城郊口，有點像是個妓院，旁邊有個化學工廠。他有輛紅色的可口可樂貨車。牌照號碼有FR，一斜槓，BT，還有個以五結尾的三位數號碼。另外還有輛福特客貨兩用車。車牌不清楚。」

「打開皮包。」

她照做了。他講得很快。約瑟拿出她的小收音機鬧鐘，從自己口袋裡掏出另一個一模一樣的放進去。

「這跟上次我們用過的裝置不一樣。」他立刻警告她。「這個只能收到一個臺。時間照樣可以報，可是卻沒有鬧鈴裝置了。不過它卻可以發報，把妳的下落告訴我們。」

「什麼時候？」她問得有點沒頭沒腦。

「卡里下一個命令是什麼？」

「我要沿著馬路走下去，一直走——約瑟，你們什麼時候會來啊？老天爺！」

他臉上帶有一種憔悴而絕望的嚴肅神情，不過一點也沒有打算讓步的意思。

「聽我講，查莉。妳在聽嗎？」

「有啊，約瑟，我在聽。」

「假如妳按這個鐘上的音量控制鈕——別去轉，是按——我們就知道他那時正在睡覺。妳懂嗎？」

「他不會睡得那麼死。」

「怎麼說？妳怎麼曉得他是怎麼個睡法的？」

「他就像你；他不是那種人，他不睡覺的。他——約瑟，我不能回去。別逼我。」

她用乞求的眼光看他，等著他讓步，然而那張臉準備好要嚴加抵抗。

「老天爺，他要我跟他上床！他要享受新婚之夜啊，約瑟。難道你就一點也不在乎嗎？他要從麥寇那裡把我接手過去。他討厭麥寇。他想把他弟弟的記錄打平。我還要去嗎？」

她死命扯住約瑟，弄得他必須很費勁才掙脫開來。她俯著頭，把臉孔埋在他胸口，想叫他挺身出來保護她。但約瑟卻把手臂伸到她腋下，把她撐直，她又一次看到他的臉，牢牢上鎖的臉，告訴她目前愛情不干他們的事：與他無關，與她更無關，離卡里更遠。他催她上路，她把他摔開，自己一個人走下去；他在她背後追上一步，然後停住。查莉回頭望他一眼，心中充滿了恨意；她閉上眼睛，然後再度睜開，吐出一口長長的氣。

我死了。

她踏上街頭，昂頭挺胸，俐落有如軍人，又像視而不見似的大步走到一條窄窄的側街，經過一家欲振乏力的夜總會，櫥窗上展示著三十好幾的女人照片，她們坦露的胸部都不怎麼壯觀。我早該幹這行的，她想著。她走上了一條主要道路，記起來她該擺出的行人散步姿態，朝左邊望去，看到一個中世紀的守門塔樓，上面跨過一個令人垂涎的麥當勞標誌；燈號變綠了，她繼續往前走，看見黑漆漆的山遮擋在路的盡頭，蒼白陰霾的天空固執地站在山後面。她環顧四周，看見大教堂的尖塔還纏著她不放。她往右轉，走得比這輩子她走路時的速度都要慢，走向一條綠意盎然、顯貴聚居的巷子。她在心裡叨叨唸唸。數數字。然後她唸起打油詩。約瑟進城去。然後她想起演講廳裡發生什麼事，不過沒有柯茲，沒有約瑟，沒有兩邊水火不容的謀殺技術專家。在她前方，羅西諾悶聲不響的從某個門裡推出他的摩托車。她就朝著他走上去，他遞給她一件皮夾克，又給她一頂頭盔，她正在穿著戴著的時候，突然有什麼讓她想回頭望著自己來時的方向，她看到一道懶洋洋的橘色閃光，沿著濕漉漉的鵝卵石路面向她延伸而來，就像夕陽的光線路徑；她注意到那道光芒在消失以後，還長久地殘留在眼睛裡。然後她終於聽到她隱隱約約預期到的聲音：一種遙遠然而感覺親近的悶響，就像是她自己內心深處有什麼東西不可挽回地毀掉了;愛確切而永遠地結束了。別了,約瑟,永別了。

也就在同一剎那,羅西諾的摩托車引擎活了起來,爆出一串凱旋的狂笑,將濕冷的夜色扯裂開來。我也在狂笑,她想。這還是我生平最滑稽的日子。

羅西諾慢慢騎著摩托車,一直都是走小路,遵循一道精心規劃的路線。你帶路,我會跟上。也許現在我該變成義大利人了。

一陣溫暖的毛毛雨清掉了不少積雪,可是他卻仍然騎得很小心,一方面因為惡劣的路況,一方面因為他重要的乘客。他朝坐在後面的查莉講了一些興高采烈的話,似乎情緒大好,可是她卻沒什麼心情分享他的喜悅。他們穿過一座大門時,她大叫:「是這裡嗎?」她一點也不知道、甚至不在意她在講的地方到底是哪裡,而那道門卻只通往一些荒涼山陵谷地中的未完成道路,只有他們這輛摩托車從它們之中鑽過,頭上懸著晃動的月亮,以前那是約瑟的專利。她又朝下望,就看見一座被白雪覆蓋住的沉睡村莊;她聞到希臘松樹的香味,感覺到她溫暖的眼淚被風給掃走。她摟住羅西諾那個顫抖著的陌生軀體,摟到她自己懷裡,告訴他:幫你自己個忙吧,我身上已經一無所有了。

他們又騎下最後一座山丘,從另一道大門中鑽出去,駛上一條小路,兩旁都是光溜溜的落葉松,就像法國國家庭慶祝假日時擺著的那種樹。山路再度往上,開到路最高聳的地方時,羅西諾就熄掉引擎,讓車子以空檔順著坡路滑下去,滑進森林中的一條小徑。他打開車上的鞍袋,從裡面拿出一疊女人穿的衣服和一個女用皮包扔給她。他又拿出一個手電筒,她換衣服時他就著那道光看著她,有一陣子她是半裸地站在他面前。

你要我，就上吧，我無牽無掛，隨時奉陪。

她沒有愛也沒有價值觀了。她又回到開頭的地方，整個腐敗的世界都可以來搞她。

她把那些垃圾，從一個皮包換到另一個皮包裡，粉盒、棉條、零錢、萬寶路菸盒。還有她排演用的那個收音機小鬧鐘——按音量控制鈕，查莉，妳在聽我說話嗎？羅西諾把她原來用的護照收走，又換了一本新的給她，可是她懶得看她接下來要當哪一國人。

虛無國國民，昨天剛出生。

他把她的舊衣服捲好，連同她的眼鏡和皮包往行李箱裡一塞。在這兒等著，可是眼睛要望著那條路，他說。他會朝妳這裡亮兩下紅燈。羅西諾才走了五分鐘不到，她就看到樹林中有個小燈朝她這裡閃了兩下。萬歲，總算有朋友到了。

26

卡里拉著她的手，幾乎是用抱的把她帶到那輛漂亮的新車前面，因為她哭得很厲害，又一直在發抖，根本連路都不能走。卡里換掉了原先那套卡車司機衣服之後，換上了無可挑剔的經理級衣飾：柔軟的黑色長大衣，襯衫跟領帶，油亮亮往後腦梳的黑髮。他替她開了門，脫下自己的大衣替她披上，熱切地幫她裹好，把她當成生了病的小寵物一樣的呵護。她不曉得卡里希望她看起來是什麼樣子，可是現在看來，他對她的表現不怎麼震驚，只有恭敬。引擎一直是開著的。他將暖氣開到最強。

「麥寇一定會為妳感到驕傲的。」他仁慈地讚美她，還留給她一點空檔思考。她想講話，可是卻忍不住又哭了出來。卡里順手遞給她一塊手帕；她用兩手接過來，繞在手指之間絞著，眼淚拚命地流，流個不停。車子朝著樹林濃密的山下開。

「出了什麼事了？」她低聲問道。

「妳為我們贏得了一場天大的勝利。明克一打開手提箱就當場死亡。還有許多親猶太擴張分子也重傷了一大堆。死傷人數尚未統計出來。」他的語氣中有一種野蠻的滿足感。「他們說這是暴行、令人震驚、根本是冷血的謀殺行為。他們應該去躲在防空掩體裡，出來再被機關槍掃射。他們應該嚐嚐骨頭被打斷、看著自己的孩子遭受酷刑的滋味。明天全世界都會看到，巴勒斯坦人絕對不做錫安的可憐黑奴。」

暖氣很強，可是她卻仍覺得不太夠，拚命把身上的大衣裹緊。大衣翻領是天鵝絨的，她可以聞到剛買來的那種簇新味道。

「要不要告訴我妳剛才怎麼做的？」

她搖頭。椅子上鋪著柔軟的長毛絨，車子引擎聲很安靜。她留神聽有沒有其他來車，卻什麼都沒聽到。她看著照後鏡。後面沒有車，前面也沒有。哪時候有過車子？然後她注意到卡里的深色眼睛正在瞪著她。

「別擔心。我們會照顧妳的。我發誓。我很高興妳很痛苦悲哀。其他人殺完人，只會又叫又笑，得意非凡，猛灌酒，像野獸一樣把衣服撕爛，這些我全看見過。可是妳——妳卻在掉淚。這是很好的一種現象。」

房子是在一片湖水邊，整個湖則位於某個深谷中。卡里一連開車經過那棟屋子兩次之後，才把車子轉上車道，他瞪著車外的黑暗時，那對黑眼睛，犀利、深沉、無所不見，就跟約瑟的一樣。那是一棟現代化的孟加拉式平房，有錢人的度假別墅。這房子有著白牆和摩爾式的窗戶，斜斜的紅瓦，上面不會積雪。車庫與房子是相連的。他開進去，車庫門就自動關上了。熄掉引擎之後，他就從外套口袋中拔出一把長管自動手槍。卡里，單手開槍專家。她坐在車上，看著車庫底端堆的烤火用柴堆和平底雪橇。他替她打開車門。

「走在我後面。距離三公尺左右，不要再近。」

鐵製邊門通往屋子裡的一條走廊。她等了一下，才跟著他走下去。起居間的燈早亮著了，壁爐裡的火也早升好了。小馬皮做的沙發椅。鄉村別墅風格的粗獷家具。有張兩人坐的原木餐桌。精緻鐵架上的冰桶裡放了瓶伏特加。

「在這等著。」他說。

她就站在地板中央，兩手抓著皮包，看著他從一個房間走到另一個房間，屋裡如此安靜，她只聽到櫥櫃開關的聲音。她又開始發起抖來，抖得厲害。他重新走回起居間，把手槍放到一邊，坐進一張火爐前的凳椅，去把火撥大些。這是為了把其他動物趕跑，她一邊想一邊望著他。這樣綿羊就安全了。火竄得旺了，她就靠著爐火坐進沙發。他打開電視，出現的是一部黑白電影，裡面是山頂上的一間小餐館。他沒把音量調到聽得見，就站到她面前。

「要喝點伏特加嗎？」他彬彬有禮的問：「我不喝酒的，不過妳應該喝一點提提勁。」

她點頭，所以他就替她倒了一小杯；可是仍嫌太多了。

「要抽菸嗎？」

他遞給她一個皮製的菸盒，讓她拿了根菸，並且替她點著。

房間忽然變亮了一些；她很快地往電視螢幕一望，就看到一小時還不到之前站在柯茲旁邊的小個子狡詐德國佬，站在一輛警車前過分慷慨激昂的講著話。他的後方可以看見演講廳的那道側門，還有她走過的一小段人行道，拉起了一條條隔離閒人的反光色帶。一大堆警車、救火車、救護車，順著反光帶隔出來的巷道駛進駛出。恐怖就是劇場，她想道。背景變成一片綠色帆布，張開來以便在搜尋進行的時候避免天候變化影響。卡里把音量調大，她就聽見了那個德國警察頭子，透過一陣陣救護車的長鳴講出來的德語。

「他在說什麼？」她問。

「他正在主持調查行動。等一下。我聽完了再告訴妳。」

艾里希消失了，螢幕上取而代之的是老歐的臉孔。

「那是替我開門的白癡！」她說。

卡里舉手叫她別講話。她聽了一陣，帶著一種置身事外的好奇發現對方是在形容她的面貌。她也聽出一句「南非人」的德語，提到她的棕髮，他還舉起手來形容她戴了付眼鏡；鏡頭轉向那隻顫抖的手指，指著臺葉哈給她的那種眼鏡。

在老歐之後來的是某位藝術家，對於嫌犯的第一印象不像世界上的任何人，倒是可能像十年前各地火車站大肆張貼的某個液態通便劑廣告模特兒。隨後是其中一個跟她講過話的警察，羞愧地形容她的長相。

關掉電視後，他再度過來站在她面前。

「我可以坐下嗎？」他有點羞赧的問道。

她把皮包抓起來放到另一邊，好讓他坐下。那個鬧鐘有沒有叫？有沒有發出音波？有麥克風功能嗎？它到底是幹什麼的？

卡里把話講得很精確——一位老練的醫師提供他的診斷。

「妳目前有點危險，」他說：「歐先生記得妳，他太太也記得妳，警察也是，還有好幾個旅館的人也記得妳。妳的身高、身材、英語腔調、演戲才華等等。而且很糟糕的是，有個英國女人聽到妳在旅館跟明克教授談話，她相信妳不是南非人，而是英國人。關於妳的敘述已經轉往倫敦了，而我們也早已知道，英國警方對妳本來就已經印象惡劣。目前這個區域是在全面戒備狀態，路障加上盤查崗哨，每個人都忙翻了。但是妳卻不必擔憂。」他拿起她的手，緊緊握住。「我會用我的生命來保護妳的。今晚我們會相當安全。明天我們會把妳偷渡到柏林，再送妳回家。」

「家？」她說。

「妳是我們的人了。妳是我們的姐妹。法達米哈也說過妳是我們的妹妹。妳沒有家，可是妳卻找到了一個更大的家庭。我們可以給妳一個新的身分，要不然妳也可以去跟法達米哈住在一起，要多久都隨妳。雖然以後妳無法再替我們戰鬥，我們卻會永遠照顧妳的。為了麥寇。為了妳替我們所做的一切。」

他簡直對她太夠義氣了。她的手還一直被他緊緊的握著；強而有力，讓人安心。而且他的眼中洋溢著極度的驕傲。她站起來，拿起皮包走出了這個房間。

一張大雙人床，還有電熱器，都有所費不貲的圖案裝飾。有個書架，上面插滿了來自虛無國的暢銷書：《你好，我也好》、《性愛聖經》。床的四角朝下翻。床後面是浴室，包上松木皮，還有三溫暖設備。她摸出那個鬧鐘來看；連上面的磨痕都一樣，分明就是她原來的那一個，只是用手掂起來稍微重了點，好像更牢了。等他睡著之後就按一下。還是等我睡著之後？她瞪著自己。那個藝術家的第一印象其實沒那麼糟。一片不適合任何人的土地，給一個沒有土地的民族。她先搓洗手掌和指甲；然後一時衝動，乾脆把衣服全部脫光，淋了個好長好長的熱水浴，就算只是暫時避開他全心信賴的溫暖一陣子也好。她把自己裹在從洗臉盆上的櫃子裡拿出來的潤膚油裡。她注意到自己的眼睛，令她想起了訓練營中的那個瑞典女孩法蒂瑪——她們有著同樣憤怒而空洞的心靈，已經學會拋棄危險的同情心。而且有一模一樣的自我憎恨。她走出去時，發現他已經擺了一桌吃的東西了。冷肉，起司，一瓶酒。還點了蠟燭。他以最歐洲式的殷勤替她拉開椅子。她坐下來，他則坐在他對面，馬上開始吃起來，保持一種他面對任何事物皆然的自然專注。他殺過人了，而現在他正在進食；還有什麼比這更理所當然的？這是我最瘋狂的一餐，她想著。我最糟糕也最瘋狂的一餐。如果有個小提琴家來到我們桌旁，我會要他拉一曲〈月河〉。

「妳還在悔恨所做的事嗎？」他問她，帶點興趣，像是「妳還頭疼嗎？」

「那只是一群豬玀而已。」她很當真地說。「殘忍，又喜歡謀殺人——」她又想哭，不過及時忍住了。握著刀叉的手抖得厲害，她得把餐具放下來。她聽到有輛車從外面經過；還是一架飛機的聲音？我的皮包，腦子裡一陣胡思亂想的——放到哪兒去了？喔，在浴室裡，遠離他那不斷刺探的手指。她又重新拿起叉子，發現卡里那張英俊不羈的臉正透過淌著淚的蠟燭朝她打量著，就像約瑟當初在德爾菲城外山巔上做的一樣。

「也許妳太努力想要痛恨他們了。」他開導她。

這是她演過最爛的戲，也是最糟糕的晚餐派對。她真想把那種緊張打破，也想把自己也打碎掉算了。她才一站起身來，就聽見刀叉全掉到地板上的匡啷聲。她只能透過絕望的眼淚看到他。她開始解開鈕釦，可是她的手失控得厲害，根本沒辦法解釦子。她繞過餐桌跨到他前面，使力想把他拉起來，但那時候他已經竄起身了。他雙手摟住她；吻她，然後把她橫抱起來，像抱著負傷的同志那樣往臥室走。他把她放到床上，也不曉得是怎麼回事，她的身心突然非常渴望他，她要接納他。她爬到他身上，褪掉他的衣服，引導他進入她的深處，就好像把他當成了世界末日時，世上最後的一個男人；這是為了她自己跟他的毀滅。她吞噬他，哺育他，死死的箝住他，讓他進入她那罪惡與孤獨的駭人空虛世界之中。她哭著，喊著，用她那張說謊的嘴堵住他的，將他翻轉過來，讓他碩壯的軀體壓住她，湮滅她自己和約瑟的回憶。她感到他在噴湧，卻更執意把他夾得更緊，就算他的動作已經平息也不放，她的手臂牢牢鎖住他，就像想躲避即將來襲的狂風暴雨。

他還沒睡著，可是卻已經很睏了。他把自己蓬亂黑色的頭擱在她肩上，好的那隻手臂很自然地橫過她胸脯。

「沙林姆真幸運。」他呢喃道，語氣中有著笑意。「有妳這樣的女孩，那是個送命的好理由。」

「誰說他是為我死的？」

「臺葉哈說這也有可能。」

「沙林姆是為革命而死的。猶太擴張分子炸了他的汽車。」

「是他自己炸的。我們看了許多西德警方對這件意外的報告。我告訴過他別自己去弄炸彈，可是他就是不聽。他對做炸彈根本沒天分。他並不是一名天生的戰士。」

「那是什麼聲音？」她扯開自己，問他。

那是一種啪啪啪的悶響，有點像抖紙張的那種聲音，是一串連續的哆哆哆聲，然後就沒了。她想像是一輛車子熄了引擎滑過碎石子路面的聲音。

「有人在湖裡釣魚。」卡里說。

「這麼晚了？」

「妳晚上沒釣過魚啊？」他懶洋洋地笑了。「妳從沒坐著小船到海上，亮盞燈徒手抓魚嗎？」

「醒醒。跟我講話。」

「睡吧。」

「我睡不著。我好害怕。」

他就開始講起他很久以前出夜間任務的事，他跟另外兩個人一起潛入加利利。他們搖著小船渡海，海看起來這麼美麗，以致於他們完全忘了自己的任務，反而開始釣魚。可是她打斷了他。

「那不是船的聲音，」她堅持的說。「是輛車子的聲音，我又聽見了。你聽。」

「那是一艘船。」他帶著倦意說。

月光從窗簾縫間透進來，掠過地板，照到他們身上。她爬起來，走到窗口，沒有碰到窗簾往外偷看。四周都是松林，月光在湖上照出的一條燦爛大道，直通世界的中心。但是四周既沒有船也沒有誘魚燈。她走回床邊，他的右手滑過她的身體，把她拉過來，可是卻發現她有點反抗，馬上就放了她，懶懶地仰天躺著。

「跟我講講話吧，」她又說。「卡里。醒醒。」她用力搖他，親他的嘴唇。「醒醒。」她又喚他。

他只好坐起來了，因為他是個很和氣的人，而且又把她當成了他的妹妹。

「妳可知道，妳寫信給麥寇的那些信裡，最奇怪的一件事是什麼？」他問。「是關於那把槍的事。妳寫道：『從現在起，我會夢到你的頭擱在我枕上，而你的那把槍就在枕下。』──真浪漫。美到了極點的情人閒話。」

「這又有什麼好奇怪的？告訴我。」

「我正好也跟他這麼講過一次，就是談到關於槍的事。『聽清楚，沙林姆。』我告訴他：『只有牛仔才會在睡覺時，把槍藏在枕頭下面。假如我教你的其他事情你記不住，這點卻要給我記住。你在床上的時候，你的槍都要放在伸手可及的地方，要藏得好一點，手容易拿到的地方。學著這樣睡覺。就算你床上有女人也一樣。』他說他會照辦的。他總是向我這麼保證。然後他就忘得一乾二淨，去找個新的女人，或是一輛新車。」

「破壞規定，是不是？」她說著就去抓住他那隻套了皮手套的手，在昏暗的光線下打量著它，捏著每一根僵死的手指頭；除了小指跟拇指之外，中間的三根手指全是填料填出來的。

「這又是怎麼回事？」她問他。「老鼠咬掉的嗎？是怎麼搞的，卡里？卡里，醒醒。」

他過了好半天才回答。「那時候我還跟沙林姆一樣是個小白癡。在貝魯特。那天我去辦公室，郵差送信來，我很匆忙，因為我期待能收到某個包裹，我打開了！那是個錯誤。」

「然後呢？後來發生什麼事？你打開了，然後轟的一聲，對嗎？轟掉你的手指。然後你的臉是怎麼弄得這樣？」

「然後我在醫院中醒來，沙林姆在床邊。妳知道嗎？他挺高興我也有犯傻的時候。『下次你拆包裹的時候，先給我看看或者先看郵戳地址。』他這麼講。『如果是特拉維夫寄來的，最好原封不動的退回去給發信人。』」

「那後來為什麼你會開始自己做炸彈呢？你不是只剩下一隻手了嗎？」

答案就在他的沉默裡。他僵著的臉在微光中轉向她，帶著鬥士般森冷的凝視，眼中沒有笑意。答案就是從她與現實劇院簽約以後，眼前所看到的一切。這場演出是為了巴勒斯坦；為了以色列；為了神；為了我神聖的使命。為了以牙還牙，以眼還眼；為了平反不公；以不公還報不公；一直到天下大亂，所有一切炸成碎片，讓正義女神最後可以從一片瓦礫堆裡自由地起身，走過一條條無人的街道。

突然之間，他又需要她了，而這次她沒再反抗。

「親愛的，」她在他耳邊呢喃：「卡里。喔老天。喔，親愛的。求你。」

反正就是些妓女都會講的話。

天已經開始亮了，可是她卻一直不讓他睡著。在蒼茫茫的慘白曙光中，她也有著某種清醒的暈眩感。不斷親他，撫摸他，她用盡自己知道的每種技巧讓他醒著，令他的激情燃燒。你是我所見過最棒的男人，她對他呢喃道，而我從來不給第二大獎的。我最強壯的，最勇猛的，最聰明的情人。卡里，卡里，啊，天啊，求求你。比沙林姆還行？他問。比沙林姆溫柔體貼持久憐愛。比那個把我放在盤子上拿來孝敬你的約瑟更棒更好。

「什麼事？」她在他突然把身體拉開之際，問道。「我弄痛了你嗎？」

沒搭腔，他以那隻完好的手按了一下她的雙唇，示意她別出聲，然後輕輕用手肘撐起身體。她跟著他豎起耳朵聽。有一隻水鳥從湖面上飛起的撲翅聲。野鵝的尖叫聲。有隻小松雞在啼，鐘聲響起。這些聲音在這冰封之地都顯得小了一號。她感到身邊的床墊蹺起來了。

「看不到牛群。」他輕輕從窗口說了一句。

這時他靠在窗邊的牆上，還光著身子，而他的槍卻已經連槍套一起掛在他肩膀上了。在這一瞬間，她緊張之餘竟然想像著約瑟的鏡像面對卡里站著，在電暖爐的紅光照耀下，兩人之間只隔著一道薄薄的窗簾。

「你在看什麼？」她最後終於輕聲發話，她再也受不了這種緊張氣氛。

「沒有牛群。也沒有人釣魚。沒有半輛腳踏車。我看到的東西太少了。」

他聲音聽得出一絲行動前的緊張。他的衣服擺在床邊，那是先前他們那一陣狂熱中她順手丟的位置。他拉起起黑長褲和白襯衫往身上套，把手槍重新放進套在腋窩下的槍套裡。

「沒車，也沒有車子經過時的迴光。」他語氣平板地說。「或是任何趕清早上班的工人。而且沒有牛。」

「是不是全牽去擠奶了？」

他搖頭。「就是擠奶也不要兩個鐘頭。」

「大概是下雪，他們把牛全關在牛欄裡了？」

他突然由她的聲音裡感覺到一點什麼。他變得更清醒，也因此對她的反應更敏銳。「為什麼妳要替那些牛猛找解釋？」

「我沒有。我只是想——」

「為什麼妳要為這屋子四周消失掉的生物做解釋？」

「是為了安慰你，要你別害怕。」

他心裡有個念頭——一個可怕的念頭已經萌芽了。他可以從她臉上看出來，從她赤裸裸的肉體看出來；而她也同樣感覺到他的疑心了。「為什麼妳要我別害怕？為什麼妳不擔心自己，反而更為我擔憂？」

「我沒有。」

「妳可是遭人通緝的女人。為什麼妳有這能耐這麼愛我？為什麼妳要讓我舒服，而不管妳自身的安危？妳心裡到底有什麼鬼？」

「什麼也沒有。我只是不喜歡殺害明克。我只是想逃離這所有一切的一切。卡里！」

「難道臺葉哈說對了？難道我弟弟真是因為妳才死的？請妳回答我。」他很堅持，而且非常非常冷靜。「我希望能聽到答案。」

她整個的身體都在乞求他放她一馬。她臉上燒燙得厲害。簡直可以燒上一輩子。

「卡里——上床來吧，」她呢喃著。「愛我吧。上來吧。」

假如他們已經包圍了這棟房子，那為什麼他還如此好整以暇呢？他脖子上的喉結每一秒都在縮緊，他怎麼還能這樣瞪著她呢？

「請告訴我幾點了？」他瞪著她問道。「查莉？」

「五點了。五點半。這重要嗎？」

「妳的鬧鐘呢？妳那個小鬧鐘。我想知道時間，拜託。」

「我不知道。在浴室裡面。」

「請待在床上別動。否則我也許會打死妳。試試看。」

他拿到鬧鐘，遞給床上的她。

「麻煩妳替我打開來。」他冷然望著她把蓋子的鉤釦扯開。

「那麼請告訴我，現在幾點了，查莉？」他再問了一次，帶有一種令人畏懼的輕快。「請妳發發慈悲，告訴我現在幾點了。」

「差十分鐘六點。比我猜的要晚了些。」

他一把抓過鬧鐘去讀上面的時間；那是個數字鐘，二十四小時制。他轉開收音機的鈕，音樂才一冒出來，他就把它關掉了，然後抓起來湊到耳朵上去聽，又在手上掂了掂，評估一番。

「自從昨晚妳離開我之後，妳並沒有多少時間是一個人的，對不對？事實上根本就沒有，對吧？」

「沒有。」

「那妳又怎麼會有時間去買了新電池裝上去呢？」

「我沒有買過。」

「那為什麼鐘還會走？」

「我不需要——還有電啊——電池裝上去可以用好幾年——你可以買特別的那一種，使用期長的那種——」

她的創造力已經走到盡頭。全部的創造力，所有時刻的創造力，在此永遠終結，因為她到現在記起了山頂上的那個時刻，他站在她旁邊，在可口可樂貨車旁搜她的身，也想起了他把電池丟進自己的口袋裡，隨後才把鬧鐘丟進她的皮包，皮包丟回貨車。

他對她已經失去興趣，只是一直在研究那個電子鐘。「請妳把床邊那個了不起的收音機放到床邊，查莉。我們來做個小小的實驗。一個和高頻無線電有關的有趣技術實驗。」

她悄聲說：「我可以穿上衣服嗎？」她穿上她的衣服，把床邊的收音機拿給他，那是一個很有現代感的黑色塑膠製品，有個像是電話撥號盤的喇叭。把鬧鐘和收音機擺在一起，卡里打開收音機，轉過一個個頻道，直到突然冒出一個如泣如訴的悲鳴，起伏不已如同空襲警報。然後他拿起鬧鐘，用拇指把電池蓋推開，然後把電池甩到地上去，就好像他昨天晚上必定做過的那樣。那一陣悲鳴停了。就像一個小孩做完成功的實驗，卡里抬起他的頭看著她，假裝在微笑。她試著不要看他，卻又無法克制自己。

「妳是替誰工作的，查莉？替德國人嗎？」

她搖搖頭。

「替猶太擴張主義者？」

她沒搭腔。他把這當成默認。

「妳是猶太人嗎？」

「不是。」

「那麼妳相信以色列囉？妳到底是什麼人？」

「什麼都不是。」她說。

「妳是基督徒嗎？妳認為那些以色列猶太人，是妳所信仰的宗教創始人嗎？」

她還是搖頭。

「為了鈔票？他們買通了妳？敲詐妳？」

她想尖叫。她深呼吸，捏緊拳頭，可是突來的混亂讓她氣息一窒，卻突然哭了起來。「我只是想挽救生命。我必須參與。必須成為某個人。我愛他。」

「妳背叛了我弟弟嗎？」

喉頭不再噎住了，她平板的聲音終於冒出來說：「我根本不認識他。我這輩子根本沒跟他講過話。他們在殺掉他以前，曾經把他扶出來讓我看過一眼，其他一切全是虛構出來的：愛情故事，我的轉變——每一件事。甚至連那些信都不是我寫的，是他們寫的。他們也替他寫信給你。那封提到我的信。我愛上了那個一直照顧我的人。就這樣子。」

他緩緩抬起左手，不帶敵意地摸了摸她的臉，顯然想確定一下她到底是不是真實的。然後又看了看他那隻殘廢掉的手指尖，又抬眼看看她，有點像在比較一樣。

「而妳也正是把我的國土拱手送掉的英國人。」他平靜地說道，就好像無法相信他眼睛所見到的事實。

他才把頭抬起來，當他這麼做時，她就看見他的臉在一陣不滿之色中迅速消失，接著，在約瑟拿來射中他的不知名武器下著火了。查莉所受的教導是扣扳機時要站定，但約瑟不是那樣做。約瑟並不信任他射出的子彈能完成任務，卻在後面追子彈，似乎是想把子彈一顆顆的趕進目標。他完全就像個普通的闖入者那樣衝進門，但是進來後沒有稍停一陣，倒是一邊把自己身體扭向前方，一邊開火。而且他把兩隻手臂儘量往前伸，以縮短子彈跑的距離。她看到卡里整張臉被打開花，看著他全身一個大轉，把兩臂扶到牆面上，想支持住自己；也就在那時，子彈紛紛射進他的背部，毀了他的白襯衫。他兩隻手掌平平貼在牆壁上——一隻戴了皮手套，一隻是真正的手——然後他傷痕累累的身體順著往下滑成一個橄欖球選手的蹲姿，似乎拚命地想要衝出一條路來。可是那一刻，約瑟已經接近到可以把他的腳踢翻，讓他整個人更早一步摔到地板上。里托瓦克跟在約瑟背後進來，她只知道他叫麥克，到現在她才恍然大悟，她一直都懷疑他的個性有點不太健康。約瑟往旁邊一讓，「麥克」就單膝一跪，舉槍對準卡里的後頸又開了一槍——毫無必要。隨著里托瓦克身後衝進來的，是占了全世界一半左右的突擊隊殺手，個個全穿了黑色的蛙人衣；再後面，就是柯茲和那個狡詐德國人，還有兩千名抬擔架的救護員、救護車司機、醫生和板著臉的女人，扶著她、幫她擦掉一身的嘔吐物，帶她走過走廊，走進上帝賜給世界的新鮮空氣，雖然她鼻子和喉嚨裡還卡著黏糊溫暖的血腥味。

一輛救護車倒車到前門。裡面有好幾瓶血，地毯也是紅的，所以起先她打死也不上去。實際上她反抗得很厲害，一定是又踢又打，因為捉住她的女人裡有一個突然鬆手隨她去，讓她用雙手摀住臉。她已經聾了，所以只能模糊地聽到自己的尖叫，不過她一心只想把衣服扯掉，一方面因為她是個臭婊子，一方面因為那些衣服上全是卡里噴出來的鮮血。但這件衣服比昨天晚上看起來更陌生，她搞不清楚上面到底有沒有鈕釦還是拉鍊，所以她最後決定不管了。然後瑞秋和蘿絲出現在她兩邊，很有技巧地把她兩臂一架，就好像她們在雅典房子裡的作法，那時候她才剛到那裡，第一次為這個現實劇場做面試。經驗告訴她，進一步的反抗終歸徒勞。她們帶著她跨上救護車，按到其中一張床上，瑞秋和蘿絲從兩邊夾著她。她朝車子外面一望，看到那些瞪著她的傻氣臉孔——那些強悍小男孩臉上帶著他們那些偶像的不悅表情：馬帝、麥克、迪米區、洛爾，還有其他朋友們，還沒有引見過呢。然後人牆一分，約瑟冒了出來，很得體地把他剛才用來打死卡里的槍擺脫掉了，可是很不幸，他的牛仔褲和跑鞋上都是血，她注意到了。他奔到救護車的後門邊，抬頭望著她，她一看，還以為是在瞪著自己的臉，因為她可以從他臉上看到她憎恨自己時看見的那種東西。就在剎那之間，她跟他似乎把彼此的角色交換了：她是那個扮演老鴇和殺手的人；而他才是那個扮演誘餌、妓女，和叛徒的人。

緊接著很突然的，她還在繼續瞪著他，一點還沒死絕的狂怒火花在她心裡燃燒起來，讓她重新奪回他偷去的那個人格。她站起來，快到連蘿絲跟瑞秋還來不及把她壓回去，深吸一大口氣，朝他大喊了一句「滾！」——至少她自己聽起來是這樣。或者，那只是一句「不！」然而這幾乎已經無關緊要了。

27

撲殺行動的直接與間接善後工作，這個世界所知的比它能理解的還要來得多；而且肯定比查莉所知的更多。比方說，舉世皆知——假設全世界都有精讀到英語系報紙國際新聞頁面上最小的條目——一位可能是巴勒斯坦恐怖分子的嫌犯，在與西德警方精銳槍戰後斃命，他挾持的女性人質，姑隱其名，在震驚狀態下被送往醫院，但是毫髮無傷。德國報紙描述了這個故事較聳動的版本——「蠻荒西部搬到黑森林」——但這些故事全都言之鑿鑿卻彼此矛盾，以致於很難從中得到任何結論。此事似乎與攻擊明克教授未果的弗瑞柏格爆炸案有關連——原先報導中說已遇害的明克教授，後來證實奇蹟般地逃出生天——可是文雅的艾里希博士很明智地否定兩者相關，雖然人人視之為理所當然。但這只是謹慎罷了，比較聰明點的報社主筆們寫道，因為我們不該知道太多。

那段時間裡，在西半球還發生了其他幾件較小的事件，掀起一些零星的猜測，或許有一兩個阿拉伯恐怖組織參與其事，但這年頭有太多彼此敵對的團體，決定要歸罪於誰，簡直跟擲銅板碰運氣差不多。比方說，那位梅斯特本先生竟然在光天化日的大馬路上，被人莫名其妙的開槍打死了，他可是瑞士著名的人道主義律師，弱勢權益的鬥士，同時是一位顯赫經濟學家之子，卻正好躺在一個極端派黎巴嫩長槍黨組織門前；該組織才剛剛對歐洲人公開支持巴勒斯坦人「占領」黎巴嫩的行為「宣戰」。這個暴行發生時，受害者正好離開別墅去上班──像平常一樣，無人保護──全世界因此大大震動，至少在早上的前半段時間裡。後來有封署名「自由黎巴嫩」的信承擔了此事的責任，寄到一位蘇黎世報紙編輯手中，語氣認真；於是一位黎巴嫩次級外交官被要求離境，他很有哲人風度地照辦了。

一位拒絕以阿和談派的外交官，在聖若望森林附近一個新近完成、鮮少受人注意的清真寺外面，被汽車炸彈炸死，這是這幾個月來第四起類似案件了。

另一方面，義大利專欄作家兼音樂家羅西諾跟一位德國情婦慘遭亂刀捅死，他們赤裸而幾乎難以辨認的屍體陳屍於提羅爾地區的一個湖泊旁，在幾週後才被發現，奧地利當局宣稱此案沒有任何政治意涵，雖然事實上兩位受害者都和激進分子有牽連。就收集得到的證據來看，他們傾向於把這個案子視為一時衝動殺人。那位名為柏格小姐的女士，向來以怪異的性癖好聞名，而且很有可能（雖然有點古怪）沒有第三人涉案。緊接著這些死亡事件之後，有些比較無趣的死亡事件在實際上無人注意的狀況下過去了，就像是敘利亞邊境附近的一處沙漠營區，遭到以色列轟炸機的奇襲；以色列情報單位宣稱，那裡被當作巴勒斯坦人訓練外國恐怖分子的祕密基地。至於那枚重達四百磅，在貝魯特某座小山丘上所引爆的炸彈，毀掉了一個豪華的夏季別墅，也炸死了住在裡面的人──其中包括了臺葉哈和法達米哈──這個行動和這個可悲地區發生的其他恐怖行動一樣，讓人難以理解。

然而這時正在某處海邊休養的查莉，對這些血腥的屠殺暴力事件卻一概不知；或者說得更確切一點，她大致知情，但要不是覺得太無趣就是太恐懼，無心瞭解細節。起初，她只肯下水游泳，或者長時間茫然漫步，走到海灘盡頭再繞回來，用雙手死命扯住浴袍直蓋到喉嚨，而她的貼身保鑣保持在一個禮貌的距離之外。在海中，她偏好讓自己坐在淺而波浪不大的邊緣處，以海水做出洗淨的動作，首先是她的臉孔，然後是手臂、手掌。其他幾個女孩，起先在指示之下裸身曬日光浴，可是當查莉拒絕仿效這種解放的榜樣時，心理醫生下令其他女孩再穿上衣服，等待時機。

柯茲每星期都來看她一次，有時候甚至兩次。他對她極端和藹可親，又有耐性，又有誠意，就算她朝他大吼大叫也一樣。他帶來的訊息都很實際，對她只有好處而沒有壞處。

他告訴她說，他們已經替她創造了一位教父；他是她父親生前的好友，發了一筆橫財，最近才在瑞士逝世，留給她一大筆錢，既然來源是國外，所以將來撥入英國，也不必繳任何贈與稅。

柯茲說，他已經跟英國官方講清楚了，出於查莉不會高興的理由，他們也已經接受事實，再追究她與某些歐洲、巴勒斯坦極端派的關係也沒用。柯茲也能夠向她再度確認，她的經紀人奎利還是對她很讚賞；奎利說，後來警方去拜訪他，向他解釋清楚，他們對她的懷疑是受人誤導所致。

柯茲也跟查莉討論要用什麼方法解釋她突然從倫敦失蹤，查莉消極地同意瞎掰一番，揉合害怕警察騷擾、輕微的精神崩潰、還有一個她在米柯諾島上釣到的神祕戀人，這個已婚男人領著她跳了一段愛之舞，最後拋棄了她。直到他開始訓練她進入狀況，並且預設要在小細節上測試她時，她才變得臉色蒼白、開始發抖。一回柯茲有點不太明智地向她宣布，「層峰之上」有令，只要她高興，她在餘生任何時刻都可以申請以色列國籍，她又出現了類似的表現。

「把國籍給法達米哈吧。」她厲聲說道，當時柯茲手上已經有幾個新案子在進行了，還得調閱檔案才能夠想起來誰是法達米哈——或者說，曾是法達米哈。

至於她的演藝事業和前途，柯茲告訴她，只要她覺得自己應付得來了，有好幾個很棒的機會等著她。有幾個好萊塢的大製片家，在她退隱的這段期間對她產生了認真的興趣，非常希望她有空能直接到加州去，參加幾次試鏡。目前有個人真的準備了一個很適合她演的小角色；柯茲說他不太清楚細節。還有，倫敦影劇界也有一些好消息等著她。

「我只想回到我原來的地方去。」查莉說。

沒問題的，親愛的，一切都可以安排的，柯茲告訴她。

心理醫生是一個眼神明亮到會閃爍的年輕人，有軍隊背景，而且他完全不來那套自我分析或者其他陰森森的內省方法。說真的，他關注的焦點似乎不是要叫她講話，反而是說服她不該多開口；在他那一行裡，他想必是最分裂的一個人。他帶她去兜風，一開始沿著海岸道路，然後進入臺拉維夫。但當他一時欠考慮地指出少數幾間漂亮的阿拉伯老房子時，查莉氣得語無倫次。他帶她到偏離大路的餐館去、跟她一起游泳、甚至在沙灘上跟她並排躺著，逗她多說幾句話，直到最後她聲音有點怪異扭曲的告訴他，她寧願跟他在他辦公室裡聊天就好。當他聽說她喜歡騎馬，他就訂了馬匹來，他們出去好好騎了一天，那時候她似乎完全忘我了。不過第二天對他來說她又變得太沉默了，他告訴柯茲至少要再等一個星期。千真萬確的是，那天晚上她開始難以解釋地長時間不斷嘔吐，想想她吃的東西那麼少，這又是怪事一樁。

瑞秋也來看過她，她又重新進大學讀書了。她對查莉親切坦誠，態度輕鬆，與查莉當初在雅典見到她的第一印象截然不同。迪米區也回學校去了，她說；洛爾想攻醫科，好將來做個軍中大夫；不過他也可能去攻考古學。查莉有禮地笑著聽這些家庭瑣事——後來瑞秋告訴柯茲說，她就好像在跟老祖母談話一樣。但時間一長就看得出來，不管是她的英國北部根源、還是她可人的英國中產階級舉止，對查莉一概沒有產生他們期望的影響；只過了一會，查莉就要求是不是可以再讓她獨處一陣，態度還是很有禮貌。

同時，在柯茲的情報單位又多學到了幾個寶貴的教訓，更壯大了他們在技術與人性方面的大量知識，單位中許多行動的智庫就是由這些知識構成的。雖然有許多針對非猶太人的偏見，但他們不但可用，有時候還是必要的。一個猶太女孩可能永遠不會有這麼好的中產背景。技師們也對收音機鬧鐘的電池那檔事深感著迷；學習永不嫌晚。一個過濾版的案件史恰如其分地經過整理，作為訓練之用，效果很好。有人主張，在一個完美的世界裡，此案執行官在掉包時應該注意到情報員手中原型的電池不見了。但他至少在發報器訊號中斷時就推論到出了狀況，立刻衝進去。貝克的名字，當然沒出現在任何地方；柯茲沒聽說他近期的消息，也不怎麼想給他表揚，而這並非出於安全顧慮。

最後在暮春，利塔尼河盆地乾燥到足以讓坦克通過時，柯茲最大的恐懼和加隆最嚴重的威脅同時應驗：長期等待的以色列人推終於進到黎巴嫩境內，結束了目前互有敵意的階段，或者，按照個人立場而定，預告了下個階段。當初招待查莉的難民營被「清理」了一番，這意思大概是推土機被運來埋葬屍體，完成坦克車和砲火轟炸所開始的任務；引人憐憫的難民隊伍出發往北行去，留下他們的數百名死者（稍後增至數千名）。特種部隊把查莉在貝魯特停留過的祕密地點連根拔起；在塞達的房子，只留下了雞和橘子園。房子被一隊「煞雅雷」給摧毀了，卡利姆和葉西爾這兩個男孩的生命也在此終止。他們摸黑從海上來，就像葉西爾這個偉大情報官一直預測的一樣；他們使用的是一種特殊的美製爆炸子彈，這種子彈還在祕密名單上，只要碰到人體就足以致命。這一切有效地毀滅了查莉與巴勒斯坦的短暫戀情，而當局很明智地讓她保持不知情。講出來可能會把她逼瘋，心理醫師說，以她的想像力和自我陶醉，她很可能很輕易地就把整個入侵行動的責任攬到自己頭上。所以最好別讓她知道，讓她在比較好的時候自己發現吧。至於柯茲，少說有一個月甚至更久，幾乎沒人看見他，或者說就算有人看見也幾乎認不出他來。他的身體似乎縮水到只有一半大小，他那斯拉夫人的眼睛也失去神采，最後他看起來就是他那個年紀的樣子——不管那到底有多老。然後有一天，就像一個擺脫長期疾病精力耗損的人，他回來了，而且似乎在幾個小時之內就幹勁十足，重新掀起他和米夏．加隆之間奇異而永不止息的爭鬥。

在柏林的貝克，起初也跟查莉一樣在真空中漂浮；不過幸好他以前也曾經這樣漂浮過，而且在某些方面來說，對於這種感受的來龍去脈並不那麼敏感。他回到自己的公寓，也回去面對失敗的生意前景——更多的破產陰影還在前面等著。雖然他花了好幾天跟批發商在電話裡爭辯，或者把箱子從儲藏室的一邊拖到另一邊，世界經濟蕭條對於柏林成衣業的打擊，卻似乎比其他行業所承受的更深刻、更嚴重。他有個老相好，她是個三十多歲、性情高尚的女人，心地善良到幾乎成了缺點，她甚至還能滿足他遺傳而來的標準，有幾分猶太血統。徒勞無功地反省幾天以後，他打電話給她，說自己會暫時停留在城裡。只待幾天，說不定只有一天，他這麼講。他聽著她對他的歸來感到欣喜，輕快地責怪了他先前不見人影，然而同時他也在傾聽自己內心深處的模糊聲音。

「有空就過來好了。」她停止罵他以後，就這麼說。

可是他卻沒去。他實在無法容許自己接受她可能帶給他的快樂。他被自己嚇著了，很快鑽進一家他知道的時髦希臘夜總會，這裡的經營者是一位具有都會智慧的女子；他最後終於成功地喝了個酩酊大醉，看著其他顧客以最符合德國與希臘傳統的方式，稍微太熱烈地砸爛了杯盤。第二天，他在沒什麼計畫的狀況下開始寫一本新小說，一個住在柏林的猶太人家庭逃到以色列，卻又再度離開，因為無法接受當地打著錫安之名所做的事。但當他看著自己所寫的東西時，他先把他的筆記全丟進了字紙簍，接著出於安全理由，又送進了壁爐裡。波昂以色列大使館飛來了一個新人，專程到柏林拜望他，說自己是來代替上一個人的：閣下只要有任何需要，想跟耶路撒冷聯絡任何事，請隨時吩咐。針對以色列這個國家，貝克似乎無法自制地跟對方展開了一場刺激性的討論。他以一個最無禮的問題結束這段對話，他聲稱這是引自凱斯特勒的著作，而且顯然地經過修改，以符合他的先入之見：「我們成了什麼呢，我懷疑？」他說道。「一個猶太人家園，還是一個醜惡的小斯巴達城邦？」

新人眼神凌厲而欠缺想像力，這個問題顯然惹惱了他，然而他卻無法體會其中的意義。他留下了一筆錢，還有他的名片：以色列商務二等祕書。不過更顯著的是他背後留下的一片疑雲，這想必是柯茲第二天早上打電話來想掃除的。

「老天爺，你到底想跟我講什麼？」貝克一拿起電話，柯茲就用英語粗魯地問。「你要攻擊自家人的話，就回到這裡來，沒人會理你的。」

「她怎麼樣了？」貝克劈頭就問。

柯茲的反應可能是蓄意要這麼殘酷，因為這段對話發生時正值他人生的最低點。「法蘭很好呀，她的心理狀態很好，外表也很好，而且出於我不怎麼明白的理由，她還愛著你呢。我太太前幾天才跟她說過話，有個很清楚的印象，就是她不覺得離婚有什麼約束力。」

「離婚的用意本來就不在於產生約束力。」

但是柯茲一如往常，總有話可以回答。「離婚不是有意的，就這樣。」

「所以她到底怎麼樣了？」貝克重複，而且加強語氣。

柯茲在回答以前必須先克制自己的怒氣。「如果你是指那位我們共同的好朋友，她很好，很健康，正在治癒之中，而且她一輩子都不想見你了！祝你青春永駐！」柯茲說完就掛斷了。

當天晚上，他的前妻法蘭就打電話來了，柯茲必定是出於報復心態才給她電話號碼。電話就等於法蘭的樂器。其他人可能會拉小提琴、豎琴或者羊角號，但對於法蘭來講，電話是永遠不變的選擇。

貝克聽她講了好一會兒。聽她哭哭啼啼，就這方面來講她無可匹敵；聽她的甜言蜜語，還有信誓旦旦。「你要我做什麼人，我就成什麼樣，」她說：「只要告訴我，我就做到。」

不過貝克最不想做的事情，就是再去創造某個人。

這件事情過了不久之後，柯茲和心理醫生都認為應該再把查莉推進水裡了。

這次劇團巡迴演出稱為「喜劇饗宴」，而演出劇院，就像她所知的其他地方一樣，也是婦女中心兼戲劇學校，此外在選舉期間無疑也被當作投票所。這是一齣爛戲和一個爛戲院，出現在她職業生涯的低潮。劇院有個鐵皮屋頂和木造地板，她一頓足，硝煙似的塵土就從石塊之間揚起。起初奎利第一眼緊張地瞧見她時，就認定查莉可能想演悲劇角色，查莉基於個人理由也這樣以為，所以一開始她只演悲劇。可是後來她自己卻很快發現，比較嚴肅點的角色（如果那對她還有意義的話）對她太過沉重了。她會在最不適當的場景裡痛哭或啜泣，有好幾次她都得捏造出一個下場的時機，以便控制自己。

但更常發生的是這些角色讓她覺得事不關己；對於西方中產階級社會裡所謂的痛苦，她再也沒有胃口承受，甚至更糟的是再也無法理解。所以到頭來喜劇成了對她較佳的掩護，透過這層面具，她看著自己每隔幾星期換一齣戲碼，在謝里登、普里斯特利還有一個新進的現代天才之間輪替，此人的戲碼在節目單上被形容為閃爍著辛辣機智的蛋白酥。他們有到約克郡演出，不過謝天謝地，略過了諾丁罕；他們也到了里茲、貝德福、海德斯菲，以及德比這些地方公演，查莉既沒有看到蛋白酥發起來，也沒看到機智閃爍，不過或許錯在她自己，因為在她的想像中，她唸過一句句臺詞時就像個已經打得腦震盪的拳擊手，必然的命運不是被一拳擊倒，就是永遠完蛋。

一整天裡，當她沒在排練的時候，她就像個等候醫生看診的病人一樣到處閒晃、抽菸看雜誌。但今天晚上布幕再度升起時，一種危險的怠惰取代了她的神經緊張，她不斷地渴望睡眠。她聽到自己的聲音忽大忽小，感覺到她的手臂這麼伸出去、腳又那麼跨了一步；她在平常觀眾一定會笑的地方稍微停頓一下，然而碰上的卻是一陣不解的沉默。在這同時，她心底那個禁忌相簿裡的景象開始填滿她的心思：塞達市的監獄、排隊等待的母親們、法達米哈、那一夜在難民營的學校房間裡，為了遊行燙在衣服上的標語、防空洞、還有盯著她的那些堅忍面孔，他們懷疑是否該歸咎於她。還有卡里戴著手套的手，用他自己的鮮血在地上畫出了粗略的指爪痕跡。

更衣室是共用的，不過在中場休息時間時，查莉沒有走進去。她反而站在舞臺門外，在天空底下抽菸、顫抖、朝下凝望都是霧氣的米德蘭街，同時想著自己是否應該就這樣走開，一直走到她倒地或者被汽車碾過。他們叫著她的名字，而且她可以聽到摔門和跑步的聲音，不過那似乎是他們的問題，不是她的問題，她把問題扔給他們解決。只有那一點點最後的責任感，讓她打開門漫步回去。

「查莉，天啊，查莉妳搞什麼鬼！」

布幕升起，她發現自己再次站上舞臺。獨自一人。長長的獨白，希爾達坐在她丈夫的桌邊，寫下一封給情人的信：給麥寇，給約瑟。一隻蠟燭在她肘邊燃燒著，而且在一分鐘內她應該打開桌子抽屜，找出另一張紙，然後發現——「喔，不！」——她丈夫還未寄出的信，是寫給情婦的。她開始寫字，她人在諾丁罕的汽車旅館裡；她瞪著燭火，然後看見約瑟的臉在德爾菲城外一個小餐館的桌子對面，在她眼前閃動。她再看一次，然後看見卡里，和她在黑森林小屋的原木桌前吃晚餐。她說出了她的臺詞，出於奇蹟，那些臺詞既不屬於約瑟、不屬於臺葉哈也不屬於卡里，就正是屬於希爾達的臺詞。她打開桌子抽屜，探入一隻手，然後頓了一拍，困惑地拉出一張手稿，舉起來，然後轉身讓觀眾看見。她站起身，臉上帶著愈來愈濃重的不敢置信之情，走到臺前開始大聲唸出來——好一封機智的信，有這麼多漂亮的互相指涉。很快的她丈夫約翰會從左邊進場，穿著他的睡袍，走近那張書桌，讀到她的未完成信件，是要寫給她的情人。接著會有更妙的場面，他們的情書穿插在一起，觀眾會笑得直不起腰，最後更會進入狂喜的高潮，因為這兩個受騙的有情人，都被另一個人的不忠給挑動了，最後會彼此充滿慾望地抱在一起。她聽到她丈夫走了進來，這是個提示，她得把聲音放大些：希爾達一邊讀信，一邊從好奇轉為生氣。她用兩手抓著那封信，轉身，然後往左前踏兩步出去，免得擋住約翰。

她這麼做的時候，就看到了他——不是約翰，而是約瑟，鶴立雞群地坐在麥寇坐過的位置，在觀眾席的中央，望著她的眼光，仍是那麼令人害怕地認真專注。

起先，她完全沒感到驚訝；她內心世界在與外在世界的交界，即使在最佳狀況下也一直薄弱如紙，而這些日子以來，可說是根本不存在了。

原來他來了，她想道。也該是來的時候了。有帶蘭花來嗎，約瑟？一朵也沒嗎？也沒穿紅外套？金牌呢？古奇鞋呢？也許我應該回到化妝室，讀你的留言。我應該早就曉得你要來，不是嗎？為你烘一塊蛋糕。

她停止大聲讀信，因為再繼續演下去根本沒有意義，雖然提詞人毫不知恥地對她大喊臺詞，導演則站在他背後揮著手，好像再對抗一群蜜蜂；不知怎麼的，他們都還在她的視野之中，雖然她是直勾勾地盯著約瑟。或者那只是出於她的想像，因為最後約瑟變得如此實在。在她背後，她丈夫約翰全無說服力地捏造一些臺詞，想要為她掩飾。你需要一個約瑟，她想這樣驕傲地告訴他；我們的約瑟會給你任何場合需要的臺詞。

有一道光幕隔在他們之間——與其說是光幕，不如說是一種光線上的區隔。再加上她的眼淚，這開始扭曲她眼中所見的他，她開始懷疑到頭來他不過是個幻影。他們從舞臺側翼吼著要她下臺；丈夫約翰已經朝著舞臺前方走來，腳步聲咯啦、咯啦，親切但堅定的拉著她的手肘，準備把她打發到瘋人院去。她預料很快他們就會把布幕直接拉到她頭上，而且讓那個小娼婦——叫什麼名字來著，反正是她的候補——得到千載難逢的好機會。但是她全心想的是要走向約瑟，觸碰到他，確定一下。幕落了，不過她已經走下樓梯迎向他。燈光大亮，對，那是約瑟，但當她清清楚楚看見他時，他惹她厭煩；他不過是她的另一個觀眾罷了。她走上通道，感覺到一隻手放在她手臂上，她想著：又是演丈夫約翰的那個人，走開啦。戲院前廳是空的，只有兩個垂垂老矣的公爵夫人，應該是管理部門的人。

「看個醫生吧，親愛的，我應該這麼做的。」其中一個說。

「或者把這一切睡過去。」另一個說。

「喔，省省吧。」查莉開開心心地給她們這個建議，用的是她過去從沒用過的措辭。

沒有諾丁罕的那種霏霏霪雨，也沒有酒紅色的朋馳轎車等著接她，所以她走到一個巴士站去等車，有點期待那個美國小夥子會上車，告訴她去找一輛紅色貨車。

約瑟從空曠無人的街上朝她走過來，走得昂頭挺胸，她想像他可能隨時會拔足飛奔，把他射出來的子彈趕到她身上，但是他並沒有這麼做。他只是快步走到她面前，略略有點輕喘，顯然有某個人差遣他來送信，最有可能是馬帝，不過也有可能是臺葉哈。他正想張嘴說出信息，卻被她止住了。

「我死了，約瑟。你開槍打死了我，難道你忘了？」

她想再添點東西到這座現實舞臺上來，講講那些屍體為何不能站起來走掉。但是她不知怎麼的說不出來。

一輛計程車從他們面前開過，約瑟用他那隻空著的手朝它猛揮。車子沒停，又能如何？這年頭計程車啊——完全看自己高興。她整個人靠在他身上，如果他沒那麼穩穩地扶住她的話，也許她就會倒在馬路上。她的眼淚早就讓她變得半瞎了，而且他的聲音在她耳裡像是從水底下發出的。我已經死了，她一直這麼說著。我已經死了，我已經死了。然而他似乎不管死活都要她。緊緊摟在一塊兒，他們沿著人行道笨拙地走下去，不管這座城市對他們有多陌生。

勒卡雷 10

女鼓手

The Little Drummer Girl

（2005年以《女鼓手》初版，本版為全新修定版）

作者　約翰・勒卡雷（John Le Carré）
譯者　湯新華
總編輯　陳郁馨
主編　張立雯
企劃　楊詩韻
電腦排版　極翔企業有限公司

社長　郭重興
發行人兼出版總監　曾大福
出版　木馬文化事業股份有限公司
發行　遠足文化事業股份有限公司
地址　231新北市新店區民權路108之4號8樓
電話　02-2218-1417　傳真　02-8667-1891
email: service@bookrep.com.tw
郵撥帳號　19588272　木馬文化事業股份有限公司
客服專線　0800221029
法律顧問　華洋國際專利商標事務所　蘇文生 律師
印刷　成陽印刷股份有限公司
二版1刷　2015年3月
定價　新台幣500元

ISBN　978-986-359-098-9

國家圖書館出版品預行編目(CIP)資料

女鼓手 / 約翰・勒卡雷（John Le Carré）著；湯新華譯. -- 二版. -- 新北市：木馬文化出版：遠足文化發行, 2015.03
面；　公分. --（勒卡雷；10）
譯自：The little drummer girl
ISBN 978-986-359-098-9（平裝）

873.57　　104001118